Die Bardens Saga:
Die Reiche der Menschen

Stefanie I

„Ich habe nichts zum Anziehen!" stellte Sylvie mit verzweifelter Stimmlage fest. Und wie um ihre Aussage zu untermauern, warf die junge Frau das weiße Kleid mit den goldenen Wellenmustern, das sie noch in den Händen hielt, ohne einen Blick des Abschiedes zu verschwenden, über ihre Schulter nach hinten. Beschienen von den letzten Strahlen des Solaris am langsam ausklingenden Tag, die durch das einzige Fenster der Mansarde drangen, schwebte das Kleid wie eine Feder durch das Zimmer und landete auf dem Bett, wo auch schon die anderen „unanziehbaren" Kleider ihr Dasein fristeten. Viele Männer hätten beim Anblick des Haufens bestehend aus, blauen, gelben, weißen, violetten, beigen und roten Abend-, Ball- und Freizeitkleider mit Rüschen, ohne Rüschen, ärmellos, mit Ärmel, mit tiefen Dekolleté oder bis zum Halse zugeknöpft, sich gewundert, was es heißen sollte, dass sie nichts zum Anziehen hätte, es lagen ja so viele Kleider auf dem Bett, doch Stefanie konnte ihre Tochter verstehen. Es gab einfach Abende, da gibt es in einem Meer aus Stoffen, doch nur das einzig passende Kleid, und hoffentlich würde es sich in dem schon fast geleerten Schrank befinden.

Verzweifelt stand Sylvie immer noch gekleidet im weißen Unterkleid in ihrem Zimmer. Die Hände verdeckten ihr Gesicht und würden wenn nötig die herunter fallenden Tränen auffangen. Stefanies mütterlicher Instinkt befahl ihr nun zu handeln, um ihre Tochter aus dem Tal der Verzweiflung zu führen. Mit ruhigem Schritt trat sie an Sylvie heran. Stefanie selber hatte schon am Vortag ihr schlichtes golden gefärbtes Kleid für den heutigen Tag herausgesucht und schon angezogen. So konnte sie sich ganz ihrer Tochter widmen. Bei Sylvie hätte es nichts gebracht, schon am Vortag das Kleid für heute auszusuchen, denn was gestern noch als vollkommenes Werk der Schneiderkunst gewirkt hätte, wäre schon am nächsten Tag nicht einmal mehr als Putzlappen tauglich gewesen. Stefanie verstand diese Stimmungsschwankungen. Sie war ja auch mal jung.

„Lass doch mich einmal nachsehen" schlug Stefanie mit ruhigen Worten vor und streichelte ihrer Tochter über das blonde Haupt, das noch intensiver war als Stefanies jemals zuvor „Es wäre doch gelacht, wenn wir nichts finden würden, das dich heller erstrahlen lässt als Solaris zur Mittagsstunde."

Sylvie hob ihren Kopf aus den Handtellern und schaute hoch zu ihrer Mutter. Unter normalen Umständen war Stefanie nur unwesentlich größer als ihre Tochter und sie konnten sich ohne den Hals zu neigen in die Augen schauen, doch die Absätze von

3

Stefanies Schuhen ließen sie größer wirken, da Sylvie immer noch barfuß auf den Holzdielen stand. Aus diesem Grunde musste Stefanie etwas ihren Kopf senken, um ihrer Tochter in die blauen Augen zu schauen, die sich hinter einer schwimmenden Wand aus Tränen befanden. Auch die Wangen hatten mehr rötliche Färbung, als das man es noch für angenehm erachten konnte. „Komm, wisch dir die Tränen aus den Augen" sprach Stefanie und zückte zugleich ein Stofftuch aus der Tasche, das sie Sylvie überreichte „Wir wollen doch nicht, dass du wie eine Heulsuse aussiehst, oder etwa doch?"

Sylvie schüttelte den Kopf. Sie brachte keine Silbe über die Lippen, was sehr selten für ein Mädchen ihres Alters war. Mit dem Stofftuch wischte die junge Dame die Tränen aus den Augen.

„Jetzt geh' mal ein Stückchen zur Seite" befahl Stefanie weiterhin mit sanfter Stimme und tätschelte die nackte Schulter ihrer Tochter leicht, wie bei einem Pferd, um es dazu zu bewegen sich zu bewegen. Nur mit dem Unterschied, das man einem Pferd nicht zu zwinkerte, um es zu suggerieren, dass alles schon in Ordnung kommen würde.

Ob alles in Ordnung kommen würde, wusste Stefanie nicht mehr, als sie die Leere hinter der Doppeltür des Schrankes erblickte. Natürlich gab es noch Kleidungsstücke, die zusammen gefaltet auf dem Holzbrett, das vom Schreiner in Schienbeinhöhe angebracht wurde, lagen, doch mit diesen Kleider konnte man nur rausgehen, um auf dem Markt einzukaufen oder zum Arbeiten, jedoch musste Sylvie nicht arbeiten, noch einkaufen, außer Stefanie würde kein Kleid für den heutigen Abend finden.

Der mütterliche Instinkt riet Stefanie nicht zu seufzen vor dieser fast unlösbaren Aufgabe, die nun vor ihr lag, denn das hätte mit bestimmter Sicherheit Sylvie sofort wahrgenommen und ihre Verzweiflung wäre ins bodenlose hinab gerutscht. Die rechte Seite des Schrankes, war schon komplett verwaist und so gab es nur noch die linke Seite. Dort hingen tatsächlich noch drei Abendkleider, die man auch für den heutigen Anlass tragen konnte. Das Hellblaue verwarf Stefanie sofort. Es war aus Seide hergestellt und damit viel zu luftig, überhaupt reichte das Kleid gerade mal zum Knie und ärmellos war es auch noch. Dieses Kleid könnte man am Tage tragen, wenn Solaris vom blauen Himmel auf Gaia hernieder brannte, wo ein Liebespaar auf einer saftig grünen Wiese gemeinsam speiste - nicht die Wiese, sondern normales gesundes Essen speiste. Im Gegensatz zu ihrer Tochter warf Stefanie das Kleid nicht blindlinks nach hinten. Nicht weil sie befürchtete Sylvie zu treffen, sondern weil sie das junge Mädchen nicht unnötigerweise aufregen wollte, dass sogar ihre Mutter nicht das rechte Kleid für die heutige Nacht finden könne. So schob sie das blaue Kleid, das am Eisenbügel hing, nur über das Eisengestänge im Schrank, um einen Blick auf das zweite Kleid zu werfen.

Es war ein Goldenes, das was Sylvie einst vor drei Solariszyklen bei ihrem ersten Ball trug. Eine gute Mutter wusste so etwas. Sofort erwachten wieder die Erinnerungen an den Abend. Es war ein Ball im Hause von Beatrix und Lenkholm zur Feier der dritten Selúnewende. Sie wurden eingeladen, weil Leonhart, der Gatte von Stefanie, gute Beziehungen mit Lenkholm pflegte. Stefanie erinnerte sich wie schüchtern Sylvie war, als mit großer Ankündigung sie durch das Portal in das Atrium schritten. Vom Himmel herab leuchteten Selúne und Luna in ihrem vollen Glanz durch das Glasdach, doch auch hier unten auf Gaia erleuchtete eine bestimmte Person in ihrem goldenen Satinkleid die Halle. Ganz schüchtern stand sie da mit gerademal dreizehn Solariszyklen. Die blassmachende Schminke hatte kaum eine Siegeschance gegen die stetig steigende Schamesröte im Gesicht. Alle Blicke waren auf sie gerichtet, vor allem die der Herren im Saal. Sie musterten sie ab. Von der blonden Hochsteckfrisur, die von weißen Stäbchen gehalten wurden, über das porzellangleiche Gesicht mit der bescheidenen Schminke, den Schwanenhals, der durch die Hochfrisur noch besser zur Geltung kam, dazu noch eine mit Rauchquarz bestückte Halskette, dessen Edelstein kurz vor dem Ende des V-Ausschnittes des Kleides sich befand. Der Rock vermittelte durch seinen Schnitt ein breiteres Becken, als Sylvie damals hatte, dafür täuschten die Arme nichts an, denn Sylvie trug nur ellenlange weiße Handschuhe, über die ansonsten nackten Arme.

Bei jedem neuen Musikstück der Kapelle wurde Sylvie von einem anderen Mann eingeladen, zum Tanze. Stefanie genoss die Aufmerksamkeit der Gäste, die ihre Tochter heraufbeschworen hatte, aber auch die Komplimente der anderen Mütter, die sogar scherzhalber Stefanie fragte, ob sie nicht eine außereheliche Nacht mit einem gutaussehenden Herzog aus den Freien Herzogtümern verbracht hätte, um die Schönheit zu formen. Sie antwortete lächelnd die Wahrheit, dass dies nicht so wäre. Stefanie konnte all das genießen und brauchte sich nicht um die Tochter zu kümmern, ob es ihr gut erginge, das tat nämlich schon das andere Elternteil. Leonhart begutachtete wie eine Glucke seine Tochter, aber vor allem die Männer, mit denen sie tanzte, dass sie auch bloß die Hände an neutralen, für das Tanzen akzeptable Positionen hielten, wenn nicht warf Leonhart dem Tanzpartner so einen scharfen Blick zu, dass der Jüngling befürchten müsste eine tiefgeschnittene Narbe davon zu tragen.

„Das kann ich auch nicht anziehen!"

Stefanie schrak aus der Vergangenheit auf, denn Sylvie hatte sich mit getrockneten Augen und etwas blässlicheren Gesicht neben sie gestellt.

Mit schockiertem Blick riss Sylvie das Kleid mit so vielen schönen Erinnerungen aus den Händen und begründete die Sache, warum auch dieses Kleid nicht tauglich für den Abend wäre: „Sieh dir diesen Ausschnitt an, der drückt mir doch den ganzen Busen ein, Mama." Das letzte Wort kam mehr tadelnd als lieblich rüber, so wie früher es sonst oft der Fall war.

„Seid ihr schon soweit?" erklang Leonharts väterliche Stimme durch die Mansarde. Für Leonhart, der auch schon den schönen Zwirn für den Abend, den ihm Stefanie raus gelegt hatte, trug, war die Frage wohl eine selbstverständliche, doch Sylvies Ohren hatte wohl die Frage in eine andere Form verwandelt, wie etwa „Seid ihr immer noch nicht fertig?", sonst könnte sich Stefanie nicht erklären, warum Sylvies Antwort so harsch ausfiel.

„Nein, sind wir nicht!!!“ giftete Sylvie zu ihrem Vater, dass es schon verwunderlich schien, dass keine ätzende Flüssigkeit ihr aus dem Mund tropfte „Ich kann ja nicht einfach in Lumpen zum Auftritt von Barden.“

„Wieso nicht? Der trägt auch nichts anderes.“ Leonhart war nicht sonderlich begeistert darüber, dass seine Tochter zum Auftritt dieses – wie Leonhart es formulierte – nichtsnutzigen Stromer, der doch nur von einem Bett ins nächste sprang und das mit Hilfe seiner unnützen Minnen, wollte. Stefanie konnte ihn zum Glück überzeugen, dass es doch nicht so schlimm wäre und sie beide ja auf ihre Tochter aufpassen könnten, außerdem wollte sie auch unbedingt zum Auftritt des berühmtesten Bänkelsängers, seit Synphonia auf Gaias Boden gewandelt war, aber das musste ja ihr Gatte nicht unbedingt wissen. Als gute Gattin war es nämlich ihre Pflicht ihren Mann vor Aufregungen zu bewahren und das hätte ihn zu sehr aufgeregt.

„Was?!!!“ Sylvie war von der Ignoranz ihres Vaters schockiert „Barden ist kein Lumpenträger! Er ist der begnadetste Bänkelsänger aller Zeiten! Er trat vor Königen, Herzögen, Menschen, Elfen, Zwergen, Hohepriestern und vor dem einfachen Volk auf. Und dieser Weltreisende, der schon jeden Winkel der Welt besucht hat und das mit gerademal fünfundzwanzig Zyklen, kommt in unser Kaff.“

„Meine Dame“ ermahnte Leonhart Sylvie, was Stefanie schon an der Einleitung herausfand, sonst nannte er Sylvie nie, meine Dame „beleidige nicht deine Heimat, die dir diesen Luxus schenkt.“ Mit diesen Worten deutete Leonhart auf den Haufen der schönsten Kleider für die eine Bauerstochter ihre Seele verkaufen würde.

„Ja Vater, du hast Recht. Heute ist es kein Kaff, denn am heutigen Tag, schritt der begnadetste Bänkelsänger aller Zeitalter durch die Tore der Stadt, um uns mit seinen Balladen, Poems, Couplets, Rhapsodien und Bagatellen aus dem tristen Alltag zu reißen und uns damit zu erfreuen.“

„Tz.“ Kam es leise über die Lippen von Leonhart, doch für Sylvies Ohren lautgenug. Die junge Dame zog die Augenbrauen zusammen und holte tief Luft, um eine Schimpftirade zu beginnen.

Stefanie musste eingreifen. Sie griff nach dem letzten Strohhalm, in diesem Fall, das letzte Kleid, das man bei einem Auftritt einer so berühmten Persönlichkeit, wie Barden es unweigerlich war, tragen konnte. Mit dem hellgrünen Kleid mit den seidenen Ärmeln und Rock und dazu farblich passendes aus Leinen hergestelltes Rumpfstück in den Händen trat Stefanie zwischen den beiden streitenden Parteien. „Wie gefällt dir das?“ fragte Stefanie unschuldig, als hätte sie gar nicht mitbekommen, dass sie gerade in ein Streitgespräch gestürzt war.

Sylvie schluckte die Tirade wieder den Hals hinunter. Die blauen Augen taxierte das Kleid. In den Gedankengängen der jungen Dame herrschte reger Betrieb, was Stefanie am Stirnrunzeln feststellte. Es vergingen wenige Sekunden. Für Stefanie schien es, als wäre die Zeit einfach stehengeblieben und erst durch eine Reaktion ihrer Tochter, konnte die Welt sich weiter bewegen. Die Reaktion folgte nach gefühlten Stunden.

Die Augen Sylvies rissen auf. „Das ist es!!!" jubelte die junge Frau und riss ihrer Mutter das Kleid aus den Händen. Wäre Stefanie nicht so geistesgegenwärtig gewesen, wäre das Kleid wohl in den Händen der beiden Frauen zerrissen und die Suche nach dem einen Kleid würde wieder von vorne beginnen.

„Das ist das perfekte Kleid!" frohlockte Sylvie erneut und hielt das perfekte Kleid wie einen Tanzpartner in den Händen, während sie tanzend durch die Mansarde schwebte, beleuchtet von den immer weniger werdenden Lichtstrahlen des ausklingenden Tages, die durch das einzige Fenster strahlten. Für diesen Moment war Sylvie nicht mehr die heranwachsende Frau, für die sie sich häufig auf den Bällen und Festen ausgab und die ihre Eltern nicht brauchte, um sich im Leben zurecht zu finden. Jetzt war sie wieder das junge Mädchen, das sich Nachts immer zu ihren Eltern ins Bett schlich, um einfach nur bei ihnen zu sein, das sich bei strömenden Regen aus dem Haus schlich, um in den herabfallenden Tropfen zu tanzen, wie eine Dryade im Wald.

„Danke Mama, du bist die Beste" mit tänzelndem Schritt war Sylvie bei ihrer Mutter und gab ihr einen Kuss auf die Wange. „Das Kleid ist einfach perfekt" wiederholte Sylvie wieder und wieder, doch kam am Ende noch ein Zusatz dazu. „Mit diesem Kleid werde ich Bardens Herz gewinnen. Er wird mich in mitten der Dirnenschranzen erspähen. Unsere Blicke werden sich treffen. Er wird von der Bühne treten. Auf mich zu schreiten. Die Laute spielt eine langsame Ballade. Ein Liebeslied. Ein Lied, das er just in diesem Moment komponierte und dichtete. Und dann beginnt er zu singen. Nur für mich. Und allen anderen Schranzen, um ihnen zu vermitteln, dass ich die einzige wahre Muse für ihn sei. Und dann, weil er nicht ohne mich sein will, nimmt er mich mit, auf seine Reisen auf Gaia."

Leonhart verdrehte die Augen. Ein unweigerliches Zeichen dafür, dass er mit Sylvies Zukunftsplänen nicht einverstanden war, als er auch noch den Mund öffnete, war für Stefanie strahlend klar, dass ihr Gatte seine Meinung auch noch verbal absondern wollte. Stefanie musste dies verhindern. Diesmal hatte sie kein Kleid mehr, das sie jemanden unter die Nase reiben konnte, um so einen langen Streit im Keim zu ersticken. So stellte sich Stefanie unbewaffnet ihren Gatten entgegen. „Schatz, du musst gehen" mit dieser Aufforderung schob sie Leonhart durch die Tür „Wir müssen sie bekleiden und dabei ausziehen und es missfällt mir, wenn du einer jungen Frau auf den nackten Leib siehst. Also geh" bevor Leonhart seine Gegenargumente äußern konnte, war Sylvies Vater über die Schwelle geschoben und die Türe geschlossen.

Erschöpft und erleichtert seufzend lehnte sich Stefanie für einen kurzen Moment gegen die Tür, die hinaus in den Gang führte, wo ihr Gatte, wohl noch immer etwas verwirrt verharrte. „Und jetzt zu dir meine junge Dame" Stefanie sprach mit Absicht mit demselben Idiom, das auch Leonhart benutzte, wenn er seine Tochter ermahnte „Wir sind noch nicht fertig. Schuhe, Haare und noch etwas Schminke und das etwas zackiger, wenn es Ihnen beliebt oder wollt Ihr zu spät zu Bardens Auftritt kommen?"

„Nein."

Sylvies Herz pochte in der Brust. Die Hand legte sie zur Beruhigung auf den herzförmigen Ausschnitt des Kleides, um das Herz zu beruhigen, doch sie konnte es ja verstehen. Endlich war es soweit. Über einen Lunazyklus, seit dem Tag als die Ankündigung von Bardens Auftritt auf dem Pranger des Marktplatzes zu lesen war, hatte sie sich darauf gefreut, zu seinem Auftritt zu kommen. Sylvie musste zwar ihren Vater dazu überreden seine „hartverdienten" Münzen für den Auftritt rüber zureichen, aber für diesen einmaligen Moment ihres noch so jungen Lebens, konnte sie den Missmut ihres Vaters ertragen. Er würde wohl deswegen nicht sein Leben lang auf Sylvie sauer sein, bestimmt nur ein paar Tage. Was war das schon? Verglichen zu so einem Erlebnis.

„Au!"

„Was ist Schatz?" fragte Mama, die an der Seite von Sylvies Vater voraus ging.

„Nichts. Bin nur wieder bei einem dieser blöden Schlaglöcher hängen geblieben."

„Ist dir etwas passiert?"

„Nein. Aber kann man nicht endlich die Straßen ausbessern. Mir wäre fast mein Absatz abgebrochen."

„Die Stadt muss die meisten Steuern für den Krieg berappen, da sind einfach keine Münzen mehr da, um unwichtige Seitengassen neu zu pflastern" begründete Sylvies Vater den schlechten Zustand der Straßen, wohlwissend, dass nur die Prachtstraße neugepflastert wurde, nachdem Kelmantor das Reich Vitael in sich einverleibt hatte.

„Aber wir sind nicht im Krieg" stellte Sylvie ihr Gegenargument auf.

„Nur weil keine Pfeile fliegen und kein Eisenscheppern zu hören ist, heißt das noch lange nicht, dass wir nicht in Kriegszeiten leben."

„Aber dennoch. Es ist schon elf Solariszyklen her, als dieses… dieser Ort zu einem Teil Kelmantors wurde, da kann man doch erwarten, dass die Straßen wieder repariert würden. Schlussendlich sind die ja auch daran schuld. Wir haben sie nicht gebeten mit ihren Belagerungswaffen, Kutschen, Pferden und schwer gepanzerten Trupps durch unsere Straßen zu spazieren, oder habe ich da etwas Falsches gehört?"

Sylvie sah wie ihr Vater den Mund zur Erwiderung öffnete, doch schloss er ihn wieder, ohne was gesagt zu haben. Gegen Sylvies Argumente war einfach kein Kraut gewachsen gewesen, vermutete die junge Dame, stattdessen sagte er einfach nur noch „Komm, gehen wir weiter" und drehte sich über den Absatz um.

„Schatz" trat nun mit diesem Wort Mama an die Seite Sylvies „hebe einfach den Saum des Kleides hoch, dann kannst du sehen, wohin du trittst."

„Ja, aber… es ist so -"

„Es ist also galanter, wenn du nur noch auf einem Absatz humpelst."

Für ihre Mutter brauchte es noch viel mehr Übung, um sie einmal in einem Wortgefecht zu schlagen.

Es war nicht mehr weit bis zur Taverne „Die Goldene Nachtigall". Nur noch ein paar Schlaglöcher. Sylvie wunderte sich nicht darüber, dass Barden sich ausgerechnet diese Taverne für seinen Auftritt aussuchte, denn die Alternativen waren echte Spelunken. Überall lag der Gestank von vergossenem Alkohol, ob aus dem Magen oder aus dem Glas, in der Luft. Die Tische klebten, dass man sich nicht traute, sich mit den Ellbogen abzustützen, ohne dabei zu befürchten, dass die Ärmel weiter auf den Tisch blieben, obwohl man selbst schon aufgestanden war. Und von den Stammgästen, die dort verweilen, will Sylvie gar nicht mal denken, vor allem nicht wenn sie schläft, da würde sie ja in ihrem ganzen Leben nie wieder Schlaf finden. Zum Glück musste sie nicht in eines dieser Spelunken, sondern in die „Goldene Nachtigall".

Nur noch um die Häuserecke und dann würde sie vor der berühmtesten Taverne dieses Kaffs stehen, wo Barden bald die Begegnung mit seiner zukünftigen Muse bevorstehen würde. Sylvie hielt an und bat nochmal zum Himmel hoch, genauer zu den beiden Göttinnen, Selúne und Luna, denn an den drei Tagen an dem beide Göttinnen in ihrer vollen Pracht mit ihrem weißen beziehungsweise gelben Licht vom Nachthimmel leuchten, erleuchten sie auch die Herzen der Paare, die sich an jedem der drei Nächte zusammen schlafen legen und ihre Liebe würde nie mehr enden oder bis zur nächsten Selúnewende zumindest halten. Sylvie war nicht besonders gläubig, wieso es ihr auch egal war, dass schon der siebte Tag nach der Selúnewende, also der vierte Tag nach den drei Tage, verstrichen war, was man auch schon an Luna erkannte, die nicht mehr ganz so rundlich war wie Selúne, die ihrerseits noch immer strahlend weiß leuchtete. Sylvie war es nur wichtig die Nächte an Bardens Seite einzuschlafen und heute würde die erste Nacht sein.

Doch der Traum, die Nächte an Bardens Seite zu verbringen, schien zu platzen, als die drei zum Vorplatz der Taverne kamen. Sylvie war zu sehr in ihrer Traumwelt verflochten gewesen, als dass sie die Stimmen der hundert Personen vorher hätte wahrnehmen können, doch nun sah sie die Menschenmassen und hörte sie. Der Kanon, der aus dem Stimmenwirrwarr heraus erklang, war ein Einleuchtender: Alle wollten zum Auftritt des berühmtesten Bänkelsänger aller Zeiten, doch war es leicht auszurechnen, dass all die Personen, die sich hier versammelt hatten, keinen Platz in der Taverne finden würden. Zum Glück hatten sie die Karten vorgekauft, sonst hätte auch sie den Auftritt von Barden versäumt, doch wäre dies nicht das einzige Problem gewesen, denn etwas noch viel beunruhigendes stach der jungen Frau ins Auge. Barden war bekannt für seinen grünen Umhang, den er immer trug, was auch der Grund war, aus dem Sylvie so begeistert von dem grünen Kleid war, denn dieses würde Barden suggerieren, dass sie füreinander bestimmt wären, doch leider war Sylvie nicht die einzige, die auf diesen brillanten Gedanken gekommen war. Vor Sylvie erstreckte sich unter dem Laternenlicht des Platzes ein Meer aus grüngekleideten Dirnen. Natürlich gab es auch anders gekleidete Personen, doch für die hatte Sylvie keinen Blick übrig. Sorge machte sich im Gemüt breit.

„Mama, ich muss mich neu kleiden."

„Wieso mein Schatz?"

„Sieh doch hin" Sylvie deutete auf das grüne Menschenmeer „Wie soll Barden mich, seine wahre Muse erkennen, wenn so viele Möchtegernmusen sich herumtummeln?"

„Ist doch nicht schlimm" murmelte Sylvies Vater in seinen abrasierten Bart.

Sylvie hatte keine Zeit ihn zurecht zu weisen. Sie musste wieder zurück und sich ein neues Kleid anziehen.

„Habe ich dir schon erzählt, wie ich deinen Vater kennengelernt habe?"

„Mama, dafür habe ich keine Zeit." Sylvie wollte gehen, doch ihre Mutter packte sie am Oberarm und zog sie sanft zurück.

„Es war am Marktplatz. Ich musste damals für meine Eltern Einkäufe erledigen. Es waren kaum weniger Menschen dort als hier jetzt. Dein Vater, der auch dort gewesen war, hätte mich damals nicht gesehen, wäre da nicht dieser Rubin gewesen" Sylvies Mutter zog einen roten Edelstein aus einer der Tasche ihres Kleides. Sylvie hoffte, dass die Geschichte bald zu Ende wäre, um sich endlich umziehen zu können. Sie wäre jetzt schon gerne gegangen, jedoch hielt ihre Mutter sie immer noch am Arm „Ein Strahl des Solaris verfing sich im Rubin und blendete so deinen Vater, der mich erblickte und sich sofort in mich verliebte."

„Großartige Geschichte Mama, aber ich muss jetzt wirklich zurück."

Sylvies Mutter seufzte kurz, um danach zu sagen „So wie mir dieser Rubin einst meinen Geliebten schenkte, so soll er auch dir deinen Geliebten schenken."

Sylvie glaubte nicht daran, doch als sie in die Augen ihre Mutter schaute, die voller Güte und Zuversicht schien, konnte sie das Geschenk nicht ablehnen. Vielleicht würde der Rubin ihr doch Glück bringen. Hoffentlich.

„Gut, einverstanden. Ich nehme ihn. Danke, Mama."

„Dann flechte ich ihn dir ins Haar."

Mit neuem Schmuck im Haar ging Sylvie gefolgt von ihren Eltern gen überfüllten Vorplatz, wo schon der feiste Tavernenwirt, dessen Name Sylvie entfallen war, auf einen Tisch sprang, um sich einen Überblick über die Meute zu verschaffen und um gesehen zu werden. Die ersten Worte des Wirtes gingen unter dem Lärm von hunderten Personen unter. Erst das gebrüllte „Ruhe!!!!!" brachte Stille auf dem Vorplatz.

„Willkommen werte Gäste" begann der Wirt zu monologisieren „Heute ist ein großer Tag für meine bescheidene Taverne, denn heute tritt, wie ihr vermutlich alle wisst, der große Bänkelsänger Barden auf." Sofort erklang ohrenbetäubendes Geschrei vor allem aus den schrillen weiblichen Sprechorganen „Danke, danke... Jetzt Ruhe!!!!" Wieder verstummten die Massen „Damit wir alle zügiger hinein kommen, bilden wir alle schön zwei Reihen. Die eine Reihe bildet sich vor mir und die andere vor diesem netten jungen Mann in gelber Tracht. Falls keine Person mehr zwischen ihnen und mir beziehungsweise meinem Kollegen mehr steht, zücken sie bitte ohne lange Aufforderung die Karte, die sie berechtigt auf den Auftritt von... auf den Auftritt zu kommen. Ich möchte keine Frohlockungen sehen oder sonstige freudige Gesten. Sie gehen danach einfach begleitet von einem unserer Schankmaiden oder –knechten schweigend durch das viereckige Loch in der Wand, um ins Innere der Stube zu gelangen. Haben das alle verstanden?" Ohne eine Antwort abzuwarten sprang der Wirt vom Tisch mit den Worten „Dann stellt euch an."

Es gab ein Drängen und Schubsen unter den Menschen. Sylvie wusste nicht wie, aber irgendwie gelangte sie in die Schlange vor den Wirt.

Es würde nicht mehr lange dauern, bis sie endlich zum Auftritt Bardens gelangen würde, doch auch diese anscheinend kurze Zeit dehnte sich bis in die Ewigkeit. Am liebsten wäre Sylvie einfach vorgestürmt und hinein gerannt, aber sie kannte den Charakter des Wirtes. Wer sich nicht an seine Regeln hielt, flog hochkantig raus, mit Karte oder ohne.

„Das ist eine Fälschung" drang des Wirtes dunkle Stimme an ihr Ohr.

„Aber" hörte Sylvie eine Frauenstimme.

„Nachtigall schreibt man mit zwei L und nicht mit einem. Und kommen Sie mir nicht mit neuer Rechtschreibung. Treten Sie nun zur Seite. Es gibt Gäste, die die rechte Karten besitzen und gerne zum Auftritt gehen wollen."

„Aber"

„Verdock, nimm sie aus der Schlange."

„Jawohl."

Unter dem Gekreische einer Frau, die aus der Schlange gezogen wurde, erwachte in Sylvie eine Befürchtung, was wenn auch sie…? Vor Entsetzen atmete Sylvie ein. Wie aus dem Nichts tauchten vor den Augen Sylvies die Karten auf. Ohne Rechtschreibfehler zu ihrer Erleichterung.

„Zufrieden?" Es war die Stimme von Sylvies Vater, der direkt vor ihr in der Schlange stand.

„Ja, danke."

Seufzend steckte er die Karten wieder ein.

Endlich waren sie an der Reihe. Sylvies Vater zeigte dem Wirt alle drei Karten und deutete auf sie und ihre Mutter für die die anderen Karten bestimmt wären. Der Wirt taxierte die Karten genau und ließ sie ein. Eine Schankmaid in golden gefärbter Tracht geleitete die drei neuen Gäste in die Stube und zu ihren Tischen, die am Arsch der Welt standen, wie Sylvie fand.

Wie soll er mich, aus dieser Entfernung sehen? Der Tisch, der den dreien zugeteilt war, stand am anderen Ende der Stube an der Wand, die gegenüber der Bühne stand. Da hätten wir auch gleich in Langen platznehmen können.

Noch während andere Gäste in die Stube geleitet wurden und sichtlich bessere Plätze bekamen als sie, trat schon eine Schankmaid an den Tisch und nahm die Bestellung entgegen. Ohne elterliche Aufsicht hätte sie einen Wein oder ein anderes alkoholisches Getränk gewahlt, so aber begnügte sich Sylvie mit einem Apfelsaft mit Wasser verdünnt. Zu essen gab es für jeden Gast dasselbe, wieso man dafür auch keine Bestellung aufnehmen brauchte.

Die Stube füllte sich zusehends und bald waren alle Tische und Stühle besetzt. Die Getränke wurden auf den Tischen platziert und Sylvie nahm sofort einen kleinen Schluck,

um einfach mal ihre Nerven zu beruhigen. Sie hatte es geschafft. Sie war beim Auftritt. Bald würde sie Barden sehen, zwar nur in der Größe einer Maus, aber sie würde ihn sehen und er sie und wird sich verlieben und sie aus diesem eintönigen Kaff entführen in eine Welt voller Wunder. Just in diesem Moment wurden dreiviertel aller Kerzen gelöscht und Sylvie saß im Dunkeln. Mit entnervt zitternder Hand nahm sie nochmals das Glas und trank. Diesmal konnte es nicht ihre Nerven beruhigen. Sie saß im Dunkeln. Kein Lichtstrahl drang zu ihr und zu dem Rubin in ihrem Haar. Was nützten ihr grünes Kleid und der Rubin, wenn kein Licht auf sie schien? Das hat bestimmt ihr Vater ausgeheckt, damit Barden sie bloß nicht finden würde, deswegen hat er ausdrücklich einen Platz am Arsch der Welt verlangt. Verdammt. Sylvie war der Verzweiflung nah, bis ein Saitenstrich ihre volle Aufmerksamkeit erregte.

Sylvie schaute zum Ort, woher die Musik erklang. Es war natürlich die Bühne, der hellste Ort in der Stube. Auf einem Stuhl saß jemand. Die Laute, über dessen Saiten die Finger langsam strichen, hielt die Person in den Händen. Von der Kleidung her wusste Sylvie, dass es sich bei der Gestalt auf der Bühne nur um Barden handeln konnte. Der Schlapphut, an dessen hochgesteckten Rand eine Pfauenfeder durchgestochen war, verdeckte das Gesicht. Der berühmte grüne Umhang verhüllte die restliche Unterkleidung in ein schwarzes Nichts. Nur die braune Hose und die braunen Stiefel wurden noch vom Kerzenlicht beschienen.

Weitere musikalische Noten sendeten die Finger über die Lautensaiten durch die Stube. Für Sylvie kam es vor wie der Solarisaufgang. Der beginnende Tag, an dem alles Leben nach einer dunklen, leeren Nacht wieder erwachte. Sylvie wurde immer weiter hineingezogen in die Melodie. Alles um sie herum verschwand. Der Tisch, die Stube, ihre Eltern und auch alle anderen Gäste. Sie war allein... Nein, das war sie nicht, da gab es immer noch den Mann auf der Bühne, der die Ouvertüre mit der Laute spielte. Sie war nun allein mit ihm.

Der Mann auf der Bühne hob den Kopf, obwohl sie so weit weg von der Bühne saß, konnte Sylvie deutlich sein Gesicht erkennen. Braune Augen, die mehr von der Welt gesehen hatten, als ihre Eltern zusammen in ihrem ganzen Leben. Ein makelloses gebräuntes Gesicht, dessen Bartbehaarung nur aus einem Spitzbärtchen bestand. Dann öffnete der Mann seinen Mund und Sylvie verlor sich komplett. Sie vergaß des Stress, die Aufregungen der vergangenen Tage, den Ärger, den sie mit ihrem Vater hatte und alle Sorgen, als die melodiöse Stimme erklang. Das erste Lied schien gleich einer Begrüßung, wie Solaris, wenn er in den Himmel hochsteigt und Gaia aus ihrem nächtlichen Schlaf erweckte, doch war es nicht Gaia, die der Bänkelsänger begrüßte, sondern sie, sie allein. Natürlich begrüßte er mit seinem Gesang die ganzen Gäste, doch schien es Sylvie, als würde er nur für sie singen. Jede Rhapsodie, jedes Poem, jedes Couplet, jede Bagatelle und jede Ballade sang er nur für sie, für Sylvie allein. Die junge Dame saß stocksteif auf ihrem Stuhl. Sie konnte ihre Blicke nicht vom Sänger nehmen. Konnte nicht ihr Glas nehmen, als würde ihr Unterbewusstsein befürchten mit nur einer einzigen Tat, so klein sie auch schien, diesen Auftritt ein Ende zu versetzen und sie wieder in die öde Normalität zurück zu führen.

Plötzlich verirrte sich ein Lichtstrahl von den Kerzen. Er flog durch die Stube und traf den Rubin auf dem blonden Haupt Sylvies. Der Rubin reflektierte das Licht, doch nicht zurück zur Kerze, sondern hoch zum Sänger. Es schien wie ein Wunder. Hatte der Rubin wirklich magische Kräfte? Es gab in den Legenden des zweiten Zeitalters Geschichten über magische Edelsteine, war der Rubin etwa einer davon? Es war egal. Barden sah Sylvie direkt in die Augen. Ihre Knie begannen zu schlottern und wurden weich, zum Glück saß sie, sonst wäre sie auf den Boden gestürzt. Barden, der noch zuvor ein fröhliches Allegro gespielt hatte, änderte durch ein Calando in ein Adagio. Sylvie hatte ausdrücklich Bücher gekauft, in denen sie die Fachbegriffe der Musik sich beibringen konnte, um auch bei Unterhaltungen sich von der Masse abzuheben, aber sie hätte wohl besser auch Bücher gekauft, in denen es darum ging keine Übelkeit zu erlangen, wenn der Angebetete auf einen zu trat, wie es jetzt der Fall war. Weiter an der Laute zupfend trat Barden auf sie zu. Der Magen begann zu rebellieren. Bitte, ich darf mich nicht übergeben, flehte sie ihren Magen an, der versuchte seinen Inhalt wieder durch den Eingang hoch zu pressen.

Wie ein Freier zu seiner Geliebten beugte Barden sein Knie und schaute mit seinen braunen Augen hoch zu Sylvie. Die Hände lagen inneinender verkrampft in ihrem Schoß. Sie wusste nicht, was sie tun sollte. Sie war verzweifelt, doch als sie in diese braunen Augen schaute, lösten sich das Unwohlsein und die Verkrampfung. Sie verlor sich in den dunklen Augen, als würde sie im Nichts schweben, doch war sie nicht allein und hilflos. Etwas, obwohl sie es nicht sah, war etwas um sie, das sie beschütze. Egal was noch geschehen würde, es würde sie schützen. Bardens sinnliche Stimme erklang und hüllte Sylvies Körper wie eine wärmende Decke ein. Diesmal sang er nur für sie, auch in der Wirklichkeit. Er sang von ihrem goldenen Haar, von ihren meeresblauen Augen, von ihrer samtigen Haut, die er so gerne berühren würde, wie auch von den roten Lippen und als er dorthin kam, näherte er sich auch ihnen. Sylvie kehrte zurück, aus der tiefe der Augen und sah das wunderschöne Gesicht des berühmtesten Bänkelsängers der Welt nur wenige Zentimeter von ihrem Gesicht entfernt. Sein warmer Atem umschmiegte ihre Wange wie ein Seidentuch. Sogar wenn Sylvie gewollt hätte, sie hätte den Kuss nicht abhalten können. Sie war wie in einem Bann der Musik, doch der Kuss kam nicht. Jedenfalls nicht an die Stelle, wo sie ihn erwartet hätte. Es endete das Lied und Barden küsste sie auf... die Hand und sagte mit seiner unter die Haut fahrenden Stimme „Habt Dank, für die Muse für dieses Stück."

Eine Sehnsucht in Sylvies Herz entflammte. Sie wollte mehr. Sie wollte ihn. Nicht nur küssen. Sie wollte ihn spüren. Seine Haut auf der ihren und ihn in sich für heute Nacht und bis in die Ewigkeit, doch dies war nicht der rechte Ort. Mit schneller Hand schob Sylvie unter dem Applaus der Gäste und ungesehen vom missmutigen Blick ihres Vaters den

Zettel mit der Wegbeschreibung zu sich nach Hause, den sie geschrieben hatte, in die Hose des Bänkelsängers.

Leonhart I

Unter dem rhythmischen Geklackere der Stricknadeln bearbeitete Leonhart die Löhne für den vergangenen Zehntag. Unter normalen Umständen hätte er schon diese Arbeit am Tage verrichtet, aber er musste ja heute unbedingt dabei sein, um zu sehen, wie ein Herumtreiber sich an seiner Tochter zu schaffen machte, was wäre wohl passiert, wenn er nicht dabei gewesen wäre, das mochte er sich gar nicht vorstellen.

„Du solltest dich entschuldigen." Bei der Stimme seiner Gattin Stefanie, die gegenüber Leonhart saß und strickte, erschrak Leonhart so sehr, dass ihm ein Lohnzettel auf dem Boden fiel.

„Wie?" fragte Leonhart ganz perplex „Was meinst du?" mit diesen Worten auf den Lippen hob er den Zettel vom Boden wiederauf. Es war ausgerechnet der Lohn für Gregor, wie Leonhart bemerkte. Ein zweites Mal würde er wohl nicht glauben, dass er seinen Lohnzettel verloren hätte.

„Ich rede von Sylvie, deiner Tochter, das junge blonde Ding, das unter dem Dach haust."

„Warum sollte ich mich entschuldigen? Du hast ihr doch das Lügenmär erzählt, wie wir uns trafen. Oder täuschen mich meine Erinnerungen und unsere Hochzeit war doch nicht arrangiert?"

„Es war eine Notlüge. Ich wollte meine geliebte Tochter nicht aufregen, denn das machen gute Mütter. Und jetzt entschuldige dich bei ihr, Liebster."

„Wofür soll ich mich entschuldigen?"

„Für dein Benehmen" kam prompt Stefanies Antwort „Du hast dich ja aufgeführt wie eine Glucke, die ihre Küken überwacht."

„Auch nur, weil sie sich benommen hat, wie eine Hure, die schon seit Zehntagen keinen Freier mehr ausgenommen hat."

„So sind junge Frauen in ihrem Alter."

„Warst du auch so?"

„Geh' hoch und entschuldige dich bei ihr. Sofort! ...Liebster."

Leonhart wusste, dass seine letzte Frage wohl einen Nerv erwischt hatte und es keine Möglichkeit mehr gäbe, um diesen Nerv zu beruhigen, darum beugte er sich seinem Schicksal. „Na, gut."

„Wie war das?"

„Ja, Liebes. Ich werde mich nach oben begeben und mich entschuldigen für mein gluckenhaftes Verhalten."

„Schon besser."

Warum konnte er keinen Sohn haben? Diese Frage stellte Leonhart sich hier auf der Treppe, die zum Dachgeschoss führte, nicht zum ersten Mal. Mit einem Sohn wäre das Leben viel einfacher. Wenn er etwas, was ihm Missfiel, tat, gab es ein paar hinter die Löffel und die Sache war ausgestanden. Irgendwann würde er dann die Küferei übernehmen und Leonhart konnte seinen Ruhestand genießen und auf der Veranda Solarisabgang betrachten. Aber nein, er hatte eine mannstolle Tochter. Wie viele graue Haare waren allein nur wegen ihr gewachsen? Ständig musste er auf die triebgesteuerten Männer oder besser Burschen achtgeben. Warum musste sie bloß so schön sein, wie ihre Mutter. Vielleicht sollte ich ihre Tür mit Brettern barrikadieren, dachte Leonhart als er vor der Zimmertüre von Sylvies Mansarde stand. Ohne zu klopfen trat Leonhart ein, um sich bei seiner Tochter, seinem eigen Fleisch und Blut zu entschuldigen, nur weil er will, dass es ihr gut erginge, tz.

„Ent" brachte Leonhart gerade so über die Lippen, als ein weiblicher Schreckensschrei ihn stoppte. Was ist hier los? Aus dem Bett, das gegenüber der Türe stand, sprang ein Mann heraus, splitternackt, wie Leonhart feststellte. Mit schnellem Schritt trat der Mann zu Leonhart. Das Gehirn war noch dabei alles Erlebte schnell zu verarbeiten, darum stand Leonhart noch ziemlich überrascht zwischen den Türangeln.

„Hat man Ihnen nicht beigebracht, dass man nicht einfach so in ein Zimmer einer jungen Dame stürmen kann?" ermahnte der junge Mann mit dem Kinnbärtchen Leonhart, wobei die braunen Augen mit mahnendem Blick versuchten durch den Leib des Küfers zu dringen.

Leonhart wollte sich entschuldigen. Er war zu sehr in Gedanken gewesen, wieso er natürlich auf diese Tugend vergaß, doch er kam nicht zur Entschuldigung, denn sofort unterbrach ihm der Mann, der schon mit sachter Gewalt den Küfer wieder nach draußen schob. „Nein, nein, nein. Nichts sagen. Sie gehen schön wieder nach draußen und klopfen, wie es sich gehört, mit einem Ihrer Patschhändchen gegen das Holz in der Wand und dann erst wenn Sie hereingeben werden, dürfen Sie auch eintreten. Verstanden? Gut" und die Türe war zu und schon zum zweiten Mal am heutigen Tag stand Leonhart vor derselben geschlossenen Tür.

Wie verlangt klopfte Leonhart an die Tür seiner Tochter. Er schellte sich selbst einen Narren. Der nackte Mann hatte Recht. Auch wenn Sylvie seine Tochter war, war sie auch eine junge Frau, und wie hatte steht's sein Vater ihm eingetrichtert, man durfte niemals ungebeten das Zimmer einer Frau betreten. Leonhart würde sich entschuldigen müssen bei Sylvie und bei dem jungen Mann, wenn... Warte! Ein Mann ist im Zimmer meiner Tochter? Die Wut brodelte samt dieser Erkenntnis in Leonharts Körper hoch und als diese den Arm erreicht hatte, riss diese die Türklinke hinunter. Die Tür donnerte gegen den Schrank, indem sie noch vor wenigen Stunden ein Kleid für den heutigen Abend ausgesucht hatten.

Der Mann stand nicht mehr nackt im Zimmer, wie noch beim ersten Eintreten, sondern trug schon seine braune Hose. Nun erkannte auch Leonhart gleich wieder, wer diese

Person war, der die Jungfräulichkeit seiner Tochter beschmutzte. Es war dieser lautenspielende Stromer, der sich wohl nicht nur mit dem Handkuss begnügen wollte.

„Raus aus dem Zimmer meiner Tochter, Wüstling!!!" brüllte Leonhart wutentbrannt. Die Wut hatte nun die Kontrolle über seinen ganzen Körper übernommen.

„Ja, gleich. Lassen Sie mich nur noch"

„Nein!"

„Sie können mich doch nicht nackt"

„Und wie ich das kann." Um noch seine Worte zu bekräftigen stürmte Leonhart auf Barden zu, doch dieser ergriff sein Hemd und wich mit tänzelndem Schritt aus. Leonhart war nicht mehr in der Lage stehen zu bleiben und lief gegen die Hauswand und mit dem Unterleib gegen die Kommode, auf der der Schlapphut mit der Pfauenfeder und ein Taschentuch lag, auf dem der Rubin, das Übel, das diese Situation erst herbeigerufen hatte, abgelegt geworden war. Also nichts Brauchbares, um den Hals eines Stromers abzuwürgen. Mussten halt die Hände dafür herhalten. Was sowieso mehr Genugtuung bescheren würde.

Die Schmerzen des Zusammenpralles verstärkten die Wut nur noch mehr und Leonhart wollte den Herumtreiber, der sein dunkles Hemd übergezogen hatte, leiden sehen. Wieder ohne Koordination stürmte Leonhart auf Barden zu, auch diesmal wich der Bänkelsänger aus und nahm dabei das nächste Kleidungsstück, seinen grünen Umhang. Der Ansturm und der darauf folgende Zusammenprall mit dem Kleiderschrank machten aus diesem Sperrholz. Die Kleider, die Stefanie und Sylvie noch vor Kurzem in den Schrank wieder eingeräumt hatten, fielen über Leonhart her und begruben ihn.

Ein durch den Kleiderhaufen dumpf klingendes verzweifelndes „Papa" drang an Leonharts Ohr. Der Wüstling wird doch nicht sie entführen. Die Wut entfesselte Kräfte und verdrängte Schmerzen. Wie ein Lachs, der aus dem Wasser springt, um den Wasserfall hoch zu schwimmen, schoss auch Leonhart aus dem Kleidermeer.

„Können wir es nicht wie zwei zivilisierte Menschen regeln?" schlug der Stromer vor. Es hatte wohl Schiss bekommen.

„Niemals!!!" und mit diesen Worten auf den Lippen stürmte Leonhart erneut auf Barden zu.

„War ja auch nur ein Vorschlag" wieder wich Barden aus, diesmal übersprang er das Bett, indem sich Sylvie unter die Bettdecke verkrochen hatte, um auf der Fensterseite zu landen, wo die Stiefel des Stromers standen, wie auch dessen Hut auf der Kommode lag.

Auch diesmal bekam Leonhart ihn nicht zu fassen, stattdessen knallte er nun gegen den Schminktisch, und zertrümmerte den Spiegel. Alles um Leonhart wurde schwarz. Nur einzelne lila Punkte blinkten vor dem Auge auf. Der Schädel brummte, doch Leonhart ließ sich nicht unterkriegen. Er stand wieder auf, zwar auf wackligen Beinen, aber er stand wieder.

„Das bringt sieben Solariszyklen Unglück" rezitierte Barden das berühmte Sprichwort.

„Doch deines wird für immer sein."

Mit wackeligen Beinen stolperte Leonhart mehr als das er lief auf Barden zu, deshalb besaß dieser noch die Zeit für diese Frechheit: Er gab Sylvie einen Handkuss, nahm seinen Hut und sprach: „Habt Dank für den heutigen Abend. Ich wäre gerne noch bis zum Morgengrauen geblieben, doch" Barden schaute zum immer näher kommenden Vater „Lebt wohl und zufrieden" mit dieser Verabschiedung sprang Barden aus dem Fenster.

Leonhart hatte ihn nicht zu fassen gekriegt, doch noch hatte er nicht aufgegeben. Er schaute aus dem Fenster und sah, wie der Herumtreiber nicht seine Beine brach, sondern aus dem ersten Stock elegant auf den Pflastersteinen landete. Dann muss ich ihm halt die Beine brechen. Immer noch holprig auf seinen Eigenen, aber besser werdend, stürmte Leonhart aus dem Zimmer und rannte aus dem Haus, um den Herumtreiber eine gerechte Strafe zu verabreichen.

Stefanie II

Lautes Krachen erklang von oben und erweckte in Stefanies Gemüt Besorgnis. Was mag wohl oben vorgehen? Ohne langes Zögern legte sie den noch nicht fertig gestrickten Pullover beiseite und machte sich in Richtung Treppe, wo schon Leonhart ihr entgegen rannte. „Was ist los?" fragte sie, doch aus dem Munde des Gatten kam keine Antwort, sondern nur wildes Gemurmel, bevor er durch die Eingangstüre verschwand. Die Besorgnis darüber, was oben vorgefallen war, wurde größer und nun rannte auch Stefanie, doch nicht ihrem Gatten nach, sondern hoch zum Zimmer ihrer Tochter.

Der Schrank war nur mehr Sperrholz, wie auch der Schminktisch. Scherben des zerbrochenen Spiegels lagen verstreut auf dem Boden. Nichts von all dem berührte aber das Herz einer Mutter mehr, als das, was Stefanie im Bett sah. Dort saß Sylvie. Über ihrem Gesicht fuhren einzelne Tränen, jedoch weinte sie nicht. Sie war zu starr und geschockt, als das Sylvie irgendeine Gefühlsregung bewusst zeigen konnte.

Stefanie trat zu ihrer Tochter hin. Die blauen gläsernen Augen beobachteten jede Bewegung ihrer Mutter, wie sie versuchte nicht auf die Spiegelscherben zu treten. Stefanie wusste nicht, ob Sylvie bewusst sie beobachtete, oder die Augen anstandslos jede Bewegung in ihrem Blickfeld aufnahmen.

Von einzigem noch heilen Mobiliar nahm Stefanie das Stofftuch und setzte sich neben ihrer Tochter auf das Bett. Der linke Arm legte sich beruhigend über die Schultern Sylvies, während die Rechte mit dem Stofftuch die einzelnen Tränen wegwischte. Dann brachen plötzlich alle Dämme. Sylvie brach in Tränen aus und warf sich an die Brust ihrer Mutter. Stefanie stellte keine Fragen und sagte auch nichts. Sie würde alles von Leonhart erfahren. Jetzt war es nur wichtig da zu sein und ihrer Tochter zu zeigen, dass sie immer für sie da wäre. Egal wie sehr ihr Körper immer weiblicher und ihr Gemüt unabhängiger würde, im tiefsten ihres Herzen war Sylvie immer noch das kleine Kind, das sich vor Angst vor Dämonen in das Bett ihrer Eltern schlich.

Leonhart II

Wie nicht anders zu erwarten, befand sich Barden nicht mehr in der Gasse neben dem Haus. Leonhart hatte gehofft, dass der Herumtreiber sich beim Fenstersturz das Bein brach. Musste der Küfer wohl selbst Hand anlegen.

Wohin mag er wohl gelaufen sein? Leonhart glaubte nicht daran, dass er es gewagt hätte an der Eingangstüre vorbei zu laufen, deshalb hatte er wohl die andere Seite als seinen Fluchtweg auserkoren. Leonhart durfte nicht weiter zögern und rannte der vermeintlichen Spur hinter her.

„Meister Leonhart, was ist los?" die Frage kam wie aus dem Nichts und brachte den namentlich Erwähnten zum Stehen.

Der Küfer blickte sich um und sah ein ihm vertrautes Gesicht eines jungen Mannes. Es war Gilbert, der Sohn des Schreinermeisters Malgert.

„Ich habe keine Zeit. Ich muss diesen Herumtreiber fangen." Schon mit diesen Worten machte Leonhart sich wieder auf den Weg, doch diesmal nicht allein, sondern Gilbert rannte an seiner Seite.

„Soll ich Ihnen behilflich sein?"

„Ja, das wäre gut."

Immer wieder schaute Leonhart in die Sackgassen, ob sich der Herumtreiber dort versteckte, doch sah er nichts.

„Wen suchen Sie, Meister Leonhart?"

„Diesen Herumtreiber von Bänkelsänger. Er war im Zimmer meiner Tochter..." Das wiederkehrende Bild, wie dieser Herumtreiber im Bett seiner Tochter nackt lag, entfachte die Wut noch stärker.

„Ist Fräulein Sylvie etwas zugestoßen?"

„Ich kam rechtzeitig dazwischen."

„War er es auch, der..." statt das Letzte zu sagen, fuhr Gilbert sich nur über das Gesicht.

Verwirrung über die Geste des Schreinersohnes verbreitete sich im Küfer, deshalb tat Leonhart es dem Jüngling gleich. Als er die Hand wieder vor die Augen schob, hatte sich die Handfläche sich ins Rötliche verfärbt. Ein paar Splitter des zerbrochenen Spiegels hatten wohl ihren Weg in das Gesicht des Küfers gefunden und dort Schnittspuren hinterlassen. Vor lauter Wut hatte Leonhart es gar nicht bemerkt. Nun hatte er noch einen weiteren Grund dem Herumtreiber den Hals um zu drehen, als hätte er nicht schon genügend.

Ohne eine Spur vom Bänkelsänger erreichten Leonhart und Gilbert den Marktplatz. Leonhart hatte nicht vermutet, dass der Bänkelsänger in Taverne zurückkehren würde, deshalb bogen sie Richtung Marktplatz ab. Um diese nächtliche Stunde, war der Platz normalerweise leer, jedoch war heute für die Handelswirtschaft kein normaler Tag. Auch sie wollten Profit aus dem Auftritt des berühmten Bänkelsängers schlagen und eröffneten einen Markt zum Gedenken, damit jeder noch seinen Enkeln erzählen konnte, dass diese Person beim Auftritt Bardens dabei gewesen war, auch wenn diese nicht dabei war.

So tummelte sich nicht nur mehr ein Bänkelsänger mit Laute und grünen Umhang in der Stadt, sondern gleich hunderte, die Andenken gekauft hatten. Wie sollte Leonhart unter so vielen Doppelgängern den Rechten nur finden?

„Habt keine Bedenken Meister Leonhart. Wir werden ihn finden und ihm seiner Gerechtigkeit zu fügen."

Leonhart schaute in die unbeugsamen Augen und verspürte wieder Mut. „Also gut, dann los."

Beide Suchenden trennten und begaben sich in die Menschenmassen. Unter den vielen Doppelgängern war es schwer den rechten Barden zu finden. Die Wortmeldungen, der jeweiligen Ausrufern, die ihre Waren als die Kostengünstigsten anpriesen, gingen Leonhart töricht auf die Nerven.

Nachdem Leonhart dutzende Käufer belästigt und mit seinem zerschnittenen Gesicht erschrocken hatte, gab er auf. Sogar wenn der Herumtreiber hier in der Meute sich versteckt hatte, so hatte er mittlerweile genügend Zeit gehabt, um zu fliehen.

Gilbert hatte anscheinend nicht mehr Glück als Leonhart und kam mit leeren Händen zum Küfer.

„Verzeiht mir Meister Leonhart. Ich konnte ihn nicht finden."

„Ist schon gut" beruhigte Leonhart den sichtlich niedergeschlagenen Schreinergesellen. Hätte er bloß so einen Sohn, wie Malgert ihn hat. Das Leben wäre um so vieles einfacher. Plötzlich kam ihm ein Gedanke.

„Gilbert, hast du schon eine Angetraute?"

„Nein, dieses Glück ist mir noch verwehrt geblieben."

„Was hältst du von meiner Tochter, Sylvie?"

Gilbert schaute verträumt in das nächtliche Firmament, als würde er dort Sylvies Antlitz sehen. „Sie ist eine wunderschöne und bezaubernde junge Frau."

„Schön, komm lass uns ein wenig plaudern."

Ungesehen von Gilberts wie auch Leonharts Augen schlich eine Person mit Laute auf dem Rücken und in einem grünen Umhang gewandet, den Hut tief über das Gesicht gezogen, aus der Menschenmasse hinaus und an einer Türe vorbei, aus der Barden hinaus linste. „Hoffentlich ruiniert er nicht Bardens Ruf" sprach der berühmteste Bänkelsänger der Welt und schloss die Tür.

Die brennenden Kerzenleuchter an den Wänden erhellten den Altar, an dessen Rückwand die Bilder der drei primären Gottheiten der Menschen hingen: Solaris, abgebildet wie fast auf jedem Bild in strahlender Rüstung, wie sein Pendant am blauen Himmel, Selúne, im weißem Kleid umgeben von Myriaden an Sternen, und unter den beiden Bildern das ihrer gemeinsamen Tochter, Luna, die einem armen Menschen die Hand reicht. Der dritten Gottheit war auch diese Kapelle gewidmet, in der die Bilder hingen. Zwei mit aus jeweils fünf Bänken bestehenden Reihen richteten sich zum Altar, auf dem Lisbeth in blassgelber Robe stand, gekleidet halt wie eine echte Priesterin der Luna. An den Seiten des kleinen Saales stapelten sich schon die Decken. Bald würde wieder die Kalte Zeit einbrechen und Obdachsuchenden würden Zuflucht in dieser Kapelle suchen, wie auch in jeder anderen Kapelle, die Luna gewidmet war, doch noch war Lisbeth alleine in dem Saal, bis die Tür aufgerissen wurde und ein Mann in grünem Umhang gekleidet, einen Schlapphut mit bunter Feder auf dem Kopf tragend und einem Rucksack wie auch eine Laute über die Schultern gehangen, durch die Tür trat. Lisbeth hatte auf diese Person gewartet, was dieser aber nicht wusste, wieso er auch ihr sogleich den Rücken zu wandte, um nachzusehen, ob jemand ihm verfolgte. Die Luft schien rein zu sein, denn erleichtert schloss er die Tür.

„Willkommen, Schutzsuchender. Was führt Euch in die Kapelle der Luna?" begrüßte Lisbeth den Flüchtenden auf traditionelle Art und Weise.

Wenn der junge Mann erschrocken war - von Lisbeths Anwesenheit - dann ließ er es sich nicht anmerken, oder der Altar war einfach zu weit von der Eingangstür entfernt, als das sie die Mimik hätte ablesen können.

„Einen wunderschönen Abend wünsche ich Ihnen" erwiderte der Jüngling mit tiefer Verbeugung und nahm dabei sogar seinen Hut ab „Man nennt mich Barden und suche bei euch Schutz, weil ich eine Meinungsverschiedenheit mit einem Vater über die Keuschheit seiner Tochter bezüglich, wann sie sie verlieren sollte, hatte."

„Ach." Lisbeth kannte den Ruf Bardens als Schürzenjäger, doch durfte sie ihm nicht zu erkennen geben, dass sie auf ihn gewartet hatte.

„Dürfte ich eine Bitte an Euch tragen?"

„Nur zu, bittet."

„Dürfte ich näher treten, an den Fuß des Altars. Es ist nicht gut für meine Stimmbänder, wenn ich auf so großer Distanz ein Gespräch führe und als Bänkelsänger ist meine Stimme meine größte Einkommensbeschaffung."

„Ja, natürlich tretet nur näher."

„Habt Dank."

Wie es Lisbeth erlaubt hatte, trat Barden näher und verringerte so die Distanz der beiden. Er war ein fescher Junge, den Lisbeth nicht von der Bettkante hätte geschubst.

„Ihr könnt Euch auch eine Decke vom Stapel holen, um zu nächtigen" schlug Lisbeth hilfestellend vor. Wie es halt Lunapriesterinnen gerne taten.

„Ist nicht von Nöten. Mein Umhang hat mir schon so manche kalte Nacht gewärmt, doch könnte ich Euch noch eine Frage stellen, die brennt mir einfach auf der Seele?"

„Natürlich, fragt."

„Warum gebt Ihr Euch als Lunapriesterin aus?"

„Was…?" Wie konnte er wissen, dass sie keine Priesterin war?

„Priesterinnen der Luna tragen keinen Lidschatten oder roten Lippenstift, um eine Verbundenheit mit den Armen der Armen zu verkörpern, deshalb tragen sie nur schlichte, lunarische Kleidung ohne Schmuck und Schminke. Also warum kleidet Ihr Euch als Priesterin?"

Er war so gut wie sein Ruf. Lisbeth hatte die richtige Entscheidung getroffen. Er würde die Mission erfolgreich bestreiten, gut. „Ihr habt Recht. Ich bin keine Priesterin. Ich arbeite für Kelmenar Morden. Ihr kennt ihn?"

„Eroberer des Südens des Kontinents Schildoran und der Grund, warum meine vitalischen Drachmen keinen Wert mehr besitzen. Ja, der Mann ist mir geläufig und warum infiltriert er nun eine Kapelle der Luna. Hat er etwa Angst, dass die Lunapriesterschaft mit ihren Gebeten und Wohltätigkeiten seine Macht streitig machen könnten?"

Lisbeth ließ diese freche Frage ungeachtet. Sie war nicht hier, um den Ruf des Kelmenaren zu verschönern. „Nein, ich bin wegen Euch hier"

„Interessant, wo Ihr nach mir gesucht habt. Wie wusstet Ihr, dass ich hier her komme?"

„Weiblicher Instinkt." Wäre es nicht hier gewesen, hätte Lisbeth sich als wandernde Lunapriesterin ausgegeben und ihn halt außerhalb der Stadt angeheuert.

„Nachdem wir nun geklärt haben, warum Sie Ihren schönen Leib in der figurlosen Robe verbergen. Was will der Schöpfer von Witwen und Waisen von mir einfachen Bänkelsänger. Soll ich eine Arie über seine Heldentaten verfassen, wie er ein Land in Frieden in den Krieg stürzte, wie er Eheleute auf natürliche Art und Weise scheidet? Also was will er von mir?"

Lisbeth zeigte keine Wut über die Äußerungen von Barden. Wieso auch? Sie empfand ja auch keine. „Nichts dergleichen benötigt er von Euch. Er braucht Euer anderes Talent."

„Ach, so einer ist er. Da muss ich ihn leider enttäuschen. Ich teile mein Bett nur mit der holden Weiblichkeit."

Bardens Vermutung ließ die bis dahin versteinerte Miene von Lisbeth durch ein Schmunzeln ein wenig brechen, aber schnell fand sie wieder ihren Gleichmut. „Nicht diese Fähigkeit. Ich meinte die Fähigkeit als Dieb."

„Ach, das. Und was soll ich für ihn stibitzen? Juwelen, Gold oder ein menschliches Herz? Er hat bestimmt noch keines."

„Ihr seid näher dran als Ihr meint. Ihr sollt die Splitter des Edelsteines der Menschen beschaffen."

Mit erstarrter Miene schaute Barden hoch zu Lisbeth und fasste das Gehörte zusammen. „Ich soll für Kelmenar Morden die Splitter des Edelsteines der Menschen beschaffen?"

„Ja."

„Die Splitter, die nach dem Ende des zweiten Zeitalters sich auf ganz Gaia verstreut haben?"

„Ja."

„Und von denen niemand weiß, wo sie sich aufhalten? Klar, ich hatte mit dem Rest meines Lebens sowieso nichts anderes vorgehabt, als auf die Suche nach fünf Zeigefinger großen Karfunkeln zu begeben." Man musste kein Meister der Linguistik sein, um zu wissen, dass Bardens Aussage mit Zynismus voll war.

„Ihr braucht nicht nach den Splitter zu suchen" beruhigte Lisbeth den Bänkelsänger, um ihn wieder ins sprichwörtliche Boot zu holen „Wir haben heraus gefunden, wo sich die Splitter befinden."

„Und warum holt ihr sie nicht dann selbst?"

„Weil sie außerhalb des Herrschaftsgebiet des Kelmenaren liegen."

„Das hindert einen Kelmenaren normalerweise nicht. Er vergrößert sein Gebiet halt bis dorthin, gepflastert mit dem Blut vieler Soldaten und Bürgern."

„Ich konnte ihn überzeugen, dass es besser wäre einen Dieb, statt eine Armee, zu versenden."

„Wenn Ihr so gut seid: Leute zu überzeugen, dann überzeugt mich, mein Leben für eure Sache zu riskieren."

Natürlich hatte Lisbeth geahnt, dass Barden nicht als reine Nächstenliebe handeln und behilflich sein würde. „Ich bin eine Medica. Geschult in der Anatomie der Menschen. Ich kenne sämtliche Erogenzonen des menschlichen Körpers und wenn Ihr mir die Splitter bringt, würde ich sie gerne eine ganze Nacht lang an Euch zeigen."

Barden schaute gleichmütig hoch. Im Kopf rotierte die Frage, ob er das Angebot annehmen solle, vermutete Lisbeth. „Nein" lehnte er dann doch ab „Es ist zwar ein nettes Angebot und ein außergewöhnliches, jedoch riskiere ich nicht mein Leben, wegen einer Nacht mit einer Frau, auch wenn sie so attraktiv ist wie Ihr" Für einen Bruchteil eines Augenblicks schaute Barden nach hinten zur Tür „Jedenfalls nicht fünfmal" Wieder zu Lisbeth hochschauend „Falls Ihr kein besseres Angebot habt, werde ich von hier verschwinden. Lebt wohl und zufrieden."

Barden drehte sich über den Absatz um und schlenderte Richtung Tür. Lisbeth hatte schon vermutet, dass der Schürzenjäger nicht auf ihr erstes Angebot eingehen würde, aber einen Versuch war es wert gewesen. Sie hätte so gerne wieder einmal die Nacht mit einem Mann verbracht, vor allem mit einem jungen nimmer satten Mann, aber so musste sie doch die Trumpfkarte ausspielen.

„Ich werde dem Herzog von Nordwind nicht verraten, wer Ihr seid."

Der Bänkelsänger, der nur mehr wenige Klafter vom Ausgang entfernt war, blieb abrupt stehen. Es hatte tatsächlich die Wirkung, wie es Lisbeth gehofft hatte. „Wie meint Ihr das?" fragte er ohne sich umzudrehen.

„Ich werde dem Herzog berichten, warum sein Enkel braune Haare besitzt, obwohl Mutter und Vater blond sind und was Ihr damit zu habt."

„Dem Herzog kann es egal sein. Schließlich ist sein Blut immer noch auf den Thron, weil seine Tochter die Erbin ist."

„Aber ihm wird es nicht egal sein, wenn ich ihm verrate, dass es Euer Bankert war, der seine Tochter im Kindbett getötet hatte."

Barden drehte sich um „Marlene ist tot?"

„Ja, ich war ihre Hebamme an diesem Tag." Lisbeth erinnerte sich wieder, obwohl sie die Erinnerungen verdrängen wollte. Es schien alles eine normale Geburt zu sein, doch das Blut schoss weiter aus dem jungen hübschen Mädchen. Die Anstrengungen und der Blutverlust waren zu viel für den zarten Körper gewesen. Am Ende stand sie da, mit vom Blut gefärbten Händen und Kleidern. Das Kind schrie in der Ferne, um zu zeigen, dass es atmen konnte, doch Marlene gab kein Lebenszeichen mehr von sich. Sie lag da, mit Schweiß benetztem Gesicht. Blonde Strähnen hingen über die weit aufgerissen grünen Augen, die Lisbeth anstarrten, als würden sie ihr die Schuld geben, für den Tod der jungen Frau.

Lisbeth musste stark sein. Sie durfte Barden keine Zeichen übermitteln, wie sehr ihr dieser Verlust schmerzte. Zum Glück war Barden wieder weit genug entfernt gewesen, dass man die Mimik des anderen nicht mehr ablesen konnte.

„Ich mache es" stimmte Barden tonlos Lisbeths Angebot zu „Doch beantwortet mir bitte diese Frage. Starb sie wirklich nur, weil sie mein Kind gebar."

„Nein" antwortete Lisbeth ehrlich, warum sollte sie ihm Schmerzen zufügen wollen „Es hätte bei jeder Geburt passieren können." Und sie hätte deshalb besser vorbereitet sein sollen, beschuldigte sie sich daraufhin selbst.

„Habt Dank." Barden trat wieder an den Altar heran. Lisbeth hatte wieder die versteinerte Miene aufgesetzt. „Dann reden wir über das Geschäft."

„Einverstanden."

„Wo befinden sich die fünf Splitter des Edelsteines der Menschen?"

„Einer ist im Besitz der Prinzessin von Langen, einer fand man in der Diebesgilde der Freimarschen, einen hat der König von Makelien und noch einer ist im Besitz einer Person, die den Splitter als Symbol des Aufstandes in Goldan missbraucht."

Es herrschte kurzes Schweigen im Saale.

„Das waren erst vier" gab Barden sein mathematisches Wissen preis.

„Das hier ist der fünfte." Lisbeth nahm den fünften Splitter des Edelsteines heraus. Er funkelte burgunderfarbend zwischen Daumen und Zeigefinger. „Ich habe ihn mitgebracht, damit Ihr wisst, wie die Splitter aussehen."

„Habt Dank" Barden verbeugte sich „Dann werde ich mich auf den Weg machen" und drehte sich auf dem Absatz um, um wieder sich zum Ausgang zu begeben.

Lisbeth steckte indes den Splitter wieder ein. Es war leichter als-

„Noch eine Frage hätte ich da noch."

„Ja, die wäre."

„Die Sache mit dem Zeigen der Erogenzonen ist vom Tisch?"

Lisbeth nickte „Ja."

„Schade, dürfte ich dennoch eine letzte Bitte an Euch richten."

Lisbeth seufzte. In Gedanken hatte sie schon alles für erledigt gefunden. „Natürlich, bittet."

„Dürfte ich Euch umarmen. Sie wissen doch eine Umarmung einer schönen Frau und ein Mann kann Berge versetzen oder vier Splitter beschaffen ohne dabei zu sterben." Mit diesen Worten nahm Barden seinen Hut vom Kopf und breitete die Arme aus und erwartete die Umarmung.

Ach was soll's, dachte sich Lisbeth und ging vom Altar herunter, um den Bänkelsänger zum Abschied zu umarmen.

Es war eine kurze schnell vergessende Umarmung.

„Noch etwas?" wollte Lisbeth wissen und hoffte auf ein Nein.

„Nein, habt Dank. Ihr seid wahrlich eine Priesterin der Luna. Lebt wohl und zufrieden" Dann setzte Barden seinen Hut auf und ging durch die Tür von dannen.

Dirken I

Das Duftpotpourri aus Kümmel, Safran, Zimt und weiteren Kräutern vermischten sich mit dem Aroma des brutzelnden Fleisches und stiegen zusammen in die Nase von Dirken, der noch einen tiefen Atemzug durch die Knollennase vollführte. Früher als Dirken noch die Lehre zum Koch machte, gab es all diese Gewürze hier in der Burg Auenacker nicht. Immer wenn er aus dem Fenster der Burg schielte, sah er nur die grünen Flächen von Wiesen und die gelben des Getreides, deshalb gab man dieser Region den Namen Grünfeld, doch vor etwa fünfundzwanzig Solariszyklen geschah es. Unter dem Banner des heutigen Königs marschierten die Truppen Kelmantors ein und erlösten Dirken von Übel der monotonen Kochweise der Vergangenheit, die nur darauf ausgelegt war, die Menschen zu ernähren, anstatt ihnen das Essen schmecken zu lassen. Mit der Einnahme Grünfelds zum Reich Kelmantor kamen auch diese ganzen neuen Gewürze ins Land, die nun Dirken in die Nase stiegen. Natürlich war die Nahrungsvielfalt nicht so groß wie die der Lichtelfen in Renoncé, aber Dirken war damit auch zufrieden. Der Koch wunderte sich nicht, warum die Truppen aus Kelmantor jede Schlacht, die sie bisher bestritten, als Sieger beendeten, denn ein gesättigter Magen kämpft halt stärker und wer will schon sterben, wenn am Abend so ein köstliches Mahl auf einen wartet?

„Die Supp' is' fertig" unterbrach Marcel, einer von Dirkens Kochgesellen, die Gedankengänge.

„No' net" berichtigte Dirken seinen Gesellen und zog gleich seinen mit Gravuren überzogenen Löffel aus der Schürze. „Bring' mi' zum Topf."

Marcel leitete seinen Meister zum Kochtopf, indem die Vorspeise des Kelmenaren blubberte. Der herrliche Duft der Spargelsuppe stieg dem Küchenchef in die Nase. Mit dem Löffel fuhr er sogleich hinein und probierte die Suppe. Nach einem kurzen Pusten über die grünliche Wasserschicht steckte Dirken den Löffel samt Inhalt in den Mund. Die Zunge führte die Suppe von einer Wange zur anderen, um auch jeglichen Geschmacksnerv im Mund von der Suppe kosten zu lassen. Marcel rannen schon ein paar Schweißperlen die Stirn hinunter, ob es nun an der Hitze hier in der Küche lag oder der Nervosität, ob die Suppe Dirkens Geschmackstest bestand, konnte wohl niemand feststellen. Es würde sich auch niemand die Mühe machen.

„Guat" sagte Dirken nachdem er die Suppe hinunter geschluckt hatte „Die kemma, den Kelmenar geben."

Marcel war sichtlich erleichtert.

„So, und wer bringt nu' den Kelmenar sane Vorspeis'?" fragte Dirken in die Küche, plötzlich wurde noch viel intensiver gearbeitet. Messer hackten viel kräftiger als zuvor als wollten sie das Schneidbrett zusammen mit den Speisen zerlegen, das Scheppern von Töpfen und das Klirren von Tellern und Besteck wurde auch häufiger und erzeugte ein Disharmonie der Klänge, die nur fleißige Arbeit bringen konnte... oder vorgetäuschte. Dirken verstand seine Leute, auch er wollte nicht zum Kelmenaren. Die Dankbarkeit über das, was er ins Land gebracht hatte, war zwar groß, aber dennoch wollte Dirken dem Geschmacksbringer doch nur ungern persönlich gegenüber treten. Rein wenn er mit dem Kelmenar in einem Raum stand, brachte es ihm schon weiche Knie und der Fluchtinstinkt schaltete sich an. Warum konnte er nicht wie sein Adoptivvater in der Hauptstadt Reichsheim verweilen? Bestimmt lag es an der blonden Mätresse, die hier seit seiner Ankunft vor vier Solariszyklen herum geisterte. Wem soll er also dem Drachen zum Fraß vorwerfen? Dachte so der Küchenchef bei sich, als er über die produktiven Arbeitskräfte seinen Blick schwadronieren ließ.

Die Tür zur Küche wurde geöffnet und der Fraß... ähm... Tommi, der junge Kochlehrling trat herein. „Mensch, ihr kenn's net gla'ben, was fier an groß'n Schaßhaufen i hing'hauen hab'. I' gla'b des wor des Essen, der letzt'n zwoar Tog" prustete Tommi als er herein getreten war.

„Hast' da a die Händ' geputzt?" wollte Dirken wissen.

„Ja, Chef."

„Guat, dann kannst ja glei' den Teller Suppe zum Kelmenar bringen."

„Des würd' i' ja gern moch'n" log der Kochlehrling „oba i' hob do no' Erdäpfl zu schöll'n."

„Nana, dane frisch gewoschenen Händ' vergeidenen wia net an a poor Erdäpfl."

Tommi wurde blasser und man sah in seinen Augen, wie er sich eine neue Ausrede ausdachte, dann wurde sein Blick devot. „I' muss' um Verzeihung bitt'n. Meine Händ' san net so sauber, wie i g'sagt hab'."

„Macht nix" sagte Dirken nonchalant „Wer wäscht sich schon die Händ', wie er's g'sagt hat, stimmt's Jungs?"

Ein kanonisches „Ja" ertönte von den Arbeitsplatten, bevor wieder weiter intensiv gekocht wurde.

„Aba..." Tommi suchte eine weitere Ausrede, doch da drückte Dirken ihn schon den Teller heißer Suppe in die Hände mit dem darin schwimmenden Löffel.

„Jetzt geah. Der Kelmenar wartet scho'" Mit sanfter Gewalt schob Dirken seinen Lehrling hinaus in den Gang, der zum Wohnturm des Kelmenaren führte.

„Aba... die Erdäpfl?" versuchte sich Tommi noch am letzten Strohhalm festzuhalten.

„Die schäl' i für di'" sprach Dirken ganz altruistisch und schloss die Tür.

Tommi I

Wieso musste er bloß die Erdnüsse futtern? Fragte sich Tommi als er den Teller Suppe in den Händen haltend gen Stufen ging, die zum Höhlen des Drachen führten oder anders ausgedrückt zum Wohnturm, in dem der Kelmenar residierte. Tommi wusste, dass sein Magen Erdnüsse wie eine Rutsche durch den Darm befördert, aber sie schmecken doch so köstlich. Das Seufzen konnte und wollte der Küchenlehrling nicht unterdrücken. Er erinnerte sich zurück, während er die ersten Stufen Richtung Wohngemach betrat, wie seine Eltern überglücklich waren, dass ihr „Biabalä" in der Burg Auenacker die ausgeschriebene Stelle als Kochlehrling erhielt, wer hätte damals schon gedacht, dass er zwei Solariszyklen später, deshalb sterben würde.

Die Befürchtung über seinen baldigen Tod war für Tommi nicht weit hergeholt. Marcel, der schon als Koch anfing, als noch kein kaltblütiger Schlächter diese Burg als seinen Stützpunkt auserkoren hatte, hatte schon gesehen, wie der Kelmenar einen Koch den Happl abschlug, nur weil das Fleisch zu zäh war.

Verdammt er wollte doch nicht so jung sterben. Blöde Erdnüsse. Nie mehr Erdnüsse. Wie könnte er den Tag bloß fix überleben? Und noch einmal die samtige Haut von Gerlinde fühlen. „Vielleicht wär's bessa, wenn i oanfoch davun lauf'm würd'. Aus da Burg, üba die Maua, sich beim Sturz des Bein brech'n, von die Wärtan g'fongen nemma loss'n und am Strick als Verräta enden... was für a deppatte Idee."

„Vielleicht die Suppe nua unta die Tir durchschieb'n, wenn die Tir net zum Boden reich'n würd', also a net. Vielleicht a klan's Gleichg'wichtsproblem und die Supp'm würd' sich üba die Stuf'n ergieß'n. Genau des is' es!" frohlockte Tommi den Plan herausgearbeitet zu haben, wie er sein Dasein auf Gaia weiterführen konnte.

„Selbstgespräche san die ersten Anzeichen für einfallend'n Wahnsinn." Diese plötzliche ruhige, fast schon kalte Äußerung hätte Tommi vor Schrecken fast schon dazu gebracht, seinen Plan ungewollt in die Tat umzusetzen.

Wieder das Gleichgewicht gefunden und den Teller Suppe sicher in den Händen haltend, konnte nun Tommi sich dem Äußerungsgeber widmen. Übrigens fanden nur zwei Tropfen der Suppe beim Gleichgewichtsakt ihr Ende auf dem steinernen Boden.

Tommis Plan: Dem Kelmenar nicht zu begegnen, war gescheiter, denn die Türe zum Gemach stand offen und der Eroberer des Südens vom Kontinent Schildoran saß hinter dem einzigen Tisch, der im Zimmer stand. Sein silbernes Seidengewand mit goldenen Kordeln an Schultern und Brust erweckte den Anschein als würde Tommi vor einen elfischen Aristokraten stehen und nicht vor einem Krieger, der vor keiner Schlacht zurückweicht, doch der kaltblütige Blick der braunen Augen im starren von Falten und Narben durchzogenem Gesicht, zeigten vor welcher Art von Person Tommi stand. Ohne mit der Wimper zu zucken hätte er den Küchenlehrling getötet, wenn er nur einen Fehler beging, das wusste und fühlte Tommi in seiner Seele. Wie zum Beispiel ihn nicht zu grüßen, wieso Tommi es so schnell es seine Lippen konnten, folgende Begrüßung formulierte. „Kelmenar Morden." Zur Begrüßung kam noch die obligatorische Verbeugung.

Der Kelmenar starrte den Küchenlehrling an. Am liebsten hätte Tommi den Kopf unten gehalten, um den kalten Augen, die sich in seine Seele bohrten, zu entgehen, aber das Dogma der Höflichkeit verbot dies.

„Is' der Teller für mich?"

„Jaja." Antwortete Tommi so schnell er konnte, wobei die Stimme sich fast überschlug.

Wieder schaute Kelmenar Morden den Kochlehrling direkt in die Augen. Tommis Blut gefror in den Adern, wodurch die Beine weich wurden. Was hatte er bloß vor mit ihm?

Der Kelmenar erhob erneut das Wort. „Kommst du her oda bekomme ich einen Strohhalm, mit dem ich die Suppe von hier aus trinken kann?"

„Ja, natürlich, ich komme!!!" Beide Beine wollten so schnell wie möglich beim Kelmenar sein, was aber dazu führte, dass beide den ersten Schritt machten und Tommi erneut das Gleichgewicht wie weiteren Inhalt aus dem Teller verlor. Diesmal landeten die Tropfen nicht auf kalten Stein sondern auf einem Teppich, der so rot war wie das Blut, wahrscheinlich gefärbt vom Blut seiner Feinde und Kochlehrlingen, die die Suppe verschütteten, dachte Tommi. Er würde Gerlinde nie wieder sehen, das war sicher.

Überhastet und ungeschickt stellte Tommi den Teller auf den Tisch direkt vor dem Kelmenar. Der Löffel knallte auf das Porzellan, das es nur so klirrte, dann verabschiedete sich das Besteck von Teller und Tisch und begrüßte den Teppich.

Tommi schaute hinab auf den silbernen Löffel, dessen Inhalt sich in den Teppich saugte, wie auch bald das Blut von Tommi.

„Soll ich den Löffel aufklauben?"

„Nana, das mach ich!" schnell und geschwind nahm Tommi den Löffel vom Boden auf und wollte ihn sogleich wieder in die Suppe legen.

„Willst du wirklich den dreckigen Löffel in meine Suppe tun?"

„Na, natürlich net!" Doch was sollte er sonst mit dem Löffel tun? Tommi stand hilflos da und wusste nichtmehr, was er tun sollte. Wäre das Atmen nicht ein Reflex, hätte Tommi nicht einmal mehr das getan. Er stand wie eine Statue im Raum, als würde der Küchenlehrling darauf hoffen, dass wenn sein Körper unbeweglich in Raum stünde, ihn der Kelmenar nicht sehen, noch die Happl weghauen könne.

„Geh'" befahl der Kelmenar und erlöste Tommi aus der Starre „Dann werd' i halt die Suppe aus den Teller schlecken, wie a räudiger Köter."

Tommi stürmte hinaus und hätte bald eine blonde Frau niedergerannt, die ins Gemach treten wollte. Der Küchenlehrling war froh noch am Leben zu sein, auch wenn er den Kelmenar verärgert hatte.

Morden I

„Wenn Ihr weiter dem Küchenpersonal so viel Angst und Schrecken bereitet, bräuchtet Ihr bald einen Vorkoster" schlug Lisbeth vor, als die blonde Frau in das Gemach ohne jegliche Begrüßungsfloskel trat.

„Hat es geklappt?" Auch Morden übersprang wohlwissentlich die Begrüßung und sprang sogleich zum Thema.

„Ja, er wird die restlichen Splitter beschaffen" verkündete Lisbeth die frohe Kunde, während sie immer näher zum Tisch kam.

„Gut" Kelmenar Morden war erleichtert, auch wenn man es seinem Gesicht nicht ansah. Er hatte einfach zu viel Niederschmetterndes in den vergangenen Solariszyklen erlebt, da brauchte es schon mehr als, dass jemand einen Auftrag annahm, auch wenn es so ein bedeutender war. Vielleicht, wenn er dann alle Splitter in Händen hielt, würde ihm ein Lächeln der Zufriedenheit entfleuchen, jedoch jetzt noch nicht.

In ihrer vom Dreck der Wanderung stark verschmutzten Robe setzte sich Lisbeth auf die Tischkante und schenkte dem Teller Suppe einen kurzen Blick, um gleich darauf einen Löffel aus einer ihrer Robentaschen zu holen. Mit dem Löffel fuhr sie in die grüne Suppe und reichte ihn dann dem Kelmenar wie einem kleinen Jungen, der jedoch nahm die Speise nicht an, sondern erhob sich und ging Richtung Fenster hinter sich.

Die Nacht hatte sich über die Ebenen von Grünfeld gelegt. Am Himmel funkelten die Sterne. Selúne hatte schon ein Viertel von ihrem vollen Glanz eingebüßt und von Luna war schon seit einer Nacht nichts mehr zu sehen. Dafür sah Morden einen alten Mann im

Fenster, der nicht mehr die jugendliche Glut in den Augen hatte, die zu jederzeit zu einem Inferno werden konnte. Jetzt schauten ihn nur mehr zwei apathische Augen an, ohne Hoffnung, ohne Lebenssinn.

Morden schaute auf Lisbeths Reflektion im Fenster. „Und du bist dir sicha, dass er die Splitter beschafft?"

„Ja." Lisbeth wusste nicht, was sie mit dem Löffel voll Suppe in der Hand machen sollte, so trank sie ihn halt selbst und verzog gleich darauf angewidert das Gesicht: „Ihr solltet lieber früher als später einen Vorkoster einstellen."

Ungeachtet von Lisbeths zweiter Äußerung sprach der Kelmenar weiter. „Wird er überwacht?"

„Ja."

„Von Nemo?"

„Nein, von jemand anderem, den Ihr nicht kennt."

Morden murrte augenblicklich. Ihm gefiel es nicht, jemanden zu trauen, den er nicht kannte, vor allem bei so einer wichtigen Aufgabe. Sogar für die Tatsache, dass ein Bänkelsänger für die Beschaffung der Splitter zuständig sein würde, musste Lisbeth ihn beknien.

„Aber Ihr könnt ihn vertrauen" versuchte Lisbeth die Wogen zu glätten „Er hegt persönlichen Hass auf das Reich Langen. Seine Tochter war einst die Gemahlin des jetzigen Prinzen von Langen. Aus politischen und wirtschaftlichen Gründen wurde ihre Ehe annulliert und seine Tochter begann, wegen ihrem gebrochenem Herz, Selbstmord."

„Ja, schon gut." Ihn interessierten nicht die Geschichten von anderen Personen. Sie mussten nur ihre Aufträge erledigen.

„Außerdem war es er, der mich zu Euch brachte und von Eurem Leid erzählte, wie auch, dass der Edelstein der Menschen Euch vom Fluch heilen kann."

Ja, der Fluch, den ihm die Götter aufgelegt hatten. Morden hob die rechte Hand in sein Sichtfeld. Die Finger waren gekrümmt, wie auch bei der linken Hand. Egal wie viel Wille und Kraft Morden einsetzte, er konnte sie nicht in gerade Richtung strecken, noch zu einer Faust ballen. Was hatte Morden bloß verbrochen, dass ihm die Götter diesen Fluch auferlegt hatten?

„Natürlich wird es dauern, bis Barden mit den restlichen Splittern kommen wird."

„Ach, was sind schon ein paar weitere Lunazyklen, verglichen zu sieben Zyklen des Solaris."

„Wenn Ihr dann nichts mehr für mich zu tun habt, dann würde ich gerne einen Zuber aufsuchen und die Robe verbrennen. Ich trage sie schon seit über einem Zehntag."

„Ja, geh'. Und lege deinen Splitter wieder in die Schatulle."

„Ja" Lisbeth verneigte sich und ging wieder hinaus durch die offene Tür.

Morden war wieder allein, wie den größten Teil der vergangenen sieben Zyklen, als der Fluch zu wirken begann. Am Anfang dachte Morden noch, es wäre nur an der mangelnden, nicht vielfältigen Ernährung gelegen, wie es auf Schlachtfeldern so üblich war, doch in den

Ruhephasen wurde es zusehends schlechter. Und dann war es so weit, der Mann, der den gesamten Süden einnahm, konnte nicht einmal sein Schwert mehr halten, weil es die Finger nicht zu ließen. Morden hatte alles versucht. Er hatte sogar das Schwert an die Hand gebunden, doch ohne viel Erfolg. Aus diesem Grund beendete Morden nach der Eroberung von Kleinlangen auch die Nordkampagne. Er hätte wie auch andere Könige oder Herzöge sich in ihren Burgen einkauern können, doch Morden war kein König oder Herzog, wie die anderen. Er war ein Kelmenar, ein Kriegskönig. Er wollte auf den Schlachtfeldern sein. Er wollte den Soldaten zeigen, für was sie kämpfen, dass auch Morden sich nicht zu schade war, sich die Hände mit Blut zu besudeln, auch selbst die eine oder andere Wunde zu bekommen, wie ein gemeiner Soldat und sein Trupp respektierte ihn dafür, doch nun... kauerte Morden hinter dicken Mauern einer Burg. Fernab von Heimat und Familie. Niemand durfte sehen, wie geschwächt er war. Weder Helena, noch seine Söhne Kriegislaus und Kriegfried und vor allem aber nicht die Aristokraten in ihren gut bewachten Häuser, die in ihrem Leben noch nicht einmal die Hände schmutzig gemacht hatten und jetzt schon an seinem Thron sägten, doch denen würde bald das Sägen vergehen, wenn Morden wieder gestärkt wie einst Phönix aus der Asche erhebt, zusammen mit dem Schweißverbundschwert, das einst Morden von seinem Adoptivvater erhalten hatte und später zu seinem Tod führte und schon fast eine Ewigkeit unberührt in der Halterung des Podestes neben dem Tisch lag. Nicht mehr lange und Morden könnte es wieder in Händen halten und mit ihm über die Schlachtfelder tanzen, so wie auf den Wandteppichen abgebildet, die im Gemach hingen und den Raum vor der Kälte schützten. Bald würde er alle Strafen, die in ihren Kämmerchen saßen, während Soldaten ihr Leben für deren Sache gaben. Er würde das alte Adelsgeschlecht aus Schildoran tilgen und eine neue Weltordnung schaffen, indem harte Arbeit belohnt würde und nicht mehr Geburtsrechte, doch bevor dies geschehen könne, musste Morden warten, warten auf einen Bänkelsänger, der ihm die restlichen vier Splitter des Edelsteins der Menschen bringen würde.

Franz I

Vom Himmel herab strahlte Solaris auf Franz' Gesicht und versuchte die gebräunte Haut noch dunkler zu brennen. Die Strahlen massierten mit ihren warmen Fingern über die Wangen und Stirn. Es war wie eine entspannende Massage, die einst Margareth ihm verpasst hatte.

Franz liebte diese ruhigen Momente, in denen nur das Geklapper der beschlagenen Hufe der Pferde und das rhythmische Rattern der Reifen auf dem Trampelpfad ihm ins Ohr drang. Der Trampelpfad diente nicht nur als rhythmische Entspannung für

Kutschenfahrer, sondern auch als Handelsstraße nach Langen. Auf dem Kutschbock konnte Franz seine Augen schließen und Rosalinde, wie auch Hellfriede, ihre Arbeit nachgehen lassen, der weiße Schimmel und der weiß-braune Pinto kannten ja den Weg.

Auch Franz kannte den Weg nach Langen in und auswendig, schon seit Solariszyklen brachte er seine Schafswolle oder besser gesagt die Wollen der Schafsbauern von Falkenberg-Schönenburg zum Markt von Langen, der Hauptstadt des gleichnamigen Reiches. Von der verkauften Wolle erhielt Franz als Entschädigung für den Proviant für Pferd und Mensch, wie auch für den Zeitaufwand, Protzente des Verkaufes und das schon seit Dekaden. Der Händler hatte schon finanziell längst ausgesorgt. Er hatte genug Goldmünzen mit den verschiedensten Prägungen für den Rest seines Lebens. Er könnte sich ruhigen Gewissens in einen Schaukelstuhl auf der Terrasse seines Hauses setzen und von dort sich Solaris ins Gesicht lachen lassen, doch was wäre das für ein Leben? Wäre Margareth noch hier, dann würde Franz keine Sekunde daran verschwenden nach Langen zu reisen, stattdessen mit ihr den Rest seines Lebens auf der Terrasse verbringen, doch so...

Musik erklang in Franz' Ohr und riss ihn aus den trüben Gedanken. Es war ein fröhliches Wanderlied gesungen aus einer männlichen Kehle, das sogleich alle Gedanken verdrängte und Fröhlichkeit in die Herzen schenkte. Mit geöffneten Augen sah der Händler nur wenige Faden vor sich am Wegesrand gehend den Sänger des Liedes. Es musste diese Person sein, weil sich sonst niemand auf dem Weg sich aufhielt. Auf den Schultern passend zur Wanderung und dem Lied hing ein Rucksack. Das einzige Gewandt, das Franz erkannte, war der dunkelgrüne Umhang und der Schlapphut mit einer weißen Feder darauf, die viel zu groß schien für einen Vogel, wenigstens für einen Vogel aus dieser Gegend hier.

„Heyda, mein Jung'" grüßte Franz vom Kutschbock herab, als seine Kutsche den Sänger eingeholt hatte.

Der Mann mit der Laute, dessen Gesicht vom Hutrand verdeckt war, hörte sogleich mit dem Lautenspiel und dem Gesang auf: „Heyda, ... mein Vater?"

Der Wanderer schaute hoch. Franz war überrascht. Das jugendliche Gesicht mit dem Spitzbart am Kinn kam ihm vertraut vor, doch wusste er nicht woher. Es war jetzt ja auch egal. Franz hatte später noch genügend Zeit sich darüber den Kopf zu zerbrechen, woher er ihn kannte. Diese Erinnerung verdankte Franz auch, dass er nicht die seltsame Rückbegrüßung bemerkt hatte, stattdessen die Geschwindigkeit der Pferde drosselte, um im gleichen Takt neben dem jungen Mann zu traben.

„Wohin führ' Euch der Weg?"

„Ich hoffe nach Langen" antwortete der Mann.

„Na dann, komm' hoch. Ich muss auch nach Langen. Zu zweit reist's sich ja bekann' angenehmer."

„In dieser Zeit voller Misstrauen ist so eine Freundlichkeit selten. Seid Ihr sicher, dass ich mit Euch mit soll?"

„Ja, und jetz' komm' hoch." Der Mann brauchte kein drittes Mal gebeten zu werden, da trat er schon auf den fahrenden Kutschbock hoch und warf sogleich seinen Rucksack samt Tornister, wie Laute nach hinten auf die Schafswolle.

„Habt Dank."

„Wenn ich keinen Fremden vertraue, wie soll ich erwarten, dass mir die Fremden vertrauen?" sprach Franz seine Binsenweisheit, die er einst von einer wunderbaren Frau erlernt hatte, als der junge Mann es sich neben dem Händler bequem machte.

„Eine schöne Lebensart" pflichtete der junge Mann bei „Jedoch verschafft sie ein kurzes Leben. Ich könnte ja ein Wegelagerer sein und Sie nach der Fahrt erdolchen."

„Wenn Ihr das tut, dann versprech' mir bitte, dass Ihr Rosalinde und Hellfriede zum Silbernen Kelch in Langen bring'. Dort wird man sich gut um sie kümmern."

Der junge Mann verdrehte die braunen Augen: „Wissen Sie was. Ich habe bisher erst einmal einen Sterbenden einen Wunsch erfüllt und kann mir seitdem jeden Solariszyklus den Hintern abfrieren, deshalb habe beschlossen nie wieder den Wunsch eines Sterbenden nach zu gehen. Und das geht am besten, wenn man nicht bei diesem Sterbenden ist, deswegen werde ich Sie am Leben lassen." Mit einem kindischen unschuldigen Lächeln klopfte der junge Mann Franz auf die Schulter.

„Danke. Ach bitte, nenn mich Franz, sonst fühle ich mich als würde Nekro bald an meiner Haustüre klopfen."

„Natürlich. Und mich nennt man Barden." Barden reichte Franz begrüßend die Hand.

Barden? Franz erinnerte sich wieder, wo er das Gesicht einst sah. Es war in einem kleinen Gasthaus, wo er auch seine Rast für die Nacht fand. Dort spielte Barden seine Lieder. Ob Tanzmusik, Minnestücke oder Liebeslieder alle musikalischen Interpretationen gingen ans Herz oder in die Füße. Franz saß nur da und lauschte der Musik, des jungen Mannes mit Schlapphut und grünem Umhang. Wäre der Auftritt nicht irgendwann zu Ende gewesen, er würde heute noch dort sitzen und Barden zu hören, jedoch gab es eine Ungereimtheit, wieso der Barden an Franz' Seite nicht derselbe sein konnte, wie damals. All das geschah nämlich vor fast vierzig Solariszyklen und zu diesem Zeitpunkt konnte der junge Mann nicht gelebt haben. Aber diese Ähnlichkeit und dann der Name, der nicht gerade gängig hier auf Gaia ist, und dann spielt dieser Mann auch Laute und singt auch wie er... aber er konnte es nicht sein, oder..?

„Habe ich etwas Falsches gesagt?" erkundigte sich der Sänger und schaute mit seinen jugendlichen Augen besorgt.

„Nein, alles gut. Ich habe nur gedach', du wärst jemand, den ich mal getroffen habe, aber das kann nich' sein."

„Wieso denn?"

„Weil es vor vierzig Solariszyklen war, als ich ihn das letzte Mal gesehen habe, und..." Den Rest ließ Franz unausgesprochen und deutete nur ansatzweise auf Bardens jungen Körper.

„Ja, das scheint doch unrealistisch zu sein, aber ich habe schon des Öfteren gehört, dass ich jemanden ähnlich sehe aus deren Vergangenheit. Also machen... mach dir nichts daraus."

Nachdem der erste Dialogfaden zum Ende gelangt war, schaute Barden immer wieder zurück auf den Stapel voller Wolle, auf denen seine Sachen lagen. „Dürfte ich eine Frage stellen?"

„Wenn du willst auch mehrere."

Der Sänger schmunzelte kurz. „Warum müssen die Schafe die Kalte Zeit nackt abfrieren?"

Franz musste kurz auflachen, wegen Bardens Frage, die fast zu kindisch klang für einen erwachsenen Mann. „Keine Sorge, die Schafe wurden schon im zweiten Selúnezyklus geschoren. Sie sind also für die Kalte Zeit gerüstet."

„Und du bringst sie nun nach Langen?"

„Ja, in zwei Tagen ist ein großes Fest und sehr viele Leute werden nach Langen kommen, sogar aus Vegnarian und den Freien Herzogtümern."

„Was soll das für ein Fest sein?" fragte Barden, was Franz verwunderte, schlussendlich wusste doch jeder im Reich Langen vom großen Fest. „Die dritte Selúnewende war doch schon vor fast zwanzig Tagen."

„Ja, da hast rech', aber es wird nich' die Selúnewende gefeiert, sondern von der Prinzessin der zwanzigste Geburtstag."

„Was ist so besonders am zwanzigsten Geburtstag, der wird ja sonst nur innerhalb der Adelsfamilie gefeiert? Und es kommen kaum Gäste vom Ausland, geschweige von einem anderen Kontinent."

Auch dazu musste Franz nickend zustimmen: „Da hast auch rech'. Angeblich soll an diesen Tag auch die Verlobung mit einem Werber aus einem der anderen Länder bekannt gegeben werden."

„Vielleicht sollte ich auch mein Glück versuchen" grinste Barden mit jugendlicher Unbekümmertheit.

„Ich glaube nich', dass du eine Aussich' auf Erfolg hast. Es ist nich's persönliches, aber die Ehe zwischen der Prinzessin und ihrem Werber wird eine diplomatische sein. Und in der Diplomatie hat Liebe keinen Platz. Sie werden dich nich' mal zu ihr vorlassen."

„Verstehe." Barden runzelte nachdenklich die Stirn. Franz konnte nicht mal erahnen, was der junge Mann dachte. Vielleicht überlegte er, wie er doch zur Prinzessin gelangen konnte, aber das war nur eine grobe Vermutung.

„Wann erreichen wir Langen?" fragte Barden, der seine Überlegungen noch nicht ganz zu Ende gesponnen hat.

„In zwei Tagen. In der Früh. Vor dem abendlichen Ball."

„Ist das nicht ein wenig spät? Da wirst du kaum einen Platz auf dem Marktplatz ergattern."

„Hab keine Bedenken. Ich habe meinen Anlernling schon vor einem Zehntag nach Langen geschickt, der hat bestimmt ein nettes Plätzchen erworben."

„Ob ein Mann es schafft den Platz zu beanspruchen. Die Konkurrenz wird bestimmt jedweden Kniff versuchen ihm den Platz streitig zu machen."

„Ich glaube nich'. So ein über einen Faden großer Ork ist schon eine beeindruckende Gestalt."

„Ein Ork? Als Händleranlernling?" Barden war sichtlich von dieser Tatsache überrascht, wie viele andere Menschen, denen Franz erzählte, wer sein Nachfolger sein würde, wenn er nichtmehr sein sollte.

Franz nickte grinsend.

„Verzeihung, aber ich dachte immer Orks wären nur gut darin andere zu töten?"

„Du brauchs' dich nicht entschuldigen. Ich dachte es früher auch, bis Krebal vor der Türe stand und sich um die Stelle als mein Anlernling bewarb. Ich wollte ihn sogleich wegschicken, so wie er da stand, ein brauner Muskelberg mit Wildschweinhauern, die einen Oberschenkel durchbeißen konnten, doch Margareth sagte einfach ja, dass er anfangen könne. Natürlich nach ein paar mathematischen Übungen, die er alle meisterlich löste. Und ich muss sagen. Ich hatte noch nie einen besseren Anlernling, als ihn. Ich bin froh, dass seine Familie aus Schnirschan geflohen war, um hier ein neues Leben zu beginnen."

„Die Frau Margareth, die du erwähnt hast, ist das deine Gemahlin?"

„War... meine Gemahlin"

„Das tut mir leid"

„Muss es nich'. Komm lass uns dort ein Lager für die Nacht errichten. Rosalinde und Hellfriede sind bestimmt schon erschöpft."

An der Stelle, wo Franz und Barden das Lager errichteten, gab es schon eine Grasnarbe, die von mehreren Lagerfeuern stammen musste, die über die Zyklen dort errichtet wurden. Auch so mancher verrußte Grashalm stammte von einem Feuer, das Franz hier entfacht hatte. Es war auch eine schöne Lichtung in Mitten des Waldes, durch deren rotbuntes Blätterdach Solaris immer wieder blinzelte. Nicht weit von der Lichtung erstreckte sich der Lange Fluss, wie der Strom hieß, der durch das ganze Reich Langen floss, man konnte vom Lager aus sogar das Plätschern hören.

Beide lösten die Trense bei den Pferden, wobei Franz sogleich merkte, dass der junge Sänger nicht sehr häufig diese Aufgabe bewältigen musste, aber es dennoch halbwegs flott vollbrachte.

Während Franz die Feuerstelle ausgrub und schon in der Kutsche gelagertes Brennholz und Topf holte, begab sich Barden zum Fluss, um sich und seine Kleidung zu waschen. Als der Sänger zurück kam, verhüllt in einem der Wollfelle, auf die Erlaubnis von Franz hin - Die Wolle würde schon am Tag wieder trocknen -, wechselten beide und Franz ging zum Fluss und Barden kümmerte sich darum, nicht die Suppe verbrennen zu lassen.

Nach abgeschlossenem köstlichem Mahl für Mensch und Tier übernahm Barden auf seinen Wunsch hin die erste Schicht beim Überwachen des Feuers und spielte, um nicht einzuschlafen, auf seiner Laute. Franz lauschte dem Stück, während er immer weiter ins

Traumland abtauchte. Es war wie damals vor vierzig Solariszyklen. Diese Stimme. Dieses Stück. Wie vor vierzig Zyklen, als er Margareth in besagter Taverne kennengelernt hatte. Dieser Mann, wer war er? Wie konnten zwei Personen so ähnlich sein, die sich nicht kannten? Es war bestimmt kein Zufall, dass er ihn wiedergetroffen hatte, oder jemand, der so war wie er, doch warum?

Franz II

Die Lichtstrahlen des neuen Tages erweckten in Franz neue Kräfte und er erwachte aus dem Schlaf. Im Gegenzug zur Abmachung wechselten beide Lagerer nicht ihre Positionen, sondern Barden ließ den Händler die ganze Nacht durchschlafen. Ob der Sänger ein Auge zu gemacht hatte, um selbst zu schlafen, wusste Franz nicht, jedenfalls saß er immer noch am schon langsam verkohlenden Holz des Lagerfeuers und zupfte auf seiner Laute.

„Guten Morgen" begrüßte Franz seinen Weggefährten „Ich dachte, wir wollten in der Nach' die Plätze tauschen?"

Barden zuckte erschrocken auf, als hätte man ihn aus dem Schlaf gerissen. „Was? Oh, Verzeihung. Ist es schon Morgen? Immer wenn ich an meiner Laute zupfe, vergesse ich die Welt um mich herum."

„Mach' nich's. Lass uns noch frühstücken und dann weiterfahren."

„Gut."

Nach dem Frühstück bestehend aus Brot, Käse und Marmeladenaufstrich und nachdem alle Sachen wieder in der Kutsche verstaut waren und die Pferde wieder festgeschnürt wurden, ging es weiter durch die Wälder und über den Handelsweg.

Franz hätte sich nicht gewundert, wenn Barden an seiner Seite eingeschlafen wäre, jedoch saß der Sänger mit hellwachen Augen neben dem Händler. Es musste wohl an der jugendlichen Frische liegen, dass er nicht Müde wurde... oder hatte es einen anderen Grund? Es gab eine Mär über einen König, der versuchte Nekro auszuspielen, indem er einen ganzen Zehntag nicht schlief, denn bekanntlicherweise war der Schlaf die Schwester des Todes. Am neunten Tag schlief der König dann doch ein und schuf dadurch nicht die Unsterblichkeit. Wenn es Barden geschafft hätte, einen Zehntag nicht zu schlafen, dann wären alle Fragen der vergangenen Nacht beantwortet, aber das ist doch nur eine Mär. Franz schellte sich selbst innerlich, wie konnte er bloß auf so einen abwegigen Gedanken kommen. Es war wegen seiner Jugend, deshalb konnte er so lange munter bleiben. Im Laufe des Tages würde Franz die Müdigkeit schon sehen, derweil genoss er die rötlich bunten Laubdächer des Waldes.

Niemand, der heute durch den Wald ging, hätte erahnen können, dass diese Gegend vor dreihundert Zyklen überbesiedelt war. Kaum eine Stunde verging, ohne dass man in eine Siedlung kam, doch die daraus entstandene Knappheit an Ressourcen brachte den ersten

Krieg des dritten Zeitalters. Viele Menschen flohen damals nach Osten über das Meer in die Neue Welt, nach Vegnarian.

Es verging kaum Zeit, da lebte in Schildoran kaum mehr als die Hälfte der Bevölkerung, entweder waren sie in die Neue Welt aufgebrochen oder auf den Schlachtfeldern gestorben. So schlossen sich nach Beendigung des Krieges die verschiedensten Nachbargemeinden zusammen, wie Falkenberg und Schönenburg, woher Franz stammte, um sich wirtschaftlich und bevölkerungsmäßig zu rehabilitieren. Seitdem hatte sich an den Grenzen nichts geändert, bis Kelmenar Morden begann den Süden zu erobern.

„Wie klar der Melissa heute ist" gab Barden die Bemerkung ab, als sie mit der Kutsche über die Brücke, die über den Langen Fluss führte, fuhren.

„Ja" stimmte Franz zu und schaute hinab ins klare Nass, indem er sogar ein paar Fische erkennen konnte, plötzlich fiel Franz etwas auf „Wie has' den Fluss genann'?"

„Melissa"

„Er heißt Langer Fluss. Umbenannt von Kelmenar Langar, den Gründer des Reiches Langen."

„Oh, Verzeihung. Wusste ich nicht. Ich kenne nur die alte Benennung des Flusses. Hab' wohl die Denkschrift vergessen zu lesen, aber jetzt merke ich es mir, hab Dank." Symbolisch zur Aussage nahm Barden seine Feder vom Hut und tat mit der Feder so, als würde er es sich in den Kopf notieren. „So erledigt."

Franz war verwirrt, nicht von dem kindischen Lächeln und der seltsamen Gestik, sondern davon, dass Barden nicht wusste, wie der Fluss hieß. Seid der Umbenennung vor etwas weniger als dreihundert Zyklen, durfte niemand mehr die alte Bezeichnung für den Fluss, Melissa, benutzen, geschweige in den Mund nehmen, ohne ausgepeitscht zu werden. Nur wenige Historiker kannten den alten Namen, doch auch die nannten den Fluss Langer Fluss. Wie konnte es also sein, dass so ein junger Mann, wie selbstverständlich den Fluss Melissa nennt? Wer war der Mann?

Die Frage blieb unbeantwortet, denn etwas neues erweckte Franz' Aufmerksamkeit. Eine Kutsche mit sichtlich gebrochenem Reifen blockierte den Weg. Vor der Kutsche standen Menschen in schlichter Kleidung, eine Familie vermutete Franz, da es sich um die Personen, um eine Frau, drei Männer – einer davon dunkler Hautfarbe, wie die Nacht – und einem Kind handelte.

„Heyda" grüßte Franz die Familie „Brauch' ihr Hilfe?"

Der Mann mit dem dreitägigen dunklen Bart trat vor: Er war wohl das Oberhaupt der Familie. „Ja, das wäre nett. Wir waren gerade auf den Weg nach Langen zum großen Fest, da hat uns ein Stein den Reifen gebrochen." Der Mann hätte es nicht erklären müssen. Franz sah schon vom Kutschbock aus, dass ein Stück des Reifens fehlte.

„Ich werde euch helfen" sprach Barden das aus, was auch Franz sagen wollte. „Bleib ruhig sitzen" sagte er dann auch noch lächelnd zu Franz, als er merkte, dass der Händler auch mithelfen wollte „Ich kenne mich gut mit Kutschen aus. Nimm es als Dank dafür, dass du mich mitgenommen hast."

Ob Barden sich wirklich gut mit Kutschen auskannte, wagte Franz zu bezweifeln, so unerfahren, wie er die Trense gelöst hatte, aber vielleicht kannte er sich in der Mechanik von Kutschen besser aus, als auf den biologischen Teil.

Mit Eleganz sprang der Sänger und zukünftiger Stellmacher von dem Kutschbock und mit schnellem Schritt verkürzte er die Distanz zwischen sich und der lädierten Kutsche.

„Und wie soll ich euch helfen?" fragte Barden frohgemut. Der dunkelhäutige Mann und der andere glattrasierte flankierten Barden, während Mutter, Vater, Kind vor ihm stehen blieben. Franz kam es etwas seltsam vor. „Soll ich den Wagen hochstemmen, Holz hacken oder ein Rad schreinern? Ich mach alles, sagen sie nur, was ich zu tun habe."

„Wir hätten gerne die Wolle" sprach der Bärtige.

„Klar" Barden drehte sich um und schaute mit unschuldigen Augen zu Franz hoch „Wie viel verlangst du für die Wolle?"

Etwas funkelte am Hüftgürtel des glattrasierten Mannes. Es war ein Dolch und die Hand war nur wenige Zoll davon entfernt. Sie waren keine Familie, sondern Wegelagerer, die auf der Suche nach leichter Beute waren, die sie auch fanden. Franz konnte Barden nicht helfen, der noch nichts von ihrer misslichen Lage wusste, in der sie steckten. Er war zu weit weg und die Wegelagerer zu nah. Er hätte fliehen können, doch auf die Idee würde Franz niemals kommen. Er würde niemals jemanden Nekro überlassen.

„Also wie viel?" fragte Barden nach.

„'tschuldigung, musste nur alles berechnen." Franz musste mitspielen, bis sich eine Gelegenheit ergab, Barden zu retten und dann zu fliehen. Rosalinde und Hellfriede würde es wahrscheinlich nicht überleben, überkam Franz die traurige Feststellung. „Es mach' fünfundvierzig goldene Längen." Sie waren zwei treue und gutmütige Pferde.

„Da habt ihr es gehört" Barden wandte wieder dem bewaffneten Mann den Rücken zu „Also, da habt ihr den Preis gehört. Wer von euch ist also der Schatzmeister?"

„Wir müssen leider bedauernd sagen, dass wir nicht so viel Gold haben" sprach der Bärtige mit affektiertem Bedauern „Aber vielleicht können wir uns anders einig werden" Aus dem Bedauern wurde ein unverhohlenes Grinsen.

Franz saß nur hilflos auf dem Kutschbock und sah, wie der Sänger, der immer noch nichts ahnte, eingekesselt wurde. Vor Hilflosigkeit und Verzweiflung ballte Franz die Fäuste um die Zügel das die Knöchel weiß wurden.

„Ach, wir sind flexibel, stimmt doch, oder?" Barden drehte sich wieder zu Franz um und lächelte. Eine Träne verflüssigte sich im Auge. Es war seine Schuld, dass ein junger, netter Mann in der Blüte seines Lebens sterben würde. Wenn eine Möglichkeit bestanden hätte, das Leben Bardens zu retten, auch wenn er seines verlieren würde, hätte er es ohne Überlegung getan, aber es gab keine Möglichkeit.

„Ich glaube, das Schweigen können wir als Ja interpretieren. Also, wie lautet euer Angebot?" Wieder wendeten sich Barden nur den Bärtigen zu, als würden die anderen vier nicht existieren.

„Ihr gebt uns die Wolle und dafür schenken wir euch das Leben" schlug der Wegelagerer vor.

„Ach, nein" lehnte Barden zu aller entsetzen ab „Ich habe schon ein Leben, da brauche ich kein Zweites. So ein Doppelleben wäre mir auch zu anstrengend. Ich habe schon mit meinem Leben... wartet" Barden kam auf eine Vermutung „Meint ihr etwa... seid ihr... Man ich Thor" Barden schlug sich gegen die Stirn „Ihr seid Wegelagerer, Banditen, Räuber, Halunken, Hinderrückserdolcher, stimmt das?"

Mit freudigem Grinsen nickten alle fünf Hinterrückserdolcher.

„Und ich habe gedacht, dass ihr eine Familie wert, stimmt doch Franz, das hast du auch gedacht" wieder schaute er zu Franz hoch und lächelte. Franz war verwundert, wie konnte er in dieser Situation noch lächeln? Barden drehte sich wieder um. „Überhaupt mit dem da" mit den Worten deutete Barden lässig mit dem Daumen auf den dunkelhäutigen hünenhaften Mann. „Wer hätte schon gedacht, dass ein dunkelhäutiger Mann zu was anderem taugt als aus Sklave, stimmt doch, mein Negerlein." Mit den letzten Worten zwinkerte er dem dunkelhäutigen Mann neckisch zu.

Als hätte Barden ein rotes Tuch vor den Augen des dunkelhäutigen Mannes geweht, stürmte der Mann auf den Sänger los. Franz verstand nicht, warum der Sänger den Hünen mit der orkischen Bezeichnung für Sklave provozieren musste. Schwarzhäutige Menschen waren dafür bekannt, dass sie bei dieser Bezeichnung jegliche Beherrschung verloren, was auch logisch war, schlussendlich war diese Rasse fast über den gesamten Zeitraum des zweiten Zeitalters als Sklaven der Orks gehalten worden und wurden dort als Neger bezeichnet.

Barden konnte den Angriff nicht ausweichen und wurde mit solcher Wucht getroffen, dass sein Schlapphut vom Kopf flog und auf dem Boden landete. Der Körper Bardens – angetrieben von der Muskelkraft des Hünen – wurde aus dem Kreis befördert und gegen die kaputte Kutsche gepresst.

„Sag' das noch nochmal" forderte der Hüne mit drohender Stimme auf.

Barden schaute dem schwarzhäutigen Mann furchtlos direkt in die Augen. Von den Augen ausgehend hätte man nicht meinen können, dass Barden gegen die Kutsche gepresst wurde und er dabei sogar ein paar Zoll über den Boden schwebte.

„Ach, einmal reicht doch völlig aus, oder meint Ihr nicht?" stellte Barden mit spitzbübischen und provozierenden Lächeln die Frage.

„Vermerr, beruhige dich!" forderte der Bärtige auf, doch ohne Erfolg.

„Ich. Bin. Kein. Neger" presste Vermerr zwischen den Zähnen hervor.

„Da habt Ihr Recht" bestätigte Barden ihn „Und warum seid Ihr kein Sklave mehr?" bevor Vermerr zeigen konnte, wie gut er sich in der Geschichte seines Volkes auskannte, beantwortete Barden seine gestellte Frage selbst „Weil Luzien für eure Freiheit gekämpft hat." Barden löste sich mit Geschick aus der Umklammerung des Hünen. Franz sah zwar wie er sich heraus wandte, doch konnte er nicht begreifen, wie der etwas schmächtige Barden sich einfach aus der Umklammerung des Hünen lösen konnte. Mit neu gewonnener Freiheit sprang Barden auf die kaputte Kutsche und deklamatierte weiter. „Luzien kämpfte für die Freiheit seines Volkes, dem Volk, dem du noch heute angehörst Vermerr. Er stellte sich in der Schlacht von Revon der Übermacht an Orks mit seinen Truppen bestehend aus Sklaven... und sie gewannen. Luzien schnitt das Haupt des Orkes ab, der ihn seit seiner Geburt prügelte und bespuckte" symbolisch dazu nahm Barden einen reich verzierten silbernen Helm in die Hand „Und sagte, wir sind frei!" Mit eleganter Hand warf der Sänger den Helm Franz entgegen und landete in der Wolle. „Vermerr, ich frage dich, wenn Luzien hier wäre, wie würde er reagieren, wenn er wüsste, dass du die Freiheit für die er sein Leben riskierte, dafür nutzt ehrbare Bürger, die nur Münzen verdienen wollen, um zu leben, ausraubst. Wie würde er reagieren? Sehe in dich hinein und dann sag es mir."

Vermerr stand regungslos vor den Füßen des Sängers.

„Vermerr hör nicht auf den Schwätzer!" geiferte die Frau „Hol' ihn runter und wir verschließen ihm den vorlauten Mund."

„Ausgerechnet das von einer Frau zu hören." Barden schüttelte nur den Kopf „Nicht unweit von hier in Vital des zweiten Zeitalters, als der Herrscher Schildmacho an die Macht kam, hat er da nicht den Frauen den Mund verboten? Er hat ihnen nicht nur das Reden verboten, was das hervorstechendste Merkmal einer zivilisierten Rasse ist? Er hat ihnen verboten zu leben. Sie wurden zu Dinge herabgestuft, doch eine Frau, die holde Inuel, wollte dies nicht zulassen. Sie riss sich den Schleier des Schweigens aus dem Gesicht." Sinnbildlich riss auch Barden sich einen Schleier, der in der Kutsche lag aus dem Gesicht, um es daraufhin dem Helm nachzuwerfen „Sie nahm verkleidet als Mann an einem Ritterturnier teil, der zu Ehren des Herrschers stattfand. Sie gewann und zeigte dann allen, dass eine Frau besser kämpfen konnte als die Männer. Sie wurde noch am selben Tag hingerichtet, doch ihr Opfer war nicht vergebens, denn eine Empörung darüber durchlief das ganze Land, das zu einer Rebellion und dem Tod des Herrschers führte und der Gleichberechtigung der Frau. Ich muss zugeben, dass die Frauen in vielen Ländern, wie Makelien, immer noch nicht gleichgestellt sind wie Männer, doch indem Ihr Passanten überfallt, wird es nicht besser."

Der Glattrasierte zückte den Dolch und stürmte auf Barden zu, doch dieser sprang - in den Händen zwei Schatullen haltend - vom Kutschbock und wich so dem Angriff aus. Auf dem Weg zu Franz, trat er zum vermeintlichen Kind, doch der Sänger wusste es besser als Franz, was der Kleinwüchsige war. „Auch Halblinge lebten immer in Versklavung durch die Schöpferrasse, wie auch später durch die Zwerge. Erst seit diesem Zeitalter gibt es ein von der Welt angesehenes Halblingenland auf der Insel Gelmön. Endlich könnt ihr so leben, wie ihr wollt, und du hast dich für so ein Leben entschieden?" Mit dieser Frage warf Barden auch die beiden Schatullen in den Wagen von Franz.

Immer wieder ging er zwischen den Kutschen hin und her, wobei er die Sachen der lädierten Kutsche in den von Franz warf und weiter sprach „Wir alle waren einst nur Sklaven. Ob Mensch, Zwerg, Elf, Ork, Gnom oder Halbling. Wir alle zogen einst am selben

Strang. Am Strang, den uns die Schöpferrasse um den Hals gelegt hatte. Doch mit vereinten Kräften aller Völker konnten wir uns gegen die Versklavung durch eine Rasse, die mächtiger war als wir, gewinnen. Solaris schuf das, was niemand zuvor nur gedacht hatte, dass es klappen würde. Alle Völker der Welt unter einem Banner zu einen. Noch heute scheint er vom Himmel herab, um zu sehen, was aus dem wurde, was er einst schuf. Und was muss er sehen? Er muss sehen, wie die Völker, die einst zusammen kämpften, sich gegenseitig töten, sich gegenseitig berauben. Ich glaube nicht, dass er das wollte, als er uns die Freiheit schenkte, dass wir uns nun gegenseitig töten, anstatt dass es die Schöpferrasse uns antut. Seht in den Himmel hoch. Seht zu Solaris, wenn er euch blendet, dann will er euch zeigen, wie blind ihr seid. Ich kann in sein Antlitz schauen, ohne zu blinzeln, denn ich habe nie jemanden Leid zugefügt." Um es zu beweisen, schaute Barden hoch zu Solaris, mit weit geöffneten Augen, wie der Sänger dies anstellte, ohne zu blinzeln, wusste Franz nicht, auch die Wegelagerer nicht, die mussten ihren Blick bedecken. Barden schaute auf die Fünf und sprach weiter: „Eines Tages könnt auch ihr wieder zu Solaris blicken, ohne seinen Unmut zu spüren. Ihr müsst nur Buße tun für eure Verbrechen, die ihr unserem Volk angetan habt. Tut Gutes und fangt heute noch damit an. Lebt wohl und zufrieden." Barden nahm sich noch einen Apfel von der Kutsche und hob seinen Hut vom Boden auf.

Bardens Monolog der Freiheit hat keine Früchte bei den Wegelagerern getragen. Der Bärtige kam schnell zu sich und stürmte mit gezücktem Kurzschwert auf den Sänger zu, der ging - den Rücken zu den Wegelageren gewandt - auf Franz zu, und versuchte den Apfel mit den Daumen zu spalten, ohne Erfolg.

Franz konnte nicht schnell genug Barden vor dem Schwert warnen, dann geschah alle ganz schnell. Hätte Franz geblinzelt, er hätte sämtliche Bewegungen übersehen. Barden warf den Apfel in die Luft, drehte sich um, schlug mit Zeige- und Mittelfinger der linken Hand gegen das Handgelenk des linken Schwertarms des Banditen, entnahm mit der Rechten das gelockerte Schwert, spaltete den Apfel mit dem Schwert in der gleichen Drehbewegung und hielt dem überraschten Wegelagerer die Schwertklinge unter seinem Bart. Die Linke fing die Apfelhälften auf, bevor sie den Boden berührten. Schweißperlen rannen dem Mann von der Stirn, der seinen baldigen Tod kommen sah.

„Habt Dank" sprach Barden freundlich und schob das Kurzschwert in die Scheide des Wegelagerers. Den gespaltenen Apfel verfütterte der Sänger an Rosalinde und Hellfriede. „Da seht ihr. Es ist nicht schwer Gutes zu tun, man muss ja nicht gleich die Welt retten. Es reichen doch schon kleine Gesten der Hilfsbereitschaft. Also gibt es etwas, das ich noch für euch tun kann?"

„Nein, nein." Wie von einem Rudel Wölfe verfolgt suchten alle fünf Wegelagerer das Weite.

Barden sprang zu Franz auf den Kutschbock und als sie bei der lädierten Kusche waren, lösten sie das Geschirr der anderen beiden Pferde und banden diese zu ihnen an die Seite des Wagens.

Der restliche Tag verlief ereignislos. Wie vermutet saß Barden ruhig, wahrscheinlich durch die Müdigkeit des wenigen Schlafes und der Ereignisse, neben Franz und schrieb auf Pergamentpapier, das sonst in seinem Tubus steckte, Sachen auf.

Franz schlug vor, die erste Nachtwache zu übernehmen, damit Barden ausschlafen konnte, doch dieser lehnte ab und übernahm, wie auch die vergangene Nacht die erste Schicht an der Laute zupfend. Wie auch die letzte Nacht spielte Barden bis zur Morgendämmerung durch, vermutete Franz, da er erst um diese Zeit wieder erwachte.

Es war immer noch früher Morgen, als die Kutsche mit den vier Pferden die Hafenstadt Langen erreichte. Von der Anhöhe aus konnte Franz die gesamte Stadt überblicken. Rechts erstreckte sich das große blaue Meer, auf dem die Strahlen des Solaris schimmerten, als bestünde das Meer aus Diamanten. Möwen flogen kreischend am Himmel über den Hafen ihre Runden, um nach frischem Fisch Ausschau zu halten. Das Kreischen war sogar aus einer Meile Entfernung zu vernehmen. Dutzende Segelschiffe schwankten an den Anlegestellen. Es war immer reger Seebetrieb im Hafen von Langen, Tag und Nacht, doch so viele unüberschaubare Masten hatte Franz nicht mal bei der Krönung des derzeitigen König Sven gesehen. Heute war wahrlich ein besonderer Tag. Der Höhepunkt des Tages würde am Abend im Schloss stattfinden, das am östlichen Hang über der Stadt thronte. Der Hang, der seit Anbeginn des Zeitalters die Stadt Langen im Westen begrenzte, mit einer Palisade, die mehreren Faden in die Höhe ragte, sonst wäre die Stadt von dieser Seite aus zu leicht einzunehmen, wie es Langar vor fast dreihundert Zyklen bewies.

Die Kutsche rollte zwischen den beiden Stadtwachen, die kurz zuvor wie bei jedem Tagesanbruch das Tor zur Stadt geöffnet hatten, hindurch in die Stadt. Noch den kleinen Abhang hinunter gefahren, der links und rechts von grüner Wiese, Büschen und Sträucher begrenzt wurde, und schon klapperten die Pferde auf harten Pflastersteinen.

„Dann werde ich mich verabschieden" sprach Franz' Wegbegleiter der vergangenen zwei Tage und sprang samt Habe vom Kutschbock, bevor überhaupt die Kusche stehen blieb. „Habt Dank, dass Ihr mich mitgenommen habt."

„War mir auch ein Vergnügen. Und was wirst du machen?"

„Vielleicht werde ich doch versuchen das Herz der Prinzessin zu gewinnen. Ich habe von irgendjemanden gehört heute Abend kann man um sie werben."

„Dann wünsche ich dir viel Erfolg dabei."

„Und ich dir auch beim Verkauf und sehr viel Reichtum, also lebe wohl und zufrieden."

Barden wandte sich zum Gehen, als Franz noch einen Blick nach hinten warf, wo nicht nur die Wolle die Kutsche füllte, sondern auch das Hab und Gut, das Barden von den Wegelagerer erbeutet hatte.

„Was soll ich damit machen?" fragte Franz und deutete auf die zusätzliche Ware.

Der junge Sänger drehte sich um, ohne aber dabei zu halten, sondern ging weiter seine Richtung. „Ich würde es gerne mitnehmen, jedoch habe ich keinen Platz mehr in meinen Rucksack, ansonsten würde er platzen. Wenn du willst kannst du sie in klingende Münzen verwandeln und dann mein Herz und meine Börse mit ihrer Musik erfreuen." Mit diesen Worten bog Barden um die Ecke ab.

Etwas Wehmut machte sich in Franz' Herzen breit, als er den jungen Lautenspieler nicht mehr sah, aber er war auch zufrieden. Er hatte sich seit der ersten Begegnung mit Barden gewünscht, noch einmal, bevor sein Leben dem Ende zu neigt, die Musik zu hören. Auch wenn es nicht der Barden von früher gewesen sein sollte, doch erfüllte auch dieser seinen Zweck, vielleicht sogar mehr als er sich je ersehnt hatte. Wäre bloß Margereth dabei gewesen.

Leonett I

Laut rauschte der Bach an Leonett vorbei. Endlich hatte sie alle Flecken aus den Kleidern gewaschen. Als Belohnung für ihre harte Arbeit durfte sie nun einen Korb voller vor Nässe triefender Kleidung wieder den Hang zum Schloss hochschleppen. Wenigstens heute hätte sie gedacht, müsste sie nicht den qualvollen Weg antreten, aber es gab ja immer irgendjemanden, der sich beim Abendmahl bekleckerte und Leonett deshalb in Allergötterfrüh aufstehen musste, um die Flecken aus den Kleidern rauszubekommen. Man hätte ja eines der jungen Dinger wecken können, aber die begnügten oder besser vergnügten sich wahrscheinlich gerade mit den Schmutzfinken und so kam man zur „Juten, alten Leonett" die ja scheinbar nichts besseres zu tun hat, als ständig diesen verdammten Hang hoch und runter zu gehen, um Kleider zu waschen, so wie auch schon gestern, wegen diesem vermaledeiten Fest zu Ehren des zwanzigsten Geburtstag der Prinzessin und ihrer Verlobung mit wem auch immer. Weil alle Adeligen unbedingt perfekt geschniegelt aussehen müssen, musste Leonett am vergangenen Tag ganze siebenmal den Hang runter und dann noch schlimmer wieder hoch. Und es ist keiner einmal auf die Idee gekommen, jemanden abzuberufen, um ihr zu helfen, denn die „Jute, alte Leonett" kann es bekanntlich am Besten.

„Kann ich Ihnen behilflich sein?"

„Wie, was?" Leonett war erschrocken als sie die männlich klingende Stimme vernahm. Sie musste sich erst mal orientieren, woher die Stimme kam. Schnell fand sie die hilfsbereite Person.

Es war ein gutgekleideter Mann ohne jegliche Flecken an Jacke, Hose oder Hemd. Schon aus diesem Grund mochte Leonett die neue Person in ihrem Leben. Außerdem sah er blendend gut aus. Kurze nach hinten gekämmte Haare, keine Unreinlichkeiten im Gesicht und ein kecken Spitzbart am Kinn oder kurz ausgedrückt Leonett hätte ihn nicht von der Bettkante geschubst.

„Mit dem Korb" sprach der junge Mann und deutete auf den passenden Gegenstand.

„Danke, aber…“

„Ach, ich muss auch den Hang hoch zum Schloss, da kann ich Euch auch gleich unter die Arme greifen, dafür können Sie mir ein paar Informationen über das Fest geben, das heute stattfinden soll.“

Leonett musste überlegen, doch nicht lange, denn was hatte sie zu verlieren, außer den schweren Korb. „Abjemacht.“

„Übrigens, mein Name ist Ferdinand Lykron aus dem Herzogtum Liramen“ stellte sich der Mann verbeugend vor, als würde er vor einer Adelsschnepfe stehen, anstatt vor einem Waschweib, und nahm den Korb in die Hände.

Leonett hatte sofort gewusst, dass dieser Mann ein Adeliger sein musste und auch, dass er aus Liramen stammt, denn das ist einer der wenigen Ländereien, wo man die gepflegte Gemeinsprache sprach. „Danke. Und was wolln's wissen?“

Seite an Seite gingen sie los, den Hang zum schlichten Schloss mit den blauen Dächern auf braunem Stein hoch.

„Weil ich einer der Freier der Prinzessin bin, würde ich gerne mehr von ihr erfahren. Und wer weiß schon mehr von der Prinzessin als die Person, die in ihrer Schmutzwäsche wühlt?“ Bei Beendigung des Satzes begann Ferdinand zu lächeln, sodass Leonett bald den Boden unter den Füßen verloren hätte.

„Die Prinzessin“ begann Leonett die Beschreibung „is' wunderschön. Haare wie joldenes Wasser. Aujen wie funkelnde Sterne und eine Fijur, das nich' mal ein Korsett zustande brächte.“

„Schön und gut, doch das Aussehen ist mir nicht wichtig. Wie ist ihre Person? Welche Vorlieben hat sie?“

„Um ihr Herz zu jewinnen, muss man sich das Wohlwollen des Königs sichern, denn sie würde nie jemanden heiraten, den ihr Vater nich' will.“

„Das haben arrangierte Hochzeiten an sich. Wie gewinne ich das Wohlwollen des Vaters?“

„Der König stellt eine Verteidijung gegen Kelmantor auf, aber das solltet Ihr doch wissen? Darum geht's ja beim Fest, um ein Bündnis der Freien Herzo'tümer und Langen gegen Kelmantor.“

„Ja, stimmt. Hatte ich jetzt für kurze Zeit vergessen. Wie kann ich die anderen Freier ausboten? Mit welchen Geschenken kann ich ihr oder sein Herz gewinnen?“

„Da seid Ihr aber spät dran.“

„Ja, ich weiß. Ich habe jede Person in der Burg befragt, was man einer Prinzessin schenken sollte, zum zwanzigsten Geburtstag, und bekam immer eine andere Antwort. Von Blumen bis zu einer besonderen Nacht war alles dabei.“

„Sie liebt Jemälde, aber nicht irgendwelche, sondern sie müssen selbstjemacht sein.“

Ferdinand schaute in den blauen mit ein paar weißen Wolken getupften Himmel hoch: „Das werde ich wohl heute nicht mehr schaffen.“

„Nein." stimmte Leonett bedauernd zu „Aber es jibt noch etwas, sie tanzt jerne und alles. Vom Walzer bis… mehr Tänze kenn ich nich'"

„Das ist besser. Tanzen, das kann ich. Uns wird das schon in Kindesbeine eingebläut. Dann werde ich sie wohl zum Tanze entführen."

Leonett bezweifelte nicht, dass der junge Herzogssohn Prinzessin Dorothea für sich gewinnen würde, jedoch hatte das Herz in dieser Sache kein Mitspracherecht und das Herzogtum Liramen hatte keine echte Armee, die Langen unterstützen könnte, so werden die beiden wohl nie zusammen finden.

Sie hatten endlich das Schloss erreicht und durchschritten unter den Blicken der Torwächter das Tor ins Innere. Beide Torwachen wagten nicht einen Satz über den unbekannten Gast neben dem Waschweib zu verlieren, solange Leonett noch in Hörweite war, denn alle kannten Leonett und wer sie nicht kannte und fragte, was sie hier wolle, der kannte sie nachher und das mit einem Tinitus im Ohr. So ließen sie beide schweigend passieren.

„Hier werden wohl viele Wachen heute Nacht arbeiten."

„Ja, aber keine Wache, die nich' schon hier im Schloss oder der Stadt arbeitet, dafür überwach' eine Bürjermiliz die Stadt für heute Nach'"

„Also muss man nicht befürchten, dass jemand hier für heute Nacht anheuern kann, um das Durcheinander zu nutzen, um etwas zu stehlen?"

„Nein." Sie hatten endlich den Balkon erreicht, wo die Wäsche zum Trocknen aufgehängt werden könne „Danke, für die Hilfe. Stellen Sie einfach den Korb dort drüben ab. Die Wäsche aufzuhängen schaffe ich noch alleine, Danke."

„Ihr habt meinen Dank. Mit all diesem Wissen werde ich wohl das Herz der Prinzessin für mich gewinnen. Dann lebt wohl und zufrieden." Der Herzogssohn verbeugte sich erneut tief und verließ das Zimmer.

Leonett wäre glücklich gewesen, wenn wenigstens nur ein Adeliger in Langen nur halb so nett und hilfsbereit wäre, wie der Herzogssohn aus Liramen. Hoffentlich würde er sie ehelichen und Leonett würden sie auch gleich mitnehmen, als Dank für die Hilfe und sie bräuchte nie wieder diesen beschissenen Hang hochsteigen, aber Liramen war politisch zu unbedeutend, als dieser Wunsch in Erfüllung gehen würde. Schade.

Jewill I

„Ien Buddl Rumm" bestellte Jewill an der Theke der Schänke.

„Ja" sprach die höchstattraktive Dame auf der anderen Seite und wandte sogleich Jewill den Rücken zu, um aus den Regale, in denen die Flaschen standen, eine davon heraus zu nehmen.

„Oh bei den Gettern, was is' den dort an angespielt worden? En Schafsficker" nach Beendigung des Satzes begann der Mann neben Jewill laut und schallend zu lachen.

Jewill wusste, dass er mit der Äußerung Schafsficker gemeint war, doch ließ er die Beleidigung an sich abprallen.

Die Frau hinter der Bar stellte einen Krug gefüllt mit Rum auf den Tresen „Das macht vier kupferne Längen"

„Dang'" Jewill nahm dem Krug und bezahlte den verlangten Preis.

„Hey, ich red' mit dir" mit schneller Hand packte der Mann, der nicht viel von Bewohnern der Insel Gelmön hielt, was die Bezeichnung Schafsficker unterstrich, Jewill am Kragen.

„Wierded Ihr mich bidde wieder loslassen" bat Jewill mit ruhiger Stimme.

„Ney, wird' ich nich'" um seine Aussage zu bestärken, packte der Mann noch kräftiger zu. „Verschwindet von unserem Land. Kehrt zurück übers Meer und fickt dort eure Schafe."

Es gab keine Möglichkeit mehr die Situation friedlich zu lösen, also war es doch egal, was Jewill antworten würde: „Wieso? Dein' Mudder leb' doch hier."

Wie nicht anders zu erwarten, wurde der Mann rabiater. Er schnappte sich eine Flasche vom Tresen. Jewill konnte die Marke nicht erkennen, ihm war es auch egal, welche Flasche ihn bald treffen würde. Die attraktive Barfrau schrie auf, wissentlich, was bald passieren würde. Jewill verschloss die Augen und hoffte, dass der Schlag nicht zu heftig ausfallen würde.

Der Schlag blieb aus, stattdessen hörte Jewill folgenden Satz: „Ach, was soll das. So ein edler Tropfen und Ihr wollt ihn jemanden an den Kopf werfen?" Jewill machte vorsichtig die Augen wieder auf und schaute hinüber zum Mann, wo schon eine zweite Person stand mit der Flasche in der Hand, die einst noch der wütende Mann besessen hatte und eigentlich sein Ende auf Jewills Kopf finden hätte sollen. „Ein kleiner Rat meinerseits. Der Alkohol gehört in den Kopf nicht auf den Kopf."

Der wütende Mann nahm den Rat nicht an und wollte den Neuankömmling einen Schlag verpassen mitten ins Gesicht, dessen einzige Besonderheit außer der makellosen Haut, der braune Spitzbart am Kinn war.

Jewill konnte nichts tun. Er brauchte auch nichts tun. Der braunhaarige Mann, der schlichte unauffällige Kleidung trug, wich dem Schlag zur Seite aus. Statt das nun ein Schlagabtausch folgte, brach der Angreifer plötzlich wie vom Blitz getroffen zusammen. Er hatte gar nicht wie im Delirium gewirkt, aber bei Menschen, die zu viel tranken, konnte man es auch fast nie erkennen. Erst wenn sie zusammenbrachen.

„Der hat wohl zu tief ins Glas geschaut" gab der schlichte Mann die flapsige Bemerkung ab „Wo ist das Ausnüchterungszimmer?"

„Die Treppe hoch. Das zweite Zimmer rechts" antwortete die Barfrau konsterniert von den jüngsten Ereignissen.

„Habt Dank. Würdet Ihr mir oder besser ihm unter die Arme greifen?" bat er nun an Jewill gewandt.

„Ja" für ihn war das kein Thema.

Jewill schlüpfte den bewusstlosen Mann von links unter dem Arm, der andere Mann ihm von rechts „Dürfte ich fragen, wie Ihr heißt?"

„Jewill. Jewill Seyler" antwortete der Seemann wahrheitsgemäß, als sie sich gen Treppe auf den Weg machten.

„Ich heiße Tom. Einfach nur Tom. Ich würde dir gerne die Hand reichen, aber ich glaube ihm würde das nicht so gefallen. Warum hat er dich überhaupt angegriffen?"

„Wiel ich aus Gelmön sdamm'."

Sie gingen schon die Stufen in den nächsten Stock hoch.

„Und das reicht, um jemanden eine Flasche über den Kopf zu ziehen?"

„Lieder ja."

Sie hatten das Ausnüchterungszimmer gefunden und legten dort den Trunkenbold ab.

„Dang, fir die Hilf'."

„Ich muss mich bedanken, alleine hätte ich ihn nicht hier hochbekommen."

„Nin, ich min fier vorhin."

„Ach so dafür. Gib mir einen aus und wir sind los und ledig."

„Gud."

Tom und Jewill kehrten wieder zum Schankraum zurück. Wie versprochen gab der Seemann seinem Retter einen aus und lud ihn zugleich in seine Runde ein, wo schon Jelmag, Gurwell und Lombar mit spielbereiten Karten warteten. Tom gesellte sich dazu und sie begannen zu spielen.

Vielleicht lag es am eigenwilligen Akzent der vier Seemänner aus dem Inselreich Gelmön, jedenfalls saß Tom manchmal sehr lange konzentriert und schweigsam am Tisch, aber manchmal unterbrach er das Schweigen und stellte Fragen, wie zum Beispiel, warum alle vier ein schwarzes Band um den Arm trugen, was das weltweite Zeichen der Trauer ist. Jewill schaute, wie auch die andren Seemänner betrübt in den Krug und sprach dann von der traurigen Nachricht, dass das Schiff des zweiten Kronprinzen auf der Reise nach Langen kenterte und er starb. Tom gab gleich sein Mitgefühl preis, was alle vier Gelmöner erfreute. Es folgten noch weitere Fragen über die Struktur der Regierung von Gelmön, ihrer Geschichte und ihre Bräuche. Jewill beantwortete alle Fragen, aber er musste auch selbst eine stellen, wieso Tom so viel über Gelmön wissen wollte. Da antwortete Tom wahrheitsgemäß, dass er gerne schon mal die weiten Feldern von Gelmön mal sehen wollte und dort gerne mal hinreisen wolle. Ja, die hügelliegenden Wiesenlandschaften waren für viele Fremde gründe, um einmal die Insel zu bereisen... auch wenn Jewill selber nicht wusste warum. Vor allem im jetzigen Selúnezyklus herrschte bis zu Mittagsstunde immer dichter Nebel, der kurz vor Abendbeginn wieder über das Land hereinbrach.

Der Tag neigte sich zu Ende, wie auch die Runde und Tom verabschiedete sich. Mit etwas weniger Kupfer in der Tasche, wie vorhin, aber er musste nicht befürchten im Armenhaus zu landen, außerdem waren seine Münzen ja in guten Händen, in den Händen von Jewill.

Eine junge Dame mit aschblondem Haar, das über die trägerlosen Schultern hinab reichte, schaute Dorothea mit meeresgrünen Augen vom Spiegel heraus an. Das Diadem mit dem darin eingemachten Rubin glitzerte unter dem Kerzenlicht im Zimmer majestätisch, was auch passend war, schlussendlich war Dorothea die Prinzessin von Langen. Wieder wanderten die Augen wahrscheinlich zum dutzendsten Male ihr weißes Kleid hinab, das aus schönster Seide zusammen geschneidert war. Die Prinzessin wollte keinen schlechten Eindruck, durch Schlampigkeit, hinterlassen, deshalb fuhren die behandschuhten Hände auch bestimmt schon zum dutzendsten Male über die vertikalen Falten des Rockes. Heute war ihre große Nacht, ihr großer Abend, heute war nicht nur ihr zwanzigster Geburtstag, sondern heute würde aus allen Herren Ländern Söhne von Hohem Adel kommen und um sie werben. Wer hätte das noch vor dreizehn Solariszyklen gedacht? Das sie, Dorothea von Langen, Männer dazu brächte über den Großen See zu reisen, damit sie um ihre Hand anhalten durften. Gut damals war sie noch die Tochter des Herzoges von Kleinlangen. Erst durch den Tod ihres Onkels, dem König von Langen ohne jeglichen Erben, wurde Dorotheas Vater zum neuen König ernannt und Dorothea wurde zur Prinzessin von Langen.

„Hallo, wills' du weiter die jungen Mannen warten lassen?"

Dorothea kannte die Stimme gut, die die Frage gestellt hatte, dafür brauchte sie nicht mal das Spiegelbild. Es war ihre Schwägerin Miranda mit dem rabenschwarzen Haar und den funkelnden grünen Augen. Sie war nicht nur Dorotheas Schwägerin, sondern auch Dorotheas beste Freundin geworden, als die exotische Frau mit dem blassen Teint ihren Bruder heiratete. Der Kronprinz hatte Glück so eine bezaubernde Frau gewonnen zu haben oder besser zugesprochen bekommen zu haben, auch wenn Dorothea die erste Frau Dominiks leid tat, die er dafür verlassen musste. Aber so sind nun Ehen unter Adelshäuser, man heiratete nicht aus Liebe, sondern die Ehen dienen dazu das Reich zu stärken.

„Ne, ich bin soweit." Dorothea ging zu ihrer Freundin, die umwerfend in ihrem himmelblauen Kleid aussah. Hoffentlich würde sie einen so netten Mann bekommen, wie Dominik eine Frau bekam. Es tat ihr etwas im Herzen weh, dass sie bald Hof und Heim verlassen musste, sowie auch Miranda, aber es gehörte einfach zu den Pflichten einer Prinzessin und Dorothea lernte es zu akzeptieren, wenn auch mit einem wehmütigen Auge.

Seite an Seite schritten die beiden schönsten Frauen Langens, wie sie vom Volk bezeichnet wurden, in den Gang hinaus gen Ballsaal.

Kaum eines der hier anwesenden Gesichter kam Konstantin bekannt vor, was aber nicht daran lag, dass sie nicht berühmt waren, jedenfalls von den Titeln her. So manche Person besaß Namen, die hätten für fünf weitere Menschen gereicht. Der Vorsteller war wahrlich heute nicht zu beneiden und bräuchte nach diesem Abend mindestens zwei Tage Ruhe für die Stimmbänder. Konstantin kannte kaum einen der Adeligen, weil er nicht aus den Adelshäusern stammte und auch nicht von Schildoran, sondern Vegnarian und sogar unter deren Vertretern kannte er kaum jemanden, die hier auf dem Ball eintrafen.

Konstantin stand weiter katatonisch an der Wand und schaute durch die Mengen. Wie die meisten Bediensteten des Abends war auch Konstantin nicht hier, um nur die Gäste zu bedienen, sondern hatte vor allem ein Auge auf die Prinzessin geworfen, die neben dem König zur linken Hand auf dem Thron saß, wie auf einem Präsentierteller. Es hatte selbstredend keine privaten Gründe, warum er immer wieder zur Prinzessin hochschaute, sondern berufliche. Er müsste ihr Leben schützen, wenn ein Attentatversuch stattfinden sollte. Dies war der Grund, warum er an der Wand nahe den Thronen stand. Hinter Konstantin hing ein Gobelin und da dahinter verbarg sich Konstantins Waffe, seine zweihändige Streitaxt. Unter der bläulichen Dienstkleidung hätte sie keinen Platz gefunden, ohne dabei offensichtlich heraus zu schauen. Auch wenn er mit dieser Waffe nicht immer jene beschützen konnte, die er beschützen wollte, so sollte doch die Axt heute ihre Pflicht erfüllen.

Eine der Bediensteten, eine junge Frau mit schwarzem kurzgeschnittenem Haar trat näher an Konstantin heran. „Und schon jemanden entdeckt, der die Prinzessin tot sehen will?" fragte Konstantin den Blick weiter nicht vom Geschehen im Tanzsaal abgewandt.

„Genügend, jedoch ist keiner dabei, der es selber machen würde."

Die Bedienstete schaute mit dem rechten Auge, das sich nicht unter einer lila Binde verbarg, zu Konstantin hoch. Der Hüne überragte die Menschenfrau um ganze drei Köpfe, was nicht nur am zierlichen Körperbau der Frau, sondern vor allem der Größe von Konstantin, lag. „Und du schon jemanden entdeckt?"

Konstantin schüttelte nur den Kopf als Antwort, wobei kein rotbraunes Haar des kurzen Vollbartes von der Position im Gesicht abwich.

„Mist."

„Vielleicht hat unser Adlerauge jemanden erspäht" Mit dieser Aussage, wollte Konstantin die Laune der Arbeitskollegin wieder verbessern und beide schauten hoch am von der Decke hängenden Kronleuchter vorbei, zur im Schatten befindenden Galerie.

Niemand, außer die Person hätte es gewusst, dass dort oben jemand stünde, hätte die Silhouette im schwarzen Umhang verhüllt entdeckt, doch Konstantin wusste, wie auch die junge Frau, dass dort oben der dritte von diesem Bunde stand und dieser schüttelte seinen Körper verneinend.

„Auch nicht. Mist" fluchte die junge Frau erneut.

„Bist du enttäuscht, dass niemand noch die Prinzessin töten will?"

„Nein" schüttelte die Frau den Kopf „Nur wenn jemand die Prinzessin angreifen würde, wäre endlich diese groteske Zurschaustellung von Harmonie und Einklang und falschen Freundlichkeiten endlich zu Ende. Das kotzt mich an. Am liebsten würde doch hier jeder jeden in den Rücken stechen, wenn es zu seinem eigenen Vorteil wäre. Ich hoffe es kommt bald wer, der diese Farce endlich ein Ende bereitet."

Konstantin schmunzelte in seinen Bart. Es war eine der längsten Monologe, die Vires in den letzten Zehntagen, wenn nicht sogar Zyklen, getätigt hatte.

Dorothea II

Der Vorsteller schlug dreimal mit seinem langen Stab auf den vorgesehen Granitblock – Ein Holzboden wäre im Laufe des Abends längst gebrochen, so häufig wie der Vorsteller, dessen Name Dorothea unbekannt war, schon heute mit dem Bronzestab auf diesen schlug, um einen neuen Gast anzukündigen - Die Musik hörte auf zu spielen und die Gespräche verstummten und alle Aufmerksamkeit galt nun dem Vorsteller.

„Werte Gäste" brüllte er in den Saal „Meine Wenigkeit möchte euch vorstellen, der zweite Kronprinz des Reiches Gelmön und Admiral der königlichen Flotte. Sohn des Ursus des Ersten, König von Gelmön, Prinz Uldan von Gelmön."

Dorothea dachte schon vorher wäre es ruhig gewesen, aber plötzlich war eine Stille hier im Saale, als würde die Prinzessin alleine sich im großen Ballsaal befinden und nicht zusammen mit hundert Gästen oder mehr.

Der Prinz von Gelmön trat ein. Seine Kleidung war weiß wie der Neuschnee, dagegen wirkte sogar Dorotheas weißes Kleid so grau wie der Morgenebel am Hafen. Wie auf jeglicher Uniform, wie sie auch Prinz Uldan trug, gab es unglaublich viele bunte Orden, die alle bestimmt eine Bezeichnung und Bedeutung hatten, von denen Dorothea von der Ferne her nicht erkannte, wofür sie standen. Dafür sah sie die goldenen Franzen, die an den Schultern herab hingen und noch eine edlere Erscheinung abgaben, als die eines Königs oder jeglichen anderen Adeligen hier im Saale.

Uldan schritt die Stufen hinab zum Ballsaal. Obwohl er den typischen Seemannsgang besaß, den man unvermeidlich erlernte, wenn man die meiste Zeit auf einem fahrenden Schiff ging, verlor der Prinz nichts von seiner Anmut. Alle Gäste schwiegen und schauten den neuen Gast an. Auch Dorothea schaute sich den Prinzen genauer an. Jetzt konnte sie auch das Gesicht besser sehen, da er auf direktem Wege zu ihr war.

Dorothea erinnerte sich, den Prinzen schon einmal gesehen zu haben, das war vor fast zehn Zyklen, doch damals schaute er anders aus. „Was so ein bisschen Seeluft ausmachen kann, erstaunlich" bewunderte sie das gebräunte Gesicht, das keine einzige Pustel auf der glattrasierten Haut zeigte, nicht wie vor zehn Zyklen.

Immer wieder gab es leises Getuschel, wenn Uldan an den Gästen, die eine Schneise zum Thron gebildet hatten, vorbei ging. Dorothea konnte es nachvollziehen, wie oft sah man schon einen Toten an einem vorbei gehen.

Wie es die Adelssitte verlangte, beugte der zweite Prinz von Gelmön sein Knie zum Gruße und senkte sein braunes Haupt, was Dorothea missfiel, denn sie hätte gerne weiter in dieses attraktive Gesicht geblickt, das alle anderen Werber um ihre Hand aus den Gedanken der Prinzessin verwies.

„Verseiht mein unbingliches Erseinen" entschuldigte sich der Prinz höflich im Akzent der Inselbewohner, das seltsamerweise nicht so bäuerlich und dumm sich anhörte, wie bei anderen Personen, die aus dem Inselreich stammten. Dorothea fand es sogar leicht erotisch und stellte sich schon innerlich vor, wie sie nachts zusammen in Bett lagen und er ihr leise ins Ohr hauchte, was für eine „wundersene Frau" sie doch wäre.

„Ein baar Gorallen wolljen mein S'iff zu sich holen."

„Freilich" begann Dorotheas Vater mit seinem typischen Idiom „Ich han davon jehört. Man berichtet mir: Ihr wäret samd Schiff unterjejangen.

Uldan hob sein Haupt, zur Freude von Dorothea, doch blieb er weiter vor dem Königspaar und ihren Kindern kniend. „Nein, doch viel' Mannen ließen ihr Leben, um das min' su redden. Viel jute Mannen."

„Freilich, dies is' bedauerlich. Ihr han mei' Mitjefühl. Bidde nehmet reichlich Trunk und Speis, um Eure Jefallenen zu ehren."

„Dies is' sehr lieb, doch bin ich nur hier, wegen dem Gespräch über eire Dochder und der Midgifd. Ich wierde dann jerne wieder die Feier verlassen. Ich mecht nicht die Sdimmung absengen lassen mid mien Kummer."

„Freilich. Ich versteh', doch han ich noch ein Gesbräch mid Herzoch Feldirn aus Margam, dann würde ich mich mid Euch befassen."

„Versdeh'" nickte Uldan und ging direkt zum kalten Buffet.

Der König erhob sich vom Thron und trat zu seiner Tochter hin, die ihre Augen weiterhin nicht vom Prinzen loseisen konnte. „Dore, könntest du dich, um den Prinzen kümmern, bis ich mit dem Herzoch fertig bin. Gelmöns Armadda ist einfach zu wichtich bei einem Krieg gegen Kelmantor."

Dorothea war eine artige Prinzessin und tat, was ihr Vater ihr auftrug. Vor allem, wenn es mit ihren eigenen Interessen zusammen passte.

Als Dorothea bei ihrer Schwägerin vorbei kam zwinkerte sie dieser zu und sprach flüsternd zu ihr: „Wenn's sein muss, werde ich ihm auch meine Jungfräulichkeit schenken, um ihn glücklich zu machen. Es dient natürlich ganz und gar nur deshalb, damit seine Flotte unserer Armee beitritt. Ich tue doch einfach alles, um meinem Vater zu helfen."

Miranda schmunzelte mit ihren zarten Lippen. Ihr Gatte daneben vertrete nur die Augen, da er die Äußerung seiner jüngeren Schwester mit anhören musste und als hoffe er so weiteren Gesprächsstoff zu entfliehen, verschwand er mit schnellem Schritt unter die Meute von Gästen.

Uldan stand mit einem Teller in der Hand vor dem Kalten Buffet, das aus den verschiedensten Meerestierchen und –früchten bestand. Garnelen formten einen zweiten Teller auf dem Porzellanvorbild. Austern hatten ihre harte Schale leicht geöffnet, damit die Gäste leichter die Innereien heraussaugen konnten. Weiteres gab es natürlich die verschiedensten Fischarten, die normalerweise vor der Mole des Hafens im Meer sich tollten. Lachse, Heringe, Welse, Aale und so mancher Hai gab sein Innerstes preis, an denen sich die Gäste laben konnten, doch für all das entbehrte Dorothea keines ihrer meeresgrünen Augen, denn sie betrachtete nur den hübschen jungen Mann, der vor dem Buffet stand. Er stand allein da und befüllte seinen Teller mit Garnelen, Austern und ein paar Innereien einer Seekatze. So allein halt, wenn man bedachte, dass ihn über zwei Dutzend Augen anstarrten, doch keiner traute sich auch nur ein Wort mit dem Mann, der aus dem Jenseits zurück gekehrt war, zu sprechen, diese Angsthasen, dachte Dorothea kurz bei sich.

Die Stöckelschuhe klackten über den hölzernen Boden, als Dorothea stetig näher an den Prinzen rann trat. Wäre die Musik des Orchesters nicht so laut gewesen, hätte Uldan wohl die Schritte vernehmen können, so stand er weiter mit dem Rücken zur Prinzessin und begann mit dem Gesicht gen Buffet gerichtet zu essen. Viele der Gaffer schauten schnurstracks in eine andere Richtung, als die Prinzessin sie anschaute und begannen plötzlich großes Interesse für den Kronleuchter, den Wandteppichen oder auch für den Holzboden zu entwickeln, aber auch nur so lange, wie auch der Blick der Prinzessin anhielt. Kurz darauf waren Uldan und sie wieder die wichtigsten – nach den Augenpaaren, die sie anstarrten, zu urteilen – Personen hier im Ballsaal.

Etwa einen halben Klafter neben Uldan gesellte sich Dorothea und ihr schlanker Körper an die Seite des Prinzen und versuchte seinen Blick zu finden. Der Duft des Salzwassers umhüllte den Mann. Dorothea atmete wie ein Parfüm es in sich hinein. Seitdem sie hier in Langen residierten, weil ihr Vater König wurde, war dieser Geruch nicht besonders. Sie konnte mit dem Geruch des Meeres nichts anfangen. Es war nicht so, dass sie ihn Übelkeit hervor rief, jedoch war ihr immer der Geruch einer Lavendel oder einer Tulpe, wie es sie in Kleinlangen zu Hauf gab, viel lieber. Vielleicht war es einfach die Erinnerung an ihre Heimat, die durch die Düfte erweckt wurde. Die Heimat, in die sie nicht zurück kann, vielleicht nie mehr. Etwas Schwermut erfüllte ihr Herz. Sie würde niemals mehr aus dem Palast sehen können und das lila Meer aus Lavendel, das sich im Garten unter ihrem Fenster erstreckte und seinen süßlichen Duft in ihr Zimmer hochsteigen ließ, genießen. Er drang sanft in Dorotheas Nase und streichelte ihren Geruchssinn. Weiter wanderte er tiefer in die junge Dame. Der Duft erfüllten nicht nur ihre Lunge, sondern sogleich auch noch ihr Herz, jedoch wird dies nie mehr geschehen, sogar wenn Langen Kleinlangen aus den Fängen Kelmantor befreien könnte, denn sie würde mit dem Angetrauten in sein Reich reisen müssen… und das war nicht ihre alte Heimat.

Hier in Langen versuchte ihr Vater ihr das Gefühl zu geben, sie wäre zu Hause und legte einen kleinen Lavendelgarten an, aber es war einfach nicht dasselbe. Der salzige Geschmack des Meerwassers legte sich immer darüber und Dorothea wurde aus der Illusion von Zuhause gerissen. Aber dieser Geruch des Meeres, das von Uldan gen Nase der Prinzessin flog, war anders. Es war angenehm. Sie konnte es nicht beschreiben. Hätte sie die Augen geschlossen, wäre die Prinzessin darin eingetaucht und darin geschwommen, wie ein junger Fisch, der gerade aus dem Ei geschlüpft war und sogleich jeden Winkel des Meeres erforschen wolle... aber sie durfte die Augen nicht verschließen. Dorothea hatte eine Aufgabe und suchte wieder den Blick des jungen Prinzen.

Dorothea fand ihn, indem sie den Prinzen einfach mit einem „Guten Abend." begrüßte und ihr blieb das Herz stehen. Am heutigen Abend traf sie viele Prinzen und Herzogssöhne aus vielen Teilen Schildorans und Vegnarians. Es gab welche, die schauten Dorothea mit einem lüsternen Blick an, als wollten sie ihr sofort die Kleider vom Leibe reißen und gleich mit der Zeugung eines Thronerbens beginnen. Die Beine schlugen reflexartig zusammen bei diesen Blicken. Dann gab es welche, die der Prinzessin keine Achtung schenkten, weil sie entweder nur auf das Waffenbündnisses mit ihrem Vater aus waren oder mehr Interesse an ihrem Bruder hatten. Zum Schluss noch die Schüchternen, deren Blicke Dorothea gar nicht erst zu Gesicht bekam, weil sie lieber ihre Nase senkrecht gen Boden zeigen ließen. Aber dieser Blick, den sie von Uldan erhielt, war ein gänzlich anderer, den sie heute noch bei keinem Gast sah. Die dunklen Augen zeigten eine Tiefe, in die Dorothea einsank. Es lag ein tiefer Schmerz in diesem Blick. Unbewusst machte Dorothea einen Schritt nach vorne, um noch tiefer in den dunklen Augen zu versinken. Sie wirkten wie das Nachtmeer: Dunkel, unergründbar und mysteriös. Sie wollte in diese Augen, wie in das Meer eintauchen. Sie wollte immer tiefer und tiefer schwimmen, um den Grund zu erreichen. Den Grund, weshalb Uldan diesen Blick besaß. Dorotheas Atem wurde schwerer, als wäre sie wirklich unter Wasser gefangen und würde wohl nie wieder rauskommen, wenn ihr niemand eine helfende Hand reichen würde, wie im Nachtmeer, in dem es auch nur diese Dunkelheit überall um einen gab und man nicht weiß, wo es die rettende Meeresoberfläche gab. Die helfende Hand war nichts weiter als ein schwaches Lächeln der leicht spröden Lippen, die die Meeresluft jedem Seefahrer verabreichte, und dazu ein. „Den winse ich Eich auch."

Dorothea musste erst wieder nach Luft ringen, als sie wieder aus dem Dunkel der Augen zurück in die Realität auftauchte.

„Gehd es Eich nicht gud?" erkundigte sich der Prinz mit rauer, dennoch irgendwie umschmeichelnder Stimme.

Dorothea hatte ihren Atem, wie auch ihr Herz wieder so sehr beruhigt, dass sie keinen ärztlichen Beistand benötigen würde, aber ein gewisses Kribbeln zwischen den Beinen blieb, den wahrscheinlich am besten Uldans Gemächt ihr wieder austreiben konnte.

„Ja, alles gut." Dorothea sprach verglichen zu ihrem Vater akzentfrei die Gemeinsprache, die auch als Schriftsprache bezeichnet wurde. Schon in jungen Zyklen lehrte man ihr das schriftliche Reden, um so kultivierter und ansprechender für die Männer zu wirken, dennoch brauchte sie all ihre Konzentration, um nicht in die längische Dialektik zu verfallen, als sie in diesen tiefgründigen Augen und den sanften Lippen schaute, an denen sie sofort knabbern wollte. „Eigentlich muss ich aber euch die Frage stellen, denn Ihr habt ja das Unglück erlebt."

Uldan senkte seinen Kopf. Die Erinnerungen lagen wohl schwer. Dorothea tat es irgendwie Leid, dass sie ihm die schmerzlichen Gedanken in Erinnerung rief. Sie hätte ihm am liebsten umarmt und fest zu sich gedrückt und hätte dies nicht zum Trost gereicht, hätte sie ihn auch geküsst und das nicht nur an den Lippen, sondern an jede Körperstelle, die er ihr machen ließ. Sie hätte jede Stelle so lange, bis sein Kummer verflog und sollte es ein Leben lang dauern, geküsst, aber unter so vielen verurteilenden Blicken konnte sich die junge Dame zurückhalten. Sie war die Prinzessin und musste ihre Triebe zurückhalten, stattdessen fragte sie: „Wie viele Mannen hab' Ihr verlor'n?"

Uldan blickte mit leicht schmerzlichem Blick hoch. Wie gerne wäre Dorothea, die Frau gewesen, die ihm von diesem Schmerz und Kummer befreien könne. „Su viel'.", kam nur als Antwort, dann zuckte er kurz schwach auf, als wäre ihm etwas eingefallen. „Ach! Verseihung… Ich hadde Eich noch nich' zum Jebursjubiläum geehrd."

Dorothea winkte mit einer Handbewegung ab: „Macht nichts. Ihr hattet viel um die Ohren."

„Eier Jesenk lieg' am Junde des Meeres… Nich'mal dies jonnte ich redden."

Dorothea lächelte Uldan zu, um auch ihm ein Lächeln zu entfleuchen, was ihr sogar gelang. Sein Lächeln gebar noch nicht mit ganzem Herzen, was Dorothea sogleich sah, jedoch sah sie den Dank in seinem Gesicht, dass sie sich die Mühe machte, ihm wieder Frohgemut zu schenken. „Das größte Geschenk ist es, das ihr am Leben seid." Dieses Kompliment bescherte ihm noch ein größeres Lacheln, das in diesem Fall sogar der Wahrheit entsprach, denn kein Geschenk konnte das vermitteln, was Uldan in ihr auslöste. Die lächelnden Lippen ließen eine Feuerbrunst in Dorotheas Herz entbrennen. Sie musste sich ablenken, ansonsten konnte nicht mal der Gedanke daran, dass sie den Ruf des Adelshauses in den Dreck ziehen würde, sie davon abhalten Uldans Lippen leidenschaftlich zu küssen und zu liebkosen. Sie musste sich konzentrieren. Sollte sie zeigen, was sie für Uldan empfand, würden die Waffenbündnisverhandlungen ihres Vaters noch schwerer als sie schon waren, und Gelmön konnte mehr von Langen verlangen, damit ihre Flotte sie im Krieg unterstützt. „Was für ein Geschenk war es denn?" wahrscheinlich hatte sie es gerade heraus gefragt, ohne Zeichen, was gerade in ihr vorginge, aber in ihren Ohren klang es mehr wie ein leidenschaftliches Keuchen.

„'in Boidrait Eires Anglitzes, aber" Uldan näherte sich langsam ein kleines Stück ihrem Gesicht. Der Duft des Meeres berauschte sie fast. Ihr Herz raste. Feuchtigkeit rann leicht über ihren Oberschenkel. Noch einen Zoll näher und Dorothea hätte sich nicht mehr in Zaum halten können und hätte den Mann, der nur einen halben Kopf größer war als sie, an ihren heißen Körper gepresst, doch Uldan hielt inne und betrachtete mit seinen dunklen

Augen ihr Gesicht. Obwohl er sie nicht berührte, glaubte sie zu fühlen wie die Augen ihren Wangen streichelten, ihr durch das aschblonde Haar fuhr und sanft wie ein Hauch über ihre Lippen glitt. „Jetz', wo ich Eier Jesich' seh'.", er schüttelt sachte den Kopf, ohne den Blick von ihren Gesicht zu nehmen. „Des Bild gäme Eich nicht rech'. Wir haben die sens'ten Mus'eln susamme jedragen, aber kienes gäme Eich recht."

„Danke" hauchte Dorothea mehr als sie sprach. Ihr hatte es wahrlich die Sprache verschlagen. Sie konnte auch keinen Gedanken mehr finden. Sie stand nur schweigend und starrend da.

„Kine Sorge, wir werden die Flodde mid der eirigen susammen dun. Ihr breichded nich' länger bei mir zu bliben. Hab' Freide an Eiren Jeburs'jubiläum." Sanftmütig lächelte der Prinz sie an.

Dorothea bekam leichte Angst und die Befürchtung, das Gespräch würde enden und sie würde den Prinzen nie wieder sehen, deshalb sprach sie hastig: „Nein, bleib… bitte. Ich freue mich mit dir zu reden. Es ist ein Fest für alle. Bitte, bleib meinet Willen."

Uldan schaute nachdenklich auf den Boden. Innerlich betete und bat sie jede Gottheit darum, dass man ihm doch die Einsicht gewähren würde, bei ihr zu bleiben. „Aber min Jeschenk ohne sie känn ich nich' werben? Außerjem will ich die Sdimmung der Feier nich' hinab senken."

Dorothea grübelte. Er hatte irgendwie recht, aber dennoch waren es blöde Argumentationen. Ihr musste etwas einfallen. Er durfte nicht einfach so gehen. „Wie kann ich Eure Stimmung aufhellen?"

Uldan lächelte wieder sanft: „Eier Lächeln erhellte s'on mine Nacht. Es is' wie'n Sauber, der min Hers berühr'."

Dieses Kompliment berührte auch das Herz von Dorothea. Etwas muss es geben. Er musste einfach bleiben.

„Dirfte ich Eire Haud beriehr'n?" Bei der Frage von Uldan hätte sie am liebsten nur erleichtert „Ja!" geschrien und ihm in die Arme gesprungen, aber doch nicht mitten im Ballsaal.

Dorothea schaute sich um, warum mussten bloß so viele Menschen hier sein. „Leider… vor so vielen…" Sie musste sich regelrecht zwingen diese Worte, die ganz gegen ihren Willen waren, aus sich raus zu pressen, als würde jedes Wort, jeder Buchstabe, den sie sprach, eine glühend heiße Nadel sein, die jemand in ihre Haut stach.

„Bei in Tanz dierfde man sich beriehrn." Als hätte Uldan das Mittel zu ewigen Jugend gefunden oder sogar noch besser einen Antrag Dorothea gemacht, war die Prinzessin überglücklich und stimmte Uldans Vorschlag zu. Am liebsten hätte Dorothea Uldan gepackt und ihn auf die Tanzfläche gezerrt, aber sie war immer noch die Prinzessin von Langen. So gewährte sie Uldan zuerst sauber den Teller abzustellen und sie gingen Hand in Hand in die Mitte des Tanzsaales begleitet von dutzenden Augenpaaren, doch nur eines war Dorothea wichtig. Die dunklen, tiefgründigen ihres Tanzpartners.

Ihr war hier alles zu wider. Zu viel Lärm, zu viel Gestank, zu viel Heuchelei… oder kurz zu viele Menschen. Sie hasste solche Ansammlungen. Gerne wäre sie einfach gegangen und hätte den Adel sich selbst überlassen, aber sie hatten einen Auftrag, das Leben der Prinzessin zu schützen. Vires wusste aus bester Erfahrung, dass es leichter war jemanden in einer Unmenge an Personen zu meucheln, als in einer dunklen Gasse, denn niemand rechnet in diesem Augenblick aus der heiteren Fälschung, die hier suggeriert wurde, in die wahre Wirklichkeit geworfen zu werden und sind erst mal schockiert, dass eine Person sich selber die Hände schmutzig macht, anstatt es verarmten Bürger der Stadt zu überlassen, die Morde für ein paar Münzen machen, nur um ihre Familie, wie sich selber, über die Kalte Zeit zu retten. Obwohl hier hunderte Person redeten, tanzten und manche Intrige planten, würde keiner einen klaren Gedanken fassen können und den Meuchelmörder aufhalten, stattdessen würden sie wie leblose Skulpturen nur ihr im Wege stehen, während sie versuchen würde, den Meuchelmörder zu fassen.

Eigentlich war es der Plan gewesen sich als Servierer unter den Gästen zu tummeln, aber Vires konnte es einfach nicht. Sie konnte und wollte nicht unter so vielen Leuten sein. Rein bei dem Gedanken verkrampfte sich ihr ganzer Körper, so blieb sie lieber abseits im Schatten des ganzen Geschehens und beobachtete. Sie beobachtete die Galerie, wo ihr Kollege stand und den Saal überblickte. Wie gerne wäre sie an seiner Seite gewesen, nicht weil sie Interesse an ihm hatte, aber so war sie noch ferner von dem ganzen Trubel, der hier herrschte, aber falls ein Attentatversuch stattfinden sollte, war sie auf der Galerie nutzlos, da sie den Umgang mit dem Bogen leider nicht so gut beherrschte wie er.

Weiteres beobachtete sie Konstantin, der Hüne, der viele der Gäste mehr als einen Kopf überragte. Obwohl es so wirkte, als würde der rotbärtige Mann stetig zwischen den Gästen durch den ganzen Saal mit seinem Tablett mit Krügen und Gläsern lavieren, blieb er doch steht's nah den Gobelins, hinter der seine Waffe sich versteckte. Irgendwie sah Konstantin seltsam aus so in zugeknöpfter Dienstkleidung, wie es die eigentlichen Bediensteten trugen. Auch Vires trug das weiße Hemd zusammen mit dem blauen ärmellosen Lederhemd darüber. Statt aber eine blaue Hose wie Konstantin, musste Vires, weil sie eine Frau war, einen knielangen Rock tragen, egal wie sehr sie sich darüber beklagte. Sie war keine von diesen hirnlosen Schranzen, deren größte Sorge des Tages war, welche Schminke sie heute auftragen sollte. Sie war nicht so wie sie. Unbewusst wanderte die Hand gen lila Halstuch aus reinster Seide, das ihr linkes Auge verdeckte. Niemand war so wie sie, wie sie es auch öfter zu spüren bekam.

Vires löste ihren Blick von Konstantin und betrachtete wieder die Prinzessin, die noch immer mit diesem in weiß gekleideten Prinzen sprach. Warum die Gäste so ein Getue um ihn machten, war Vires schleierhaft, aber auch egal.

Der Gestank vom verfaulten Alkohol drang plötzlich penetrant in Vires Nase. Ihr ganzes Gesicht verzog sich zu einer angewiderten Grimasse. Noch bevor sie herausfand, woher der plötzliche Gestank kam, hörte sie eine lallende Stimme hinter sich fragen: „Na, Tänzschchen, Süsche?"

Vires drehte sich um. Hinter ihr stand oder besser schwankte ein feister Adeliger, dessen vom Alkohol, der seinen Weg nicht nur in den Rachen, sondern auch auf die Kleidung gefunden hatte, verklärte Blick fixierte Vires, so gut es halt möglich schien, wenn man jede Person in dreifacher Ausführung sah.

Ohne großes Zögern hätte Vires diesem Typen gezeigt, was sie unter Tanzen verstand, aber nicht unter so vielen Personen, da hätte sie die ganze Aufmerksamkeit für sich beansprucht und ein Attentäter hätte ohne Probleme seinen Beruf nachgehen können, deshalb entschied sie sich für den diplomatischen Weg. „Leider. Ich arbeite." Mit diesen Worten musste sie raus aus dem angenehmen Schatten hinein in den heillosen Trubel.

Konstantin II

„Verzeihung…"

Konstantin drehte sich auf den Hacke um und schaute hinab auf vier graublaue Augen, die paarweise auf zwei junge Damen verteilt waren. „Ja, wie kann ich behilflich sein?" Hielt Konstantin zugleich mit diesen Worten sein Tablett mit Krügen und Gläser den Damen vor „Sekt, Wein, Met oder doch Bier?"

Die beiden Frauen mit Liebreiz gesegneten Gesichtern, die jedem Mann, tun lassen konnten, was immer sie wollten, hoben ihre Gläser. In den Gläsern schwamm noch rote Flüssigkeit. „Wir haben noch.", antwortete die blonde Frau mit dem Zopf. Die Frau mit den kurzen roten Haaren lächelte nur Konstantin anschauend an.

„Mit was kann ich dann behilflich sein?" fragte Konstantin mit seiner brummenden Stimme, in der kein Hauch von Bedrohung mit schwang.

„Könnt Ihr uns sagen, um was es sich bei diesem Gobelin handelt?" Dabei deutete die blonde Dame auf den Wandteppich, der direkt neben ihm an der Wand hing.

Konstantin drehte sich herum und betrachtete den Wandteppich. Damit die beiden Damen es auch besser betrachten konnten, flankierten sie den Hünen.

Der Wandteppich war aus roten Fasern geknüpft. Goldene Stoffe, die darin eingelegt waren, bildeten zwei Ringe, die ineinander liefen, darüber schien Solaris mit seinem goldenen Schein vom Himmel herab. Innerhalb der Ringe sah man einen schwarzen

Drachen und in dem anderen zwei Speere, die überkreuzt lagen. Die Fläche, die die beiden Ringe von den Seiten her umschlossen zeigten einen rein weißen Fleck, so weiß, wie ein alter Teppich eben sein konnte. Konstantin sah natürlich schon so manchen grauen Fleck, den die Zeit hinein gefärbt hatte.

Verwunderung überkam Konstantin, als er den Wandteppich erblickte. Seltsam das die beiden Damen nicht wussten, um was es ginge. Die Heraldik gehörte zu jeder Ausbildung des Adelsgeschlechts und deren Symbolik. Auch Konstantin musste sie mühsam einst lernen. Auch wenn es im Leben wie auch auf den Schlachtfeldern niemals von Bedeutung schien, was die Symbole auf den Bannern bedeuteten, außer, dass dieses Wappen die Feinde und das Anderen die Verbündeten symbolisierte, konnte er so sein Wissen erstmals nützlich einsetzen.

„Nach den Ringen zu urteilen handelt es sich um ein Zeichen der Vermählung. Da drinnen sich zwei Wappen befinden, würde ich meinen, dass es sich um eine Vermählung zweier Adelsfamilien handelt. Leider kann ich nicht herausfinden, um welche Familien es handelt. Ich stamme nicht von hier.“

Die beiden Damen rückten näher und betrachteten den Teppich weiter. Mit einem Schritt zurück verschaffte Konstantin ihnen mehr Platz damit sie den Teppich näher begutachten konnten. Noch bevor der Hüne weiter die Symbolik beschreiben konnte, drehte sich die blonde Dame mit dem Kopf herum und schaute zu Konstantin mit fragendem Blick hoch. „Woher stammt Ihr?“.

„Aus einem kleinen Dorf bei Klingenthal, Milchein.“, antwortete Konstantin ohne Zögerung.

Nun drehte sich auch die rothaarige Frau um.

„Klingenthal? Wo liegt das?“ wahrscheinlich wollte die Rothaarige, dieselbe Frage stelle, als sie den Mund öffnete, aber die Blonde kam ihr zuvor.

„Klingenthal war eine kleine Grafschaft im Frostgebirge.“ In den grauen Augen erkannte Konstantin sogleich, dass sie auch diesen Ort nicht einzuordnen konnten. „Das Frostgebirge begrenzt den Norden Vegnarians.“

„Interessant.“, stellte die Rothaarige fest und nippte aus dem Glas.

„Also kommst du aus Vegnarian?“ Die blonde Frau blickte kurz hinab, dann schaute sie wieder hoch. „Und was führt dich hierher?“

„Ich brauchte Arbeit, die ich hier fand.“ Er hob kurz das Tablett hoch, um auch eine visuelle Bestätigung seiner Worte zu präsentieren.

„So ein muskulöser Mann“ Mit der Hand glitt sie seinem weißen Ärmel entlang und riss gleich darauf die Augen vor Schreck auf. Sie hatte wohl mit einem starken Bizeps gerechnet, aber wohl gedacht, dass das Hemd durch seinen weiten Schnitt sehr viel kaschierte, was es aber nicht tat.

Die Rothaarige sah die Reaktion ihrer Freundin und tat es ihr gleich. In ihrem Blick sah man aber keine Überraschung, sondern… Konstantin konnte diesen starren Blick, der auf ihn gerichtet war nicht deuten oder eigentlich schon, aber er unterdrückte den Gedanken, die lüsternen Augen zu registrieren. „So weit weg von Zuhause", klang die Rothaarige mitfühlend „Da wird deine Frau sichtlich oft einsam sein."

Ein Stich durchfuhr Konstantins Herz. Sein Blick senkte sich. Kurz verschwand alles um ihn herum und er sah nur noch eine schwarzhaarige Schönheit mit dem Namen Rebekka. Unter dem rotbraunen Bart öffnete sich der Mund, um etwas zu sagen.

„Ach, da biste ja.", erklang plötzlich eine jugendliche Stimme mit Hektik geschwängertem Tonfall. „Ich habe schon die janze Zeit nach dir jesucht." Konstantin wandte sich gen Richtung, woher die Stimme kam. Ein junger Mann mit blondem Haar und der dieselbe Dienstkleidung trug wie der Hüne kam auf Konstantin zu gerannt. Konstantin überlegte, doch ihm kam der junge Mann, der einen Kopf weniger Maß als er, nicht bekannt vor, außer vielleicht vom Sehen her. „Komm mit.", befahl dieser und zog Konstantin an der Weste mit sich. Mit dieser Aktion entglitt er aus den Händen der Damen und das Tablett wäre ihm fast aus den Händen gefallen.

„Entschuldigt.", kam es Konstantin noch über den Lippen gen sichtlich überraschten, wie enttäuschten Damen als er seinem Arbeitskollegen gen Buffet folgte. „Womit kann ich helfen?" wandte sich Konstantin an seinen Kollegen.

„Gleich."

Konstantin folgte, wie ein Hund an der Leine, bis sie ans Buffet kamen.

Der junge Mann deutete auf eines der Speisen und fragte dann: „Kannst du mir sajen, ob das Austern oder Miesmuscheln sind?"

Konstantin schaute auf die schwarzen Muscheln und musste sich und dem Kellner eingestehen: „Ich weiß es leider nicht. Tut mir Leid. Ich komme aus dem Frostgebirge und weiß nicht viel über das Meer." Konstantin kannte sich wirklich nicht mit dem Meer aus. Vor einem Solariszyklus hatte er zum ersten und bisher letztem Mal ein Schiff bestiegen, um hier her nach Schildoran zu segeln.

„Ach, na jut.", Der Mann schien nicht recht enttäuscht zu sein, aber Konstantin fühlte dennoch ein schlechtes Gewissen ihm nicht helfen zu können.

„Wie kann ich sonst helfen?" erkundigte sich der Hüne.

„Mit nichts." Konstantin schien nun ganz verwirrt. Warum hatte er ihn geholt nur um herauszufinden, ob es sich hier um Miesmuscheln oder Austern hielt? „Übrigens, jern jeschehen."

Konstantin war zu konstatiert, um eine Antwort, eine Frage oder irgendetwas zu sagen.

„Es jeht um die dollen Weiber. Wenn sie so einen Muskelberch sehen wie dich, wollen sie ihn sofort besteigen und als Trophä ihren Freundinnen zeijen. Und du kommst mir vor, wie jemand, der nur eine Frau liebt."

„Danke.", kam es wie ferngesteuert.

Der junge Mann grinste: „Jern jeschehen."

„Komm nur ein Tänschchen.", lallte die Bitte an Vires Ohr. Dieser feiste Adelige hatte nicht aufgegeben. Egal wohin sich Vires bewegte, er folgte ihr zusammen mit seinem vom Alkohol geschwängerten Mundgeruch und diesem gierigen Blick in den Augen, der nichts Gutes verhießen ließ. Warum konnte er sie nicht in Ruhe lassen?

„Nein.", entgegnete sie mit leiser Stimme, in der man aber dennoch die Wut heraushören konnte, sofern der Alkohol einem nicht die Gehörgänge zugemauert hatte.

„Ach, wieso nischt?" klang es wie das Betteln eines Kindes.

„Weil"

„Wenn du nischt tanschen willst, dann könnten wir gleich in mein Schlafgemach." Mit diesen Worten zwinkerte der Adelige Vires zu.

Ob es am Mundgeruch, an dem lustvollen Lächeln oder der Bitte lag, konnte Vires nicht sagen, jedenfalls rebellierte ihr Magen und brachte ihr Übelkeit. Sie wollte weg von ihm, doch plötzlich merkte sie, dass hinter ihr nur mehr Wandteppiche waren. Sie konnte nicht mehr weg. Vor ihr versperrte der vor Fett überquellende Körper des Adeligen Vires den Weg. Sie musste ihr Glück versuchen und wollte an dem Mann vorbei. Mit einem Schritt nach Rechtsvorne zeigte sie, wo Vires gerne vorbei mochte, doch dann wendete sie sich und zog links vorbei.

Der Adelige, egal wie besoffenen er war, merkte die Täuschung – beabsichtigt oder nicht – packte Vires bei den Schultern und presste sie gegen die Wand. „Na, wo wilscht du hin? Isch liebe Raubkätschchen." Sein Griff an den Armen und Schultern wurde fester, dass Vires sogar einen Schmerzensschrei in ein Zischen zwischen den Zähnen umwandeln musste.

Vires hasste ihren zierlichen Körper. Sie war flink, aber gegen die Kraft des Mannes hatte sie keine Mittel mehr. Hätte sie nun um Hilfe geschrien, dann wären sowieso alle auf der Seite des Adeligen… wie immer.

Mit lüsternem Blick und stark keuchend drückte der Mann seinen fetten Bauch gegen Vires. „Und nun mein Kätschchen, lasch sehen, was unter deinem Tuch verbirgscht." Seine Rechte löste seinen Griff und wanderte hoch zum lila Halstuch, das Vires linkes Auge bedeckte.

Nein, schrie es in den Gedankengängen der jungen Frau, bitte nicht, doch dann war es zu spät. Vires fühlte wie der Seidenstoff langsam die Haut hinab glitt. Als der Stoff vom Auge verschwand, sah sie zum ersten Mal den Mann im nüchternen Zustand. Als hätte der Anblick von Vires jeglichen Alkohol aus seinen Venen vertrieben, sah er sie an. Die Augen rissen hoch, die Pupillen weiteten sich und der lüsterne Gesichtsausdruck wandte sich in eine entsetzte Grimasse. All das geschah innerhalb einer Sekunde, aber für Vires verstrichen mehrere davon. Der Mund des Adeligen öffnete sich und Vires wusste sofort, was nun kommen würde. Sie hatte es schon oft genug erlebt. Nein! Nicht hier! Mit schneller Hand griff sie unter den Rock und zog ihren Dolch, den sie sogleich in die Kehle des Mannes jagte. Statt einem entsetzten Schrei, tropfte nur der rote Lebenssaft über die rosa Lippen. Die Augen starrten sie immer noch entsetzt an. Sie durchdrangen ihren Körper, wie ihr Dolch seine Kehle. Auch als er langsam niederbrach fühlte sie aus dem toten Blick, wie die Augen Vires angewidert anstarrten. Die Muskeln waren zu schwach, um den feisten Adeligen auf den Beinen zu halten, aber geistesgegenwärtig riss sie sich einen Stück ihres Ärmels ab und presste es auf die Wunde, damit das Blut nicht zu weit raus spritzte und Aufmerksamkeit erregte.

Was sollte sie nun tun? Sie stellte sich zwischen dem Ballsaal und dem toten Mann und drückte weiter auf die Wunde, die stetig den einst weißen Ärmel blutig rot färbte. Die toten Augen starrten weiter Vires an. Was sollte sie tun? Sie war zu schwach um den feisten Leib zu tragen. Vor Wut, wegen ihrer eigenen Unfähigkeit, spannten sich ihre Muskeln an.

„Was ist hier los?" fragte Konstantins Stimme im ruhigen Basston hinter ihr.

„Er... er hat" stotterte Vires mit wutentbrannter Stimme „Ich konnte nicht anders... Er hat..." Sogleich strich sie auch über ihr entblößtes Auge. Es war ein Glück, dass Konstantin hinter ihr stand und nicht sah, was der Adelige zu Gesicht bekam und weshalb er sein Leben lassen musste, auch wenn Konstantin schon sah, was sich unter dem lila Tuch versteckte. Er hatte damals genau denselben entsetzten Gesichtsausdruck. Nur schwamm noch etwas anderes mit, was auch nicht besser war, Mitleid. Sie konnte den Anblick nicht ertragen und floh. Als Konstantin sie nach Lunazyklen wieder fand, sprach der großgewachsene Mann kein Wort darüber und Vires war erleichtert. Es dauerte etwas, aber Konstantin schaffte es Vires dazu zu überreden ihm wieder zu begleiten. Vires kannte auch keine sinnvollen Alternativen dazu.

Ein Schatten legte sich über den toten Mann und die Umgebung. Konstantin war wohl näher getreten. Vires wandte ihren Kopf nicht um. Sie schaute nur auf die Hand, wo schon langsam das Blut darüber rann, weil der Ärmel nicht mehr genügend aufsaugen konnte. Sie wollte nicht zurück schauen, nicht in die Augen von Konstantin. Er würde ihr einen Blick zu werfen, der schlimmer wäre als die entsetzten Augen des Adeligen. Mit Wut, Entsetzen oder ähnlichem könnte sich Vires abfinden, aber die graugrünen Augen würden ihr solche Blicke nicht zu wenden, sondern Blicke voller Mitgefühl und Sorge und diese wollte sie nicht sehen.

„...verstehe... Wohin sollen wir ihn schaffen?"

„In den Abort.", kam es so kühl, wie sie nur konnte. Sie ließ sich von der Wut lenken. Die Wut auf den Adeligen, der einfach keine Ruhe gab und doch selbst schuld an seinem Tod war. Sie hatte ihn darum gebeten aufzuhören, doch dieser gab nicht auf. Sie wollte ihn ja nicht töten. Sie musste es tun.

„Ja, gut." Konstantin trat an Vires Seite, ohne ihr einen Blick zu zuwerfen und riss sich den Ärmel ab, um ihn auf die Wunde zu legen. Dann packte er den feisten Kerl, als wäre er nichts weiter als ein Sandsack und verließ den Saal.

Vires legte die Augenbinde wieder um den Kopf und folgte ihm nach.

Alles verschwamm. Die über hundert Gäste verschwanden. Sie alle verloren sich im Nichts. Nur einer blieb... Uldan. Er stand vor ihr. Sein herrlicher Duft der Meeresbriese liebkoste ihre Nase. Seine feudale Erscheinung, wie Dorothea nur aus Märchenbüchern her kannte, die ihr ihre Mutter in Kindertagen vorgelesen hatte. Sie hatte nie gedacht, dass sie einmal in so einem Märchen mitspielen würde, vor allem nicht als Hauptperson, doch nun war es wahr. Unter dem langsamen Klang eines Walzers berührte sie ihn sogar... und er sie. Ihre behandschuhte Hand glitt in die Seine. Seine Hand wanderte zu ihrem Kreuz, wie gerne hätte sie seine Hand tiefer unten gespürt, aber dazu wird es bestimmt noch kommen, schwor sie sich innerlich. Dann begann der Tanz.

Wie für eine Adelige verlangt wurde, hatte auch Dorothea das Tanzen sehr früh lernen müssen. Es war die Pflicht einer Adeligen zu jeder Musik, zu jedem Anlass tanzen zu können, wenn ein netter Mann sie aufforderte, darum beschwerte sie sich nie. Sie war adelig und Adel verpflichtet, doch was sie jetzt empfand, spürte sie noch nie. Als würde Uldan sie über das Parkett tragen, schwebte sie über den Boden. Ihre Füße schienen sich wie von selbst seinen Bewegungen zu folgen. Die Musik drang in ihren Leib. Jede Note, jedes Instrument drang in ihren Körper ein und füllte sie mit Sinnlichkeit und Leidenschaft. Sie drehte sich allein oder zu zweit, dabei versuchte sie immer den Blick von Uldans dunklen Augen zu finden, um immer wieder darin zu versinken. Die Dunkelheit, die alles um sie herum verschlang, sodass nur mehr Uldan und sie im Rausch der Musik vergehen konnten. Dorothea hoffte, dass der Tanz nie verginge und bis zu ihrem Lebensende andauerte.

Plötzlich stoppte die Musik und es erklang ein Krachen und Klirren, als wäre etwas Schweres auf den Boden gestürzt. Dorothea ließ augenblicklich die Hände von Uldan, wie auch den Traum, indem sie schwebte, los. Es herrschte Dunkelheit, doch nicht mehr die Angenehme, wie zuvor, sondern eine Beängstigte, Panik verursachende. Leute schrien. Es herrschte helle Aufregung. Dorothea wollte zurück, zurück in die Traumwelt, wo nur er uns sie ganz allein waren, doch sie fand Uldans Hände nicht mehr. Wo ist er? Angst ergriff ihr Herz. Sie wollte schreien, doch unter all dem akustischen Wirrwarr hätte er sie nicht gehört. Hoffentlich war ihm nichts passiert. Wenn das Licht wieder zurückkäme, würde er wahrscheinlich wieder bei ihr sein, hoffte sie. Bis dahin war sie allein in der Finsternis. Umgeben, statt von sanfter Musik, von panischem Geschrei.

Finsternis erfüllte den Hafen. Finael konnte nicht erkennen, wo der schwarze Himmel und das schwarze Meer sich am Horizont trafen. Es war ihm auch egal. Er saß auf einem Dachvorsprung und ließ seine Füße in der Luft baumeln. Einzelne Frauen in leichtbekleideten Gewändern, die nur das Intimste an ihren Körpern abdeckten schwadronierten über die Stege auf der Suche nach einem Seemann, den sie für eine glückliche Nacht für etwas Silber erleichtern konnten. Die Frauen beachteten Finael nicht und das lag bestimmt nicht an seiner dunklen Kleidung, die ihn an dieser Stelle des Hafens, wo kein Lichtstrahl der mäßigen Laternen ihn fand, unsichtbar machte. Finael war auch am Tage unsichtbar, für viele zumindest. Auf die Personen, die ihn sahen und Beachtung schenkten, konnte er verzichten, denn diese sahen in ihm den Mischling, der er war. Weder Mensch noch Elf. Anfangs versteckte Finael seine leicht gespitzten Ohren, die für einen Menschen zu spitz und einem Elfen zu klein waren, unter einer Wollmütze, aber schnell sprach sich an den Docks herum, was er war und entsprechend wurde er dann behandelt. Hafenarbeiter, die er dachte, dass sie seine Freunde seien, bespuckten ihn, schlugen ihn, wenn er etwas Falsches machte, oder taten so, als würden sie ihn nicht kennen.

Es verging Zyklus für Zyklus. Manchmal dachte er daran, ob er nicht auf eines der Schiffe anheuern sollte, um nach Renoncé zu fahren und dort unter den Elfen zu leben, aber dieser Gedanke starb, als er auf Elfenhändler traf. Sie sahen in ihm nichts elfisches, sondern nur einen primitiven Menschen, der nichts von ihrer hohen Kultur verstand. Wahrscheinlich würde er dort gleich schlecht behandelt wie hier oder sogar noch schlechter. Hier machten viele keinen Hehl daraus, dass sie nicht guthießen, was Finael war. Bei den Elfen würden sie es hinter seinem Rücken machen. Schlecht über ihn reden, Strafen durchgehen lassen, weil er doch nur ein Mensch war und deshalb es einfach nicht besser verstand und die anderen Sachen mochte er sich gar nicht zusammen reimen.

Als es wieder einmal geschah, dass man Finael beschuldigte etwas getan zu haben... Finael wusste selber den Grund nicht. Jedenfalls schlugen ihn bis zu drei Seemänner angetrieben von zu vielem Alkohol und ihrem Rassismus zu einem blutspuckenden Haufen Dreck zusammen, den sie in eine finstere Gasse warfen. Als er so in der Finsternis sich schmerzend krümmte und sein Puls in den Ohren pochte und ein Passant nach dem anderen ohne einen Blick auf ihn zu werfen, an ihm vorbei ging, beschloss er in der Finsternis zu bleiben und nicht mehr in das Licht zurück zu kehren.

Finael schaute hoch zu Selúne, die im Begriff war auch langsam mit der Finsternis von Nacht zu Nacht zu verschmelzen, während das gelbe Licht von Luna wieder hervor trat. Luna, schmunzelte Finael, die dritte primäre Gottheit der Menschen, Tochter von dem Menschen Solaris und seiner Gemahlin der Elfe Selúne, eine Halbelfe also. Die Menschen beteten zu einer Halbelfe. Sie treten, bespucken ihre Artgenossen, aber beteten zu Luna, der Göttin des Mitgefühls und Barmherzigkeit, um ihren Beistand, wenn es denen mal schlecht erginge. Finael verstand es nicht. Luna war ja nicht mal die Einzige Gottheit, die in ihrer Zeit auf Gaia als Halbelfe ihr Dasein fristete, da gab es noch Inu, der hellste Stern am nächtlichen Firmament. Umgeben war sie von den dreizehn Leibwächtern, die die Göttin der Weiblichkeit beschützten.

Viele dachten wohl damals Ende des zweiten Zeitalters, als Menschen, Elfen, Zwerge, Gnome und Halblinge zusammen gegen die Untotenarmee antraten, nur um zu überleben, dass ein neues friedvolleres Zeitalter der Harmonie eintreten würde, aber so kam es nicht. Als sich der Riesenkontinent Pangea spaltete, spaltete es auch die Völker. Die Zwerge und Elfen reisten von Schildoran ab, um eine neue Zivilisation zu gründen. Jede Rasse auf einen der neuentstandenen Kontinente.

„Da geht wer.", hörte Finael die vertraute Stimme von Inal aus den Schatten.

Finael drehte seinen Oberkörper herum und sah hinab auf den Halbelfen, der in einer Häusergasse stand und gen Stadteingang schaute. Inal trug, wie auch sein Artverwandter auf dem Dachvorsprung dunkle Kleidung, die ihn mit der Nacht verschmelzen hätten sollen. Nur die schlohweißen Haare konnten seine Position verraten, deshalb hatte er sie wohl zu einem Pferdeschwanz zusammen gebunden, der ihm bis zu den Schulterblättern reichte.

„Was ist?" fragte Finael flüsternd gerade so, das Inal es hören konnte. Finael kannte Inal schon seit fast drei Solariszyklen. Er war schon länger in den Schatten unterwegs und dachte damals, dass er leichtes Spiel mit Finael hätte, doch da musste der dunkelbraunhaarige Halbelf seinem Artgenossen enttäuschen. Finael gewann den Kampf, um seinen Münzbeutel, und seitdem reisten sie gemeinsam. Finael oblag nicht der Täuschung, dass beide nun Freunde wären oder ähnlichen Schwachsinn. Es war eine Zweckgemeinschaft. Zu zweit raubte es sich viel einfacher als allein, aber wenn es hart auf hart ginge mit der Miliz und der Wache, war jeder auf sich allein gestellt.

„Da.", antwortete Inal und deutete zum Brunnen ohne sein olivfarbiges Gesicht gen Finael zu wenden.

Auf dem bürgerleeren Platz spazierte ein alter Mann in einem Zwirn, der gleich zeigte, dass es sich hier nicht um einen Bettler oder armen Hungerling handelte. Finael erhob sich von seinem Platz und lief über das Dach. Ohne das reinste Zeichen eines Gleichgewichtsproblems endete sein Weg beim Dachsims, der gen Stadteingang schaute.

„Ich glaube, den habe ich schon mal gesehen.", stellte Inal seine Vermutung da.

„Woher?" fragte Finael nach und wandte seinen Blick nicht zu dem dunkelhäutigen Halbelfen hinab, der bestimmt noch an der Hauswand lehnte.

„Ich habe ihn auf dem Markt gesehen. Er war einer der Händler... und hat sehr viel Münzen verdient."

Die letzte Information war natürlich die Wichtigste, fand Finael und sprang leichtfüßig vom Dach, worauf er hin dank seiner Stoffsohlen fast lautlos auf den Pflastersteinen landete.

Der alte Mann schien nichts von alle dem mitbekommen zu haben, als er sich darauf machte zu einer, der durch das Marktfest, schon überfüllten Schlafstätten zu begeben.

Mit leichtfüßigem schnellem Schritt huschte Finael an der Meerjungfrauenstatue vorbei, die die Mitte des Platzes kennzeichnete und begab sich zum Händler, der noch nicht ahnte, dass er bald eine kleine… oder besser größere Spende ableisten würde.

Kurz vor dem alten Mann verlangsamte Finael die Schritte und stellte sich vor dem Grauhaarigen. Finael brauchte sich nicht zu kümmern, ob ein Nachtwächter oder eine Milizstreife hier vorbei käme. Inal würde schon einen Pfiff absondern, sollte er eine Gefahr irgendwo sehen.

„Guten Abend.", begrüßte Finael den bald um einige Münzen ärmeren Mann.

„Auch dir einen guten Abend.", erwiderte der Mann die Begrüßung.

Im Gegensatz zu vielen Räubern brauchte Finael keine Maske über dem Gesicht tragen, denn das mussten nur die, die am Tage existierten, was der Halbelf schon seit Zyklen nicht mehr tat.

„Hättet Ihr Lust uns eine Spende zu verabreichen?"

Der Mann zeigte keine Angst oder ähnliches. Er wusste wohl nicht, dass er in großer Gefahr schwebte.

„Wäre dir fünf längische Silberkronen recht? Damit solltest du eine Zeit dich über Wasser halten können."

Finael war erstaunt über die Großzügigkeit, doch versuchte er sie zu verbergen. So ein Großklotz, dachte er so bei sich. Bestimmt hatte er Unmengen an Gold und Silber verdient und will uns nun mit ein paar lächerlichen Silberstücken abspeisen. Natürlich waren fünf Silberkronen nicht lächerlich. Finael konnte froh sein, wenn er so viel an einem Zehntag zusammen brächte, aber wenn man schon mal die Gelegenheit auf mehr hatte, warum sie nicht am Schopfe packen?

Die Schneide des Dolches glitzerte durch den Laternenschein für einen kurzen Moment, bevor sie sich wieder in der Dunkelheit der Nacht verbarg, als Finael den Dolch zückte. Die Augen des Mannes weiteten sich. Nun hatte er die Gefahr erkannt, in die er schwebte.

„Mir wäre lieber, all dein Gold und Silber zu bekommen. Es ist bald die Kalte Zeit, da erhöht ihr Händler auch die Preise für Nahrungsmittel, da brauchen wir auch mehr Münzen."

„Also gut." Der Mann reichte tatsächlich einen zwei Hände füllenden Münzbeutel Finael, der nun sein Erstaunen gar nicht mehr unterdrücken konnte. Er hatte zumindest gedacht, dass der Mann versuchen würde zu fliehen, aber so…

Aber Finael wollte sicher gehen, ob der Mann ihn nicht doch betrog und schnürte den Beutel auf. Die silbernen Münzen erkannte Finael sofort, was aber nun goldene und kupferne waren, konnte er bei den schlechten Lichtverhältnissen nicht erkennen. Sollten all die dunklen Münzen nur aus Kupfer bestehen, war es auch nicht schlimm, damit würden sie locker über die Kalte Zeit kommen.

„Das ist doch nicht alles?" mischte sich nun Inal ein, der auf dem Brunnenrand saß. „Ich habe gesehen, dass ihr beim Gemischtwarenhändler viel mehr Gold eingesackt habt."

Wusste ich es doch, schallte sich Finael, dass es nicht so einfach gehen würde. „Ist das wahr?" Schnell verschnürte der Halbelf wieder den Beutel und hielt den Dolch nach oben.

„Es... es gehört nich' mir."

„Ja, sondern uns.", sprach Inal, der sich schmunzelnd erhob und die offene Seite des Mannes flankierte. Auch er wusste anscheinend, dass der Mann bald einen bösen Fehler begehen würde und davon lief.

„Nein, nein... es gehört einem Freund, dem ich es zurückgeben soll. Ich habe es ihm versprochen. Es waren seine Sachen, die ich verkaufte. Bitte nehmt meine Münzen, aber lasst mir die Seinen."

Das Flehen des Mannes traf auf taube Ohren. Natürlich waren es die Münzen eines Freundes. Für wie dumm, dachte er wohl, könnte er sie wohl verkaufen. Nur weil sie Halbelfen waren, glaubte er wohl, dass sie unterbelichtet seien, doch da irrte er sich.

„Her mit den Münzen!" Der Dolch wurde noch mehr in den Blickwinkel des Mannes gehoben und nun machte der Mann das, was Finael schon vor ein paar Momenten dachte, was er tun würde. Er lief davon.

Da rechts von ihm eine Hauswand den Weg begrenzte, geradeaus Finael stand und links Inal, sah der Mann nur eine Fluchtmöglichkeit, die zurück. Langsam, weil die alten Muskeln es nicht zuließen, wandte sich der Alte auf seinem Absatz um und wollte wohl in die Schänke laufen, in der er bestimmt eine Runde nach der anderen ausgab, um seinen Reichtum allen unter die Nase zu reiben. Finael konnte es sich gut vorstellen, wie sie lachten und feierten und sich auf den Boden erbrachen, dass dann wieder ein Halbelf beschuldigt würde, diese Tat begangen zu haben. Weshalb sie ihn dann wie einen Welpen oder eine Katze mit dem Gesicht dort hinein rieben. Zu oft hatte er es schon gesehen. Zu oft selber eingetaucht worden. Wut kochte in Finael hoch und die Rechte griff den Dolch fester, dass die Knöchel weiß wurden.

Finael folgte den Flüchtenden, doch nicht sehr schnell. Er hätte den Alten locker nach zwei dessen langsamen Schritten eingeholt, doch wo blieb dann die Freude an der Jagd? Inal blockierte weiter den Fluchtweg gen Hafen und trappte an der Seite des Alten. Auch der dunkelhäutige Halbelf hätte keine Probleme besessen den Alten einzuholen, was er auch im rechten Moment bewies.

Mit zwei bis drei schnellen Schritten sauste Inal wie vom Wind getragen am Alten vorbei und stellte sich ihm entgegen. Der Alte konnte gar nicht erkannt haben, dass Inal nichts in seinen Händen hielt, so schnell wandte er sich nun der Falle zu.

Finael und Inal wusste beide, dass ihre Beute nun in die Falle gegangen war, als der Alte zwischen zwei Häuserecken in eine dunkle Gasse abbog. Obwohl hier sehr viele Menschen und andere Rassen lebten und die Städte bei Tageslicht kannten mit allen Windungen, Straßen und Gassen, so war die Stadt bei Nacht anders, weshalb Finael und Inal nicht sagen konnten, ob der Alte nun ein einheimischer Händler war oder aus den Freien

Herzogtümern kam. Denn Jeder wäre auf die List der Beiden hereingefallen und hierher geflohen… in die Sackgasse.

Eine Mauer, die um die drei Fäden maß, befand sich am Ende der Gasse, aus dem Grund beeilten sich die Halbelfen nicht dem Mann zu folgen, der panisch bis zur Wand und zum Ende der Gasse lief.

Fässer, die vom Regenwasser der vergangenen Tage gefüllt wurden, reihten sich neben Kisten und Mülleimern. Der Gestank, des Unrats, der in den Eimern dahin faulte, mischte sich mit dem säuerlichen Gestank vom frischem Urin und dem der Steine und Häuserwände, die über die Zyklen hinweg den Urin, der ständig dagegen gepinkelt wurde, in sich aufgenommen hatten. Jemand, der nicht mit den Düften der Stadt vertraut gewesen wäre, hätte sich übergeben müssen… oder mindestens die Nase zugehalten und versucht das Essen in sich zu behalten. Finael und Inal waren diese Gerüche gewohnt, denn es war der Geruch, in dem sie leben mussten. Der Geruch der Finsternis.

Mit angsterfülltem Blick wandte sich der Alte wieder um und sah, wie die beiden Halbelfen langsamen Schrittes näher kamen. Eine fette Ratte kreuzte den Weg der Beiden und suchte sich gleich ein sicheres Versteck unter irgendwelchen Kisten, in den verfaultes Gemüse verrottete. Die Angst der Ratte war sicherlich nicht unbegründet, wusste Finael. In Nächten, die nicht so lukrativ schienen wie diese hier, musste sich Finael auch auf dieses Niveau hinab begeben. Er hätte die fette Ratte gefangen und ihr mit kräftiger Hand das kleine Genick gebrochen, um dann mit dem Dolch ihren Bauch auf zu schlitzen, damit Finael an die warmen Gedärme kommen konnte, die widerlich schmeckten, aber immer noch besser war als zu verhungern.

Bis zu diesem Zeitpunkt war der Alte nicht in der Lage gewesen seinen Verstand so viel Klarheit zu verschaffen, um nach Hilfe zu rufen oder sonstige Laute von sich zu geben, doch endlich schien er begriffen zu haben, dass er aus dieser misslichen Situation nicht mehr alleine rauskäme. Der Alte atmete schon tief ein, um nach Hilfe zu rufe, da setzte Finael schon zu einem Sprint an.

Leichtfüßig, ohne ein unnötiges Geräusch mit seinen Stoffschuhe zu verursachen, lief Finael über die Pflastersteine, übersprang einen glitzernden Rinnsal und packte den Alten an der Kehle, worauf dieser keinen Hilfeschrei mehr über die Lippen bekam, sondern nur mehr ein Fiepen.

„Also nochmal.", sprach Finael mit düsterer Stimme, die schwärzer klang als die Nacht, die sie umhüllte. „Wärst du so gütig uns deine ganzen Münzen zu geben?" Um seiner Bitte noch mehr Nachdruck zu verleihen, ließ er die Dolchklinge vor den dunklen Augen des Alten kreisen.

„I-ich kann nich'. Es is' nich' meins."

Enttäuscht schnaubte Finael einmal durch die Nase, dabei senkte er auch kurz seinen Blick. Als er wieder hoch schaute, sagte er nur mehr: „Ich will es nicht tun, aber ich muss, wenn du nicht so kooperativ bist." Kurz darauf schlug Finael mit dem stumpfen Ende des Dolches zu.

Der aus Granit hergestellte Griff, der mit einem Lederband umwickelt war, traf den Alten direkt unterhalb des Auges. Finael spürte, wie der Wangenknochen nachgab und brach. Der Händler wäre sicher vom Schlage getroffen auf den Boden gestürzt, wenn die Hand an dessen Kehle nicht mit einem intensiveren Zupacken es verhindert hätte. Bestimmt wäre ein Danke über die spröden Lippen gekommen, aber es kam nur ein Röcheln, vielleicht war ja das das Danke, das er aussprach, weil er nun nicht im Urin eines anderen lag. Natürlich war es Finael lieber gewesen, wenn Glitzerndes dem dankenden... na ja... Geräuschen folgte.

„Willst du mir nun deine Münzen geben?" fragte Finael erneut mit der Geduld des Gottes Stoi gesegnet. Andere Nachtschwärmer hätten ihm schon längst die Kehle durchgeschnitten. Solche Gutmütigkeit sollte schon ein paar weitere Münzen wert sein.

„Ich kann nich'. Versteh doch. Ich gab ihm mein Wort.", kam es schwer aus der zugehaltenen Kehle.

„Du kannst, du willst nur nicht." Finael konnte so viel Sturheit nicht verstehen. Wie konnte man nur so vom eigenen Vermögen besessen sein, dass man sogar sein eigenes Leben dafür riskierte. Aber so waren nun mal die Händler auf der Welt, wenn es um Gold, Silber und sogar Kupfer ginge, verloren sie jeglichen Verstand und vor allem die Vernunft. Finael konnte nur den Kopf schütteln, bevor er zum nächsten Schlag ansetzte. Der Aufwärtshaken traf den Alten direkt am Kinn. Diesmal war Finael nicht gewillt den Starrkopf vor dem Sturz zu bewahren. Soll er bloß mitbekommen, wo ihm seine Sturheit brachte, vielleicht lernte er daraus.

Der Kopf des sturen Händlers bog sich nach hinten ab und deutete sogleich die Richtung, in die sein Körper sich nun bewegte. Mit dem Hosenboden voraus landete er schmatzend auf den Pflastersteinen, was andeutete, dass der Alte wohl auf eine feuchte Stelle der Gasse traf. Das geschah ihm recht. Was war er auch so stur. Mit schmerzverzerrtem Gesicht hielt sich der Alte den Kiefer. Dunkle Flüssigkeit rann ihm über die Lippen. Der Schlag hatte wohl dazu geführt, dass der Alte sich auf die Zunge gebissen hatte.

Finael trat näher. In seiner Hand pulsierte der Schmerz des Kinnhakens, doch das konnte der Halbelf verschmerzen. Langsam ging er dann in die Knie. Der Gestank von Urin trat ihm intensiver in die Nase. Er schaute tief in die Augen den Händlers und sprach mit einer Ruhe und mit mitfühlender Stimme: „Ich möchte dir nicht weiter wehtun, aber wenn du weiter uns deine Münzen verwehrst...", statt weiter etwas zu sagen, zuckte Finael mit den Schultern, als wüsste er sonst keine Antwort auf die Frage, was sie sonst machen könnten. Der Alte schaute mit weit aufgerissenen Augen, in denen der Blick zu schwimmen schien, Finael an. Die Hand war immer noch am Kinn, wobei das Blut sie langsam färbte. „Also bist du bereit, und auch den Rest zu geben, dann erleidest du auch keine Schmerzen mehr."

Die Augen des Händlers verengten sich. Tränen rannen über seine Wangen und vermischten sich mit dem Blut. Dann senkte sich sein Haupt. Für Finael reichte die Gestik als Antwort und seine Faust sauste heran und traf den Alten seitlich an der Nase. Ein Knacken drang in Finaels spitzen Ohren. Als hätte der Schlag auch zugleich das Genick gebrochen, schaute der Alte ohne irgendwelche Anzeichen zu machen, erneut den Halbelfen anzusehen, zur Seite. Wut kochte in Finael hoch und verdrängte das letzte bisschen Geduld in ihm. „Wie kannst du?! Wie kann dir...?" Finael stöhnte entsetzt auf, als er sich wieder erhob, um kurz darauf einen schwungvollen Fußtritt in den Magen des Alten zu jagen. „Wie kann man bloß vom Silber so besessen sein?!", giftete Finael auf dem vor Schmerzen krümmenden Mann hinab, der sich den Bauch festhielt. Blut rann aus Mund und Nase und bedeckte den Boden.

Finael konnte es nicht verstehen. Er hatte wirklich vorgehabt den Alten laufen zu lassen, aber so... so hatte er keine andere Wahl. Wie? Wie konnte dieser Typ nur so stur sein? Die Wut trübte seinen Blick. Als wäre Finaels Körper gesteuert, durch seine blinden Zorn, trat der Halbelf weiter zu. Er traf den Magen und die Seite des bei jedem Tritt aufkeuchenden Händlers.

Nach unzähligen Tritten, dass sogar Finaels rechtes Bein schmerzte, stellte er sich schwer keuchend aufrecht hin. Der Alte lag wimmernd auf dem Boden. Das Blut hatte einen dunklen Fleck wie eine Gloriole auf dem Boden um den Kopf des Alten ausgebreitet. „Jetzt sag mir!", giftete es über die Lippen von Finael, als er nach unten Griff, die grauen Haare des Hauptes packten und den Kopf des Alten zu sich drehte, um ihm in die Augen zu schauen. „Ich gebe dir nur noch eine Gelegenheit dein Leben zu behalten. Willst du immer noch dein Leben opfern für ein paar Münzen?"

Das Blut hatte das Gesicht des Alten in zwei Hälften geteilt. Alles oberhalb der Nase war noch wie zuvor weiß, aber alles darunter, war schwarz so schwarz wie die Nacht. Die Wut hatte mit jedem Tritt nachgelassen und so konnte Finael geduldig in diese von Mammon verseuchten Augen schauen und auf eine Antwort warten... die nicht kam. Es kam nur ein Röcheln und Wimmern zusammen mit dem Blut aus dem Mund.

Finael festigte noch mal seinen Griff um den Dolch, dann senkte er seinen Blick. „Du wolltest es so."

„Was stört die Nacht, die so friedlich über uns wacht.", ertönte eine Stimme vom Gasseneingang.

Finael und Inal drehten sich herum, wobei Finael das Haupt des Alten wieder in sein Blut klatschen ließ. Es war eine schemenhafte Gestalt, das wegen dem Licht vom Hafen her nur eine Silhouette war. Von der Größe her zu urteilen handelte es sich um einen Menschen, Elfen oder eher unwahrscheinlich einen Halbelfen. Ein Stück am oberen Ende der Gestalt breitete sich zur Seite aus. Es durfte sich wohl um einen Hut handeln. Auch die Oberkleidung schien bedeckt zu sein, da sie gleich einer Glocke geformt bis zum Boden reichte. Warum hatte Inal kein Zeichen gegeben, dass sich jemand näherte? Hat er wieder einmal nicht aufgepasst, denn er wird ja nicht aus dem Nichts aufgetaucht sein. Nach dem Überfall musste er wohl ein ernstes Wörtchen oder zwei mit seinem Artgenossen bezüglich dem Thema, wie man einem den Rücken frei hält, besprechen.

„Du.", gab prompt von Inal die Antwort auf die Frage des Fremden.

„Ich störe nie die Nacht. Sie und ich verstehen uns immer hervorragend. Ich möchte sogar meinen, dass sie mich so gerne hat, dass sie immer meine Anwesenheit erwünscht, auch wenn ich unangemeldet vorbei schaue." Mit langsamem Schritt, wobei es wirkte, als wolle er keinen unbedachten machen, trat er in die Gasse an.

Inal stellte sich entgegen. Finael blieb hinten, sollte er seinen Spaß mit der Silhouette haben, schlussendlich hatte er sie auch hereingelassen, dank seiner Unaufmerksamkeit. Von dem Wenigen, das Finael erkannte, sah er schon, dass es sich nicht um einen von der Wache oder Miliz handelte, zum Glück. Wahrscheinlich war es ein Bürger, der nach einem Streit in einer der Spelunken nun zeigen wollte, dass er doch ein Mann wäre. Da traf er auf die Falschen.

„Wir sind hier, um den Mann um seine Münzen zu erleichtern, da sie ihm zu schwer sind, wie du bestimmt siehst." Mit einem leichten Kopfnicken, wobei er nicht die Augen von der fremden Gestalt ließ, deutete Inal auf den Alten, der noch immer im Blut wimmerte.

Die Gestalt war stehengeblieben etwa knapp über einem Faden vor Inal. Die Silhouette des Mannes hatte sich mit der Finsternis der Gasse verschmolzen, sodass Finael nicht mehr ausmachen konnte, wo dunkelhäutige Halbelf begann und der Fremde aufhörte.

„Und das Blut habt ihr ihm abgezapft, damit sein Herz nicht mehr so viel pumpen muss?" Die Stimme schien dunkler geworden zu sein und offensichtlich feindseliger. Finael wusste, dass dieser Mann nicht fliehen würde und es machte ihm nichts aus. Eine Beute mehr. Wäre bloß alle Nächte wie diese…

Inal war nicht so geduldig wie Finael und war offensichtlich auch kein Freund langer Reden, denn er griff wie aus dem Nichts den Fremden an. Mit schneller Hand tastete er unter seinen Mantel und warf sein Wurfmesser. Aus dieser kurzen Distanz, vor allem nicht bei so einem guten Werfer wie Inal einer war, konnte das Messer sein Ziel nicht verfehlen. Er traf zehn von zehnmal ein Weinfass aus fünfzehn Fäden Entfernung, doch irgendwas hatte den dunkelhäutigen Halbelfen irritiert, denn der Fremde zuckte nicht zusammen, wie jemand durch dessen Bauch ein Messer gejagt wurde. Der Fremde machte eine seitwärts Bewegung, dass nur der vermutete Umhang so flatterte. War Inal geschockt über seinen Fehlwurf, ließ er es sich nicht anmerken. Ein Moment der Überraschung bedeutete in der Finsternis den Tod, wie für viele, die von Inal überrascht wurden. Inals Linke zückte aus der Hüfthalterung seinen zweischneidigen Dolch und wollte gleich nachsetzen.

Finael sah schon den Erfolg seines Artgenossen, da der Fremde keine Möglichkeit zur Verteidigung hatte. Er hatte wohl nicht damit gerechnet, dass Inal immer die Möglichkeit in Betracht zog einen Fehlwurf zu praktizieren, auch wenn es unwahrscheinlich schien. Dieser Fehler würde der Fremde teuer zu sehen bekommen, doch dann krachte es plötzlich und Inal stürzte zu Boden. Am Anfang wusste Finael wegen der Dunkelheit nicht was geschehen war, doch dann sah er das zersplitterte Holz, auf dem Inal lag. Dieser Idiot hatte eine Holzkiste vor seinen Füßen übersehen und über diese gestolpert. Finael seufzte.

Der Fremde hatte diese missglückte Situation schamlos ausgenutzt, um sich neu zu positionieren. Er stand an der Seitenwand der Gasse, süffisant an dieser lehnend.

Etwas wackelig auf den Beinen erhob sich Inal aus seiner Lage.

„Ihr solltet besser die Augen offen halten. So eine Nacht ist auch schon dunkel genug, als dass man mit geschlossenen Augen durch sie streifen sollte.“, verhöhnte der Mann Inal noch, was noch mehr die Wut in dem Halbelfen weckte.

Fauchend stürmte Inal mit dem Dolch voraus an. Der Dolch fand sein Ziel, sofern das Ziel die Wand war, gegen diese sie krachte, denn der Mann wich erneut aus, indem er eine Pirouette machte, die hinter Inals Rücken endete. Das Knacken der Finger konnte sogar Finael von seiner Position aus hören. Da war mehr als ein Finger gebrochen. Finael konnte nur den Kopf schüttelt, wie konnte er sich bloß so leicht provozieren lassen, dass er vor Wut blind wurde. Der Dolch flog aus der lädierten Hand. Inal hatte keine Gelegenheit mehr besessen die Waffe wieder an sich zu bringen, denn nun griff der Fremde an.

Finael konnte nichts erkennen. Er sah nur das Licht vom Platz, das hin und wieder von Schwärze verdeckt wurde. Er hörte das Stöhnen und Keuchen, das nur Schmerzen verursachten, und so manchen dumpfen Schlag. Finael konnte nicht mal sagen, ob nun der Fremde oder Inal die Oberhand besaß. Unsicherheit machte sich im Halbelfen breit, was sollte er tun. Sollte er eingreifen, wenn Inal die Oberhand hätte, würde der Halbelf ihn zusammen stauchen, wenn nicht… Finael entschied zu bleiben, wo er war.

Ein Körper wurde gegen die Wand geschleudert, der langsam torkelnd aufstand und wankend davon lief. Nur dank der weißen Haare, die nun offen über den Rücken wehten, konnte Finael erkennen, dass es sich um Inal handelte.

Der Fremde stand wieder in der Mitte der Gasse direkt vor Finael. Er stand aufrecht ohne Zeichen eines Kampfes. Sein Körper verschluckte jegliche Lichtquelle, wodurch es wirkte als würde die reine Finsternis auf den Halbelfen zugehen. Was war das? Das konnte doch kein Mensch sein. „Und nun zu dir.“, tönte die dunkle Stimme, die klang als wäre sie irreal nicht von dieser Welt, sondern aus einer dunklen Höhle. Das Herz hämmerte unter Finaels Brust. Das Atmen fiel ihm schwer. Die Hand mit dem Dolch zitterte. Schwebte er über den Boden? Egal wie sehr Finael sich bemühte, er konnte keine Schritte hören. Das dort konnte kein Mensch sein, das mit jedem langsamen und lautlosen Schritt näher kam. Vielleicht war er ja wirklich aus dem Nichts empor gestiegen.

„Wenn du mich gehen lässt… dann… dann“ Finael versuchte zu verhandeln. Er grübelte und studierte, was er dem Fremden anbieten konnte. Was hatte er, was die Gestalt interessierte? Er schaute über seine dreckigen Kleidungsstücke. Nichts. Auch der Dolch hatte keinen Wert. Dann sah er den Alten. „Ich überlasse ihn dir, wenn du mich gehen lässt.“

Der Fremde blieb stehen. Schweigen erfüllte die Gasse. Finael hörte seinen Herzschlag in seinen Ohren dröhnen. Sogar das Ziepen der Ratten und Mäuse schien verstummt. Die Zeit war stehen geblieben, so kam es dem Halbelfen vor. Hatte er…? Ach, nein, bestimmt nicht… oder? Ach! Schwachsinn. Niemand kann die Zeit anhalten… kein Mensch jedenfalls.

„Der gehört mir sowieso. Ich habe ihn mir schon als Beute ausgesucht, da habt ihr noch, wie die Ratten euch vor Solaris versteckt." Die Antwort kam so ruhig und kalt, dass Finael zu zittern begann. Verzweiflung machte sich breit. Sein Atem wurde schneller. Er musste... er musste es tun, wenn er hier lebend wegkommen wollte. Finael hoffte, dass die Kreatur vor ihm das Herz an derselben Stelle trug, wie ein Mensch, und stürmte mit gezücktem Dolch in beiden Händen gepackt auf die Finsternis vor sich zu.

Finael konnte gar nicht sehen, wie der Schlag von unten gegen seine Unterarme kam und so den Dolch daraus beförderte. Gleich darauf traf ihn etwas gegen das Bein nahe des Knies, das sogleich wegknickte, doch Finael landete nicht auf Boden, sondern an der Wand gegen die er von der dunklen Gestalt gepresst wurde.

Sein Gesicht wurde mit so kräftiger Hand gegen die Wand gepresst, dass Finael den Kopf nicht nach hinten wenden konnte, um einen Blick auf die Gestalt zu werfen, die die Muskelkraft eines Ogers besitzen musste. Er war sich nicht mal sicher, ob er sehen wollte, gegen was er kämpfte, da war ihm der Anblick des Dolches, seines Dolches, vor Augen lieber.

Der heiße Atem, der über das Genick des Halbelfen brannte als bestünde es aus Feuer, konnte keinem Menschen gehören, keinem Elfen. Es musste sich unweigerlich um einen Dämonen handeln, der über Gaia wandelte. Warum? Warum hier? Warum jetzt? Jetzt wo alles so gut lief. Finael spürte die Tränen hochschießen.

„Merke dir" hauchte die dunkle raue Stimme dem Halbelfen an das spitze Ohr. Finael hätte sich nicht gewundert, wäre die Spitze des Ohren abgebrannt. „Ich schone dir das Leben, wie deinem Gefährten, wenn ich dich nie wieder in meinem Revier streunen sehe."

„J-ja mach ich.", holperte es über die Lippen.

„Gut, aber damit du es auch ja nicht vergisst..." Die letzten Worte wurden ersetzt durch eine Tat. Die Dolchklinge vor Finaels Augen sauste hoch und schnitt über sein Gesicht. Finael spürte, wie das heiße Blut über die brennende Wange rann, dann ließ der Druck auf Finaels Körper nach. Ohne einen Blick auf das Ding zu werfen, das ihn gegen die Wand gedrückt hatte, rannte der Halbelf davon, raus aus der Finsternis hinein in das Licht des Brunnenplatzes und dann weiter und weiter. Hauptsache weg von hier.

Franz III

Seit einiger Zeit hatten die Schläge und Tritte ihr Ende gefunden, dennoch fühlte Franz wie das Blut aus seinem Mund und der Nase gepumpt wurde. Eines Tages musste es ja so enden. Jeder stirbt. Jeder wird von Nekros Hand eines Tages berührt und mit sich ins Jenseits geführt. Heute war es wohl sein Tag. Heute war wohl sein Ende. Lieber wäre es ihm natürlich gewesen, zu sterben mit Margareth an seiner Seite, aber das war ja schon vor Zyklen nicht mehr realistisch, da Nekro sie schon zu sich geholt hatte.

Dumpfe Schläge drangen an sein Ohr. Nekro schien langsam näher zu treten. Franz hatte nichts bereut. Bei sich trug er noch immer den Münzbeutel, der für Barden bestimmt war. Barden, auch wenn es nicht der Sänger von damals war, es war schön noch einmal seine Musik und seine Lieder gehört zu haben, wie sie über ihm während dem Schlaf wachten. Rein die Gedanken, an die Lieder von damals, die aus seiner Erinnerung ans Ohr drangen, vertrieben die Schmerzen, die mit jedem Herzschlag durch seinem Körper fuhren. Jenen Herzschlägen, die fühlend in größeren Abständen auf einander trafen, bald würde keiner mehr folgen.

Etwas war an Franz' Seite getreten. Was es war, konnten die Augen nicht erkennen. Es war zu dunkel und sogar wenn es taghell gewesen wäre, dann hätten die Tränen den Blick verwischt. Bestimmt war es Nekro, der Franz nun seine filigrane Hand reichen würde, um ihn mit sich gen Jenseits zu nehmen, wo Margareth auf ihn warten würde. Eine seltsame Zufriedenheit machte sich in seinem Herzen breit. Endlich konnte er wieder die Liebe seines Lebens im Tode wiederbegegnen.

„Wie schlimm ist es? Kannst du aufstehen?" Franz erkannte die Stimme Nekros, doch wusste er nicht, dass... war Nekro etwa als Barden verwandelt mit ihm die letzten zwei Tage gereist, um noch einmal ihm die Lieder zubringen, die ihn als junger Mann erfreut hatten? Es gab Geschichten und Legenden, in denen Nekro, verwandelt als wichtige Person im Leben des Sterbenden, zu einem ging, um ihm den Weg ins Jenseits zu erleichtern, doch warum nicht als Margareth, warum als dieser Bänkelsänger?

Franz versuchte aufzustehen, doch die Schmerzen, unter denen der Körper litt, zwangen ihn wieder zu Boden. Blut drang zusammen mit dem Schmerzensschrei über die Lippen. Den kupfernen Geschmack auf den Lippen vom Lebenssaft schmeckte Franz schon lange nicht mehr.

„Bleib liegen.", befahl Nekro mit Bardens besorgter Stimme. „Ich hole dir einen Medicus."

„Nein." sprang es über Franz' Lippen „Bitte bleib." Franz wusste selber nicht, warum er den Wunsch hegte, dass Nekro bei ihm bliebe. Es waren einfach Worte, die ihm über die Lippen kamen. Vielleicht hatte er einfach Angst, dass wenn Nekro wegginge und Franz starb, dass er niemals zu Margareth kommen würde, was eigentlich nicht möglich wäre, denn man starb doch nur, wenn Nekro einen mit sich nahm.

„Warum haben sie dich angegriffen?" fragte Nekro mit besorgter Stimme.

„Sie... haben... wollten... mein Gold." Das Sprechen fiel Franz schwer, schneller als die Worte kam ihm das Blut über die Lippen.

„Warum hast du es ihnen gegeben?"

„Es... war nicht...meins." Ein Schmunzeln kam ihm über die Lippen „Sondern deins." Mit zittriger Hand griff Franz an den Beutel unter seinem Mantel, wo dieser am Gürtel baumelte. „Hier... nimm es... wie... versprochen." Franz schuf es nicht die Finger so zu koordinieren, dass sie die Schnüre des Beutels lösen konnten. Er fühlte eine andere Hand, die nicht die Seine war, an der Hüfte.

„Du bist ein Thor.", hörte Franz eine weinerliche Stimme „Du hättest es ihnen geben sollen." Die Last der Münzen im Beutel löste sich vom Becken.

„Ich... habe... es... versprochen." Franz verlor jegliche Kraft und sackte auf dem Boden zusammen, der sich nicht mehr so hart anfühlte, wie noch wenige Momente zuvor, sondern so weich, wie ein Daunenbett. Franz wusste nicht, ob folgende Worte laut genug kamen, jedoch sprach er sie: „Bitte... tu... Gutes... mit... den... Münzen."

Franz hörte ein leises Schnauben, dann Schritte, die sich entfernten. Die Schwäche hatte so sehr überhandgenommen, dass Franz nicht wusste, was die Geräusche für eine Bedeutung hätten.

Bald... ja, bald würde Franz seine Liebe wieder in die Arme nehmen. Den süßen Duft ihres schwarzen Haares wieder beschnuppern dürfen. Sie würden, was sie sich einst in der Kapelle der Selúne versprochen hatten, die Ewigkeit miteinander verbringen. Franz erinnerte sich noch gut daran zurück, wie er sie zum ersten Mal sah. Sie war keine Schönheit, aber als sie miteinander ins Gespräch kamen... Franz wusste selber nicht, wie sie ins Gespräch gekommen waren und um was es sich alles gedreht hatte. Es gab keine Pausen. Es war ein flüssiger Dialog, den Franz bis dato mit keiner anderen Person geführt hatte. Die Themen reihten sich aneinander mit den Stunden... und aus den Stunden wurde Tage, Zehntage und dann Zyklen, bis Nekro sie zum Schweigen brachte. Es war ein schönes Leben, weil sie es mit ihm teilte. Franz konnte in Frieden von dieser Welt Abschied nehmen.

Schnelle Schritte traten näher. Etwas Feuchtes wurde Franz gegen das Gesicht gedrückt, dann erklang wieder die Stimme von Nekro. „Ich habe einmal einer Person etwas am Totenbett versprochen, seitdem darf ich mir jeden vierten Selúnezyklus den Hintern abfrieren." Der feuchte Lappen wischte über die Kinnpartie des Händlers „Deshalb werde ich dir deinen Wunsch nicht erfüllen, sondern werde dich auf ein Schiff bringen."

Franz hörte zwar die Worte, die Nekro sprach, jedoch verstand er sie nicht. Er verstand nur, dass man ihn auf ein Schiff brächte. Das Schiff, das hinter einer Nebelbank verschwinden würde, und nie mehr auftauchte bis es die nächste Seele zu sich holte.

Die Seele von Franz wurde empor gehoben. Es musste seine Seele sein, denn es schien Nekro keine Anstrengungen zu machen, Franz hochzuheben. Außerdem verspürte er keine Schmerzen mehr. Er musste wohl aus seinem Körper gezogen worden sein. Einen letzten Blick wollte er auf seinen Körper erhaschen, der unweigerlich hinter ihm liegen musste, doch es war zu dunkel, als dass die Augen etwas sehen konnten, außer Schwärze.

In den Armen Nekros betraten sie beide den etwas helleren Platz, wo die beiden Räuber dem Händler aufgelauert hatten. Das schwache Licht gab Franz' Vermutung recht. Nekro hatte sich wirklich dem Aussehen Bardens bedient. Zwar glattrasiert jedoch der Schlapphut mit schwarzer Feder und dieser grüne Umhang... es war Barden, wie er damals aussah.

Das Plätschern von Wellen, die gegen die steinernen Anlegestellen klatschten, erfüllte die Luft. Kurz darauf hörte Franz Stimmen von Personen und Schritte, die über knarrendes Holz gingen. Es waren bestimmt die Seelen, die einer nach dem anderen, an Bord des Schiffes traten, um ihre letzte Reise in Angriff zu nehmen, von der es kein Zurück mehr gab, so wie für den Händler in den Armen Nekros.

„Warte hier. Ich bin gleich zurück." Nekro setzte Franz wie ein kleines Kind auf einer Kiste ab. Dabei drang er noch einmal in den Blick von Franz und... und lächelte... er lächelte freundlich, warmherzig, ohne eine Spur von Sorge. Wahrscheinlich, um Franz diese zu nehmen, wenn er welche gehabt hätte, aber der Witwer hatte schon längst mit dem Leben abgeschlossen. Dann wandte sich Nekro um und ging zu einem Schiff, das aussah, wie ein herkömmliches Handelsschiff. Franz hatte immer gedacht, dass das Schiff Nekros, wie ein Geisterschiff aussehen müsste. Mit zerrissenen Segeln und das eine oder andere Loch im morschem Holz, doch nichts. Auch die Besatzung wirkte, wie ganz normale Seefahrer in roten Gewändern, damit man sie im Wasser schneller wieder finden konnte und waren keine Geister oder Skelette.

„Und weh' ich erlebe wieda, wie eina den Wein unt'n stapelt. Oda soll' ich erinna, was letztes Mal g'schehn is'.", dröhnte die raue Stimme eines bärtigen Mannes über den Dock, auf den auch noch Barden zu ging.

„Ney, Käpt'n.", kam es chorhaft von der Besatzung, die weiter Kisten hoch über die Rampe führte. Franz konnte keinen Reim sich darauf machen, warum Kisten auf das Totenschiff gebracht wurden. Der Schädel brummte auch zu fest, als das er es konnte.

„Verzeihung, sind sie der Kapitän dieses prachtvollen Gaffelschoners?" fragte Nekro den weißbärtigen Mann.

Der Bärtige drehte sich um und obwohl Nekro nur knapp einen Klafter entfernt von ihm stand, sprach der Bärtige so laut, als wäre sein Gesprächspartner am Bord des Schiffes, wahrscheinlich konnte er auch gar nicht mehr anders reden, außer in dieser Lautstärke, die Franz' Schädelbrummen verstärkte. „Ney, wiea jemmen se da drauf? Weyl de Wassaradden mich Käpt'n nenn' oda we'n meynes weyß'n Bart's oda we'n des Schilds, des ich wejen dem neyen Häf'meyster trag' muss, weyl mich ja niemänd kenn', obwohl ich seyt dreyßig Zykl'n hier eyn und aus schipp'."

„Es war der Bart.", gab Nekro nonchalant Auskunft „Der verratet sie als Kapitän."

Der Kapitän zuckte merklich und verwirrt zurück: „Hä?"

„Jedenfalls.", wurde das Thema gewechselt, bevor der Kapitän sein Hä ergänzen konnte. „Bräuchte ich ein Schiff, denn ich muss von hier fort. Ich würde mich freuen, wenn mein geschätzter Kollege.", Nekro deutete auf Franz, der versuchte gleich darauf aufrecht zu sitzen, als ihm die Blicke des Kapitäns trafen, doch sackte er gleich wieder vor Schmerzen zusammen, die durch seinem Kopf und Körper pochten „Und ich euer Schiff chartern dürften. Wir bezahlen Sie natürlich."

„Ney, wir transportier'n nur Frächt.", kam gleich die Antwort als sich der Kapitän wieder Nekro zuwandte.

Franz kam nur für den kurzen Bruchteil einer Sekunde auf den Gedanken: Warum musste Nekro für eine Überfahrt ins Jenseits bezahlen? Danach schmerzte schon wieder der Kopf, der von den Schläfen sich eingedrückt fühlte.

Nekro sprach wiederum mit freundlicher Stimme und zuckte mit den Schultern: „Fracht, Menschen, wo ist da der Unterschied?"

„Frächt kotzt nich' übas Deck, nach drey kliene Welle."

Nekro grübelte kurz. „Könnte drei Goldstücke Ihre Meinung ändern und die unangenehme Arbeit des Deckschrubbens vereinfachen?"

„Ney, ich müss' mähr Sträf' bleche', wenn ich mit lebend' Frächt nach Lichte'neck schipp'."

„Das trifft sich ja gut. Ich muss nämlich in Küstengipfel an Land, also wird der Hafenmeister Lichternecks nichts merken."

„Küst'ngipfel hätt' keyn Häf'n.", konterte der Kapitän „Ich müss' ien Beyboot mitgeb. Müss wieda Sträf bleche', we'n mängelnda Sicherheyt. Mindest fienf Gold."

„Sie können mir auch einen ihrer Matrosen borgen, der führt mich ans Ufer und bringt das Boot zurück."

„Hmm.", grübelte der Kapitän, der natürlich so viel Gold wie möglich rausschlagen wollte. „Wäs is' mit der Nährung. Der is' auch verletzt und bräucht Medizin... unsere Medizin und unseren Arzt."

Nekro winkte ab: „Ich kümmere mich um ihn. Ihnen wird gar nicht auffallen, dass er an Bord ist. Dafür bürge ich mit vier Goldmünzen und fünfzig Silber. Wir werden auch nicht mehr Nahrung verbrauchen, als zwei gesunde Menschen, wenn nicht können sie uns ja, dann über die Planke springen lassen.", daraufhin begann Nekro hell auf zu lachen.

Der Kapitän schien zu überlegen, bevor er dann sprach: „Eynverstand'n." Und beide Männer besiegelten den Handel mit einem Händeschlag, daraufhin trat dann Nekro wieder zu Franz und trug ihn an Bord des Schiffes, damit Franz auf seine letzte Reise sich begeben konnte, wo am Ende Margareth auf ihn wartete. Zusammen würden sie im Jenseits bis in alle Ewigkeit auf der Terrasse sitzen und Solarisabgang betrachten, wobei sie ihren warmen Körper an ihn drückt und sie würden reden über alles ohne Pausen.

Dorothea IV

Das Licht der Fackeln von den Nachtwachen hatte die Finsternis der vergangenen Nacht vertrieben. Die Finsternis, die entstand, als der Kronleuchter nur wenige Fäden an Dorotheas Seite hinab gekracht war. Erst der Fackelschein zeigte ihr, wie wenige Schritte sie neben dem Kronleuchter stand, dessen kupferne Arme abgebrochen auf dem Boden sich verteilten. Sie hätte in dem Augenblick, indem sie das größte Glück des Lebens fühlte, sterben können. Der Absturz hatte zum Glück dazu geführt, dass die Kerzen erloschen, sonst hätte wohl ein anderes Licht den Saal erfüllt, das eines Infernos.

All das war für Dorothea egal gewesen, denn als das Licht den Saal erhellte, war für sie nur eine Sache wichtig: Wo waren die Hände von Uldan, die sie so zärtlich an sein Herz gedrückt und zum Schweben verleiht hatten? Sie schaute sich um. Sie sah viele Personen mit entsetzten Blicken und die lauthals panisch herumschrien, sodass Dorotheas suchender Ruf nach Uldan in der Masse unter ging. Obwohl die Finsternis, die in der sie allein gewesen war, verdrängt wurde und sie dadurch mehrere Gäste wiedersah, fühlte sie sich dennoch wieder allein.

Als benötigten sie körperliche Wärme, die ihr Uldan in dem Moment nicht geben konnte, legten sich ihre Arme gekreuzt über ihre Brust auf die Schultern. „Kommt Prinzessin, wir bringen euch in Sicherheit.", sprach jemand zu Dorothea. Etwas berührte sogleich die Prinzessin von Langen am Schulterblatt und begann sie zu drücken. Dorothea schaute zurück. Es war eine Hand, doch nicht die von Uldan, sondern eines Wächters. Es war eine Berührung... mehr nicht. Nicht das, was Uldan bei ihr ausgelöst hatte. Ohne Wärme, Geborgenheit, das Gefühl, dass man zu Hause angekommen ist. Sie wurde aus dem Ballsaal zurück in ihr Schlafgemach geschafft.

Das Treffen, der Blick in diesen Augen, der Tanz... und die beiden Finsternissen waren alles Ereignisse, die vergangene Nacht passierten, doch schienen sie in Dorotheas Gedanken fast so, als wären sie zu unterschiedlichen Zeiten passiert.

Eingeigelt hatte sie die Nacht in ihrem Bett verbracht. Ganz allein in der Dunkelheit. Sie hörte vor der Tür die Rüstungen der Wachen scheppern, die über die Flure trappten. Der Lärm war es aber nicht, der sie die ganze Nacht wach hielt. Es war der Gedanke an ihn. Der Gedanke an Uldan, an den Tanz und an einen Kuss, den sie nie erhielt. In der Dunkelheit ihres Zimmers konnte sie immer wieder das Gesicht des Prinzen vorstellen. Der gebräunte Teint, dieser Blick aus tiefster Seele und diese Lippen. Der Gedanke an all diese Dinge brachte ihr ein Kribbeln zwischen den Beinen. Wie ferngesteuert wanderte ihre Hand unter ihr Kleid und Dorothea stellte sich vor, dass sie nicht mehr allein die Nacht in ihrem Zimmer verbrachte, sondern zusammen mit Uldan.

Das Licht des Morgens drang in ihr Zimmer und ließ Uldan aus ihrem Zimmer verschwinden. Es klopfte an der Tür. „Doro, darf ich reinkommen?" Trotz der Dämpfung der Eichentür erkannte Dorothea die Stimme sogleich als die von Miranda.

Auf den Lippen lag schon das Ja, jedoch als Dorothea bemerkte, dass sie noch das Kleid von gestern trug, behielten die Lippen das Wort im Mund. Denn war es nicht genug, dass sie noch das Kleid von gestern an hatte, bedeckte der Stoff auch nicht mehr den Körper auf schickliche Weise. Was nichts anderes hieß, dass das Rockende schon an der Hüfte begann, dafür aber der Unterrock über den Knöcheln lag und auch oben herum sich ihre Brüste mit in die Luft ragenden Knospen präsentierten. Statt dem Ja kam deshalb ein „Gleich."

Mit schneller Hand schoben diese sogleich die Träger der Oberteiles wieder über die Schultern, damit Dorothea wieder ihre Brüste verbergen konnte, danach folgten die beiden Röcke, wobei sie im Aufstehen den Unterrock hoch und den Überrock runter schob. Die Schuhe und Handschuhe, die sie während dem fiktiven Beisammensein mit Uldan ausgezogen hatte, ließ sie auf dem Boden liegen.

Auf dem Weg zur Türe, um Miranda Einlass zu gewähren, erhaschten Dorotheas Augen einen flüchtigen Blick auf den Spiegel des Schminktisches. Die blonden Haare wirkten zerzaust wie ein Rabennest, um das sich zwei Raben gestritten hatten. Dorothea hatte keine Zeit ihre lange Mähne in Ordnung zu bringe, deshalb löste sie einfach alle Haarklammern und ließ die Locken offen auf die Schultern fallen.

Noch einmal glitten die Hände über das Kleid, um es nicht zu faltig wirken zu lassen, was aber nicht klappte, dann öffnete Dorothea die Tür.

Die Schwägerin schaute die Prinzessin mit ihrem sanften Blick aus den grünen Augen an. Unter ihren Augen waren keine Anzeichen irgendwelcher Ringe zu finden, im Gegensatz zu Dorothea, vermutete diese. Auch die schwarzen Haare lagen glatt auf dem Kopf und reichten zu den Schultern hinab. Ihr schlanker Körper wurde von einem schlichten Kleid aus grüner Seide mit einzelnen blauen Mustern an Oberteil und Faltenrock verhüllt.

„Schönen Morgen.", lächelte Miranda sie an und ihre Augen wanderten über Dorothea „Hast wohl nicht gut geschlafen.", kam sie dadurch zur Erkenntnis.

Dorothea schüttelte den Kopf. „Nein."

„Darf ich eintreten. Dann machen wir wieder ein hübsches Ding aus dir. Es wäre ja schrecklich, wenn deine Untertanen dich so sehen müssten. Also hopp, zum Spiegel und dann geht es auch gleich los."

Dorothea konnte kaum schnell genug zustimmen, da wurde sie schon von Miranda nach hinten in ihr Zimmer geschoben und mit der Hacke des Stöckelschuhs drückte ihre Schwägerin zugleich die Türe hinter sich zu. Ohne Gegenwehr wurde Dorothea zum Schminktisch gebracht und auf dem Stuhl gesessen. Nun konnte die Prinzessin im Spiegel, direkt vor sich, ihre ganze Müdigkeit erkennen. Ihre Augenringe, den schwarzen Dreck der Wimperntusche auf ihren leichtherabgesenkten Lidern, der getrocknete Speichel an ihren Mundwinkeln und von den Haaren hatte sie ja vorhin schon genug gesehen.

„Was ist noch alles passiert?", wollte Dorothea gleich wissen.

Miranda nahm einen Waschlappen, befeuchtete diesen mit Wasser aus dem Kübel in der Nähe, der normalerweise dazu dienen sollte, um einen Brand zu löschen. Während sie den feuchten Lappen benutzte, um Dorotheas verdrecktes Gesicht zu reinigen, antwortete Miranda auch sogleich: „Angeblich wurde der Kronleuchter präpariert."

„Wie das?", kam es schnell genug, bevor die feuchte Wolle über die Lippen fuhr.

„Jemand hat an den Seilen, die den Kronleuchter halten, mehrere brennende Kerzen angebracht, die haben systematisch die Seile durchgebrannt, bis er zu schwer wurde und herab krachte." Miranda betrachtete noch einmal ihre Schwägerin. Danach folgte ein

Nicken, um daraufhin den Lappen wegzulegen, der von der Schminke und dem Dreck sehr stark verunreinigt da lag. Dann holte sie den Kamm, um das Rabennest zu glätten.

„Warum? Wer hat das getan?"

„Das weiß man nicht, aber vermutlich wollte jemand dich töten... so glauben es dein Bruder und dein Vater, damit kein Bündnis zwischen Langen und den anderen Ländern und Reichen entsteht."

„Au!", kam es über Doros Lippen, als der Kamm zwei widerspenstige Strähnen von einander löste. Für die Prinzessin fühlte es sich an, als wäre eine der Strähnen aus Strafe von der Kopfhaut gerissen worden.

„Tut mir leid."

„Macht nichts... Was ist mit Uldan?", Dorothea konnte nicht verbergen, wie wichtig ihr der Mann war, mit dem sie ihren schönsten Tanz geteilt hatte.

Miranda hielt kurz inne und atmete einmal schwer durch. Sorge breitete sich in Doros Herzen aus. „Was ist mit ihm?" fragte sie heftiger.

„Wir...", Miranda begann weiter das Rabennest in normale blonde Haare umzugestalten. „Das wissen wir nicht. Dein Vater meint sogar.", wieder hielt Miranda ihre Lippen im Zaum.

„Sag es!", Dorothea drehte sich herum, wodurch weitere Kopfhaare vom Kopf gerissen wurden, aber das war der Prinzessin egal. Sie wollte wissen, was mit dem Prinzen los war. „Bitte."

„Es... gibt Leute, die glauben, dass Uldan entführt wurde... aber", Miranda wandte ihren Blick von Dorothea ab und sah wohl was Interessanteres an der Seite „Es gibt auch Leute" Dorothea hätte am liebsten jedes der langsam stotternden Worte aus dem Rachen ihrer Schwägerin gezogen, jedoch übte sie sich in Geduld. Sie wusste, dass sie Antwort erhielt und dass Miranda wirklich kämpfte und sie wollte ihrer Freundin – besten Freundin – nicht noch mehr Unannehmlichkeiten bereiten. „Zu diesen Leuten zähle ich nicht – die behaupten, dass Uldan dich töten wollte."

„Nein, niemals!!!", Dorothea sprang ganz entsetzt auf.

„Ich weiß.", erwidert Miranda ganz demütig, wobei sie den Kamm wie ein Schild an ihre Brust presste. Auch ihr geneigter Kopf, wie zusammen gekauerte Körperhaltung, deutete an, dass sie keinen Streit haben wollte.

„Er hat... er wollte mich bestimmt nicht... wer glaubt das?", Dorothea war ganz entrüstet. Niemals. Niemals konnte... Warum? Nein, nein, niemals.

„Der König... dein Vater glaubt es."

„Mein Vater?!", Dorothea setzte an und wollte gleich aus dem Zimmer stürmen und ihrem Vater, dem König des zweitgrößten Reiches auf Schildoran die Meinung geigen. Nie im Leben hätte Uldan ihr Schaden zufügen wollen. Nicht er. Bestimmt war es ein Anschlag von jemandem auf ihm... Ja, genau. So musste es sein. Zuerst wollten sie es verhindern, dass Uldan lebend nach Langen kam und ließen sein Schiff kentern, aber das klappte nicht. So ließen sie den Kronleuchter auf beide hinab stürzen… und nun… Angst machte sich in Dorothea breit und sie beschleunigte ihren Schritt.

„Warte, Doro!" Miranda hielt sie am Handgelenk fest.

„Bitte, Mira. Ich muss los! Uldan ist in Gefahr!" Sie spürte wie sich Tränen in den Augen verflüssigten.

Ein leichtes Lächeln umspielte die Lippen von Miranda und Dorothea fand es ziemlich unpassend. Zorn wäre in dem zarten Körper emporgestiegen, wenn Miranda nicht folgendes noch gesagt hätte: „Willst du dich nicht vorher noch umziehen. Als Prinzessin – wie dringend auch ihre Botschaft ist – muss du immer adrett und würdevoll wirken."

Dorothea wollte sich losreißen, aber Miranda hatte recht. Tief schnaufte die Prinzessin ein und aus und zog sich so schnell es ginge ein neues Kleid an, das nicht durch nächtliche Ereignisse komplett zerknittert war.

Gekleidet in einem limettengrünen Kleid mit Puffärmeln schritt Dorothea neben ihrer Freundin durch den Gang. Liebend gerne wäre Dorothea in den Audienzsaal gelaufen, aber eine Prinzessin musste immer selbstbeherrscht wirken, egal wie stark es in ihr rumort. Ohne Augenzeugen wäre sie durch die Gänge gesprintet, um zu ihrem Vater zu gelangen, aber überall standen Wachen gekleidet in ihren Brustpanzern und erhobenen Hellebarden.

Die Gänge wirkten endlos. Wieso musste das Schloss bloß so groß sein? Vom Distrikt der Prinzessin und der Hofdamen bis zum Audienzsaal mussten Dorothea und Miranda durch ein Labyrinth von Treppen und Gängen, die sich nur an den aufgehängten Bildern an den Wänden unterschieden. Früher, als sie gerade hierher gezogen waren, hätte sie ohne ständige Führung niemals den rechten Ort gefunden, wo sie gerade hin hätte müssen, aber mittlerweile kannte sie jeden Gang, jede Abkürzung, um zu ihrem Ziel zu gelangen.

Die vom Zorn erfüllte Stimme drang Dorothea ins Ohr. Auch ohne diese akustische Wegweißung wusste die Prinzessin, dass sich hinter der großen Holztür mit den goldenen Wellenmustern an den Rändern der Audienzsaal befand. Durch das dicke Holz konnte sie nicht hören, warum ihr Vater so voller Zorn war. Die beiden Wachen an der Türe machten keine Anstalten, um die Prinzessin vor dem Eindringen in den dahinter befindenden Saal zu hindern.

Dorothea atmete einmal tief durch, bevor sie den Türgriff hinab drückte und den rechten Flügel nach innen schob. Gleich drangen die Worte ihres Vaters klarer an ihr Ohr. Ihr Vater musste wohl gerade Personen anbrüllen, die nicht vom Hofstatt stammten, da er gekonnt in der Schreibsprache schimpfte. „Wie könnt ihr es wagen, während meine Tochter fast gestorben wäre, einfach nicht an euren Posten zu sein! Ich habe euch eingestellt, damit ihr das Leben meiner Tochter beschützt! Ihr erwartet doch nicht wirklich, dass ich euch dafür bezahle! Ihr könnt froh sein, wenn ich euch nicht ins Verlies werfe, denn das hättet ihr verdient."

Dorothea trat tiefer in den Saal, wo sich bis auf ein paar Bilder an den Wänden zwischen den Fenstern, durch die das Licht hereinschien, und einem roten Teppich, der hoch zum

Thron führte, nichts weiter befand. Auch die anwesenden Personen waren heute dezimierter als sonst, wenn eine Audienz abgehalten wurde. Keine Hofdame oder –herr stand an den Wänden und betrachteten das Geschehen. Auch auf dem Thron zu Dorothea und Mirandas Linker saß oder besser stand nur davor der König und schaute unter seinen dichten grauen Augenbrauen hinab auf zwei Personen, die demütig auf dem Teppich knieten. Beide Personen trugen die blau-weiße Dienstkleidung, die sie als Kellner der vergangenen Nacht auszeichneten. Ein Hüne von einem Mann, bei dem man befürchten musste, dass der Stoff reißen würde, wenn dieser mal seine Muskeln anspannte, und eine zierliche Frau mit schwarzem, bis zur Schulter reichendem Haar und einem lila Halstuch über ihrem linken Auge. Der rote Bart des Hünen berührte fast den Teppich bei der tiefen Verbeugung vor dem König, der ganz in seiner bunten Tracht vor beiden stand. Mit dem Mantel aus den verschiedensten Lila- und Blautönen wirkte Dorotheas Vater noch einmal so breit und erhabener, als sonst, wenn er eine einfache Tunika trug, in der man seinen schlanken Körper sehen konnte. Das einzige, was etwas vom majestätischen Glanz wegnahm, war die etwas schief sitzende Krone auf dem kurzgeschnittenen grauen Haupt. Wahrscheinlich war sie wegen der Tirade etwas verrutscht.

„Denn wer sagt mir, dass ihr nicht hinter dem Mordversuch an meiner Prinzessin steckt. Wahrscheinlich noch in Zusammenarbeit mit diesem Uldan."

Dorothea trat auf die Bühne und an die Seite ihres Vaters. Miranda blieb hinten bei der Türe stehen, die von der Wache wieder geschlossen wurde. „Hallo, Prinzessin.", grüßte der König mit gleich sanfterer Stimme, als die mit der er vorhin noch die beiden Knienden beehrte. „Warte noch ein bisschen, dann können wir reden." Mit weißen Seidenhandschuhen, die die Hände verhüllten, strich der König über die Wange seiner Tochter.

„Nein… Ich muss dich jetzt sprechen. Es ist wichtig, bitte." Dabei schaute sie direkt in das freundliche und voller Liebe steckende Gesicht ihres Vaters. „Es geht um Uldan."

Als hätte Dorothea ein Schimpfwort gesprochen, verfinsterte sich die Miene im faltigen Gesicht, die in den vergangenen Zyklen durch die Last der Herrschaft und des Krieges sich sehr schnell im Gesicht vermehrt hatten. „Was soll mit ihm sein?"

„Wir müssen ihn retten."

„Retten?!" für den König klang es fast wie ein Hohn. „Wir sollen den Mann retten, der dich umbringen wollte?"

„Er wollte mich nicht töten, Vater.", entgegnete sie mit bittender Stimme.

„Schön, dass du es glaubst, aber ich will es von ihm hören."

Dorothea senkte den Blick. Sie hatten beide den gleichen Wunsch: Den Prinzen von Gelmön wiederzufinden. Erleichterung machte sich breit, jedoch hatte es einen Makel, dass beide andere Beweggründe hatten. Würde ihr Vater den Prinzen finden, dann würden sie ihn als politischen Gefangenen in irgendeinem der Zimmer einsperren, damit er nicht bis zum Verhör fliehen konnte. Bis zum Verhör würde Dorothea ihn dann auch nicht sehen können. Was sollte sie tun?

„Und wie willst du ihn finden?“

„Ich habe schon Gardisten ausgesandt, die durchstreifen alle Gassen und Straßen auf der Suche nach ihm oder jemanden, der gesehen hat, wohin er geflohen ist.“

Wie gerne hätte Dorothea nochmal ihren Standpunkt klargemacht, dass Uldan bestimmt nicht geflohen war, sondern entführt wurde, aber es hätte ja, sowieso nichts gebracht. So umschwamm sie es halt: „Aber auch nach Personen, die gesehen haben, ob jemand entführt wurde?“

Der König seufzte kurz: „Ja, danach auch.“ Ob die Worte der Wahrheit entsprachen, konnte Dorothea nicht mal vermuten.

„Und was ist mit den Beiden.“ Mit dem Kopf deutete sie gen Hünen und der Frau, die schweigsam alles mit angehört hatten und immer noch vor ihnen knieten.

„Sie haben ihre Posten verlassen, als der Anschlag auf di… auf euch ausgeübt wurde, dafür muss ich sie bestrafen.“

Plötzlich kam Dorothea eine Idee, die sie sofort in die Tat umsetzen musste. „Darf ich?“

Der König runzelte die Stirn: „Was darfst du?“

„Die Strafe aussprechen?“

„Warum willst du das?“ Der König schaute weiter verwirrt aus den eisblauen Augen.

Nun musste Dorothea auf jedes ihrer Wort achtgeben, ansonsten würde ihr Plan schon bei der Entstehung in die Brüche gehen: „Der Anschlag galt doch mir, also sollte auch ich bestimmen, wie die beiden, die ihrer Pflicht nicht nachgingen, bestraft gehörten.“

„Bist du… Glaubst du, dass du es kannst?“ Der König flüsterte, damit die beiden nicht vernehmen konnte, was er sprach, ob es leise genug war, wusste Dorothea nicht einzuschätzen, aber die beiden machten keinen Regung.

„Ich bin eine Prinzessin. Eines Tages werde ich eine Herrscherin von einem Herzogtum oder Reich sein.“, sprach Dorothea mit fester Stimme „Da muss ich lernen solche Urteile zu fällen. Ich habe dir auch oft genug zugesehen, um zu wissen, wann Milde und wann Härte, das Urteil beeinflussen sollte.“

Der König atmete tief durch die Nase ein und aus. Dorothea sah kurze Resignation. Die Ereignisse der letzten Stunden hatten Spuren am König hinterlassen, wahrscheinlich hatte er kein Auge zugemacht, schon wie die letzten Tage. Die Verhandlungen mit den Freien Herzogtümer und den anderen Reichen waren sehr nervenzerrend, da war wohl das Urteil über zwei einzelne Personen natürlich nicht gleichzustellen und leicht abtretbar. „Ja, mache es, Prinzessin. Ich gehe mal ins Schlafgemach und schaue, wie es deiner Mutter ergeht.“

„Danke“, nickte Dorothea ihrem Vater zu „Ruhe dich auch mal aus.“, schlug sie ihrem Vater vor, der ihr müde zulächelte und seinen Blick auf Miranda richtete, als hätte er sie erst jetzt bemerkt.

„Wie geht es dir und Dominik?“

„Gut. Danke der Nachfrage.“, erwiderte Miranda leicht verbeugend.

„Dann wünsche ich euch einen schönen Tag." Langsamen Schrittes trat der König in seinem Mantel, der mittlerweile so wirkte als würde er seinen Besitzer unter seinem Gewicht niederdrückten und der König dadurch nur mehr gekrümmt gehen könne.

„Ich dir auch, Vater.", wünschte sie dem König hinterher als dieser durch die Türe, durch die vor wenigen Momenten noch Dorothea und Miranda herein getreten waren, den Saal verließ.

Miranda nickte nur mehr dem König verbeugend zu.

„Und nun zu euch.", wandte sich Dorothea mit herrischer Stimmlage den Beiden zu, worauf der Hüne nach einem kurzen Zucken aufsah. Die Frau blieb in ihrer Position, als hätte sie die Worte von der Prinzessin nicht gehört. Der Hüne sah, wie Dorothea in aufrechter Haltung auf dem Podest stand, wodurch die ein paar Zoll mehr maß als sonst.

„Wie soll unsere Strafe ausfallen, Hoheit?", fragte der Hüne mit rauer Stimme, die dennoch wohlklingend sich anhörte.

„Zuerst will ich wissen, ob ihr mit Uldan zusammen gearbeitet habt."

„Nein.", kam es gleich als Antwort „Wir haben mit dem Anschlag nichts zu tun."

Dorothea verstand gut. Wahrscheinlich hatte ihr Vater schon diese Frage innerhalb des Verhörs ein Dutzend Mal gestellt. „So wie, Uldan.", ergänzte die Prinzessin fast beiläufig. „Ich weiß, dass er nichts mit dem Anschlag zu tun hat... also sagt mir bitte, kennt ihr Uldan, habt ihr ihn sogar gerettet?" Die Stimme klang nicht mehr wie die einer Prinzessin des zweitgrößten Reiches Schildorans, sondern das einer zwanzig Solariszyklen jungen Frau, die den Mann wieder sehen möchte, der ihr so viel Frohgemut geschenkt hatte.

Der Hüne senkte den Blick. „Tut uns Leid, Eure Hoheit. Wir kennen leider den Prinzen Uldan nicht."

Die Worte schienen der Wahrheit zu entsprechen, die der Hüne sprach. Denn schon bei der Anrede deutete es hin, dass dieser Mann nicht von Gelmön oder Schildoran stammte, denn jeder wusste doch, dass eine königliche Tochter mit königlicher Hoheit anzusprechen gehörte, hingegen auf Vegnarian sprach man nur den König mit königliche Hoheit an, alle anderen erhielten den Titel Hoheit, den sie selber einst als Prinzessin des Herzogs von Kleinlangen trug.

Dorothea seufzte die Enttäuschung hinaus. Die Schultern fühlten sich an, als wollen sie auf den Boden fallen, aber die Prinzessin wehrte sich dagegen. „Könnt ihr mir einen Gefallen tun?" kam es kleinlaut über die rosa Lippen.

Der Hüne zögerte kurz, bevor er sein Wissen mit folgendem Satz erweitern wollte: „Wie meint Ihr das?"

Ein stumpfer Laut erklang, als ein Stöckelschuh der Prinzessin auf den roten Teppich trat. Danach folgten weitere mit jedem Schritt, der sie näher zu den Knienden führte, bis sie nur mehr einen halben Faden vor den beiden stand. „Ich weiß" Dorothea versuchte wie eine Prinzessin und zukünftige Königin zu handeln und ihre Gefühle nicht zu sehr preiszugeben „Dass Uldan nichts mit dem Attentat zu tun hat. Ich habe die Angst, dass man ihn entführt haben könnte. Ich bitte euch darum, dass ihr ihn sucht und findet."

Der Hüne wollte gerade das Wort erheben, da sprach Dorothea weiter. Sie wusste schon was kommen würde. „Ihr erhaltet selbstredend eine Belobigung, dass ihr für euer Verschwinden nicht zur Rechtschafft gezogen werdet. Natürlich erhaltet ihr ebenfalls Gold- und Silbermünzen, um eure Kosten auf der Suche zu decken."

„Doro…", kam es hinter der Prinzessin warnend, aber auch mitfühlend.

Dorothea wandte ihr blondes Haupt und sah Miranda in die grünen Augen. Der Blick der Prinzessin genügte, dass die Schwägerin innehielt und den Kopf neigte. Wahrscheinlich hatte sie gesehen, wie wichtig Uldan für ihre beste Freundin war und erwiderte deshalb nichts mehr.

„Seid ihr damit einverstanden?", wandte sich Dorothea wieder an die Zwei, wobei mehr an den Hünen. Die Frau an seiner Seite wirkte mehr wie eine Statue. Hätte sie nicht manchmal geblinzelt, hätte man sie wirklich für eine Statue halten können. Hatte sie überhaupt geblinzelt? Egal, das hatte keine Bedeutung. Es war nur wichtig, dass Uldan wieder zu ihr zurückkäme, alles aufklärt und ihren Vater davon überzeugt, dass ihr Bund mit ihm das Beste für das Reich wäre.

„Dürften wir eine schriftliche Zusage bekommen?", fragte der Mann.

„Ja.", neigte die Prinzessin leicht den Kopf. „Mira bringst du mir einen Brief und eine Kerze für das königliche Siegel?"

Vires III

Das Abbild eines Schwertes, das Wellen teilte, zierte den roten Wachsabdruck und deutete jeder Person, dass dieser Briefumschlag vom königlichen Adel von Langen versiegelt wurde. So wie Vires den Briefumschlag betrachtete, hatte sie auch der Prinzessin auf die Finger geschaut, als sie den nun im Briefumschlag befindenden Brief schrieb. Die Prinzessin, dachte sich Vires, sie war noch ein törichtes Ding, das noch von der wahren Liebe glaubte. Nur Narren gaben sich wegen ein paar schöner Worte ganz einer anderen Person hin, jedoch verlieren sie die Narretei, sobald sie in die Realität zurückkehrten. Vires war schon längst dieser Phase entwachsen. Es hatte etwas Schönes so töricht zu sein, aber umso schwerer ist der Schlag in die Wirklichkeit.

Vires konnte das Handeln der Prinzessin zum Teil nachvollziehen, aber verstehen konnte sie es nicht. Was sollte sich Vires beschweren? Wegen dieser Torheit, die die Prinzessin an den Tag legte, kam sie mit der Freiheit davon. Die Aussichten, im Gefängnis und in den Arbeitslagern dahin zu faulen, waren nicht sehr erstrebenswert gewesen. Zum Glück hatte niemand den fetten Adeligen vermisst… noch nicht vermisst oder gar gefunden. Hoffentlich würden sie Langen verlassen haben, bevor sie es taten. Sie wären bestimmt auch dort die Hauptverdächtigen, aber vielleicht konnte man ja die Schuld auf Uldan abwälzen oder es einfach mit dem Attentat in Verbindung bringen? Dies war jedoch noch Zukunftsgetue und jetzt musste sich Vires wieder auf das Heute und Jetzt konzentrieren.

Einzelne Skulpturen von Menschen oder menschenähnlichen Gestalten zierten die Wände zusammen mit mehreren Bildern, die auch noch an die Decke gezeichnet waren. Vires kannte keine der Personen, die dort repräsentiert wurden. Das Desinteresse zeigte sich auch daran, dass sie sich nicht mal die Mühe machte die Schilder zu lesen, die wahrscheinlich mehr Aufschluss auf die Personen und Ereignisse gaben. Vires wollte nur so schnell wie möglich in das Zimmer, das sie die letzten Tage bewohnte, solange sie im Dienste des Königs stand.

Hoffentlich war keine der anderen acht Frauen, die auch alle für das Königsgeschlecht arbeiteten, im Zimmer, bat Vires. Sie hatte sogar ein unwohleres Gefühl gehabt, als sie vor über vier Zyklen auf Konstantin traf und der sie statt zu töten einfach in die Obhut genommen hatte. Am Lager und bei Übernachtungen hatte sie sich immer etwas abseits von Konstantin und später auch von Selfius gesessen, weil sie einfach Distanz haben wollte. Sie war einfach nicht die Person, die ständig auf Kuschelkurs mit anderen wollte. Sie brauchte einfach einen Ort für sich. Zum Glück hatten es die beiden verstanden. Leider waren die Frauen, auf die sie hier treffen musste, weil keine unterschiedlichen Geschlechter ein Zimmer teilen durften, solange sie nicht verheiratet waren, nicht derselben Meinung wie Vires. Schon als sie das erste Mal in das Zimmer trat, traf sie ein süßlicher Gestank, der ihr fast den Atem raubte oder besser Vires dazu bewegte, freiwillig mit dem Atmen aufzuhören.

Als Vires mit ihrem Rucksack, in dem ihr ganzes Hab und Gut befand, herein in das Zimmer getreten war, wurde sie gleich von den Arbeiterinnen begrüßt. Alle lächelten sie verlogen an, als wäre sie schon eine lange Bekannte, die nach einer kurzen Reise zurückgekommen war. Sie zeigten dem Neuankömmling gleich ihr Bett und wo Vires ihre Sachen verstauen konnte. Immer traten die Frauen an Vires Bett, um sie zu bitten mit ihnen aus zu gehen oder sonstige unnötigen Aktivitäten mit zu machen. Die Frauen nervten so sehr, dass Vires einfach beschloss nur zum Übernachten das Zimmer zu betreten, das sie dann auch mit der Morgenglocke verließ. Im Schloss versuchte sie dann ein Plätzchen für sich alleine zu finden, wo sie dann ihre Übungen ausführen konnte. In einer alten Remise fand sie diesen Ort. Das einzige Geräusch, das sie dort hörte war die Zugluft, die durch die morschen Brettern pfiff. Auch der faulige Geruch war viel angenehmer als der Gestank im Schlafgemach, den Vires heute zum letzten Mal riechen musste. Mochten die Frauen von Vires halten, was sie wollten. Das, was passieren würden, wenn... aber das hat sie schon so häufig durchgemacht. Es war immer schlimmer gewesen, als die Lästereien hinter Vires Rücken, dass sie eine Zicke oder ähnliches sei.

Vires atmete tief durch den Mund, als sie den Griff der Tür hinab drückte, um daraufhin die Tür zu öffnen. Ihr Auge wanderte durch das Zimmer, indem links und rechts zwei Schlafreihen eingebaut wurden, in denen bis zu fünf Personen Platz fanden. Vires konnte darin einfach nie ordentlich schlafen. Obwohl jede Person einen eigenen Polster und eine eigene Decke besaß, war einfach die mangelnde Distanz zu ihrer Nachbarin, die nur wenige Ellen betrug, der Grund für den reduzierten Schlaf, den sie dann in der Remise an manchen Tagen nachholte. Die Sorge, das in den Nächten das Tuch verrutschte oder eine der Frauen aus Spaß oder Neugier schauen wollte, was sich unter dem Tuch verbarg, brachte Vires keinen ruhigen Schlaf.

Vires Rucksack lehnte, wie die vergangenen Zehntage an der Seite des Bettes und wirkte als wäre er in dieser Zeit noch nie geöffnet worden. Zum Glück. Hätte nur eine dieser gackernden Hühner ihre Finger gen Rucksack bewegt, dann... dann hätten sie ein paar Finger weniger.

Nicht der ganze Besitz der schwarzhaarigen jungen Frau befand sich im Rucksack. Ihre persönliche Kleidung, mit der sie einst hierher kam, lag zusammen gefaltet im Nachttisch. Vires weigerte sich, dass jemand das schwarze Lederhemd, wie Hose, wäscht, doch an einem Tag, an dem sie diese weiße Bluse und blaue Weste tragen musste, weil eine kleine Feier stattgefunden hatte und sie eine oder besser mehrere Leibwächter benötigten, hat man Vires hintergangen und die Sachen gewaschen. Sie wusste nicht, wer es tat, so strafte sie halt jeden mit einem bösen Blick.

Endlich konnte Vires die Dienstkleidung ablegen, die auch die meisten der Frauen hier im Zimmer trugen, bis auf die beiden, die gelblich verfärbte weiße Kleidung besaßen. Wieso sie andere Kleider anhaben mussten, war Vires sowas von egal.

Die Knöpfe der Weste und der Bluse geöffnet schob Vires die beiden Oberteile von ihrem Körper. Danach schnürte sie die Schuhe auf und zog diese aus. Nicht mal die eigenen Schuhe durfte sie tragen, seufzte sie. Aber wenigstens durfte Vires ihre eigenen Dolche verwenden, die im Halfter an den Oberschenkel steckten. Die Schnallen durch die Schlaufen gezogen, löste Vires die Halfter und legte diese auf den Nachttisch. Danach schnürten die Finger noch den Rock auf und schoben ihn über die rasierten Beine hinab.

Der mit einzelnen dünnen Narben verzierte, athletische Körper der jungen Frau stand bis auf den Slip nackt im Zimmer. Nein, der Slip war nicht das einzige Kleidungsstück, das ihren Körper noch verhüllte, dass bewies ein kurzer Blick in den Spiegel, der gegenüber vom Fenster stand. Das lila Halstuch verbarg weiterhin das linke Auge. Nur kurz strichen – vorsichtig -, wie ein Reflex, die Finger der linken Hand über die Seide. Das Halstuch durfte niemals diese Stelle verlassen, dass hatte Vires früh in ihrem Leben lernen müssen. Egal wie sehr die Mitbewohnerinnen sie fragend anschauten. Eine beließ es nicht beim Blick, sondern verbalisierte die Frage. Vires wollte sich damals einfach wegdrehen und einschlafen, aber dann antwortete sie doch, denn wer wusste, wie nervig sie werden konnten. „Das geht dich und euch nichts an.", kam es so kalt und drohend, wie Vires nur konnte. Es reichte, dass keine der anderen Hühnern Vires weiter damit belästigte.

Es wagte zum Glück auch niemand das Tuch „aus Versehen" vom Kopf zu schieben, um ihre Neugierde zu befriedigen. Das hätten sie auf die gleiche Weise bezahlen müssen, wie der fette Adelige. Nun war es langsam wirklich an der Zeit sich anzuziehen, bevor nicht doch noch jemand Unerwünschtes das Zimmer betrat.

Ohne einen weiteren Blick in das Zimmer zu werfen, schulterte Vires den Rucksack und verließ den Ort, indem sie die vergangenen Zehntage die Nächte verbracht hatte.

„Hast du alles?" kam Konstantins Frage sogleich, als er Vires durch den Torbogen erspähte. Der rothaarige Hüne hatte endlich die lächerliche Dienstkleidung abgelegt und trug seinen offenen braunen Ledermantel, dessen dickes Futter genug Wärme spenden vermochte, um seinem Besitzer über die Kalte Zeit zu bringen. Die Kalte Zeit ward aber noch nicht angebrochen, weshalb Konstantin darunter noch ein dünnes schwarzes Hemd trug, das kaum Fantasiespielraum über die Muskeln hergab, die sich darunter verbargen. Weil die mannshohe Axt, dessen Klingen vielleicht sogar Pferde spalten konnte, an den Rückengurten angebracht war, musste Konstantin beide Träger des großen Rucksackes über die linke Schulter tragen, wodurch Konstantin eine leichte nach rechts tentierende Haltung einnahm. Wie kann er bloß mit diesem riesigen Ding kämpfen? Es war nicht so, dass Konstantin einfach die Axt herumschleuderte und so seine Gegner erledigen konnte. Nein, er konnte wirklich damit kämpfen. Er hatte sogar die Kraft einen Hieb abzubrechen, um ihm gleich eine neue Richtung zu geben, was Vires damals bei ihrem Kampf am eigenen Leibe erfahren musste.

„Ja." Antwortete Vires einsilbig, was hätte sie auch sonst antworten sollen?

„Dann wollen wir uns nun das Gold holen oder wollt ihr beyden doch lieber ohne reysen?" sprach eine weiche Männerstimme unter der grauen Kapuze. Der Mann, der sich unter der Kapuze des gleichfärbigen Mantels verbarg, war Selfius. Weil er seinen Posten am Balkon nicht verlassen hatte, brauchte die dritte Person des Trios nicht vor dem König die Strafpredigt anhören. Soweit sie die Worte verstand, wusste Vires, dass Konstantin ihm schon seine Wissenslücke gestopft hatte.

„Wenn die Prinzessin so großzügig ist, ist es unsere Pflicht, das Angebot anzunehmen." Erwiderte Konstantin mit einem warmherzigen Lächeln, der jeden Menschen zum Mitlächeln brachte.

Von der Körpergröße her war Selfius kaum größer als die Prinzessin von Langen und so auch nur knapp über einen halben Kopf mehr als Vires. Einzelne zur Brust reichende, blonde Strähne lugten unter der Kapuze hervor. Die himmelsblauen Augen im faltenlosen Gesicht, das so wirkte, als hätte jemand eine hautenge Plane über das Gesicht ab geglättet, schauten Vires mit emotionslosem Blick an. Einen Blick, den Selfius nicht mal abnahm, wenn er seinen Bogen spannte und auf die Jagd ging, entweder auf Wild oder auf einen Gegner. Vires wusste, dass der Bogen, der neben Köcher und Rucksack über die Schulter hoch ragte, nicht die einzige Waffe war, die Selfius besaß. Am linken Bein unter dem Umhang verborgen baumelte noch ein Langschwert in der Scheide.

„Habt ihr eyne Ahnung, wie wir das anstellen sollen... also den Prinzen zu finden?" hakte Selfius nach.

„Zuerst holen wir das Gold, danach sehen wir weiter... vielleicht finden wir ihn auch dort.", dabei zuckte Konstantin mit den Schultern.

Vires hielt sich mit ihren Äußerungen bedeckt. Die Dialoge zwischen den beiden Männern waren immer interessant, manchmal sogar amüsant, dass sie so manchen Lacher unterdrücken musste.

„Ach, hätte ich bloß deynen Optimismus. Muss wohl an der dünnen Luft dort oben liegen."

„Von meiner Position ist es einfach leichter über den Tellerrand zu schauen. Solltest du auch mal probieren."

„Klar hast du mal eyne Leyter. Aber mal im Ernst. Es ist echt riskant, was ihr da angeboten habt."

„Wir wissen es, aber es war unsere einzige Möglichkeit, heil aus dem Palast zu kommen." Erklärte Konstantin.

Vires wusste es auch. Sie hatten gerade mal einen Lunazyklus Zeit, um der Prinzessin eine Nachricht zu kommen zu lassen, wie weit ihr Erfolg voranschritt. Dann jeden weiteren Lunazyklus einen weiteren Brief. Sollte dabei die Suche nur einen Moment stagnieren oder die Prinzessin hätte das Gefühl, dass sie nicht mehr nach ihm suchen, dann würde eine neue Suche beginnen und zwar die Suche nach ihnen.

„Dann fangen wir einmal an.", schlug Konstantin vor.

„Aber zuerst das Gold, das lockert so manche Zunge leychter und weckt so manches müdes Gedächtnis. Woher bekommen wir das überhaupt."

Also hatte Konstantin Selfius noch nicht über alles informiert.

„Beim Schatzmeister.", meinte Konstantin lakonisch.

„Dann müssen wir wieder ins Schloss?"

„Nein." Antwortete Konstantin und Vires schüttelte nur den Kopf.

Laut der Prinzessin hatte es Tradition, dass der Reichsschatz sich nicht an einem Ort aufhielt. Kelmenar Langar, der Gründer des Reiches Langen, hatte immer sein Vermögen an mehreren Orten aufgeteilt, damit die Feinde nicht mit einem gezielten Schlag seine finanziellen Ressourcen plündern konnten, denn je mehr Gold und Silber man besaß, desto mehr Nahrung konnte man sich leisten und je mehr Nahrung eine Armee hatte, desto mehr Soldaten konnte man anheuern und je mehr Soldaten man hatte, desto leichter verliefen die Schlachten. So war es nur logisch, dass die Erben des Kelmenar nach über zweihundertfünfzig Solariszyklen immer noch seinem Credo folgten und die Finanzen aufteilten. Es gab im ganzen Reich nur eine Person, die wusste, wo sich alle Goldinseln, wie sie liebevoll genannt wurden, befanden und das war der König und das auch erst, nachdem er zum Amt berufen wurde. Nicht mal der Thronerbe weiß bis zu seinem Thronantritt, wo sich die Goldinseln befinden. Bei der zeremoniellen Vereidigung erhält der neue König den Schlüssel zum geheimen Schließfach, den neben dem König nur der erste Thronerbe kannte. Es sollte dazu dienen, dass die Person, die den Schlüssel nach dem Tode des vorigen Königs verwahrt, nicht auf die Idee käme, selbst das Formular an sich zu nehmen, worauf alle Goldinseln standen. Nach jedem Amtsantritt wird das Formular dann wieder in ein neues Versteck gebracht und der vorige Schlüssel zerstört.

Nur der vertrauenswürdigste vom Hohen Adel wissen von den Goldinseln, die anderen Leute meinen die Schatzkammer unter dem Schloss wäre das gesamte Vermögen, was Langen besaß.

Die Goldinseln werden von Schatzmeistern gehütet, die sich untereinander nicht kennen, denn wenn einer mal in Feindeshand gerät... konnte dieser ihnen bis zum Tode nicht verraten, wo sich die anderen befanden und zu so einem gingen die Drei, den einzigen, den die Prinzessin kannte.

Es war eine bescheidene Hütte, die umringt war von Häuser, die auch nicht besonders in Erscheinung traten. Das perfekte Versteck für eine der Goldinseln, fand Vires. Die Adeligen hatten wohl doch noch nicht den ganzen Verstand eingebüßt bei der Inzucht, die in diesen Kreisen herrschte.

Konstantin klopfte höflich an die Holztür.

„Wer da?" kam eine dumpfe Stimme von innen.

„Sind wir hier richtig. Beim Haus von Liebherr Waldmar?"

„Das hat meine Frage nicht beantwortet.", kam es wieder von innen.

„Entschuldigen Sie. Mein Name ist Konstantin Markussohn und bei mir stehen meine Weggefährtin, Vires, und Selfius Maliney. Die Prinzessin sagte, dass Ihr uns"

Noch bevor Konstantin den Satz beenden konnte wurde die Tür aufgerissen und ein Mann mit aristokratischen Gesichtszügen samt spitzen schwarzen Schnauzbart und mit rundlich versehen Gläsern in der Brille stand vor den drei Bittstellern.

„Seid ihr wahnsinnig.", flüsterte der Mann, der vermutlich Liebherr war, aber Vires hörte dennoch den mahnenden Tonfall in der Stimme des Mannes. „Ihr könnt doch nicht einfach auf der Straße stehen und so... so" Der Mann fuchtelte mit den Händen herum, als könnte er in der Luft die passenden Worte finden und unter seinen Zylinder ziehen, um von dort aus die Worte durch den Kopf fahren zu lassen, auf dass dann die Lippen es verbalisieren, doch das Erhaschen nach den rechten Worten missfiel, warum Liebherr dann sprach: „Egal... kommt nun rein." Liebherr stellte sich im Haus zur Seite, sodass alle drei Weggefährten Einlass finden konnten. Sogar Konstantin passte durch die Tür, was Vires am Anfang nicht glaubte.

Das Innere des Hauses war überfüllt mit Büchern, dass so manche Bücherei dagegen wie eine Taverne wirkte. Die meisten Bücher reihten und stapelten sich in den Regalen an den Wänden, aber auch so mancher kleiner Tisch musste die Gewichte der Lektüren stapelweise erfahren. Vor lauter Bücher konnte man auch nur schwerlich weitere Türen ausmachen, die vermutlich zu weiteren Bücherhaufen führten. Es wunderte Vires ein wenig, dass die Bücher nicht auch schon die Fenster in Beschlag genommen hatten, sodass Solarisstrahlen keinen Weg in die Stube finden hätte können.

Die Lichtverhältnisse wurden sogleich etwas dusterer, als Liebherr die Tür wieder schloss.

„Also euch schickt die Prinzessin?" fragte der Schatzmeister, als er an allen dreien sich vorbei zwängte, um zu einem sichelförmigen Pult zu gehen, dessen dunkles Holz bis zum

Bauch des Mannes reichte, aber dank der Bücher darauf, sah Vires nur mehr alles brustaufwärts vom Mann.

„Ja.", nickte Konstantin zustimmend und trat zum Pult. Vires und Selfius folgten ihm. Es war schon immer so, seitdem die Drei miteinander reisten, dass Konstantin den drakonischen Anteil der Gespräche führte. Vires hatte keine Lust sich mit Idioten zu befassen, die mit ihren ständigen Misstrauen und Fragen die Zeit raubten, außerdem bescherte es ihr immer heftige Kopfschmerzen.

„Bekomme ich auch einen Beweis dafür?"

„Selbstverständlich."

Vires nahm schweigend den Briefumschlag unter den Mantel und schob diesen auf das Pult, von dem Liebherr ihn gleich zu sich nahm. Mit einem hölzernen Brieföffner brach der Schatzmeister das königliche Siegel auf und fischte nach dem Brief. Zweimal aufgeklappt und schon hatte Liebherr den Brief in voller Größe vor sich.

Vires, Konstantin und Selfius warteten schweigend und betrachteten den Mann. Nur weil die Pupillen sich stetig von rechts nach links bewegten, konnte Vires erkennen, dass der Mann überhaupt las... oder überhaupt noch lebte, so stoisch stand Liebherr hinter dem Pult.

„Gut.", kam es schließlich, als Liebherr den Brief zusammen faltete und seine hinter Gläser befindenen Augen gen Trio wandte.

„Und wie" Konstantin konnte die Frage nicht weiter stellen, da sah man vom Freizeitbibliothekar nur mehr den Rücken.

Weißes Licht blendete Vires, als die Wand hinter Liebherr zur Seite geschoben wurde, konnte aber auch eine Tür gewesen sein. Jedenfalls verschwand der Schatzmeister zusammen mit dem Licht, als die Wand sich wieder schloss. Nur das Ticken einer Uhr, die irgendwo im dunklen Raum stand, war zu hören. Weil sowieso in der Wartezeit nichts passierte, nutzte Selfius die Zeit zu einem Gespräch. „Wohin sollen wir als nächstes hin?"

Vires schaute zuerst den schmächtigeren Mann, dann Konstantin an, da auch sie vom Hünen eine Antwort erwartete.

„Wir sollten uns aufteilen. Einer fragt die Leute in der Stadtmitte, einer geht gen Hafen und einer sucht nach Spuren auf der Klippe."

„Ich würde gerne zur Klippe.", meldete sich Vires zu Wort. Sie wollte nicht sich mit Menschen oder anderem Gesocks herumschlagen und sie um Auskunft bitten. Die beiden Männer verstanden es anscheinend.

„Dann übernehme ich den Hafen und du, Selfius die Stadt?"

Selfius nickte zustimmend „Ja, mache ich."

Just als die Drei ihre nächsten Schritte geplant hatten, kehrte auch das gleißende Licht wieder und mit ihm eine Silhouette. Das Licht verschwand wieder hinter der Mauer. Nur die Silhouette blieb. Vires' Auge benötigte etwas Zeit, um sich wieder an die Dunkelheit zu gewöhnen und mit jedem Zwinkern wurde aus dem Schatten Liebherr, der wieder hinter dem Pult stand. In den Händen hielt er einen kleinen Beutel und einen Brief. „Hier sind die

Münzen, die sollten für das Erste reichen.", sprach der Mann und stellte den Beutel auf die Bücher. Am darauffolgenden Klimpern konnte Vires sofort hören, dass es sich um viele Münzen handeln musste, doch sicher ist sicher und so griff sie keine Sekunde abwartend sich den Beutel und lugte hinein. Wenn das Licht sie nicht täuschte handelte es sich um viele Goldmünzen neben einigen Silberlingen und Kupferlingen, damit würden sie sicher ein paar Zehntage, wenn nicht sogar einen Selúnezyklus ohne Probleme auskommen.

„Und was ist in dem Brief?" wollte Konstantin wissen, der keinen Blick auf den Beutel geworfen hat.

„Dieser Brief.", wedelte Liebherr provokativ in der Hand „Gestattet euch innerhalb den Reiches eine warme Mahlzeit und eine kostenlose Übernachtung bei jedem Gasthaus, das ihr innerhalb der Grenzen auffindet."

„Danke." Konstantin nahm sogleich den Brief entgegen.

„Ihr braucht euch nicht bei mir zu bedanken, sondern beim Königshaus. Ich arbeite nur in ihrem Auftrag. Und wenn ihr nichts weiter für mich habt, dann möchte ich doch euch bitten zu gehen."

„Ja, machen wir. Guten Tag.", nickte Konstantin freundlich aus dem Bart lächelnd dem Mann hinter dem Pult zu.

„Ja, Guten Tag.", sprach auch noch Selfius, als sie sich gen Ausgang abwandten. Nur Vires nickte schweigend ohne ein Lächeln auf den Lippen, als Abschied.

Franz IV

Wellen platschten gegen den Gaffelschoner. Ein bis drei Möwen überflogen das Schiff und hießen die Besatzung mit Gekreische an ihrer Küste willkommen. Die Küste lag noch dutzende von Klaftern entfernt, dennoch konnte Franz schon das steile Gebirgsmassiv sehen, das sich nicht nur auf den Strand bezog, sondern auch soweit das Augen nach links und rechts reichte.

Das Reich Goldan war bekannt dafür, dass die größten Goldadern und die reichhaltigsten Silbervorkommen das gesamte Land, doch vor allem ihre Berge, durchzogen. Franz selbst hatte nie ein Fuß auf dieses Land gesetzt. Er hörte nur von Beschreibungen anderer Händler, die mit ihren Schiffen aus Vegnarian kamen, wie dieser Ort aussah. Nun konnte er sich davon überzeugen, dass es stimmte, was man ihm so alles an den Märkten und in den Tavernen erzählte. „Der Rand des Reiches wirkt so, als hätte ein riesiges Seeungeheuer ein Stück des Landes verspeist." So hat man berichtet. Jetzt, da Franz selbst Gelegenheit hatte, besagtes abgebissenes Land zu betrachten, musste er zugeben, dass es stimmte. Das Land ragte vom Meer aus einhundert Klafter steil in die Höhe. Zackige Felsen bildeten tatsächlich ein Bild als hätte jemand ein Stück des Landes einfach weggebrochen.

Ob nun die Erzählungen von den ewig weißen Gipfeln und Bergen, deren Gipfel man sogar am helllichten Tage vom Tal aus nicht sehen konnte, auch stimmte, vermochte Franz nicht zu behaupten. Denn mehr als den Hang konnte man vom Schiff aus nicht sehen. Außerdem hatte etwas anderes Franz Aufmerksamkeit am heutigen Tage.

Obwohl die gesamte Besatzung sich am Deck des Gaffelschoners eingefunden hatte, konnte man ohne Probleme das Gekreische der Möwen wie das Platschen des Wassers vernehmen. Niemand traute sich ein Wort zu sagen, während sie im Kreis standen und die zwei Hauptakteure betrachteten, die in der Mitte standen. Es lag mehr als eine Menschengröße zwischen den Akteuren und den Schaulustigen, so als könnte man meinen, dass beide die Pest besaßen. Auch Franz stand Abseits nah eines der Beiboote und lauschte dem Dialog zwischen dem weißbärtigen Kapitän des Schiffes und – wenn er nicht gerade in gekrümmter Haltung stehen würde – einen Kopf kleineren Mann. Die Lasten, die der jüngere Mann auf dem Rücken trug, bescherten ihm diese ungesunde Körperhaltung. Die Kombination der geringen Körpergröße, wie auch der gekrümmten Haltung und der Rahmen des Schlapphutes mit der Möwenfeder, verwehrten dem Mann, den Franz vor einem halben Zehntag noch für Nekro persönlich hielt, die Möglichkeit in die Augen des Kapitäns des Schiffes zu blicken. Auch die von der Möwenfeder hochgeklappte linke Seite des Hutes half dem jungen Mann nicht dabei das Gesicht des Kapitäns bewundern zu können.

„Ich wusst', dass der Tach kommen würd'.", donnerte die raue Stimme unter dem weißen Bart über das Deck „Doch äs gab Momentä, da hab' ich wirklich jejlaubt, dass es nicht so wär'."

Mit schmerzverzerrtem Gesicht versuchte Barden hochzuschauen, doch dürfte er kaum mehr als die weißen Brusthaare sehen können, davon jedoch reichlich. Die weißen Haare quollen regelrecht aus dem Ausschnitt des roten Hemdes, das noch von einer mit bunten Plaketten verzierten Lederjacke bedeckt wurde. Denn obwohl langsam die Kalte Zeit näher rückte, herrschten hier auf dem Deck unter Solaris prallenden Strahlen angenehme warme Temperaturen, was man von den Nächten nicht behaupten konnte, da hätte der Kapitän so gekleidet sich schnell einen Schnupfen eingefangen.

Schweißtropfen rannen über Bardens Wangen und zogen ihre Bahnen gen Kinn, wo sie sich dann zum Absprung bereit machten, um dann auf das Hartholz des Deckes zu Platschen. Diese Absonderung des Schweißes lag jedoch nicht an den warmen Temperaturen, sondern an der Kraftanstrengung, um die Lasten auf seinen Rücken tragen zu können. Auch die Worten schien das Gewicht dem jungen Mann zu rauben. Franz tat es irgendwie leid den Bänkelsänger auf diese Art und Weise leiden zu sehen, doch er konnte nichts machen.

„Doch ich hab' mich geirrt.", mit einem enttäuschten Kopfschütteln neigte der Kapitän seinen Kopf gen Boden. „Es schmerzt mich sehr..." Die breite Brust hob und sank einmal ganz intensiv. „Abär es muss wohl so sei'." Der Kapitän erhob seinen Kopf und schaute Barden an, um ihm vermutlich in die Augen zu schauen, die unter dem Hutrand sich verborgen hielten. „Ich wünsch' dir viel Erfolg auf deyner weiteren Reisä." Der bärtige Mann trat auf Barden zu und umarmte ihm, sodass die Innereien der Gepäckstücke, in den Armen, Händen und auf dem Rücken schepperten und klirrten. Was haben sie ihm dort bloß eingepackt, fragte sich Franz nebenbei, als er die Geräusche vernahm.

„Willst du nicht wirklich noch etwas bleyben?", bat der Kapitän, als er sich aus der Umarmung löste. „Wir würden uns freyen. Stimmts, Jungs?!"

„Jawohl, Käpt'n."

Bei Barden hörte man schon das Schmunzeln heraus als er sprach: „Ich würde ja lieben gern bleiben, aber" seufzte er dann „Ich habe meinen Auftrag und dafür muss ich nach Goldan und nicht nach Lichterneck."

„Däs ist bedauerlich." Man hörte aus der rauen Stimme die Enttäuschung heraus „Aber dennoch wünschen wir dir viel Erfolg auf deiner Reise und möge Triganon deine Reise behüten.", segnete der Kapitän im Nachhinein noch Bardens Wege mit alter triganonischen Art, indem man den Gott der Meere und der Reisen, darum bat den Weg des Anderen zu behüten.

„Möge Triganon auch deinen Weg behüten, Käpt'n.", entgegnete Barden sogleich mit leicht japsender Stimme. Das Gewicht schien ihm sehr zu zusetzen. Erst recht als sich der Bänkelsänger auf dem Weg machte gen Franz, der geduldig beim Beiboot wartete und es bewirkte auch keine Erleichterung als die andere Mannschaftsmitglieder sich persönlich noch von Barden verabschieden wollten. Barden nahm sich dennoch für jeden genügend Zeit.

„Möge Triganon dich auf deinen Reisen segnen, Adlerauge.", verabschiedete Barden sich vom ersten mit einem Handschlag, während die Mannschaftsmitglieder den Kreis um den Bänkelsänger enger zogen, um die Gestik des Abschiedes ihm gleich zu tun. „Und nicht wieder in der Takelage dich verheddern. Diesmal bin ich nicht mehr da, um dich zu retten."

Schmunzeln reichte er den nächsten die Hände, bis Barden sich beim nächsten wieder länger verabschiedete, als ein „Möge Triganon dich auf den Reisen segnen."

„Heini, und brav beim Lieder auswendig lernen? Beim nächsten Treffen wirst du dann die Lieder zum Besten geben. Vor allem das mit der Krake und der Meerjungfrau." Schnell senkte Heini seinen Kopf und schien so rot anzulaufen, wie sein Hemd.

„Meister der Kombüse.", verabschiedete sich Barden vom Koch des Schiffes, leicht zu erkennen an der großen Kochhaube in seinen Händen „Nicht wieder Salz und Pfeffer miteinander verwechseln." Dabei zwinkerte Barden diesem zu und als er bei Franz angelangte, wandte sich der Bänkelsänger noch einmal um und rief: „Und zum Abschluss ein Blubb euch allen." Donnernd schallte das Gelächter über das Deck.

Schwer gekrümmt mit gleich schwerem Schritt trat Barden an die Seite von Franz. Der Händler wusste nichts von den Sachen, die Barden hier am Schiff gemacht hatte und wusste so auch nichts von den Hintergründen der Verabschiedung. Er hörte so manche Geschichte, als er am vierten Tag zum ersten Mal auf das Deck getreten war, jedoch konnte das Meiste nur Seemannsgarn gewesen sein, so unglaubhaft waren die Erzählungen.

Beide „Frachten", wie Barden und Franz auf dem Schiff genannt wurden, nahmen Platz auf dem Beiboot. „Schaluppe ins Wasser!" befahl brüllend der Kapitän den Auftrag, dessen Inhalt alles sagte, was nun passieren würde.

Es knarzte und quietschte die Halterungen als die Schaluppe hinab in die Tiefe gesenkt wurde. Franz betrachtete den Mann vor sich, der erleichtert mit einem Seufzen seinen Rucksack zur Seite auf die Sitzbank legte. An viel kann sich Franz nicht mehr erinnern, was in den letzten Tagen passiert war, als sie auf das Schiff kamen. Anfangs hatte der Händler ja noch vermutet, dass es sich um das Schiff Nekros handelte, das nun den Händler zu seiner geliebten Margareth in Jenseits brachte, doch wie er dann feststellte, war dies nicht so.

Barden half nicht nur auf dem Schiff der Crew, sondern war auch immer bei Franz, jedenfalls kam es ihm so vor. Immer wenn der Totgeweihte seine Augen öffnete und im fahlen Kerzenlicht das aus Holz geschreinerte Zimmer betrachtete, sah er Barden, den er damals noch für Nekro hielt und erst seit zwei Tagen, seinen Irrtum erklärt bekam. Die ständige Betreuung war auch der Grund, weshalb Franz nicht glauben konnte, was er alles auf dem Schiff geleistet haben solle. Er hat das Deck geschrubbt. Er hat in der Kombüse ausgeholfen. Er hat beim Einrollen der Segel geholfen. Er hat das Lager von Ungeziefer befreit. Zu alle dem hat er auch noch die Mannschaft mit seinen Liedern unterhalten. Das alles zur selben Zeit konnte kein Mensch auf der Welt schaffen. Niemals.

Das Beiboot berührte das Wasser. Der Wellengang war so gut wie gar nicht vorhanden. Auf dem Schiff verspürte Franz auch überhaupt nie Schwankungen. Beim ersten Aufstehen war der Händler gleich gestürzt, was aber an der langen Bettruhe gelegen haben mochte.

Barden löste die Verbindungsseile von Halterung und Boot und schon wieder konzentrierten sich die Gedanken auf den Bänkelsänger. „Danke." Kam es Franz aus dem Mund, wie schon so häufig in den letzten zwei Tagen.

„Ach, ist doch kein Problem. Sind doch nur ein paar Knoten."

„Ich meine für alles, was du für mich getan hast." Franz merkte, dass Barden schon nach den Rudern greifen wollte, aber nein… er sollte nicht alles machen müssen. Irgendwie musste sich Franz ja auch mal revanchieren, und schnappte sich die Ruder. „Ich bringe uns an Land. Es ist das Mindeste, was ich tun kann."

„Glaubst du, dass du es schaffst?" fragte Barden mit besorgter Stimme.

„Du hast mich doch gesund gepflegt." Dabei lächelte Franz zuversichtlich den Bänkelsänger an. Dann nahm er eines der Ruder und stieß sich und das Boot vom Schiff ab.

Franz hatte keine Bedenken die Schaluppe sicher an den Steg zu bringen. Das Einzige, was Sorgen bereitete, war die Last, die sie dank dem Rucksack nun mitschleppen mussten. Jedoch war die Angst unbegründet. Die Wasseroberfläche befand sich noch ein paar dutzend Zoll unter dem Bootsrand. Also das Boot sollte nicht untergehen, außer aus dem Nichts käme ein gewaltiger Sturm, der zwanzig Fuß hohe Welle auftürmte und die beiden Frachten mit sich in die Tiefe riss. Am blauen Himmel gab es nur wenige weiße Wolken zu sehen, also die Gefahr schien doch unrealistisch.

Mit dem Rücken zu Goldan gewandt ruderte Franz dem Festland entgegen. Vor ihm schwamm der Gaffelschoner unbewegt auf dem Wasser. Er würde sich auch keinen Klafter weit bewegen, solange der Anker am Meeresboden eingehakt bliebe. Franz wusste, warum das Schiff noch nicht weiter fuhr, sie warteten auf das Beiboot und auf ihn. Sobald das Schiff mit dem sarkastischen Namen „Muschelsammler" in Lichterneck einschiffte, musste Franz zu einer Briefverteilungsstelle, um dort einen Brief aufzusetzen. Der Inhalt des Briefes war schnell diktiert. Franz würde in den Ruhestand gehen. Krebal solle die Geschäfte übernehmen, was er eh schon inoffiziell machte. Franz war ja selber nur mehr das Gesicht des Ladens, weil die Menschen einem Ork misstrauten, aber sogar in der Hinsicht hat es sich gegenüber seine Anlernkraft langsam gebessert. Krebal war in Falkenburg-Schöneberg ein angesehener Mann mit gutem Ruf. Ja, er würde den Laden am Laufen halten, vielleicht musste er einen Menschen für die Auslandsarbeiten einstellen, aber sonst... Franz hatte keine Bedenken.

Als Franz aus seinen Gedanken und dem zu schreibenden Brief zurückkehrte, bemerkte er, dass Barden den Händler in baldigen Ruhestand anlächelte. „Was ist, habe ich was?"

„Ich sehe nur zum ersten Mal, dass jemand, der ein Boot rudert, dabei lächelt. Macht es dir so viel Freude?"

Erst jetzt bemerkte Franz, dass die Enden seiner Mundwinkel nach oben verschoben waren. „Nein, nein das ist es nicht." Gab Franz ehrlich zurück „Ich war nur in Gedanken. Es..." Franz musste überlegen, wie er es sagen sollte „Ich werde mich zur Ruhe setzen. Ich dachte, als meine Margarethe starb, dass ich nichts mehr hätte außer meinen Laden und arbeiten sollte, bis ich wieder mit ihr vereint bin, da wir nichtmehr... aber vielleicht sollte ich doch mein Erspartes nehmen und die Welt anschauen, wie wir es wollten. Vielleicht ist sie ja bei mir." Es musste doch einen Sinn haben, dass Franz vor einem halben Zehntag nicht starb, dort in der Gasse, dass er den Bänkelsänger wieder traf, so wie vor vierzig Zyklen, als damals ein neuer Lebensabschnitt begann. Vielleicht war Barden nicht ein Zeichen seines baldigen Todes, wie er anfangs vermutet hatte, sondern der Beginn einer neuen Lebensspanne. Diese Gedanken beseelten Franz, als Barden mit seinem mindestens gleichschweren Rucksack, wie er selbst, aus dem Boot stieg und den Stegmeister – denn Hafenmeister wäre hier zu viel gesagt – mit einem „Griazie Wohl." Begrüßte.

Franz bekam zum Abschied noch ein „Dann wünsche ich dir viel Glück auf deinen Wegen und lebe wohl und zufrieden."

Mit jedem Schlag, mit dem sich Franz von der Küste entfernte und gen „Muschelsammler" zu ruderte, dachte Franz nach, welch Glück es doch war, Barden nochmals getroffen zu haben. Vielleicht war es ja nicht das letzte Mal.

Noch lag der Nebel auf dem Steg, doch die Strahlen des Solaris perforierten schon so manche Stelle, sodass man dahinter den blauen Himmel sah, jedoch konnte Konstantin schon am Horizont dunkle Wolken erkennen, die bald einen Regenschauer über die Stadt Langen ergießen würden. Nicht nur Konstantin sah das Unwetter kommen, auch die Seeleute, die verstreut am Hafen saßen, standen und schwankten, erblickten die dunklen Wolken. Auch ohne, dass man ihren Augen folgen musste, wusste Konstantin, dass sie das Unwetter kommen sahen. Sie alle gaben ihren Unmut preis, nicht in See stechen zu dürfen. Konstantin dachte anfänglich, dass es sogar die Seeleute erfreuen müsste, nicht hinaus auf das offene Meer segeln zu müssen, weil, ob Sturm auf dem Meer, an der Küste oder im Hafen war doch gleich schlimm, wenn nicht sogar draußen schlimmer, aber da schien sich der Hüne geirrt zu haben. Gut, die Berge waren das Zuhause des Mannes nicht das weite Meer. Was wusste er schon vom triganonischen Lebensstil.

Je näher Konstantin seinem Ziel kam, desto lauter wurden die Unmutsbekundungen. Der Hafenmeister hatte den Hafen – auf Befehl des Königs – geschlossen. Es durfte kein Schiff anlegen, noch ablegen, bis nicht der Prinz von Gelmön gefunden wurde. Aus diesem Grund belagerten die Kapitäne das Bürohaus des Hafenmeisters. Es wirkte auf Konstantin, als er den Anblick, wie die Kapitäne zu dutzenden vor dem Haus standen, als hätten die Leute herausgefunden, dass eine der Schatzkammern sich beim Hafenmeister befand und sie nun diesen stürmen wollten... nur die Fackeln und Schwerter fehlten noch.

In der Kakophonie aus „Weshalb?, Warum?, Aber ich muss, denn ich muss, dringend, Was untersteht ihr euch? Wir sind kein Gefangenen, und so weiter" erklangen immer wieder die zur Beruhigung anregenden, gebrüllten Worte des Hafenmeister, der auf einem Fass stand und dessen roter Glatzkopf schon zu platzen schien. „Legs mich am Arsch! Der Hafen ist zu! Fertig! Aus! Basta! Geht's in die Schänke, ins Bordell oder geht's scheißen! Hauptsache ihr geht's mir nimmer auf die Nerven! Da oben wohnt der König!" um den Kapitänen zu helfen, da sie ja aus fernen Ländern kamen, zeigte hilfsbereit der Hafenmeister mit ausgestreckten Arm samt Mittelfinger – da dieser der größte Finger ist und somit noch näher zum Schloss zeigen konnte – den Hang hinauf, wo sich die Residenz des Königs von Langen befand. „Jetzt legs mich am Arsch! Ich habe zu Arbeiten!" mit diesen Abschiedsworten und passender Geste, in der der Hafenmeister seine hochgestreckte Faust den Kapitänen entgegen streckte, sprang der Mann vom Fass und ging hinein ins Hafenmeisterbüro.

Viele missverstanden wohl die Geste, denn einige Kapitäne nahmen sie als Einladung an, dem wutentbrannten Bediensteten des Königs zu folgen. Die Wachen räumten das Missverständnis mit Worten und angedeuteten ziehen der Schwerter beiseite.

Es erfreute nicht gerade Konstantins Herz bei der Feststellung, dass er wirklich den Hafenmeister folgen musste. Denn wenn einer davon Wind mitbekam, ob Uldan ein Schiff genommen hatte, um aus der Stadt zu fliehen oder entführt geworden zu sein, dann sicher der Hafenmeister... aber bevor Konstantin seine Fragen stellen konnte, musste der Hüne durch die Menschenmassen. Unweigerlich pumpte die Lunge einmal kräftig ein und aus, was der Gestikologe gleich als tiefes Durchschnaufen auslegen würde, um genug Sauerstoff einzuatmen, damit die schwere Aufgabe, die nun auf einem zu käme, mit voller Konzentration und Energie bewältigt werden konnte.

Natürlich wäre es für Konstantin ein Leichtes gewesen, einfach die Menschen zur Seite zu schuppsen, da keiner größer als einen Kopf kleiner als der Hüne war, aber nach mindestens drei Personen, hätte wohl die angeheizte Stimmung sich gegen Konstantin gewandt und egal wie kräftig der Muskelberg auch war, gegen eine Anzahl von zwei Dutzend wütenden Männer und Frauen, hatte auch ein so kampferfahrener Mann, der auf gleich vielen Schlachtfeldern gekämpft hatte, keine Chance auf den Sieg. Außerdem wäre es auch sehr kontraproduktiv gewesen. Vires, Selfus und er waren gerade so noch straffrei aus dem Palast gekommen. Ein Blutbad am Hafen würde wohl die derzeitige Amnestie nichtig machen.

„Dürfte ich bitte durch?" bat deshalb Konstantin den ersten und hintersten in der Meute.

„Du bleibst sch" die restlichen Worten des Mannes blieben wohl im Halse stecken, als der Mann, dessen prachtvoller Zwirn andeutete, dass er Kapitän war, den Kopf nach oben streckte.

Konstantin kannte das Phänomen nur zu gut. Es war auch wirklich schwer die Luft samt Worten gegen die niederziehende Schwerkraft drücken zu können, sobald man die Mundöffnung senkrecht nach oben zeigen ließ. Wenn die Kopfhaltung gerade schaute und so in die Augen des Gegenübers, war dies viel einfacher, beim Hinabblicken war dies noch einfacher. Ja, die Schwerkraft war schon ein gemeines Biest.

Dank Konstantins Größe und der Hilfe der Schwerkraft bat sich der einfache Mann aus den Bergen zwischen den Seeleuten durch, bis zu den Wachen.

Die Wachen schienen gut ausgebildet worden zu sein, den ihre Lungen hatten genügend Kraft gegen die Schwerkraft anzukommen und konnten folgendes sagen: „Es is' verboden einzudreden. Bidde gehen Sie zurüg."

„Ich bin im Auftrag der Prinzessin hier." Um dem Gesagten mehr Ausdruck zu verleihen, zog Konstantin den Brief aus einer Innentasche seines ärmellosen Bärenfelles und reichte diesen den Wachen. Es war nur normal, dass Konstantin von den Dreien, den einzigen Brief von der Prinzessin, indem stand, dass die Diener des Reiches sie bei allen ihren Aufgaben unterstützen sollen... oder zumindest nicht behindern, bei sich trug. Vires suchte an den Klippen und Hängen nach Spuren. Sie hatte also keine Personen, die sie befragen konnte. Selfus begab sich zum gemeinen Volk, da war so ein Brief sogar hinderlich, da Bürger doch lieber mit ihres Gleichen sprachen und verschwiegener waren bei Befragungen von Bediensteten des Reiches.

„Jud, ihr gönnt bassieren.“

„Danke.“ Konstantin nahm den Brief wieder entgegen und betrat das Haus des Hafenmeisters. So mancher Kapitän sah nun seine Chance gekommen und wollte mit dem Hünen mit, doch die Wachen stellten sich wieder mit gleicher Schwertgeste ihnen entgegen.

Das Hafenmeisterhäuschen, das man auch Holzverschlag für Schriftstücke nennen konnte, war nicht nur mit Papierrollen, Kibotos, Büchern, Tintenfässern, Stühlen, Tischen mit kleinen Tintenfässchen darauf samt Federkielen gefüllt, sondern man konnte auch noch Menschen erblicken, die allesamt das blaue Hemd samt weißer Hose, mit der auch der Hafenmeister seinen leicht rundlichen Körperbau zu verhüllen pflegte, trugen.

Sehr vorsichtig lavierte Konstantin seinen breiten Körper zwischen den Stapeln von Schriftstücken, die zum Teil seine eigene Körpergröße entsprachen, durch das Haus. Ein Blick auf die mit Tinte geschriebenen Zeilen auf den Papierstücken genügte Konstantin, um zu wissen, dass er nichts von dem – hoffentlich – geordneten Chaos verstand, weshalb er seinen Blick auf den Hafenmeister fokussierte und auf die Hindernisse, die in Form der Stapel auf ihn lauerten.

Im Geiste klopfte sich Konstantin selbst auf die Schulter, dass er es ohne einen Turm umzuwerfen bis zum Tisch des Hafenmeisters geschafft hatte. Aus welchen Material der Tisch bestand, war zu dem derzeitigen Zeitpunkt nicht zu erkennen. War es Eiche, war es Linde, Marmor oder bestand der Tisch komplett aus dem Papierkram, es war für Konstantin nicht zu erkennen, ihm schien es auch nicht wichtig.

„Guten Morgen.“ Grüßte Konstantin mit einem Lächeln, den man sogar unter dem rotbraunen Bart erkannte.

Ein Seufzen ertönte, der jedes Nebelhorn übertönen ließ. „Was gibt's?“ folgte darauf aus demselben organischen Signalhorn des Hafenmeisters.

„Ich bin im Auftrag der Prinzessin hier“

Konstantin wollte gerade den Brief aus seiner Tasche holen, da unterbrach der Hafenmeister ihm: „Es geht um den Prinzen von Uldan, nehme ich an? Wie jeder von der Stadt hier her Beauftragte, die seit Solarisaufgang vor meiner Tür stehen und sich die Türklinke reichen? Könnt ihr nicht miteinander reden? Oder glaubt ihr ich habe nichts Besseres zu tun, nachdem ihr den Hafen geschlossen habt? Wie zum Beispiel diese Hütte davor zu bewahren vor wilden Seeleuten niedergebrannt zu werden.“

Konstantin wusste nicht, was er antworten solle, brauchte er auch nicht.

„Na gut, dann antworte ich zum heute tausendsten Mal.“ Der Hafenmeister holte tief Luft „Ja, es fuhren Schiffe in der Nacht vom Hafen weg. Nein, es waren keine Schiffe von Gelmön dabei. Es waren alles Frachtschiffe, deshalb durften keine Passagiere an Bord. Weil sie sonst ein Formular ausfüllen hätten müssen, was aber keiner der Kapitäne tat. Sollte aber dennoch ein blinder Passagier auf dem Schiff sein, würde der Hafenmeister des Zielhafens eine empfindliche Strafe dem Kapitän anhängen. Mit der Begründung der Schlepperei. Sollten sich die blinden Passagiere als Matrosen ausgeben, hätten die

Kapitäne ein Problem, da sie vor dem Verlassen des Hafens einen Beleg erhalten, auf dem steht mit wie viel Matrosen sie kamen und mit wie viel sie den Hafen verließen. Nein, keiner hat mehr Matrosen an Bord gebracht, als er mitgebracht hatte. Ja, man kann einen Matrosen austauschen, ohne dass es von den Belegen erfasst wird. Es ist nicht möglich auf andere Weise den Hafen zu verlassen, außer über den Landweg. Weil so viele Schiffe, wegen der gestrigen Feier den Hafen zustellten, war es niemanden gestatten ein kleines Boot am Hafen anzulegen, sondern mussten es aus dem Wasser holen und in das Lagerhaus tragen. Das Lagerhaus war über Nacht verschlossen und es gab keine Anzeichen eines Einbruches und kein Boot fehlte... Welche Frage kommt dann gleich wieder? ... ach ja, die. Ja, ihr dürft gerne die Belege mitnehmen, um welche Schiffe es handelte, die den Hafen in der Nacht, wann und wohin verließen... jetzt natürlich nicht, weil ich die Belege ja schon Euren Vorgänger gab und ich keine zweitausend Kopien mache, da ich sie schreiben muss und nicht ausscheiße. Jetzt kommt es zu Themawechsel. Prinz Uldan aus Gelmön kam mit keinem Schiff hier an. Ihr seht genauso aus, wie alle anderen, denen ich es gesagt habe... Ja, ich bin mir sicher. Aus Gelmön kamen gestern zwei Schiffe an. Beide in den Morgenstunden. Da war kein Prinz auf den Schiffen... weil sie es sonst notiert hätten müssen... und sie sagten, dass das Schiff mit dem Prinzen nicht käme, weil es am Vortag untergegangen sei. Sie suchten nach Beibooten, jedoch fanden sie keine. Ich weiß nicht, wer das war. Es geht mir auch am Arsch vorbei. Ich kann nur sagen, dass er nicht offiziell mit einem der Schiffe kam. So, kann ich jetzt endlich wieder arbeiten? Ich dürfte nämlich jetzt alle Fragen beantwortet haben.“

Konstantin hatte wirklich keine Frage. Ihm tat irgendwie sogar der Hafenmeister leid, sodass er ihn nicht mal noch eine Frage gestellt hätte, wenn ihm noch eine wichtig gewesen wäre, war er doch heute schon genug gefoltert worden. Es war leicht zu erraten, dass der Hafenmeister schon seine Sätze auswendig aufsagen konnte, weshalb er sogar in der Gemeinsprache sie zitieren konnte, ohne auch nur einen Anflug seines starken Akzentes. „Danke, für Eure Hilfe.“ Konstantin verbeugte sich höflich und wandte am Absatz um.

„Habe die Ehre und legts mich am...“

Konstantin überhörte die Abschiedsworte des Hafenmeisters.

Nach dem Durchquetschen durch die Menschenmenge, konnte Konstantin nun das Erfahrene im Kopf überarbeiten. Der Prinz, mit dem Dorothea getanzt hatte, war also kein Prinz... jedenfalls nicht der Prinz aus Gelmön, wie er behauptete. Wer war er dann? War er ein Attentäter? Jedoch auf wen hatte er den Anschlag verübt? Die Aktion mit dem Kronleuchter ist doch für ein Attentat zu riskant. Er musste ja die Person dazu bringen, dass sie sich unter den Kronleuchter befindet, während dieser in die Tiefe stürzt. Erstens muss er das Zeitfenster, in der die Seile reißen, eingrenzen und dann das Opfer darunter platzieren. Also konnte man ausschließen, dass der angebliche Uldan das Opfer wäre, weil sonst hätte Dorothea das Attentat verüben müssen, das war doch recht unwahrscheinlich. Vielleicht waren Dorothea und Uldan nur zufällig auf dem Tanzparkett und das Attentat galt jemand anderem. All diese Fragen konnten erst beantwortet werden, sobald sie den falschen Prinzen aus Gelmön fassen konnten, dafür mussten sie wissen, wann die Schiffe den Hafen verließen oder Vires fand eine Spur an den Klippen. Egal, was sich herausstellen würde, Konstantin ging zu der Taverne, in der Selfus seine Fragen stellte und auf seine beiden Wegbegleiter wartete.

Ein Schwall von Alkohol begrüßte Konstantin als er in die Taverne „Die tanzenden Nixe" trat, wodurch der Gedanke, wie eine Nixe mit Schwimmflosse statt Beine tanzen könne, aus den Gehirnwindungen verweht wurde. Mit der Kapuze weit über das Gesicht gezogen, saß Selfius am Rande der Schankstube und trank sein obligatorisches Glas Weißwein. Das Glas war einer der Merkmale von Selfius, denn keine Taverne der Menschen hatte genügend Münzen, um das Lokal mit Gläsern statt Tonkrügen auszustatten. Gläser waren ein Privileg des Adels. Es wirkte leicht obskur, dass eine Person, die einen schlichten Baumwollumhang mit einfacher brauner Hose, samt abgenutzter Lederstiefel aus einem Glas trank, aber Selfius war es einfach seit seiner Kindheit gewöhnt aus Gläsern zu trinken.

„Hallo, Selfius." Begrüßte Konstantin seinen Gefährten und Freund.

„Hallo, Konstantin." Erwiderte Selfius den Gruß, wobei er elegant mit der Hand die Kapuze zurück schlug und sich, wie es der Anstand verlangte von seinem Stuhl erhob.

Bis Konstantin Selfius kennengelernt hatte, kannte der Hüne keine der Höflichkeitsfloskeln, die Selfius an den Tag gelegt hatte und die für ihn selbstverständlich schienen. Konstantin wurde einst selbst von Graf Wolfgang von Klingenthal im jungen Alter an dessen Hof gebracht, um als Soldat zu dienen, jedoch im gebirgigen Norden von Vegnarian war ein fester Händedruck bei der Begrüßung das Höflichste, was die dortigen Adeligen kannten.

Mit der zurückgefallenen Kapuze hatte Selfius wieder sein Antlitz offenbart. Die blonden, glatten Haare reichten als Pferdeschwanz über die rechte Schulter bis zur Brust hinab. Die weichen Gesichtszüge des schlanken Gesichts deuteten schon an, was die spitzen Ohren unterstrichen. Selfius war ein Elf. An der blassen Hautfarbe, die auch bei stundenlangen Solarisaussetzungen sich nur krebsrot verfärbte, erkannte jeder Ethnologe, dass es sich bei Selfius, um einen Hochelfen handelte.

„Hast du etwas herausbekommen?" wollte Konstantin wissen, als sie sich wieder gesetzt hatten.

Die schlanken Finger ummantelten das Glas. „Ja, der Prinz, mit dem Dorothea tanzte konnte nicht der Prinz von Gelmön seyn, denn dieser ist offensichtlich ertrunken. Sollte der falsche Prinz mit eynem Schiff geflohen sein, kann es nur der Muschelsammler seyn, da dieses das eynzige Schiff gewesen ist, das den Hafen verließ, nach dem das Attentat passierte."

„Weißt du auch, wohin das Schiff gesegelt ist?"

„Das Ziel wäre der Hafen von Lichterneck, aber es gibt eyn Problem. Es ist eyn Frachtschiff. Sie dürfen keyne Personen transportieren."

„Ich weiß, dass sagte mir der Hafenmeister auch, aber es gibt eine Möglichkeit sich auf das Schiff zu schmuggeln, indem er einen anderen Matrosen ersetzte. Wenn er sich schon für einen Prinzen ausgab, warum nicht auch für einen Seemann?"

Selfus verschloss die graublauen Augen und dachte nach. Für diese Zeit konnte Konstantin endlich ein paar Falten auf der ansonsten glatten Haut erkennen. „Das könnte stimmen, außerdem wurde mir gesagt, dass der Kapitän keyn gutes Verhältnis zu der neuen Hafenkonklave und deren Gesetze hat. Es ist ihn eynfach zu bürokratisch und nicht so frey, wie in der juten und alten Zeyt."

„Dann ist das unser bester Anhaltspunkt, wenn Vires nichts anderes herausgefunden hat. Hattest du Probleme, um an die Informationen zu kommen?"

Selfus wusste gleich, auf was Konstantin anspielte. „Neyn, in Hafengegenden sind wir Hochelfen gerngesehen. Wir bringen doch den Händler die kostbarsten Dinge aus Renoncé. Seyde, elegante Kleyder, exotische Früchte und viele Tänzer und Musiker treten in den Städten auf. Je weyter wir vom Wasser wegkommen, desto mehr werden wir… toleriert. Ich glaube, dass die Hafenleute viel offener sind, weyl sie sich bey Hilfestellungen Rabatte erhoffen. Du weißt doch, dass Qualität seinen Preys hat und elfische Qualität hat ihren Preys."

„Aber du lebst doch schon seit fünfzehn Zyklen nicht mehr in Renoncé."

„Das kommt bei den Gesprächen eynfach zu selten zum Thema." Mit diesen Worten fing der Elf an zu grinsen.

„Wollen wir schauen, ob Vires eine andere Spur gefunden hat?"

„Ja, machen wir."

So erhoben sich die beiden und begaben sich aus der Taverne hinaus hoch zu den Klippen, wo Vires ihre Suche fortgesetzt hatte.

Urs I

Hunderte Menschen hatten sich in der Kirche des Schildes versammelt. Von einem der Kerzenständer ausgehend, die an den seitlichen Wänden standen, betrachtete Urs das Geschehen. Er blickte in die Augen der Männer und Frauen, die ihrerseits erwartungsvoll hoch zur Kanzel schauten. Sie alle erwarteten den Auftritt von Meister Bernhard. Vor einem Zehntag war Bernhard in die Hauptstadt Goldaderstadt gereist, um mit dem König von Goldan Herbart I. über die Missstände des Reiches zu reden und die Lösungen vorzutragen. Das Ergebnis aus der Besprechung würde er heute in der Kirche des Schildes vorbringen. Aus diesem Grund sind sie alle gekommen. Ein paar Wenige kannte Urs aus dieser Gemeinde Küstengipfel. Es waren einfache Leute, ehrliche Leute. Schmiede, Bauern,

Bergarbeiter und so mancher Volksvertreter, der sich auch wirklich so nennen konnte, verglichen zu denen aus der Hauptstadt. Viele Menschen schienen jedoch von den Nachbargemeinden und Dörfern, wie Städte gekommen zu sein. Vertreter der Massen ihrer Gemeinden und Dörfern, die Bernhards Worte zu sich nach Hause weiter verbreiten würden.

Als Urs seinen Blick über die Menschen schweifen ließ, dachte er zurück. Es schien wie aus einem anderen Leben zu sein, als Bernhard seine erste Rede hielt und die wahren Worte über die Arroganz und Selbstverliebtheit des Adels sprach, die nur alles machten, um sich selbst zu schützen, statt dem Volk, dem sie alles zu verdanken hatten. Bei dieser Rede waren gerade mal eine Handvoll Personen erschienen, aber mit jeder Rede wurden es mehr und mehr. Dies alles war gerade mal zwei Selúnezyklen her.

Urs braune Augen wanderten von den Menschen weg, die alle weiter gespannt auf den Bänken saßen und sich zu flüsterten, was wohl heute gesprochen würde. Wobei, wenn hunderte Menschen flüsterten, es so laut war, als würde man neben einem Bienenstock versuchen zu schlafen und so viel verstand man auch von den Worten, nur ein durchgehendes Summen und Brummen.

Mit diesem Gobelin über dem Altar begann Bernhards wirklicher Aufstieg zu Meister Bernhard. Auf dem Gobelin war ein Wappen abgebildet, das für alles stand, für was Bernhard einstand: Menschlichkeit, Gerechtigkeit und Gleichheit. Eine dunkle Hand und eine helle Hand gaben sich vor einem blauen Himmel sich selber. Da, wo sich die Hände trafen, war ein Medaillon eingewebt worden. Laut Bernhard sollte der Rubin, der sich im Medaillon befand, der Edelstein der Menschen sein. Ob es stimmt oder nicht, es war eine gute Symbolik, den laut der Geschichte bestünde der Edelstein aus allem, was einem Menschen ausmachte. Schlussendlich hatte die Schöpferrasse die Menschen mit Hilfe des Edelsteines und Meeressand geformt.

Dong! Die Glocke des Turmes wurde geschlagen. Mit diesem Schlag herrschte Stille in der Kirche und alle Augen schauten hoch zur Kanzel.

Gehüllt in einer schlichten grauen Robe, die von einer Priesterin Lunas stammen konnte, trat ein blonder Mann an die Brüstung der Kanzel. Die schlanken Arme stemmten den Körper vom Geländer hoch, um das Sinnbild eines erschöpften Kriegers zu geben, der nach etlichen Kämpfen nicht Müde war, weiter zu stehen und nicht aufzugeben, was Urs auch im ernstem Blick sehen konnte. Applaus und Jubelschreie füllten das Kirchenschiff aus. Der Lärm hallte von den Wänden wider und vermischte sich mit seinem Nachfolger, der frisch aus den Händen und Mündern entsprang. Urs musste beim Gedanken, dass vielleicht die Mosaikfenster der Kirche bei dem Luftdruck zerbrechen konnten, schmunzeln. Was würde das wohl für Nachrichten geben? Es würde Bernhards Legende wohl noch ein paar Zeilen zusätzlich einbringen und der Adel von Goldan musste noch ein paar Angstperlen vergießen, sobald sie Meister Bernhards Namen hörten.

Mit langsamen und bedachten Armbewegungen versuchte Bernhard die Lautstärke zu regeln, als könnte er mit der Geste, den Lärm nach unten drücken. Vielleicht konnten sie es ja wirklich, denn es wurde leiser. Wie es immer bei so großem Jubel war, bevor dieser verklang, folgte auf dem Lärm noch ein Psstgesang, dessen Zischen sollte die Leute dazu auffordern ihren Jubel einzudämmen, wobei dann dieser Lärm die Kirche füllte. Als auch endlich die Aufforderung still zu sein verstarb, begann Bernhards Rede, auf die alle gewartet hatten.

„Meine Freunde, ich komme aus Goldaderstadt wieder zu euch, um euch zu verkünden, was für Ergebnisse mein Dialog mit dem König einbrachte." Leichtes missmutiges Buhen ertönte „Wie ihr alle wisst, bin ich in die Hauptstadt, um unsere missliche Lage und unseren Missmut darüber, ihm kundzutun. Ich habe ihm davon berichtet, wie hart wir in den Bergwerken, an den Ufern und auf den Feldern arbeiten, teilweise auch unser Leben dafür riskieren. Ich habe ihm davon berichtet, wie ehrliche Männer und ehrliche Frauen zu Solarisaufstieg bis hin zu seinem Abgang schuften und arbeiten. Ich stand vor ihm, während sein wohlgenährter Leib den Thron ausfüllte, und erzählte davon, dass diese ehrlichen Arbeiter Tagein und Tagaus arbeiten und kaum eine warme Mahlzeit am Tag bekommen." Es kam zustimmendes Summen aus den Reihen. „Ihre Körper zu Höchstleistungen gezwungen sind, aber dennoch mit knurrenden Mägen schlafen gehen. Ich stand da vor dem Thron und dessen geschmolzenes Gold aus dem der Thron gemacht ist und das aus unseren Bergen stammt und aus unseren Bächen entsprang. Ich stand vor diesem Thron und erzählte, dass es doch nicht sein könne, dass immer proklamiert werden könne, dass wir eines der reichsten Menschenreiche sind, aber dennoch das Volk unter Hunger und Armut leidet." Für diese ehrlichen Worte, die er dem König entgegen gebracht hatte, mussten die Menschen einfach nur Klatschen. Endlich einer, der dem König sagte, wie das Leben der Bevölkerung war und es nicht verblümte.

Dankend nickte Bernhard nach unten und redete weiter, sobald der Applaus gering genug geworden war. „Viele Arbeiter erleben ihren fünfzigstes Zyklus nicht, weil ihr Körper die Strapazen der Arbeiten nicht weiter ertragen kann. Manche verletzen sich schwer, dass sie nicht mehr arbeiten können, jedoch immer noch jung an Zyklen sind. Für diese Menschen heißt es dann in einem der reichsten Menschenreichen, dass er sterben oder verstoßen werden muss, weil die Familie ihn nicht durchfüttern kann." Schwer über diese Schicksale nachgrübelnd machte Meister Bernhard eine Pause. „Ich erzählte davon, während über den weißen Scheiteln der Höflinge das Gold und Diamanten an der Decke funkelten, wie auch an den Brokaten der Leute." Man hörte den Abscheu in der Stimme. „Ich gab mich verständnisvoll. Ich weiß, dass wir in Goldan durch unsere Berge und Verklüftungen nicht das ernteerträglichste Land sind und wir deshalb aus dem Ausland Nahrungsmittel importieren müssen, um unsere Bevölkerung zu ernähren, aber ist das nicht erst recht ein Grund, dass man dann dem Volk das Geld, das sie zum Kaufen benötigen, aufstocken sollte? Das Geld, dessen Gold hier aus Goldans Bergen entspringt, sollte es nicht zu allererst den Leuten zustehen, die es mit harter Arbeit aus Gaias Schoß entnommen haben? Die ihr Leben dafür geben? Warum wird dieses hart erarbeitete Gold einfach den anderen Reichen als Geschenk dargebracht haben, damit sie ihre Münzen prägen können? Natürlich bekommen wir dafür Fleisch und anderes aus deren Ländern, aber verglichen zu dem Gold... Wisst ihr wie viel Gold unser geschätzter König ausgibt und wie viel Nahrung wir verglichen bekommen?" Verständnislos schüttelte Meister Bernhard den Kopf „Würden wir so viel zahlen, wie die Menschen in Kleinfurt, Lichterneck oder aus den Freimarschen, dann wären die Preise um zweidrittel niedriger. Die verarschen uns! Unsere Herrscher treiben unser Gold zusammen, um sich selber und ihren Gleichgesinnten in den anderen Ländern ein schönes Leben zu bieten. Was passiert, wenn mal einer von uns ein münzgroßes Goldstück in die Hosentasche einsteckt? Genau, er wird verhaftet und landet für zwei Zehntage im Gefängnis, obwohl er nichts Falsches machte. Es ist sein Gold. Er hat es gefunden. Warum sind wir gezwungen, all unser hart erarbeitetes Gold an den Thron zu schicken? Wir haben es gefunden. Es gehört uns. Wenn sie es wollen, dann sollen sie uns mehr Geld dafür geben." Ein kanonisiertes Ja entsprang aus den Mündern der begeisterten Zuhörer. „Wir heben mehr Gold aus Gaias Schoß, als dass wir uns nur eine warme Mahlzeit am Tag leisten können. In der Hauptstadt machen sie gar nichts. Sie leben nur dank unserer Arbeit in Saus und Braus. Sie sitzen nur da und zählen das Gold, das wir ihnen immer schicken müssen. Das alles wurde mir klar, als ich dort in die feisten Gesichter blickte. Verlogen bis in das Mark. Nicht so wie hier. Ehrlichkeit, Fleiß und Gutherzigkeit." Jedes einzelne Wort, das das Volk Goldans repräsentierte, betonte Meister Bernhard ausdrücklich. „Als ich unsere Sorgen und Bedenken am Hof darbrachte, hatte ich Hoffnung, dass sie uns entgegen kommen mochten. Vielleicht etwas das Leben erträglicher machen könnten. Wenigstens für die Älteren oder Verletzten, die ihren Fleiß mehr als einmal unter Beweis gestellt hatten, doch nicht mal dazu waren sie fähig." Enttäuscht neigte Bernhard seinen Kopf und schüttelte ihn. „Nicht mal dafür. Es fällt mir schwer es zu sagen, aber... ich weiß, einfach nicht mehr weiter. Ich weiß nicht, wie ich unser Leid beenden könnte, ohne..." Bernhard atmete nochmals tief durch. Die Worte, die nun kommen würden, würden für Meister Bernhard eine Qual werden, aber es gab keine Möglichkeit. Sie mussten gesprochen werden. „Es widerstrebt mir in allem, was ich mir vorgenommen habe, aber diese Sturheit lässt uns keine Wahl. Ich möchte niemanden zu dem Zwingen, was ich als letzte Lösung erdacht habe. Sie ist radikal. Viele würden es ablehnen... und ich kann sie verstehen. Wenn ihr aus der Kirche geht mit Ablehnung an den Lippen, dann kann ich euch verstehen. Ich würde keinen Groll hegen und bitte auch die Menschen, die meinem Vorschlag zustimmen diese Menschen nicht zu verurteilen. Jeder hat seine Meinung und die sollte jeder respektieren. Mein Wunsch und ich bitte es auch in die anderen Städte und Gemeinden vorzutragen, ist, dass wir unser Gold für uns behalten. Wir geben diesen Steuereintreibern kein Kieselstein großes Goldstück mehr. Wir haben es uns hart erarbeitet. Es ist unser Gold! Wenn sie es haben wollen, müssen sie uns mehr Geld dafür geben. Wenn wir alle zusammenhalten, dann werden wir siegen und endlich nicht mehr leiden müssen. Die Höflinge, die im Palast dahin faulen, sollen nur merken, dass sie ohne uns nichts sind. Sie sollen merken, wer dieses Land regiert und wer dafür verantwortlich ist, dass Goldan das reichste

Menschenreich auf Gaia ist." Im tosenden Applaus und Jubelgesänge verklangen die letzten Worte Bernhards. Es gab wohl nicht wenige, die dem Aufruf von Bernhard Folge leisten würden, so vermutete Urs nach der Stimmung hier in der Kirche.

Inu I

Es geschieht nur viermal im Solariszyklus, dass alle Sterne den Nachthimmel erstrahlen lassen. In den anderen Zeiten stahl entweder Selúne oder Luna ihnen das Rampenlicht. Es waren schon zwei Nächte vergangen, als der Letzte der Nächte, an denen weder Luna noch Selúne zu sehen waren, im Kalender stand. Im Osten wirkte es als hätte jemand einen kleinen sichelförmigen Schnitt in das Firmament geritzt, durch das nun Lunas gelbes Licht durchdrang und mit jeder weiteren Nacht auseinander zog, bis sie wieder in voller Pracht erstrahlte. Es würde wieder drei Lunazyklen oder ein Selúnezyklus dauern, bis sie wieder allen Sternen den Platz räumen mussten. Inu sehnte sich nach dieser Zeit. Sie begann jetzt schon die Nächte zu zählen, bis dahin. Für Inu war es ein Kompliment, wenn die Menschen sagte, dass es an ihrer Sturheit lag, dass sie der letzte Stern war, der aus dem Nachtfirmament erlischt, dies auch erst, kurz bevor beide Monde ihre ganze Fülle erreicht hatten. Als Göttin der Weiblichkeit und Mütterlichkeit ist es eine Tugend stur zu sein. Die Göttin hatte nichts Persönliches gegen die primären Gottheiten Selúne und Luna. Sie kannte die beiden ja nicht mal. Wie es die Götterränge schon sagten, lebten sie zu anderen Zeitaltern. Die primären Gottheiten lebten im ersten Zeitalter und die sekundären – wie es Inu und ihr Gemahl Schild es sind – stammten aus dem Intermezzo vor dem zweiten Zeitalter, das in der Geschichte Gaias als Götterkriege bekannt ist... auch wenn sie selbst keine Götter waren. Inu selbst war eine Halb-Elfin, aber das alles war egal. Seitdem waren schon tausende Solariszyklen vergangen und noch mehr Selúne- und Lunazyklen.

Inu taten die anderen Sterne leid, die immer wieder von den Monden verdrängt wurden, wie auch die dreizehn Schutzsterne Inus. Sie kannte jeden noch aus der Zeit als sie Menschen waren. Es gab sogar ein berühmtes Theaterstück über die Dreizehn und sie, jedenfalls bei den Menschen und Hochelfen. Sie liebt es immer vom Himmel hinab zu blicken und das Stück anzuschauen, sofern es in einem Freilichttheater stattfände, denn durch Hauswände schauen kann sie auch als Göttin nicht. Es wird meistens die Geschichte erzählt, wie sie Schild zusammen mit dreizehn, tapferen Recken aus den Fängen von Dämonen befreite... an viele Ereignisse, die in den Stücken erzählt werden, kann sich Inu gar nicht mehr erinnern. Muss wohl am Alter liegen, die werden ja nichts dazu gedichtet haben, sagte sich Inu dann immer, mit einem unschuldigen Schmunzeln auf den Lippen.

Vielleicht gab es ja wieder irgendwo ein Theaterstück? Mit dieser Hoffnung schaute Inu mit ihrem strahlenden Auge hinab und erspähte zu ihrem Bedauern kein Theaterstück, jedoch etwas anderes Interessantes bei der Kirche, die zu Ehren ihres Gemahles erbaut wurde. Leider wusste sie nicht, welche Stadt es war, denn im Laufe der Zeit bekamen die Städte immer wieder neue Namen und sogar der große Kontinent Pangea, auf dem einst Inu gelebt hatte, war in mehrere Kontinente gespalten, jedenfalls hatten sie die Statuen von Schild und ihr nicht verändert, sodass sie erkannte, dass in dieser Stadt sie und ihr Gemahl verehrt wurden, was aber da bei der Kirche passierte, war neu und hatte sie so häufig nicht gesehen, weshalb diesem Ereignis ihr ganzes Interesse galt.

Ein Mann gehüllt in einem dunklen Leinengewand stand in einer engen Hausgasse, dessen direkter Weg zur Kirche des Schildes führte. Die beiden Männer vor der Kirche konnten ihn nicht sehen. Nicht mal mit dem Licht von Selúne und Luna wäre es den Männern möglich gewesen eine Person in der Gasse zu sehen, auf diesen Hinweis bestand Inu, also an ihr lag es nicht.

Die beiden Wachen – warum eine Kirche Wachen benötigte, wusste Inu nicht, sie würde es auch nie erfahren, solange sie die Antwort nicht auf den Boden schrieben – standen mehr lässig als bereit vor den Statuen von Inu und Schild. Sie rechneten wohl nicht, dass etwas heute Nacht passieren würde, doch Inu fühlte es, dass der Mann dort in der Gasse etwas noch machen würde. Nennen wir es weibliche Intuition oder göttliche Intuition oder göttlich, weibliche Intuition, jedenfalls wusste es Inu.

Der Mann in der Gasse bewegte sich noch nicht. Es schien so als müsste er noch die Lage abwiegen oder er bewunderte die Ebenbilder der Göttin der Weiblichkeit wie auch dem Gott der Männlichkeit. Inu konnte diesen Impuls verstehen. Es waren wirklich schöne Statuen, die vom Straßenlaternenlicht bestrahlt wurden.

Inus Gemahl Schild, jeden Muskel angespannt, stand dort in seiner Habt-Acht-Stellung, die ihm als Soldat auszeichnete. Der Blick voller Rechtschaffenheit und schauend, wo es das Böse zu besiegen galt. Vor seiner Brust hielt er seine namensgebende Waffe. Inu war froh, dass die Zeiten, als ein erigierter Penis und zwei Hodensäcke das Schild heraldisch verunstalteten, vorbei waren und nun das Wappen des männlichen Geschlechts – ein Kreis, von dem diagonal ein Pfeil wegzeigte – auf dem Schild zu bewundern war. Das Einzige, was Inu Schade fand, war das Fehlen der kurzen, blonden Haare. Sie waren marmorweiß. Niemand hatte sich die Mühe gemacht ein wenig Farbe in die Marmorstatuen zu bringen, denn auch Inus blonde Haare waren schlohweiß, aber so war es nun mal. Das lange Kleid ihres marmorisierten Ebenbildes irritierte sie da schon mehr, liebte sie es doch immer in einem kurzen Rock herum zu stolzieren, erst als der Hintern unnötige Falten zu schlagen begann – erst im hohen Alter übrigens – begann sie lange Röcke zu tragen. Außerdem fehlte auch noch ihr Bogen. Ein Bogen passte wohl nicht zur Weiblichkeit, schnaubte Inu innerlich, wie sie es immer tat, sobald sie dieses Subtrahieren ihrer Waffe feststellte. Mit was hatte sie wohl Schild aus den Fängen der Dämonen befreit? Mit Pfannen und Töpfen? Wenigstens hatten sie in den Theaterstücken den Bogen nicht vergessen. Ob sie wohl auch die halb-elfische Spitzigkeit der Ohren vergessen hatten? Inu konnte es nicht sehen. Ihre langen nicht blonden Haare überdeckten diese. Weiter konnte Inu die Kirche nicht betrachten, denn nun begann der Schatten in der Gasse sich zu bewegen. Was er wohl machen würde? Inu war gespannt.

Über den senkrechten Teil einer Regenrinne kletterte der Mann auf das Dach des rechten Hauses oder linken Hauses. Es kam darauf an, von wo aus man es betrachtete. Aus Inus Sicht standen die Häuser oben und unten, worauf links und rechts auch irrelevante Informationen waren, jedenfalls erreichte der Mann das Dach, des einstöckigen Gebäudes.

Auch als sich der Mann hinter dem Kamin versteckte, damit ihn niemand sehen konnte, konnte Inu ihn aus ihrem Blickwinkel noch sehen. Es war doch immer wieder schön ein Stern zu sein. Er war ein schlanker Mann, was nicht nur die dunkle Kleidung unterstreichen vermochte. Die Schlankheit musste seinen Körperbau ausmachen, sonst hätte er es nicht geschafft, über eine Rinne auf ein Dach zu klettern, deshalb musste der Mann auch athletisch gebaut sein, auch wenn Inu es nicht sehen konnte... er hätte ruhig auch nackt seinen Körper hochhieven können. Nur damit Inu auch wirklich die Bestätigung hätte, dass der Klettermax auch wirklich athletisch gebaut wäre, dies wäre der einzige Grund... und weil es schön ist ein gut muskulösen Mann nackt zu betrachten. Nur weil man verheiratet ist und treu ihren Gemahl liebt, heißt es noch lange nicht, dass man nicht andere Kreationen der Natur bewundern dürfte, oder?

Nach einem kontrollierenden Blick des Hinterdemkaminhervorblickers, ob die Wachen ihn auch ja nicht bemerkten, verwandelte sich dieser zu einem Dachwanderer, indem er über das schräge Dach... wanderte, logisch. Mit grazilen und leichtfüßigen Schritten tänzelte der Mann über das Dach, wie gerne wäre Inu hinabgestiegen und wäre mit dem Mann über die Dächer getanzt. Warum hatte sie das nie mit Schild getan? Schindeln rutschten vom Dach und krachten auf den Boden... ach, darum. Es lag bestimmt nicht an den Bewegungen des grazilen Mannes, vielmehr waren die Schindeln nicht mehr fest, bestimmt. Schnell duckte sich der Nachtdachtänzer hinter einen weiteren Schornstein, denn er war schon zu nahe an die Kirche heran getänzelt, sodass die Wache die heruntergefallenen Schindeln unmöglich überhört haben konnten. An der Reaktion der Wache erkannte Inu, dass sie das Krachen wirklich vernommen hatten. Einer der Wache wollte sogleich in die Gasse, wo die zu Tode gekommen Schindeln warteten, aber der andere hielt diesen zurück. Leider konnte Inu aus der Entfernung nicht hören, was die Männer zueinander sprachen, aber die Göttin hatte eine Vermutung, eine weibliche Vermutung, die immer stimmt. Die zweite Wache warnte die erste, dass dies nun eine Falle wäre und als Köder diente, damit die beiden Wachen ihren Posten verließen, sodass jemand in die Kirche eindringen könne. Es schien eine gewisse Logik dahinter zu stecken, aber so wie sie gelangweilt und lässig weiter vor dem Eingang standen... Vielleicht hatte der zweite nur Angst in etwas hinein zu geraten, was am nächsten Tag dazu führte, dass man ihre Leichen fände. Ihre Leichen, die ausgeweidet wurden. Ihr Blut, das die Gasse rot gefärbt hatte. Ihre Gedärme, die als Dekoration für die Häuserwände dienten. Dies alles sollte nicht geschehen, dank dem heldenhaften Eingreifen von Wache Nummer zwei, der sie vor diesem Schicksal bewahrte, stattdessen standen sie weiter lässig in der Gegend rum und starten Löcher in die Luft, was auch der Schindelschubser bemerkte, der natürlich nicht Schuld am Schindeltodesflug war, sondern der schlechte Dachdecker, denn die Schindel der vorigen Häuser sind nicht runter gestürzt, wollte Inu nochmals klargestellt haben. Ihr fiel einfach kein kreativ passender Name zu ihm ein, deshalb der Schindelschubser.

Eine Wäscheleine verband die Kirche mit dem Haus, die der Mann sogleich für sein weiteres Vorkommen zweckentfremdete. Wegen Ermangelung eines Stabes wagte unser Seiltänzer nicht den aufrechten Gang über das Seil, was Inu schon zu Lebzeiten bei den Schaustellern bewunderte, sondern zog sich liegend über dieses.

Er zog sich über den langen saphirfarbenen Rock, der neben der hellbraunen Lederhose hing. Einst war wohl die Lederhose in einem dunkleren braun, aber der Dreck und Schmutz und der ständige Versuch den Stoff davon zu befreien hatte ihre blässlichen Spuren hinterlassen. Da war das Hemd schon ein passender Nachbar. Einst mochte es noch weiß gewesen sein, jedoch mittlerweile hatte auch hier der Zahn der Zeit genagt und nicht nur das Hemd ergrauen lassen, sondern nach den Löchern zu urteilen, auch hineingebissen hatte. Da wirkte die wiesengrüne Bluse fast wie frisch geschneidert, die daraufhin folgte, wie auch die schwarze Bluse mit dem Rosenmuster darauf. Die Frau des Hauses hatte Geschmack, was man vom Mann nicht sagen konnte... ein grün-blau kariertes Hemd... und dann fragen sich Männer, warum Frauen Kleidung für ihre Liebsten einkauften, schlussendlich mussten ihre Augen den Tag damit verbringen, diese Augenfolter zu ertragen. An der Unterwäsche blieb nicht nur der Sichselbstüberdasseilzieher hängen, sondern auch Inus Blick. Der Mann durfte ein Glückspilz sein, nicht nur weil er eine Frau hatte, die unweigerlich modischen Geschmack hatte, sondern auch eine prächtige Oberweite, wie es der leinenhaltige Büstenhalter bewies. Inu war leicht neidisch. Um die Straffheit ihrer Brüste aufrecht zu erhalten, reichten einfache Bänder, die sie sich um Brustunterseite und Schultern wickelte. Wenigstens genoss sie das Gefühl von Seide zwischen den Beinen, wenn es auch schwer war sie sauber zu bekommen, aber man musste einfach nur reinlich leben... oder braune wie schwarze Höschen kaufen.

Unbeobachtet von den – nennen wir sie aus Ermangelung eines anderen Wortes und weil sie ja als dieses eingestellt waren – Wachen erreichte der junge Mann den Sims der Kirche, aber damit war er noch nicht am Ziel. Der Mann befand sich an der Seitenwand der Kirche, doch musste er noch nach vorne zu der Türe, die über dem Haupteingang angebracht wurde, durch die einst die Glocke in den Turm der Kirche ihr Einlass erlangte. Es war leichter gedacht, als getan, da der Sims nicht breiter war als die Füße des Mannes. Mit vorsichtigem Schritt, diesmal gab es keine Selbstmordschindeln, die hinunterfallen konnten, tastete sich der Wandschleicher diese entlang.

Als der Mann um die Ecke bog, da geschah es. Inu hielt den Atem an, bis sie merkte, dass Sterne sowieso nicht atmeten. Der Mann rutschte ab. Nur mit Müh und Not konnte sich der Mann an Schilds Schild festhalten. Wenn jetzt die Wachen den Kopf heben würden, würden sie den Sichamschildfesthalter entdecken... aber zum Erstaunen vieler oder eigentlich weniger oder noch genauer keinem, war die Anstrengung der beiden Wachen, ständig in eine Richtung zu schauen und dabei nicht einzuschlafen so hoch, dass sie nicht den Kopf nach oben beugen konnten, um zu sehen, wie der Schildklammerer mit all seiner Kraft seinen Körper wieder auf den Sims hochhievte. So sahen sie auch nicht, wie der Mann das Schloss knackte und in die Kirche eindrang. So wie Inu auch nicht sah, was der Mann in der Kirche machte. Vielleicht gab es eine Priesterin, die er zur nächtlichen Stunde besuchte, wer weiß. Inu wandte ihren Blick weiter über Gaia, solange bis beide Monde Selúne und Luna sie blendeten und sie nicht mehr am Himmel zu sehen war.

Morden II

Eine einzelne Kerze bekämpfte mit ihrem Licht die Dunkelheit in der Kapelle. Die Kerze stand vor dem großen Gemälde, das Kelmar abbildete, dem Gott des Krieges. Es ist eines der berühmtesten Gemälde auf ganz Gaia. Es bildet den Gott in seiner gold-schwarzen Rüstung, die mit dem roten Blut der erschlagenen Feinde mitgefärbt war, ab. Zu seinen Füßen lagen die verstümmelten Leichen, denen einst das Blut gehört hatte, während Kelmar selbst heroisch aufrecht posierte. In der rechten Hand hielt Kelmar sein silbernes Schwert und in seiner Linken den abgeschlagenen Kopf eines Mannes.

Das Gemälde war immer das erste, das Kelmenar Morden vor die Augen trat, sobald er in die Kapelle einschritt. An jeden Morgen befahl er einem Diener, dass er dorthin gehen sollte, um zu kontrollieren, ob die Kerze noch brannte, denn nach jedem Frühstück begab sich Morden in die Kapelle. Jeder im Schloss wusste dies, jedoch niemand wusste, warum. Natürlich vermutete jeder, dass Kelmenar Morden zu Kelmar betete, doch weshalb, dass wusste niemand. Seit der letzten großen Schlacht waren Solariszyklen ins Land gekommen. Es gab zwar immer wieder ein paar kleine Scharmützel an der Grenze zu Langen, aber dort gab es nicht mal Tode, nur ein paar Verletzte. In den Freien Herzogtümer wurde eh schon gespottet, dass die Scharmützel nur dazu dienten, dass die Menschen von Kelmantor und Langen nicht vergaßen, dass noch Krieg herrschte. Auf Kelmenar Morden wirkte diese Verspottung wie ein Dolchstich, jedes Mal, wenn er es zu hören bekam. Es waren Dolchstiche gegen die sich der Kelmenar nicht zur Wehr setzen konnte und so betrat Morden auch die Kapelle, gebückt mit schleifendem Gang. Der voluminöse Umhang aus blutrotgefärbter Schafswolle verbarg durch die Körperhaltung nicht nur den Oberkörper, sondern auch die Schande – seine zwei verfluchten Hände.

Vor der Dienerschaft zeigte sich Morden erhaben und standhaft, dass nichts dazu im Stande wäre, den Kelmenar ins Schwanken zu bringen. Jeder, der ihn sah, sollte wissen, dass Morden nur bei seiner Nordkampagne pausierte, dass er sich nur eine Strategie überlegte, wie er das Reich Langen und die Freien Herzogtümer im Norden in das Reich Kelmantor einverleiben konnte, aber die Zeit lief dem Kelmenar davon. War er auch Kilometer von der Hauptstadt Reichheim entfernt, hörte er dennoch, wie sie an seinem Thron sägten, sodass er stürzen würde.

Was war ein Kriegskönig ohne Krieg? Morden konnte nichts anderes außer Krieg führen. Für das Verwalten des Reiches und die Reformen im Reich, war ganz allein Helena verantwortlich. Helena, sie war die wahre Herrscherin von Kelmantor. Morden war nur der Namensgeber und das Gesicht. Sie brachte das metrische System in das Land. Sie gewährte das allgemeine Schulrecht für alle Kinder und nicht nur für die, die es sich leisten konnten. Sie war es, die den Reichtum nach Kelmantor zurückbrachte. Sie allein. Deshalb lebte sie weiter in Reichheim, und führte die Regierung.

Drei Solariszyklen waren seit der letzten Begegnung zwischen Morden und seiner Frau vergangen. Wie mochte sie wohl aussehen? Bestimmt waren weitere weiße Haarsträhnen auf das Haupt dazu gekommen, wie bestimmt auch ein bald Falten, die entstehen, wenn man ständig mit den Thronsägern diskutieren musste, was nicht ihre Schönheit mindern ließe. Äußerlich gab es genügend Frauen, die Helena überstrahlten, aber das war es nicht, weshalb Morden sie zur Frau haben wollte. Es war ihre Intelligenz, ihr Zukunftsdenken, die sie zur Schönheit machten. Helena dachte immer drei, vier Schritte voraus, so wie Morden, doch nicht wie er auf dem Schlachtfeld, sondern in der Politik. Morden vermisste die Zeit, als sie nächtelang nur redeten, über ernste Themen philosophierten, ohne dass es Morden langweilig oder anstrengend wurde. Früher war Morden nur ein einfacher Soldat – zwar der Ziehsohn des ehemaligen Königs Adelberg des Zweiten von Jolsing – aber im Herzen und Verstand nur ein Soldat. Militärisch konnte Morden niemand die Stirn reichen, jedoch in der Politik... Auch als Adelbergs Ziehsohn unterwies der König seinen Sohn nie in die Politik. Morden war dies auch recht. Bis Helena ihm den Weitblick verschaffte mit jedem Tag und jeder Nacht. Sie brachte ihm bei, dass es an der Zeit wäre, für eine Evolution des Reiches, indem das alte Adelsgeschlecht verschwinden sollte und neues Blut auf den Thron kommen solle. Mit neuen Ideen, neuen Werten. Morden konnte es nachvollziehen. Es mochten die Aristokraten behaupten, was sie wollten. Helenas Argumente waren der eigentliche Grund, weshalb Morden seinen Ziehvater tötete und den Thron bestieg, und nicht das Geflüster der Edelmänner, die behaupteten, dass Morden ein besserer Herrscher wäre als sein Ziehvater. Wahrscheinlich dachten sie nur, dass er als einfacher Soldat leichter zu manipulieren war, aber da gab es noch Helena, die zurecht mehr Einfluss auf den Kelmenar hatte als jeder Edelmann. Wusste doch Morden, dass seine Frau niemals etwas vorschlagen würde, dass ihm oder seinem Volk schaden würde, nur um sich selbst zu bereichern.

Wie gerne würde er Helena bei sich haben. Sie um Rat bitten, aber so... So als gebrochener Mann, der nicht im Stande war etwas in Händen zu halten. Wie könnte er so vor ihre Augen treten? Er war nicht der Mann, in den sie sich verliebt hatte. Er war nur ein Schatten seiner selbst.

Mit dieser Erkenntnis sackte Morden vor dem Altar auf die Knie. Langsam, fast als müsste er sich zwingen, hob Morden seinen Kopf und schaute hoch zu seinem Gott. Warum hatte er diese Strafe verdient? Er hatte das Reich nach Kelmar benannt. In jeder Stadt gab es einen Tempel zu Ehren des Kriegsgottes. Warum half er ihm nicht? Er half ihm doch bei so vielen Kämpfen. Bei Schlachten, die hoffnungslos schienen, dort half er ihm doch auch und damals glaubte er noch nicht mal an die Götter, sondern dachte nur, dass sein eigenes Können genügen würde, um Schlachten zu gewinnen. Oft hatte Kelmar ihm das Leben gerettet, doch wofür? Für das? Morden schaute auf seiner krummen Finger. Lieber wäre er in einer unbedeutenden Schlacht durch die Hand eines Bauers gestorben, als so zu leben. Wieso? Wieso nur? Wieso diese Strafe? Wenn diese Strafe auch nicht von Kelmar stammte, wieso half er seinem treuesten Diener nicht?

Wie ein gemeines Tier packte Morden erniedrigt den Dolch mit seinen Zähnen und ritzte sich jeweils einen Schnitt in die Handflächen, um das herausrinnende Blut in eine Schale tropfen zu lassen. Der Kelmenar hatte schon lange das normale Gebet durch dieses morgendliche Ritual, das Bitten auf eine Befreiung vom Fluch, ersetzt. Mit jedem Tropfen, der hinabfiel, bat Morden Gott Kelmar „Bitte, hilf mir." Er wollte endlich diesen Fluch loswerden. Er wollte endlich mit der Nordkampagne fortsetzen. Er wollte endlich seiner Bestimmung folgen und den Kontinent Schildoran einigen und weiterentwickeln... Er wollte endlich wieder Helena sehen und wieder mit ihr nächtelang reden. Er wollte dies alles noch machen... diese Wünsche konnte ihm kein Mensch erfüllen, vor allem kein Bänkelsänger, sondern nur eine Gottheit. Eine Gottheit, die ihm noch nie im Stich gelassen hatte.

Morden erhob sich von der knieenden Position und stand da, erhaben und unbeugsam. Kelmar würde seine Bitte erhören, sobald er es für nötig hielt, das wusste er. Als geknickter alter Mann war Morden vor den Altar getreten, doch aufrecht und unantastbar, so wie ihn seine Feinde, wie auch Verbündeten fürchteten, trat der Kelmenar von Kelmantor aus der Tür hinaus. Bald, ja bald, würde sie seinen Namen nicht mehr spöttisch erklingen lassen, sondern wieder mit Furcht und Respekt nennen.

Lisbeth II

„Welch ein Thor." Erklang eine hohle Stimme, die weder weiblich noch männlich schien, hinter Lisbeths Rücken.

Die Medica brauchte sich nicht umzudrehen. Dort würde eh nur Dunkelheit zu sehen sein und nicht die Person, die sie hörte, deshalb schaute sie weiter über die Brüstung hinab zu dem Altar, von dem Kelmenar Morden in seinen kaschierenden, roten Umhang gekleidet hinaus schritt.

„Du meinst den Kelmenar?" fragte Lisbeth nach. Lisbeth kam jeden Morgen hierher, um Morden beim Gebet zu beobachten. Die Kerze vom Altar war bei Weitem nicht hell genug, um Lisbeth auf der Kanzel über dem Eingang zu beleuchten.

„Wen sonst?" Gab die Stimme gehässig zurück. „Jeden Tag hierher zu kommen, um seine Wünsche an jemanden zu äußern, der nicht existiert und hoffen, dass er diese auch noch erfüllt, ohne selbst etwas zu leisten. Das ist töricht."

„Ich tat es doch auch." Lisbeth wusste nicht, warum sie Morden jeden Morgen beobachtete. Anfangs war es wohl Freude darüber, dass ein Mann, der so viel Leid unter den Menschen verbreitet hatte, Waisen und Witwen erschuf, dass nun dieser Mann niemanden mehr Schmerzen zufügen konnte. Ein Teil von Lisbeth jedoch hatte Mitleid mit Morden, wusste sie doch haargenau, wie es war hilflos und machtlos gegen das Schicksal zu sein.

„Jedoch mit dem Unterschied, das ich existiere."

„Richtig." Die Dunkelheit machte Lisbeth Unbehagen, kehrten doch wieder Erinnerungen zurück, die sie immer wieder in schwachen Momenten einholten. Die blauen Augen fokussierten das Licht, das es damals nicht gab, sondern nur die Stimme in der Dunkelheit, die wieder sprach.

„Diese Dunkelheit" erklang die Stimme verträumt „da werden Erinnerungen wach." Es ertönte ein sehnliches Seufzen „Weißt du noch. Es war unser erstes Treffen." Wieder seufzte die Stimme.

„Warum bist du hier?" Lisbeth wollte mit dem Thema auch die Gedanken wechseln „Hat Barden schon alle Splitter?"

„Ach, Frauen." Kam es klagend „Kein Sinn für Romantik, immer nur auf das Geschäft besessen. Na ja, auch egal. Er hat noch nicht alle Splitter, jedoch das von der Prinzessin aus Langen und das von Aufrührer in Goldan hat er bereits."

„Das ist gut." Lisbeth war erleichtert, doch eine Anspannung blieb.

„Nicht ganz."

„Wieso?" Lisbeth drehte sich herum, hatte sie doch ganz vergessen, dass nur Dunkelheit dort auf sie wartete, weshalb sie sich gleich wieder zum Licht herumdrehte.

„Die Grenzen von Goldan sind zu, weil sie beschlossen haben, sich gegenseitig zu töten, was Menschen doch so gerne machen, wenn ihnen langweilig wird."

„Was ist mit Barden?"

„Er ist noch im Reich."

„Kannst du ihm helfen, dass er rauskommt?"

Es herrschte Schweigen. Das Schweigen dehnte sich aus, für Lisbeth fast zu lange, weshalb sie schon die Frage wiederholen wollte.

„Wenn ich das könnte, könnte ich die Splitter selber holen. Ich kann nur beobachten und reden."

Lisbeth fluchte innerlich und biss sich auf die Lippen. Sie war wirklich besorgt, um Barden. Sie wollte nicht, dass er für sie ihr Leben ließ, aber die Splitter waren wichtiger, sobald sie sie bekam, dann besäße sie die Magie, um Menschen heilen zu können und müsste nicht mehr tatenlos zusehen, wie Nekro sie mit sich nahm.

„Was machen wir, wenn er stirbt?"

„Dann suchen wir einen Neuen." Für Lisbeth wirkte der Satz kalt und trocken, als wären Menschen nichts anderes als Haustiere oder Möbelstücke.

„Gib mir Bericht, wie es Barden ergangen ist."

„Ja, wie du wünscht."

„Danke." Lisbeth wusste nicht, ob die Stimme wirklich verschwunden war, jedenfalls ertönte sie nicht mehr. Die Medica hoffte inständig darauf, dass sie den Edelstein der Menschen in Händen halten dürfte und seine Macht einverleiben konnte. Im Gegensatz zu Morden würde sie den Kristall nutzen, um den Menschen zu helfen und nicht um sie zu töten. Wenn Morden nur wüsste, dass sie ihn nur benutzte, um an seine Ressourcen und seinen Splitter zu gelangen, der Kelmenar würde Lisbeth in ein Kerker werfen oder jemand sie töten lassen... er konnte es ja nicht.

Konstantin IV

Die flackernden Laternen am Hafen beleuchteten nicht nur das ansonsten finstere Meer, sondern auch den Steg und die Docks, was die Kapitäne der Schiffe zu schätzen wussten. Ohne diese Beleuchtung wäre so manches Schiff des Nächtens, wohl mit der Mannschaft auf Landgang gegangen, um später wegen zu viel Flüssigkeit im Bauch auf den Boden gesunken. Dank dem Licht kam das Schiff „Küstenglück" unbeschadet an ihr Dock, um dort anzulegen. Mit dem Schiff betraten auch Konstantin, Selfius und Vires zusammen mit weiteren Reisenden den Hafen der Stadt Lichterneck.

Lichterneck lag am südlichen Zentrumsende des Reiches Makelien. Vom Hafen aus konnte Konstantin von der Stadt nichts erblicken, da ein Hügel den Hafen von der Stadt trennte. Trotz der nächtlichen Stunde herrschte am Hafen noch geselliges Treiben. Neben der „Küstenglück" waren noch andere Schiffe vor Ort geankert und angedockt.

Der frische Wind, der vom Meer aus hereinwehte, beherbergte schon die ersten Boten der Kalten Zeit, weshalb Konstantin seinen Bärenfellmantel eng umschlungen trug. Mit der zweihändigen Axt auf dem Rücken wirkte der bärtige Hüne mehr wie ein Eroberer, als ein Besucher der Stadt. Da waren Selfius und Vires schon angemessener gekleidet. Vires hüllte sich in einem langen schwarzen Ledermantel über ihrer Lederhose und schwarzem

Baumwollhemd. Selfius wirkte dagegen wie der Kontrast zu Vires in seinem weißen seidigen Mantel. Der Mantel selbst mochte Selfius nicht vor der Kälte abschirmen, jedoch das weiße Baumwollhemd und das Unterhemd schon. Ein seidenes, weißes Stirnband verbarg die spitzen Ohren.

Konstantin schulterte nochmals seinen Rucksack korrekt und suchte sich ein Opfer unter den Hafenarbeitern aus, den er die wichtige Frage stellen konnte, ob unter den vielen Schiffen sich auch das befände, das er suchte. Er hatte schnell ein Opfer gefunden, der nochmals ein Tauknoten besser fixierte. Diesmal würde der Brief der Prinzessin Konstantin nicht weiter helfen, deshalb ließ er ihn im Rucksack. Der Brief brachte sie nur innerhalb der Grenzen Langens weiter, aber außerhalb war er nutzlos, wie auch im gemeinen Volk, was zum Einen auch gut war, so hatten sie gegen die offiziellen Mitglieder des Königshauses von Langen einen Vorsprung, bei der Suche nach dem Mann, der sich als Prinz von Gelmön ausgegeben hatte.

„Ho, guter Mann." Grüßte Konstantin mit der Begrüßungsfloskel aus Anhalt, um dem Hafenarbeiter gleich zu verstehen zu geben, dass auch Konstantin von Vegnarian stammte, wenn auch aus dem hohen Norden. Leute aus Vegnarian hatte leichte Abneigung gegen die aus Schildoran, weil deren Vorfahren zu große Angst gehabt haben, um über das Großer Meer zu fahren, sondern lieber auf dem kriegsgebeutelten Eiland blieben.

„Gut'n. Wie kann ich helf'n?" sprach der Arbeiter und erhob sich aus der hockenden Position, nachdem das Tau wieder fester saß, wobei Konstantin keinen Unterschied sah. Der Blick des Mannes wanderte nickend über alle drei Personen, weshalb wohl die zwei fehlenden den Gruß erwiderten.

Vires nickte nur, während Selfius freundlich sprach: „Guten Abend."

Es sollten die einzigen Gesten der zwei werden, dass wusste der Hüne. Sobald die drei zusammen unterwegs waren, war der Mann aus dem Norden das Sprechorgan des Trios. Trotz seines grobschlächtigen Erscheinungsbildes war es doch Konstantin, der am besten und wärmsten mit den Leuten reden vermochte. Selfius nutzte dagegen sein geschultes Auge, um bestimmte mimische und gestische Ungereimtheiten zum gesprochenen Wort zu finden. Vires hasste es einfach nur mit zu vielen Leuten in Kontakt zu sein. Sogar Selfius und Konstantin waren ihr am Anfang zu viel, doch Konstantins ruhige Art vermochte sie immer wieder zu besänftigen, auch Selfius herzensguter Charakter trug natürlich dazu bei.

Es war also nicht verwunderlich, dass Konstantin auf die Frage des Arbeiters antwortete: „Wir suchen nach dem Kapitän des Muschelsammlers. Befindet er sich noch in Lichterneck?"

„Der Alte Gunnar? Klar, der legt erst in zwei Tagen wieder ab. Warum? Hat er was ausgefress'n?"

„Nein, nein." Schüttelte Konstantin den Kopf „Wir haben uns nur hier verabreden, doch kamen wir in den Sturm. Jetzt habe ich befürchtet, dass er schon abgereist wieder sei."

„Ja, die Stürme in diesem Selúnezyklus sind immer heftig. Habe gehört, dass das Schiff vom zweiten Prinzen von Gelmön sank. Dabei müsst`n sie es doch am best`n wissen, nicht?"

„Ja, da hast du recht. Wo befindet sich der Alte Gunnar? Wenn ich fragen dürfte."

„Ach, der dürfte um die Zeit noch in der Schänke „Zum Seepferdreiter" sein und seinen Seemansgarn den Leuten an die Nase bind`n, bei denen, die noch nicht unter dem Tisch oder Rock lieg`n."

„Danke, mein Freund." Dabei klopfte Konstantin dem Mann freundlich auf die Schulter.

„Keine Ursache. Lebt wohl."

„Habt Dank." Erwiderte Selfius die Geste. Vires nickte nur.

Als sie losgingen, schaute Konstantin nochmals zu Selfius, der brauchte die Frage nicht akustisch zu vernehmen, um zu antworten. „Er sagte die Wahrheyt. Oder meynt zumindest die Wahrheyt zu sagen."

„Gut." Sein Blick wanderte zu Vires und fokussierte für einen Augenblick ihr nicht verdecktes Auge. Es war schon fast ein Reflex vom Hünen immer wieder auf die zierliche Frau zu schauen. Sie war meistens so ruhig, dass man niemals bemerkte, ob sie nicht doch verschwunden war, was mehr als einmal geschah. „Dann wollen wir zum „Seepferdreiter."

„Ich habe absichtlich nicht gefragt, wo die Schänke ist, da der Mann nicht wissen sollte, dass ich mich nicht hier auskennen, sonst würde er nicht glauben, dass ich mit ihm ein Treffen hier hätte." Gab Konstantin zu verstehen, weshalb er sich nicht nach dem Ort, wo sich das „Seepferdreiter" befand, erkundigt hatte, als Selfius nach mehreren hunderten von unkoordinierten Schritten mal nachfragte, wohin sie überhaupt gingen. Vielleicht würde Konstantin seine Antwort irgendwann mal selber glauben.

Eine freundliche Dame, die für diese Nacht zu leicht gekleidet war, gab sich hilfsbereit und erklärte dem Trio den Weg zur Schänke. Sie verlangte dafür nicht mal eine einzelne Münze, sondern bat nur, dass sie bei Konstantin für ein paar Stunden nächtigen dürfte oder bei Selfius, doch die beiden hatten noch keine Bleibe, deshalb lehnten sie das Angebot ab, aber Konstantin wusste, dass so eine hilfsbereite Frau bestimmt bald einen Mann finden würde, der sie mit sich nach Hause nahm, auch wenn sie eine Prostituierte war.

Der typische Schänkengeruch von Alkohol und Schweiß erfüllte den „Seepferdreiter". Konstantin brauchte nicht lange zu suchen und fragen, um den Alten Gunnar zu finden.

„Und denn wurd's finsta. Mid all meyna Krafd riss ich des Maul auf und sprang ins Meer. Des Monsta hinta mir her. Ich nur mid meynen Sbeer bewaffned kämpfde um mey Leben. Sdunde um Sdunde varging`n. Am End war ich umgeb`n vom Blud. Rod war des Meer und ich auf der Ins'l, die mich am Leben noch ess`n wollt'. Ein Zehntag verging bis man mich wiederfand. Ich lebte nur vom Fleisch des Monstas."

Große Bewunderung und Applaus ergänzten den alkoholischen Schänkengeruch im Raum. Die Frauen hielten ihre heftig schlagende Brust, dass sie vor so einem Helden stehen durften. Ehrfürchtige Blicke wechselten hingegen die zuhörenden Männer. Für

Konstantin war es zu leicht zu erkennen, dass die Zuhörer schon mehr als ein paar Krüge geleert hatten, weshalb sie so eine Geschichte überhaupt glaubten.

„Ho. Guter Mann, darf ich mich zu dir setzen?" begrüßte Konstantin den Alten Gunnar.

„Klar, willst wohl auch a Geschicht´ aus meynen Leben hör´n."

„Ja, zu gern." Gab Konstantin zurück und platzierte sich mit einem schnell eroberten Stuhl nahe gegenüber dem Kapitän. Trotz der großen Schar um den weißbärtigen Seemannsgarner schaffte es Konstantin nahe an ihm heran. Die Körpermaße waren eine sichtbare Hilfe. Selfius stand etwas Abseits im Schankraum, aber mit gutem Blick auf den Kapitän, um all seine Regungen zu vernehmen.

Vires blieb an Konstantins Seite. Es war für den Hünen nicht verwunderlich, dass auch sie es so nah an den Kapitän herangeschafft hatte. Sie hatte eine Beweglichkeit und Geschick, das seines Gleichen suchte. Es lag wohl an der Übung in ihrem ganzen Leben immer in Menschenmassen unterzutauchen und dazwischen zu bewegen ohne dabei jemanden zu berühren. Das musste sie beherrschen, sonst wäre sie früher als Attentäter bestimmt schon längst erwischt und erhängt worden.

„Aber ich würde doch zu gerne eine bestimmte Geschichte hören." Wollte Konstantin und lächelte dabei charmant, sodass so manches Frauenherz nun zu dem Rotbärtigen flog.

„Aba, da kennen´s ja scho´alles. Wär` eyne Neue nichd bessa?"

„Ich höre einfach zu gerne die Klassiker. Ich kann mich einfach davon nicht satthören. Würdest du mir den Gefallen tun?"

„Ja, gud, was wär´es für eyne Geschichd`?"

„Ich würde zu gerne das Abenteuer hören, wie du vor acht Tagen aus Langen abgereist warst."

Als würde der Wind die kalte Nacht in die Schänke treiben, senkte es die Temperatur zu frostigen Grade. Nur stammte der Frost nicht vom Wind, sondern vom Blick des Kapitäns. Konstantin tat so als würde er es nicht bemerken und lächelte weiter warmherzig und freundlich, als könnte es die Stimmung auftauen.

„Leyda gibt`s geyne Geschicht´ davon, außa eyn Streyt mid der Landradde von Häfenmeysta. Und die ist langweylig."

Eine Frau mit olivfarbiger Haut, die so sich als Einheimische von Makelien auszeichnete, trat an den Tisch und fragte mit freundlichem Lächeln: „Dürfte ich Ihnen was zu trinken anbieten?"

„Ein Maß Bier." Lächelte Konstantin die Geste erwidernd zurück.

Die Frau stutzte und man merkte, dass es ihr leicht peinlich war die Frage zu stellen: „Was ist ein Maß?"

„Oh, Verzeihung, ihr benutzt im Süden eine andere Maßeinheit, das habe ich vergessen. Verzeihung, ich meine einen Liter, wenn es recht ist."

„Oh, natürlich." Wieder ihr Lächeln gefunden, wandte sie sich an Vires und fragte sie nach einem Getränk, doch die Frau mit der lila Augenbinde schüttelte nur den Kopf, stattdessen antwortete Konstantin: „Nur ein Krug Wasser, das genügt dann."

Vires schaute nur mit leicht verwirrten Blick zu Konstantin hoch, der musste sich jedoch wieder auf den Kapitän konzentrieren, der nach dieser Unterbrechung erneut erklärte: „Weyl sie so langweylig isd, nichd doch eyne and're Geschicht'."

„Aber als der Hafenmeister mit die Geschichte erklärte war sie so interessant und er schien nicht der beste Geschichtenerzähler zu sein, wie du einer bist, deshalb dachte ich, dass die Geschichte aus deinem wortreichen Mund bestimmt viel packenter ist."

Der Frost im Schankraum schmolz dahin. Die Glut der Wut des Alten Gunnar tat sein Bestes. Fast hätte Konstantin sein Bärenfell ausziehen müssen. Bisher waren alle Regungen und Emotionen des Kapitäns leicht zu erkennen, nicht nur für Konstantin, sondern auch für die Gäste, trotz alkoholischer Sehschwäche, deshalb brauchte er noch keine Hilfe von seinem elfischen Gefährten, obwohl er bestimmt jetzt zur Sicherheit die Hand über seinem Schwertgriff hielt.

„Was hät die Landradde erzähld?" feuerte es aus jedem Wort des Kapitäns heraus.

Die Gäste rückten von dem Dialog fern und ließen den Kapitän und den Hünen allein. Trotz Alkohol schienen sie noch genügend bei Verstand zu sein, um eine gefährliche Situation für ihr eigenes Leib und Leben sehen zu können. Was der Stimmung des Kapitäns wohl auch nicht zuträglich war, war als die attraktiven Frauen von seinem Schoß entwichen.

„Er erzählte mir eine packende Geschichte von einem Mordanschlag und einem Schiff, das als letztes noch vor der Hafensperrung wegsegelte."

Die Kellnerin brachte Vires und Konstantin die Getränke. Auch sie merkte die Stimmung und vergaß vor lauter schnellem Gang zu lächeln, als sie ging.

„Und du meynsd, wir haben damid zu dun?" lässig und selbstsicher lehnte sich der Kapitän in seinen Stuhl, doch die Augen waren immer noch mit Zorn gefüllt. Konstantin kannte den Blick, hatte er diesen doch oft genug von Soldaten auf dem Schlachtfeld gesehen.

„Ich weiß nicht, ob wissentlich oder nicht, aber die Beweise sprechen dafür, dass der Anschlag auf Dorothea von Langen, von jemand verübt wurde, der mit deinem Schiff abgereist war."

„Ich tranportier' nur Fracht, sonst nichts." Die Stimme war so fest und sicher, dass Konstantin kaum was vom südländischen Dialekt mitbekam. Was aber Konstantin mitbekam, war Räuspern aus einer dunklen Ecke der Schänke. Selfius Zeichen das jemand log.

„Ich nehme an, dass du auch in dieser besagten Nacht nur Fracht transportiert hast?"

„Natürlich sonsd nichds."

Wieder ein Räuspern. Konstantin musste nachdenken, wie er die Wahrheit aus dem Seebären rausbrachte. Der Hüne nahm einen Schluck vom Bier. Ihm fiel schnell eine Möglichkeit ein, jedoch hasste er es zu diesen Mitteln zu greifen. Als der Schluck mit den letzten Tropfen den Hals hinunter geronnen war, kam der Entschluss, es gab nur diese Möglichkeit.

„Lässt du mich in Ruh`?" wollte der Kapitän wissen.

Konstantin atmete einmal durch und erhob sich blitzschnell. Der Tisch samt Krügen flog auf den Boden, als die kräftigen Arme ihn beiseite warfen. So eine Schnelligkeit erwartete niemand von einem so großgebauten Mann, auch nicht der Alte Gunnar. Dieser zeigte keine Regung, als Konstantin den Kapitän am Kragen packte und gegen die Wand presste. Die Füße in den Stiefel baumelten mehrere Zentimeter über dem Boden.

„Dann nochmals in Ruhe." Sprach Konstantin in fester und ruhiger Stimme. Im Hintergrund hörte er, wie Stühle zur Seite geschoben wurden. Konstantin konzentrierte sich, aber nur auf den weißbärtigen Mann vor sich, dessen aufgerissenen Augen den Hünen erschrocken anstarrten. Vires und Selfius würden sich schon um die Seeleute kümmern, wenn jemand was unbedachtes machen würde.

„Hier geht es um den Mordanschlag an einer Prinzessin von einem der größten Reiche Schildorans. Alles spricht dafür, dass er mit deinem Schiff Langen verließ. Also willst du deine Antwort überlegen. Und denke nach, wenn herauskommt, dass du mit dem Attentäter unter einer Decke steckst oder du ihm bewusst geholfen hast, dass auf dem nächsten Galgen dein Name steht. Wenn du aber kooperierst, dann kannst du weiter über die Meere segeln und deine Geschichten erzählen. Also, wo ist der Mann hin, den du mitgenommen hast?"

Der Alte Gunnar schaute lange und tief in die Augen von Konstantin, dann senkte er geschlagen den Kopf und begann zu erzählen: „Es sind zwey. Eyner ging bey Küst'ngipf'l von Bord. Da Alde fuhr mid uns hierher. Er muss noch in Lichterneck sein. Seyn Name is' Franz aus Schöneberg."

„Danke." Konstantin ließ den Kapitän wieder auf die Füße, drehte sich per Absatz um und legte ein paar Münzen, auf einen der noch stehenden Tische. Ohne ein Wort des Abschiedes verließen Konstantin, Selfius und Vires den „Seepferdreiter".

Beleuchtet von der halben Kraft von Luna ging das Trio gen Lichterneck. Selbstverständlicherweise verband ein Weg über den Hügel den Hafen mit der Stadt. Sonst hätten sich die Drei im dichten Laubwald verloren.

„Hätten wir nicht im Hafen bleyben sollen und morgenfrüh in die Stadt?" gab Selfius seine Bedenken preis.

„Nach der Aktion in der Schänke möchte ich lieber so schnell wie möglich weg vom Hafen."

„Aber du weyßt, dass der Mann in Lichterneck nicht unser gesuchter Mann ist."

Konstantin schaute nicht zu Selfius hinüber, sondern er brauchte seine ganze visuelle Konzentration, um nicht über ein Ast oder Wurzel auf dem Weg zu stolpern, denn in der nächtlichen Finsternis, konnte man gerade mal die Hand vor Augen sehen.

„Ich weiß, aber vielleicht weiß dieser Franz, wo der Attentäter ist."

„Was ist, wenn er eynen neuen Namen sich gab?" gab Selfius zu bedenken.

„Das wäre schlecht. Dann müssen wir nach einem Neuankömmling von vor zwei Tagen fragen und hoffen, dass er jemandem aufgefallen ist."

„Gut. Warum hast du den Kapitän nicht nach dem Namen des Attentäters gefragt?"

„Bei ihm bin ich mir fast sicher, dass er nicht seinen wahren Namen gesagt hatte."

Das Trio hatte das Ende des Weges erreicht, so beschloss Konstantin, dass sie etwas abseits des Weges ihr Nachtlager aufschlugen. „Mit dem ersten Hahnenschrei besuchen wir den Bäcker, der wird bestimmt wissen, ob es neue Bewohner in der Stadt gibt."

„Warum der?" wollte Selfius wissen.

„Jeder braucht Brot zum Frühstück. Er wird bestimmt mal den Bäcker besucht haben, wie auch die restliche Stadt. Der kennt deshalb bestimmt alle Bewohner."

Vires IV

Solaris versandt seine morgendlichen Strahlen und ließ das Ding, das mit seinem Rauschen und Plätschern Vires nicht schlafen ließ, schimmern und glitzern. Der Fluss, dessen Name Vires nicht kannte und auch nicht kennen musste, schlängelte sich durch die Hügeln und Bäume, wie das gleichnamige Reptil mit glitzernden Schuppen, hinab in die Stadt Lichterneck, das um die flüssige Schlange erbaut wurde. Die Ansammlung von zwei und dreistöckigen Gebäude maß leicht über einem Hektar, wobei die ersten Häuser schon am Fuße der Hügel gebaut wurden, weil mehr als den Hektar Platz es in dem kleinen Tal nicht gab. Vires schaute hinab und lehnte sich an einem Baum. Wie immer hatte Vires die letzte Wache der Nacht übernommen. Sie mochte die Stille bevor die Vögel zwitschernd erwachten und die Insekten summten und surrten. Sogar in der Nacht hörte man das Knacken von Holz. Das Rascheln der Blätter an Ästen, auf denen gerade eine Eule gelandet war. In dem kleinen Moment, wenn der schwarze Himmel im Osten durch das Blau des neuen Tages verdrängt wurde und die Nachtjäger zur Tagruhe antraten und die Tagelöhner noch nicht erwacht waren, herrschte absolute Ruhe. Diese Ruhe genoss Vires, immer dann hatte sie das Gefühl alleine auf der Welt zu sein. Niemand, der sie was fragte, niemand, der sie anklagte, niemand, der sie störte, keine Probleme und keine Sorgen. Nur Vires, die alleine war.

„Ist noch etwas passiert?" störte die sanfte Stimme Selfius die Stille.

Die Augen schauten hinab auf das lila Halstuch, das sie in Händen hielt. „Nein, nichts." Antwortete Vires wahrheitstreu zurück. Mit automatisierten Bewegungen der Hände band sie mit dem Tuch das linke Auge wieder zu. Vires war schon so geübt darin, das Auge zu verbergen, dass sie bei keiner spiegelten Oberfläche einen Kontrollblick mehr machen musste, um zu sehen, dass auch ja niemand etwas sah.

„Und Lichterneck steht auch noch?" hakte Konstantin nach, da auch er aus dem Schlaf erwacht war.

Vires schaute weiter auf die Stadt. „Ja, sie steht noch."

„Gut." Konstantin erhob sich, was Vires am Stöhnen und Rascheln des Schlafsackes hörte. „Dann wollen wir mal in die Stadt."

„Ohne Frühstück?" fragte Selfius, der sich leiser erhoben hatte, aber auch schon stehen musste, weil die Stimme von einer höheren Position kam.

„Wir besuchen den Bäcker, da kaufen wir etwas zu frühstücken. Vielleicht auch beim Metzger, deshalb sollten wir jetzt kein Proviant vergeuden."

„Aber Waschen dürfte ich noch, oder?"

„Wenn es sein muss."

„Es muss immer seyn." Gab Selfius unmissverständlich zu verstehen.

„Gut, dann komme ich mit. Ich wollte zwar in ein Badhaus, aber, wenn du unbedingt willst... in dem kalten Bach..."

„Es gibt eyn Badhaus in Lichterneck?

„Klar, da gehen wir hin entweder vor dem Treffen mit Franz aus Schönberg"

„Schöneberg."

„Franz aus Schöneberg oder nach dem Treffen, kommt darauf an, was sinnvoller ist."

Während des Dialogs hörte Vires, wie es hinter ihrem Rücken raschelte. Sie packten wohl ihre Sachen, was auch die Frage Konstantins andeutete: „Vires hast du deine Sachen schon gepackt?"

„Ja." Mit dem ausgestreckten Arm zeigte sie auf den gepackten Rucksack samt eingerolltem Schlafsack.

„Gut, dann wollen wir los." Konstantin trat an Vires Seite und klopfte ihr auf die Schulter. Ein freundliches Lächeln strahlte sie an. Dieses Lächeln war der Grund, weshalb sie diesen Körperkontakt genehmigte, aber auch nur von Konstantin und Selfius, andere hätten einen tödlichen Blick geerntet und wenn dann diese Hand auf der Schulter geblieben wäre, wäre nicht nur der Blick tödlich gewesen. Vires versuchte zurück zu lächeln. Ob es gelang, wusste sie nicht. Sie verzog mal das Gesicht und hoffte, dass es irgendwie nach einem Lächeln aussah.

Zu dritt betraten sie die Bäckerei, die mit den ersten Solarisstrahlen aufgemacht hatte. Konstantin erkundigte sich nach diesem Franz von Schöneberg und zu ihrem Glück kannte der Bäcker ihn, da er neu war und sich erkundigt hatte, was es für Sehenswürdigkeiten hier in der Stadt gab, durch diese Frage heraus, wusste der Bäcker auch, wo sich der Mann befand. Der Mann befand sich auf dem Solarisauge. Das Solarisauge war ein Plateau nahe der Stadt, durch dessen Felsformationen Solaris wirkte, als wäre er eine Pupille im Auge der Felsen, aber nur zu seinem Aufgang. Für dieses Ereignis hatte Franz beim Bäcker extra ein paar Brote gekauft, die er dort oben essen konnte.

Nun wussten die Drei, wo es hinginge und dass das Bad noch warten musste. Bei Selfius niedergeschmettertem und theatralischem Stöhnen musste Vires innerlich schmunzeln, wobei auch sie gerne lieber jetzt als später ein Bad genommen hätte, jedoch nicht so deutlich nach außen kommunizierte.

Der Weg oder eigentlich Trampelpfad führte serpentinengleich einen Hügelrücken hoch. Der Hügel, zu dem der Rücken gehörte, befand sich nördlich der Stadt. Von den zertrampelten Wiesen und Gräsern zu urteilen und der steinigen Erde, die entstand, weil kein Grashalm mehr so lebensmüde war, dort immer wieder niedergetrampelt zu werden, durften nicht sehr wenige den Weg zu Solarisauge nehmen.

Am Plateau selber befand sich jedoch nur mehr eine Person. Von den schulterlangen, zerzausten Haaren mit einer silbernen Lackierung beurteilte Vires schnell, dass es sich wohl um einen älteren Herren hantelte. Für eine Frau passte die Kleidung nicht. In Makelien war es Frauen untersagt Hosen zu tragen, sogar Gäste im Land wurden missmutig angeschaut, wie Vires. Nur weil man an der weißen Hautfarbe her erkannte, dass sie keine Einheimische war, wurde sie nicht gleich mit wüsten Beschimpfungen und Steinen beworfen. Aber je weiter es ins Reichsinnere ginge und der Hauptstadt, desto mehr wurde nichtmehr Rücksicht genommen, dass ihre Haut nicht olivfarbig war. In Langen hatte Vires schnell noch einen Rock gekauft, als sie hörte, dass es nach Lichterneck ginge. Die Beinverkleidung aus schwarzem Leder ruhte noch im Rucksack.

„Ho, guter Mann. Bist du Franz aus Schöneberg?“ stellte Konstantin direkt die Frage, als er an den Mann heran trat.

Vires machte sich schon bereit, dass der Mann weglaufen könnte, doch dieser machte keine Anstalten.

„Hallo.“ Nickte der Mann Konstantin zu. Kurz hielt er Inne, als er den hünischen Körper von Konstantin sah. „Ja, der bin ich.“ Langsam erhob sich der Mann, wobei es mehr dem Alter geschuldet war, als eine Provokation der Unhöflichkeit. „Dürfte ich fragen, warum Ihr mich das fragt?“

„Natürlich. Wenn ich mich vorstellen darf, ich bin Konstantin Markussohn und das sind meine Freunde Selfius Maliney und Vires.“

„Guten Morgen.“ Grüßte Selfius, während Vires nur nickte.

„Es freut mich eure Bekanntschaft zu machen. Setzt euch doch.“ Mit einer einladenden Handgeste deutete Franz auf die Wiese.

„Danke.“ Konstantin, wie auch Selfius nahmen die Einladung zugleich an und setzten sich zu ihm. Vires hingegen blieb noch etwas länger stehen und spähte über das Plateau. Die Wiese war nicht gerade hoch. Sie musste wohl von einem Gärtner regelmäßig gestutzt werden, vermutete sie. Von Bäumen war auch weit und breit nichts zu sehen, verglichen zu den dichten Wäldern aus Laubbäumen um sie herum. Vor sich über der Klippen hinaus konnte das Auge eine Felsformation sehen, die einem Auge glich, wohl wäre das das Solarisauge, wobei derzeit war es nur ein ovales Loch, denn Solaris war schon längst darüber hinweg empor gestiegen und schien vom wolkenverhangenen Himmel herab.

„Also, warum habt Ihr mich aufgesucht? Habe ich etwas falsch gemacht?“ Besorgnis erfüllte den Blick des Mannes.

„Nein, nein.“ Winkte Konstantin ab. „Aber ich muss fragen, ob du mit dem Schiff... der... mir fällt der Name nicht ein.“

„Muschelsammler." Selfius füllte die Wissenslücke.

„Ja, genau. Danke. Ob du mit dem Muschelsammler angereist bist?"

„Ja, das bin ich. Gibt es damit ein Problem. Hat der Alte Gunnar deshalb Probleme? Wenn er Strafe zahlen muss, dann, dann zahle ich für ihn sie." Vires war verwundert, der Mann meinte es wohl ernst.

„Deswegen sind wir nicht hier. Ich muss nur wissen, ob noch jemand am Bord war, der nicht zur Besatzung gehörte."

„Ja, da war noch jemand. Hat er ein Problem? Ist ihm etwas zugestoßen?"

„Das können wir noch nicht sagen. Kannst du uns sagen, wie er sich nannte oder wie er aussieht oder wo er hinwollte oder gerade ist?"

„Dürfte ich zuerst erfahren, was ihm zur Last gelegt wird?"

„Natürlich. In der Nacht, als ihr beide den Hafen verlassen habt, fand im Palast eine Feier statt."

„Der Geburtstag der Prinzessin." ergänzte Franz.

„Richtig. Bei der Feier wurde ein Anschlag auf die Prinzessin verübt."

„Das ist schlimm. Geht es der Prinzessin gut?"

„Ja, sie ist mit einem Schock davon gekommen."

„Das ist gut."

„Jedenfalls. Als der Anschlag verübt wurde, tanzte die Prinzessin mit einem Mann, der sich als Prinz Uldan aus Gelmön ausgab. Aus sicheren Quellen wissen wir, dass es nicht der Prinz war. Nach dem Anschlag war der Mann verschwunden und es gab nur den Weg mit dem Muschelsammler über das Meer."

„Dann kann es nicht Barden sein."

Konstantin merkte nicht, dass Selfius kurz die Augen aufriss. Vires merkte es nur, weil sie noch immer leicht Abseits von allen stand.

„Warum bist du dir so sicher?"

„Es würde nicht zu ihm passen. Er hat mir das Leben gerettet, als ich in Langen war... und auch auf den Weg nach Langen." Franz hielt kurz inne, als würde ihm etwas einfallen. „Nein, nein, nein." Franz schüttelte vehement den Kopf. „Er kann... ich kann mir nicht vorstellen, dass er jemanden tötet, sogar dort hat er niemanden getötet, obwohl er in Lebensgefahr war. Nein, das muss ein Irrtum sein."

Vires überzeugte diese Aussage nicht. In ihrer Zeit als Attentäterin hatte sie ein paar Leute getroffen, die niemals jemanden ein Haar krümmen würden, vielleicht sogar mal ein Bier ehrlich spendierten, ohne jeglichen Hintergedanken, doch sobald eine Person auf deren Liste war, hatten sie keine Skrupel und töteten ohne mit der Wimper zu zucken. Von solchen Personen wollte Vires nicht berichten, sonst hätte sie noch das Wort erheben müssen.

„Wenn er unschuldig ist, dann musst du uns helfen. Der König von Langen hat nicht nur uns entsendet, um nach diesen Barden zu suchen, sondern auch Leute, die weniger offen für neue Perspektiven sind. Es ist für uns sehr wichtig zu wissen, wo er ist, damit wir uns mit ihm unterhalten können. Auch wenn er nicht für den Anschlag verantwortlich ist, steht er doch damit im Zusammenhang. Vielleicht weiß er etwas."

„Ihr werdet ihm nichts tun?"

„Wir werden ihm nichts tun... aber wenn er wirklich den Anschlag verübt hat... dann kann ich es nicht garantieren."

„Er wird ihn nicht verübt haben, das werdet ihr erfahren."

„Das hoffe ich, also wohin ist er gegangen?"

Franz brauchte nicht lange zu überlegen: „Er ist bei Küstengipfel von Bord gegangen. Danach wollte er über Goldaderstadt in die Freimarschen. Zuletzt sah ich ihm in einem grünen Umhang und einem Schlapphut mit einer Feder, die einen Hutrand nach oben heftet."

„Danke für deine Hilfe." Konstantin erhob sich.

„Er wird es nicht gewesen sein, das werdet ihr sehen."

„Das hoffe ich." Vires erkannte es, dass Konstantin die Worte ernst meinte.

Auch Selfius stand auf und verabschiedete sich vom alten Mann. Vires nickte ihm nur zu und folgte den beiden Gefährten von ihr.

Selfius rieb sich mit dem Finger am Kinn und schaute nachdenklich auf den Boden.

„Was ist Selfius?" wollte Konstantin wissen.

„Nichts. Ich muss nachdenken... am besten bey eynem heyßen Bad. Dann erzähle ich es euch."

„Gut, dann ab ins Bad."

Gustav I

Wässrig, lasch und fad waren die richtigen Adjektive, wie man die Flüssigkeit im Teller benennen konnte. Die Köche behaupteten, dass es sich um Nudelsuppe handelte. Gustav würde das im Teller eher als geplättete Regenwürmer in abgestandenem Wasser bezeichnen, aber der Oberwachtmeister würde auch die Köche nicht als diese ausweisen, sondern als Folterknechtlehrlinge, die ihre Künste in der Küche verfeinerten.

Gustav seufzte und dünkte den Löffel in das gelbe Wasser. Dreißig seiner fünfundvierzig Solariszyklen kam er in den Genuss solcher wundervollen Speisen. Die Ränge vom Rekrut zum Oberwachtmeister wurden zwar besser, jedoch das Essen... So ging es jedem, der sich in der Kantine des Militärstützpunktes von Rubinburg eingetroffen hatte. Dafür brauchte er nicht in die gefolterten Gesichter der fünfzig Soldaten zu schauen. Wer dieses Essen überlebte, der überlebte auch die Nachtpatrouille.

„Grui Sie wohl, san Sie, da Oberwachtmeister Gemmerer?" stellte eine freundlich klingende Männerstimme die Frage.

Da es der Zufall so wollte und Gustav nicht nur Oberwachtmeister war, sondern auch noch Gemmerer mit Familienname hieß, konnte es nur auf die Frage eine einzige Antwort geben: „Wenn`s sein muaß."

„Wenn i mi vorstellen dürfte, i bin da Hans vom Großhorn und bin heit, Ihnen unterstellt."

Gustav hob den Kopf und betrachtete den Mann. Er war ein junger Mann mit kurzen gepflegten Haaren. Endlich mal ein Neuling, der weiß, wie man als Soldat auszusehen hatte. Frisch rasiert und die grüne Uniform saß wie angegossen. Es schaute nicht mal ein Stoffzipfel aus dem gegürtelten Hosenbund raus. Verglichen zu den arrivierten Soldaten bekamen die Neulinge nur gepolsterte Stoffkleidung zum Schutz ihres Leibes. Die metallenen Panzerungen an den Schultern, Unterarmen, Rumpf und Oberschenkel blieb den höher gestellten Soldaten, wie Gustav, als Privileg. Das Reich Goldan hatte einfach nicht genügend Geld, um alle Soldaten mit Eisenpanzerungen auszustatten. Zu schnell war die Einberufung von Milizen und Freiwilligen gewesen. Der Aufstand der Bürger in vielen Teilen des Reiches kam ja auch so schnell wie unerwartet. Dieser Hans dürfte wohl auch so einer sein, der wohl den Zehntag Schnellkurs beim Militär absolviert hatte, weil Gustav dieses Gesicht komplett unbekannt vorkam. Vor allem der naive Blick aus den braunen Augen zeigte, dass er noch kein Schlachtfeld je sah.

„Und was willst?" seufzte Gustav mehr als er fragte.

„I würd´ mi zu gerne zu Euch setzen, wenn`S gestatten."

„Warum?"

„Weil i gern mehr erfahren mecht, was wir heit machen." Weiterhin schauten die strahlenden Augen auf Gustav herab.

„Na guat. Setz di."

Hans nahm gegenüber von Gustav Platz und begann das Wasser zu löffeln, als wäre es wirklich eine köstliche Nudelsuppe.

„Ist es heit dei´ erste Mission?"

„Ja, i bin ganz aufgeregt. I hoff, i verhau´s nit."

„Das hoff i auch, sonst bist du tot." Gustav musste Hans von den romantischen Geschichten des Soldatendaseins wegbringen und da musste dieser Anstoß her. Der Junge musste verstehen, um was es ging.

Hans hielt kurz inne und senkte den Blick: „Ja, i weiß."

„Nein, tuast du nit." Sagte Gustav im gelassenen Tonfall. Der Oberwachtmeister war schon immer der Meinung, dass ruhige Worte eindringlicher waren als Gebrüll, dafür mussten die Worte gut gewählt werden. „Erst wenn du mal, jemanden in Händen sahst, wie des Blut mit jedem Herzschlag aus dem Mund gepresst wird. Sein Körper einen verlorenen Kampf gegen Nekro bestreitet. Dann hast du eine Ahnung, um was es geht."

Hans nickte mit mitfühlendem Blick.

„Aber des ist nit das Schlimmste. Auf an Schlachtfeld – Soldat gegen Soldat – da gibt es Regeln. Wir sind auf anderen Seiten, aber sind doch gleich. Wir sind Soldaten. Wir wissen, wie sich Schmerz und Wunden anfühlen. Egal wer, wir würden niemals jemanden aus Spaß quälen. Wir haben einen Kodex. Wenn ein feindlicher Soldat im Sterben liegt und nach Luft röchelt, dann haben wir die Pflicht ihn von den Qualen zu erlösen und die Kehle zu durchschneiden. Kein Soldat würde jemandem Sterben lassen. Verbündete Verwundete werden ins Lazarett geschafft. Feindliche werden erlöst. Ehrbar nit?"

Hans schien, wie von Gustav gewollt, in die leicht romantisierten Krieg zu wandern, um jetzt nochmals mit der Realität zu konfrontieren.

„Des ist nit so ein Krieg. Dieser Krieg ist brutal. Du hast es draußen nit mit Soldaten zu tun, sondern mit Dämonen, die dich zerstören wollen. Ein Soldat weiß, dass du nur eine Marionette des Adels bist und hegt keinen Groll gegen dich, weil sie ja genau dasselbe sind, aber die, auf die wir in den nächsten Tagen treffen… Sie hassen dich. Ihnen ist es egal, dass wir nur Marionetten des Adels sind, dass wir auch nur unsere Arbeit verrichten, wie ein Bäcker, ein Schürfer oder Bergarbeiter. Unsere Aufgabe ist es den Frieden zu wahren, das Volk zu beschützen – nicht die dort. Die sind nicht mehr das Volk. Das sind wildgewordene Bestien, die nur mehr auf Zerstörung aus sind. Noch geht ihre ganze Aggression auf uns, weil wir die Speichellecker des Adels sind und weil sie nicht an den Adel heran können, deshalb konzentrieren sie den Hass noch auf uns, aber irgendwann wird es Angriffe auf einfache Bürger geben, auf Händler, Wirte und was weiß ich noch. Wir sind verpflichtet diese Leute zu schützen, darum darfst du niemals Skrupel haben, jemanden von ihnen zu töten, denn sie würden Schlimmeres mit dir machen. Sie sind keine Soldaten. Sie sind von hasszerfressene Menschen und solche Personen sind zu allem fähig. Sie würden dich bei lebendiger Haut schlachten. Das muss dir immer bewusst sein. Is dir des klar?"

Hans nickte mit gesenktem Blick.

Das Essen oder die Vertilgung der Folterversuche der Köche war beendet und zu Gustav gesellten sich weitere Personen dazu, zwei Männer und zwei Frauen. Ein Mann und eine Frau trugen auch Eisenpanzerungen, jedoch bedeckten sie nur das Herz und die Halsschlagader. Die beiden Menschen mit der Panzerung hießen Leopold und Melanie. Sie dürften kaum mehr als den Rang eines Gefreiten haben, dachte Gustav. Die beiden Rekruten neben Hans hießen Johannes und Greta. Es war wichtig die Namen seiner Mitstreiter zu wissen, wenn man um Hilfe schrie, weshalb es Gustav hasste, dass immer wieder neu zusammengestellte Gruppen in der Nacht patrouillierten, aber fast täglich wurde kampferprobte und erfahrene Soldaten in die Hauptstadt abberufen, während die Neulinge hierher gebracht wurden. Rubinburg lag an der Ostgrenze des Reiches, als Grenzstadt zu dem narmonischen Reich. Die meisten Angriffe fanden jedoch nahe der Hauptstadt oder im Westen statt, wo alles begann. Es würde jedoch nicht lange dauern und auch hier würden immer mehr Leute sich den Aufständen anschließen. Wegen des permanenten Wechsels der Gruppenmitglieder, merkte sich Gustav schon gar nicht mehr das Aussehen seiner Mitglieder. Sie waren so austauschbar, wie jeder andere.

Die Gruppe hatte sich zu Ende vorgestellt und gegessen... also das Essen fertig gegessen, deshalb begaben sie sich zur Waffenkammer.

„Was für Waffen wollt`s?" frage der Waffenkämmerer, als die Gruppe zu ihm trat.

Leopold und Johannes nahmen sich wie Gustav ein Kurzschwert und Schild und einen Bogen. Es war die beste Waffenkombination, fand Gustav. Das Schwert war einfach im Nahkampf die beste Waffe. Ein geübter Schwertkämpfer, wie Gustav konnte damit nicht nur Gegner verletzten und töten, sondern auch hervorragend sich verteidigen, somit hatte er mit dem Schild sogar zwei Verteidigungswaffen.

Die beiden Frauen nahmen sich jeweils noch kleinere Speere zu dem Schild und Bogen. Gustav konnte nichts mit Speeren anfangen. Natürlich dienten sie damit den Gegner auf Distanz zu halten, jedoch war eine Mistgabel dafür auch geeignet und sogar tödlicher und effizienter, aber das waren Waffen des einfachen Volkes und nicht die eines Soldaten, jedoch waren das die Waffen, auf die sie treffen würden.

Hans brauchte am längsten, um zu überlegen, was er zur Patrouille mitnehmen sollte.

„Nimm des, was man dir beigebracht hat." Gab Gustav den Rat. Wenn Hans wirklich nur einen Zehntag Ausbildung genoss, dann konnte man sicher sein, dass er nur mit einer Waffe geübt hatte und das nur soweit, dass sie bei der ersten Parade nicht gleich aus der Hand fiel. An das Bogenschießen würde er nicht einmal denken. Es würde schon von Glück sprechen, wenn der Pfeil in die Richtung fliegen würde, wohin er auch zielte.

Es verwunderte Gustav nicht, dass er sich auch für das Kurzschwert und den Rundschild entschied.

Die Nacht war hereingebrochen und mit dem Leuchten der abrundenen Luna und der Hälfte der voller werdenden Selúne begann auch die Sperrstunde. Es durfte kein Bürger der Stadt mehr auf der Straße sich aufhalten, als würden Aufstände nur in der Nacht passieren.

Die Gruppe um Gustav herum wanderte über die Pflastersteine der Prachtstraße, wo normalerweise auch noch spät in der Nacht reger Betrieb herrschte. In den Schänken würde man das Grölen und das Klirren von Gläsern hören, doch derzeit herrschte Ruhe, Stille. In den Häusern sah man das flackernde Licht durch die Fenster scheinen. Die Temperatur war schon so tief gefallen, dass kein Fenster mehr offen stand. Im Laufe der Nacht würde Gustav irgendwann seinen eigenen Atem sehen, der mit jedem Atemzug aus seinem Munde entwich. Es wäre der erste Vorbote, dass bald der neue Tag begann.

„Wie konnt´ es nua so weit kommen?" fragte Hans in die Gruppe hinein. Er und Greta waren von Gustav auserkoren, die Fackeln zu tragen. Die Straßenlaternen spendeten kein Licht, da es der Bürgermeister nicht für nötig hielt die Kerzen anzufachen. Es sollte sowieso niemand auf den Straßen sein, weshalb beleuchtete Straßen ja nutzlos wären. Gustav gefiel es nicht, da er keine zwanzig Meter weit sehen konnte und so auch niemanden in der Dunkelheit sah, hingegen sie waren für Jedermann sichtbar, denn sie mussten Fackeln tragen, damit die Bürger sahen, dass die Soldaten patrouillierten, wie auch die Aufständischen. So waren sie leichte Beute, aber was der Bürgermeister befahl, dass musste eingehalten werden, vor allem, wenn der Befehl auch vom Herzog kam, der ihn wiederum vom König erhielt.

„Was meinst?" fragte Gustav zurück

„Na, des alles hier?"

Melanie erhob vor Gustav das Wort: „A Depperter, der moant, was Besseres zu sein und die Weisheit g'fressen zu haben und moant er misst den Thron besteigen."

„Moant ihr, er wird's schaffen?" Gustav erschrak bei Hans Worten.

„Sag sowas nit laut. Ein paar Adelige wie Offiziere würden di dafür glei' einsperren."

„`tschuldige."

„Und zu dei' Frag'" Johannes wollte diese beantworten „Die meisten Aufstände und Rebellionen führen zu nichts. Sogar wenn der König fällt, durch einen Aufstand, ist selten der an Macht, der den Aufstand anzettelte oder nur sehr kurz. Meistens wird es eine hochrangige Person aus der vorigen Regierung oder der, der dem König nahe stand und der ganze Scheiß war umsonst."

„Also ist all's umsonst?"

„Nit ganz. Der Nachfolger lernt aus den Fehlern des Vorgängers, die zur Rebellion führten und begeht diese nit."

„Das ist gut." War Hans erleichtert.

„Er macht dafür andere Fehler." ergänzte Leopold.

„Genau." Pflichtete Johannes bei.

Hans grübelte über die Diskussion nach, während Greta sich bei Gustav erkundigte: „Wo gemma denn hin?"

„Zuerst die Palisade entlang, ob alles passt, dann durch die Gassen." Wie gesagt, erreichten die Gruppe auch das drei Meter Holzkonstrukt, dass innerhalb von fünf Tagen um die ganze Stadt aufgebaut wurde. Alle Zweihundert Meter ragte innerhalb der Palisade ein Holzturm in die Höhe, von dem nächststehenden Palisadengebilde blitzte in einem unregelmäßigen Rhythmus Licht.

„Was bedeutet das?" fragte Hans nach.

Gustav packte aus der Hängetasche an der Schulter eine geschlossene Handlaterne heraus, weshalb Leopold antwortete. Er hatte wohl schon Nachtrunden gedreht gehabt: „Des war a kodierte Nachricht an uns."

„Und wie hieß sie?"

„I weiß es nit. Nur hohe Offiziere wissen den Code."

„Alle Zugführer." Verbesserte Gustav, während er mit dem Öffnen und Schließen der Klappe der Laterne seine Lichtsignale zum Turm sandte.

Es herrschte Schweigen, während dem Gespräch der beiden Lichter, deren Geräusche nur das leichte Quietschen der Laternenscharniere war.

„Wir müssen zu 'nem Lager. Dort sehen sie Licht brennen. Vielleicht sind es nur Jugendliche, die gegen die Ausgangssperre verstoßen. Wir müssen dennoch hin."

Auch trotz des Auftrages zum Lager in der Nähe zu gehen, führte Gustav die Truppe durch die dunklen Gassen der Stadt, doch außer ein paar miesgelaunten Katzen, weil die Gruppe mit ihrem Auftauchen die Ratten verscheuchten, gab es nichts zu sehen. Die Katzen hatten die Erlaubnis auch nach Einbruch der Nacht weiter auf den Straßen zu flanieren, deshalb mussten sie keinen Haftbefehl für die Jäger der Nacht ausstellen.

Im Lager, das laut Tafel für das Speichern von Korn gedacht war und deshalb eigentlich ein Kornspeicher war und kein Lager, flackerte wirklich Licht. Gustav befahl den ersten beiden, die er sah, in dem Fall Leopold und Hans, um den Speicher zu gehen und durch die Fenster zu spähen, ob sie etwas sahen.

Melanie und Johannes hatten den Auftrag den Vordereingang aus versteckter Position zu überwachen, ob jemand rein ging oder nicht. Gustav nahm Greta mit, um über die andere Seite zum Hintereingang zu gelangen.

Beim ersten Fenster spähte Gustav hinein, doch außer dem flackernden Licht auf den Wänden konnte Gustav vor lauter Stroh nichts sehen. Weil die Fenster von innen verschlossen waren, konnte der Oberwachtmeister auch nichts hören, ob sich oder wie viele Leute sich drinnen befanden.

„Und?" wollte Greta wissen.

„Nix. I seh nix." Mit langsamem Schritt ging Gustav weiter. Der Oberwachtmeister war gewohnt mit den Eisenplatten zu schleichen, weshalb er keine merklichen Geräusche verursachte und gleich leise war wie die nur in Stoffuniform gekleidete Greta. Gustav konnte vor lauter Stille, sogar schon den Herzschlag und den schweren Atem von Greta hören. Ein typischer Anfängerfehler dachte sich Gustav. Immer wenn Menschen versuchten Leise zu sein, begannen sie schwerer zu atmen, weil sie immer wieder unbewusst die Luft anhielten, damit sie ja keine Geräusche machten, derweil war die normale Atmung doch schon leise genug.

An der Hausecke blieb Gustav stehen und spähte um diese. Kein Wachposten war zu sehen. Es durften wohl nicht viele Personen sein, wenn kein Wachposten aufgestellt wurde, zumindest verminderte es die Vermutung, dass es Menschen wären, die einen Aufstand planten, da waren Wachen einfach unvermeidbar.

Leopold und Hans kamen von der anderen Seite.

„Und?" stellte Gustav die meistgestellte Frage in solchen Situationen.

„Nix. I konnt nix sehen. Des Hei is im Weg." Antwortete Leopold.

„Dann müss ma rein." Stellte Gustav fest.

Gustavs Augen wanderten über die Fassade des Speichers. Drei Meter über den Vieren gab es Fenster durch das sie eindringen konnten. Aber wie die Fenster aufbekommen, ohne zu viele Geräusche zu verursachen? Außerdem kamen sie nicht hoch, außer mit einer Räuberleiter.

Hans öffnete die Tür.

„Wie?"

Hans zuckte nur die Achseln bei Gustavs Frage.

„Gut, Fackeln aus. Wir gehen rein." In der Regentonne löschte Hans seine Fackel, während Gustav seine Laterne verschloss.

Der modrige Geruch vom alten Stroh wehte der Gruppe entgegen. Ein Temperaturanstieg von mehreren Grad Celsius erwärmte den Innenbereich des Speichers. Es war kein Laut zu vernehmen. Wie auch schon draußen teilten sich die Viere in die gleichen zwei Paaren auf. Nur weil niemand zu hören war, hieß es nicht, dass auch niemand dort wäre, darum gab Gustav den flüsternden Befehl sich durch das Labyrinth aus Strohhaufen und -ballen zu schleichen.

Gustav hatte immer mehr ein mulmiges Gefühl. Etwas stimmte hier nicht. Mit jedem Schritt über den Steinboden wurde das Gefühl stärker und stärker. Vor allem die Stille passte nicht. Am liebsten wäre er zum Ursprung des Lichtes gerannt, doch seine Erfahrung riet ihm davon ab. Wie oft mussten Leute sterben, weil sie zu sicher waren, dass niemand sich an einem Ort befand und deshalb unachtsam wurden. Vor allem mit Rekruten und Gefreiten musste Gustav nichts an seiner Aufmerksamkeit verlieren. Kein Geräusch, kein ungewöhnlicher Schatten, nichts, sie werden – es war nur menschlich – ihre Achtsamkeit mit jedem Schritt verlieren.

Gustav und Greta hatten die Quelle des Lichtes erreicht. Mit einem kurzen Drüberlinsen über einen Heuballen stellte Gustav fest, dass dort Holzkisten in einem Kreis standen. In mitten des Kreises brannten Kerzen von einem Kronleuchter, der dort nicht hingehörte. Es war außer den Gegenständen nichts zu sehen. Kein Mensch oder andere Rasse. Niemand, der irgendwelche Pläne schmiedete, um den König vom Thron zu jagen. Noch einmal machte Gustav einen Rundumblick, doch er entdeckte niemanden. Warum? Was ist hier los? Warum brennt dieser Kronleuchter dort? Wollte jemand das Heu abbrennen? Nein, das ging nicht, weil die Schutzkappen auf den Armen angebracht waren. Zuerst würde das Feuer ausgehen, bevor es das Stroh entfachen konnte. Was ist hier los?

Greta blieb schweigsam an Gustavs Seite, wahrscheinlich bemerkte sie die vielen Fragen in den Gesichtszügen und wollte ihn nicht beim Denken stören, sondern wartete nur auf die nächsten Befehle.

Gustav gab es auf. Er kam auf keine Lösung. „Löschen wir die Kerzen und gemma." Kam er aufgebend zum Entschluss. Noch als sich der Oberwachtmeister erhob, erloschen die Lichter von selbst. Wie? Dachte Gustav in die plötzliche Dunkelheit hinein. Die Augen blickten sich überall herum, doch nur Schwärze konnten sie wahrnehmen. Da erklang eine erstickende Stimme von einer Frau hinter Gustav. Der Oberwachtmeister konnte nicht feststellen, ob es von Greta stammte, denn er selbst spürte einen Schlag an der Schläfe und würde wohl, auch wenn die Kerzen nicht erloscht wären, nur schwarz sehen, denn er verlor sein Bewusstsein.

Am nächsten Morgen weckte eine schwarzhaarige Frau mit gleicher Hautfarbe Gustav. Er brauchte etwas um sich zu erinnern, dass es sich um Greta handelte. Im Laufe des Morgens fand sich bis auf Hans und Johannes die Gruppe wieder, was aus den beiden wurde, wie auch mit der Laterne, die Gustav bei sich trug, würde der Oberwachtmeister niemals erfahren. Beide Männer waren wie durch das Dämonentor gefallen, einfach verschwunden. Es sollte sich nie aufklären, was in dem Speicher vorgegangen war.

Werte Hoheit Prinzessin Dorothea von Langen,
im Namen Konstantin Markussohn, Vires Frei und meiner Wenigkeit, Selfius Maliney schreibe ich Euch an, um den Fortschritt, bei unseren Bemühungen Prinz Uldan aus Gelmön wieder zu finden, Ihnen zu berichten.
Leider muss ich schon am Anfang meines Briefes Ihnen bedauernd die traurige Mitteilung überbringen, dass es um die Person, die nach dem Zwischenfall im Ballsaal verschwand und mit Ihnen getanzt hatte, nicht um den zweiten Prinzen von Gelmön handelt. Nach langer und ausgiebiger Recherche fanden wir heraus, dass zu allem Bedauern das Schiff, mit dem der Prinz zu Euch gelangen hätte sollen, wirklich untergegangen war und es auch leider keine Überlebenden gab.
Wer nun die Person war, mit der Sie getanzt hatten, ist zum jetzigen Zeitpunkt noch unklar, doch wir haben eine brauchbare Spur gefunden, die uns zu dem Mann führt. Wir werden Ihnen sobald wie möglichst die Identität des Mannes preis geben und selbstverständlich ihn an den königlichen Hof bringen, um aufzuklären, wie er mit dem Anschlag auf Ihr Leben in Zusammenhang steht.
Wie versprochen, erfolgt der nächste Brief in spätestens einem Lunazyklus. Sollten wir den Mann aufspüren, würde natürlich ein verfrühter Brief folgen.
Untergebens, Ihre Diener,
Konstantin Markussohn, Vires Frei und Selfius Maliney

Selfius graublaue Augen überflogen die Zeilen des Briefes. Hätte er den Namen Barden erwähnen sollen, stellte sich der Elf die Frage, während die Tinte auf dem Papier trocknete. Von draußen strahlte Solaris durch das Fenster in das Zimmer des Gasthauses. Selfius war mit seinen Gedanken ganz allein. Vires und Konstantin hatten ihn allein gelassen, damit er den Brief verfassen konnte. Die filigrane Schrift mit den geschwungenen Buchstaben war für das Leserauge erträglicher als die der beiden Anderen, fand Selfius auch. Es wäre auch fatal, wenn nicht, denn in seinem Studium hatte er es ja gelernt. Wo war er nochmals stehen geblieben... ach ja, Barden.
 Der Elf lehnte sich im Stuhl zurück und griff sich kratzend an das Kinn. Eine elegante Pose, die einem jeden suggerieren sollte, dass gerade wichtige Gedanken durch ein Gehirn gejagt wurden. Auch diese Haltung wurde im Studium gelehrt, bis sie natürlich wirkte. Die Reposition und die Schönheit waren für die hochelfische Kultur das Wichtigste auf der

Welt, denn es zeigte von Größe und Zivilisation und unterschied die Elfen von den Wilden. Deshalb vollführte er jede Position so aus, dass sie für Gemälde geeignet schien. Ein Maler hätte, ohne Korrektur nehmen müssen, Selfius bei jeder seiner Handlungen malen können.

Es war etwas faul. Irgendwas passte nicht zusammen. Es konnte nicht Barden sein oder war der Name unter Menschen geläufiger? Den einzigen Mann, den Selfius unter den Namen kannte war ein begabter Troubadour. Seine Werke waren unter den Hochelfen mehr als beliebt. Im Tanzunterricht gab es nicht nur eine Komposition, die sie lernen und studieren mussten. Die Melodie des Nachtigallenflugs drang wieder in Selfius Ohr. Wie von unsichtbarer Hand aufgefordert, erhob sich der Elf und vollführte die Tanzbewegungen. Normalerweise war es ein Standarttanz eines Paares, doch wegen Ermangelung solch einer Person, stellte sich Selfius seine Partnerin vor, genau genommen Valeria, mit der er einst den Flug beging.

Selfius erinnerte sich an die blassblauen Haare, wie die eines frühen Morgenhimmels, die bei den Drehungen seinen Horizont vollkommen einnahmen. Durch die Melodie und den voluminösen Haare wirkte es als würde Selfius zu einer Nachtigall werden, die durch den morgendlichen Himmel schwebte. Schwebte war das richtige Wort. Jede Note war wie der Wind, der der Nachtigall unter den Flügeln wehte. Nur waren die Flügel in diesem Fall die Füße. Ein Vogel musste meist kämpfen, um in der Luft zu bleiben, außer der Aufwind half ihm. So war es auch bei der Melodie. Stundenlang konnten die Füße im Takt sich bewegen, ohne zu ermüden. Ein Mann, der so einfühlsame und sinnliche Kompositionen schreiben konnte, konnte nicht der Mann sein, der einen Mordanschlag verüben würde... vor allem nicht bei einem Tanz. Es konnte nicht dieser Barden sein, außerdem schrieb er seine melodischen Ergüsse vor über zweihundert Solariszyklen, als er in Renoncé lebte. Selfius erinnerte sich an die Gemälde, die die damaligen Maler von Barden angefertigt hatten. Ein paar zeichneten ihn als Elfen mit weißem Haar, andere ihn als Menschen, manche zeichneten ihn sogar als menschliche Frau, doch diese Werke waren von jüngerer Natur.

Die Ungereimtheiten über Barden ließen Selfius nicht los. Im Bad hatte er auch mit Konstantin über sein Wissen über Barden gesprochen. Selfius hielt im Tanz inne und passend dazu vor dem Fenster durch das er hinausblickte, als würde er dort die Antworten finden, die ihm Konstantin nicht zu geben vermochte. Es konnte sein, dass der Mann nur den Namen als Scheinidentität benutzte, was aber ein späteres Ereignis am Tag nicht erklärte. Selfius zeichnete ein Bild des damaligen Komponisten aus seinen Gedanken heraus. Tanz und Darbietung waren immer schon Selfius Steckenpferd beim Studium gewesen und nicht die malerische Kunst, aber man konnte einen Menschen darauf erkennen. Franz, der den angeblichen Barden ja gegenüber gestanden war, erkannte nicht nur einen Menschen auf dem Ganzfigurbild, sondern tatsächlich den Barden, mit dem er gereist war, samt Schlapphut mit Feder und grünen Umhang.

Ein Ganzfigurbild würde so mancher Maler auch von Selfius anfertigen, so wie er am Fenster stand. Der Blick nachdenklich und zugleich in der Ferne nach Antwort suchend.

Die blonden Haare schimmerten dank Solaris Hilfe wie ein Wasserfall aus hellem Gold bis zu dem Schultern herab. Wer war dieser Mann namens Barden? Konnte es Zufall sein, dass er so aussah, wie auf dem Bild? Vielleicht waren Selfius Künste nicht gut genug und alle Menschen sahen bei seinen Bildern gleich aus? Aber wenn es wirklich der Barden von vor zweihundert Zyklen war... nein, das konnte nicht sein, warum hätte es so viele Varianten von Bardenzeichnungen geben sollen? Es gab zwar Maler, die gerne Alternativen zur Realität zeichneten, wie zum Beispiel einen Mann so zeichneten, wie er als Frau aussehen könnte oder als Elf, aber... Wäre er wirklich zweihundert Zyklen alt, wären vor allem die Drow, schon längst auf seinen Spuren, um zu erfahren, wie er so alt werden konnte. Einst sollten ja Elfen wirklich so alt, wenn nicht sogar noch älter, geworden sein. Ach, was dachte sich Selfius dabei. Bestimmt war der gesuchte Barden nur ähnlich gekleidet wie der Barden auf den Gemälden und Selfius war einfach kein so guter Zeichner, um die Unterschiede deutlicher hervor stechen zu lassen. Es waren ja auch schon fünfzehn Zyklen her als er zuletzt die Bilder sah, aber wenigstens diente Selfius Bild dazu, leichter den flüchtigen Mann zu finden, da er anscheinend Ähnlichkeiten mit dem Gesuchten aufwies.

Konstantin und Vires kehrten in das Zimmer, wo Selfius noch sich mit Fragen beschäftigte, zurück. „Hast du den Brief fertig?" wollte Konstantin wissen.

„Ja, er liegt auf dem Tisch." Mit eleganter Drehung, wie er es nicht anders konnte, wandte er sich zu seinen Freunden herum.

„Ich frage mich immer, wie du es schaffst so schön zu schreiben. Ich würde Solariszyklen für einen Satz brauchen."

„Ich habe es studiert." Mit tänzerischen Schritt ohne ein Geräusch mit den harten Sohlen auf dem Holzboden zu hinterlassen, begab er sich zum Duo „Wir müssen es nur noch versiegeln, dann können wir ihn verschicken. Habt ihr etwas über Barden herausgefunden."

„Jemand hat ihn dank deinem Bild erkannt. Er hat es aus Goldan herausgeschafft und ist auf den Weg in die Freimarschen."

„Ist der Jemand glaubhaft."

„Mit etwas Überzeugung wurde er glaubhaft" lächelte Konstantin schelmisch.

Remir I

„... und wenn sie nicht gestorben sind, dann leben sie noch heute." Beendete Remir das Märchen mit dem altbewerten Schlusssatz und symbolisch dazu klappte er das Buch zusammen. Die dunklen Augen, die der schon hereingebrochenen Nacht glichen, betrachteten die beiden wichtigsten Sachen in Remirs Leben.

„Das war schön, Papa." gab Tianos seine Kritik über das Märchen preis.

„Ja, vor allem die Stelle mit dem Drachen… und wie Frederic ihn austrickste. Das war witzig." Ergänzte Tigano die Kritik seines Bruders.

Viele mochten die beiden Kinder, die gerade mal ein Zyklus voneinander getrennt waren, äußerlich nicht unterscheiden. Beide hatten schwarzes gelocktes Haar und große runde Augen, die voller Erwartung, wie es in den Geschichten weiterginge, ihren Vater anstrahlten. Dazu kam noch ein unschuldiges Lächeln, das niemals vergehen sollte, auch wenn Remir wusste, dass es irgendwann geschehen würde.

„Mir gefiel die Stelle, aber mit der Prinzessin, die Frederic endlich ihre Liebe gestehen durfte, besser." Tianos war schon immer der Romantischere von beiden. Auch wenn er selbst nicht viel von der Liebe wissen konnte, mit gerade mal sieben Solariszyklen.

Tigano gab nur ein würgendes Geräusch von sich, das als Kommentar genügend sollte.

Remir musste zur würgenden Randbemerkung des Jüngeren nur schmunzeln. „Jetzt legt ihr euch aber schön schlafen und träumt von euren Heldentaten."

„Aber wir sind nicht müde." opponierten beiden im Chor.

„Ja, sicher." Stimmte Remir zu und pustete die Kerze auf dem Nachtkästchen zwischen den Betten aus „Und nun schlaft jetzt." Er kannte seine Söhne besser als sie selbst. In wenigen Momenten würden beide tief und fest schlafen.

„Bitte, nur eine Geschichte." Bat Tigano.

„Ja, nur eine." Unterstützte Tianos seinen jüngeren Bruder.

„Ja, aber erst morgen. Und nun schlaft."

„Gute Nacht, Papa." Verabschiedeten sie immer noch etwas missmutig ihren Vater, während dieser aus dem Zimmer ging und die Kleinen in die Traumwelt verschwanden.

„Gute Nacht, ihr beiden." Remir schloss die Tür hinter sich. Er genoss die Zeit mit seinen Kindern. Jede Sekunde am Tag würde er am liebsten mit ihnen verbringen. Sie waren gute und rechtschaffene Jungen, doch wie lange noch. Remir betrachtete das Buch in seinen Händen. Fünfhundert Seiten zwischen den Einbänden gepresst. Die Seiten waren gefüllt mit Geschichten und Märchen, Legenden und Sagen. So unterschiedlich die Geschichten auch waren, hatten sie doch eines gemeinsam. Das Gute siegte immer. Entweder mit Stärke, Hinterlist, Schläue oder mit Tugend und Liebe. Es siegt immer das Gute, daher erkannte man, dass es Märchen waren und nicht der Realität entsprach. Im wahren Leben siegte selten das Gute und wenn mit sehr vielen Verlusten oder Kompromissen.

Remir wandte sein Gesicht gen Spiegel. Im flackernden Licht der Kerzen innerhalb der Wandlaternen sah Remir ein Gesicht, das mit Falten überzogen war. Zum Glück waren sie für viele Leute nicht deutlich erkennbar. Es hatte doch seine Vorteile eine dunkle Hautfarbe zu haben. Seit die beiden Kinder auf der Welt waren und einst die gleiche Glatze trugen, wie Remir, erzählte er jeden Abend zum Schlafengehen eine dieser Geschichten. Die Kinder würden früh genug von der kalten Hand der Realität gepackt werden, doch bis dahin sollten sie glauben, dass mit Rechtschaffenheit und Tugend jedes Problem und das Böse besiegt werden konnte. Vielleicht waren sie es ja, die eines Tages die Märchen zur Realität machten, in der immer das Gute siegte... dieses Märchen erzählte sich Remir immer wieder, vielleicht würde er selbst einmal daran glauben.

Remir zog seinen Mantel an und setzte seinen Hut auf, da er schon vom Fenster das Prasseln des Regens vernommen hatte. Der Regen begrüßte ihn, als Remir aus der Türe trat. Vielleicht würden seine Söhne eine bessere Welt erschaffen, weil sie die Märchen als ihren Kodex und Leitsatz ansahen... vielleicht, doch bis dahin... bis dahin, lebte man hier in den Freimarschen, frei von Edelmut, Tapferkeit und Nächstenliebe. Man gab diesem Land den Namen narmonisches Reich, ganz nach dem Reich aus der Zeit der Götterkriege, als einst die dunkelhäutigen Menschen in Freiheit und nicht in Sklaverei durch die Orks lebten. Ob es wohl damals auch so war, dass man keine dunkle Gasse anschauen konnte, ohne zu wissen, dass dort einst eine Straftat begangen worden war. Die Freimarschen hatten viele Gassen. Wer eine davon betrat wusste, dass es eine fünfzig prozentige Möglichkeit gab, dass man bestenfalls nur sein Hab und Gut verlor.

Das waren aber nur die Verbrechen von denen man wusste und die man mit vermeiden solcher Orte verhindern konnte. Die Taschendiebstähle am Markt waren da schon Gewohnheit, die gehörten fast schon zum Marktbesuch, weshalb mancher Kunde selbst ein paar Händler unbezahlt, um seine Waren erleichterte. Wer sich nun fragte, was die Hüter des Gesetzes dagegen unternahmen, die machten Nichts. Da die Diebe, doch am meisten Geld hatten, dank den Diebstählen, konnten sie die korrupten Hüter mehr Geld anbieten, als der Kläger, dem nun die passende Summe fehlte. Jeder war und ist auf sich allein gestellt, wer nicht bestohlen werden wollte, musste selbst stehen, um für Ausgleich in der Geldbörse zu sorgen.

Remir verließ den Markt. Es war außer ihm niemand mehr zu sehen. Es war schon Nacht und der prasselnde Regen ließ den Drang sinken, sich aus den geschützten Vierwänden zu begeben, denn Einbrüche gab es in den Freimarschen kaum bis gar nie. Die Schutzvorkehrungen waren zu... tödlich für die Eindringlinge.

Eine dunkle Gasse, die sogar unter Solarissegen schwarz wie die Nacht war, sollte das nächste Ziel von Remir lauten. Nichts war zu sehen nur Schwärze. Nichts war zu hören, nur der Regen auf den Pflastersteinen. Remir nahm seinen Hut ab, löste das Hutband und auch wenn er es nicht sah, so fühlte er doch das darunter liegende Metall. Es war aus Gold gefertigt und fünf Edelsteine zierten die Umrundung. Ein Saphir, ein Rubin, ein Smaragd, ein Diamant und ein Topas. Remir löste den goldenen Ring und setzte ihn gleich wie eine Krone auf den Kopf, dann öffnete er die Tür, die man nicht sehen konnte, von der man nur wusste, wenn man schon öfter durch diese gegangen war, und ging hinein.

Vielleicht, vielleicht würden seine Kinder mit Tugend und Rechtschaffenheit die Welt oder das narmonische Reich verändern, aber bis dahin, war jeder sich selbst am nächsten und man musste schauen, wie man ohne Hilfe das Beste aus seinem Leben machen konnte.

Kaum hatte der Schwarzfuchs seine namensgebene Maske aufgesetzt, schon stand der Bücherwurm vor ihm. Schwarzfuchs wie auch Bücherwurm waren natürlich nicht die wahren Namen der beiden Männer. In der Diebesgilde der Freimarschen kannte niemand den echten Namen des anderen, wie auch dessen Gesicht. Jedes Mitglied trug eine Gesichtsmaske, die seinen Namen repräsentierte. Bücherwurm trug eine graue Maske, die serpentinenhaft ihren Schlangenkörper über das Gesicht schlängeln ließ. Kein Gildenkönig nannte jemals Bücherwurm Bücherschlange, so auch Schwarzfuchs nicht. Bücherwurm war natürlich eine Beleidigung auch im narmonischen Untergrund wie überall auf der Welt, aber Bücherwürme der Diebesgilde sahen darüber hinweg, denn sie waren ein wichtiger Bestandteil der Diebesgilde. Viele sahen sich sogar für wichtiger als den Gildenkönig, was meistens zu einer schnellen Umbesetzung führte, da der Vorgänger auf tödliche weise verunglückte, einfach tragisch.

Der jetzige Bücherwurm wusste, wo sein Platz in der Diebesgilde war und grüßte dementsprechend untertänig. „Gute Nacht, werter Schwarzfuchs, wollt Ihr die Zahlen des heutigen Tages erfahren?"

Schwarzfuchs starrte kurz, aber eindringlich Bücherwurm an, der sogar zusammenzuckte, was der König der Diebesgilde gar nicht beabsichtigt hatte, jedoch es als schönen Nebeneffekt ansah: „Warum willst du diesen hier schon nach Eintreffen mit Zahlen belästigen? Sind die Zahlen so gut? Was jedoch dieser hier bezweifelt. Es regnete doch den ganzen Tag. Nur die wenigstens nutzen solche Tage, um sich von ihrem Geld zu erleichtern. Also warum willst du diesen hier und dessen Stimmung erniedrigen, indem du schlechte Zahlen nennst?"

Bücherwurm und Schwarzfuchs schlenderten zwischen den Truhen, die gefüllt waren mit Schmuck und Münzen und weitere unbezahlte Wertsachen, deren Preis noch erörtert werden müsste. Von allen Seiten hörte man das Stimmengewirr von Menschen, als wäre es ein ganz normales Lager am Tage. An den Pfützen und Rinnsalen, die dem Bodenholz Wasser spendeten, so als würde daraus ein neuer Baum entstehen müssen, erkannte Schwarzfuchs, dass nicht nur er mit triefend nasser Kleidung in das Hauptquartier eingetreten war.

„Ihr habt wieder einmal Recht, Eure Hoheit." Bücherwurm übertrieb es auch schon manchmal mit der Höflichkeit, dass man schon fast meinen konnte, dass er seinen Zynismus dahinter verbarg. Sollte er Zynismus in seinen Worten verstecken, verbarg er sie genug, dass Schwarzfuchs sie nicht erkennen wollte. „Die Zahlen des heutigen Tages waren wahrlich nicht berauschend, man könnte fast meinen, wir würden ehrliche Arbeit im Norden verrichten." Der letzte Halbsatz war ein gängiges Idiom in der Diebesgilde, weil das Reich Gildesmark als der Ursprung aller Handels- und Handwerksgilden auf Vegnarian galt.

„Dürfte dieser hier fragen, warum du diesen hier dann schon zu so früher Stunde die Stimmung verderben willst?"

„Es hat sich immer für besser herausgestellt, wenn man die schlechten Nachrichten zuerst äußerte, bevor man zu den guten Nachrichten kommt. Dann wirken die guten Nachrichten noch besser."

„Dann überreiche dem hier die Zahlen und dann kommen wir zu den sogenannten und auch von dir genannten guten Nachrichten."

Bücherwurm übergab Schwarzfuchs das sechsseitenumfassende Zahlengewirr, das nur von zwei Schnüren zusammen gehalten wurde. „Hier."

Schwarzfuchs konnte sich keine Zeit nehmen, um auf die Bilanzen des heutigen Tages zu schauen, denn beide hatten die Haupthalle erreicht. In mitten der von Fackeln ausgeleuchteten Halle gab es ein Podest, das Schwarzfuchs gleich betrat, denn es war sein Platz. Auf dem Podest standen ein Tisch und an beiden Enden jeweils ein Stuhl. Schwarzfuchs nutzte die freie Sitzfläche von einem der beiden Stühle, um darauf Platz zu nehmen. Sein Blick schweifte über die Halle. Holzwände, die so schnell abgebaut werden konnten wie aufgebaut waren, bildeten provisorische Räumlichkeiten, die von den Mitgliedern auch regelmäßig benutzt wurden. Innerlich schmunzelte Schwarzfuchs beim Gedanken, dass gerade hinter den Holzwänden zwei Personen genüsslich von ihren Erlebnissen berichteten, die noch zuvor am Tag sich gegeneinander bestohlen hatten. Es wäre nicht mal so ein abwegiger Gedanke.

Ein Krug mit frisch gepresstem Apfelsinensaft wurde von Katzenauge an den Tisch gebracht. Jeder wusste seit Schwarzfuchs Aufstieg vor knapp fünfzehn Zyklen, dass der Leiter der Diebesgilde keinen Alkohol zu normalen Anlässen trank. „Also welche guten Nachrichten willst du diesem hier mitteilen?" fragte Schwarzfuchs zwischen zwei Schlucken. Den dritten Schluck nahm er ohne davor ein Wort dazwischen gesprochen zu haben.

„Genau genommen" widersprach Bücherwurm „Ich nicht, sondern Goldener Adler hat bestimmte Ideen, wie wir unseren Umsatz steigern könnten."

„Gut, lasst ihm zu diesen hier."

„Ja, wie Ihr wünscht." Dann rief Bücherwurm durch die Halle „Goldener Adler soll zum König der Diebe vortreten." Die angesprochene Person, trat aus einem der provisorischen Zimmern und ging zum König der Diebe.

Goldener Adler hatte die prachtvollste aller Masken der Diebesgilde. Fast schon eine Schande, dass sie nur hier in der Halle benutzt wurde, würde sie doch auf Maskenbällen genau so viel Aufmerksamkeit durch die Extravaganz kreieren. Vielleicht war es auch gut so, angeblich bestand die Maske aus purem Gold und wog mehrere Kilogramm. Das Genick würde wohl nach mehreren Stunden des Tragens ein paar Beschwerdeanrufe gen Gehirn vermitteln, die den Inhalt besaßen, ob er wahnsinnig sei, dass er immer noch die Maske träge. Ob sie wirklich aus so viel Gold bestand, bezweifelte Schwarzfuchs, aber das Gerücht passte einfach für das, für was Goldener Adler stand. Er war das Auge und Ohr für

Schwarzfuchs in Goldan. Viele wünschten sich ihn als Nachfolger für Schwarzfuchs auf dem Hölzernen Thron, aber Schwarzfuchs wusste es besser. Der Goldene Adler hatte ein schönes Leben in Goldan und mit seinem Rang dort. Warum sollte er ihn mit dem Stress und den Sorgen der Gildenleitung tauschen?

„Eine wunderschöne Nacht wünsche ich Euch." Begrüßte Goldener Adler Schwarzfuchs mit tiefer Verbeugung.

„Diesem hier scheint, dass Ihr mit der goldenen Kutsche bis hierherein gefahren seid, denn die Nacht ist mehr als nur grässlich."

Goldener Adler musste schmunzeln und trat nach einer einladenden Handbewegung hoch zum Tisch und Schwarzfuchs. „Es kommt ganz auf die Sichtweise an. Es mag zwar regnerisch sein, doch die Blumen und Pflanzen würden wohl verdorren, würde es niemals regnen, aber natürlich für unser Dienstleistung ist so ein Wetter recht kontraproduktiv, deshalb bin ich ja zu Euch gekommen."

„Welch passende Überleitung vom Wetterbericht zu dem ernsten Thema, weshalb Ihr die Pforten des goldenen Schlosses durchritten habt oder wolltet Ihr diesen hier doch einfach nur nach einem Solariszyklus und ein paar von Luna wiedersehen, sonst hättet Ihr ja einen Boten zu diesem hier schicken können?"

„Beides war der Beweggrund meiner Reise durch die Grenzen, die die Herrscher der Welt der selbigen auferlegt haben. Ich wollte wissen, wie es mit Eurem Gesundheitszustand von statten geht."

„Weshalb macht Ihr euch Sorgen um die Gesundheit von diesem hier? Habt Ihr etwas gehört, dass dieser hier bald von Nekro ins Jenseits geführt würde?"

„Nein, habt keine Bedenken. So ein Gerücht hatte ich noch nicht vernommen, jedoch Ihr wisst selbst, dass in unserem Geschäft ein plötzlicher Tod nicht unüblich ist. Herzinfarkte, durch den Schock, weil ein Messer durch das selbige stieß. Atembeschwerden, weil man kaum Luft zweihundert Meter unter dem Meeresspiegel bekommt und von den zahlreichen unglücklichen Unfällen will ich gar nicht erst anfangen."

„Also was ist das für ein Anliegen, dass Ihr es Euch nicht nehmen ließet, diesem hier persönlich es vor zu tragen?"

„Wie Ihr wünscht. Wie Ihr bestimmt vernommen habt. Herrscht in Goldan die Seuche der Habgier, die sich wie ein Lauffeuer unter der Bevölkerung ausbreitet."

„Ja, davon hat dieser hier gehört."

„Die Seuche ist so giftig, dass sehr viele, die gar nicht daran litten – also nicht mehr als alle anderen Menschen auf Gaia auch – einen plötzlichen Tod erleben."

„Ja, das kommt bei solchen Seuchen vor."

„Viele dieser Menschen wünschen sich die Flucht vor der Seuche, bevor sie auch das Schicksal erleiden müssen. Leider hat das Reich Goldan beschlossen, zum Wohle des Reiches und seiner Nachbarländer, die unsichtbaren Grenzen zu schließen, damit die Seuche nicht auf die anderen Länder über greifen könne. Eine sehr noble Geste, finde ich."

Schwarzfuchs dachte nicht daran den Goldenen Adler zu fragen, wie er über die Grenzen kam, denn für ein Mitglied der Diebesgilde wäre dies eine Beleidigung sondergleichen.

„Und was hat die Situation in Goldan mit der finanziellen Aufstockung der Diebesgilde zu tun?"

„Viele Menschen wollen aus Goldan weg – wie schon berichtet. Es gibt leider keinen unbewohnten Kontinent, wo sie hin fliehen könnten, wie vor dreihundert Zyklen. Weil ich nicht nur eine goldene Maske, sondern auch ein Herz dazu passend habe, dachte ich mir, wir würden ihnen helfen, um von der Seuche zu entfliehen."

Schwarzfuchs sagte nichts, sondern lauschte weiter den Worten vom Goldenen Adler, was dieser als Aufforderung ansah weiter zu erzählen.

„Da ich auch nur ein Herz aus Gold habe, können wir die Hilfe nicht unentgeltlich machen. Wir schleusen die Menschen, nach dem sie für die Kosten aufgekommen sind, über die Grenze weg von der Seuche, wo sie ein neues Leben führen können."

„Kaum einer möchte in das narmonische Reich fliehen. Unser Ruf ist nicht besonders attraktiv. Vor allem hellhäutige Menschen haben Angst, dass sie hier keine zwei Tage überleben würden. Meistens zurecht."

„Keine Sorge, daran habe ich gedacht. Wir sind doch keine Unmenschen und schicken die Leute von der Seuche in den Tod. Nein, wir bringen sie in die anderen Reiche, wo sie ihr neues Leben starten können."

„Es leben viele Menschen in Goldan. Viele werden fliehen wollen und bestimmt auch die Preise zahlen, aber die Reiche werden nicht tatenlos zusehen, dass ihre Bevölkerung schlagartig wächst, schneller als die Ressourcen, die sie verbrauchen."

„Wir sind doch alle Vegnarianer, auch wenn wir in anderen Ländern leben. Neben den Helfern der goldanischen Bevölkerung bilden wir Leute aus, die den Reichen helfen und die illegalen Eingereisten wieder zurück nach Goldan schleusen... natürlich nicht ohne finanzielle Entschädigung."

„Dieser hier nimmt an, dass die Zurückgeschickten immer noch die Möglichkeit besitzen, um aus Goldan wieder zu fliehen."

„Solange sie das passende Kleingeld haben, sicher... wir sind keine Unmenschen. Wenn sie es nicht mehr haben, dann müssen sie sich halt für den Frieden in Goldan einsetzen."

„Wie lange würde es dauern, bis die Ersten über die Grenze gebracht werden könnten?"

„Morgen. Ich habe schon alle Vorkehrungen abgeschlossen. Ich brauchte nur noch Eure Einwilligung."

„Gut, dann wünscht dieser hier Euch eine gute Heimkehr und viel Erfolg."

„Habt dank und gute Nacht." Der Goldene Adler verbeugte sich und schritt vom Podest hinaus zum Ausgang in die Stadt.

Schwarzfuchs wurde wieder einmal bestätigt, warum so viele wollten, dass der Goldene Adler sein Nachfolger würde. Der Mann aus Goldan wusste schon immer über den Tellerrand zu blicken, wo andere das Chaos und den Niedergang sahen, sah er die Dinge, die man dort für sich positiv herausholen konnte.

„Wir haben noch einen Gast, der eine Audienz bei Euch erwünscht." Unterbrach Bücherwurm die Gedanken von Schwarzfuchs.

Entgeistert starrte der Leiter der Diebesgilde hoch. Es war schon unüblich, dass eine Person mit einer Bitte zu ihm kam, aber zwei Menschen... Langsam nahm es hier wirklich königliche Züge an.

„Einen Gast? Hier?" betonte Schwarzfuchs jedes Wort, um seine Verwunderung noch offensichtlicher zu machen.

„Ja, Eure Hoheit."

Bücherwurm wusste bestimmt genauso wie Schwarzfuchs, dass im Grunde treffen mit externen Personen immer irgendwo in der Stadt ausgemacht wurden. Noch nie während seiner Dienstzeit musste Schwarzfuchs einen Gast innerhalb der vier Wände und unzähligen Holzwände der Diebesgilde in Empfang nehmen. Es war ja auch für die Gäste normalerweise nicht auffindbar, wie auch für den Rest der Welt.

„Wer ist die Person, die es hier herein geschafft hat?"

„Er selbst nennt sich Barden und wartet im ersten Raum auf die Bitte zu Euch treten zu dürfen."

„Barden?" Schwarzfuchs kannte den Namen. Er hatte immer positive Erfahrungen, sobald er den Namen hörte. Es hieß immer großen Umsatz in der Diebesgilde, wenn er einen Auftritt im narmonischen Reich zum Besten gab. Er selbst hatte ihn niemals getroffen. Den letzten Auftritt, den Barden in diesen Landen vollführt hatte, lag schon über fünfundzwanzig Zyklen zurück. Es war ihm eine Freude, den Bänkelsänger mal kennenzulernen und nicht nur vom Hörensagen. „Lasst ihn zu diesem hier kommen."

„Wie ihr wollt." Bücherwurm verneigte sich so tief, sodass er stehend den Kopf unterhalb des Kinnes von Schwarzfuchs hielt, der weiterhin noch auf dem Hölzernen Thron weilte, danach wandte er sich an die erste Person, die nah genug am Podest entlang gegangen war, um ihm den hoheitlichen Befehl zu überbringen. „Weißer Dachs, bitte bringe uns den Gast Barden zu unserer Hoheit."

„Ja." Weißer Dachs war nicht gekränkt, dass er als Laufbursche degradiert wurde, weil es zum einen keine Dienstgrade zum Degradieren gab, sondern auch, weil er der erste war, der nun erfuhr, dass der erste Gast nach etlichen Zyklen, wenn nicht sogar überhaupt, nun vor dem Leiter der Diebesgilde trat.

Wie sich herausstellte war nicht nur der Weiße Dachs gespannt darauf, warum und vor allem, wie es Barden geschafft hatte die Gilde ausfindig zu machen. Wie eine nackte Nymphe unter Keuschheit lebenden Männern, umkreisten sie den Mann, der umhüllt von einem grünen Umhang, durch die Halle schritt. Die Stiefel hinterließen keine Geräusche auf den nasse Holzboden und das ohne sichtliche Mühe, als würde ein Geist über die Bretter schweben, dennoch sah man die normalwirkenden Schrittbewegungen. Mancher Dieb konnte sich beim Bänkelsänger ein paar Sachen abschauen. Manche Diebe waren auf dem Marktplatz so laut, wie ein Ork in Plattenrüstung.

Wegen der erhöhten Position und dem Schlapphut, dessen linker Hutrand mit einer schwarz-weißen Feder nach oben gesteckt worden war, konnte Schwarzfuchs nichts vom Gesicht des Mannes erkennen, der es schaffte die Gilde aufzuspüren.

„Es ist mir eine Ehre Euch kennenzulernen, Schwarzfuchs, Herr über die Diebesgilde der Freimarschen." Mit den Begrüßungsworten verbeugte sich Barden kniend vor Schwarzfuchs. Wie es sich vor wichtigen Personen gehörte nahm der Bänkelsänger seinen Hut ab und Schwarzfuchs konnte in das Gesicht sehen.

Es war ein hellhäutiger Mann, was Schwarzfuchs nicht verwunderte, man hörte in den Geschichten von Barden niemals eine Hautfarbe, also musste er hellhäutig sein, wie es in allen Erzählungen so ist. Die kurzen, braunen Haare saßen gut gepflegt auf dem Kopf, doch was Schwarzfuchs gleich auffiel war, deren Trockenheit, wie kaum bei jemanden hier in der Gilde. Aber es war nicht das seltsamste, was Schwarzfuchs erspähte. Von den wenig vorhandenen Falten ausgehend konnte der Mann, der vor Schwarzfuchs kniete niemals Barden sein. Der war doch gerade mal fünfundzwanzig Zyklen alt und von den Auftritten, die Schwarzfuchs hörte, dürfte er mindestens das Alter von Schwarzfuchs selbst haben, deshalb stellte er die für ihn logischste Frage: „Du bist Barden?"

„Ja, der bin ich." Beantwortete Barden die Frage und blieb weiter kniend am Boden.

„Dürfte dieser hier, vor dem du kniest" Schwarzfuchs wusste nicht, ob Barden von Schwarzfuchs Idiom gehört hatte, dass er von sich immer in Dritter Person sprach, darum hatte er den Nebensatz noch angehängt „erfahren wie dieser hier Geschichten von dir hören konnte, die etwa so weit zurück reichen, wie deine Lebensspanne reicht?"

„Ich habe sehr früh angefangen." Schmunzelte Barden auch die Zuhörer unter den Dieben, die einen Halbkreis um den Bänkelsänger gebildet hatten, mussten lachen. „Aber um ernst zu bleiben. Ich kann es Ihnen nicht sagen, da müssten Sie schon mit den Leuten reden, die behauptet hatten, dass sie mich schon bei meiner Geburt auf Konzerten sahen."

„Das wird dieser hier." Schwarzfuchs war nicht sonderlich interessiert zu erfahren, wie er vor fünfundzwanzig Zyklen schon musizieren konnte. Wahrscheinlich war es am logischsten, dass er nur den Namen übernommen hatte, was sollte es sonst sein? Schwarzfuchs war schon mehr an gegenwärtige Ereignisse interessiert. „Was diesem hier außerdem und etwas mehr interessiert ist doch die Tatsache, dass du vor diesem stehst ohne – offensichtlich – ein Mitglied der Diebesgilde zu sein."

„Ich habe einfach einen Passanten nach dem Weg gefragt." Wich er flapsig der Frage aus.

„Du musst verstehen, dass dieser hier nicht mit deiner Meinung konform sein kann, da einfache Passanten nicht vom Aufenthalt der Diebesgilde Bescheid wissen."

„Es war auch kein einfacher Passant. Es war einer dieser Passanten, die beim Grüßen einem an den Geldbeutel zuerst greifen, statt der Hand."

„Er hat dir einfach den Aufenthalt verraten?"

„Nein, ich konnte ihn mit Worten und dem geheimen Gruß von euch davon überzeugen, dass ich einer von euch bin. Natürlich unterstützte etwas Geld die Meinung, dass meine

Haut einfach durch das viele-durch-die-Höhle-wandern ausgebleicht ist." Dabei grinste Barden spitzbübisch.

„Du kennst unseren geheimen Gruß? Wer hat ihn dir beigebracht?"

„Das ist nicht mehr wichtig. Er ist tot."

„Du willst diesem hier auch nicht sagen, wer dir unser Versteck verraten hat?"

„Ich würde es tun, jedoch weiß ich nicht unter welcher Maske er sich verbirgt, da ich nicht sah, wie er sie aufgesetzt hat."

Schwarzfuchs gefiel die Sache nicht. Es war eines der wenigen Gesetze in der Diebesgilde, dass man niemanden Fremden sagen durfte, wo sich ihr Hauptquartier befand. Er musste den Schwätzer finden und ihn bestrafen, um ein Exempel zu statuieren, dass sowas nicht noch mal vorkomme, aber nun musste er sich zuerst um Barden kümmern.

„Warum hast du die Mühe auf dich genommen, diesen hier zu treffen?"

„Ich brauche etwas, dass in Eurem Besitz ist."

„Was wäre das? Wir haben Unmengen an Sachen." Schwarzfuchs breitete seine Arme aus, um auf die Kisten um ihn herum aufmerksam zu machen. „Bücherwurm hier hat sie alle inventuiert. Sag diesem hier, was du suchst und wir werden für das Finden einen angemessenen Preis aushandeln."

Barden winkte ab, wobei er weiter in kniender Position verweilte. Schwarzfuchs wollte ihn weiter kniend sehen, wirkte er trotz seiner Worte nicht eingeschüchtert von Schwarzfuchs und da er sich alleine in seinen Bau gewagt hatte, musste er ihm zeigen, wer der Herr im Hause war. „Ich habe das Objekt meiner Begierde schon gefunden." Barden streckte seine Hand aus und deutete auf Schwarzfuchs.

„Dieser hier?!" war Schwarzfuchs erstaunt.

„Nein, ich bevorzuge doch mehr das gebärende Geschlecht. Ich meine die Krone würde ich gerne für mich beanspruchen."

„Dieser hier muss dich leider enttäuschen, doch um die Krone lässt sich nicht verhandeln. Verzeiht."

„Es gibt keinen Preis, mit dem ich die Krone für mich beanspruchen kann?"

„Keinen, den du dir leisten kannst."

Barden senkte sein Kopf und schien nachzudenken. Schwarzfuchs wartete geduldig, er wollte zu gern wissen, welches Angebot der Bänkelsänger ihm nun unterbreiten mochte. Die Krone war Schwarzfuchs selber nicht wichtig. Es war nur ein goldener Reif mit Edelsteinen darin. Er hatte mehr symbolischen Charakter. Sollte er die Krone verlieren, konnten sie ohne weiteres eine Neue anfertigen.

„Mit dem Preis mögt Ihr Recht haben, jedoch dürfte ich um sie spielen?"

„Wie meinst du das?"

„Ich würde ein Spiel vorschlagen. Wenn ich gewinne gehört mir die Krone."

„Und wenn dieser hier gewinnt?"

„Dann gehöre ich Euch. Meine Fähigkeiten wie mein Talent. Ich habe es in die Diebesgilde geschafft, was für meine Fähigkeiten spricht."

Schwarzfuchs musste nachdenken und lehnte sich zurück. Der Leiter der Diebesgilde hatte das Auge dafür, um einen talentierten Dieb zu entdecken und das war Barden ohne Widerspruch. Er wäre eine Bereicherung, auch trotz der falschen Hautfarbe, aber vielleicht war das auch von Nutzen, vor allem bei den Plänen von Goldener Adler in Goldan. Niemand würde einen hellhäutigen Mann als Mitglied der Diebesgilde der Freimarschen sehen, aber Schwarzfuchs war auch nicht dumm. Er durfte nicht ihm die Kontrolle über das Spiel überlassen, da kam ihm eine Idee.

„Gut, dieser hier willigt ein, jedoch musst du um jeden Edelstein der Krone selbst spielen und dann um den goldenen Reif. Akzeptierst du?"

„Darf ich mir die Reihenfolge aussuchen?"

„Natürlich, dafür wählt dieser hier das Spiel."

Es herrschte bedrückende Stille, bis Barden seine Antwort gab und somit seine Mitgliedschaft in der Gilde unterschrieb. „Einverstanden." Tosender Jubel brach aus. Nach so einem ertraglosen Tag, gab es für die Diebe, doch noch einen Grund zu feiern. Etwas, das sie aus der Tristes zog.

„Werte Damen und Herren." Eröffnete Bücherwurm seine Rede an die Mitglieder der Diebesgilde gewandt, die um den Altar, um die besten Plätze stritten. „Ich danke ihnen, dass sie sich selber und so zahlreich eingefunden haben und dem Duell zwischen unserem König der Diebesgilde Schwarzfuchs und unserem Gast Barden beiwohnen wollen. Da wir keinem Adelsgeschlecht angehören sind wir zum Glück nicht verpflichtet bei Duellen Blut zu vergießen. Das Duell für das sich unsere Kontrahenten ausgesucht haben, nennt sich ganz einfach Lügen. Die ein oder zwei Personen, die die Regeln des Spieles nicht kennen, werde ich nun die Regeln kurz, aber im Detail erläutern. Abwechselnd würfeln unsere Duellanten mit der Hilfe eines Kruges zwei Würfel. Der Würfler schaut für den Gegner verdeckt die Würfel an und nennt die Zahl. Der Gegenübersitzende also der Gegenspieler muss nun erraten oder erkennen, ob der Würfler gelogen hat. Sollte der Gegenspieler sagen, dass der Würfler die Wahrheit sprach, ist dieser dann gezwungen eine höhere Zahl zu würfeln und wird so zum Würfler. Sollte der Gegenspieler den Würfler der Lüge bezichtigen, muss der Würfler die Würfel offen legen. Sprach er die Wahrheit erhält der Würfler den Punkt, wenn nicht dann der Gegenspieler. Bei den Zahlen ist die doppelte Eins, die niedrigste Nummer und kann nur die doppelte Sechs schlagen. Sollten unterschiedliche Augenzahlen auf den Würfeln sein, wird die höhere Würfelzahl zuerst gesprochen, dann die niedere. Bei gleicher Augenwürfelanzahl ist es jedem selbst überlassen, welcher Würfel zuerst gezählt wird. Wer zuerst vier Spiele gewinnt, der hat gewonnen. Da es keine weiteren Fragen gibt und ich auch keine zulasse, können wir mit dem Duell beginnen."

Bedächtiger Applaus füllte die Halle, als Bücherwurm zurück zum Tisch trat, an dem Schwarzfuchs und Barden schon bereit saßen. Die Position musste Bücherwurm als Schiedsrichter und Spielleiter einfach annehmen. Während Bücherwurm mit Übungswürfen zeigte, dass keine Manipulationen an den Würfeln vorgenommen worden waren, beobachtete Schwarzfuchs sein Gegenüber. Er wirkte locker. Schwarzfuchs musste die Würfel nicht manipulieren. Er hatte auch so genügend Vorteile im Spiel, weshalb er es auch gewählt hatte. Für einen Anfänger hatte das Spiel viel mit Glück zu tun, ob man gewinnt oder verliert, aber nicht bei einem erfahrenen Spieler wie Schwarzfuchs. Das Spiel hatte viel damit zu tun, dass man an der Mimik und Gestik seines Gegners sehen konnte, dass er lügt. Schwarzfuchs hatte in der Hinsicht einen großen Vorteil. Er trug eine Maske, die die Hälfte seines Gesichtes verbarg. Die hatte Barden nicht. Er saß sozusagen nackt vor dem Leiter der Diebesgilde.

„Möge das Würfeln beginnen!" skandierte Bücherwurm lautstark, um die Zuschauer und die laut ausgesprochenen Wetteinsätze zu übertönen. Die Friedenstaube glättete mit den Händen eine imaginäre Tischdecke faltenfrei, um den Zuschauern zu vermitteln, dass keine Wetten mehr angenommen werden würden. Von den Einsätzen her konnte Bücherwurm gleich erkennen, wer als Favorit im Duell galt. Mehr Geld lag bei Schwarzfuchs. Unter den vielen Münzen lag eine fünf Guldenmünze aus dem narmonischen Reich, die Katzenauge beisteuerte, nachdem Bücherwurm sie ihr gab. Denn es wäre ein Frevel würde ein Schiedsrichter unter aller Welt Auge oder auch nur der der Diebesgilde auf ein von ihm geschiedstes Duell wetten. Da kommt dann noch wer daher und würde ihm Parteiheit suggerieren. „Der mit der höchsten Augenzahl darf entscheiden, wer beginnt."

Schwarzfuchs erhielt gleich ein gutes Omen, indem er gleich mit einem Sieg startete. Mit einem vier zu zwei Sieg durfte Schwarzfuchs entscheiden, wer starten durfte oder musste. Der Leiter der Diebesgilde entschied sich dafür, dass Barden starten durfte. Selten log jemand beim ersten Wurf, somit musste Barden zuerst zeigen, ob er durch die Maske erkannte, ob Schwarzfuchs log oder nicht.

Barden würfelte und nach einem kurzen Blick auf die Würfel sagte er „41."

„Es ist die Wahrheit." Bestätigte Schwarzfuchs. Es war der erste Wurf und keine unschlagbare Nummer.

Nun erhielt Schwarzfuchs ohne einen Blick auf die Würfel nehmen zu dürfen, von Bücherwurms Hand Becher und Würfel. Es gab keine Verbindung zwischen den beiden Mitgliedern der Diebesgilde, sodass keine stumme Andeutung, ob die Würfelzahl stimmte oder nicht, übermittelt wurde. Schwarzfuchs hätte es nicht gefallen. Es wäre als Zeichen der Schwäche vielleicht sogar ausgelegt worden.

Schwarzfuchs würfelt und hoffte nur ein bisschen, dass er eine höhere Zahl bekam, ansonsten hatte er schon eine Zahl im Kopf, die er nennen würde. Diese Zahl brauchte er nicht nennen, denn es kam die 53. „53" sprach Schwarzfuchs wahrheitsgetreu und ohne auch nur eine unnötige Regung.

Die braunen Augen des Bänkelsängers musterten jeden Fitzelchen des Körpers von Schwarzfuchs ab. Für viele Leute, die sowas nicht gewohnt waren, würde es eine Gänsehaut hochziehen oder dazu verleiten, den Blickkontakt zu unterbrechen, doch Schwarzfuchs starrte zurück.

„Ach, schade, das stimmt." Sprach Barden mit enttäuschtem Lächeln.

Schwarzfuchs musste schmunzeln, als er Bücherwurm die Würfel übergab. Der Bänkelsänger hatte sich und seine Mimik nicht unter Kontrolle. Der Diebesgildenleiter konnte aus ihm lesen wie aus einem Buch, noch bevor dieser die Zahlen bestätigte, hatte der Leiter der Diebesgilde schon erkannt, dass Barden ihm zustimmte.

Barden würfelte. Der Tonbecher donnerte auf den Ahornholztisch. Mit hoch aufgerissenen Augen lugte er unter den Krug. Gleich darauf zuckten die Augen zusammen, als wollen sie die Würfel nicht sehen, danach entspannten sie sich wieder und Barden nannte die Zahl „64."

„Gelogen." Schwarzfuchs sollte recht haben. Nach Offenlegung der Würfel lagen dort eine 2 und noch eine 2. Die Augen hatten Barden verraten.

„Ihr seid gut." Referierte Barden Schwarzfuchs Leistung, als er die Würfel samt Becher rüber reichte.

Wie gut Schwarzfuchs wirklich war, dürfte Barden bald selbst erfahren. Schwarzfuchs würfelte. Es kam nur die 22. Schwarzfuchs nahm immer die erste gewürfelte Zahl, mochte sie noch so niedrig sein.

Barden bestätigte ohne langes Zögern die Zahl und nahm die Würfel.

„ Vier… ähm. Dreiundvierzig." Kam Bardens Würfelaussage.

Es konnte nur die Wahrheit sein. Nur die doppelte Eins, wie zwei und eins, wären niedriger als die doppelte Zwei. Schwarzfuchs hielt es für unwahrscheinlich, dass diese Zahlen gewürfelt wurden.

32… war die Zahl, die Schwarzfuchs würfelte. Sie würde nicht für das Übertreffen reichen. Genau mit denselben Bewegungen, wie er vorher die 53 nannte, sprach er nun auch die „51".

Barden fiel darauf rein und bestätigte die Zahl. Natürlich zeigte Schwarzfuchs keine Regung. Er hätte auch zeigen können, dass er etwas enttäuscht wäre, dass Barden die Wahrheit erriet, aber so wie er den Bänkelsänger einschätzte, dürfte er solch eine Geste übersehen.

Barden verzog den Mund missmutig, wenn auch nur für ein Zehntel einer Sekunde, als er die Würfel begutachtete. Es reichte für Schwarzfuchs aus, um zu wissen, dass nun eine Lüge folgte.

„61" war die Lüge, die Barden sprach. Schwarzfuchs enttarnte diese auch, denn es lag die 33 auf dem Tisch.

„Ihr habt immer Glück, die passenden Würfel zu haben." Lächelte Barden „Aber ich werde dennoch gewinnen."

„Ja, sicher." Es wäre schön gewesen, wieder einmal gefordert worden zu werden, aber wenigstens trösteten sich Schwarzfuchs darüber hinweg, dass er bald eine Erweiterung in seiner Gilde bekäme, die ihm bei den Missionen in Goldan half.

„Dann bin ich wieder dran." Barden würfelte und schaute erschrocken die Würfel an, wobei sogar ein kleines Lächeln über die Lippen huschte. „61. Diesmal habe ich wohl das

Glück." Diesmal verzog Schwarzfuchs missmutig das Gesicht. Naja, jeder braucht einmal etwas Glück, deshalb ging das Spiel auch auf vier Siege. Vier Siege konnte man nicht durch Glück erhalten.

Schwarzfuchs bestätigte die Zahl und hoffte, dass er einen großen Wurf erhielt. 33, das war er nicht. Schwarzfuchs täuschte ein Lächeln vor und sprach mit einem Hauch von Freude „64."

Barden rutschte in seinem Stuhl zurück. Er musste überlegen. Die braunen Augen taxierten Schwarzfuchs. Sie versuchten irgendwas aus dem halben Gesicht des Leiters der Diebesgilde herauszulesen. Dann senkte er den Blick, die Schultern fielen herunter, die Anspannung verflog und aufgebend sagte der Bänkelsänger „Ich weiß es nicht, aber ich muss raten. Ich werde nicht das Glück haben und eine 65 oder 66 zu würfeln, also sage ich und hoffe, dass es eine Lüge ist."

Schwarzfuchs offenbarte seine Würfel und Erleichterung machte sich bei Barden breit. Es gab immer einen Verlustpunkt bei diesem Spiel, deshalb sah es Schwarzfuchs nicht so eng und begann zu würfeln.

„Es steht nun zwei zu eins für unseren hochgeschätzten Gildenkönig." Verkündete Bücherwurm das Ergebnis, ob er das schon immer gemacht hatte, wusste Schwarzfuchs nicht, zu sehr war er auf das Spiel fokussiert.

„55." Gab Schwarzfuchs sein Wurfergebnis kund. Ja, das Glück ist ein Vogerl, wie man es im Volksmund so gern sprach.

„Das ist doch auch wieder gelogen." Sprach Barden das Gedachte und hatte unrecht. Jetzt fehlte Schwarzfuchs noch ein Sieg und der würde locker in den nächsten beiden Runden passieren.

Barden nahm die Würfel. Er wirkte enttäuscht, wenn nicht sogar etwas sauer. Immer wieder biss er sich auf die Lippen. Wenn jetzt eine hohe Zahl kam, konnte es eine Lüge sein, als Zorn daraus, dass Schwarzfuchs gleich eine hohe erhalten hatte, aber dann dürfte der Argwohn nicht aus der Mimik gehen, sobald er die Würfel angeschaut hat.

Die braunen Augen taxierten die Würfel. Der Argwohn wich nicht aus dem Gesicht. Im Gegenteil, er wurde sogar stärker. „51." Behauptete Barden, was natürlich eine Lüge war. Bei so einem hohen Wurf wäre er viel zufriedener gewesen.

„Er lügt."

Schwarzfuchs war ein wenig überrascht, als er die Würfel mit den Augenzahlen 5 und 1 sah. Hatte Barden etwa auf einen höheren Wurf gehofft? Wie kindisch, sich nur auf hohe Würfe zu verlassen. Na ja, auf so ein unlogisches Verhalten konnte man nicht vorbereitet sein.

Dann soll halt diese Runde den Sieg bringen, dachte sich Schwarzfuchs und nahm die Würfel. „44." Begann Schwarzfuchs wahrheitsgetreu. Der Leiter der Diebesgilde sah an den zuckenden Fingern, dass es in Barden kribbelte und er am liebsten Schwarzfuchs eine Lüge bezichtigen wollen würde. Innerlich hoffte es Schwarzfuchs, aber Barden tat ihm nicht den Gefallen.

Erleichtert und frech grinsend sprach Barden „Eine sechs und eine eins, man habe ich Glück. 61."

Wie offensichtlicher musste eine Lüge noch sein. Er redete zu lange, um zu suggerieren, dass es die Wahrheit ist, was genau das Gegenteil bewirkt. „Er lügt."

Das tat Barden nicht. Es stand nun Drei zu Drei.

Schwarzfuchs schelte sich selbst, natürlich sprach er die Wahrheit. Barden zeigte zu viele Emotionen, da genießt er so einen Erfolg und versucht ihn nicht zu vertuschen. Jetzt musste sich Schwarzfuchs nochmal konzentrieren, diesmal durfte ihm kein Leichtigkeitsfehler unterlaufen, sonst hätte er tatsächlich verloren.

„Es steht Drei zu Drei. Diese Runde entscheidet, wer gewinnt." Erklärte Bücherwurm in die Menge, als wüssten nicht alle Bescheid. Schwarzfuchs war auf diese unnötige Äußerung sauer. Jeder konnte zählen, jeder wusste wie es stand. Noch einmal atmeten die Lunge die feuchte Hallenluft in die Lunge ein und wieder aus, um den Leiter der Diebesgilde zu beruhigen und seine Konzentration zu verstärken.

Die Runde begann mit der doppelten Eins von Barden. Niemand, wirklich niemand, würde so eine Zahl lügen. Barden auch nicht.

„32." Es war ein niedriger Wurf, aber hoch genug. So sprach Schwarzfuchs die Wahrheit, die Barden ihm auch glaubte.

Barden würfelte und betrachtete ohne große Emotionen die Würfel, aber etwas zu lang, als sonst, als müsste er nachdenken. Mit starrem Blick und tonloser Stimme sprach der Bänkelsänger: „44."

Es musste eine Lüge sein. Vorher zeigte er doch noch so viel Freude, aber die Zahl war auch recht klein, sonst log er immer mit höheren Zahlen. Schwarzfuchs grübelte, während Barden keine Reaktion zeigte. Ja, es musste eine Lüge sein, dafür strengte er sich zu sehr an, dass er seine Emotionen im Griff hat. Genau, es muss eine Lüge sein. Schwarzfuchs entspannte sich. „Er lügt."

Die Würfel mit den beiden Augenzahlen 4 blendeten Schwarzfuchs entgegen.

„Es scheint, dass ich gewonnen habe."

Als würde er Bardens Worte bestätigen wollen, sprach Bücherwurm: „Barden hat das Duell gewonnen."

Jubel machte sich breit, jedenfalls bei den wenigen, die auf den Sieg des Bänkelsängers gewettet hatten.

„Gratulation." Presste Schwarzfuchs die Silben zwischen den Zähnen hervor. Er konnte es nicht glaube, dass er verloren hatte, im Kopf spielten sich alle Szenen ab, wobei er überlegte, was er falsch gemacht hatte. „Was soll das nächste Duell sein?"

„Zuerst möchte ich gerne meinen Gewinn, den Rubin." Demonstrativ streckte Barden die Hand aus.

Schwarzfuchs war ein Mann, der seine Schulden immer zurückzahlte. Er löste den Rubin aus der Krone und gab ihn Barden in die Hand. „Also nun das nächste Duell?"

„Nein, danke. Ich habe alles, was ich wollte. Lebt wohl."

„Warte." Zischte Schwarzfuchs über den Tisch „Du sprachst, dass du um die Krone spielen willst."

„Ja, aber doch nicht am selben Abend. Vielleicht, wenn mal einen anderen Edelstein brauche, komme ich wieder."

„So, geht das nicht."

Barden erhob sich langsam von seinem Stuhl und trat gemächlich zu Schwarzfuchs rüber, der sich auch erhob, um auf gleicher Höhe mit dem Bänkelsänger zu stehen. Sollte Barden eine Fehler begehen und den Leiter der Diebesgilde angreifen, dann war Schwarzfuchs mit dem Dolch im Armschaft vorbereitet.

„Werter Schwarzfuchs." Flüsterte Barden, sodass nur die Leute auf dem Podest sie hörten. Das Publikum war eh damit beschäftigt, dem Geld nachzuweinen oder willkommen zu heißen. „Ihr habt das Spiel ausgesucht." Die braunen Augen starrten in die von Schwarzfuchs. Ein kalter Schauer zog sich dem Rückgrat hoch. „Ihr hattet massig Vorteile gegenüber mir, dennoch habe ich gewonnen. Meint Ihr, dass Ihr nur ein Spiel gegen mich gewinnt?" Die Worte waren kalt, wie bei einer Mordandrohung. Schwarzfuchs war starr, starr vor Angst. Er hatte das Gefühl, dass nicht mal der Dolch ihm helfen könne, vielleicht sogar die Situation verschlechtern würde. „Ich habe es geschafft, Euch in Eurem Spiel zu schlagen. Ich habe es geschafft, die Diebesgilde ausfindig zu machen, obwohl ich noch nie im narmonischen Reich war. Ihr wollt wirklich gegen mich spielen... und weiter verlieren, vor den Augen Eurer Leute? Ihr werdet mit jedem Edelstein an Achtung und Respekt verlieren, bis hin zum Stirnreif... dann... was würden dann diese Leute mit einem Leiter machen, der von einem einfachen Bänkelsänger vorgeführt wurde... die werden ihn wohl nicht trösten. Ich gehe nun, mit meinem Gewinn."

Ohne auf ein Wort von Schwarzfuchs zu warten, wandte sich Barden am Absatz um und ging gen Eingangstür der Diebesgilde.

„Eure Hoheit." Riss Bücherwurm seinen König aus der Starre.

„Setze unsere besten Leute an." Befahl Schwarzfuchs ohne Bücherwurm anzuschauen „Sie sollen Barden verfolgen. Er wollte unbedingt diesen Rubin. Dieser hier will wissen, warum, und dann tötet ihn. Er hat diesen hier gedemütigt und jeder soll wissen, was mit Leuten geschieht, die den König der Diebesgilde demütigen."

„Wie Ihr befehlt."

Vires V

„Dann wollen wir nach Informationen suchen." Legte Konstantin den Auftrag offen, weshalb das Trio sich zur nächtlichen Stunde am Marktplatz der Freimarschen befand. Ohne langes Bitten begaben sich Konstantin, Selfius und Vires in die Menschenmassen.

Ein Blick genügte, um herauszufinden, weshalb die Drei sich diesen Ort für die Informationen ausgesucht hatten. Obwohl die Nacht eingebrochen war, herrschte noch reges Treiben am Marktplatz. Es war die Nacht der vierten Selúnewende, weshalb auch in den Freimarschen noch sehr viele Menschen auf den Straßen sich aufhielten und mancher davon ging sogar legale Tätigkeiten nach. Sonst waren die Nächte in den Freimarschen, wie auch im ganzen narmonischen Reich, fast menschenleer, wenn man von den Mördern und ihren Opfern absah.

Vires zog ihren dicken Umhang fester um sich, als wäre es ein schützender Mantel, der sie nicht nur vor der Kälte, sondern auch vor den Menschen und ihren Blicken schützen würde. Sie, wie auch ihre beiden Begleiter, waren auf dem Markt, wo sich ein Holzstand neben dem Nächsten reite, auffälliger als wie der sprichwörtliche bunte Hund. Kein hellhäutiger Mensch wagte freiwillig einen Fuß in das narmonische Reich, außer dieser war zu feige selbst sich den Tod zu zufügen. Vires konnte nicht verstehen, weshalb Bardens Spuren hierher verliefen. Was hatte er hier nur vor? Jedenfalls dürfte es nicht schwer fallen, jemanden zu finden, der ihn mal gesehen hatte. Seitdem sie die Grenze überschritten hatten, war es jedenfalls auch sehr einfach. Barden schien nicht mal zu versuchen, seine Spuren zu verbergen, indem er seine Haut mit Farbe verdunkelt hätte, obwohl, wenn Vires näher darüber nachdachte, war es doch vielleicht gesünder. So mancher hellhäutige Mensch dachte so hier länger am Leben zu bleiben, doch Vires kannte die Geschichten aus ihrer Zeit als Attentäterin, was Narmonier mit solchen Menschen machten. Sie blieben länger am Leben, jedoch konnte man den halben Zehntag mehr nicht als Leben bezeichnen.

Vires ging nahe hinter Konstantin mit gesenktem Blick. Sie versuchte jeden Augenkontakt mit den Menschen zu vermeiden. Augenkontakt verhieß für sie nichts Gutes. Es könnte zu einem Gespräch kommen und das wollte sie um jeden Preis vermeiden, dafür war ja Konstantin da. Sie schaute nur zu wie der warme Atem aus ihrem Mund als weißer Rauch in die Höhe stieg, wie bei den Fackeln, um die sich die Menschen kauerten, um sich vor der Kälte und der Dunkelheit zu schützen. Die Dunkelheit, die in den Freimarschen, den Tod bedeutete, jedenfalls für viele der Menschen hier. Um ein sicheres Gefühl zu erhalten, strich Vires wie ferngesteuert immer wieder über die Griffe ihrer Dolche. Vires war in ihrer eigenen Welt, wie immer, wenn so viele Menschen um sie waren. Sie lauschte nicht zu, was Konstantin mit den Händlern und Gästen sprach. Der Hüne diente ihr nur als Wegweiser, wo sie nun hingehen sollte. Die Sinne dienten wiederum nur, um mögliche Gefahren für Leib und Leben zu registrieren. Wie zum Beispiel der Schatten, der ihnen seit geraumer Zeit folgte. Sie konnte nicht erkennen, wer es war, aber sie hatte einfach das Gefühl verfolgt zu werden.

Immer wieder schaute sie unauffällig, um sich herum. Dabei nutzte sie jegliche reflektierende Fläche, wie Spiegel und gut poliertes, silbernes Geschirr oder stellte sich so, dass sie aus den Augenwinkeln zur Seite sah. Auf die Ohren brauchte sich Vires gar nicht erst verlassen. Von der Lautstärke der gesprochenen Worte, konnten die Gehörorgane keine Schritte vernehmen. Die Nase war im Allgemeinen kein guter Verfolgererkenner, außer, wenn es sich beim Verfolger um einen Ork handelte. Egal wie häufig Vires auch Ausschau hielt, sie konnte niemanden verdächtigen.

„Verzeihung." Hörte Vires eine Kinderstimme an ihrer Seite. Sie schaute hinab. Die Kinderstimme stammte wohl von dem Kind, das direkt neben ihr stand. Sie erkannte auf dem ersten Blick nicht, ob es ein männliches oder weibliches Kind war. An der dunklen Hose und dicken Jacke konnte sie auch keine geschlechtsspezifischen Eigenschaften feststellen. Es war Vires auch sehr egal.

„Ja?" Das Kind war wohl nicht der Verfolger, darum konzentrierte sie sich mehr auf die Umgebung, als auf den Störenfried.

„Ich soll Ihnen diesen Brief geben." Das Kind reichte ein dreigefaltetes Stück Papier zu Vires hin, den sie gleich entgegen nahm.

„Wer gab ihn dir?" stellte Vires die Frage, während sie den Brief entfaltete, um deren Inhalt auch lesen zu können.

„Es war ein Mann." Kam die nicht hilfreiche Antwort, da die Worte, die auf dem Papier geschrieben waren verrieten, wer die Nachricht verfasste.

„Werte Vires" stand geschrieben „es war mir eine Freude, als ich hörte, dass du dich wieder blicken lässt. Es zerbrach mir das Herz, als ich hörte, dass du uns verlassen hast. Ich tat mein Bestes, um dich wiederzufinden, doch es war vergebens. Umso größer war nun die Freude, als ich erfuhr, dass du dich in den Freimarschen aufhältst. Ich hoffe, dass es dir genauso ergeht, hatten wir doch eine Zweisamkeit, die sich mit nichts vergleichen ließe. Bitte triff mich doch heute Nacht noch in der Gasse hinter dem Metzgerstand mit den ausgehangenen Lämmern, dort gehst du so weit, bis zu dem Schild mit dem Diamanten, nach dem Haus biegst du gleich links ab, und dann nimmst du die zweite Abzweigung nach rechts... und dort erwarte ich dich sehnlichst. Mit aufrichtiger Liebe, dein Vermon."

Das Herz schlug heftig in der Brust. Das Blut, das dadurch durch die Venen und Adern gefeuert wurde, ließ die Hände erbeben, als würde ein Lehrmeister immer wieder auf die Finger mit einen Stock schlagen oder er, der Verfasser des Briefes. Trotz des rasenden Blutes, spürte Vires, wie die Farbe aus ihrem Gesicht entwich. „Wo ist er?" stellte Vires die Frage ohne irgendeine Emotion in die Worte zu legen. Sie hatte genügend damit zu kämpfen, um auf den Beinen stehen zu bleiben.

Es kam keine Antwort von dem Kind, den dieser war schon längst in den Massen untergetaucht.

„Was ist los?" wollte Selfius wissen.

Vires atmete durch. Sie musste schnell ihr Gleichgewicht wieder finden. Selfius erkannte schnell, wie es jemanden erging. „Es war nur ein Junge, der um Geld gebettelt hat... und dabei einen Zettel hochhielt, dass er weder lesen noch schreiben kann und dafür Geld braucht. Das übliche halt. Soll doch der ihm Lesen und Schreiben beibringen, der ihm den Zettel beschrieben hat." Dabei verzog sie abschätzend einen Mundwinkel, um ihre

Aussage mit Mimik noch zu untermauern, zur gleichen Zeit steckte sie auch den Brief schnell ein, damit Selfius nicht kontrollieren konnte, was wirklich darauf stand.

Die graublauen Augen starrten Vires an. Hatte das Herz noch gerast, schien es nun fast stehenzubleiben. Vires versuchte jegliche Mimik und Gestik zu unterdrücken, damit der Elf nicht bemerkte, wie unangenehm es ihr war.

„Ja, du hast recht. Man sollte meynen, dass Narmonier bei Bettelaktionen solche Anfängerfehler nicht machen dürften.“

Vires atmete erleichtert aus, dass der Elf die Lüge nicht durchschaut hatte.

„Dann wollen wir weyter den Menschen auf die Nerven gehen.“ Lächelte Selfius Vires an und wandte sich zu Konstantin um, der sich sein nächstes Gesprächsopfer ausgesucht hatte.

Vires tat es weh, aber sie musste es tun. Sie musste lügen, um Konstantin und Selfius zu schützen, deshalb musste sie die Beiden nun auch verlassen. Als könnte die Hand es verhindern, griff sie mit der rechten zum Herzen hoch, denn es fühlte sich an, als würde das Herz zerspringen. Noch einmal schaute sie zu ihren beiden Wegbegleitern der letzten vier beziehungsweise zwei Solariszyklen hoch, dann verschwand sie in den Massen.

Immer noch blieb die Hand über den Herzen, um es am Zerspringen zu hindern. Es tat weh. Sie wäre noch zu gerne länger bei Selfius und Konstantin geblieben, mit ihnen am Lagerfeuer gesessen und ihren Gesprächen gelauscht. Wie gerne hätte sie Abschied von beiden genommen und sich für die Zeit bedankt, aber sie hätten nur mit ihr mitkommen wollen und wären mit ihr zusammen gestorben, das wollte Vires nicht. Beide waren zu gute Personen. Ihre Tode wären wirklich ein großer Verlust für die Welt... ihrer nicht. Am Tag, als sie für Konstantin die Assassinen verlassen hatte, wusste Vires, dass es ihr Todesurteil war. Dass sie überhaupt vier Solariszyklen weiter leben konnte, wunderte Vires, aber nun war es vorbei. Wie gerne hätte sie Konstantin und Selfius gesagt, dass die Zeit mit ihnen die Schönste in ihrem Leben war, denn sie hatte es ihnen nie gesagt, nie hatte sie gesagt, dass sie glücklich mit ihnen war, nie hatte sie gesagt, dass sie die einzigen Personen waren, die sie akzeptierten wie sie war. Sie war glücklich, dass sie die beiden getroffen hatte, hätte sie es ihnen nur einmal gesagt, aber so war es besser. Sie hatten sich. Vires war sicher keine Bereicherung ihres Lebens. Anfänglich werden sie traurig sein und sie suchen, wie sonst auch immer, aber diesmal würden sie ihre begleitende Last nicht mehr wieder finden und mit der Zeit würden beide darüber hinwegkommen.

Mit der behandschuhten Hand wischte sich Vires die Träne aus dem rechten Auge. Die Tränen aus dem Linken tropften eh in das Seidentuch. Danke, dass ich euch treffen durfte, dachte sich Vires, als sie in die Sackgasse einbog, wo der Treffpunkt mit Vermon stattfinden würde... und auch Vires Tod.

Bis auf ein paar Regenfässer und Holzkisten mit Müll war nichts in der dunklen Gasse zu sehen, sogar diese Gegenstände verschwanden fast gänzlich im Nachtschatten, weil das Licht der Laternen nicht bis hier herein reichte. Obwohl es menschleer schien, wusste es

Vires besser und als würde es eine Bestätigung brauchen, erklangen Worte von einer bekannten Stimme.

„Es freut mich, dass du meine Einladung angenommen hast, Liebes." Die Worte von Vermon kamen von oben herab, sinnbildlich und wörtlich gesprochen, denn seine Silhouette zeichnete sich auf einem Dach ab. „Es wäre bedauerlich gewesen, hätte wir uns erneut verfehlt, dann hätte ich wieder Zyklen von Zyklen damit verbringen müssen dich zu suchen, um dein Antlitz vor mir zu bewundern." Mit jedem gesprochenen Wort ging mit gemütlichen Schrittes Vermon vom Dach herab hinunter zu Vires in die Sackgasse, außerdem bewirkten die Worte bei Vires eine Kraftlosigkeit. Sie fühlte sich schwach. Sie war auch schwach verglichen mit ihm. Trotz Dolche und ihrem Kampfgeschick, sie war wie das Lamm vor dem Wolf, hilflos, ausgeliefert und schwach. Sie hatte nicht mal die Energie ihren Körper anzuspannen. „Ich finde es bedauerlich, dass du dich immer noch nicht akzeptierst, wie du bist. Nimm doch bitte dieses lächerliche Tuch aus deinem Gesicht." Vires wusste nicht, ob die Worte ernst gemeint waren oder nicht, dass wusste man bei Vermon nie. „Ein Makel macht doch eine Frau erst zu einer Frau, sonst ist sie doch nur eine Holzpuppe. Der Makel macht eine Frau doch erst aus. Es formt ihre Persönlichkeit und macht sie zu den wundervollsten Geschöpfen auf Gaia. Dein Makel oder eigentlich Erbe macht dich zu der Frau, in die ich mich verliebt habe." Es waren dieselben Worte, wie die als Vermon sie verführt hatte, als Vires bei den Assassinen aufgenommen wurde. Es war das erste Mal, dass jemand sie akzeptierte, wie sie war und was sie war. Sie fühlte sich das erste Mal bei einer anderen Person glücklich... nicht mal bei ihrer Mutter fühlte sie sich so geborgen. Vires Mutter zeigte immer einen Hauch Scham vor Vires vielleicht sogar Angst, aber nicht Vermon, weil er genau so ein Monster war wie sie, auch wenn man es verglichen zu Vires äußerlich nicht sah.

Als Vermon vor Vires stand, wobei nur das Weiß in den Augen andeutete, wo genau er sich befand, kamen alle Erinnerungen wieder hoch. Lieber wäre es Vires gewesen, hätte sie schöne Erinnerungen als letzte gehabt, aber es gab so wenige, sodass es wohl nicht mal für die Fülle der Zeit gereicht hätte, die ein Dolch benötigte, um das Herz zu durchstechen.

Ja, äußerlich sah man Vermon seine monströse Gestalt nicht an. Sein halbelfisches Äußeres glich sogar mehr einem Helden aus alter Zeit. Es war der Grund, weshalb Vires sich zu ihm hingezogen gefühlt hatte. Er war galant, freundlich und immer nett, dazu noch gutaussehend. Die Worte, die er benutzte, waren mit Komplimenten ausgeschmückt ohne übertrieben zu wirken. Das so ein wundervoller Mann überhaupt sich mit ihr abgab, war für Vires unbegreiflich, dann verliebte er sich angeblich auch noch in sie. Vires war glücklich, wusste sie doch noch nicht, was es hieß von ihm geliebt zu werden.

In den Nächten zeigte Vernom sein anderes Gesicht. Er war ein Meister der Gifte und Vires sein Versuchsobjekt. Jede Nacht injektierte der Halbelf ein Lehmungsgift in den Körper von Vires. Sie spürte jeden Schnitt, jeden Schlag, jedes Eindringen und jeden Schmerz, der an ihrem Körper verübt wurde. Obwohl... es war nicht mehr ihr Körper. Es war sein Körper. Er konnte mit ihm machen was er wollte. Vires war nur Zuschauerin, die alle Schmerzen auf sich nehmen musste. Wären die Schmerzen und die Hilflosigkeit nicht schon genug, hatte Vires doch immer das Gefühl, das sie es verdient hatte. Es konnte nicht sein, dass so ein liebenswürdiger Mann, ihr nur als Spaß Schmerzen bereitet hatte, heute wusste sie es besser, aber damals, damals hatte sie noch gedacht, dass sie es verdient hatte. Dass sie so ein schlechter Mensch war, der bestraft werden musste. Es gab nicht nur einmal den Gedanken, dass sie damals den Kampf gegen Konstantin unterbewusst freiwillig verloren hatte, um zu sterben und von Vermon freizukommen, denn sonst hätte sie keinen anderen Weg gewusst, um sich von ihm zu befreien.

„Schade, dass du es nicht abnehmen willst. Du bist doch so wunderschön." Auch ohne Gift war Vires wie gelähmt. Sie konnte weder Arme noch Beine bewegen. Sie befürchtete sogar, dass die Beine wegknickten, sobald sie einen Schritt machte, so schwach fühlte sie sich.

Erst Konstantin brachte ihr bei, was es hieß, den Leuten zu vertrauen. Es musste für ihn eine Last gewesen sein... und für was nahm er das alles auf sich? Damit sie in einer dunklen Gasse starb. Für ihn war es wohl wirklich besser gewesen, hätten sie sich nie getroffen, dann hätte Konstantin sich eine Menge Nerven und Ärger erspart, aber nun war er endlich frei von der Last.

„Aber da kann man ja nichts machen." Lachte der Halbelf „Jedenfalls, nach unserer abrupten Entzweiung, bin ich froh, dass ich dich gefunden habe, anstatt einer der anderen Assassinen und ich tat mein Bestes, damit dies geschieht, denn ich kümmere mich ja um dich, damit nicht irgendein daher gelaufener Meuchelmörder dein Leben beendet, bevor wir von einander Abschied nehmen konnten. Ich habe lange überlegt, wie wir unser Wiedersehen feiern könnten und ich hoffe, dass es dir genau so viel Spaß und Freude machen wird wie mir, denn ich habe mir sehr viel Mühe gemacht, um mir was einfallen zu lassen. Ich nehme mir für dich sogar extra freie Tage von meinen anderen Tätigkeiten, um ganz dir zu gehören. Ich hoffe, dass du nun verstehst, wie viel du mir bedeutest."

Das Herz blieb in Vires Brust stehen, doch zum Bedauern von ihr schlug es weiter. Der Körper fing an unkontrolliert zu zittern. Es war die Angst und nicht die Vorfreude, wie Vermon vermutete. Sie würde sterben und das sollte in der Zukunft das Ereignis sein, dass noch am schönsten sein würde.

Auch wenn es unwahrscheinlich sein mochte, schmeckte Vires den salzigen Geschmack auf der Zunge und den bitterlichen Geruch in der Nase vom Schweiß des Halbelfes. Den Schweiß, der auf sie Nacht für Nacht getropft war, der in die offenen Wunden eindrang und brennende Schmerzen verursacht hatte. Sie fühlte seinen heißen Atem, obwohl Vermon noch mehrere Meter von ihr weg stand. Sie fühlte den Atem am Nacken, wie er immer über ihre nackte, regungslose Haut wanderte. Die warmen Lippen, wenn sie eine blutende Wunde küssten. Sie fühlte an jeder Narbe am Körper das Brennen, das der Speichel jedesmal verursacht hatte. Trotz aller schmerzlichen Erinnerungen, konnte sie nichts tun. Sie stand nur da und wartete, bis Vermon mit seiner Vereinigung beginnen würde.

Was hätte sie schon machen können? Jede Aktion hätte nur dazu geführt, dass die Vereinigung noch länger hätte angedauert. Vielleicht wenn sie fügig wäre, würde er schneller seine Freude an ihr verlieren und sie töten... das war ihre letzte Hoffnung.

„Gnädige Kartren – auch wenn ich es nicht für nötig halte – aber würdest du meine Liebe kurz festhalten, damit sie sich nicht selber verletzt, während ich ihr meine Liebesdroge initiiere?" fragte Vermon ohne dabei seinen Blick von Vires zu lassen. Sie hatte gewusst, dass er nicht alleine war. Es war gut, dass sie sich nicht wehren konnte... wer wusste, was Kartren sonst für Befehle bekommen hätte.

Es herrschte Stille. Keine weitere Person hatte noch die Sackgasse betreten. Vires konzentrierte ihren Blick auf den Boden. Sie erwartete jeden Moment von hinten gepackt und festgehalten zu werden, doch dieser Moment kam nicht. War das ein Trick? Vires traute sich nicht hochzublicken, wer wusste, was dann geschah.

„Kartren?" In Vermons Stimme schwang ein wenig Ungeduld mit. Es konnte immer noch ein Trick sein, dachte Vires und blieb ungerührt an Ort und Stelle stehen. Es würde zu Vermon passen. Einer Person Hoffnung zu geben, um sie dann, sobald die Hoffnung am größten ist, endgültig zu zerstören.

„Kartren, komm raus!" Aus dem bisschen Ungeduld wurde Zorn. Vires hatte immer noch Ungewissheit, ob es sich um einen Trick handelte, aber sie musste sich Gewissheit verschaffen und schaute hoch.

Vermon wandte den Kopf hin und her und rief Kartrens Namen, doch es schien niemand zu reagieren. Etwas stimmte nicht. Es war kein Trick. Etwas verlief nicht so, wie es der Halbelf sich vorgestellt hatte. Unwillkürlich musste auch Vires um sich herum schauen, um herauszufinden, was gerade passierte. Sie war gefangen in der Angst vor Vermon. So aufgebracht hatte sie ihn noch nie gesehen. In seinen Augen fing ein Feuer an zu lodern, deren Mund als Dampfkessel diente, wo die Hitze in Form von Wörtern in die Luft geschossen wurde. Was würde wohl mit ihr passieren, wenn seine dunklen Augen sich wieder auf sein ehemaliges Spielzeug konzentrierten. Sie hatte Angst, doch nun keine lähmende mehr, sondern eine fluchterregende. Vires konnte sich nicht vorstellen, wie er mit ihr umsprang, wenn er seinen Zorn nicht verlor. Vires wollte fliehen, doch dann... bumm!

An der Wand der Sackgasse fiel etwas auf den Pflastersteinboden.

„Kartren?" fragte Vermon in die Dunkelheit hinein. Vires konnte nichts in den unendlich wirkenden Schatten erkennen.

„Sie kann dir nicht antworten." Erklang eine weiche männliche Stimme, bei der Vires überlegen musste, woher sie die Stimme kannte. „Mit durchbohrter Lunge fällt eynem das Atmen schon schwer genug, geschweige das Reden." Selfius! Erkannte sie die melodische Sprachweise des Elfen.

Vires schaute zurück auf das Hausdach hinter sich, wo sie ihren elfischen Begleiter vermutete. Dort stand er auch. Der Wind wehte durch den weißen Umhang, wie auch durch die langen blonden Haare. Er stand da, wie ein Held aus vergangener Zeit. Das Licht von Selúne ließ nicht nur die weiße Kleidung hell erstrahlen, sondern auch die Klinge seines schmalen Langschwertes.

„Netter Auftritt.“ Vermon ließ sich seine Überraschung – sofern er eine erleben durfte – nicht anmerken. Ganz im Gegenteil er klang sogar amüsiert, das beunruhigte Vires. „Halbrickness, schieß ihn ab.“

Vires erschrak und starrte auf Selfius, der nicht von seiner Position wich. Ihr Blick wanderte umher, doch es war kein Pfeil oder ein Bolzen zu sehen oder zu hören, der auf den Hochelfen zu flog.

„Halbrickness – so war doch der Name –, ist das zufällig eyn schwarzbärtiger Zwerg mit passendem Teint?“ Weil Vermon nicht antwortete, stattdessen mit weitaufgerissenen Augen hochstarrte, sprach Selfius weiter „Bey eynem Ja, muss ich Euch leyder zur Kenntnis setzen, dass der Ärmste durch den Verlust seyner Hände nicht mehr im Stande ist, seyne Armbrust zu benutzen, aber es ist auch besser so, denn wer weyß, wohin er schießen würde, wenn er, so kopflos wie er ist, zielen würde.“

Vermon wich zurück und griff sich an die Hüfte, wo sich wohl seine Waffe verbarg. „Wer bist du?“

Mit einem eleganten Sprung, wobei sein Umhang wie ein Fächer auseinander sich spreitzte, landete der Elf im Kniefall mit dem Rücken zu Vires vor ihr. Weiterhin in verbeugter Position verweilend, stellte sich Selfius vor. „Ich bin der Lichtstrahl, der die Nacht durchbricht. Ich bin die Klinge, die das Böse niederstreckt.“ Selfius erhob sich langsam und mit Bedacht. „Ich bin das Schild, das das Gute beschützt.“ Selfius stand in erhabener Position vor Vires. Bisher verdrehte sie immer die Augen, sobald der Elf sich so affektiert benahm, aber diesmal gefiel es ihr, auch wenn sie ungern die Jungfrau in Nöten als Rolle spielte, aber dennoch war sie glücklich Selfius – wenn auch nur von hinten – zu sehen. „Ich bin“ beendete Selfius seine Vorstellung, aber nicht seinen Auftritt „der, der dich… wo landet ihr Halbblüter überhaupt? Abyss ist uns Elfen vorbehalten. Das Jenseyts den Menschen. Wo kommst du hin?“

Vermon begann Selfius anzulächeln, was man nur an den weißen Zähnen im Gesicht erkannte: „Das wirst du nicht erfahren, Ülfän.“ Vires wusste nicht, was das Wort Ülfän bedeutete, aber so wie er es aussprach, musste es als eine Beleidigung gelten.

„Oh, Ihr seyd also den Drow zu geneygt.“ Falls das Ülfän wirklich eine Beleidigung war, ließ sich Selfius nichts anmerken.

„Ich bin ein Drow.“ Korrigierte mit freundlicher Stimme Vermon. „Also werte Ülfän, macht doch bitte das, was Euer Volk am besten kann. Auf Häuserwände malen, Lieder singen oder vor Gefahren einfach davon laufen oder gleich aufgeben.“

„Ich muss noch etwas zu Eurer Aufzählung hinzufügen und zwar das Tanzen und ich bin ein leydenschaftlicher Tänzer. Am liebsten mit meyner Partnerin.“ Um zu untermauern, wer als Partnerin gemeint war, strich Selfius zärtlich, wie über die Eisenhaut seiner Geliebten, über die Klinge seines Schwertes. „Und soll ich Euch noch was sagen?“ Selfius wartete keine Antwort ab, was bei rhetorischen Fragen üblich ist „Sie hat mehr Drow in ihrem Leben getroffen, als ihr jemals gesehen habt. Jeder Drow wäre froh, wenn ich deyn Leben hier und jetzt beende, denn du bist nichts als ein billiger Abklatsch der Rasse. Ein möchte gern Drow, der zwiegespalten zwischen zwey Völkern herumweynt und dann beschließt eyner Rasse anzugehören. Du bist keyn Drow und wirst nie eyner seyn. Du bist nicht mal zur Hälfte eyn Drow. Mach doch jeden Elfen und Halbelfen eynen Gefallen und bring dich doch selber um, bitte."

Vermon stand schweigend da, dann machte er Geräusche, anfangs konnte Vires es nicht beurteilen, doch dann wurden sie lauter und lauter und es war ein Kichern, das zu einem Lachen wurde. Als das Lachen für gesprochene Wörter wich, gab es sarkastischen Applaus seitens des Halbelfen: „Nett, wirklich nett. Eine wundervolle Rede. Hast du sie auswendig gelernt oder hast du improvisiert? Egal, es hat keinen Erfolg. Ich bin zu schlau dafür. Du wolltest mich so sehr provozieren, dass ich Blindlinks auf dich zu stürme und ins Abyss komme. Nein danke, ich bezweifle, dass du je auf einen Drow gestoßen bist, weil sonst wüsstest du, dass du mit solchen Versuchen bei uns keine Chancen hast. Jedoch weiß ich auch, dass ich gegen dich keine Chance habe – jedenfalls nicht im offenem Kampf – aber es gibt ja noch andere Möglichkeiten, um an dir vorbei zu kommen, Selfius Maliney, seines Zeichen Begleiter von meiner Vires. Du wirst nicht immer vor Ort sein."

Vires kam ein kalter Schauer über ihren Rücken, natürlich wusste er von Konstantin und Selfius Bescheid, hingegen wusste Vires, dass Vermon recht hatte. Selfius und Konstantin konnten sie nicht immer beschützen. Irgendwann wird er sie wieder finden und sie würde sterben.

„Bis zu unserem Wiedersehen, wünsche ich euch aus tiefsten Herzen, beste Gesundheit. Lebt wohl." Selfius war zu weit weg, um einen Angriff zu starten, als Vermon triumphierend die Sackgasse verließ. Würde Selfius angreifen, hätte der Halbelf die Vorteile für sich. Es würde dann das Gegenteil passieren, als das, was Selfius geplant hatte.

Vermon bog um die Ecke herum. Sobald er aus dem Blickfeld verschwand, würde das Leben auf der Flucht weitergehen, nur diesmal hatte Vermon die Spur aufgenommen. Es würde bestimmt keine vier Zyklen dauern, bis sie ihn wiedersah.

„Hugh." Ein gestocktes Ausatmen ertönte um die Ecke, gefolgt von einem lauten Knacken, wie das von brechenden Knochen. Kurz darauf erschien eine hünenhafte Silhouette an der Ecke, wo zuvor Vernom verschwand. „Wollen wir weiter Barden verfolgen?" fragte Konstantin ohne weiter auf die Geräusche einzugehen.

„Ich wäre dafür. Es war ein schönes Intermezzo, aber wir sollten uns weyter auf das Hauptstück konzentrieren."

Kurz darauf schauten sie beiden Vires an, die immer noch am verarbeiten war, was gerade passierte. Apathisch wirkte sie auch die restliche Nacht. Sie konnte es nicht glauben, war endlich der Fluch vorbei oder war das nur wieder ein Trick von Vermon? Hatten Konstantin und Selfius ihn wirklich... es konnte doch nicht so einfach sein. Auch mit dem neuen Morgen konnte Vires noch nicht glauben, dass Vermon wirklich tot war. Sie war wieder bei Selfius und Konstantin... waren es überhaupt die beiden? Sogar daran zweifelte Vires noch für ein paar Augenblicke, bis sie merkte wie abwegig der Gedanke doch schien, aber sie hätte sowas Vermon auch zugetraut. Es gab auch die Möglichkeit, dass Konstantin und Selfius zusammen mit dem Halbelfen kooperierten, doch wieso erst vier Zyklen nach ihrer Flucht? Es würde zu ihm passen, dass in dem Moment, sobald sie endlich sich sicher fühlte, Vires erfahren würde, dass Selfius und Konstantin schon immer für Vermon gearbeitet hatten, und so ihre Welt zerstörte. Es wäre ja auch glaubhaft, ihr Lebenlang hat doch niemand Vires jemals so akzeptiert, wie sie war. Nur Vermon... Konstantin und Selfius. Wegen all dieser Gedanken und den Zweifeln konnte Vires sich einfach nicht freuen, dass vermutlich ihr Drangsalierer nun endlich vom Diesseits verschwand. Hätte sie vielleicht doch nach der Leiche schauen sollen, doch die Angst, dass er dann einfach wieder vor ihr stünde war zu groß gewesen... und wenn doch eine Leiche dort lag, hätten sich die Zweifel dann gelegt?

Oliver I

„Welch grausames Schicksal." Sinnierte Oliver laut nach, damit ihm sein Arbeitskollege Gilbert noch hören konnte. Er schaute dabei auf den toten Halbelfen, dessen Kopf und Körper nicht entscheiden konnten, wo nun vorne und hinten wäre. „Er war noch so jung." Die Hand strich durch die weichen, schwarzen Haare, dabei betrachtete er die makellosen Züge des weichen Gesichtes „Was er wohl hier gemacht hat? War er nur zum Fest hier in den Freimarschen? Wollte er am Markt ein Geschenk für seine schwerkranke Mutter kaufen, dabei geriet er dann hier in einen Hinterhalt oder war er nur zur falschen Zeit am falschen Ort? Was konnte ihn nur so das Genick brechen? Es muss ein Monster sein." Oliver erhob sich und schaute dabei direkt in Solaris rötliches Antlitz des Morgens. „Ich kann nicht weiter tatenlos zusehen, wie gute, unschuldige Bürger, wie Reisende einfach hier sterben. Es ist eine Schande. Ich verspreche dir mein junger Freund. Ich werde nicht länger ruhen, bis nicht dein Mörder hinter Schloss und Riegel landet. Dein Tod soll nicht umsonst sein. Es wird nun Zeit für eine neue Zeitrechnung im narmonischen Reich. Kein Tod soll mehr unaufgeklärt bleiben."

„Jetzt hör auf mit dem Scheiß." Unterbrach Gilbert den Vortrag seinen Kollegen „Und hilf mir stattdessen den Ork in den Wagen zum Zwerg zu werfen. Du wirst nie die Mörder finden."

Oliver drehte sich langsam herum, schaute hinüber zu seinen Arbeitskollegen und Saufkumpanen. Die Lungen machten noch einen intensiven Atemzug, dann entgegnete Oliver ihm: „Du hast recht. Schade. Außerdem bekommen wir ja für jeden Toten, den wir einsammeln, damit keine Seuche entsteht, Geld von der Stadt. Also im Grunde retten wir Leben."

„Genau. Und jetzt hilf mir endlich mit dem Ork, oh du Lebensretter."

„Wir Lebensretter." Verbesserte Oliver Gilbert.

„Ja, wir Helden. Bald werden Hymnen über unsere Taten besungen." Es schien etwas Sarkasmus im Satz mit zu schwimmen, aber was soll's.

So packten die beiden Helden der Freimarschen die Orkfrau und den Halbelf und warfen ihn zum toten Zwerg in den Wagen und reisten weiter durch die Stadt mit einem fröhlichen Lied auf den Lippen und begingen weitere Heldentaten, die nach so einer festlichen Nacht in jeder dunklen Ecke lauerten.

Selfius II

Ein Lento in con spirito erfüllte mit seinen langsamen Lautenklängen den Hauptplatz der Stadt Makelania. Die Melodie mit ihren schweren nachdenklichen Klängen entsprang der Laute des Troubadours, der am Rande des Stadtbrunnens Platz genommen hatte. Der grüne Umhang diente dem Mann als Unterfläche, um am steinernen Rand sich nicht den Hintern abzufrieren. An der hellen Hautfarbe des rasierten Gesichtes zu urteilen, durfte der Troubadour nicht aus der Gegend stammen. Jedoch war der Mann nicht hier, um nach Silber und Bronze zu betteln, sonst würde wohl der Schlapphut mit der hochgesteckten linken Seite auf dem Boden liegen und nicht das Haupt noch zieren. Die olivhäutigen Männer und Frauen ignorierten den Mann, was Selfius nicht verwunderte. Die Bewohner des Reiches Makelien hatten keinen Sinn für die Kunst, jeglicher Art von Kunst. Schon an den grauen Häusern, die gerade mal ein Dach und vier Wände mit Türen und Fenstern aufwiesen, erkannte wohl jeder, wie wenig die Bewohner sich mit künstlerischer Freiheit und Eigenheit auseinander setzten. Die Bauwerke würden in Renoncé nicht mal als Aborte, wegen deren Schlichtheit, durchgehen. Da würde wohl jeder Elf lieber in den Wald für seine natürlichen Notwendigkeiten gehen als sie in so einem Gebäude auszuleben. Für Selfius war es ein Kulturschock, als er vor vierzehn Zyklen hier in die Hauptstadt von Makelien kam. Zuerst dachte er noch, dass es nur ein wanderndes Dorf, wie bei Wanderzirkussen üblich, wäre und man es nur wegen dem schnellen Auf- und Abbau so schlicht hielt, doch da irrte sich der Lichtelf. Die einzigen Sachen, die einem architektischen Lichtelf nicht das Verlangen erregte, sich die Augen aus zustechen, waren der Palast auf dem Hügel und der Stadtbrunnen im Zentrum.

Der Palast mit den drei zwiebelförmigen Dächern auf den Türmen war bunt, wenn man es mit den normalen grauen Häusern verglich. Die Primärfarben waren zitronengelb wie Gold. Als Sekundärfarben dienten Burgundrot und Morgenrot, wobei das Volk wohl sagen würde „Der Palast ist gelb und rot." Sie würden nicht mal die farblichen Nuancen erkennen, wenn man sie ihnen zeigen würde und Selfius war nicht mal ein ausgebildeter Zeichner. Er hatte zwar malerische Kunst ein wenig gelernt, aber ein Primuszeichner würde wahrscheinlich am Palast noch mehr Farbenspektren erkennen und Farben benennen, die Selfius gar nicht kannte. Dasselbe galt für das Architektonische. Selfius kannte sich noch weniger in der Ingenieurskunst aus, weil sie ihn nie interessiert hatte. Ein Ingenieur könnte wohl eine Seite voll schreiben, wie der Palast aussah, anstatt nur die drei Türme zu sehen, samt Hauptgebäude mit Fenstern und dem Tor, wie auch die Freitreppen.

Der Palast hatte auch nicht wirklich Selfius Interesse verglichen zum Stadtbrunnen, dem zweiten künstlerischen nicht-ganz-Fehlgriff. Es lag nicht an der schwarzen Marmorstatue vom Begründer der Stadt, sondern am lebenden Mann darunter, Barden, der weiter seine Melodien spielte.

Selfius verhörte die platschenden Schritte auf dem Matsch der Pflastersteine, die das letzte Überbleibsel des Schneefalls von vor zwei Tagen war. Auch ein Zeichen wie ignorant das Volk gegen die Hohe Kunst war. Denn Barden spielte ausgezeichnet, was man von dem Namen auch erwarten konnte. Er sah nicht nur so aus wie auf den Bildern der zeichnenden Künstlern, sondern spielte dementsprechend. Für einen kurzen Gedanken dachte Selfius nach, ob er nicht doch der Mann von vor... aber dann verwarf er den Gedanken. Es war für die Mission auch nicht relevant.

Mit langsamen und lautlosen Schritt, wie es nur ein Elf auf so einem matschigen Untergrund machen konnte... und vor allem einer, der eine passende Ausbildung genießen durfte, näherte sich Selfius dem Troubadour. Noch bevor Selfius nah genug war, um einen Morgengruß zu äußern, der nicht geschrien war, rutschte eine Frau aus. Wären nicht die vier vollen Jutesäcke gewesen, die sich paarweise auf die zwei Hände verteilt hatten, hätte die Frau wohl den Sturz abfangen können. Mit der Frau landeten auch die Innereien der Säcke über den Boden. Apfelsinen, Mandarinen, Äpfel und Birnen rollten über den Matsch. Bananen und etwaiges Gemüse und Obstsorten, deren geometrische Eigenschaften es nicht zu ließen, um über den Boden zu rollen, blieben an Ort und Stelle.

Selfius wollte Hilfe bereitstellend zur Frau eilen, doch Barden war schneller. Er war auch näher dran. Der Troubadour legte seine Laute beiseite, um die Hände frei zu haben, um sie der Frau zu reichen. Diese nahm dankend die Geste an. Hüftabwärts war die braune Robe der Frau komplett durchnässt, doch dafür hatte sie keinen Blick. Ihre Aufmerksamkeit galt nur dem herumliegenden Essen. Nach dem kurzen „Danke" wandte sie sich schon wieder dem Boden zu, doch diesmal mit der Vorder- statt mit der Kehrtseite. Barden wollte auch diesmal der Frau helfen und die verlorenen Nahrungsmittel wieder in die Säcke zurück bringen, doch ein lautes „Hey da!" ließ den hilfsbereiten Mann inne halten, als hätten die eisigen Worte ihn erstarren lassen.

„Weg von meinem Weib!!!" brüllte der Mann erneut, der, nach seiner Aussage her, wohl der Gatte der stürzenden Frau schien, so vermutete Selfius, der weiter die Szene betrachtete. Als hätte Barden etwas Unzüchtiges mit der Frau angestellt, stellte sich der schwarzbärtige Mann zwischen seiner Frau und dem Troubadour. „Weg!" kläffte der Mann mehr als er sprach, während die Frau in dessen Rücken weiter die Nahrungsmittel einsammelte.

„Oh, verzeiht." Gab sich Barden devot, wobei Selfius gleich merkte, dass es eine aufgesetzte Unterwürfigkeit war. „Ich vergaß, in welchen Ländereien ich mich derzeit befinde." Auch wenn die Worte klangen, als wolle er sich für sein unüberlegtes Handeln entschuldigen, konnte Selfius in den braunen Augen des Mannes sehen, wie er den Ehegatten taxierte. Er ließ nicht eine Sekunde seinen Blick von dem in der Robe gehüllten Körper ab, was bei einer ernsten devoten Haltung, doch mehr als unüblich war, bei der der Blick meistens gegen Boden sich richtete. „Ich habe auch glatt das gebundene Haar übersehen, die sie als Eigentum von Euch zeichnet. Ich hoffe, Ihr könnt so einen Affront gegenüber Euch und Eurer Kultur nochmals verzeihen, da ich noch nicht so lange und oft hier in Eurem Reich verweilte."

Würde der Ehemann nur einen Hauch Empathie besitzen, würde er wohl Bardens Zynismus, der mit jedem Wort über die Lippen tropfte, leicht bemerken und mit einem Faustschlag das tropfende Leck stopfen... aber so kam es nicht. Stattdessen schnaubte der Mann nur und wandte sich seiner Frau zu, der er nun seinerseits half, wieder die Nahrungsmittel in die Säcke zu stopfen.

Selfius war nicht verwundert, dass die vielen Personen, die sich am Marktplatz tummelten, kaum bis gar kein Interesse für die helfende Szene hatten oder zumindest so taten, dass sie kein Interesse zeigten. Die Bewohner Makeliens interessierten sich nicht für die Belange anderer, solange es nicht der König war und die fremden Belange einen Vorteil für sie ergossen. Auch die Reaktion Bardens verwunderte Selfius nicht, denn als der Gatte seinen Rücken dem Troubadour zuwandte, verdrehte dieser stummseufzend die Augen und schnappte sich die Laute, um den Hauptplatz zu verlassen. Dies jedoch konnte Selfius nicht zu lassen, jedenfalls nicht ohne ihn, weshalb der Elf dem Troubadour den Weg abschnitt.

„Verzeyht, meyn Name ist Selfius Marley, dürfte ich Sie stören?" gab sich Selfius mit höflichem Tonfall, wobei er keine Sekunde nachdachte, ob er sich mit falschen Namen vorstellen sollte.

Barden lächelte freundlich, dass es einem das Herz erwärmen ließ. „Eine neue Bekanntschaft stört doch nie. Vor allem, wenn Sie von der Rasse stammt, deren Kunst und kulturelle Einflüsse über Generationen berüchtigt ist."

Selfius schien verwundert. Nur wenige Menschen erkannten seine Rassenangehörigkeit, sobald die spitzen Ohren unter dem Stirnband verschwanden. Nicht mal am leichten Akzent, den jedem Elf eigen war, wobei Selfius im Laufe der Zeit unter den Menschen nur noch die Aussprache des EI anders betonte, erkannten sie seine Rassenzugehörigkeit. Der Lichtelf wollte jedoch nicht das Gespräch in diese Richtung führen, woher er ihn als Elf erkannte, weshalb er sich für eine andere Erwiderung entschied. „Welch wortreyches Kompliment, jedoch würde dem nicht jeder zustimmen."

„Das sind Ignoranten oder schlichte Personen, die sich für nichts interessieren, als das, was ihnen nütze und einfach das Leben nicht genießen können."

Selfius erwiderte dazu nichts wörtliches, sondern lächelte nur wissentlich. Als er auf der Suche nach Arbeit in Makelien war und dabei in den Vorstellungsgesprächen erklärte, dass er ausgebildeter Tänzer wäre, wurde dieser angelacht, weil die Arbeitgeber meinten, dass dies ein Scherz wäre, was man auch verstand. Unter den Menschen gab es den Beruf des Tänzers nicht, denn dieser war kein „produktives" Arbeitsgebiet. Tanzen war eine Freizeitbeschäftigung, was man auch am Gehüpfe und Gehopse von ihnen sah... jedenfalls haben sie Spaß dabei.

„Aber dürfte ich Euch dennoch fragen, weshalb Ihr mich mit Eurer Anwesenheit bereichert? Wenn es nicht zu unhöflich wäre."

„Neyn, ist es ganz und gar nicht. Es wäre eyn Affront meynerseyts würde ich euch grundlos die Zeyt nehmen." Selfius durfte nicht gleich auf den Punkt kommen, weshalb er Barden ansprach. Endlich durfte er wieder seiner elfischen Natur folgen. Es gab böse Zungen – schon seit Anbeginn der Zivilisation -, die behaupten, dass ein lichtelfischer Morgengruß meistens bis Mittag andauerte. Natürlich war es übertrieben, jedoch hatte es einen wahren Kern. Wenn Elfen sich trafen, erzählten sie gerne und weitumschweift, was ihnen seit dem letzten Treffen widerfahren war... und das nur bei einer zufälligen Begegnung auf der Straße. Es hatte was mit Höflichkeit zu tun, dass man die Geschichte der anderen Person gerne zuhörte. Selfius musste sich diese Eigenschaft unter den Menschen schnell abgewöhnen, denn die grüßten nur mit einem „Morgen.", wenn sie überhaupt den Mund zu Gruße öffneten, meistens gab es nur ein Nicken, damit der Gegenüber wusste, dass man dessen Präsenz bemerkt hatte.

„Euer Lautenspiel war exzellent, wie spielerisch Ihr beym Stück „Tempestst Sturm" vom fuego Presto des Infernos mit einem grandiosen piu lento zu eynem Adagio wurde, um den neuen Tag über den Ruinen der Stadt ihr Thema zu geben. Ich konnte fast erkennen, wie der Rauch aus den tiefen Wunden der Hausmauern empor stieg. Eynfach grandios, Chapeau." Selfius verneigte sich und hätte seinen Hut gezogen, um die Geste zur Vollkommnung zu bringen, jedoch hatte er nur das weiße Stirnband.

„Hab Dank. Jedoch müsste ich mich für diese freundlichen Worte verbeugen." Was Barden dann auch tat... jedoch vollkommen. „Wie ich aus Euren Worten erkenne. Ist Euch die Musik nicht nur durch das Hören vertraut?"

„Da habt Ihr Recht. Ich habe Musik und Tanz in Resoncé studiert und promoviert." Selfius sprach es mit Stolz aus, denn er war es auch.

„Dann fühle ich noch mehr geehrt. Hab Dank. Ich hoffe, dass es für Euer geschultes Ohr nicht zu primitiv Klang, denn ich durfte noch nie meine Fähigkeiten in einem Synphoteum verfeinern."

Selfius war nicht verwundert, dass Barden den Fachausdruck für eine Musikschule kannte, die an der Göttin der Musik und des Tanzes, Synphonia, gewidmet war. Was sich in der Aussage noch verbarg, war die Tatsache, dass Barden nie einen Unterricht in einem Synphoteum genießen durfte. Also war es wirklich ein anderer Barden vor zweihundert Zyklen, was Selfius nicht verwunderte. Denn jener Barden verbesserte sein Können, indem er fünfzehn Zyklen im Synphoteum lebte, also doch nichts mit einem Mittel, wodurch die Elfen wieder ihre Langlebigkeit zurück gewinnen konnten, schade für die Drow.

„Ganz im Gegenteyl." Beruhigte Selfius sein Gegenüber „Ihr spieltet, als hättet Ihr eyn Primus Musicus bestanden. Doch erzählt, wer lehrte euch so gut zu spielen?"

Der rechte Mundwinkel verschob sich einem Lächeln, was dem Mann ein spitzbübisches Grinsen gab: „Mein Lehrmeister. Wer sonst?" dabei zuckte er mit den Schultern. „Seinen Namen zu nennen, würde nichts bringen, da er tot ist und niemanden mehr etwas lehren kann."

„Ich wünsche Euch mein tiefherziges Beyleyd."

„Hab Dank. Aber das braucht Ihr nicht. Er starb vor fünfzehn Zyklen und war damals ein alter Mann, als Nekro ihn holte. Außerdem hatte er ein glückliches und erfüllendes Leben geführt."

„Das hört man gerne. Dürfte ich Euch noch eyne Frage stellen, wenn es Eure Zeyt erlaubt?"

„Natürlich, fragt nur. Nur so wird man zu einer wissenden Person."

„Danke. Makelien ist nicht für Ihre Kunstlieberey bekannt, deshalb fragte ich mich. Was führt so einen begabten Musicus in diese Stadt?"

Wieder zierte ein Lächeln die Lippen des Menschen, doch diesmal war es wärmend und einladend. Selfius konnte nicht glauben, dass dieser Mann vor ihm ein Attentat verüben mochte. Seine braunen Augen waren zu rein und gutherzig und nicht so kalt, wie die eines Mörders, dennoch war er auf dem Ball mit falscher Identität aufgetaucht und verschwand nach dem Mordversuch. Also konnte er nicht so gutherzig sein, wie es seine Blicke verrieten, aber das hatte das Gericht in Langen herauszufinden und zu beurteilen, nicht er.

„Ich muss" begann Barden zu erklären „dort hinauf." Dabei wanderte sein Blick an Selfius vorbei hoch zum Palast.

Selfius folgte dem Blick, um kurz darauf seine Augen wieder Barden zu zuwenden. „Was genau habt Ihr im Palast für eyne Aufgabe? Hat König Myrkel endlich eyn Eynsehen und versucht sich in der Kunst fortzubilden?"

Barden schmunzelte bei der Vorstellung. „Nein… nein, ich glaube nicht, dass je ein König Makeliens solch eine Einsicht bekäme… nicht mal wenn das Dämonentor sich erneut öffnen würde."

„Da habt Ihr wohl recht, doch was wollt Ihr dann im Palast?"

„Es gibt dort ein Objekt, der sich laut meinen Quellen in der Schatzkammer des Palastes befindet, den müsste ich an mich bringen, doch nicht, um mich zu bereichern, sondern, um mein Leben nicht zu verlieren. Mein Auftraggeber möchte unbedingt dieses Objekt und würde dafür über Leichen gehen… auch über die Meine."

Die Worte entsprangen der Wahrheit, wie Selfius an der Mimik und Gestik des Mannes erkannte. Vielleicht war Barden nur ein Werkzeug und für den Anschlag doch verantwortlich, aber was war das Ziel des Anschlages, denn für Barden wäre es ein

Leichtes gewesen, die Prinzessin zu töten? Oder hatte das hier gar nichts mit dem Anschlag zu tun? Es ergaben sich mehr Fragen als Antworten, doch es war noch nicht der Moment, um die Fragen zu stellen, jedenfalls nicht die bedeutenden, so stellte Selfius die Semi-Bedeutsamen.

„Dürfte ich fragen, wer Euer Auftraggeber ist oder würdet es Ärger mit sich bringen?"

Barden lächelte wieder, diesmal gequälter, wie ein Mann, der zum Schafott gebracht würde und mit dem Leben abgeschlossen hatte: „Mir wurde nicht untersagt seinen Namen zu nennen, also... Es ist der bezaubernde und liebevolle Eroberer, wie Erzeuger von Witwen und Waisen im Süden Schildorans, Kelmenar Morden von Kelmantor."

Kelmantor und Langen lagen im Krieg, soweit Selfius wusste... also könnte es sich beim Anschlag und dem Diebstahl hier in Makelien um ein und denselben Auftraggeber handeln, doch was hatte der Herrscher von Kelmantor mit einem Objekt in Makelien zu schaffen?

Selfius konnte seine Gesichtszüge der Verwunderung nicht verbergen, was Selfius vermutete, weil Barden auf die gedanklich gestellte Frage antwortete: „Dies darf ich Euch diesmal wirklich nicht nennen. Tut mir leid." Dabei strahlte der Troubadour von einem Ohr zum Anderen.

„Dürfte ich Euch meyne Hilfe anbieten, um in den Palast zu gelangen?"

„Natürlich, jedoch müsste ich Eure Motivation für diese Hilfestellung erfragen, denn dies übersteigt doch die natürliche Höflichkeit von Euch Lichtelfen, soweit ich weiß."

„Es wäre eynfach tragisch, wenn so ein begabter Troubadour, wie Ihr, als Verbrecher im Kerker oder am Schafott endet, wobei Ihr nur eynen Auftrag ausführt, um Eurer eygenes Leben zu verlängern." Es waren ehrliche Worte. Ein so begabter Troubadour mit dem Können eines Musicus, ob Mensch oder Elf... oder sogar Zwerg, sollte ein gutes und erfülltes Leben führen und in Epien positiv vermerkt werden.

„Oh, das ist gut und auch schön." Erwiderte Barden erleichtert. „Und was ist Euer wahrer Grund?"

Selfius musste leicht lachen, wie ein Junge, der beim Lügen erwischt wurde: „Der König hat auch etwas in seynem Besitz, das ursprünglich mir gehörte."

„Wie kam er in dessen Besitz?" Wollte Barden wissen.

Es gab keinen Grund zu lügen, wenn die Wahrheit doch so überzeugend wirkte, also begann Selfius zu erzählen: „Ich wurde vor vierzehn Zyklen aus Renoncé verbannt." Selfius offenbarte den schwarzen, spinnenförmigen Brandfleck unterhalb des Schlüsselbeines, um seine Aussage zu untermauern.

Barden bekam große Augen, scheinbar wusste er, was der Brandfleck bedeutet, sonst wüsste Selfius nicht, wie der Troubadour auf die Vermutung kam: „Was habt Ihr verbrochen? Habt Ihr versucht den Saren zu ermorden?"

Ja, der Mordversuch am Oberhaupt der Lichtelfen, war einer der Gründe, um von Renoncé verbannt zu werden, doch es gab noch weitere. „Neyn, etwas Schlimmeres." Selfius konnte am Blick von Barden erkennen, dass der Troubadour doch gerne erfahren würde, was es wahr, doch da musste Selfius in enttäuschen. „Doch leyder muss ich Euch enttäuschen, dies werde ich niemanden erzählen, denn es ist auch nicht mehr wichtig."

Barden dürfte wohl den ernsten und verletzlichen Tonfall in der Stimme des Elfen bemerkt haben, denn er hakte nicht weiter nach. Nicht mal, wenn Selfius die Absicht gehabt hätte, seine Gefühle zu unterdrücken, war der Schmerz einfach zu stark, auch noch nach so vielen Zyklen, doch er bereute seine Tat bis heute nicht eine Sekunde.

„Jedenfalls" begann Selfius weiter zu erzählen an. "kam ich hier nach Makelien ohne Geld an. Nur mit Gütern, die ich alleyne in Taschen und Rucksäcken tragen konnte, wie es bey Verbannungen der Brauch ist. Meyn anderer Besitz wurde unter den anderen aufgeteylt. Um wieder an Geld zu kommen, verkaufte ich viele Gegenstände. Leyder brachte das meyste Geld eyn Familienerbstück... ein Medaillon mit unserem Familienwappen eyn, das aus purem Gold und Edelsteynen bestand. Ich fing an zu arbeiten, um zu beginnen eyn Leben aufzubauen und meyne Sachen wieder zurückkaufen zu können, deshalb diente ich auch als Soldat... sogar für Makelien. Als ich das Geld zusammen hatte, verwerte man mir eyne Audienz beim König, weyl ich nur eyn dreckiges Spitzohr bin. Ich würde ihn gerne wieder haben, darum würde ich mich Euch gerne anschließen. Ich hoffe, dass ich Euch behilflich seyn kann."

Barden schaute schweigend, ohne eine Mimik zu verziehen Selfius an, als er seine wahre Geschichte erzählte, wie er seine ersten Zyklen hier auf dem Kontinent Vegnarian verbracht hatte. „Einverstanden, dann wollen wir einen Plan ersinnen, wie wir unbemerkt in die Schatzkammer kommen können."

„Danke." Verneigte sich Selfius. Der Elf war glücklich. Für einen kurzen Moment der Erleichterung hatte er fast schon vergessen gehabt, dass er das Gespräch mit Barden gesucht hatte, um ihn eigentlich festzunehmen, aber so konnte er zwei Fliegen mit einer Klappe fangen. Vires und Konstantin dürften wohl längst den König davon überzeugt haben, dass es für sein Reich das Beste sei, wenn er mit Langen kooperiert oder sich zumindest nicht in die längischen Angelegenheiten einmischt, was wahrscheinlicher war.

„Bedankt Euch erst nach unserem erfolgreichen Clou."

Selfius III

Der Hüne mit dunkler Haut, dessen kurzer Bart nur noch schwärzer war, wanderte mit nachdenklichen Gesichtszügen um die Truhe herum. Seine Arbeitskollegin betrachtete von der Holztüre weg das Geschehen mit dem rechten Auge, denn das linke verbarg sie vertikal verbunden unter einem lila Halstuch. An den schwarzen Lederwämsten und den farblich angepassten Hosen und Stiefeln zu erkennen, dürften es sich um Palastwachen handeln. Die eisernen Panzerungen an den Armen und Schultern, wie Schienbeinen und um das Becken herum, unterstrichen ihre Position hier im Palast von Makelien. Aber der eindeutige Beweis für ihre berufliche Laufbahn war der Wappenrock, auf dem zierte eine goldene Stadt den schwarzen Hintergrund. Das passt nicht wirklich zu Makelania, dachte sich Selfius. Vielleicht die antike Stadt Makelania aus dem zweiten Zeitalter, aber nicht das heutige.

Der großgewachsene Mann, der Selfius mindestens um eineinhalb Köpfe überragte, öffnete die ledernen Laschen der Truhe, um sich zu vergewissern, dass sich in der Truhe auch wirklich die Einnahmen der Stadt befanden. Selfius hatte ein gutes Gefühl, dass sie passieren konnten. Wie anscheinend Barden auch, so wie er die ruhige Mimik unter dem Lederhelm mit Eisenverschlägen beurteilen konnte.

„Ihr könnt passieren." Sprach die Palastwache mit rauer Stimme, was zugleich auch der Befehl für die Frau war, um die Tür zur Schatzkammer zu öffnen.

Schnell schnappten Selfius und Barden die Griffe der Truhe und taten so, als würden sie eine zur Gänze mit Gold- und Silbermünzen gefüllte Truhe hochhieven und nicht nur eine, die bis zur Hälfte voll war und dessen unteres Stück nur Luft ausfüllte. Damit sich diese ungleichen Elemente nicht trafen oder die Götter behüteten gar die Plätze tauschten, lag ein Holzbrett dazwischen.

Als Barden und Selfius die Schatzkammer betraten, wurde die Türe gleich hinter ihnen geschlossen, denn sie hatten die Aufgabe, die Münzen ordnungsgemäß an ihren Platz in der Schatzkammer zu bringen, da war der König sehr penibel, aber zuerst nahmen die beiden Eindringlinge in den Palast ihre Helme ab und atmeten durch. Selfius hätte nicht durchatmen müssen, um seine Erleichterung zu suggerieren, dass sie es geschafft hatten und sich nun in der Schatzkammer befanden, denn er wusste von vornherein, dass der Plan gelingen würde. Es lag nicht nur daran, dass sie beide ihre Haare wie Gesichter mit Kohle schwärzten, um als Reichbedienstete zu gelten, denn nur Leute mit der passenden ethnischen Herkunft durften direkt dem Reich dienen, sondern auch, dass Selfius von seiner Zeit als Soldat noch ein paar Gefallen einbringen konnte, um an die Rüstungen zu gelangen, die deren der Palastwache glichen – so kamen sie auch an die Münzen und die Truhe –, doch vor allem lag es daran, dass der König sich nicht in die Angelegenheiten Langens einmischen wollte, und er sich deshalb Konstantin, Selfius und Vires bei der Gefangennahme von Barden nicht in den Weg stellte, sondern sogar etwas kooperierte.

Barden entzündete erstmals die Laterne mit einem Streichholz, denn verglichen zu den Gängen im Palastkeller war der Raum nicht mit Kerzen ausgeleuchtet.

Myrkel war wirklich penibel, wie Selfius beim Anblick der Kammer feststellte. In den verschieden farblichen Truhen befanden sich jeweils Münzen aus den verschiedenen Menschenreichen, sogar Sarinen – die Währung der Elfen in Renoncé – konnte Selfius erkennen. Sie waren alle übereinander gestapelt und aufsteigend nach Wert von links nach rechts sortiert. Die Münzen waren natürlich nicht die einzigen Wertgegenstände in diesem Raum der zehn Quadratmeter maß. Selfius hatte nicht erwartet, dass sich wertvolle Kunstgegenstände hier befanden. Wandteppiche mit historischer Bedeutung fehlten, wie auch Gemälde oder Schriften. Gegenüber den Truhen mit den Münzen um den Kamin herum, gab es die nicht so leicht zu stapelnden Schmuckgegenstände, wie Edelsteine. Die Edelsteine konnte man noch in Schatullen lagern, natürlich farblich getrennt. Auch Halsketten, Medaillons, Ringe und Armreifen passten noch in die Kästchen, aber bei den diamantbesetzten Laternen oder Rüstungen, sah die Sache schon etwas schwieriger aus. Die Rüstungen zierten nun keine Menschen mehr, sondern Strohpuppen. Zum Glück gab es davon nur zwei, sonst wäre es im Raum schon sehr eng geworden, denn sogar manche Laterne musste aus Platzgründen nun auf dem Kaminsims oder auf der Truhe Platz nehmen.

Barden, wie auch Selfius konzentrierten sich auf die Ecke mit dem Kamin. Schnell fand Selfius sein Familienmedallion. Die Gravuren in Wellenmustern, die fein von einem Vorfahren damals in das Gold geschnitten wurden, bedeckten die ganze scheibenförmige Oberfläche des Erbstückes. Er hatte es endlich wieder. Die schlanken Finger wanderten über die Wellen, als würden sie ertasten wollen, dass auch ja keine Gravur fehlen würde, was sie auch nicht taten. Endlich hatte er es wieder. Nun würde die nächste Aufgabe starten, aber diese war um einiges einfacher als die, um wieder an das Medallion zu kommen… na ja einfacher war übertrieben, fand Selfius. Zeitlich weniger aufwändig, war wohl die richtige Einschätzung. Entweder konnte er das Erbstück an den dafür geeigneten Platz bringen oder er würde dabei sterben, jedenfalls brauchte er sich derzeit noch nicht Gedanken über diese Aufgabe machen, denn diese hatte Zeit, nachdem sie Barden zum König von Langen gebracht hätten.

„Habt Ihr gefunden nach dem Ihr suchtet?" Erkundigte sich Barden und riss so Selfius aus den Gedanken.

„Ja." Lächelte aufrichtig Selfius, als er sich zum Troubadour, der am Kamin stand umdrehte. „Danke für Eure Hilfe. Und habt Ihr auch den Gegenstand gefunden, nach dem Ihr suchtet?"

Barden hob einen Zeigefingergroßen Rubin in die Höhe und sagte: „Ja, den habe ich." Daraufhin steckte er diesen in die Tasche ein. „Aber nun werde ich mich zu meinen Bedauern… oder eigentlich zu Eurem… verabschieden."

Selfius verzog runzelnd die Stirn. „Wie meynt Ihr das?"

Als hätte er ein Kind beim Lügen ertappt, lächelte Barden Selfius an: „Ich möchte nur ungern am Ende meiner Mission noch gefangen genommen werden, weshalb ich nicht mit Euch zurück durch die Türe zu Euren Mitstreitern gehen werde."

Selfius war ertappt, doch er war zu überrascht, dass Barden es herausgefunden hatte, weshalb ihm so schnell kein Gegenargument eingefallen war. Die zeitliche Lücke des elfischen Schweigens nutzte Barden, um zu erklären, wie er auf die Vermutung kam: „Es kam mir von Anfang an suspekt vor. Aber die beiden Wachen bestätigten meinen Verdacht. Es lief einfach zu glatt. Keiner schob die Münzen zur Seiten, um zu kontrollieren, ob es auch alle Münzen waren. Außerdem habt Ihr vergessen, dass es Frauen nicht gestattet ist, in Makelien in der Armee zu dienen. Dann kam auch noch der Kohlegeruch von dem Mann und der Frau in meine Nase, der gleich war, als der von uns, also ist deren Hautfarbe auch nicht die Gebürtige… doch vor allem kam es mir seltsam vor, dass Ihr Euch nicht nach meinem Namen erkundigt habt, wie es elfische Tradition ist. Also nehme ich an, dass Ihr wisst, wer ich bin. Bitte sagt Schwarzfuchs, dass ich gern seine Gesellschaft genossen habe, doch muss ich ihn auf ein entferntes Wiedersehen vertrösten, denn ich habe in den nächsten Zyklen einfach zu viel zu tun.“

Selfius stand nur da und lauschte dem Vortag und dachte gar nicht daran, mit einer schnellen Bewegung den Troubadour zu überwältigen, denn wohin sollte er auch fliehen. Es gab nur diese eine Tür, durch die sie hereinkamen. „Ihr habt recht. Ich bin hier, um euch gefangen zu nehmen.“ Es gab keinen Grund zu lügen. „Dürfte ich fragen, wie Ihr entkommen wollt? Der eynzige Ausgang wird von meynen Leuten bewacht.“ Selfius wollte es wirklich wissen, denn ihm kam kein Ausweg in den Sinn.

Barden grinste, als müsste er eine ganz offensichtliche Lösung einem Kind erklären. „Beantwortet mir die Frage: Warum hat eine Schatzkammer einen Kamin? Sollen es die Münzen warm und kuschelig haben?“ Mit den Worten drückte Barden eine der Laternen hinab. Es knackte ein Schloss auf. Mit einem schnellen Sprung nach hinten, öffnete er die Rückwand des Kamins, die offensichtlich eine Tür war und rannte durch die entstandene Öffnung. Selfius sprang sogleich dem Troubadour hinter her, doch ein paar Sekunden zu langsam, denn die Tür wurde vor der Nase des Elfen zu geschlagen. Selfius drückte sogleich die Türe auf oder versuchte es zumindest. Die Tür gab nur einen Spalt nach. Barden hatte es tatsächlich geschafft, in dieser kurzen Zeit etwas in die Tür zu stecken, um sie zu blockieren. So blieb dem Elf nur der primäre Ausgang. Mit schneller Hand öffnete Selfius die Tür und sogleich den Mund, um Konstantin und Vires zu sagen, dass Barden entkommen sei, doch diese standen nicht mehr wache, sondern waren schon weg, doch warum?

Unbehagen machte sich im Magen des Elfen breit. Um mehr Behaglichkeit zu bringen, wanderte die Hand zum Schwertgriff. Was war passiert? Wo sind die beiden hin? Die graublauen Augen wanderten durch den Flur. Mit langsamen Schritt, als würde bei jedem Fehltritt eine Falle ausgelöst, schlich Selfius voran. Nur sein Atem, der kontrolliert die Luft aus der Lunge und in die Lunge pumpte, drang in sein Ohr. Hatte Myrkel sie doch hintergangen? Es würde zu seinem Charakter passen. Vielleicht würde er sie gefangen nehmen, um vom König von Langen für sie Lösegeld zu fordern… wenn er da nicht enttäuscht würde. Aus der Enttäuschung heraus würde er wohl alle drei dann hinrichten, weil sie keinen Nutzen für ihn hatten. Das durfte nicht passieren. Nicht nach dem er endlich das Medaillon hatte. Selfius würde aber auch nicht davon laufen. Er konnte Konstantin und Vires nicht im Stich lassen. Sie kannten sich zwar erst seit zwei Zyklen, aber die beiden waren seit seiner Verbannung die einzigen Personen gewesen, die er als Freunde bezeichnen konnte. Sie durften nicht sterben, auch wenn es schlussendlich heißen würde, dass das Medaillon niemals seinen rechten Ort bekommen würde.

Geräusche. Stimmen. Um die Abbiegung herum. Eine weibliche Stimme hallte durch den Gang. Wenn Barden recht hatte und das hatte er bezüglich Frauen im Militärdienst, durfte es sich hier nur um Vires handeln. Hofdamen hatten hier unten bestimmt auch nichts verloren. Die Stimme war weder aufgeregt noch von Schmerzen gezeichnet, nichts was auf eine Gefangenschaft hindeutete, dennoch lugte Selfius um die Ecke.

Dort standen Konstantin und Vires bei einem Durchgang und zu ihren Füßen lang bewusstlos ein Mann, den Selfius bei genauer Betrachtung als Barden identifizierte. Er rührte sich nicht. Er war bestimmt bewusstlos und nicht tot. Sie mussten ihn ja lebend nach Langen schaffen. Bei einem Toten würde das Verhören vermutlich etwas schwerer ausfallen.

Selfius nahm alle Vorsicht von sich und schritt zu seinen Freunden. „Hallo, Konstantin und Vires."

„Ah, da ist er ja endlich." Grüßte Konstantin eigenwillig zurück „Du hast dir ja lange Zeit gelassen. Wolltest du noch ein Bad nehmen?"

Selfius kannte die Anspielung, auch wenn er nicht wusste, was so besonders sei. Er versuchte immer täglich mindestens ein Bad zu nehmen, was nicht immer gelang, vor allem in den Wäldern, wenn kein See und Fluss in der Nähe war. Konstantin war dagegen nicht so reinlich. Nicht mal wenn sie neu in eine Stadt kamen, dachte er gleich daran den Schmutz der Reise abzuwaschen, was Selfius am fünften oder sechsten Tag in Folge roch. Der Elf hatte ihn wenigstens etwas in dieser Richtung zivilisiert, dass der Hüne sich zumindest an jeden dritten Tag wusch.

„Wo wart ihr und woher wusstet ihr, dass er hier rauskommt?" dabei deutete er mit der Hand gen bewusstlosen Barden.

Konstantin zuckte die Schultern. „Der König hat uns gesagt, dass es in der Schatzkammer einen Geheimgang gibt und der hier endet. Als wir euer Gespräch belauscht hatten, wussten wir, dass er hier entkommen wollen würde."

Selfius war verwundert. „Der König hat es euch gesagt?"

„Naja, nicht ganz." Gab Konstantin zu „Einer der Höflinge war bereitwilliger diese Auskunft zu geben, als wir ihn überzeugten."

Selfius wollte keine Details. Das leichte Schmunzeln von Vires und das breite Grinsen von Konstantin sprachen Bände.

„Dann wollen wir unseren Skalden einpacken und ein Schiff nach Langen besorgen." Konstatierte Konstantin die nächste Aufgabe.

Konstantin V

Von den Wellengängen des Meeres geführt tanzte die Laterne, die an einer Kette von der Decke hing. So schunkelte das Licht einmal mehr nach rechts zu den Fässern mit den Vorräten für die Reise und dann wieder mehr nach links, um die Werkzeuge und Ersatzteile für kleine Reparaturen am Schiff, die hin und wieder auf Hoher See nötig waren, zu beleuchten. Egal wie sehr das Licht sich auch bewegte, eine Sache blieb in dessen Schein, der Mann, der in der Mitte des Raumes an einem Stützpfeiler gefesselt auf dem Boden saß. Von der schwarzen Kohlefarbe, die der Mann noch letzte Nacht trug, war schon nichts mehr zu erkennen. Auch die Rüstung, die ihn als Soldat für Makelien auswies, wurde ihm abgenommen. Nun trug er wieder ein schlichtes Hemd, samt ledernen Mantel und darüber einen grünen Umhang. Der Hut mit der von einer weißen Feder hochgesteckten linken Randseite lag neben dem Mann auf dem Holzboden.

Am liebsten hätte Konstantin schon in der Nacht mit seinem Gefangenen gesprochen gehabt, doch der Schlag, den der Hüne dem Skalden verabreicht hatte, ließ ihn über die ganze Nacht schlafen. Sogar als sie ihm die Farbe mit einen Schwamm abwuschen und auf das Schiff trugen und fesselten, weckten ihn nicht. Hätte die Brust bezüglich der Atmung nicht sich ständig erhoben und gesenkt, Konstantin wäre der Befürchtung erlegen, dass sein Schlag doch zu stark gewesen wäre. So musste Konstantin warten, bis Barden aus seinen Träumen erwachte, was er endlich auch tat, darum war der Hüne nun unter Deck gekommen, um an ein paar Antworten zu gelangen.

„Ho, Mahlzeit." Grüßte Konstantin mit freundlichem Ton den Gefangenen.

„Mahlzeit?" erwiderte Barden mit verdutzter Stimme und Blick. „Meint Ihr Abendmahl oder Mittagsmahl? An der Kerze in der Laterne lässt sich nur schwer die Tageszeit ablesen."

„Mittag." Gab Konstantin preis und setzte sich auf den Boden gegenüber des Skalden. „Ihr habt die ganze Nacht geschlafen."

„So nennt Ihr das?" dabei schmunzelte der Mann „Ich nehme an, dass Ihr die Gnade hattet mir diese Ruhestunden zu bescheren?"

„Ja, das war ich."

„Hätte es nicht eine Gute-Nacht-Geschichte auch getan? Mussten es solche Schlagzeilen sein?"

Konstantin konnte das Lachen nicht unterdrücken. Der Mann vor ihm wirkte gar nicht wie gefangen, so locker wie er sich benahm. Wären da nicht die Arme, die die Säule ummantelten, so hätte es auch ein gemütliches Beisammensein von Freunden sein können.

„Ihr wirktet so gestresst und zappelig." Konstantin erhob sich von seinem Platz, um nach zusehen, ob Bardens Lockerheit davon kam, dass er seine Seile, die die Hände verbanden, schon durchtrennt hatte. „Ich wusste nicht, ob Ihr die Geduld und Ruhe aufweisen konntet, um so eine Geschichte zu genießen und euch zu entspannen." Die Seile waren noch fest um die Handgelenke.

„Keine Sorge. Ich habe sie nicht durchtrennt." Barden verstand, was Konstantin machte. „Was brächte es mir auch? Wir sind auf einem Schiff und nach den Wellen zu urteilen, die meine temporäre Behausung zum Schaukeln bringen, sind wir schon auf der Reise. Wo soll ich also hin? Soll ich ins kalte Meer springen und an das Ufer schwimmen? Sogar wenn ich es aus dem Wasser schaffe, ohne dabei zu erfrieren, dann könnte ich an einer Lungenentzündung draufgehen."

Konstantin setzte sich wieder vor den Skalden.

„Aus reiner Neugierde" sprach Barden weiter „Wenn ich fragen dürfte – wie hoch hat der Schwarzfuchs den Preis für meinen Kopf ausgesetzt?"

„Das weiß ich nicht."

Barden zog verwirrt seine Brauen zusammen. „Ihr jagt mich, ohne zu wissen, wie viel ihr für mich erhaltet? Oder wollt Ihr noch verhandeln?"

„Wir sind nicht im Auftrag von diesem Schwarzfuchs hier."

Die Verwirrung wich nicht aus dem Gesicht. Scheinbar wusste Barden wirklich nicht, wer noch nach ihm suchte oder es gab so viele, dass er überlegen musste, wer aus diesem schier endlosen Fundus von Verfolgern, diese Drei angeheuert hatte?

Konstantin wollte ihn nicht quälen und erklärte es ihm: „Die Prinzessin von Langen, Dorothea wollte wissen, ob Prinz Uldan noch am Leben wäre, nach den Ereignissen am Ball." Die braunen Augen des Mannes fixierten den Blick von Konstantin. Er wollte anscheinend wirklich wissen, was Konstantin erzählte... naja Alternativen hatte er ja zu diesem Zeitpunkt auch nicht wirklich. „Wir haben ihr alles berichtet."

„Und wie hat sie reagiert?"

„Das wissen wir nicht. Durch die Tatsache, dass wir ständig hinter Euch her waren, konnten wir ihr keine Anschrift vermitteln, wo sie uns erreichen könne. Also werden wir es erst erfahren, wenn Ihr vor der Prinzessin steht."

„Also bringt ihr mich nach Langen." Stellte Barden fest „Was ist wenn die Prinzessin mich nicht sehen will, bin ich dann frei?"

„Leider nein."

„Ach, wie schade." Schmunzelte Barden, der wusste, dass die Frage immer mit einem Nein beantworten worden wäre.

„Der König wünscht auch Eure Gesellschaft:"

„Ich nehme nicht an, um auf der Hochzeit seiner Tochter eine musikalische Darbietung zu bringen. Obwohl ich in meinem Repertoire wunderschöne Liebeslieder habe, bei denen man auch eng umschlungen tanzen kann... auch wenn es nur eine politische Hochzeit ist."

„Auch da habt Ihr recht. Der König will Antworten, was auf dem Ball geschah und wer für den Anschlag auf seine Tochter verantwortlich ist."

Die Miene des Skalden verdüsterte sich und wurde ganz ernst. Ein kalter Schauer kroch Konstantin den Rücken hoch. Unbewusst rutschte seine Hand zur Axt auf seinem Rücken. „Es war kein Anschlag auf seine Tochter. Barden tötet niemals." Konstantin kam der letzte Satz seltsam vor. Der Skalde sprach doch vorher nie von sich in der dritten Person.

„Was ist dann auf dem Ball geschehen?“ wollte Konstantin wissen. Die Hand war weiter nahe des Axtgriffes. Obwohl Konstantin sich vergewissert hatte, dass Barden noch am Pfosten angebunden war, hatte er plötzlich das Gefühl, dass der Mann einfach aufstehen und ihn angreifen könne und sogar ohne Waffe ein herausfordernder Gegner wäre und Konstantin nur wegen dem Überraschungsmoment ihn so schnell überwältigt hatte können.

„Wenn ich die Frage nicht beantworte, dann bekomme ich wohl nichts zu essen?“

„Doch, da braucht Ihr keine Angst zu haben. Wir sind keine Folterer. Der Schiffskoch macht schon etwas zu essen. Ihr könnt die Frage beantworten oder nicht. Es ist ganz Euch überlassen. Es ist nur eine lange Reise und wenn Ihr nichts zu sagen habt, könnte sie recht einsam werden.“

Barden Mundwinkel zuckten kurz nach oben. „Wie gesagt, es war kein Anschlag.“

„Habt Ihr nicht den Kronleuchter präpariert?“

„Doch.“

„Was war dann dessen Zweck.“

„Ich brauchte das Chaos und die Dunkelheit, um an den Rubin zu kommen. Ich nehme an, dass Ihr wisst, dass ich in Makelania einen Rubin geklaut habe?“

„Ja, davon hat mir Selfius erzählt. Auch für wen Ihr ihn geklaut habt.“

Barden nickte, als wüsste er nun, wo in der Geschichte er weiter erzählen müsste. „Die Rubine sind Teile eines zersplitterten Karfunkels und der Kelmenar von Kelmantor möchte sie unbedingt, weil er meint, dass darin magische Kräfte verborgen sind.“

„Warum das ganze Theater auf den Ball?“

„Die Prinzessin hatte den Rubin. Hätte sie ihn nicht als Accessoire getragen, dann hätte ich das Chaos genutzt und wäre in ihr Schlafgemach gerannt, um ihn zu holen.“

„Es war sehr unüberlegt. Ihr sagtet, dass Ihr keine Menschen tötet, aber der Kronleuchter hätte jemanden erschlagen können.“

„Nein, hätte er nicht.“ Die Stimme hatte keinen warmen Wohlklang mehr, sondern wirkte verletzt, fast zornig, als wäre Barden beleidigt worden. „Ich habe extra mit der Prinzessin darunter getanzt, damit keine andere Person sich darunter befindet, denn ich wusste, dass jeder eine Distanz zu ihr ward.“

Konstantin setzte gerade zu einer weiteren Frage an, da übertönte ein Trompetenstoß vom Oberdeck seine Stimme. Ein kurzer Stoß gefolgt von zwei Längeren.

„Ich muss wohl noch etwas auf meine Mahlzeit warten.“ hörte Barden aus den Trompetenstößen heraus.

„Wie meint Ihr das?“

„Wir werden angegriffen. Meiner Vermutung nach hat Schwarzfuchs Piraten angeheuert, um mich zu ihm zurück zu bringen. Ein paar Verfolger konnte ich abwimmeln, aber anscheinend nicht alle. Wenn Ihr mich losbindet, dann könnte ich mich verteidigen. Ich glaube, dass meine Gefangenschaft beim König von Langen angenehmer ist, als die bei Schwarzfuchs.“

Konstantin überlegte, ob er Barden vertrauen konnte. Waren seine zwei zusätzlichen Fäuste wirklich wichtig für den Kampf. Es könnte sein, dass sie ihn umbrächten, dann wäre nur mehr das Wort von Konstantin als Aussage, was beim Ball geschah, vorhanden. Bestimmt wäre das zu wenig für den König. Konstantin wusste ja auch gar nicht, ob Barden kämpfen konnte, trotz dem Gefühl, dass der Skalde wenige Momente zuvor noch Konstantin vermittelt hatte. Er wirkte nicht gerade wie ein Soldat. Groß und kräftig war er auch nicht gebaut. Vielleicht würde er das Chaos sogar nutzen, um zu fliehen. Nein, es war besser ihn hier zu lassen, wohlwissend, wohin es die Piraten verschlagen würde, sofern sie wirklich Barden haben wollten.

„Nein, ich lasse Euch lieber, dann weiß ich zumindest, wohin die Piraten laufen wollen.“ Mit diesen Worten stürmte Konstantin an Deck. Die kurze Erwiderung von Barden ging im Knarzen der Stufen unter.

Der bewölkte Himmel begrüßte Konstantin wieder oben auf dem Deck zusammen mit einem Dreimaster, der sich „Der fliegenden Leviathan“ näherte. Auf dem Handelsschiff, das Konstantin für die Überfahrt von Barden anwerben konnte, herrschte reges Treiben. Die Matrosen sprinteten über die Holzbalken, jedoch nicht unkoordiniert. Jeder wusste, wohin er nun laufen musste, sobald diese Situation beziehungsweise Piratenschiff auftauchte. Konstantin wusste nicht, was er nun tun musste. Er wusste auch nicht, ob das dort wirklich ein Piratenschiff war. Um der Besatzung nicht zu sehr im Weg zu stehen, platzierte sich der Hüne an die Seitenbrüstung, gegenüber des Ausblickes auf das fremde Schiff, das mit jeder Sekunde näher kam. Um irgendeinen Halt zu erlangen, packte Konstantin seine Axt an dessen Stiel. Er wusste einfach nicht, was er sonst tun sollte. So oft hatte er schon auf Schlachtfeldern gekämpft, doch immer nur – wie gesagt – auf Feldern und nicht auf dem flüssigen Element. Was würde nun geschehen? Wie würde der Angriff von statten gehen? Fässer wurden an Deck gerollt und an vorgeschriebenen Plätzen hingestellt. Die Deckel wurden aufgebrochen. Pfeile erblickte Konstantin in einigen Fässern. Matrosen, die schon leichte Lederwämste angezogen hatten, schnappten die Bögen und Köcher und noch im Einspannen der Sehnen landeten eine Handvoll Pfeile in ihren für den Kampf vorgesehenen Behausungen, daraufhin kletterten die Matrosen geschickt - ohne einmal sich zu vergreifen - die Netze zu den Masten hoch. Konstantin war sichtlich beeindruckt. Es dauerte nur wenige Sekunden, bis sie am obersten Korb angekommen waren. Jetzt erst viel dem Hünen auf, dass die Segel schon längst eingerollt worden waren.

„Beeyndruckend.“ Kam es von der Seite aus Selfius Mund.

Selfius mit Bogen und einem Köcher voll Pfeile bewaffnet stand wie hergezaubert neben Konstantin. Ein paar Meter dahinter stand Vires. Sie, verglichen zu Selfius, trug keine Schusswaffen bei sich, nur ihre zwei Dolche.

„Ja.“ Erwiderte Konstantin. „Sollen wir ihnen helfen?“

„Das machen wir sobald es zum Kampf kommt. Jetzt würden wir ihren Arbeytsablauf nur stören. Seeleute machen sowas tagtäglich als Übungen, sollte es zu einem Überfall kommen und gegen die Langeweyle. Ich weyß es gar nicht, warst du schon mal bey eyner Seeschlacht?"

„Nein." Konstantin schaute unsicher auf das näher kommende Schiff. Es schien so, dass es zu wenden begann, denn die Seite wurde immer breiter. „Was wird uns erwarten?"

„Zuerst, wie du siehst, werden die Waffen in Position gebracht. Pfeyle, Bögen und vor allem Schilde." Selfius schien den verwirrten Blick des Hünen erkannt zu haben. „Die Schilde dienen dazu, um uns vor den Pfeilen zu schützen, denn die erste Phase einer Seeschlacht ist die des Pfeylregens. So wie wir, haben auch unsere Gegner viele Bogenschützen, die versuchen eynmal die feyndliche Besatzung zu reduzieren. Wir können leyder nur auf sie reagieren, weyl wir nicht wissen, was sie von uns wollen. So wissen wir nicht, wie sie angreyfen."

„Barden meint, dass sie wegen ihm gekommen sind, weil er einem gewissen Schwarzfuchs einen Rubin gestohlen hat."

„Oh." Selfius riss die Augen auf und wirkte erleichtert. „Das ist gut."

„Warum?"

„Das bedeutet, dass sie uns nicht mit Feuerpfeylen angreyfen, weyl sie etwas von diesem Schiff brauchen. Dann brauchen wir die Wassereymer dort wohl nicht. Feuerpfeyle dienen dazu, um ein Schiff zu versenken. Aber da sie etwas von uns haben wollen, könnten sie es nicht riskieren uns zu versenken." Selfius Blick wanderte mit einem Lächeln auf den Lippen zum Schiff „Und so wie es aussieht, scheynt es, dass sie verhandeln wollen." Dabei deuteten seine lederbehandschuhten Hände zu einer schwarz-weiß halbierten Fahne, die an den Masten im Wind des anderen Schiffes flatterte. „Das ist das Symbol für eynen Verhandlungsvorschlag."

Der Kapitän „Der fliegenden Leviathan" gab Befehle, die Konstantin von der Entfernung nicht verstand, doch schnell wusste er, um welche Befehle es handeln musste. Selfius kommentierte sogleich das Geschehen. „Es scheynt wir erwidern die Verhandlungsbereytschaft." Ein Matrose sprintete über den Deck. In der Hand trug er eine weiß-schwarze Fahne. Als würde er über das Deck noch laufen, kletterte in der gleichen Geschwindigkeit der Mann an den Masten hoch, an der er sogleich die Fahne anbrachte.

„Dann werden wir wohl bald wissen, ob sie wirklich unseren Gast haben wollen." Stellte Selfius nüchtern fest.

Konstantin wirkte nachdenklich. Er machte sich Sorgen, das bemerkte auch Selfius. „Über was machst du dir Gedanken?"

„Was passiert, wenn die Verhandlungen scheitern?"

„Das, was immer bey missglückten Verhandlungen passieren. Kampf. Warum fragst du?"

„Wenn sie wirklich Barden wollen" Konstantin ließ eine Pause, damit Selfius selbst drauf kommen konnte. „Wir können ihn denen nicht überlassen. Wir brauchen ihn in Langen, um unsere Absolution zu bekommen."

„Also kommt es zum Kampf." Seufzte Selfius.

„Meinst du der Kapitän opfert seine Männer, damit wir Barden sicher nach Langen bringen?“

„Wir haben ihm dafür bezahlt, dass er uns sicher nach Schildoran bringt.“

Konstantin starrte dem Elf lange in die blauen Augen, um zu erfahren, ob er wirklich seinen naiven Worten vertraute.

„Ja, ich weyß.“ Gab sich der Elf geschlagen. „Aber vielleycht ist es das eyne Mal im Leben eynes jeden, dass eyn Händler nicht nur an das Geld denkt, sondern auch... ach, vergiss es. Ich glaube es ja auch nicht. Wir konnten ihn ja nicht mal dazu bringen uns nach Langen zu fahren, sondern nur in die Jolsinger Bucht. Also was machen wir, damit wir nicht die Piraten und die Mannschaft gegen uns haben?“

„Wir müssen dafür sorgen, dass der Kampf vor dem Abschluss der Verhandlungen beginnt.“

„Gut, und wie?“

„Einer der verhandelnden Parteien muss einen Angriff starten.“

Selfius schmunzelte „Du meinst uns.“

Konstantin wusste, dass er mit „Uns“ nicht die Besatzung des Schiffes meinte, sondern sie Drei. „Ja... aber“ Konstantin schaute rüber zum Schiff, das sich etwa geschätzte zweihundert Meter seitlich „Der fliegende Leviathan“ in Position gebracht hatte, wobei sie parallel zum Handelsschiff im Wasser schwamm. „Wem können wir die Schuld eines ersten Angriffes in die Schuhe schieben? Den Piraten oder den Matrosen?“

Selfius hatte dem Blick der grünen Augen gefolgt und sagte, also würde es keine Alternative geben und es sowieso die einfachste Lösung wäre. „Die Piraten.“

„Wie kannst du dir so sicher sein?“

„Drow sind hinterlistig.“ Dabei nickte Selfius zum Beiboot des Piratenschiffes, dass ins Wasser gelassen wurde.

Konstantin kniff die Augen zusammen und versuchte zu erspähen, wie der Elf aus dieser Entfernung von den Silhouetten auch nur erkennen konnte, welcher Rasse die Besatzung des Beibootes angehörte. Egal wie er sich bemühte, der Hüne konnte nicht mal sicher sein, dass es wirklich nur zwei Personen waren.

„Auch wenn ich schon lange nicht mehr in Renoncé lebe, erkenne ich doch meyne fehlgeleyteten Leydensgenossen.“ Erörterte Selfius sein Wissen. „Aber jetzt müssen wir los, wenn unser Plan klappen soll.“

„Du weißt schon, wie ihr einen Angriff vortäuschen wollt?“ Konstantin war verwirrt.

„Natürlich. Meyne liebe Assistentin und ich werden uns um die Sache kümmern. Du solltest bey den Verhandlungen seyn, sofern sie wirklich Barden wollen, solltest du als Eygentümer dabey seyn. Auch wenn dir das Mitspracherecht fehlt, aber du kannst bestimmt Zeyt rausschlagen, denn jede Sekunde ist hilfreich, deshalb...“ dann wandte sich Selfius ohne weitere Worte am Absatz herum und deutete Vires mit ihm zu gehen. Diese nickte zustimmend und begleitete den Elf.

Konstantin wollte noch fragen, wie Selfius den Angriff vortäuschen wollen würde, aber da war der Elf schon weg. Vielleicht war es besser, wenn er es nicht wüsste, dachte Konstantin bei sich.

Kurz nach dem Abtauchen seiner Freunde wanderte Konstantins Blick suchend über das Deck und erblickte schnell sein Ziel. Die lichtreflektierenden Edelsteine an der Prachtkleidung des Kapitäns waren eine große Hilfe bei der Suche nach dem Mann, der das Schiff samt Besatzung befehligte. Der Kapitän in seiner weißen Tracht, auf der keine einzige Verunreinigung zu sehen war, imponierte sehr. Vom schwarzen Dreispitz mit goldenen Rändern bis zu schwarzen kniehohen Lederstiefeln war der Mann ein Zeichen von Eleganz und Autorität. Nichts war von dem Menschen zu sehen, den Konstantin am Hafen getroffen hatte und der immer wieder über das Deck flanierte. Kein weißes Hemd, das sich durch Fettflecken grau wie gelblich verfärbt hatte. Ein Kleidungsstück reichte auch damals bis zu den Knien, doch war es dort die zerschlissene blaue Hose. Die Schuhe waren beim Treffen nicht vorhanden. Wie jetzt die Essensreste, die im blonden Vollbart ihre neue Heimat einst gefunden hatten. Was so ein paar Bürstenstriche aus einem Mann alles machen konnten.

Konstantin legte seine Axt wieder zurück in die Rückenhalterung, denn eine Waffe, mit der man eine Person in zwei Stücke schlagen konnte, war bei Verhandlungen ungern gesehen. Es machte die Gegenpartei meistens sehr nervös und verführte sie zu falschen Entscheidungen.

Auch wenn es möglich gewesen wäre, wollte Konstantin nicht direkt zum Kapitän, sondern blieb ein paar Meter hinter ihm. Er wollte nur in Blicknähe sein, sodass der Herr des Schiffes ihn in Blickfeld haben würde, sobald er mit seinem Verhandlungspartner gen Kapitänsbereich ginge.

Während das Boot näher gerudert kam und hinter der Brüstung verschwand, holten die Matrosen gleich eine Strickleiter, die sie die Seite herunter hängen ließen. Dies sollte den Aufstieg über die Seite des Schiffes für die Verhandler erleichtern, anstatt, dass sie die Holzbretter hochkrallen müssen. Diese Geste der Einladung war gerne bei den Schiffsbetretern gesehen, weshalb das Leiter runter hängen schon zum Standard gehörte und niemand mehr daran dachte, dass die Gäste auf andere Weise auf Hoher See an Bord kommen könnten... die Erinnerungen kamen meistens durch eine Kaperung wieder in die Köpfe.

Es dauerte etwas, bis die angeblichen Dunkelelfen das Schiff betraten. Eine kalte Brise wehte derweil über das Deck, aber das dicke Fell des Umhanges von Konstantin ließ kein Lüftchen durch die Kleidung hindurch. Nicht mal das Gesicht verspürte den Wind, ausgenommen der Nasenspitze. Ja, so ein Bart hatte seine Vorteile, dass wusste Konstantin nicht erst seit den ersten kalten Nächten im hohen Norden von Vergnarian, wo der erste Schnee noch im zweiten Selúnezyklus fallen konnte.

Die Vertreter des Piratenschiffes betraten „Der fliegende Leviathan". Es waren, wie Selfius richtig festgestellt hatte, Dunkelelfen. Ein Vertreter des männlichen Geschlechtes, wie des weiblichen. Der Mann ähnelte Selfius, bis auf ein paar Kleinigkeiten. Er hatte pechschwarze Haut, an der Konstantin kaum etwas erkannte, wodurch das Weiß in den Augen noch mehr herausstach. So wie der Teint waren auch die Haare, die von einer Haarschleife zu einem Pferdeschwanz zusammen gehalten wurden. Wenn Konstantin es genauer überlegte, hatte der Dunkelelf doch nicht viel mit Selfius gemein, außer der körperlichen schlanken Statur, die von einem schwarzen Hemd, wie Lederwamst und Lederhose bedeckt wurde, und der spitzzulaufenden Ohren. Auch die Stiefel mussten sich dem farblichen Kleidungsstil unterwerfen.

Die Frau, deren Gesichtszüge sich kaum von dem ihres männlichen Artgenossen unterschieden, hatte einen farblichen Unterschied verglichen zu ihm. Die Haut war ebenfalls schwarz, wie auch die Kleidung, die ähnlich wirkte wie die des Mannes, nur hatte sie über der Hose noch einen knielangen Lederrock. Die Haare, die offen über den Rücken hingen und vorne als zwei Zöpfe zu den Brüsten reichten, waren nicht schwarz, sondern hatten einen violetten Schimmer. Zuerst dachte Konstantin, dass es sich nur durch eine Lichtbrechung handelte, doch die Frau hatte wirklich schwarz-violette Haare. Bei Menschen gab es so eine Haarfarbe nicht, deshalb musste Konstantin zweimal hinschauen.

„Moin, meine Gäst'" begrüßte der Kapitän die Neuankömmlinge. „Mein Nam` is` Gregorin Forhammer und ich möcht´ sie herzlich auf der fliegenden Leviathan willkomm` heißen."

Konstantin konnte vom Aussehen der Kleidung oder der Haltung nicht erkennen, wer von beiden Dunkelelfen nun der Handelsgesprächspartner wäre. Auch die Tatsache, dass beide ein Langschwert an ihrer Hüfte trugen, half nicht bei der Entscheidungsfindung, aber nun würde das Geheimnis gelüftet.

„Merci." Es war die Frau, die ihre weiche Stimme erhob. „Dass ihr unser Angebot auf Ver´andlung annahmt. Meyn Name ist Sylvenna Moneland und meyn Begleyter Surino Brorall." Beide Elfen verneigten sich höflich vor dem Kapitän.

„Willkomm´ Frau Moneland und Herr Brorall, dürft` ich fragen, wie ich zur Ehr´ komm´, dass ihr mein Schiff besucht?"

Die dunklen Augen der Frau schauten den Kapitän mit einem amüsanten Lächeln an: „Uns – also meyn Auftraggeber genauer gesagt – kam zu Ohren, dass auf euer Schiff sich etwas befindet, dass er gerne ´aben mecht."

„Dürft´ ich fragen, um was es sich handelt?"

„Eyne Person. Eyn Musicus. Näheres mecht ich lieber unter vier Augen besprechen."

Der Kapitän überlegte nicht sehr lange, schnell wusste er, um welche Person es sich handeln musste. Konstantin erkannte schon in den grünen Augen das Gold, was er sich vorstellte, das er durch Bardens Verkauf bekommen würde. Konstantin würde mit Nichts auf der Welt dieses Gold dem Kapitän aus den Augen bringen, also blieb ihnen nur der vorgegaukelte Angriff. Der Hüne seufzte in den Bart hinein.

„Natürlich." Stimmte Gregorin zu. „Bitte folgt mir in meine Kajüt`." Dabei machte der Kapitän eine einladende Geste von den Elfen weg zu einer Tür, die in das Schiffsinnere führte. Nun fand es Konstantin an der Zeit in den Blickfeld des Mannes zu treten, der über das Schicksal seines Gefangenen verhandeln würde, und ihn dabei zu erinnern, wem Barden eigentlich gehörte.

„Werter Kapitän, mit Eurer Zustimmung würde ich gerne bei den Verhandlungen dabei sein." Schlug Konstantin vor und blickte starr in die grünen Augen hinab. Gregorin schien fast erschrocken als er den Hünen vor sich sah. Als würde er sich plötzlich in Erinnerung rufen, dass da mit dem Skalden noch weitere Personen mit auf das Schiff gekommen waren. Konstantin musste innerlich das Gleichgewicht abwiegen zwischen bestimmt zu wirken, dass es für den Kapitän ratsam wäre, ihn mit bei den Verhandlungen dabei zu haben, dennoch nicht bedrohlich zu scheinen, sodass vielleicht eine Trotzreaktion kommen würde. „Ich möchte nur gerne dem König sagen können – sofern Ihr dem Handel zu stimmt – für wie viel Gold ihr seinen Gefangenen abgabt und an wem, damit der König diese Person aufsuchen kann, um ebenfalls mit ihm zu verhandeln."

Zwischen den blonden Barthaaren öffnete sich der Mund, doch es kam kein Wort über die Lippen des Kapitäns. In den Augen war leicht zu erkennen, dass das Gehirn dahinter wohl auf Hochtouren lief. Er sinnierte über Pläne nach, die Konstantin wohl nicht erfahren dürfte, aber die sowieso nie geschehen würden, sollte Selfius Plan Erfolg haben. Also interessierte sich der Hüne gar nicht für das Gedankenspiel, sondern nur für die gesagten Worte, die hoffentlich positiv ausfallen würden.

„Einverstanden, Ihr dürft' mit."

Konstantin war zufrieden.

Ein massiver Tisch aus irgendeinem dunklen Holz stand inmitten der Kapitänskajüte. Beschienen wurde sie von Solarisstrahlen, die durch die Verschleierung der Wolkenteppiche schwach durch das große Fenster hinter dem Tisch schien. Die Strahlen flogen nicht nur auf den Tisch, sondern auch über die beiden Stühle, die auf den gegenüberliegenden Seiten des Tisches ihr Dasein fristeten. Neben den Stühlen gab es noch eine rotgepolsterte Sitzgelegenheit in Form eines Diwan. Hinter einer sechsteiligen Trennwand, die aus einem dünnen Stoff bestand, dürfte sich wohl die Schlafstätte des Kapitäns befinden, vermutete Konstantin, da er nicht durch die Trennwand schauen konnte. Hingegen sah er die Wände und vor allem die Bilder, die mit begabter Hand schöne Ölgemälde von Landschaften darstellten. Es waren wohl Befriedigungen, sobald im Kapitän die Sehnsucht nach dem Land laut wurde. Natürlich durfte neben dem Gemälden nicht die obligatorische Seekarte fehlen. Auf der Karte war im Westen der Kontinent Schildoran zu sehen, im Osten Vegnarian, dazwischen das Inselreich Gelmön, im Süden der Kleinkontinent Renoncé, wie weiter im Süden der Kontinent mit den Namen Reloddoss beziehungsweise Gaialän – kommt darauf an, ob man einen Dunkelelfen oder Waldelfen nach dem Namen ihrer Heimat fragte. Es fehlten auf der Karte nur zwei weitere Kontinente der bekannten Welt. Diese waren die Heimatkontinente der Zwerge, dessen Name Konstantin gerade entfallen war und das der Orks, die sich noch weiter im Süden befanden. Mit den Strichen und Zeichnungen, wie Bezeichnungen auf der Karte konnte

Konstantin gar nichts anfangen. Seine triganonischen Fähigkeiten waren als Mann aus den Bergen doch sehr eingeschränkt. Bei Bergseen brauchte man so ein Fundus an Wissen halt nicht. Da war es wichtig zu wissen, wann man merkte, dass ein See so zugefroren war, um darüber laufen zu können.

Konstantin war ein wenig überrascht, als er so den Blick durch den Raum schweifen ließ. Er hatte nicht damit gerechnet, dass das Zimmer so aussah, wie sich der Kapitän den beiden Gästen offenbarte, sondern mehr verwahrloster oder durcheinander aussehen würde. Sogar der Stapel Papier und Tintenfass samt Federkiel lagen wie ausgemessen an ihrem Platz auf der Tischplatte.

„Bitte, nehmt Platz." Mit der Hand deutete Gregorin auf den Stuhl nahe des Einganges, der nach dem Betreten wieder von außen geschlossen wurde. Da es sich nur um einen vorgeschlagenen Stuhl handelte, weil der andere für den Kapitän vorgesehen war, nahm darauf Sylvenna mit übereinandergeschlagenem Bein Platz.

Surino blieb an ihrer Seite stehen. An der straffen Haltung des Mannes erkannte Konstantin seine militärische Drillung. Die Hände waren über dem Gesäß ineinander gelegt. Die Brust presste sich gegen das Leder, wodurch sie noch muskulöser wirken sollte. Sogar die Atmung wirkte als wäre sie ihm beigebracht worden. Kein Atemzug war unkontrolliert. Hätte Konstantin es nicht besser gewusst, dann hätte er gemeint, dass – wenn der Elf durch etwas abgelenkt worden wäre – einfach tot umkippen würde, weil er das Atmen vergessen hätte. Bei diesem Gedankenspiel musste Konstantin schmunzeln, was die Beteiligten durch den rotbraunen Bart nicht erkannten, als der Hüne sich neben dem Tisch an einen Schrank lehnte.

Die dunklen Augen der Dunkelelfe hatten Konstantin immer im Blick als er mit ihnen zusammen den Raum betreten hatte, auch wenn sie versuchte es zu vertuschen. Es gab zwei Gründe, weshalb sie es tat, ersann Konstantin. Entweder war sie von dem muskulösen Hünen beeindruckt und würde wohl gerne mehr von ihm sehen oder sie dachte nach, welche Rolle Konstantin bei der Verhandlung spielte. „Dürfte ich fragen, um welche Person es um ihn ʼandelt?" Es war also Zweiteres. Obwohl sie zu dem Kapitän die Frage stellte, schaute sie doch nur mit einem Auge ihn an und mit dem anderen schielte sie zu der einzigen Person, die noch nicht namentlich vorgestellt wurde.

„Oh, verzeiht meine Manieren." Bedauerte Gregorin seinen Fauxpas. Konstantin dachte gar nicht daran, sich selber vorzustellen, sondern stand weiter mit verschränkten Armen an der Schranktür. „Wenn ich vorstellen dürftʼ. Das ist Konstantin." Kurz dachte der Kapitän nach, wohl auf der Suche nach dem passenden Beinamen, jedoch schien ihm dieser entfallen zu sein, deshalb übersprang er die kleine Pause und setzte einfach weiter am Namen an „Er ist hier, weil er euren... Musikuss? Gefangen genommen hat und ihn nach Schildoran bringen möchtʼ."

Konstantin nickte brummend und zustimmend. Er wollte in der Rolle des Unantastbaren bleiben. Solche Leute hatten bei Verhandlungen immer gute Karten, weil es den

Gegenüber schwer abschätzen ließ, wie sie einen über den Tisch ziehen konnten und das machte sie dementsprechend nervöser und fehleranfälliger.

„Also müsste ich mit Euch ver'andeln und nicht mit Ihnen?" dabei wanderte der Blick der Frau von Konstantin zu Gregorin. Obwohl die Frau auf dem Stuhl saß und selber kaum mehr als ein Meter siebzig in der Höhe Maß, sofern sie stand, schuf sie es einen abschätzigen Blick zu beiden Gegenverhandlern zu werfen.

„Nein, nein." Der Kapitän fing an zu schmunzeln, als hätte sie einen offensichtlichen Fehler gemacht, was dazu führte, dass die Elfe fragend die Braue hob, ohne dabei ihren Gesichtsausdruck zu verändern. „Der Gefangene gehört zwar ihm, jedoch ist er auf meinem Schiff, also…" dabei lehnte sich der Kapitän arrogant in seinen Stuhl zurück und breitete vielsagend die Arme aus. „Verhandelt ihr mit mir. Er hat nichts zu sagen." Konstantin sagte dazu nichts.

„Wie viel würde es also kosten, dass wir das Schiff mit ihrem Gefangenen verlassen dürften?" begann die Dunkelelfe mit den Verhandlungen.

Die blonden Barthaare unter der Nase tanzten durch den Luftzug der Atmung, als Gregorin ausschnaubte. Wohl eine Geste, dass die schlechten Preisverhandlungen aus dem Kopf entweichen mussten. Konstantin musste für die Überfahrt der Vier jeweils eine makelanische Goldmünze und fünfzig Silberlinge zahlen.

„Fünf makelanische Goldmünzen." Gab der Kapitän seinen in Konstantins Augen überteuerten Preis kund.

Die Elfe lehnte sich gegen die Stuhllehne zurück als hätte sie einen Schlag durch den Preishammer erlitten. Die dunklen Augen starrten Gregorin an, jedoch schien der Blick mehr durch ihn hindurch zu gehen, denn mit den Gedanken war sie wohl beim Durchrechnen, ob der Gewinn von der Belohnung für Bardens Beschaffung hoch genug wäre nach Abzug vom Preis des Kapitäns.

Konstantins Altruismus kam nun zu Tage und er wollte Sylvenna als Zeichen seines Rassenfreundlichkeit bei ihrem mathematischen Problem helfen, indem er nebenbei sagte: „Werter Kapitän, Ihr habt da etwas missverstanden. Sie braucht nur den Skalden, nicht mich und meine Gefährten dazu."

Die Worte rissen Sylvenna aus den Berechnungen, wobei sie kurz zu Konstantin schaute und dann zu dem Kapitän. Konstantin konnte es nicht glaube, aber ihr Blick wurde noch abwertender, als müsste ein Adler sich mit einem Spatz gleichstellen.

„Ja, wir brauchen nur den Musicus. Den Rest kennt ihr behalten."

Ein mildes Lächeln zeichnete sich hinter dem blonden Bart ab. Ja, er bereute es schon, dass Konstantin mit ihm diesen Raum teilte, aber was konnte er jetzt schon dagegen machen. „Keine Sorge, das wusst' ich. Es ist der Preis für den Musikant."

Das schwarze Leder der Kleidung begann zu raunzen, als die Arme der Elfe sich unter der Brust verschränkten. Eine Geste der Distanziertheit. Sie war wohl mit dem Preis nicht zufrieden. So viel Gestik konnte auch Konstantin interpretieren, dafür brauchte er nicht mal Selfius. Jedoch lehnte die Elfe das Angebot nicht gleich ab, was Konstantin ganz und gar missfiel. War der Preis für Bardens Kopf wirklich so hoch? Was hatte er diesem Schwarzfuchs angetan? Denn es war doch ein beachtlicher Preis, den man für einen Dieb, der nur einen Rubin stahl, zahlen musste. Sollte Konstantin einschreiten oder nicht? Lehnte sie das Angebot ab oder nicht? Jetzt wäre es doch besser gewesen, dass Selfius dabei wäre, der hätte im dunklen Gesicht leicht ablesen können, was in der Verhandlerin vor sich ging.

„Wenn ihr wirklich fünf Goldmünzen für Barden dazu haben wollt, dann kann ich den König von Langen dazu bitten, dass er Euch für die Hilfe entsprechend belohnen kann." Es war natürlich gelogen, aber Konstantin musste eingreifen bevor vielleicht die Elfe noch zustimmen würde. Was würde also passieren, wenn er nun den Preis nach oben treiben würde, statt den Kapitän dazu zu bringen, den Preis zu senken?

Ein Blick, als würden Pfeile aus den Augen geschossen, traf Konstantin. Natürlich nicht von Seiten Gregorins, der nun sichtlich froher war, dass Konstantin den Raum mit ihm teilte. Die imaginären Geschosse stammten von der Dunkelelfe, die gerade bemerkte, dass ihr Gewinn etwas magerer nun ausfallen könnte.

Schnell fand jedoch Sylvenna die Fassung wieder und begann ihrerseits nun mehr mit der Verhandlung, bevor der bärtige Hüne sich wieder einmischen würde.

„Natürlich ist auch meyn Auftraggeber gewillt so eynen Preys zu zahlen. Er kennte natürlich auch noch etwas drauflegen." Lächelte sie den Kapitän an, jedoch die Augen behielten den abschätzigen Blick.

„Gut." Gregorin lehnte sich entspannt in den Stuhl zurück. Ihm gefiel sichtlich der Weg, in die sich die Verhandlung hinbewegte. Egal wer den Zuschlag bekäme, er würde immer Profit machen und je länger die Verhandlungen dauerten, desto mehr Gewinn würde er bekommen. „Um wie viel würd` er seinen Preis erhöhen?"

„Um eyne angemessene Summe, selbstredend." Wich Sylvenna der Frage aus.

„Da es sich zum Teil auch um meinen Gefangenen handelt, dürfte ich die Frage stellen? Wer ist übrigens Euer Auftraggeber? Es geht ausschließlich nur darum, dass der werte Kapitän auch einschätzen kann, ob er auch seine Schulden begleichen kann." Außerdem wollte Konstantin wirklich wissen, ob Barden recht hatte. Es könnte ja noch zu weiteren Konfrontationen kommen und da war es wichtig zu wissen, wer noch hinter dem Skalden her war oder um wem es sich bei diesen Schwarzfuchs handelte.

Auch diesmal sah man es der Elfe an, dass sie ungern direkt auf die Frage antworten wollte: „Vertraut mir. Er wird seyne Schulden angemessen begleychen."

Der Kapitän schien die Antwort nicht zu gefallen, da er aus seiner entspannten Sitzhaltung sich löste. Ihm war es bis dato nicht in den Sinn gekommen, dass einer der Verhandler vielleicht gar nicht das Vermögen besaß, um Barden auszulösen. Bei Konstantin wusste er dank dem Siegel, dass er im Namen des Königs von Langen sprach, jedoch bei den Elfen...

„Ich würd` auch gern` den Namen erfahren, von der Person, in deren ihr sprecht."

Die Elfe wand sich im Stuhl, wenn auch nur innerlich statt körperlich. Sie wollte den Namen nicht preisgeben, doch nach langem überlegen, wobei der Kapitän ungeduldiger wurde, Konstantin hingegen entspannter, da noch mehr Zeit verstrich, damit Selfius und Vires ihren Plan durchziehen konnten, antwortete die Dunkelelfe.

„Ich spreche" gab sich Sylvenna geschlagen „im Namen des Kenigs der Diebesgilde des narmonischen Reyches, Schwarzfuchs. Ist Euch dieser Name vertraut?" Die Frage klang mehr überheblich, als neugierig.

Der Name war dem Kapitän vertraut, was man an den aufgerissenen Augen und dem Zurückweichen, als wären die Worte Bolzen, denen man ausweichen musste, erkannte. „Ja, ja… der ist mir bekannt."

Wieder hatte sich eine Wendung bei der Verhandlung getan. Der Name Schwarzfuchs musste im Süden von Vegnarian eine Bedeutung haben, die leider Konstantin nicht kannte… jedenfalls hatte Barden recht. Durch die Wendung war nun die Elfe selbstsicherer geworden. Sie hatte die Körperhaltung des Kapitäns gleich interpretiert wie Konstantin. Es war Angst, Furcht und vielleicht auch Respekt.

„Dürft ich fragen, was der König der Diebesgilde von dem Gefangenen will?" Gregorin versuchte sich nichts von seinem Schock anmerken zu lassen, doch die Stimme zitterte dafür zu heftig.

Jetzt war Sylvenna wirklich in der erhobenen Position, wie sie sich vorher benahm, weshalb sie ihr abfälliges Verhalten erst recht nicht mehr ablegte, sondern es sogar noch schwängerte. „Euer Gefangener hat Schwarzfuchs etwas geraubt, was ihm sehr erzürnte und eyn ´o´es Kopfgeld dafür aussetzte, um ihn wieder zu beschaffen. Er würde alles daran setzen, um ihn wieder zu erlangen… wirklich alles." Die letzten Worte klangen einer Drohung gleich, als würde beim Scheitern der Verhandlungen, es keinen Ausweg geben außer der physischen Konfrontation.

Die weißen Zähne funkelten zwischen den schwarzen Lippen heraus, als Sylvenna merkte, wie Gregorin seinen Kopf nachdenklich senkte. Falten der Sorge zogen Furchen über die Stirn. Konstantin musste sich einmischen. „Also benötigt Schwarzfuchs nur den Gegenstand. Wir benötigen nämlich den ganzen Mann."

„Neyn." Lächelte kaltherzig Sylvenna zu Konstantin. „Schwarzfuchs benetigt auch den ganzen Mann." Erwartungsvoll schaute sie hinüber zu Gregorin.

Konstantin hatte seinen letzten Trumpf verspielt oder fiel ihm noch etwas ein, um die Verhandlungen in seine Richtung ziehen zu können? Ein Schutzbrief vom König von Langen hätte keine Wirkung zum jetzigen und späteren Zeitpunkt, irgendwann würde Schwarzfuchs aus Rache das Schiff versenken. Gleich wie der Kapitän runzelte Konstantin die Stirn. Er brauchte gar nicht zur Dunkelelfe rüber schauen, um zu wissen, wie zufrieden sie nun war. Sie dürfte wohl die Situation sogar genießen, denn sie versuchte gar niemanden zu drängen, sondern schwieg und genoss den innerlichen Kampf der beiden Menschen.

Die Tür wurde aufgerissen. Das Holz donnerte dumpf gegen die Wand. „Wir werden angegriffen!" brüllte der Matrose, der in mitten des Türbogens stand. Alle Anwesenden schauten überrascht zu den Matrosen, doch nur der Kapitän konnte die Gefühle auch in Worte umwandeln.

„Wer greift uns an?!"

Der Matrose nickt zu den Dunkelelfen. „Die Piraten. Sie haben versucht zu den Gefangen zu kommen und haben Dominik und Diethard getötet."

Konstantin drückte sich von der Schranktüre weg, um seine Axt zu ziehen, währenddessen sprangen die dunklen Augen der Dunkelelfe von den Matrosen zu dem Kapitän. „Das stimmt nicht." Versuchte sie sich verbal gegen die Anschuldigungen zu wehren, wobei das Überraschungsmoment ihr keine Gelegenheit gab, sich besser zu verteidigen.

„Seid ihr sicher?" wollte Gregorin vom Matrosen wissen, wobei er sich selber vom Stuhl erhob.

„Ja, unsere Gäste haben die Piraten überwältigt und getötet."

Die schlanken Finger beider Elfen wanderten zum Griff jeweils ihrer Schwerter, wobei man im Gesicht der Frau erkannte, dass sie noch einen gewaltlosen Weg versuchte sich zu erdenken.

Wohlwissend, wo die Reise der beiden Dunkelelfen führen würde, ging Konstantin mit langsamen Bewegungen immer näher zum einzigen Ausgang aus der Kajüte.

„Gut!" hatte nun Gregorin einen Entschluss getroffen „Nehmt sie fest." Dabei deutete er zu den beiden Dunkelelfen. „Und erwidert ihren Angriff! Ich wusst`, man kann Dunkelelfen nicht trauen."

Die Worte des Kapitäns hatten auf Sylvenna die Wirkung, dass sie jeden Gedanken, sofern sie einen gehabt hatte, um eine friedliche Lösung zu finden, verwarf. Sie versuchte nicht mal die falschen Anschuldigungen zu entkräften, wie auch, sie hatte keine Beweise. So blieb ihr nur eine Möglichkeit. Ein Blick, wie ein Dolchwurf, wurde dem Matrosen entgegen gebracht, als hätte er die Lüge ersonnen, dabei stürmte sie auf den Mann los. Mit einem Zischen rutschte die Klinge des Langschwertes aus der Scheide.

Konstantin sprang nach vorne, um sich zwischen der Elfe und dem Menschen zu stellen, doch aus den Augenwinkeln sah er etwas Silbernes entgegen kommen. Schnell schlug der Hüne mit beiden Händen den Stiel seiner Axt in die Höhe. Das Silberne schlug auf den mit Leder ummantelten Stiel auf. Es war die Klinge des Schwertes vom anderen Elfen. Aus der Ecke hörte Konstantin das Klirren von Eisen, doch darauf konnte er sich nicht weiter konzentrieren. Der Elf vor ihm hatte höhere Priorität.

Mit einer eleganten und gleichfalls unnötigen Drehung um die eigene Achse löste sich Surino aus der Pattsituation. Hinter dem Elf erblickte Konstantin, wie der Kapitän gen Ausgang sprintete. Der Dunkelelf dachte nicht daran seine neugewonnene Distanz zu nutzen, um zusammen mit seinem Artgenossen zu fliehen oder zumindest dem Kapitän zu folgen. Seine ganze Konzentration galt Konstantin. Diese Haltung verwunderte den Hünen ein wenig. Er war auf einem fremden Schlachtfeld, wobei seine Truppen unterlegen waren. Auch besaß der Elf kein Überraschungsmoment. Welchen Sinn bezweckte er damit sich Konstantin im Kampf zustellen. Auch wenn er das Duell gewann, würde er die Schlacht verlieren und gefangen genommen werden oder von den anderen getötet. Die Flucht war die einzig vernünftige Schlussfolgerung aus der jetzigen Situation heraus, jedoch blieb der Elf mit gezücktem Schwert vor dem Menschen stehen und betrachtete stattdessen, wo er eine Lücke für seinen nächsten Angriff fand.

Konstantin packte den Griff seiner Axt fester. Er wusste selbst nicht, wie mit dieser Situation umzugehen. Sollte er mit einer Finte angreifen, sollte er sich verteidigen oder sollte er Surino davon überzeugen, dass dieses Duell unnötig wäre, um damit einen Kampf zu vermeiden, der nur dazu führen würde, dass sich Konstantin verletzen könnte, weil das Schicksal des Elfen wäre mit einem Kampf sowieso dann besiegelt, indem er starb, entweder durch die Hand des Hünen oder durch die der Schiffsbesatzung.

„Warum läufst du nicht weg?" Konstantin gab seinen Gedanken eine Stimme.

Der Elf lächelte schwach. „Warum? Ich sterbe. So oder so, aber wenigstens nehme ich viele von euch mit. Sylvenna ist schon tot, weyl sie raus lief. Die Pfeyle werden sie durchbohrt 'aben. Hier 'aben Begen keynen Vorteyl." Dabei deutete mit ausgebreiteten Armen der Elf auf den Raum. In der Hinsicht musste Konstantin ihm recht geben. Der Raum war zu klein, um mit einem Bogen zu kämpfen, bis man den Pfeil eingelegt hatte, hatte das Ziel schon längst den Schützen erreicht und getötet. „Lieber sterbe ich im Kampf als auf der Flucht." Mit diesen Worten griff der Elf an.

Konstantin war bereit erneut mit dem Stiel den Schwerthieb abzuwehren, doch es war eine Finte. Mit einem Ausfallschritt nach links, tauchte Surino ab. Konstantin konnte nur zur Seite ausweichen, damit das Schwert sich nicht durch die Seite in den Körper bohrte. Es gelang dem Hünen. Schnell wollte Konstantin einen Konter starten und mit dem Axtkopf nach unten schlagen, jedoch gelang dieses Manöver nicht, denn der Boden bewegte sich, was auf einem Schiff normal war. Bis dato hatte sich Konstantin daran gewöhnt gehabt, sich ohne das Gleichgewicht zu verlieren, auf der sich stetig hin und her bewegende Oberfläche des Schiffes zu bewegen, jedoch im Kampf war es eine andere Sache. Konstantin bewegte sich wie auf dem Festland mit passenden Schritten. Es waren einfach die angelernten Reflexe aus vielen Kämpfen, da war es halt unüblich auch noch darauf zu achten, wie der Boden sich bewegte. So verlor Konstantin beim Schwungholen sein Gleichgewicht, um nicht in eine Angriff zu fallen, wich der Hüne nach hinten aus, dabei berührte sein Rücken etwas leichtes, dass sofort leise zu Boden fiel. Es war nicht die Zeit, um nach zu schauen, was Konstantin umgeworfen hatte, was von der Position her eh nur die Trennwand gewesen wäre. Außerhalb eines Kampfes wäre nun die Gelegenheit da gewesen, um nachzuschauen, ob sich hinter der Trennwand wirklich die Schlafstätte des Kapitäns befand, aber Konstantins Neugier hielt sich wegen der aktuellen Situation doch reichlich in Grenzen.

Wie die Augen feststellen mussten, hatte der Elf weniger Problem sein Gleichgewicht auf dem Schiff zu finden. Mit sicherem Tritt näherte sich der Elf mit nach unten geneigtem Schwert. Die Augen musterten Konstantin, ob sich eine Lücke in der Deckung ergab. Dann rissen die Augen des Elfen auf. Ein gestockter Atem entwich den Lippen. Die Beine verloren den sicheren Tritt. Sie begannen zu torkeln. Die Knie knickten ein. Konstantin machte einen weiteren Schritt zurück, wobei etwas unter dem Gewicht knackste. Surino bewegte sich nach vorne, doch nicht um einen weiteren Angriff auszuführen, stattdessen brach er nach vorne zusammen. Erst als der Dunkelelf auf dem Bauch liegend vor Konstantin lag, erblickte er in dessen Rücken einen Pfeil, der mitten durch das Herz gejagt wurde. Ein paar Meter weiter dahinter, nahe dem Eingang, stand der Besitzer des Pfeiles, was man nur unschwer an dem Bogen und dem darin befindenden weiteren Pfeil erkannte, der auf den Elfen zielte.

„Hattest du vor, dass er mit uns kommen soll oder warum hast du nicht gegen ihn gekämpft?"

Konstantin musste erst die Situation begreifen, bis er Selfius antwortete. „Ich hatte noch keine Zeit zum Kämpfen, bis du kamst."

„Du wirst langsam alt." stellte Selfius mit einem warmen Lächeln auf den Lippen fest, als er seinen Pfeil wieder in den Köcher legte und den Bogen lässig mit einer Hand hielt.

„Wir sollten raus und der Besatzung helfen." Forderte Konstantin den Hochelfen auf, der sich nicht gewillt zeigte, um den Raum zu verlassen.

„Brauchen wir nicht, die schaffen alles allein." Auf den fragenden Blick von Konstantin ergänzte Selfius die Aussage. „Die eine Drow, die rausgelaufen war, habe ich gleych mit den Pfeylen perforiert, währenddessen hat der Kapitän alle aufgefordert das Piratenschiff anzugreifen, um die Matrosen zu rächen, die durch den heimtückischen Angriff der Piraten ums Leben kamen."

Konstantin wusste, dass die Piraten nicht die Matrosen umgebracht hatten, sondern... Es schmerzte etwas in seiner Brust.

„Es war nicht anders zu machen." Wollte Selfius Konstantin beruhigen. „Es tut mir leyd, aber... es musste seyn."

„Ich weiß... aber..."

Konstantin verstand ja, dass Selfius nichts anderes übrig blieb, aber dennoch tat es ihm leid, um die beiden toten Matrosen, die für diesen Plan ihr Leben lassen mussten.

„Wo ist Vires?"

„Sie ist bey unserem Gefangenen."

„Sollen wir auch zu ihm?" fragte Konstantin, um das Thema von den toten Matrosen zu wechseln, wobei Selfius bestimmt in der Stimme hörte, dass der Hüne nicht mit dem Thema abgeschlossen hatte. Es war das eine Personen zu töten, die einem selbst nach dem Leben trachteten oder dem seiner Gefährten, jedoch waren sie nur Bauernopfer, damit ihr Plan gelingen konnte. Konstantin hätte es niemals gemacht, dass wusste wohl Selfius, weshalb er wohl lieber Vires mitnahm als ihn. Die beiden hatten nicht so ein schlechtes

Gewissen. Selfius wusste auch, dass Konstantin ihn dafür auch nicht zur Rechenschaft ziehen würde. Sie hatten einfach unterschiedliche Lebenseinstellungen bezüglich, wie weit man gehen durfte, um seine Ziele zu erreichen. Mit Konstantins Einstellung hätten sie es nicht geschafft.

„Ja, wir würden den Matrosen nur im Weg stehen. Oder willst du ihnen als Ausgleych helfen?“

Es war Selfius Angebot für Konstantin, um einen Ausgleich für die Gefallenen zu erbringen. Kurz überlegte er, ob sie es machen sollten, jedoch: „Wie du schon gesagt hast. Wir würden ihnen nur im Weg stehen, also bewachen wir lieber Barden, sollte doch ein Pirat zu ihm vordringen.“

Selfius nickte nur zustimmend.

Als sie die Kapitänskajüte verließen legte Selfius die Hand auf die breite Schulter von Konstantin und hauchte nur ein „Es tut mir leyd, aber…“

„Ich weiß, es gab keine andere Lösung in der kurzen Zeit. Sonst hättest du es getan.“ Dabei presste Konstantin ein Lächeln Selfius entgegen.

Als sie das Lager mit dem immer noch gefesselten Barden betraten, wurden sie gleich begrüßt, doch nicht von Vires, die sich von der sitzenden Position erhob, sondern von Barden, der sitzend blieb: „Habt ihr wenigstens Karten zum Spielen mitgebracht? Eure Freundin mit dem versiegelten Mund konnte oder wollte nicht mir Antwort leisten, als ich sie fragte.“

„Leyder spielen gerade die Matrosen und Piraten Karten miteynander, um zu ermitteln, wer dich bekommt.“ Ging Selfius auf die seltsame Begrüßung ein.

„Und ihr spielt nicht mit?“ Barden zeigte Verwunderung.

Konstantin wollte sich nicht in den Dialog einmischen, sondern setzte sich Wache haltend an den Rand, wo sich auch Vires schweigsam hinsetzte. Sie sagte nichts, sondern schaute nur etwas länger als sonst Konstantin an. In ihrem Auge vermochte Konstantin eine Entschuldigung ablesen zu können, doch vielleicht bildete er es sich nur ein.

„Wir warten lieber, bis sie zu Ende gespielt haben. Wenn die Falschen gewinnen, dann fordern wir sie zum Spielen auf.“

Der Dialog zwischen Selfius und Barden verlief die Dauer des Kampfes in dieser Form ab. Es hatte etwas Humorvolles in sich, dass Konstantin öfters das Lachen unterdrücken musste. Es sollte zu keinen Kampf mit den Piraten kommen, denn sie waren so überrascht von einem Handelsschiff ohne Vorwarnung angriffen worden zu sein, dass sie mit brennenden Heck das Weite suchen mussten. „Der fliegende Leviathan“ setzte hingegen seine Fahrt fort.

Rot überflutete der Saft des Lebens die Hände. Hektisch sauste die Linke zur Seite und griff nach weiteren Bandagen, die sie auf die Wunde presste, doch das Blut versuchte weiterhin seinen Weg aus dem Körper zu bahnen. Lisbeth drückte weiter mit aller Kraft, die sie besaß, auf die Druckbandage gegen die Halsschlagader. Das Blut musste weiter im Körper zirkulieren, egal was es kostete.

„Bringt noch mehr Verband!!! Und was zum Zunähen!!!" brüllte Lisbeth nach hinten zu keiner besonderen Person. Es waren genügend Medici im Raum. Einer würde sich schon angesprochen... oder gebrüllt fühlen, um die lebensrettenden Gegenstände zu bringen.

Schnell waren die Augen wieder auf die Wunde konzentriert, die man zwar durch die vielen Verbände nicht sah, jedoch das dunkler werdende Rot der Bandagen deutete ihre Existenz an. „Bitte. Bitte, bleib hier." Flehte Lisbeth den Mann an, den sie bis vor wenigen Sekunden nicht kannte, als er in das Lazarett gebracht wurde. „Wo bleiben...!" Lisbeth konnte den Satz sich zu ende schreien, da stand schon ein Pfleger neben ihr. In der weißen mit rotem Blut verfärbten Baumwollkleidung war er leicht als Pfleger auszumachen. Was sie noch erkannte war, dass er gegen Lisbeths Befehl kein Nähzeug noch Druckpressen bei sich trug. Schon wollte sie ihren Rang als Obermedica mit einer Tirade an Erniedrigungen hervorheben, da erhob der Pfleger das Wort: „Es ist zu spät."

Im Gesicht, in dem das Bedauern abzulesen war, erkannte sie, dass er es ernst meinte. Nein, war ihr Gedanke, den sie gleich auch verbalisierte. „Nein, nein!! Es ist nicht zu spät! Es ist nie" Sie sah hinab in die starren Augen des Mannes, der vor ihr lag. Es war zu spät. Kraftlos rutschten die Hände vom Hals, wodurch ein Schwall Blut ihren Weg aus dem Körper fand. Die rote Flüssigkeit ergoss sich über die gesenkten Hände. Es war Lisbeth egal, dass ihre Hände weiter sich mit Blut verfärbten. Nicht schon wieder. Erschöpfung machte sich im Körper von Lisbeth breit, wie immer wenn man von einem Misserfolg zum nächsten kam. Es war hoffnungslos. Tränen begannen sich in den Augen der Obermedica zu sammeln. Sie musste stark sein. Sie durfte die Hoffnung nicht aufgeben. Sie musste ein Vorbild sein. Mit der Hand wollte Lisbeth sich die Träne aus dem Auge wischen, doch der metallene Geruch des frischen Blutes auf den Handflächen, ließ sie schnell in Erinnerung rufen, was für ein Fehler diese Aktion gewesen wäre. Schnell nutzte sie den Ärmel des Unterarms, um das Auge von der angesammelten Flüssigkeit zu befreien.

„Also auf zum Nächsten!" Lisbeth sprang auf und blickte um sich. Überall lagen vor Schmerzen stöhnende und schreiende Menschen, die alles versuchten, dass Nekro sie nicht in das Jenseits brächte, als würde er sich auf diese Art erweichen lassen. Der Geruch von Exkrementen und verrotteten Blut lag penetrant in der Luft. Lisbeth musste kurz inne halten, um sich nicht zu übergeben. Wie gerne hätte sie sich so Erleichterung verschafft, aber sie durfte keine Schwäche zeigen.

„Reißt ihm das Scheißding von der Brust!" brüllte Lisbeth zornig zu den Transporteuren, die einen weiteren Soldaten auf einer Trage ins Lazarett trugen, damit sie Lisbeths

Stimme unter den Schmerzensschreien auch ja verstanden. Mit dem Wort Scheißding war die Brustpanzerung gemeint, die zwar aus Eisen bestand, doch offensichtlich nicht stark genug war, um einen Pfeil davon abzuhalten durch die Brust zu gelangen. Schnell versuchten Pfleger auf klassische Weise die Panzerung über den Kopf zu ziehen. Schneller griff jedoch Lisbeth ein und unterbrach den laienhaften Versuch sofort. „Seid ihr verrückt!!! Zieht den verdammten Pfeil raus, dann Rüstung weg und Blut stillen." Damit nicht wieder ein Fehler passierte, machte Lisbeth sich selber an die Arbeit und griff nach dem Pfeil.

Die Hände rutschten ab. Das klatschnasse Blut des Toten rann noch über die Hände von Lisbeth. Ein Kübel Wasser stand in der Nähe. Schnell tauchte sie die Hände in das Wasser, das sich sogleich dunkel verfärbte. An einer weißen Schürze – ob eine Person sie trug oder sie irgendwo hing, bemerkte Lisbeth in der Eile nicht – trocknete sie ihre Hände. Nun durfte sie nicht mehr abrutschen. Mit beiden Händen ergriff sie erneut den Stiel des Pfeiles und zog daran… und zog erneut… und wieder… und wieder… doch der Pfeil blieb irgendwo im Fleisch stecken. Wegen der Rüstung, konnte Lisbeth nicht erkennen, wo der Pfeil sich verhakt hatte. Sie hörte immer nur die Schmerzensschreie des Mannes bei jedem Versuch. Es tat ihr Leid, doch sie musste es tun. Mit schneller Hand brach sie den Pfeil entzwei. „Zieht ihm die Rüstung aus!" schrie Lisbeth. Die Pfleger standen, wie Statuen nutzlos in der Gegend rum. „Jetzt könnt ihr!" seufzte sie verzweifelt, als die Brustpanzerung über den Kopf gezogen wurde. „Und jetzt brauche ich eine Zange und Verbände… aber schnell!"

Es dürfte wohl schnell gewesen sein, aber für Lisbeth fühlte es sich doch wie eine Ewigkeit an, bis die Zange und Verbände kamen. Es schaute nicht mehr viel vom Pfeil heraus, seitdem die Obermedica ihn abgebrochen hatte. Mit der Zange öffnete sie leicht die Wunde, um den Pfeil genauer zu sehen und wo er feststeckte. Blut quoll aus der Wunde und bedeckte Pfeil wie auch Zange. „Blut weg!!!" Irgendjemand benutzte einen Lappen – hoffentlich einen sauberen – um die Sicht auf die Wunde wieder freizugeben. Mit der Zange ergriff Lisbeth den Pfeil, schaute nach, wie sie am besten an den Fleischklumpen vorbei konnte, und zog… und zog wieder. Sie bekam den Pfeil nicht raus. Verzweiflung und Frust machte sich im Gemüt breit. Das konnte verdammt nochmal nicht sein… Sie zog erneut… Sie zog so lange, bis die Brust sich nicht mehr hob, sondern gesenkt blieb. Der Pfeil blieb weiter in der Brust. Das konnte nicht sein. Diesmal konnte Lisbeth ihre Tränen nicht unterdrücken. Sie fühlte sich schwach, wehrlos. Die Beine knickten ein und die Knie schlugen hart auf dem Marmorboden auf.

„Das ist sie." Ertönte eine militante Männerstimme.

Lisbeth schaute hoch. Hinter dem Tränenschleier erkannte sie eine Silhouette, die auf einer höheren Stufe saß. „Sie hat den König ermordet."

Was? Nein. Lisbeth musste erst die Gedanken wieder finden, was gerade geschah, deshalb konnte sie die Worte noch nicht über die Lippen bringen, bis das Urteil gesprochen worden war.

„Dann sperrt sie ein… für immer." Befahl eine Frauenstimme.

Erst jetzt konnte Lisbeth Widerworte spreche. „Nein, ich war es nicht. Bitte, glaubt mir. Ich war es nicht." Die Worte hallten durch den Raum bis sie verhallten. Unsanft wurde die Obermedica an den Ärmeln gepackt und nach hinten gezogen. Lisbeth wollte aufstehen, doch verlor sie das Gleichgewicht und landete auf den Rücken. Der Hinterkopf schlug auf dem Boden auf und ihr wurde schwarz vor Augen.

Schmerzen pochten vom Hinterkopf aus durch den Schädel, doch dies sollte nicht das unangenehmste Gefühl zu diesem Zeitpunkt sein. Wieder drang in die Nase der Obermedica der Gestank von Exkrementen, die sich ein Duell um die Intensivität mit frischem Blut austrugen. Lisbeth erhob sich vom Boden. Sie befand sich in einem Raum. Das Bett in mitten des Raumes deutete an, dass es sich um ein Schlafzimmer handeln musste. Sie kannte dieses luxuriöse Schlafzimmer, wie auch die Frau, die auf dem Bett lag. Von wegen Frau… es war ein Mädchen. Ein Mädchen von nicht mal vierzehn Zyklen. Ihr Nachtkleid war von der Hüfte bis zu den Füßen mit ihrem Blut überdeckt. Sie kannte diesen Anblick. Sie kannte das junge und zugleich hübsche Gesicht, das von Schweiß benetzt starr an die Decke starrte. Ihr Name war Marlene. Lisbeth erinnerte sich, wie glücklich die werdende Mutter in Kindesalter war. Wie sehr sie sich freute ein neues Leben auf die Welt zu bringen. Sie strahlte, tanzte und frohlockte darüber, was sie alles mit ihrem Kind unternehmen würde, wie sie es in den Schlaf wiegen würde, es mit Liebe überschütten würde und zu einem großartigen Herzog oder Herzogin erziehen würde… sie sollte es niemals erleben können. In der Ferne hörte Lisbeth ein Kind schreien.

Es tut mir Leid, ob Lisbeth es leise sagte oder nur dachte, wusste sie nicht, jedoch waren die Worte ernst gemeint. Sie war so ein wundervoller, positiv eingestellter Mensch gewesen. Ihr Erscheinen brachte jeder Person, die sie traf, ein Lächeln ins Gesicht. Sie wäre eine großartige Herzogin geworden und auch Mutter, das wusste Lisbeth. Warum musste die Welt so grausam sein? Warum musste Nekro so grausam sein und holte sich so früh wundervolle Menschen, die die Welt zu einem besseren Ort machen konnten und dafür Tyrannen, wie Morden, lebten und mordeten dutzende von Solariszyklen durch die Geschichte. Es war nicht gerecht. Feuchte Tränen rannen über Lisbeths Wangen. Es war nicht gerecht, aber bald würde Gerechtigkeit auf Gaia herrschen. Es durften keine guten und herzlichen Menschen mehr ihr Leben so früh geben und dafür würde die Obermedica sorgen, mit Hilfe des Kristalls der Menschen. Angeblich konnte er jedem Menschen magische Kräfte verleihen, die so mächtig waren wie zur Zeit der Götterkriege. Mit dieser Macht würde Lisbeth für Gerechtigkeit Sorgen. Die guten, ehrlichen Menschen sollen ein langes erfülltes Leben haben und nicht mehr im Kindbett oder auf dem Schlachtfeld sterben. Ich verspreche es dir, Marlene.

Die Tür wurde weit aufgerissen und schlug laut krachend gegen die Wand. Soldaten stürmten herein. Vor Schrecken konnte Lisbeth nicht reagieren. Ein Schlag traf Lisbeth an der Schläfe, dann wurde es wieder schwarz.

Es blieb schwarz, als Lisbeth ihre Augen öffnete. Das Herz schlug heftig gegen die Brust. Die Rechte drückte gegen die Baumwolle des Nachtkleides, um das Herz davor zu bewahren aus der Brust zu springen. An den Augenrändern spürte sie klebrige Straßen, die von Tränen stammen konnten. Auch die linke Hand bekam dadurch eine Aufgabe und befreite die Augen von den Straßen.

Langsam konnte sie Silhouetten im Zimmer erkennen und so durfte die Erinnerung sich daran machen, herauszufinden, wo sich die Obermedica befand. Der Aribert rechts von ihr, wie auch der Wandschrank zu ihren Füßen und das große Bett, halfen bei der Ortung. Es war ihr Zimmer in Auenacker. Sie war nicht mehr im Schlaf gefangen. In diesen schlimmen Albträumen... obwohl Träume waren es nicht. Sie waren Realitäten. Realitäten aus der Vergangenheit. Das Herz beruhigte sich mit jedem Schlag mehr und mehr.

„Schön geträumt?" erklang eine bekannte Stimme, die weder männlich noch weiblich schien. Wo sie herkam, wusste Lisbeth nicht. Sie kam aus der Finsternis, wie immer. Es würde nichts bringen, würde Lisbeth eine Kerze entzünden. Die Stimme wäre zwar immer noch da, aber kein Körper, zu der sie gehören würde. So war es Lisbeth lieber, so konnte sie sich zumindest vorstellen, dass jemand den Raum mit ihr teilte.

„Was ist?" gab Lisbeth zurück. In ihrer Stimme schwang Erschöpfung und ein Hauch von Zorn mit. Sie wollte erst den Traum verarbeiten und nicht reden. Sie wollte ihre Ruhe.

„Ihr seid ja ein echter Morgenmuffel zu nächtlicher Stunde." Stellte die Stimme fest.

„Bitte, lass mich in Frieden. Ich... wenn du nichts Wichtiges zu sagen hast... dann... dann lass mich in Ruhe." Sie hoffte, dass die Stimme es verstand und nur dieses eine Mal Rücksicht auf Lisbeths Gefühle nehmen würde. Sie war einfach schon im normalen Zustand anstrengend, aber nach diesem Traum... diesen Erinnerungen. Es wäre einfach zu viel.

„Na gut, dann komme ich ohne Umschweife zum Punkt. Den Typ, den wir angeheuert haben."

„Barden." Wollte sie dem Typ eine menschliche Komponente geben.

„Ja, der. Der ist auf dem Weg zur Insel, auf der Ihr lebt."

„Das ist gut. Hat er alle Splitter?" Lisbeth erhob sich in sitzende Position und schaute auf ihre Hände hinab. Sie zitterten, waren aber nicht mehr mit Blut überströmt.

„Ja, die hat er." Lisbeth atmete erleichtert aus, bevor die Stimme ergänzte „Jedoch haben wir ein Problem."

Reflexartig schaute sie in die Dunkelheit, als würde dort ihr Gesprächspartner stehen. „Welches?"

„Seine Begleiter bringen ihn leider nicht zu Euch, sondern sind auf den Weg an Euch vorbei in den Norden, in die Stadt, woher... Barden den ersten Splitter geholt hat."

„Weißt du, wie sein Weg verlaufen wird?" Nun war Lisbeth hellwach. Es war wirklich ein Problem, der alle Konzentration benötigte.

„Sie werden den Weg durch das Gebirge suchen, das Euch mit den nördlichen Ländereien trennt."

„Dann müssen wir sie vor dem Jolseander Tor aufhalten, wenn sie erst dort durch sind und Langen erreichen, werden wir nicht mehr an die Splitter kommen." Lisbeth sprang aus dem Bett hinaus, rutschte geschwind in die Hausschuhe und rannte gen Schlafzimmertür. „Ich muss zum Kelmenar." Bergründete sie ihre Aktionen.

„Es war mir eine Freude. Euch aufgemuntert zu haben."

Lisbeth achtete nicht weiter auf die Stimme, sondern rannte weiter zum Gemach des Kelmenaren. Ein Gespräch mit der Stimme wäre weiterhin einfach zu anstrengend gewesen und es gab wichtigeres zu tun.

Vires VI

Der letzte Ton der Laute flog hoch und lavierte sich zwischen die kahlen Äste der Bäume durch. Auch wie sehr sich der Ton bemühte, sollte er, wie auch seine Vorgänger zuvor, nicht den Weg in das Nachtfirmament zur dreiviertel vollen Luna und der halben Selúne finden. Auf einem mit Stroh gefüllten Juteschlafsack saß der Mann, dessen Klänge auch die vergangenen Nächte immer wieder in die Höhe und zu Vires, Konstantin und Selfius gespielt wurden.

„Habt nochmals vielen Dank." Lächelte freundlich Barden dem Trio vor sich an, das auch die Schlafsäcke als Schutz vor der Nässe des matschigen Boden nutzte. „Es wäre zu riskant, wenn ich über so einen langen Zeitraum meine Finger immer nur angefesselt habe. Nicht das die Finger sich wegen der Kälte versteifen und ich so nicht mehr Laute spielen kann und ich dadurch am Hungertuch nagen müsste."

Wie auch die Nächte zuvor applaudierten Selfius, Vires und Konstantin ihrer musikalischen Begleitung zu. Vires tat es einfach, weil es ihre beiden Gefährten auch machten, für sie war es keinen Unterschied, wie gut Barden spielte... oder ob er spielte. Die Musik war zwar angenehm und eine gute Abwechslung zu den früheren Abenden ohne ihn, jedoch hatte sie nicht viel für Musik übrig. Sie hatte sogar leichte Bedenken, ob es klug wäre, ihn spielen zu lassen, solange sie nicht wussten, ob nicht doch jemand sie verfolgte, auch wenn es seit dem Erlebnis mit den Piraten von vor einem Zehntag keine Zwischenfälle mehr gab, aber Vires wusste nur zu gut, wie plötzlich Verfolger auftauchen konnten, deshalb war sie steht's auf der Hut.

„Wieder perfekt." Machte Selfius erneut sein Kompliment gen Musiker „Welch Melodien Ihr aus nur eynem Instrument heraus zaubern könnt. Es wäre so als würde ich eynem Primus der Musik lauschen."

Barden nahm verlegen seinen Hut ab. „Oh, habt Dank für so wohltuenden Worte." Dabei verbeugte sich der Musiker in sitzender Position.

Konstantin erhob sich und nahm ein langes Seil in seine Hände. „Ich muss Selfius recht geben. Es war wieder eine großartige Vorstellung. Wie schafft Ihr es, so viele Lieder Euch im Kopf zu behalten und nie einen Texthänger zu haben?“

Barden lächelte freundlich als er langsam zurück an einen Baum sich lehnte. „Ach, das ist nicht schwer. Ich kann es nicht. Ich vergesse manchmal die Texte. Ich muss mir nur das Reimwort merken, dann kommen die restlichen Worte von allein… oder ich muss nur Worte finden, die dasselbe bedeuten.“

„Dennoch ist es eine Kunst… Schlafsack oder Baum?“ stellte Konstantin die Frage aus dem Gesprächskontext herausfallend.

Vires kannte die Frage, denn diese stellte Konstantin jede Nacht dem Musiker. Sie bedeutet, woran ihr Gefangener angebunden wollen würde. Schlafsack hieß, ob er sich zum Schlafen legen möchte, wodurch er in jenem eingebunden wäre, und Baum hieß, dass Barden noch etwas Zeit wach am Lagerfeuer verbringen wollen würde.

„Deshalb ist Musik Kunst.“ Lachte Barden. „Baum… ich möchte noch etwas wach bleiben.“

Konstantin band wie vom Musiker erwünscht diesen an den Baum, ohne dass Barden irgendeine Gegenwehr leistete. Vires hatte immer noch Misstrauen gegenüber ihrem Gefangenen. Er benahm sich zu locker und unangespannt, was nichts anderes heißen konnte, dass er schon einen Fluchtplan sich erdacht hatte. Konstantin und Selfius wirkten zu unkonzentriert. Sie würden eine Flucht bestimmt zu spät erst bemerken, deshalb musste Vires noch aufmerksamer sein.

„Kennt Ihr auch lichtelfische Volkslieder?“ wollte Selfius wissen, als Konstantin nach getaner Arbeit wieder auf seinen Platz beim Lagerfeuer sich setzte.

„Nur die Lieder, die in die menschliche und Handelssprache übersetzt wurden. Aber sowas verwässert zu sehr das Herz eines Stückes. Ich würde zu gerne die Originale lernen, denn nur dort entfalten sie ihre ganze Stärke.“

„Dafür müsst Ihr aber nach Renoncé reysen und dort ein Synphoteum aufsuchen. Dort sind alle Lieder, die aus elfischer Hand kommen archiviert.“

„Das habe ich nach meinem diebischen Abenteuer auch vor. Ich habe in Vegnarian und Schildoran zu viele mächtige Feinde gemacht, da wäre es doch besser mein Antlitz andernorts zu präsentieren und in Renoncé kann ich bestimmt noch vieles lernen, um mein Repertoire zu erweitern.“

„Glaubt Ihr der König von Langen lässt Euch einfach ziehen, sobald Ihr Eure Geschichte erklärt habt?“ Las Konstantin zwischen den Zeilen heraus.

„Viellcicht.“

„Auch wenn Ihr nicht vorgehabt habt, dass die Prinzessin stirbt, habt Ihr sie dennoch in Gefahr gebracht und so eine Aktion kann kein Vater gutheißen, wenn es nicht schon schlimm genug wäre, dass Ihr die Prinzessin bestohlen habt. Er wird zwar Euch nicht hinrichten, aber bestimmt wird er Euch in das Gefängnis stecken und das über viele Zyklen hinweg.“

Da war sie wieder… diese Entspannung. Wie konnte Barden so entspannt sein? Vires konnte es nicht verstehen. Er musste einen Fluchtmöglichkeit sehen, die sie nicht erkannte, aber es gab doch keine, oder doch, aber wie?

„Ja, vermutlich habt Ihr recht. Sofern wir es bis Langen schaffen." Jetzt hatte er seine Karten auf den Tisch gelegt, aber weshalb? Der Fluchtplan musste so wasserdicht sein, dass die Drei es nicht mal verhindern konnten, wenn sie davon wussten. Verdammt, was ist es nur?

„Wie meint Ihr das?" sprachen Selfius und Konstantin im Chor Vires Gedanken aus. Die ehemalige Attentäterin wanderte mit der Hand zum Dolch. Sie durfte den Musiker nicht töten, jedoch konnte sie ihn so sehr verletzen, dass er nicht schnell genug fliehen konnte.

„Ich rede von der jungen Dame und ihren fünf Schwertkämpfer, drei Speerträgern und vier Bogenschützen, die ihm Dunkeln auf den Moment warten, um in das Licht des Lagerfeuers zu treten oder irre ich mich und ihr wolltet nur meinen Klängen lauschen?" Die letzten Worte waren in die Dunkelheit des Waldes gerichtet.

Beifall erklang mit Hilfe zweier Hände aus der Dunkelheit. Vires sprang wie von einer Spinne gebissen in die Höhe. Er hatte wirklich die Lieder gespielt, damit seine Verbündeten ihn fanden oder waren es doch Verfolger? Egal, er hatte sie hergelockt. Wie sonst hätten sie die Vier im dichten Wald aufspüren können?

Wie auch Vires mit ihren Dolchen hatten sich Konstantin und Selfius mit gezückter Waffe erhoben.

Das Weiß der Robe war das Erste, was durch die Dunkelheit dank dem Lagerfeuer sichtbar wurde. Noch bevor der Kopf mit den blonden Haaren zu sehen war, erklang von der Robe her eine weibliche weiche Stimme, die fast schon hochnäsig wirkte, wie nur eine Adelsstimme sein konnte, fand Vires. „Beeindruckend. Ihr überrascht mich immer wieder. Seit wann wisst Ihr, dass wir hier sind?"

Es knackte das Unterholz um das Lager herum und eine Gestalt nach der anderen trat in das Licht. Es waren fünf Schwertkämpfer, drei Speerträger und vier Bogenschützen genau wie es Barden gewusst hatte. Und so wie es Barden wusste, so hatte auch Vires das Wissen, dass sie einen Kampf gegen die eingetroffenen Personen niemals gewinnen konnten, dennoch hielt sie die Waffen kampfbereit.

„Seit dem Lied Lunas Traum." Beantwortete Barden die Frage. So gelassen wie der Musiker sich benahm, musste es sich um Verbündete handeln. „Wobei ich erst beim Leisen Hauch die dazugekommenen abgezählt bekommen habe. Und wie ich sehe, hatte ich recht."

Nun erhob Konstantin das Wort statt der Waffe. Auch er musste festgestellt haben, dass ein Kampf eine sichere Niederlage mit sich bringen würde. „Ich möchte nur ungern euren Dialog unterbrechen, aber dürften wir erfahren wer ihr seid?"

„Das ist meine gnädigste Auftraggeberin." Stellte Barden die Frau vor „Ich würde mich ja erheben, jedoch bin ich zu sehr mit dem Baum angebandelt… obwohl eigentlich angeseilt besser gepasst hätte, aber dann hätte der Wortwitz nicht funktioniert."

Die Frau ging nicht auf die unnötige der zwei Äußerungen ein. „Ja, Barden hat recht. Und ich bin hier, um die restlichen vier Rubine abzuholen."

„Ich bin leider nicht mehr der Gesprächspartner bezüglich der Rubine, da müsst ihr schon meine temporären Wegbegleiter befragen."

„Oh." Eine überraschte Mimik spiegelte sich im Gesicht der Frau, das von den Falten um die Augen bestimmt schon um die vierzig Zyklen mit erlebt haben musste. Auch nutzte Vires jetzt die Gelegenheit die Kleidung näher in Betracht zu ziehen. Sie war unbewaffnet und Vires am nächsten. Sollte es zu einem Kampf kommen, wäre sie der einfachste Gegner. Man konnte zwar Dolche und ähnliche Kleinwaffen in Roben verstecken, jedoch war dieses Gewandt nicht dafür vorgesehen. Es war eines dieser Kleidungsstücke, das komplett um den Rumpf wie Beine verschlossen war. Bei den herrschenden niedrigen Temperaturen ein standardmäßiges Kleidungsstück.

„Und wer hat nun die Rubine?" Fragte die Auftraggeberin nach und schaute abwechselt zu dem restlichen Trio.

„Ich." Antwortete Konstantin. Eigentlich hatte Vires die Edelsteine bei sich am Hüftgurt in einem ledernen Beutel, aber Konstantin war ja der Wortführer der Drei, so war es nur klar, dass er vor trat. Die Axt wurde nur noch von einer Hand gehalten und dessen Kopf senkte sich gen Boden, als Konstantin näher zu Vires und der Frau trat. Wie es aussah, vermied er es bedrohlich zu wirken, was einer Person, die einen Kopf mehr maß als alle anderen Anwesenden, doch recht schwer fiel. „Dürfte ich fragen, was Ihr mit den Edelsteinen vor habt?"

Die Frau schaute gelassen mit fast gleichgültigem Blick aus den blauen Augen zu Konstantin hoch. „Seid Ihr wirklich in der Position, um so eine Frage zu stellen?"

Das waren sie nicht, wusste das Konstantin nicht? Denn er zeigte keine Regung, sondern stellte einfach die nächste Frage „Was hat der Kelmenar mit den Edelsteinen vor?"

Nichts... kein Geräusch. Stille. Doch nicht die angenehme Stille, wie es Vires an jeder Dämmerung genoss, sondern die Stille, die vor einem Sturm kam. Die Finger umschlungen die Griffe der Dolche noch mehr. Wenn niemand etwas sagen würde, könnte der Kampflärm das nächste Geräusch hier im Wald sein.

„Es geht niemanden was an." Unterbrach die Auftraggeberin die Stille. „Wie gesagt, gebt uns die Rubine. Mehr wollen wir nicht. Wenn ihr sie uns aber nicht gebt... dann müssen wir sie mit Gewalt holen."

Vires schaute hoch zu Konstantin und seiner steinernen Mimik. So hatte sie ihn noch nie erlebt. Sein Blick war starr. Vires wusste nicht, was der Gesichtsausdruck bedeutete Überlegte er wirklich, ob sie kämpfen sollten, für vier Rubine, die angeblich magische Kräfte besaßen? Wieder gab es diese Stille. Vires konnte nicht den Blick von ihrem Weggefährten nehmen. Was hatte er vor?

„Einverstanden." Kam es tonlos ohne seinen Gesichtsausdruck zu stark zu entsteinern. „Gibst du ihr die Rubine?" Mit diesen Worten schaute er zu Vires hinab. Im Blick sah sie, dass es keine List war. Es würde auch nicht wirklich zu Konstantin passen. Er war immer eine aufrichtige Person, verglichen zu Selfius und vor allem ihr.

„Ja." Kam Vires der Aufforderung nach und übergab der Frau das Säckchen mit den Edelsteinen.

„Danke." Die Frau nahm das Säckchen und band es an ihren Robengürtel.

„Guat, iatz sterbt." Tönte eine Männerstimme von hinten, begleitet vom Zischen der Schwertern, die aus Scheiden gezogen wurden, und dem Knarren von spannenden Bögen. Nur die Speere blieben geräuschlos, als ihre Spitzen nach vorne zeigten.

Verdammt, jetzt müssen wir doch kämpfen. Typischer Adel, nur hinterlistig. Vires winkelte ihre Knie schon ab, um schnell einen Sprung zu Frau zu machen, doch sie erhob noch vorher die Stimme. „Nein, lasst sie leben."

Der Soldat, der den Tötungsbefehl gab, schien überrascht. „Aba, da Kelmenar hat g´sagt."

„Ich weiß. Und ich sage, dass hier kein Blut vergossen wird. Wir haben was wir wollten."

„Aba"

„Nichts, aber. Ich bin die Stellvertreterin von Kelmenar Morden, Herr Hauptmann. Hier ist mein Wort genau so bedeutend wie seins, verstanden?! Sie haben uns die Edelsteine gegeben, damit wird der Kelmenar zufrieden sein, ob wir Blut vergießen oder nicht, ist Nebensache, oder wollt Ihr wirklich, dass einer Eurer Männer sich mit dieser Axt anlegt?"

„Nein, meine Dame." Gab sich der Hauptmann demütig, wobei er sogar seinen Akzent unterdrückte. „Guat, Mander, ihr hab`s gehört. Wir ziehn ab."

Mit den Worten des Hauptmannes wurden die Waffen wieder zurückgesteckt und die Gruppe verschwand so lautstark im Gebüsch raschelnd wie sie aufgetaucht waren. Nur Vires, Konstantin und Selfius standen weiter mit gezückten Waffen da, denn man wusste ja nie, ob es nicht doch eine List war… aber es war keine.

Vires brauchte nicht fragen, warum Konstantin die Edelsteine der Frau überließ. Sie waren in höherer Anzahl, hatten sie eingekreist und beim König von Langen brauchten sie ja nur-

„Wo ist Barden?" durchstrich Selfius panische Frage Vires Gedankengang. Dort, wo noch vor kurzem der Musiker am Baum gefesselt saß, lag nur noch das lose Seil vor dem Baum. Verdammt.

„Wir müssen ihn finden." Stellte Konstantin schnell fest. „Er dürfte noch nicht weit sein. Teilen wir uns auf."

Vires, wie auch Konstantin und Selfius, nahmen keines der Holzäste, um damit eine Fackel zu erschaffen, denn das Licht der beiden Göttinnen am Himmel genügte, um in der Nacht gut genug zu sehen. Die blätterlosen Bäume halfen dem Licht natürlich auch, um ohne Blockade den Boden zu erreichen.

Die Erfahrung als Attentäterin half ein wenig Vires, um ihre Beute zu finden. Es dauerte nur wenige Momente und sie hatte die Fährte aufgenommen. Es war ein Leichtes. Barden hatte nicht mal ansatzweise die Zeit gehabt, um seine Spuren im matschigen Schnee zu verbergen. Noch weniger Momente als für die Spur benötigte Vires, um Barden Höchstselbst aufzuspüren.

Tock! Mit schneller Hand warf Vires einen ihrer Wurfmesser nach dem Musiker. Nur wenige Dezimeter vor seiner Nase drang das Messer in den Stamm eines Baumes. Erschrocken sprang Barden zurück, jedoch blieb er auf den Beinen stehen und landete nicht auf seiner Laute, die er am Rücken trug. Es war der einzige Gegenstand neben seiner Kleidung, den Barden bei sich hatte.

„Dürfte ich fragen, was Euch der Baum getan hat, dass Ihr ihn unbedingt erstechen musstet?" stellte Barden die Frage, als er sich zu dem Ort hinsah, von woher er das Geschoss vermutet hatte. Er sah genau in Vires Auge.

Vires dachte nicht mal daran, die Frage zu beantworten. „Komm mit. Wir brauchen dich noch in Langen."

„Sagt doch einfach, dass Ihr mich töten musstet und der Rubin." Barden griff in das Band seines Hutes und holte den roten Edelstein heraus „sollte als Beweis genügen."

Ohne eine Antwort abzuwarten warf Barden den Edelstein zu Vires, die ihn trotz Überraschung noch im Nachfassen fing. „Was?" brachte Vires als einziges heraus, als sie den Rubin in den Händen begutachtete.

„Es ist zwar nicht der exakte Rubin, den ich von Dorothea geklaut habe, aber es ist einer der Vier, die ich für den Kelmenar suchen musste. Es war meine Rückversicherung, sollte ich betrogen werden... außerdem behagt es mir nicht, dass der Schöpfer von Witwen und Waisen einen der Rassenedelsteinen erhält und die Macht, die damit verbunden ist."

Vires musste überlegen, ob sie Barden gehen lassen sollte, aber so schnell der neue Gedanke kam, dass vielleicht doch der Rubin reichte, so schnell verwarf sie ihn wieder. Es war zu riskant. „Nein, du kommst mit."

„Aber." Barden konnte seine Schockiertheit nicht unterdrücken, jedoch fand er schnell die Fassung wieder „Dürfte ich zumindest erfahren, wie Ihr zu Eurem Entschluss kamt? Ich gab Euch den Rubin, den ich Dorothea gestohlen habe, jedoch ihr habt nichts von dem Diebstahl gewusst, ergo wusste weder der König noch die Prinzessin zu dem Zeitpunkt vom Diebstahl. Wenn ihr also mit der Geschichte vor den König tretet, dann wissen sie, dass ihr mich getroffen habt... und getötet, versteht sich."

„Ja, der König wusste nichts davon... vielleicht weil die Geschichte nicht stimmt." Kam Vires plötzlich in den Sinn.

„Ich soll mir den Diebstahl ausgedacht haben? Ihr überschätzt meine fantastischen Geschichten. So eine Geschichte kann ich mir niemals erdenken."

„Behauptet Ihr."

„Werte Dame, Ihr seid recht misstrauisch."

Vires verzog den Mund. „Das kommt vom Leben und du kommst mit mir. Konstantin und Selfius sollen entscheiden, ob wir dir glauben und frei lassen oder ob wir dich nach Langen bringen." Die Dolche, die Vires zog, sollten Barden weitreichender überzeugen, dass er wieder zum Lagerfeuer zurückkommen sollte.

Der Musiker senkte geschlagen den Kopf „Wie Ihr wünscht." Und folgte Vires wieder zum Lager. Natürlich holte die ehemalige Attentäterin wieder das Messer danach aus der Rinde. Ein gut ausbalanciertes Wurfmesser war sehr schwer zu finden und sehr teuer.

Als der Feuerschein zwischen den Baumstämmen schon sichtbarer wurde, schoss in Vires eine Frage hoch. Warum jetzt? Warum floh Barden erst jetzt? War es wirklich die Ablenkung der Frau und der Soldaten? Waren sie seine Verbündeten bei dem Diebstahl? Wäre er jetzt zu ihnen gelaufen, um dann die Edelsteine zu verkaufen, sofern seine Geschichte doch nur eine Lüge ist? Sie hatte nicht gesehen, wie Barden frei kam. Hatte ein Soldat das Seil durchschnitten? Sie betrachtete das Seil. Es war nicht durchschnitten. Der Knoten wurde aufgebunden. Es hieß noch lange nicht, dass es nicht einer der Soldaten getan hatte. Hätte er es selbst gekonnt, dann hätte er es doch viel früher machen können, aber Vires wollte sicher gehen.

„Ich werde nicht angebunden?" stellte Barden verblüfft fest, als Vires sich auf ihrem Schlafsack setzte.

„Ich behalte dich im Auge. Solltest du versuchen zu fliehen..." Das herausgezogene Wurfmesser beendete den Satz für den Mund.

„Verstanden. Es wird mir ein Vergnügen sein, dass so eine bildhübsche Frau ihr einzig gesundes Auge dafür verwendet, um mich anzusehen." Die Worte und das folgende anzügliche Lächeln, bescherte Vires nur ein Augenrollen.

„Konstantin und Selfius kommen bei Solarisaufstieg wieder ins Lager, bis dahin wird nichts entschieden, also nutze die Gelegenheit und schlafe." Und halte den Mund, dachte sich Vires bei sich.

Barden tat ihr nicht den Gefallen, sondern blieb wach, wenigstens sprach er nicht, sondern zupfte nur an der Laute. Es waren ruhige und zugleich sanfte Töne. Sie waren friedlich, als gäbe es kein Leid, Zorn oder Krieg auf der Welt. Es waren angenehme Melodien, die ihre Eigenschaften auch in Vires Gemüt verbreiteten. Das Auge von Vires schloss sich auf Befehl des Gehöres, um die Melodien noch intensiver aufnehmen zu dürfen, ohne jegliche visuelle Ablenkung. Wie eine warme Decke hüllten die Noten die junge Frau ein. So ein Gefühl der Geborgenheit und Sicherheit hatte sie schon lange nicht mehr empfunden oder hatte sie überhaupt sich jemals so gefühlt? Sie wusste es nicht. Es war auch egal. Sie fühlte es ja jetzt.

Warte! Er will dich einschläfern und sich dann davon machen! Vires riss das Auge auf. „Hör auf zu spielen!" befahl sie zum Musiker hinüber, der im Schneidersitz da saß und sich ganz seinem Lautenspiel widmete. „Glaubst du nicht, dass ich weiß, was du vor hast? Hör auf!"

Wie von Vires verlangt nahm Barden die Finger von den Saiten und lehnte die Laute zur Seite. Dabei schaute er überrascht zu jungen Frau hinüber. „Dürfte ich fragen, was Ihr vermutet, was mein Begehr mit dem Spiel der Laute wäre?"

„Das weißt du genau. Und sprich nicht so... sprich normal."

„Gut. Es war ein beachtlicher Wurf für eine Person mit nur einem Auge."

„Hmm?" Vires war etwas verwirrt bezüglich des thematischen Wechsels, auch die Stimme hatte sich leicht verändert. Sie wirkte nicht mehr hochnäsig, wie von der Adeligen zuvor, sondern wie von einem normalen Menschen.

„Beim Baum." Half Barden Vires Gedächtnis auf die Sprünge.

„Achso." Kam es mehr ausatmend als gesprochen.

„Mit dem Fehlen eines Auges ist ja das räumliche Sehen eingeschränkt, dennoch habt Ihr genau gezielt und dort getroffen, wohin Ihr werfen wolltet."

„Ja." Es war Vires nicht zu reden zu Mute, wie eigentlich immer. Vielleicht, wenn sie nur einsilbige Antworten gab, würde der Musiker sein Interesse verlieren und sich endlich schlafen legen.

„Wie habt Ihr Euer Auge verloren?"

Vires senkte ihren Blick. Sie wollte nicht reden, vor allem nicht über dieses Thema. Ihre Sicht verlor sich in den Flammen des Lagerfeuers. „Ist nicht wichtig."

„Mich würde es interessieren."

„Es ist eine lange Geschichte."

„Wir haben ja die ganze Nacht Zeit." Lachte Bardens Stimme.

Verdammt, falsche Antwort. Vires erhob ihren Blick, um wieder zu dem Mann am anderen Ende des Lagers zu betrachten. Ist er näher gerückt? Nein, sonst hätte sie es ja gehört. Es lag bestimmt nur vom Blickwechsel zwischen Feuerschein und dem Mann mit dem dunklen Hintergrund.

„Ich will nicht darüber reden." Vielleicht konnte sie ihn so von ihrem Auge abbringen.

„War es ein Verehrer?"

„Hmm?" Das Erstaunen konnte Vires nicht unterdrücken.

„Wenn sein Gegenpart so bezaubernd war, wie das Auge, das noch in Eurem Gesicht weilt, dann könnte ein Verehrer, der Eure Augen so schön fand, eines herausgeschnitten haben, um es für immer bei sich zu behalten."

Vires wusste nicht, was sie dazu sagen hätte sollen. Sie konnte nur angewidert den Kopf zu den Flammen wegdrehen. Obwohl, wenn Vires so näher nachdachte, wäre es nicht so abwegig gewesen. Eines Tages – wenn sie noch länger bei Vermon geblieben wäre – dann hätte er bestimmt irgendwann mal Körperteile von ihr weg- und herausgeschnitten. Rein schon bei der Vorstellung durchzuckte Vires ein Schauer.

„Tut mir leid, ich wollte Euch nicht mit so einem morbiden Gedanken beunruhigen." Entschuldigte sich der Musiker.

Vires hob den Blick. Er rückt wirklich näher. Diesmal war es offensichtlich. Der Musiker saß die ganze Zeit gegenüber von Vires am Lagerfeuer. Nun links von ihr. Nur einen Meter von ihr entfernt. Intuitiv wollte sie schon Barden wieder auf seinen Platz zurück verweisen, doch als sie in die braunen Augen sah. In ihnen lag ehrliches Mitgefühl. Es tat ihm wirklich leid. Er schaute sie an, wie... wie Konstantin, damals bei der ersten Begegnung. Sie konnte so einem Blick keinen Befehl geben. Sie waren so ehrlich, so aufrichtig... so... ach, verdammt, aber näher durfte er nicht mehr. Nur Konstantin und Selfius durften noch näher an sie heran und die beiden kannte sie schon seit Zyklen.

„Egal." Winkte Vires ab und vermied es dabei dem Musiker in die Augen zu schauen. „Ich habe es im Kampf verloren." Mit der Aussage dürfte die Sache nun abgehakt sein.

„Wer war der Augendieb?" Oder auch nicht

„Nicht so wichtig."

„Ich würde jeder Person verkünden wollen, wer mein halbes Augenlicht geraubt hat."

„Wir sind nicht gleich." Welch wahre Aussage. Sie war eine Attentäterin, die in den Schatten lebte, und er ein Musiker, der das Rampenlicht suchte.

„Wie kommt Ihr darauf?" wollte Barden wissen.

Vires konnte auf die Frage nur zynisch Grinsen. „Wie ich darauf komme? Es ist doch offensichtlich." Sie schaute wieder zu dem Musiker, der anscheinend wirklich auf eine detailliertere Antwort wartete, sofern sie seinen ernsten Gesichtsausdruck richtig interpretierte. „Du hast keine Ahnung vom wahren Leben. Vom Leid, Angst, nicht zu wissen, was am nächsten Tag geschehen wird, nur dass du sicher bist, dass es schlechter sein wird, wie der Tag zuvor. Die Gedanken, ob es nicht besser ist zu sterben, weil der Tod bestimmt besser ist als dein Leben und sogar, wenn einmal dich das Glück scheinbar anlacht, dann ist es nur eine Täuschung und der Vorbote noch größeren Unheils, weil du vorher meintest, dass endlich einmal etwas Gutes in deinem Leben passieren könne, nur um wieder enttäuscht zu werden."

„Es ist das erste Mal, dass wir uns unterhalten. Auf dem Schiff waren es mehr Monologe meinerseits und bei der Wanderschaft sprach ich auch mehr mit Euren Begleitern. Wie habt Ihr es geschafft so ein Bild von mir zu machen?"

„Wir bringen dich zu deiner Hinrichtung und du benimmst dich, als wären wir auf einem Ausflug. Als würde sich alles zum Guten wenden, der keinen Gedanken darauf verschwendet, dass die Geschichte schlecht ausgehen könnte, weil alles in seinem Leben immer gut ausgegangen ist."

„Bin ich nicht geflohen oder habe mit Euch verhandelt?" warf Barden als Gegenargument ein.

„Tz. Aber recht halbherzig. Ein anderer hätte den Kampf gesucht, lieber im Kampf auf der Flucht zu sterben, als vor Gericht das Todesurteil zu erhalten."

„Ihr seid bewaffnet und bestimmt auch im Kampf versierter als meine Wenigkeit. Es würde außer ein paar Wunden nichts bringen. Meinen einzigen Verhandlungsgegenstand habe ich Euch ja auch schon gegeben. Ihr könnt den Rubin behalten. Er wird mir nichts mehr bringen. Ich konnte auch die Rubine nicht gut als Verhandlungsbasis verwenden, solange der Kelmenar sie von mir erwartete, sonst wäre mein Leben schneller zu Ende als beim König von Langen. Also ich bin mir meiner Lage doch auch bewusst. Oder was erwartet Ihr von mir und dem Benehmen, das ich an den Tag bringen soll? Ich will Euch ja nicht enttäuschen."

Vires seufzte innerlich. Konnte er nicht endlich den Mund halten und sich schlafen legen? Sie fand keinen Ausweg aus der Unterhaltung heraus. Würde sie jetzt überhaupt nicht mehr antworten, würde er ihr bestimmt noch mehr auf die Nerven gehen. „Vielleicht keine nahen Zukunftspläne machen?"

„Ach, das stört Euch." Nicht nur das „Das kann ich ganz einfach erklären. Egal wie das Urteil vom König ausfällt, ob ich sterbe oder im Gefängnis lande. Ich brauche mir keine Gedanken machen, was ich dann zu tun habe, denn das wurde mir gesagt. Hingegen, wenn ich freikomme, muss ich mir überlegen, was ich mit meiner neuen Freiheit anstellen kann."

Jetzt sah Vires eine Flucht aus dem Gespräch. Es musste nur der richtige Satz erfolgen und Vires kannte ihn, hatte sie ihn selber doch schon manchmal angebracht.

„Du hast recht."

„Hab Dank" Endlich war es vorbei. „Also was ist mit Eurem Auge passiert?" ...

„Wieder das Thema?" sprach Vires den Gedanken laut aus, was sie aber erst bemerkte, als Barden mit einem Ja antwortete.

„Ihr wolltet dem Thema ausweichen, indem Ihr über meine Gleichgültigkeit reden wolltet. Da dieses Thema abgeschlossen wurde, kommen wir doch zum Ursprungsthema zurück."

Vires seufzte „Wie gesagt, ich habe es auf dem Schlachtfeld verloren… im Krieg."

„Eure Bewegungen passen aber nicht zu einer Soldatin, was für eine Aufgabe habt Ihr im Krieg gehabt?"

Verdammt. Vires musste überlegen. Auf so eine Frage war sie nicht vorbereitet. Sie war noch nie auf einem Schlachtfeld oder gar im Krieg gewesen. Was für Positionen gab es da noch?

„Was verbergt Ihr wirklich hinter Eurem Tuch?"

„Das geht dich nichts an." Giftete es aus den Lippen der ehemaligen Attentäterin

„Es ist keine Schnittwunde von irgendeinem spitzen Gegenstand, der das Auge rausschnitt."

„Wie… Was?"

„Bei näherer Betrachtung scheint es eine Brandwunde zu sein." Vires wollte eine Frage stellen, aber scheinbar las der Musiker sie schon aus dem Gesicht „Als Ihr Euch angewidert weggedreht habt, ist Euer Tuch verrutscht. Zwar nur um eine Fingerbreite, aber dennoch etwas."

Nein, das ist gelogen. Mit der Hand tastete Vires hoch zum linken Auge. Sie hatte schon so viele körperliche Auseinandersetzungen gehabt, da ist doch auch nie das Tuch verrutscht. Warum also gerade durch diese Bewegung? Die behandschuhten Finger fühlten die Wellen zwischen Auge und Schläfe. Wellen, die so dick waren wie Adern, die versuchten aus dem Kopf zu springen. Er hatte recht. Schnell zog sie das Tuch wieder über die Wellen, um sie zu verbergen. Warum ist sie genau jetzt verrutscht? Oder ist sie früher auch immer verrutscht? Als Vires näher nachdachte, hatte ja kaum jemand mal einen Kampf mit ihr überlebt oder sie hatte unbewusst gleich danach das Tuch passend gerückt.

„Was ist wirklich mit dem Auge passiert? Es ist noch da, oder? Deshalb konntet Ihr vorhin so gut zielen. Dürfte ich es mir ansehen?"

Vires setzte alle Überzeugung in die folgende Antwort. „Nein, niemals."

„Vielleicht kann man es heilen?"

„Nein, kann man nicht. Ich habe es probiert."

„Ich aber nicht. Ich bin viel um die Welt gereist und habe sehr viel Erfahrung gesammelt. Vielleicht kenne ich eine Lösung."

„Nein! Geh zurück und setzt dich wieder und wir reden nie mehr darüber."

Barden erhob sich, jedoch nicht um sich zurück zu setzen, sondern näherte sich stattdessen Vires.

Die ehemalige Attentäterin sprang auf und zückte blitzschnell ihre Dolche. „Geh zurück oder ich töte dich wirklich, wie du es wünschtest. Ich habe ja noch den Rubin."

Gelassen stand er da. Der grüne Umhang ummantelte den gesamten Rumpf wie Beine. Glaubte er ihr nicht? Das wäre ein fataler Fehler seinerseits.

Unruhe machte sich in Vires breit. Er hatte keine Waffen bei sich? Natürlich nicht. Selfius hatte ihn abgetastet, bevor sie ihn auf das Schiff brachten. Bitte setz dich wieder, flehte sie innerlich. Sie wollte den Musiker nicht töten, doch wenn er weiter so hartnäckig war, musste sie es tun, auch wenn es Konstantin und Selfius nicht gefallen würde, aber wenn sie alles wahrheitsgemäß erzählte, dann würde sie Vires doch verstehen... hoffentlich.

„Ich würde mich zu gerne setzen, doch Ihr sagtet selbst, dass ich zu sehr weltfremd bin, um zu verstehen, wenn ich in Gefahr schwebe." Da war sie wieder diese überhebliche Stimmlage. Selbstherrlich. Selbstverliebt. Sein wahres Ich. Die Augen vorhin haben Vires getäuscht. Er war keine ehrliche Haut. Er war verlogen, wie alle. Warum hatte sie ihn nicht gleich fortgeschickt, dann wäre es nicht zu alle dem gekommen? Sie müsste das hier nicht tun.

„Setz dich wieder hin." Bitte.

„Oder was? Ich sterbe? Habt Ihr nicht selbst gesagt, dass ich ohnehin sterbe, sobald ich vor den König trete oder im Gefängnis verrotte, was sogar schlimmer ist? Hier habe ich zumindest es selbst in der Hand, ob ich sterbe oder nicht... und vielleicht kann ich Euch helfen." Bei der eigenen Flucht wollte er nicht kämpfen, aber wegen ihrem Auge schon? Was für seltsame Prioritäten?

„Das kannst du nicht." Zorn brodelte in Vires hoch und ließ die Hände erzittern. Niemand konnte das und niemand kann das.

„Woher wollt Ihr das wissen?"

Immer mehr Wut kochte in Vires hoch. Es gab schon langsam immer mehr Stimmen in ihrem Kopf, die sich wünschten, dass er ihr das Tuch abnehmen solle, damit sie ihn umbrächte und endlich Ruhe geben würde, aber noch siegte die Vernunft... noch.

Er stand weiter gelassen vor ihr und erwartete die Antwort. Weshalb konnte er sie nicht in Ruhe lassen und sich um seinen eigenen Kram kümmern? Ein kalter Wind wehte durch das Lager und ließ den Umhang des Musikers flattern. Es war das Einzige, was sich zu diesem Zeitpunkt bewegte. Was sollte sie tun, damit endlich alles zu Ende ist? Sie wollte nicht reden, wollte nicht kämpfen. Sie wollte nur ihre Ruhe, ihren Frieden.

Was!? Vires war zu sehr in Gedanken, um die Bewegung früh genug zu registrieren. Barden warf seinen Umhang in die Höhe und verdeckte so seinen Körper. Mit wirbelnder Drehung näherte sich der Musiker Vires. Es war mehr ein Reflex als bewusst kontrolliert, als die rechte Hand mit dem Dolch zu stieß. So war es auch logisch, dass kein Treffer erfolgte. Der Dolch durchfuhr den nachgebenden Umhang. Ein präziser Schlag auf das Handgelenk ließ die Finger erschlaffen und der Dolch fiel zu Boden. Es ging alles schnell. Zu schnell für Vires. Bei den Attentätern gehörte Vires zu den Flinksten ihrer Sorte. Sie wusste, dass es Personen gab, die schneller waren als sie, doch was Barden gerade in die Nacht zauberte, war für die junge Frau unvorstellbar. Sie konnte gar nicht reagieren, da kniete sie nach einem Tritt in die Kniekehle schon im nassen Matsch. Das seidige Tuch glitt über das Auge nach oben. Die Hände waren zu sehr beschäftigt gewesen, den Körper vor dem Sturz zu bewahren, als dass sie nach dem Tuch greifen konnten. Verdammt, wie konnte er nur so schnell sein oder war sie einfach zu abgelenkt gewesen?

Dann stand er vor ihr. Das Halstuch flatterte in seiner rechten Faust. Sie wollte es nicht, doch die Augen schon. Sie erhoben den Blick und dann sah sie den Gesichtsausdruck, den sie so sehr verabscheute und so häufig sah. Abscheu, Ekel und Angst. Die linken Finger umfassten den zweiten Dolch... doch dieser war nicht mehr da. Wann hat sie den verloren? Egal. Sie musste das Gesicht, diese Augen loswerden, wenn nicht auf die Art, dann... Die Finger krallten sich in den weichen Boden und schleuderten den Dreck dem Musiker entgegen und traf. Während Barden den Dreck aus dem Gesicht rieb, nutzte Vires die Möglichkeit davon zu laufen, tief in den Wald

Konstantin VI

„Was machst du hier?" stellte Konstantin die berechtigte Frage, an die Person, die unter dem Licht des angebrochenen Tages vor den verkohlten Überresten des Lagerfeuers saß.

„Ja, solltest du nicht auf der Flucht seyn?" erinnerte Selfius den Mann. „Vor uns."

Barden hob seinen Kopf und wandte seinen Blick zu den Neuankömmlingen im Lager. Konstantin erkannte gleich an den Stirnfalten und den in die Mitte gesenkten Augenbrauen einen nachdenklichen Gesichtsausdruck, doch erkannte er nicht, was die Mimik ausgelöst hatte. Es konnte keine Überraschung sein, dass Selfius und Konstantin wieder im Lager aufgetaucht waren. Da waren die Beiden eher überrascht den Skalden zu sehen, war dieser doch nach letztem Wissensstand auf der Flucht. Danach hob Barden die Hand und zeigte mit dem Gegenstand in den Händen, weshalb die Stirn so viele Schluchten bildete. Es war das lila Tuch, das Vires sich über das verfluchte Auge immer band.

„Was...?" mehr konnte Barden nicht Fragen, da unterbrach ihn schon Selfius mit den Worten, die auch Konstantin auf den Lippen lag.

„Du hast es gesehen und lebst noch? Vires scheynt dich zu mögen." Grinste Selfius schelmisch und begab sich gleich an die Lagersachen, um diese in die Rucksäcke zu verstauen. Konstantin tat es dem Elfen gleich. Sie durften keine weitere Sekunde verlieren, wollten sie noch Vires Spur im Wald wieder finden.

Barden erkannte sofort, was Selfius und Konstantin vor hatten und begab sich an seine Sachen, jedoch nicht ohne weitere Informationen zu sammeln. „Was ist mit dem Auge passiert?" wollte der Skalde wissen.

„Das wissen wir nicht und wir fragen sie auch nicht danach, denn es ist uns nicht wichtig, wenn sie es nicht sagen will."

„Seid ihr nicht neugierig?"

„Neyn, ihr schmerzt es darüber zu reden und sie ist unsere Freundin, deshalb wollen wir ihr keyne Schmerzen zufügen. Dafür sind Troubadoure zuständig." Grinsend schaute Selfius zurück zu Barden.

Es herrschte im Lager Ruhe. Nur das Rascheln von Konstantins Einpackaktionen erfüllte die frische Luft akustisch.

„Verstehe." Nach einer kurzen Gedankenpause ergänzte der Skalde „Ich werde euch begleiten, um Vires wieder zu finden."

„Gut." Selfius schulterte seinen Rucksack „Wir hätten dich sowieso nicht gehen lassen. Du bist immer noch unser Gefangener. Wohin ist sie gelaufen?"

„Dorthin." Dabei zeigte Barden in den Wald und hoffentlich auch in die Richtung, in die Vires floh.

Vires VII

Gelächter - entsprungen aus den ehrlichen Herzen der Kinder – drangen dumpf durch das dunkle Holz der Hauswand. Das Verlangen - nach draußen zu gehen - ergriff wieder das Gemüt von Vires, wie immer sobald sie das freudige Gelächter hörte. Jedoch hinderte sie immer etwas daran, um dem Verlangen nachzugeben. Meistens – eigentlich immer – war es Vires Mutter, die dem kleinen Mädchen untersagte, dass sie mit den gleichaltrigen Kindern spielen sollte, aber ihre Mutter war ja nicht da. Mit schneller Hand öffnete Vires die Tür und lief hinaus Richtung Kinderlärm. Es musste alles schnell genug passieren, bevor die Verlangenverhinderin vom Einkauf zurückkäme.

Ohne Komplikationen erreichte das kleine Mädchen den Platz, wo sich geschätzt ein Dutzend Kinder tummelten, die in etwa demselben Alter entsprachen, wie Vires. Am Rand standen Mädchen, die redeten und lachten, wobei das Zeigen mit den Fingern andeutete, dass sie über andere Mädchen, die über ein Seil sprangen, lachten. Ein paar Jungen knieten auf dem Boden und rollten mit kleinen Kugeln über den holprigen Erdboden. Vires hatte nicht den Hauch einer Ahnung, was die Kinder dort machten, außer dass sie spielten. Sie selber kannte keinen von ihnen beim Namen, war sie mit ihrer Mutter doch erst vor nicht mal einem Zehntag hier in das Dorf gezogen. Sie wusste ja nicht mal den Namen des Dorfes.

„Hallo." Grüßte Vires mit freundlicher Stimme und dem liebsten Lächeln, das sie nur beherrschte. „Darf ich mitspielen?"

Mit einem Schlag wurde es ruhig und alle Augenpaare fokussierten sich auf den Neuankömmling. Ein Schauer durchzog Vires. So viel Aufmerksamkeit hatte sie nicht erwartet. Fast schon mit Gewalt versuchte sie ihr Lächeln aufrecht zu erhalten, um damit ihre Nervosität und Unsicherheit zu verbergen. Stand sie doch noch nie so sehr im Rampenlicht. Unbewusst strich sie mit der Hand über die Haarsträhnen, die ihr linkes Auge abdeckte, was sie immer tat, wenn ihr etwas unangenehm war.

Ein blondes Mädchen, das viel älter war als Vires, bestimmt doppelt so alt, also zehn Zyklen, trat näher an Vires heran und schaute sie mit fragendem Blick an. Vires musste zum Glück den Blick nicht deuten, denn das Mädchen gab der Frage eine Stimme: „Hallo, ich bin Melinda. Du bist nicht von hier, oder? Wer bist du?" Mit der Frage lächelte Melinda zugleich, wobei sich Vires schon viel lockerer fühlte.

„Ich bin Vires. Ich und meine Mama sind erst seit kurzem hier." Strahlte Vires gleich freundlich zurück. „Darf… darf ich also… mitspielen?"

„Hallo Vires. Natürlich, darfst du mitspielen." Dabei reichte Melinda dem kleinen Mädchen die Hand. „Was willst du machen?"

Vires erwiderte die Geste von Melinda. Sie hatte schon vom Fenster aus gesehen, wie Menschen Hand in Hand gingen. Die Hand war warm und Vires fühlte sich sicher und willkommen. Vires Mutter vermied solch einen Kontakt mit ihr. Es war einfach nicht ihr Ding.

„Also, was willst du machen?" fragte Melinda erneut, weil Vires nicht geantwortet hatte.

„Das da." Um das Da zu verdeutlichen, deutete Vires auf das Hüpfseil, bei dem noch vier Mädchen standen. Zwei hielten die Enden des Seiles und die anderen Beiden standen neben dem Seil.

„Gerne." Melinda geleitete das kleine Mädchen zu den vier Springerinnen. „Johanna und Marilla, lässt ihr Vires ein wenig hüpfen?"

„Klar. Komm." Antwortete entweder Johanna oder Marilla. Vires wusste nicht, wer nun wer war. Jedenfalls antwortete die mit den gelockten braunen Haaren. „Stell dich neben das Seil und wir drehen es um dich herum."

„Ja." Vires nickte begeistert und lief zum Seil um daneben stehen zu bleiben. Das Herz raste in der Brust, ob wegen dem kurzen Lauf oder der Freude war nicht auszumachen.

„Bist du bereit?" fragte die Gelockte, die direkt vor Vires stand.

„Ja!"

Nach der Antwort begannen Johanna und Marilla das Seil unter und über Vires zu drehen. Anfangs, damit sich Vires gewöhnen konnte, war das Tempo noch sehr langsam und die Höhe war mehr eine Tiefe des Seiles. Mit jeder Drehung wurde das Tempo ein kleinwenig schneller. Vires konzentrierte sich so gut es ging auf das Seil. Immer wieder schaffte sie es, die Hürde zu überspringen. Mit jedem Sprung, den sie erfolgreich schaffte und sie nicht auf der Nase lag, entfachte immer mehr Enthusiasmus in ihr. Es fühlte sich an, als würde sie mehrere Meter über den Boden springen können. Es war eine Freude und ein Glücksgefühl, das sie noch nie empfunden hatte und mit jedem Sprung wurde es stärker. Ihr ganzes Leben, also die fünf Zyklen lang, musste Vires immer auf die Dämmerung warten, bis sie endlich das Haus verlassen durfte, weshalb wusste sie nicht. Am Tag war es doch auch ganz schön und die anderen Kinder waren doch auch zu dieser Zeit draußen.

Was? Das Seilschwingen hatte abrupt geendet. Vires sah plötzlich, wie das gelockte Mädchen vor ihr regungslos da stand. Was ist denn passiert? Zuerst dachte Vires noch die braunen Augen hätten etwas hinter Vires erkannt, doch die Augen starrten mit einem verwunderten und verabscheuenden Blick auf Vires. Es waren nicht nur die Augen von Johanna oder Marilla auf Vires gerichtet, sondern auch die grünen Augen von Melinda. Sie hatte denselben Gesichtsausdruck.

„Was? Was hast du da?" dabei deuteten die Hände von Melinda abwechselt auf das grüne Auge von sich und auf Vires. „Was ist das?"

Vires ahmte die Bewegung von Melinda nach und griff selbst zu ihrem Auge hoch. Als die Finger die rauen Wülste und schlangenartigen Verformungen um das Auge fühlten, war es dem kleinen Mädchen klar, was die anderen Mädchen verwunderte. Als hätte Vires ihren Körper entblößt, zog die linke Hand die Haarsträhne wie einen Schleier vor das Auge. „Das ist nichts." Gab Vires schlagartig als Antwort. Die Kinder bemerkten den Widerspruch zwischen dem, was Vires sagte und ihrer Geste.

„Bleib weg, Melinda!" schnitt eine Frauenstimme durch die Luft, die bemerkt hatte, dass Melinda näher an Vires und ihr Auge treten wollte. „Das ist bestimmt ansteckend." Schützend zog daraufhin eine ältere Frau Melinda nach hinten. Die anderen Kinder taten es ihr gleich und bildeten einen distanzierten Halbkreis um Vires.

„Verschwinde! Geh weg!" geiferte die Frau, dabei Melinda weiter schützend haltend

„Aber" Vires wollte sich rechtfertigen, dass man über die Verformungen um das Auge herum keine Sorgen haben musste, jedoch kam sie nicht so weit. Es folgten immer lautstarke Forderungen, dass das Mädchen samt Krankheit verschwinden sollte, bevor sie die anderen Kinder anstecken würde.

Vires war mehr als mit der Situation überfordert. Sowas hatte sie noch nicht erlebt gehabt. Es schwappte ihr so viel Hass entgegen, der unberechtigt war, denn die Verformungen waren nicht ansteckend. Konnten es ja nicht sein, weil sonst hätte ihre Mutter sie doch auch abbekommen. Vielleicht hoffte das kleine Mädchen sich erklären zu können oder sie wusste einfach nicht, was tun. Jedenfalls kam sie der Aufforderung nicht nach und blieb stehen… bis… ja, bis der erste Stein sie am Körper traf. Er war nicht groß. Nur ein Kieselstein, der am Wegesrand lag. Anfangs wusste Vires auch nicht, was sie getroffen hatte. Erst als weitere folgten, wusste sie es und sie wusste nun auch, was zu tun war. Sie rannte davon.

Vires rannte und rannte. Sie rannte Blindlinks. Sie hatte kein Ziel. Kannte sie sich hier ja auch nicht aus. Tränen rannen über die Wangen herab. Es waren Tränen, die gezeugt waren vom Schmerz, doch nicht dem Schmerz der Steine, die sie getroffen hatten, sondern der Schmerz entstand durch den Hass, der ihr entgegen gebracht wurde. Sie hatte nichts Böses getan. Hatte niemanden beleidigt oder weh getan. Man hasste sie für etwas, für was sie nichts konnte. Sie hatte ihr Auge, seitdem sie auf der Welt war. Sie kannte kein anderes Gesicht, sobald sie in einen Spiegel schaute. Hatte ihre Mutter deshalb Vires niemals bei Tageslicht aus dem Haus gelassen? Hatte deshalb ihre Mutter immer die Haarsträhne über das Auge gelegt? Wusste sie, dass sie von den anderen Menschen deshalb verabscheut würde? Verabscheute sogar ihre Mutter selbst den Anblick?

Vires Lauf endete an einem Flussbett. Sie schaute hinab in das klare Wasser. Die Linke strich die linke Haarsträhne zur Seite und dort sah sie den Grund, weshalb die Frau und die Kinder sie verabscheuten. Die Haut war feuerrot und mit pulsierenden kleinfingernageldicken Venen überzogen. Eine Augenbraue suchte man vergebens, die das Auge vor dem Schweiß beschützen sollte. Das Auge selbst ähnelte auch nicht seinem Gegenpart auf der anderen Seite. Das Augenweiß war gelb. Die braune Farbe um die Pupille war blutrot. Sogar die Pupillen ähnelten sich nicht. Die linke Pupille ähnelte mehr als wäre es aus dem Auge einer Katze entsprungen, so senkrecht schlitzförmig war sie.

„Kinder können so grausam sein." Erklang eine weibliche Stimme hinter Vires. Von der Hochnäsigkeit her hatte Vires schon eine Vermutung, wer nun hinter ihr stand, als sie sich umdrehte, wurde der Verdacht bestätigt. Vor einem mannshohen Felsen stand die Frau, der Vires erst vor kurzem noch die vier Edelsteine gegeben hatte.

„Nicht nur Kinder." Auch Erwachsene verabscheuten Vires und ihr Auge. Sogar Vermon hatte anfangs Angst, doch aus der Angst wurde eine Obsession. In den Nächten liebkoste er immer beim Vorspiel die linke Gesichtshälfte. Die ersten Male noch vorsichtig, doch mit jeder Nacht intensiver. Vires spürte sogleich wieder seine feuchte Zunge, wie sie über die Venen leckte und ein Schauer durchfuhr die junge Frau, zu der sie nach der Drehung wieder geworden war.

„Ich weiß. Für viele war dein Anblick, das Letzte, was sie zu Gesicht bekommen haben."

„Was willst du noch von mir?" wollte Vires wissen, außerdem wollte sie das Thema abhaken. „Wir haben dir die Edelsteine gegeben."

„Ja, jedoch nicht alle."

Woher?

„Woher ich es weiß? Ich habe es gefühlt, dass nicht alle Splitter vom selben Kristall stammen. Sie haben alle eine magische Aura, die ich fühlen kann, und ein Splitter besitzt keine, dafür strahlst du wie ein Glühwürmchen diese Aura aus. Ich nehme an, dass du den letzten Splitter noch hast?"

Also sind die Edelsteine doch magisch. Schnell schaute Vires um sich. Sie standen in mitten einer Lichtung. Die Bäume der Wälder standen mehrere hundert Meter von ihnen entfernt. Es gab keine Möglichkeit für ihre Soldaten sich zu verstecken. Die Frau war schutzlos, jedoch Vires auch unbewaffnet.

„Was bekomme ich dafür, wenn ich dir den letzten Splitter gebe?" Diesmal war die Verhandlungsposition ausgeglichener.

Die blonde Frau schaute Vires mit überheblichem Lächeln an, was der jungen Frau stark missfiel. Die dicke weiße Robe machte keine Geräusche als der Arm gen Fluss zeigte. „Ich möchte dir zeigen, was du bekommst."

Mit Vorsicht, indem sie ein Auge auf der Frau hatte und eines gen Fluss, schritt Vires zum angeschauten Fluss voran.

„Sieh hinein." Forderte die Frau Vires auf.

Vires tat wie von ihr verlangt und schaute auf die Wasseroberfläche. Wie nicht anders zu erwarten, sah Vires nur ihr Gesicht samt deformiertem Auge. Bevor Vires fragen konnte, was sie im Fluss sehen sollte, beantwortet die Adelige die Frage.

„Solltest du mir den Edelstein geben, dann" statt den Satz zu Ende zu sprechen, fühlte Vires eine Wärme um das linke Auge. Sie war wohlig und angenehm, wie das Streicheln einer Hand. Die Wasserreflektion hatte sich verändert. Dort, wo schon immer das verformte Auge war, befand sich nun das Ebenbild der rechten Gesichtshälfte. Um sicher zu gehen, griffen die Hände nach oben in das Gesicht. Keine Wulst, keine Vene war zu fühlen nur die glatte und weiche Haut. Nach Vires Feststellungen und als sie sich zu der Adeligen umgedreht hatte, ergänzte die Frau weiter. „Sobald die Edelsteine zusammengefügt sind und wieder zum Kristall wurden, habe ich die Macht, um den Fluch zu brechen."

„Das soll ich dir glauben?" Vires war misstrauisch. Sie durfte sich nicht vom ersten Glücksgefühl, das es eine Möglichkeit gab, um endlich das Ding loszuwerden, übermannen lassen.

„Der Kristall ist einer der mächtigen sechzehn Kristalle, die einst das Dämonentor verschlossen hielten. Ihre Macht übersteigt die eines jeden Magiers hier auf Gaia. Sie waren sogar stark genug, um den Subkontinent Pangea zu spalten. Da werden sie doch mit dem dort fertig."

Vires war noch nicht sichtlich überzeugt. Es konnte ein Trick sein.

„Ich habe dafür gesorgt, dass euch die Soldaten im Wald nicht töten. Ich möchte kein Blutvergießen. Wenn ich den Kristall habe, werde ich ihn nicht dem Kelmenar geben. Ich werde ihn behalten und den Menschen helfen. So wie ich dir helfen will. Du hast genug gelitten. Der Kristall hat die Macht dir zu helfen."

Vires dachte weiter nach. Was hatte sie schon zu verlieren? Sogar wenn es nicht stimmen sollte. Schlechtestens gab sie den Splitter der Frau und sie blieb, was sie war, aber in ihrer Stimme klang etwas ehrliches und sie hatte wirklich dafür gesorgt, dass die Soldaten Konstantin und Selfius, wie auch sie am Leben ließen, gegen den Wunsch des Kelmenar.

„Einverstanden." Vires nahm den Rubin aus der Tasche ihrer Hose.

„Gut, dann bringe ihn in die Burg von Auenacker, dort warte ich auf dich." Die Adelige drehte sich auf der Ferse um.

„Warum soll ich dir ihn jetzt nicht geben?"

„Weil das alles hier nur ein Traum ist."

Vires erwachte und schaute hoch in den blauen Himmel. Die linke Hand wanderte hoch zum Gesicht. Die Finger glitten über die bekannten Venen und Wülstungen. Dann wanderte die rechte Hand in das Blickfeld. Daumen und Zeigefinger hielten den Rubin in das Licht. Auch wenn es nicht funktionieren sollte, einen Versuch war es wert. Zu Konstantin und Selfius konnte sie ja sowieso nicht mehr zurück, hatte sie doch schon wieder einen Blödsinn getan, für den sie sogar in Langen schwer bestraft werden würden, indem sie Barden entkommen hat lassen.

Die junge Frau erhob sich vom Tau befeuchten Wiesenboden und machte sich auf den Weg nach Auenacker, um sich vom Fluch befreien zu lassen.

Lisbeth IV

Mit jedem Herzschlag, der das Blut durch die Venen und Arterien pumpte, folgten die Schmerzen. Es fühlte sich an, als müsste jedes Mal das Blut seinen Weg freischieben, weil die Torturen am Leibe die Röhren zusammenpresst hätten. Die pochenden Schmerzen kämpften auch noch darum, welche Wunde wohl die am schlimmsten betroffene Stelle an Lisbeths Körper wäre. Die Hände waren zu kraftlos, um nur eine Stelle mit Streicheleinheiten zu beruhigen, wie auch ihr restlicher Körper. Lisbeth hatte nicht mal mehr die Kraft um aufzustehen. Der harte Stein auf dem Boden hatte zumindest eine kühlende Wirkung auf den Wunden, die sie nur spürte, jedoch nicht sah. Die Dunkelheit drängte von allen Seiten auf Lisbeth ein, aber die unendlich wirkende Schwärze war nicht Ergebnis von einer Blendung, denn immer wieder durfte sie erleben, wie der Gefängniswärter das Licht in die Zelle ließ, wie auch sich selbst, um seine Lüste in sexueller und gewalttätiger Hinsicht an Lisbeths Körper auszuleben. Lisbeth wusste schon nicht mehr, wie viel Zeit sie in der Zelle verbracht hatte. Manchmal schlief sie ein und wachte auf, ohne jegliches Zeitgefühl oder Erholung. Der Schlaf dürfte nur ein Reflex des Körpers sein, der hoffte, dass er endlich nicht mehr aufwachen musste, zusammen mit all den Schmerzen und Gedanken. All ihre Schmerzen hatte sie einem Mann zu verdanken. Kelmenar Morden hatte in seinem Zorn, dass die Edelsteine ihn nicht von seiner Krankheit befreit hatten, Lisbeth in den Kerker geworfen, ohne jede Hoffnung auf Begnadigung, wenn man Nekros Begnadigung absah. Seit dem Misserfolg hatte sie auch nichts mehr von der Stimme, die immer im Dunkeln lauerte, gehört. Lisbeth vermisste sie nicht. War das alles nur ein Spaß für sie gewesen? Hatte sie Lisbeth verraten und angelogen? Anfangs hatte sie noch Zorn empfunden, als Lisbeth noch etwas anderes als Schmerzen und Lethargie fühlte.

„Ach." Seufzte die Stimme. Wenn man vom Unglück spricht... „Ich erinnere mich wieder zurück, da bist du doch auch in einem Kerker gelegen. Hattest einen Fürsten enttäuscht, der hat dich dann eingesperrt und ich bin in der dunkelsten Stunde erschienen. Ihr Menschen habt wirklich einen Hang zu Wiederholungen." Lisbeth hatte keine Energie, um zu antworten. Sie hoffte auf eine Ohnmacht, um so von der Stimme zu entfliehen. „Aber sei glücklich darüber, denn wie damals bin ich der edle Held, der dich aus der Gefangenschaft befreit... jedenfalls indirekt. Freust du dich? Ich kann es unter der Blutkruste nicht so genau erkennen." Wieso konnte sie jetzt nicht in Ohnmacht fallen, oder von Nekro abgeholt werden?

Es klackte die Türe und ein gleisender Lichtstrahl drang in die Zelle ein. Ein stechender Schmerz durchzuckte Lisbeths Schläfen, als der Kopf sich schwerfällig vom Licht sich wegdrehen versuchte, um die geschlossenen Augen zu schützen. Es war aber nichts verglichen zu den Schmerzen, die nun der Wärter an ihr ausüben würde, aber wenn er es richtig anstellen würde, dann... dann endlich wäre sie befreit.

Etwas Dumpfes schlug auf den Boden auf. Was? Die Neugier ließ Lisbeth die Augen öffnen. Sie sah nur Licht und Schatten an den Seiten. „Ich habe den Rubin. Wo müssen wir hin, um die Splitter zu vereinen?" Eine Frauenstimme? Die Augen versuchten sich so schnell es ging an die Lichtverhältnisse zu gewöhnen, um herauszufinden, wer sich Zugang in die Zelle verschafft hatte.

Der Mund versuchte zu fragen, wer hierherein gekommen war, doch Lisbeth wusste nicht mal, ob die Lippen sich überhaupt bewegt hatten. Dafür bewegte sich ihr Körper, doch nicht aus eigenem Antrieb, sondern mit Hilfe. Zuerst wurde Lisbeth in hockende Position gebracht. Nun erkannte sie ein Gesicht, das sich vor ihr befand. Es war das Gesicht einer Frau mit einer vom Feuer entstellten linken Gesichtshälfte, wenn sie die Rötung und Deformationen richtig deutete. „Wer bist du?" flüsterte Lisbeth aus ihrem trockenen Rachen. Es wäre nicht verwunderlich gewesen, wenn Staub mit den Worten über die Lippen gekommen wäre.

„Ich bin hier, wie du es gewünscht hast. Ich habe den Splitter. Nun zeige mir, wo die anderen vier Splitter sind und wir machen den Kristall wieder ganz, wie du es gesagt hast."

Lisbeths Kopf brummte und schmerzte mit jedem pochenden Herzschlag, sodass die Konzentration schwer fiel, aber anscheinend wollte die Frau zu den anderen Splittern. „Gut, ich bringe... dich hin." Die Worte waren einfacher gesprochen, als in die Tat umzusetzen, wobei das Artikulieren der Worte schon Schweißperlen Lisbeth auf die verklebte Stirn brachte. Die Beine wollten sich erheben, aber ohne die Stütze der jungen Frau, wäre Lisbeth wieder auf den Boden gekracht und wahrscheinlich nicht wieder auf gestanden. Lisbeth versuchte alles, um nicht zu sehr ihrer Retterin zur Last zu fallen, aber sie konnte einfach nicht alleine auf den Beinen stehen, als sie durch die Tür in die Freiheit traten.

Lisbeth kannte den Kelmenar mittlerweile schon gut genug um zu wissen, dass die Splitter des Kristalls sich immer noch an dem Ort befinden mussten, wo sie sie zuletzt gesehen hatte. In der Kapelle des Kelmars, wo sie versucht hatten alle Splitter zu verschmelzen, was bekanntlicherweise nicht gelang. Morden würde das ganze Land nach einem Schmied, Gemmerer oder einer magisch begabten Person suchen lassen, die es schafft die Splitter miteinander zu verschmelzen oder hoffen, dass der Kriegsgott auf Wunsch nach mehr Blutvergießen sich herab begeben würde, um seinem Soldat zu helfen.

Es war anstrengend, doch die Motivation, alle Steine zusammen zu bringen und so doch noch ihren Traum zu erfüllen, trieb Lisbeth an, sich zu konzentrieren und den Weg vom Kerker bis zur Kapelle wahrheitsgemäß preiszugeben. Trotz der letzten positiven Entwicklungen entstand ein bedrückendes Gefühl in Lisbeths Brust. Es war eine seltsame Stimmung im Schloss. Auf dem ganzen Weg hatte sie keine Wache, Höfling oder andere Bedienstete in den Korridoren gesehen. Die dunklen Wolken ließen auch kaum Licht durch die Fenster hereinscheinen. Der Kopf schmerzte zu stark, als dass Lisbeth sich darüber den Kopf zerbrechen durfte. Sie hatten einfach nur Glück oder Lisbeths Retterin war vorsichtig genug, um ungesehen durch das Schloss zu kommen. Sie war ja auch irgendwie zu Lisbeth gelang, ohne Aufmerksamkeit zu erregen.

„Dort." Sie hatten endlich den Eingang in die Kapelle des Kelmars erreicht, dort sahen sie auch die erste Person seit langem. Es war niemand geringeres als Kelmenar Morden in seinem voluminösen blutroten Mantel. Es durfte Morgen- oder Abenddämmerung sein, vermutete Lisbeth, weil Morden gerade die Kapelle verließ. Die junge Frau presste Lisbeth vorsichtig gegen die Wand, damit er sie nicht erspähen konnte. Eine säulenartige Ausbuchtung in der Wand diente als Sichtschutz, den sie eigentlich nicht benötigen würden, denn das Schlafgemach des Kelmenaren und Arbeitsplatz befanden sich in anderer Richtung.

Lisbeth musste den Zorn, der sich beim Anblick des Kelmenaren entfesselte, wieder einpacken. Aber den Gedanken, dass all die Gebete, die er über die Zyklen an Kelmar verschwendet hatte, wollte sie nicht unterdrücken, brachte es ihr doch ein Lächeln auf die

Lippen. Sogar wenn er Lisbeth anflehen würde, würde die Medica keinen Gedanken daran verschwenden ihm von seinem Leiden zu erlösen. Es gab Momente, an denen sie Mitleid mit ihm hatte, aber die waren mit jedem Besuch des Wärters geringer geworden. Sie hatte mittlerweile schon mit den Gedanken gespielt, sein Leiden so lange wie möglich zu verlängern.

Es durfte Morden nicht mehr zu sehen sein, denn die junge Frau setzte sich mit Lisbeth als Belastung wieder in Bewegung und sie betraten die Kapelle. Neben der Kerze, die nur den unteren Teil, wie auch das Gemälde vom Gott des Krieges anleuchtete, stand ein Ständer mit einer Schüssel.

„In der Schüssel." Mehr konnte Lisbeth nicht sagen, aber die junge Frau verstand, was die Medica meinte. Sachte wurde Lisbeth auf einen der Bänke abgelegt, während die Frau sich zum Altar begab.

Die junge Frau kehrte mit der Schüssel zurück und fragte sogleich. „Was jetzt?"

Eine gute Frage. Sie betrachtete die sechs Rubine, die in der Schüssel lagen, benetzt mit dem Blut des Kelmenaren, so vermutete es zumindest Lisbeth. Sie wusste nicht, was sie nun machen mussten. Soweit kamen sie letztes Mal nicht einmal, da hatte schon die Stimme geflucht, dass nicht alle Splitter vom Kristall stammten. Diesmal gab es kein Verfluchen eher das Gegenteil.

„Gut, diesmal stimmt es. Es sind alle Splitter." Lisbeth schaute hoch, ob ihre Retterin die Stimme auch vernommen hatte, doch die Frau strich nur ihr schwarzes Haar zurück und schaute weiter erwartungsvoll auf die Medica. Um nicht als verrückt zu gelten, wollte sie nun die Stimme nicht fragen, was sie nun machen mussten. Sie würde wohl von alleine auf die Idee kommen, sonst tat sie auch immer so besserwisserisch.

„Meine Liebe sprich mir nach, auch wenn es dir schwer fallen wird. Du hättest wirklich die Gelegenheit nutzen können und etwas trinken sollen und etwas waschen. Du schaust ja aus. Für so einen feierlichen Anlass hättest du dir wirklich etwas Mühe geben können. Willst du dich nicht doch noch etwas hübsch machen?"

Sogar wenn Lisbeth die Kraft gehabt hätte, etwas zu erwidern, wäre wohl auch nicht mehr als ein genervtes Seufzen über die Lippen gekommen. Die Frau musste Lisbeth für eine Scharlatanin halten, weil sie nach deren Frage keine Antwort bekam.

Die Stimme interpretierte Lisbeths Seufzen korrekt und sprach weiter. „Gut, dann eben nicht. Sprich mir folgenden Text nach, wenn du es kannst. Öffne dich Schleier der Welten."

„Das war`s?" flüsterte Lisbeth, wobei ihre Retterin nahe genug gestanden war, um die Verwunderung von Lisbeth mitzubekommen, deshalb machte sie einen Schritt zurück und griff sich an den Hüftgurt, wo ein rot verfärbtes Kurzschwert hing.

„Hattest du einen Vers oder Gedicht erwartet? Ihr Menschen macht einfach alles komplizierter als nötig. Es ist einer der Kristalle, die die Dämonenwelt von eurer trennt. Der Kristall hat nicht die Macht, um das Tor komplett zu öffnen, aber es können Energien durchkommen."

„Ich... ich." Zweifel wurden in Lisbeth wach. Sollte sie wirklich ein Portal in die Dämonenwelt öffnen? Sie kannte Mythen und Legenden der Götterkriege und Anfang des zweiten Zeitalters über Dämonen mit unvorstellbaren Kräften, die über Gaia einfielen, aber auch besiegt wurden. Sollte sie wirklich etwas so gefährliches machen? Sie hatte keine Ahnung, was der Spruch bewirken würde. Wobei, hatte die Stimme Lisbeth jemals betrogen oder belogen? Wahrscheinlich hatte sie auch die junge Frau dazu gebracht Lisbeth zu befreien, wozu hätte sie es tun sollen. Die Frau hatte doch schon den letzten Splitter und brauchte Lisbeth doch im Grunde gar nicht. Aus der Sicht der Stimme hätte Lisbeth im Kerker verrotten können, außer dass sie der Medica wirklich helfen wollen würde.

„Gut, ich mach es."

„Gab es Zweifel?" neben der Stimme hörte Lisbeth das bekannte Zischen eines Schwertes, das aus einer Scheide gezogen wurde. Lisbeth schaute nicht hinüber. „Weißt du den Satz noch oder soll ich ihn erneut rezitieren?"

„Öffne dich Schleier der Welten." Skandierte Lisbeth den Spruch mit dem ganzen Willen, dass sie nun endlich die Macht und Magie erlangen konnte, um den Menschen zu helfen, auch wenn sie aus einer Welt des Bösen entsprang, aber wie ein Messer jemanden töten und zugleich Brot schneiden konnte, so würde sie die Magie für das Gute nutzen.

Blaue Blitze zuckten von Splitter zu Splitter. Die Schüssel fing an zu vibrieren. Lisbeth hatte ihre Mühe, dass das Porzellan nicht auf den Boden zerbrach. Fünf der sechs Splitter tanzten in der Schüssel umher, jeweils getroffen von einem der Blitze, die zischend die Verbindung suchten. Die Medica hielt den Atem an, als könnte ein falscher Atemzug den ganzen Zauber zu nichte machen.

Die Splitter suchten mit Blitzen abtastend ihren Platz im Kristall, bis dieser geformt war, aber es war noch nicht Schluss, auch wenn Lisbeth zu atmen wieder angefangen hatte. Es war wohl doch kein falscher Atemzug dabei gewesen. Surrend stieg der Kristall empor und schoss, als wäre er von einem der blauen Blitze getroffen worden gegen das Gemälde des Kelmar, statt dieses durch die Geschwindigkeit angetrieben zu durchlöchern, veränderte sich das Bild. Wo noch Kelmar im Blute seiner Feinde stand, gab es nur noch Schwärze, dass sich innerhalb des Bildrahmen ausbreitete.

Angst machte sich im Gemüt von Lisbeth breit. Was hatte sie getan? Hatte die Stimme doch gelogen? Würde sie nun Unheil über die Welt bringen, obwohl sie die Menschen retten wollte. Ob es die Neugier war, was nun geschah oder die fehlende Kraft... oder vielleicht doch die Hoffnung, dass alles so kommen würde, wie Lisbeth es sich erwünschte, die Medica blieb auf ihrem Platz sitzen. Auch die Frau im schwarzen Gewandt blieb in der Kapelle und betrachtete mit gezücktem Schwert das nun komplett schwarze Bild.

Die Schwärze wirkte, als könnte man in sie eintauchen und für immer verlieren, aber weder Lisbeth noch die Frau tauchten in die Schwärze ein, denn die Schwärze kam zu ihnen. Wie ein Nebel, der wie heißer Wasserdampf aus dem Bild hervor stieg, flog das

Gasgemisch zu den beiden Frauen. Die Kerze als einzige Lichtquelle wurde vom Nebel verschluckt und es herrschte in der Kapelle schlagartig dunkelste Nacht. Nun blieb Lisbeth nichts als die Hoffnung, dass am Ende doch alles so werden wird, wie sie sich es erwünscht hätte. Mehr konnte sie nicht mehr machen.

Die Finger verkrampften sich um das Porzellan der Schüssel. Lisbeth konnte sogar hören wie es knackte oder knackte etwas anderes? Es verging Atemzug um Atemzug in der Dunkelheit. Nichts war zu hören nur das Knacken und Kratzen an der Schüssel. Was war mit ihrer Retterin passiert? War sie noch an selber Stelle? War sie geflohen? Wenn ja, war der Nebel dicht genug, um alles eindringende Licht zu verschlucken, wie auch sie verschluckt wurde? Lisbeth verschloss die Augen, auch wenn es keinen Unterschied machte. Sie rechnete damit, dass einer der befreiten Dämonen aus der Schwärze treten und Lisbeth töten würde. Es tut mir leid, aber ich wollte wirklich nur den Menschen helfen, entschuldigte sie sich innerlich bei den zukünftigen Opfern ihres Fehlverhaltens, in dem sie die Dämonen wieder auf die Welt losließ.

Etwas packte sie an der Schulter. Nun war es vorbei. „Danke." Mehr geschah nicht. Lisbeth öffnete die Augen und schaute vorsichtig in die Richtung, woher der packende Gegenstand herkam.

Die Kerze erhellte wieder schwach die Kapelle. Der Nebel war verschwunden. Das Bild, auf dem einst der Kriegsgott abgebildet war, bestand weiterhin aus Schwärze, inmitten diesem klebte weiter der rote Kristall. Die Frau mit der entstellten Gesichtshälfte hatte ihre Hand auf die Schulter von Lisbeth gelegt gehabt und lächelte sie an.

„Danke, dass du mich endlich befreit hast."

Lisbeth verstand nicht. Die Frau hatte doch Lisbeth aus dem Kerker befreit und nicht umgekehrt.

„Muss ich es dir wirklich buchstabieren?" Dabei verdrehte die Frau übertrieben die Augen „Na gut, danke dass du mich aus der Welt befreit hast und mir diesen Körper gabst. Er ist auch viel attraktiver als der von einem alten Mann." Danach beugte sie sich wieder zu Lisbeth vor. „Endlich verstanden, wer ich bin?"

„Du... du bist die Stimme." Für diese Feststellung gab es gebührenden Applaus seitens der entstellten Frau.

Lisbeth traute es sich nicht zu fragen. So musste sich ein Kaninchen vor der Schlange fühlen. Man wusste nicht, was sich vor einem befand, jedoch wusste man, dass es sich um etwas Gefährliches handelte, aber vielleicht war das Gefährliche so dankbar dafür, dass man es befreite, um ihr nicht zu schaden.

„Bringst du mir die Magie bei? Damit ich den Menschen helfen kann?" die Frage war mehr schon ein Fipsen als ein Flüstern. Sie hatte immer noch die Hoffnung, dass sich alles noch zum Guten wendet. Nur weil die Kreatur angeblich aus der Dämonenwelt stammte oder von wo auch immer, musste es nicht unbedingt böse sein. Vielleicht war sie nur dort gefangen, oder?

Die Frau lächelte, doch nicht warmherzig. Es brachte Lisbeth sogar vor Kälte zum Erschauern. Widersprüchlich zu der Aura waren die Worte. „Natürlich." Erleichterung machte sich in Lisbeth breit. Es wendet sich doch alles zum Guten. Sie hatte doch alles richtig gemacht.

Das menschengleiche Auge der Frau, wie auch das katzenartige, fokussierten Lisbeth. Die lederbehandschuhten Hände strichen über Lisbeths Wangen. Es sollte das Letzte sein, das sie fühlte, und die letzten Worte, die sie hörte waren. „Am besten lernt man Sachen im Schlaf und Magie zu lernen ist ein langwieriger Prozess." Mit den Augen auf die kalt lächelnden Lippen gerichtet, schlief Lisbeth ein... und ihr letzter Gedanke war. Es tut mir Leid, aber...

Morden III

Die Augen wanderten über das Schweißverbundschwert. Wann werde ich dich endlich wieder in Händen halten, dachte sich Kelmenar Morden. Von der silbernen Klinge wechselte der Blick zu den Händen. Die Finger waren weiterhin verkrümmt und weitere Schnittwunden hatten sich darauf gebildet. Es war so kurz davor, aber er wurde betrogen. Voller Wut schlug Morden die Hand gegen die Wand. Die Hand pulsierte, doch schmerzte nicht. Der Zorn betrogen worden zu sein, überlagerte den Schmerz. Wie konnte er nur so dumm sein, dass etwas aus dem Nichts ihm helfen konnte. Ohne eigenes Zutun würde niemals etwas gelingen. Nur mit der Kraft des eigenen Willens würde er den Fluch brechen. Er würde sich auf niemanden mehr verlassen. Wie viele Lunazyklen hatte er verloren, weil er gewartet hatte, bis die Splitter des Kristalls der Menschen zu ihm kämen, um ihm zu helfen. Er musste wieder selbst die Kontrolle übernehmen. Seine Boten werden das Land nach einem Gemmerer oder Schmied Ausschau halten, der den Kristall wieder vereint, denn es konnte die Möglichkeit geben, dass der Kristall doch magische Kräfte besaß, aber Morden würde nicht mehr darauf warten. Er war ein Kelmenar. Er hatte mit seinen Strategien und Führungen das Reich geschaffen und vereint. Da wird er es doch schaffen, seine eigenen Hände seinem Willen zu unterwerfen.

Die Tür hinter Morden wurde aufgerissen. Schnell drehte sich der Kelmenar um. Im Türrahmen stand ein Soldat der Burg. Blut bedeckte den schwarzen Wappenrock über der eisernen Rüstung. Es war nicht der Blut eines Feindes, das sah Morden sofort, außer er hatte den Feind gegessen, denn das Blut tropfte aus dem Mund bei jeder Silbe, die er sprach. „Hilfe... wir werden angegriffen."

„Von wem?!"

Eine Antwort blieb der Soldat schuldig, vorher fiel er zu Boden und vermischte seine Blut mit dem Rot des Bodenteppichs. Morden hatte keine Zeit, um den Soldaten zu ehren, dass dieser auch noch in den letzten Atemzügen seine Pflicht nachging. Er würde es nach dem Sieg tun.

Morden wandte sich wieder seinem Schwert zu. Er war kein König, der sich hinter Mauern versteckte. Er war kein König, der floh, sobald diese Mauern einbrachen. Er würde kämpfen Seite an Seite mit seinen Soldaten. Wie konnte er von seinen Männern und Frauen verlangen, dass sie für ihn sein Leben gaben, wenn er nicht das selben für sie tun würde, aber dafür musste er sein Schwert greifen können.

Die verkrümmten Finger glitten über den Ledergriff des Schwertes. Er hatte schon viel zu lange geruht. Er hatte sich schon viel zu lange hinter den Mauern versteckt. Jetzt hatte er das Problem. Morden hatte schon von der Hochzeit der Prinzessin gehört und den Bündnissen, die Langen eingegangen war. Es verwunderte den Kelmenaren schon, dass sie so schnell einen Angriff gewagt hatten, dass konnte nur daran liegen, dass Morden seine Schwäche schon viel zu lange offenbart hatte, aber nun wird sie enden.

Morden konzentrierte sich auf die Hand und die Finger. Greif das Schwert, befahl er innerlich den Fingern. Fass es an. Schmerzen durchfuhren mit jeden Tropfen Blutes die Finger. Ergreif es! Das Blut presste und drückte gegen die Muskeln, um sie dazu zu bringen sich endlich ihrem Gebieter zu unterwerfen. Es kann nicht alles umsonst gewesen sein. Alle Eroberungen. Alles für das er und Helena gekämpft hatten. Alle Hürden überwunden hatten. Es durfte heute nicht enden. Es durfte nicht so enden. Ergreif das verdammte Schwert!!! Ich werde nicht kampflos sterben!!! Das Leder lag in der Hand des Kelmenaren. Die Finger umschlossen den Griff, wie sie es schon so lange nicht mehr getan hatten. So musste es sich anfühlen, wenn ein Körperteil wieder am Körper angewachsen war. Als wäre nie der Fluch über Morden gekommen, hielt die Hand kräftig das Schwert. Nicht mal ein Troll könnte ihm die Klinge noch entnehmen, so fest hatte Morden sie im Griff.

Nun war es soweit die Angreifer zurückzuschlagen.

Morden stürmte über den toten Soldaten hinweg hinaus in den Flur. Der Geruch des Kampfes, der nichts anderes war als der metallhaltige des Blutes, lag in der Luft und legte sich in die Nase und auf die Zunge. Von den Wänden hallten die Schläge von Eisen, das auf anderes Eisen schlug. Schmerzensschreie, wie auch Stöhnen der Anstrengung versuchten das Klirren der Metalle zu übertönen. Wie lange hatte Morden diesen Melodien nicht mehr gelauscht. Adrenalin pumpte sich durch den Körper. Er fühlte sich wie zwanzig Zyklen jünger. Wo war der erste Feind, den Morden mit neugewonnener Energie niedertrecken durfte?

Um eine Ecke bog Mordens erstes Opfer. Ein grüner Wappenrock bedeckte die Eisenrüstung. Obwohl die Rüstung komplett aus Eisen gepanzert war, sah sich Morden im Vorteil mit dem Schwertkämpfer. Morden trug selbst nur eine Lederrüstung mit Metallplatten über den lebenswichtigen Stellen, dazu noch seinen roten Umhang.

Scheppernd rannte der Soldat auf Morden zu. Idiot. Die Panzerung machte den Mann schwerfällig, so ein Dummkopf war kein Gegner für einen Kelmenar. So eine Panzerung diente zu Verteidigung nicht zum Angriff. Gekonnt mit einer Drehung wich Morden dem langsamen Schwerthieb aus und stellte dem Soldaten ein Bein. Der Gegner war nicht mal in der Lage gewesen sich vor dem Sturz mit den Händen abzufedern. Ein schneller Stoß von Hinten durch das Genick beendete den ungleichen Kampf.

Es waren nicht die Truppen von Langen, die das Schloss angriffen, stellte Morden fest, als er das Wappen am Wappenrock identifizierte. Der goldene Baum inmitten eines goldenen Ringes war das Symbol von Jangblum. Eines der Kleinreiche, die nun ein Teil Kelmantors waren. Zu einem Teil war Morden erleichtert. Es handelte sich nur um Rebellen, die meinten, dass sie mit so einem törichten Angriff sein Reich auseinander brechen konnten. Sie durften wohl von einem Adeligen, den Morden vom Thron gestoßen hatte, angeheuert worden sein, um Auenacker zurückzuerobern. Wie dumm. Kelmantor war zu gefestigt, um nach einer kleinen Niederlage alles zu verlieren. Mordens Söhne würden schlechtesten Falls mit ihren Truppen die Burg zurückerobern, sofern sie überhaupt verlieren würden. Wenn alle so unkoordiniert kämpften, wie die Leiche dort am Boden, dann würden sie eh die Schlacht gewinnen. Es war wenigstens eine gute Aufwärmübung, bevor der Nordfeldzug weiter gehen konnte.

Das Schweißverbundschwert badete im Blut seiner Feinde. Morden pflügte durch die Reihen, statt Saat verteilte er jedoch roten Lebenssaft über den Boden und an den Wänden. Soldaten von Auenacker jubelten ihrem Helden zu, der sie gefühlt im Alleingang vor den Angreifern beschützte. Mochte dieser Angriff doch niemals enden, wünschte sich Morden, als er die Klinge mit einem Wappenrock eines gefallenen Feindes abwischte.

Wo mochte wohl der Anführer der Truppen sein? Der Kelmenar würde ihn schon finden und wenn er, wie zu erwarten, dutzende von Soldaten niederstrecken musste. Denn im Vergleich zu Morden waren alle Anführer nur Feiglinge, die sich hinter ihrer Armee versteckten und erst nach vorne traten, wenn es die Lobpreisungen zu ernten gab.

Weitere Tote später erreichte Morden die Brücke zum zweiten Turm, wo sich die Schlafgemächer der Frauen befanden. Dunkle Wolken verdeckten Solaris die Sicht hinab auf die Brücke. Der Regen blieb noch aus, sodass Morden noch auf trockenen Stein schreiten konnte. Der Mann, der vor dem Kelmenaren stand, wirkte fast fremdartig in dieser Situation. Die Dunkelheit nahm jede Hellichkeit aus dem seidenen Wams aus grünem Stoff. Auch die goldenen Embleme in Form eines Baumes in Mitten eines Ringes wirkten mehr braun. Es war nicht wirklich die Kleidung, die Morden irritierte, denn mit so einer Tracht begab man sich auf ein Bankett und nicht auf ein Schlachtfeld, sondern, dass der Mann eigentlich tot sein müsste. Der Vollbart war zwar schon ergraut, aber Morden erkannte sogleich den Mann wieder. Es war der ehemalige König von Jangblum, Willburt dritter seines Namens, den Morden vor fünfundzwanzig Zyklen zum Selbstmord gezwungen hatte. Die Flucht eines jeden Feiglings, der sich nur hinter seinen Mauern versteckte. Es war verwunderlich, dass er sich hierher gewagt hatte, aber nun hatte

Morden endlich die Gelegenheit, das zu beenden, wie er es schon bei so vielen Eroberungen zuvor gemacht hatte: Den Herrscher erschlagen.

„Macht weiter. Er gehört mir." Befahl Morden seinen Soldaten hinter sich, ohne sich umzudrehen. Das Trampeln der Schuhsohlen und das Scheppern der Rüstungen deuteten darauf hin, dass die Soldaten seinem Befehl nachgingen. „Ich dachte mir schon, dass dein Selbstmord nur eine Finte war."

„Das kann man im Nachhinein immer behaupten, wenn man unrecht hatte." Willburt zog seinen Säbel aus der Scheide. Morden bezweifelte stark, dass der alte Mann nur ansatzweise ein Gegner für den Kelmenar war. Sogar wenn er nichts anderes in den vergangenen Zyklen getan hätte, außer mit dem Schwert zu üben, war Willburt kein Gegner. Morden hatte länger sein Schwert nicht gefühlt, aber die Kämpfe vorhin versicherten dem Kelmenar, dass er nichts am alten Schwung verloren hatte und die Erfahrung aus mehreren hunderten von Kämpfen konnten seine Reflexe und Instinkte nicht vergessen.

„Ich hätte ja zu gern meine Truppen nach dir suchen lassen, aber keiner meiner Mannen ist klein genug gewesen, um in einen Kaninchenbau zu krabbeln. Mich wundert es, dass du nicht weiter darin kauerst, während deine Leute ihr Leben für deine verlorene Sache geben oder hast du einfach nur Angst, dass du in deinem Kaninchenbau ertrinken könntest, sobald es zu regnen beginnt."

Unter dem Bart erkannte Morden ein zynisches Lächeln, was dem Kelmenar noch mehr anstachelte, um den ehemaligen König endgültig zu töten. „Welch großmundige Worte, derweil seid Ihr doch der König, der sich seit Zyklen hinter einer Mauer versteckt und nicht mehr in Vorschein tritt."

„Das wirst du nicht verstehen." Morden fühlte plötzlich, wie sein Schwertarm schwerer wurde. Hatte er sich wohl zu viel zu gemutet? Jetzt in der kurzen Ruhephase forderte das Alter und die lange Untätigkeit Tribut, aber es würde leicht reichen, um einen Adeligen zu bezwingen. „Man braucht seine Zeit, um eine siegreiche Strategie auszuarbeiten, denn für mich sind meine Soldaten nicht einfache Spielfiguren, die ersetzbar sind."

„Ja, sicher."

„Du glaubst mir nicht?"

„Ihr glaubt Euch doch selbst nicht. Oder was ist mit Eurer Hand, die nicht mal mehr ein Schwert halten kann?"

Woher? Morden konnte seine Überraschtheit nicht verbergen. Idiot, schelte Morden sich selbst, aber es kam so unerwartet. Es gab keine Möglichkeit nun diese These als unwahr zu bewerkstelligen. Aber zum Glück war ja dieses Thema abgehakt, denn... Die Klinge klirrte auf den Stein des Bodens. Morden fühlte wie der Griff über den Handteller rutschte. Es wirkte als würde die Zeitspanne sich verdoppeln. Wieso jetzt? Greift das Schwert! Die Finger verweigerten dem Befehl des Kelmenaren. Hilflos musste Morden zusehen, wie das Schwert aus der Hand glitt und auf dem Boden aufschlug. Verdammt! Statt sofort wieder zu versuchen das Schwert zu ergreifen, befahl Morden seinen wieder zu Klauen verformten Fingern, dass sie sich zu einer Faust oder Fläche bilden sollten... Nichts geschah. Sie zitterten nur in klauenhafter Haltung. Da wäre es sinnlos gewesen nach dem Schwert zu bücken. Und würde nur weitere Schwäche dem Feind zeigen.

Aus der Ferne hörte Morden das Gelächter von Willburt: „Das wurde also aus dem großen Eroberer des Südens. Ein Schatten seiner selbst, der nicht mal mehr fähig ist ein Schwert zu halten, der sich hinter Burgmauern versteckt, wie eine Ratte, die sich vor dem Regen verkriecht. Was hast du damals gesagt, als du mir dieses Schloss raubtest? Genau! Du sagtest, dass du Leute verachtest, die hinter Burgmauern sich verkriechen und ihr Volk an derer Stelle kämpfen lassen. Und jetzt sie dich an. Du bist genauso Verachtenswert wie ich.“

Zorn und Wut stiegen in Morden hoch, nicht nur wegen der Höhnung von Willburt, sondern vor allen, weil wieder seine Hände ihn verraten hatten. „Ich werde dich auch mit bloßen Händen töten.“

„Oh, das möchte ich sehen.“ Lachte Willburt weiter.

Morden kam der Aufforderung nach und stürmte auf den ehemaligen König zu. Er würde den Kampf gewinnen. Er durfte nicht unterliegen, nicht für die Soldaten und die Menschen, die auf ihn zählten, die hofften endlich eine neue Weltordnung zu erhalten, wo nicht mehr das Geschlecht, sondern nur Fleiß und harte Arbeit belohnt würden.

Willburt zeigte keine verteidigende Haltung, sogar das Gegenteil war der Fall. Der alte Mann verdreckte seine elegante Kleidung, indem er sie gegen die Brüstung lehnte.

Der Kelmenar hob die Hand zum Schlag. Die grauen Augen des ehemaligen Königs taxierten die verformte Hand. Narr. Morden war natürlich nicht so dumm, um mit einer kraftlosen Hand zu zuschlagen. Sie diente nur als Ablenkung. Die Beine waren immer noch kräftig genug. Wie vom Kelmenar erdacht, traf der Stiefel den falschvorbereiteten Willburt am Schienbein. Schmerzverzerrt knickte der ehemalige König auf die Knie. Mordens Knie erhob sich hingegen und traf knackend das Kinn von Willburt, als er hinab sich senkte. Zähne lockerten sich im Gebiss, doch verabschiedete sich keines aus dem Mund. Der Kelmenar musste nachsetzten. Er hatte das Überraschungsmoment auf seiner Seiten und diesen durfte er bis zum Tode von Willburt nicht mehr verspielen. Vom Stoß mit dem Knie angetrieben beugte sich Willburts Rückgrat nach hinten. Mit einem kleinen Satz beschleunigte Morden die Rückwärtsbewegung. Mit einem dumpfen Knall landete Willburt auf seinem Rücken. Der Säbel klirrte über die Steine, als er vom Schwung getroffen aus der Hand fiel.

Kniend saß Morden auf der Brust von Willburt. Ein Fehler. In den grauen Augen sah noch der Kelmenar die Benommenheit. Morden musste etwas nach hinten rutschen. In dieser Position konnte er keinen Angriff ansonsten starten, weil die Hände zu unbrauchbar waren. Morden rutschte schnell ein wenig zurück und beugte zugleich seinen Körper fallend nach unten. Es war unschicklich für einen Kampf eines Kriegskönigs, aber man musste mit den Waffen kämpfen, die man zur Verfügung hatte.

Der Kopf des Kelmenaren schoss auf die Nase des verwirrten Mannes zu, doch nicht schnell genug. Willburt wich aus, so schlug Morden mit dem Kopf auf den steinernen Boden auf. Schmerzen verteilten sich von der Stirn ausgehend netzartig über den ganzen Körper von Morden. Alles um ihn herum wurde schwarz. Blaue und violette Punkte tanzten vor den Augen von Morden. Mit Müh und Not kämpfte der Kelmenar erfolgreich dagegen an, um nicht sein Bewusstsein zu verlieren. Jedoch hatte dieser Erfolg seinen Preis. Willburt konnte Morden von sich runter schubsen und sich damit befreien.

Der Schädel brummte weiterhin und der Blick kam über die Verschwommenheit auch noch nicht drüber hinaus, aber die Beine wussten, was zu tun war, und erhoben den Leib von Morden. Er hatte genug Schläge und Verwundungen erhalten, um von so einem Rückschlag sich vom Sieg nicht abbringen zu lassen. Eine Flüssigkeit rann von der Stirn über das Gesicht. Auch ohne hin zu greifen, wusste Morden, dass es sich um Blut handelte. Sein Blut natürlich.

Beide Kontrahenten standen sich gegenüber, jeweils mit dem Rücken an der Brüstung. Der weiße Atem stieg bei beiden wie bei einem Schornstein, dessen Feuerstelle immer wieder abgedeckt wurde, in die Höhe. Ja, die beiden waren nicht mehr die jüngsten ihrer Rasse, aber Morden wusste, wie er seine Atemregelung wieder zurück erlangen konnte. Zwei, drei tiefe Züge mit dem Mund genügten und Morden war wieder Herr seiner Atmung, wenn er das auch nur von den Händen sagen konnte, aber die waren noch immer bockig und verweigerten jeglichen Befehl.

Willburt hatte mehr Probleme, um seine Atmung für sich zu erlangen. Mit einem Blutrinnsal dampfte der Atem unkontrolliert aus dem Mund. Wenn er bloß seine Hände einsetzen könnte, dann wäre der Kampf so einfach verlaufen. Aber wenigstens war Willburt zu überheblich gewesen und hatte sein Schwert nicht gegen Morden erhoben. Nun lag es nach dem Angriff mehrere Meter weit entfernt auf der Brücke, sodass Willburt es nicht mehr erreichen konnte. Gut.

Auch wenn die Hände nicht zu gebrauchen waren, im richtigen Winkel konnte Morden Willburt über die Brüstung drängen. Bevor der ehemalige König wieder zu Kräften kam, musste dies jedoch geschehen. Der Kelmenar stürmte erneut los, ging wenige Schritte vor seinen Gegner in die Knie, um von unten gegen Willburt zu stoßen.

Der ehemalige König verstand erst zu spät, was Morden vorhatte und seine Ausweichbewegung reichte nicht mehr aus, um dem Angriff zu entfliehen. Der Oberkörper beugte sich von der Wucht getroffen nach vorne, doch Mordens Aufwärtsbewegung rollte Willburt über die Brüstung. In letzter Not ergriffen die Hände von Willburt den Gürtelriemen von Mordens Kleidung und zogen fest daran. Die Schwerkraft und der feste Griff sorgten dafür, dass Morden den Boden unter den Füßen verlor. Der Kelmenar wusste nun, was passieren würde. Er hatte keine Möglichkeit sich noch vom Griff zu befreien. Die Wucht des Aufpralles und die Schwerkraft, die den Leib von Willburt über die Brüstung nach unten zog, waren zu stark, um noch etwas dagegen zu wirken, vor allem, als die Beine schon in der Luft schwebten.

Beide Kontrahenten stürzten in die Tiefe. Für Morden war das immer noch keine Niederlage. So durfte es nicht enden, dachte er sich, als der Boden aus zehn Meter Entfernung ihnen entgegen raste. Wenn er den Körper von Willburt zwischen sich und den Boden brachte, vielleicht würde er dann nur ein paar Knochen sich brechen, aber er würde weiterleben und die Länder vereinigen, doch die Hoffnungen lösten sich auf, mit dem Körper von Willburt unter ihm. Warum der Körper wie Staub im Wind sich auflöste, wusste Morden nicht. Er hatte nicht mal Zeit genug sich die Frage zu stellen, schon schlug sein Körper auf dem harten Boden auf.

Vires VIII

„Welch tragisches Finale." Vires hob ihr mit Rotwein gefülltes Glas und prostete es gen Kelmenar Morden, dessen Eingeweide aus dem geplatzten Körper über den von Blut überschwemmten Boden sich ergossen. „Und ekelhaftes Finale." Vires saß selbst noch in der Kapelle, die für einen Mensch errichtet worden war, der vor hunderten von Zyklen einst dasselbe vollbracht hatte, wie der zersprengte Mann dort innerhalb des Bildrahmens. „Irgendwie ist doch immer das Gleiche. Wer hoch hinaus will, der wird tief fallen. Hätte er doch sich mit seiner Schwäche abgefunden. Aber wer stur sich an die Vergangenheit festkrallt, der hat wohl nichts anderes verdient. Abtreten wäre wohl die gescheiteste Lösung gewesen. Sein Verstand hat ja noch funktioniert. Er hätte nur seine Nachfolger beraten müssen, dann... dann hätte er wohl gesiegt und wäre jetzt nicht Dünger für die Erde. Aber er vertraute nur sich, wie dumm. Er glaubte mehr daran, dass ein magisches Artefakt, das ihn heilen würde, für den Krieg bedeutsamer ist, als seine Erben... wie selbstgefällig konnte man nur sein, aber wie heißt es doch: Hochmut kommt vor dem Fall. Sprichwörtlich. Er hatte sogar die Soldaten fortgeschickt, weil er meinte Willburt alleine besiegen zu können. Wie dumm kann nur ein Mensch sein? Und so einer wollte wirklich diese Insel unter seinem Banner vereinen? Dann wären die Menschen noch dümmer geworden als sie eh schon sind. Da stimmst du mir doch zu, oder?" Die letzte Frage galt Lisbeth, die neben Vires noch auf der Bank saß. Die aufgerissenen blauen Augen starrten hoch zu dem Gemälde. Eine Antwort blieb die Medica jedoch schuldig. Entweder hatte sie der Anblick vom zerplatzten Körper des Kelmenaren so entsetzt, dass sie sprachlos war – Es war auch wirklich ein widerlicher Anblick. Es hätte ruhig weggeblendet werden können – oder die Sprachlosigkeit stammte davon, dass das Kurzschwert beim Durchdringen in den Hals wohl das Stimmband durchtrennt hatte.

„Ich werde dich wohl bald auf den Kompost werfen müssen, bevor die Fliegen sich hier versammeln. Ich hoffe, dass du mir nicht böse sein wirst, aber es stört einfach beim

Zuschauen, wenn dutzende Fliegen, um einen herumschwirren." Lisbeth war nicht vergrämt über den Vorschlag von Vires, so konnte man wohl das Schweigen interpretieren.

„Dann schauen wir mal, was noch für Programme das Schloss zu bieten hat." Dabei lehnte sich Vires zurück und nahm einen Schluck des vollmundigen Weines und schaute hoch zu dem Bild, wo weitere Schlossbewohner zu sehen waren.

Selfius IV

Die Knie schlugen auf den mit Obsidian bearbeiteten Boden auf. Es konnte auch ein anderer schwarzer Werkstein sein, aber Obsidian war das erste Mineral, das Selfius einfiel. Außerdem gab es genug andere Gedanken, die den Lichtelfen in diesem Zeitpunkt durch den Kopf gingen und es hatte alles weitgehend mit den gefesselten Händen auf seinem Rücken und der Tatsache, dass er gefangen genommen wurde, zu tun.

„Werte Shaldrissar, ich bring` den Gebleychten, der uns ausspioniert hat." Sprach der Drow hinter Selfius, der wie formuliert hatte den Lichtelf gefangen genommen hatte. Ja, Selfius hatte nicht damit gerechnet, dass aus dem Nichts ein Drow auftauchen würde. Er schellte sich selbst einen Narren, lehrte man doch schon den kleinsten Kindern mit Schauermärchen, dass überall, wo Schatten lauern, sich auch ein Drow verstecken kann… und noch zum Abschluss: Selfius hatte die Drow nicht ausspioniert, wie es behauptet wurde, sonst hätte er auch viel besser aufgepasst. Selfius wusste nicht mal, dass sich in der Gegend befanden. Rein schon die Behauptung, dass Selfius bei einer Spionageaktion so leicht erwischt werden konnte, fand der Lichtelf als gröbste Beleidigung, aber er hielt sich im Zaum. Die Aussicht bei einem falschen Wort den Pfeil durch den Rücken geschossen zu bekommen, half ihm seine Fassung zu bewahren.

„Dange. Gud gemachd." Erklang eine wohlklingende Frauenstimme. Jede Silbe war so weich gesprochen, als bestünden sie aus Gaze, das den Gehörgang tapeziert. „Ihr gönnd gehen."

„Aber Shaldrissar, er kennt`"

„Dange." Schnitt sie in des Drows Satz ein, wobei sie nicht mal ihr Wort erhob, jedoch vermittelte dieses Wort, auch wenn sanft und freundlich gesprochen, seinem Gegenüber, dass keine Widerworte geduldet werden. Es folgten noch weitere, sofern der Drow nicht verstanden hatte: „Fier deine Sorge, aber ich gomm` zurechd."

„Ich hab` verstanden. Verzeiht. Ihr kennt mich rufen, sobald Ihr mit dem Gebleychten fertig seid." Es folgten Schritte hinter Selfius, die sich entfernten und das Rauschen des Vorhanges, der als Türersatz zum Gemach der Shaldrissar diente.

„Du gannsd deinen Gopf er'eben." Forderte die Shaldrissar ihren Gefangenen auf.

Erst jetzt wagte es Selfius nach oben zu schauen. Der Frevel seinen Blick auf die Matriachin der Drow zu werfen, bevor diese einen aufgefordert hatte, führte meistens unweigerlich dazu, dass man selbst beworfen würde, entweder mit einem Messer oder einem Pfeil.

Eine Stufe über dem Gefangenen thronte die Shaldrissar auf einen extravaganten Stuhl, der aus den dunkelsten Materialien gezimmert wurde. Von Obsidian (oder anderem schwarzen Mineral) bestand das eine Bein, das die gesamte Sitzfläche unterstand. Die Lehne überragte mit ihren gezackten Ausschweifungen links und rechts die Throninhaberin um drei bis vier Köpfe. Damit der Thron nicht so fror und die Shaldrissar einen bequemen Sitz hatte, waren die Polster wie auch die restliche Sitzgelegenheit mit einem dunkelvioletten fast schwarzem Seidentuch bedeckt.

Die Shaldrissar hüllte selbst ihren schlanken Körper in einen zackigen Korsett aus schwarzem Eisen, das jegliches Licht der Kerzen in sich versuchte auf zu saugen. Wie auch das Korsett bestanden die Unterarmschienen aus dem schwarzen Metall. Eine dunkle Polsterung darunter sorgte dafür, dass weder Arme noch Rumpf vom Eisen aufgescheuert würden. Auch wenn man Rötungen auf schwarzer Haut nur schwer sah, aber man fühlte sie dennoch.

Der lange schwarze Rock verdeckte die Beine bis zu den Knöcheln, sodass man nur noch das untere Ende der hochhackigen Schuhe sah. Die Shaldrissar selbst war eine Schönheit ihres gleichen. Sogar für eine Elfe war ihr Gesicht faltenlos, was für ihre Jugend sprach. Sie durfte keine sechzehn Zyklen zählen, was für eine Shaldrissar ein sehr junges Alter war, wusste doch jeder Elf, wie eine Shaldrissar auf den Thron kam. Der ernste Blick deutete schon an, dass die Drow mehr düsteres erlebt und vor allem überlebt haben musste, als es für eine Frau ihres Alters normal und gut wäre. So ernst und erhaben ihr Blick war, so war auch die aufrechte Haltung auf dem Thron. Nichts durfte nur den Anschein erwecken, dass jemand anderes besser für den Posten als Matriarch geeignet wäre als diese Shaldrissar. Sogar der schwarze bis zur Brust hinab reichende Pferdeschwanz samt Diadem saß perfekt auf dem Haupt. Keine Haarsträhne lag auf einem falschen Platz oder kreuzte ein anderes Haar. Wie lange es wohl dauerte so die Haare hinzubekommen? Die einzige farbliche Abweichung vom Schwarz der Haut, der Haare und Kleidung fand sich im Weiß der Augen – neben dem Weiß der Augen versteht sich. Es waren die graublauen Iriden. Unter den Elfen gab es nur Lichtelfen, die blauäugige Kinder auf die Welt brachten, daher wird auch Blauäugigkeit unter den Drow und Waldelfen als Zeichen für weltfremd und verträumt bezeichnet. Noch ein Indiz dafür, was die Frau überstehen und bekämpfen musste, um auf den Thron zu gelangen, wobei ihre Exotik und Macht wohl für viele Männer sexuell anziehen wirken würde, nicht aber auf Selfius. Er fand die junge Frau wunderschön, aber er war keine so hohe Persönlichkeit oder menschlicher Adliger, sodass er unbedingt Inzest mit seiner Tochter haben wollen würde.

„`allo Vadder."

„Schön dich zusehen, Mireyll." Begrüßte Selfius freundlich seine Tochter, die weiter erhoben auf ihrem Platz thronte. Wie es der Anstand gehörte, blieb Selfius weiterhin auf seinen Knien. Die Augen wanderten stattdessen umher. „Du hast es weit gebracht." Erkannte Selfius nickend an, als er sich umblickte. Die Augen wanderten über ein imposant wirkendes Objekt nach dem Anderen, auch wenn er sie gleich wieder vergaß. Die Shaldrissar war die einzige Sache im Raum, die für Selfius von Bedeutung war. „Wie geht es deyner Mutter?"

„Sie is` dod." Sprach sie tonlos, wobei Selfius merkte, dass sie die Trauer unterdrückte. Wenn auch nur für den Hauch einer Sekunde, hatte sich der Blick gesenkt, als würde sie Andacht für die Verstorbene halten, deshalb stammten Selfius Worten auch aus tiefsten Herzen.

„Es tut mir leyd." Selfius kannte Mireylls Mutter kaum. Sie hieß Milfar und war so wunderschön, wie ihre Tochter. Sie trafen sich das erste Mal, als das Synphoteum zusammen mit Tanzschülern Reloddoss besuchten, um eine Vorstellung abzuhalten. Es war das erste Mal, dass Selfius eine Drow sah und für Milfar das erste Mal, dass sie einen Lichtelfen erblickte. Vielleicht lag es an der Exotik des anderen oder weil es Verboten und sie im rebellischen Alter waren… jedenfalls fanden sie sich beide anziehend. Es folgten viele verbotene Nächte und aus einer entstand Mireyll. Als herausgefunden wurde, durch einen neugierigen Mitschüler, dass Selfius als Lichtelf eine Drow zeugte, erhielt Selfius die Markierung und zugleich die Verbannung aus Renoncé. Auf diese Art und Weise verlor er auch Kontakt zu Mireyll und Milfar. Der Kontaktverlust war auch nicht schwer, denn auch für die beiden Drow, war jeder Kontakt mit Selfius ein sehr hohes Risiko, das sogar mit dem Tod bestraft werden hätte können, deshalb wollte Selfius auch folgendes wissen: „Woran ist sie gestorben?"

„Die Shaldrissar fand heraus, dass ich unreyn bin und wollde, dass Mudder mich dödde, um ihre Loyalidäd zu beweyßen."

„Sie hat es nicht getan?"

„Sie had es versuch`. Ich war besser und dauschde den vergifdeden Grug mid ihrem. Dann däuschde ich meynen Dod vor und dradd in die Diensde der Shaldrissar, um mich zu rächen und mid ihrem Dod bin ich nun die Shaldrissar." Als wäre sie stolz auf ihre Taten fächerte Mireyll ihre Arme aus, doch im Blick herrschte keine Freude, wenn nicht sogar Trauer. Die Rache hatte nicht das gebracht, was sich Mireyll erhofft hatte. Sie wollte wohl nie die Shaldrissar werden.

„Ich bin froh, dass es dir gut geht. Ich hatte schon Angst, um dich. Ich hätte dir gern geholfen, wenn ich die Möglichkeyt gehabt hätte, glaube mir."

Die Shaldrissar lächelte zu ihrem Gefangenen hinab. „Ich weyß. Dange." Es herrschte ein Schweigen, jedoch nicht ohne das Selfius etwas gesagt bekam. Mireyll starrte mehr als sie müsste auf Selfius hinab. Die Lippen öffneten sich knapp, nur die weißen Zähne deuteten an, dass die Lippen sich bewegt hatten. Sie wollte etwas sagen, doch musste Mireyll sich dazu zwingen. Es musste sich um eine Bitte oder Gefallen handeln. Ich mache es ihr einfacher. „Ich habe dir gesagt, dass ich dir geholfen hätte. Dieses Angebot ist nicht verflogen. Gibt es etwas bey dem ich dir helfen kann? Du bist meyne Tochter. Es ist meyne freudige Pflicht, wenn ich dir nach so vielen Zyklen, in denen ich dich in Stich lassen habe musste, helfen kann.“

Ein kleines Lächeln huschte über das hübsche Gesicht. „Wirglich?“

„Ja, was liegt dir auf dem Herzen?“

Mireyll atmete tief ein, um sich zu überwinden, als wären die Worte mehrere Kilo schwer und sie alle Luft benötigte, um sie aus dem Mund zu feuern. „Du gannsd ablehnen, wenn du willsd.“ Dies waren noch nicht die kiloschweren Worte.

„Sprich endlich.“ Seufzte Selfius lächelnd. Mit einem Lächeln, dass nur einem Elternteil gegeben sein kann.

„Ich bin noch nichd lange Shaldrissar. Ich… ich ´abe viele, die mich von Dhron ´aben wollen, wegen meynem.“ Dabei glitt sie mit den Finger unter dem blauen Auge entlang. „Erbe. Wenn ich ihnen zeygen gönnde, dass ich eyne würdige Shaldrissar eyne echde Drow bin, dann… dann gönnde ich… vielleichd Frieden… aber zumindest… Eyn guddes Leben führen.“

„Ich verstehe. Deyn Vadder muss sterben, damit du den konservativen Drow zeigen kannst, dass du eine von ihnen bist.“

Mireyll nickte zustimmend mit gesenktem Blick, den sie auch nicht erhob, als sie weitersprach. „Aber ich gann es nich`. Du ´asd mir nie was gedan, wie gann ich dich dann dödden?“

„Ich mach das für dich.“

Mit aufgerissenen Augen starrte die Shaldrissar auf ihren Gefangenen hinab. „Aber“

„Ich bin froh, dass ich dich eyn letztes Mal sehen habe dürfen und wenn ich weiß, dass meyne letzte Tat dazu führt, dass du eyn glückliches Leben führst. So gut es eyner Shaldrissar ergehen kann.“ lachte Selfius hinterher „Bin ich glücklich.“ Ohne auf Anstand und einer Aufforderung zu warten, erhob sich der Lichtelf von der knieenden Position und schritt auf seine Tochter zu.

„Dange.“ Flüsterte die Shaldrissar mehr als sie sprach.

„Ich hatte einen Wunsch, bevor ich sterben sollte, und ich bin froh, dass dieser in Erfüllung geht.“ Selfius griff in die Brusttasche seines Lederwamses und holte die Familienbrosche heraus. „Diese Brosche ist seyt Generationen in meyner Familie. Ich wollte immer, dass du sie bekommst. Auch wenn ich nicht dabey war, als du zu sprechen und laufen lerntest, so war ich in Gedanken immer bey dir, denn du bist eyn Teyl von mir. Ich möchte, dass du für immer diese Brosche behältst, um zu wissen, dass ich immer bey dir bin. Ich liebe dich.“ Mit diesen Worten drückte Selfius seiner Tochter die Brosche in die Hände und einen Kuss auf die Stirn.

Mireyll nahm dankend die Brosche entgegen, wobei es mehr ein Schluchzen war als gesprochene Worte. Tränen rannen aus den blauen Augen, die vor kurzem noch so gefühllos gewirkt hatten, wie es einer Shaldrissar nur eigen war. Mit zitternder Hand gab sie ihren verzierten Dolch Selfius in die Seine. Der Lichtelf nahm ihn entgegen und ging zwei Schritte zurück. Sein Blick ruhte voller Stolz auf seine Tochter. Sie würde ihren Weg schaffen und bestimmt eine der berühmtesten und gutherzigsten Matriachen werden, die es je gab. Ohne zu zögern, führte Selfius den Dolch zum Hals. „Leb wohl, Mireyll. Ich bin stolz auf dich." Dann... wurde Selfius Handgelenk ergriffen und samt Dolch zur Seite gezogen.

„So, genug Melodram." sprach Barden, der immer noch Selfius Handgelenk fest gepackt hielt. „Können wir endlich los? Wir haben noch eine Jungfrau zu befreien oder willst du dich noch vorher wegen einer Traumgestalt umbringen?"

Selfius brauchte etwas, um die Worte des Troubadours einzuordnen. Die Gelegenheit nutzte Barden für weitere Einzelheiten der derzeitigen Situation mit der Vermutung so die Gehirnwindungen des Lichtelfs schneller in Gang zu bringen. „Wir befinden uns auf eine Suchaktion. Vires, die junge Frau mit dem verdeckten Auge, ist Richtung Burg Auenacker geflohen. Erinnerst du dich an sie? Irgendwie scheint die Burg unter einem Zauber zu stehen, der Illusionen erschafft, um uns davon abzuhalten, Vires zu finden."

Selfius Verstand ordnete langsam stetig die empfangenen Worte korrekt ein und schaute auf seine Tochter auf dem Thron hinab, bei der zwar noch die Tränen Salzstraßen auf den Wangen gezogen hatten, aber mittlerweile stand in den Augen ein Schock geschrieben, was wohl mit dem Erscheinen des Troubadours in Mitten des Lagers der Drow lag, der scheinbar gegen jede Logik unbewaffnet und ohne Kampfspuren bis zur Shaldrissar vorgedrungen war, was nicht mal Truppen der Waldelfen je geschafft hatten. „Und sie?"

„Ich bin deyne Dochder!" giftete Mireyll kreischend die Antwort, obwohl die Frage an Barden ging.

„Sie ist nur eine Illusion, die dich von Vires abbringen soll."

„Dödde ihn!"

„Töte sie."

Selfius wusste was zu tun war. Er löste seine dolchbewaffnete Hand aus dem Griff von Barden und stieß zu. Es schmerzte den Lichtelf, aber er musste es tun. Die graublauen Augen starrten entsetzt Selfius entgegen und durch ihn hindurch. Selfius wusste, dass es sich nicht um seine Tochter handeln konnte, dennoch schmerzte es in der Brust, als hätte er ihr wirklich den Dolch in die Brust gejagt. Mit Bardens Auftritt kamen die ganzen Ungereimtheiten ans Tageslicht. Er erinnerte sich daran, wie sie vor der Burg Auenacker standen... was danach geschah nicht. Wie hatten die Drow ihn festgenommen? Was suchten die Drow auf Schildoran, vor allem mit einer Shaldrissar, die niemals in ihrer Regentschaft das Land verlässt, dafür hatten diese Position zu viele Feinde? Vor allem, woher wusste Selfius, dass diese Shaldrissar seine Tochter war und sie, dass der Gefangene ihr Vater war? Sie hatten sich ja zu Letzt gesehen, da war Mireyll gerade mal ein Solariszyklus alt. Doch all diese Fragen kamen nicht auf, als er vor seiner vermeintlichen Tochter stand. Aus den toten Händen entnahm Selfius seine

Familienbrosche. Eines Tages würde er sie seiner wirklichen Tochter zum Geschenk machen.

„Können wir nun gehen?"

Selfius nickte zustimmend. „Ja." Und wandte sich zum Ausgang herum um.

„Sie war der Grund, weshalb du aus Renoncé verbannt wurdest?" Barden folgte dem Lichtelf.

„Ja."

„Ist deine Tochter wirklich eine Shaldrissar?"

„Ich weyß es nicht. Ich habe seyt der Verbannung nichts mehr gehört. Vielleycht..."

„Suchen wir mal unseren großen Jungen und dann befreien wir Vires und später kümmern wir uns um deine Tochter."

„Gut." Weshalb wollte der Troubadour ihnen allen helfen? Stellte sich Selfius kurz darauf die Frage. Er fand keine logische Erklärung. Es war auch nicht die Zeit und vor allem nicht der Ort, um solche Fragen zu stellen und zu beantworten. Es gab wichtigeres.

Konstantin VII

Der warme Duft des Apfelstrudels erfüllte den Raum und ging gleich eine Symbiose mit dem Schweinefleisch getränkt in Jägersoße ein, die es als Hauptgericht gegeben hatte.

Konstantin schritt durch den mit Holzwänden von der Welt abgetrennten Raum. Dank dem Feuer, das knisternd das Holz zu sich nahm, herrschte im Raum wohlige Wärme und deshalb musste nur das braune Baumwollhemd die Aufgabe übernehmen, nicht von den Muskeln zerrissen zu werden. Zum Glück war das Schneidbrett, auf dem der Apfelstrudel noch warm dampfte, nicht so schwer, das der Bizeps sich zur Gänze spannen musste.

Der Kerzenleuchter mit seinen vier brennenden Kerzen hatte die Aufgabe den Tisch zu beleuchten, auf dem er stand. Rebekka war da immer etwas eigen. Sie konnte es nicht leiden, wenn Licht von der Seite in den Raum schien, weshalb beim Bau des Hauses auch die Fenster nahe der Decke angebracht wurden und nicht auf Augenhöhe. Es reichte dank der niedrigen Decke ein Stuhl aus, um die Fenster für das Lüften zu öffnen und dann wieder zu schließen. Zum jetzigen Zeitpunkt wurden die Stühle aber zum eigentlichen Zwecke verwendet. Rebekka, wie auch ihr Sohn und ihre Tochter, die sie beide mit Konstantin hatte und gerade mal sechs und vier Zyklen zählten, saßen auf den Stühlen um den Tisch herum und erwarteten sehnsüchtig ihren Vater und Gemahl zurück, doch vor allen warteten sie auf die Nachspeise.

„Der Strudel sieht köstlich aus." Lobte Rebekka gleich die Speise, als Konstantin aus der Küche mit dem Strudel zurückkam.

Der leuchtende Blick aus ihren braunen Augen machte sie noch schöner, als sie eh schon war. Rebekka war keine anrüchige Schönheit, wie man sie auf Bühnen und an Seitenstraßen bewundern durfte. Ihre Schönheit stammte von ihrer Natürlichkeit. Ihrem freundlichen Lächeln, das einem das Herz erwärmte. Die langen Haare, die mit zwei Wellenunterbrechungen glatt bis zu den Schultern reichten, umrahmten ihr immer noch jung wirkendes Gesicht. Die weiße Bluse und der braune Rock verbargen durch ihren langen Schnitt den wohlgeformten Körper, der sich darunter verbarg, den Konstantin jedoch immer bewunderte. Der Hüne konnte seine Gemahlin nächtelang anschauen ohne auch nur einen Blick von ihr zu nehmen… was ihr meist eine Schamesröte in das Gesicht trieb, wodurch sie noch attraktiver wirkte.

Richard und Roselinde hatten viel von ihrer Mutter geerbt, wenn es um das Äußerliche ging. Die Haare, die Augen und das Lächeln, nur die Sturheit hatten sie von ihm.

„Ich weiß. Du hast ihn ja auch gemacht." Lobte Konstantin die Köchin, die auf Wunsch von ihrem Gatten das Gekochte niemals selbst holen musste. Sie kochte und er servierte und räumte ab. Ein Kuss an die Schläfe der Köchin musste schon ritualmäßig sein, als er das Schneidbrett auf den Tisch ablegte.

Die Kinder jubelten schon, als Rebekka die Portionen vom Strudel mit dem Messer herunter schnitt. Ja, die beiden hätten die drei Sekunden, die Konstantin benötigt hatte, um auf seinem Stuhl Platz zu nehmen, nicht mehr abwarten können. Vielleicht wären sie sogar verhungert… so wie sie sich benahmen. Konstantin musste bei diesen Gedanken schmunzeln.

Als nun alle vier Teller mit einem Stück Strudel belegt waren, kam das, was immer in so einer Situation kommen musste. Es klopfte an der Tür.

Konstantin seufzte das Stück Apfelstrudel auf der Gabel an.

„Lass nur, ich geh schon." Dabei legte Rebekka ihrem Mann die Hand auf die Schulter und drückte ihn sanft auf den Stuhl.

Auch wenn sein Blick auf das Essen gerichtet war, richteten sich die Ohren zu der Tür, die hinter ihm stand.

„Möge Schild eure Pfade beschützen." Begrüßte Rebekka mit der Segnung zum Gruße, wie es sie es immer tat, wenn fremde Gäste an das Haus klopften.

„Und Euer Heym." Erklang die bekannte Stimme mit elfischem Akzent. Konstantin wusste, was nun von ihm verlangt wurde. Er schob bedächtig den Teller mit dem gerade mal einmalig angeschnitten Strudel von sich und erhob sich von seinem Stuhl.

„Was ist Papa?" fragte Roselinde, als sie einen Kuss von Konstantin auf die Wange bekam. Als er dieselbe Geste bei Richard machte, beantwortete ihr Vater die Frage.

„Es war schön, dass ich euch nochmal sehen durfte, danke, aber ich muss wieder los."

Die Ohren vernahmen im Hintergrund noch, wie sich Selfius namentlich vorstellte, wodurch die Gewissheit noch verstärkt wurde, dass Konstantin seine Kinder nicht mehr sehen werden würde.

Konstantin schritt zur Tür und schaute hinab auf Selfius in seinem weißen Ledermantel, an dessen Seite stand Barden der Skalde, den sie für den König von Langen gefangen genommen hatten. Er trug wie immer seinen Schlapphut mit einer hochgesteckten Seite und seine Laute am Rücken. Der grüne Umhang umhüllte seinen Leib.

„Konstantin." Begann Selfius mit der Ausführung, wobei seine Augen sich auf den Hünen richteten, wie auch die seiner Gemahlin. „Es tut mir leyd, es dir zu sagen, aber"

„Das ist alles nur ein Traum." Erleichterten Konstantin die Situation „Ich weiß. Vertraue mir, man vergisst niemals den Tag, an dem man die Leichen seiner Kinder und seiner Frau aus dem Trümmern des eigenen Heimes geborgen hat."

„Es tut mir leyd." Wiederholte sich Selfius. Er wusste wohl sonst nicht, was er sagen sollte.

„Egal, Es war schön sie noch mal hier gesehen zu haben."

„Du kommst also mit?"

„Muss ich ja wohl." Seufzte Konstantin.

„Muss du nicht!" warf Rebekka als Gegenargument ein, dabei stellte sie sich zwischen Selfius und Konstantin. „Du kannst bei uns bleiben. Bei deiner Frau und deinen Kindern." Hoffend und bittend schauten die braunen Augen zu Konstantin hoch.

Mit der großen Pranke, der niemand sowas zugetraut hätte, strich Konstantin zärtlich und sanft über das Gesicht, in das er sich vor dreizehn Zyklen verliebt hatte. Er schaute in die Augen, in denen das Licht von Solaris und am Abend das Kerzenlicht ihr Leuchten reflektierte. Strich, wie er es jeden Morgen sonst tat, über die seidengleichen Haare. Zum Schluss küsste er noch die weichen Lippen, die er am liebsten niemals los lassen wollen würde, bevor er seinen endgültigen Entschluss von sich gab.

„Danke. Ich hatte niemals Gelegenheit mich von meiner Familie zu verabschieden. Leb wohl und danke für die wundervollen Zyklen, die ihr mir beschert habt. Danke." Konstantin schob seine Gemahlin zur Seite und folgte dem Pfad, der sich vor ihm erstreckte.

Der Hüne hörte zwar das Bitten und Flehen, dass er bleiben solle, doch er drehte sich nicht um, nicht mal als das Bitten verklang. Schweigend gingen Selfius und Barden an seiner Seite. Erst als aus dem Trampelpfad ein Steinboden wurde und links sich das Panorama einer angezuckerten Wiesenlandschaft unter dunkelgrauen Wolken erstreckte, wagte Konstantin sich umzudrehen. Seine Gemahlin, seine Kinder, wie auch das Haus waren verschwunden. Es erstreckte sich nur noch ein Korridor, der lediglich eine Wand auf der linken Seite besaß. Rechts erstreckte sich eine Wiesenlandschaft unter graubewölktem Himmel.

„Dann wollen wir Vires finden und dem Spuk hier ein Ende bereiten." Sprach Konstantin tonlos. Es war der erste Satz, den einer von den Dreien von sich gab, seit dem der Hüne seine Familie verlassen hatte.

Die zweite Aussage folgte sogleich, gesprochen von Selfius: „Ja, das machen wir."

Alle drei folgten den Gängen der Burg von Auenacker, in der sie sich befanden. Immer wieder öffneten sie Türen, doch in den Räumlichkeiten erblickten sie nur dasselbe, was sie auch in den Gängen sahen. Menschen, um die schon die Fliegen surrten, weil sie ihre Eier in die Leichen ablegen wollten, oder schlafende Menschen, wie es Konstantin, so vermutete er, selber einer war. Es war ein schneller Entschluss, dass es nichts brächte oder zu viel Zeit verbräuchte, würden sie versuchen jeden Höfling oder Soldat, der schlafend am Boden lag, aus dem Traum zu befreien, wie auch immer es funktionierte. Er könnte ja Barden oder Selfius fragen, doch der Witwer war einfach nicht in Stimmung auf solch ein Gespräch. Sie mussten Vires finden oder zumindest die Person, die für diesen Fluch zuständig war, keiner von den Dreien dachte daran zu fliehen, nicht mal Barden, weshalb auch immer. Konstantin hätte sich unter normalen Umständen gefragt, warum der Skalde nicht floh. Er hatte nichts mit Vires zu tun. Es war sogar für ihn lohnenswerter, wenn er Selfius und ihn verließ und zum Sterben zurücklassen würde, aber er tat es nicht, weshalb? War er in Vires verliebt? Nach nur einer Begegnung? Unwahrscheinlich. Sie sprachen ja gar nicht miteinander, seit dem sie ihn gefangen genommen hatten. Oder war etwas am Lagerfeuer passiert? Und deshalb war er in der Nacht nicht geflohen und war so bereitwillig mit ihnen gekommen, weil er sich in Vires dort verliebt hatte oder entschuldigen wollte… aber dafür in ein Schloss zu gehen, das verhext war? Vielleicht war es etwas weniger Romantisches, als Skalde war man auch ein Geschichtenerzähler und vielleicht faszinierte ihm nur dieses Abenteuer, von dem nur er erzählen konnte? Er wirkte auch sonst sehr entspannt und abenteuerlustig, bot er sich ja auch an, um gegen die Piraten zu kämpfen. All diese Fragen hätten in Konstantins Kopf herum gespukt, doch der Spuk des Schlosses verdrängte diese Gedankenfolgerungen. Konstantin war nur froh, dass er nicht alleine durch die Korridore schlich.

Durch eine Tür schallte Gelächter und Applaus, was an einem Ort, wo entweder alle Bewohner tot oder im Schlaf waren, recht verdächtig schien. Konstantin jonglierte nochmals die Axt in seinen Händen, um einen besseren Griff zu finden, dann nickte er Selfius zu, der eine Hand an seinem Langschwert und die andere an den Türgriff legte. Nur Barden stand etwas abgeschiedener, da er sich weigerte einem der Soldaten sein Schwert wegzunehmen und so weiterhin waffenlos blieb.

Die Tür wurde langsam geöffnet, wodurch eine Frauenstimme deutlicher wurde. Selfius schaute durch den entstandenen Schlitz und huschte nach vorne.

Konstantin nahm den Platz des Elfen ein. Ein Lärm schwallte dem Hünen entgegen, der wirkte als würde drinnen ein Theaterstück vorgeführt. Personen redeten miteinander im lautem Ton, das nicht von einem normalen Gespräch entstammen konnte. Der Hüne konnte durch den Schlitz aber nichts erkennen, außer Selfius, der hinter einer Holzbank sich versteckte. Der Elf lugte kurz über die Lehne hinweg und deutete mit der Hand Konstantin zu, dass dieser reinkommen könne.

Es war unvermeidlich, dass Konstantin die Tür weiter öffnen musste, um durch den Spalt zu kommen, aber auch er kam ungesehen hinter die Bank zu Selfius. Gleich nutzte

Konstantin die Zeit, um sich zu orientieren. An den Relikten und Bänken zu urteilen, die alle zu einem Altar hinschauten, durften sie sich in der Burgkapelle befinden. Weil die Relikte größtenteils aus verzierten Waffen und sonst aus Gebeinen von Personen bestanden, vermutete Konstantin stark, dass es sich, um eine Kapelle des Kriegsgottes Kelmar handelte.

„Warum hat das Theater einen Bildrahmen?" flüsterte Barden an Konstantins Seite. Der Skalde war unaufgefordert dem Hünen gefolgt.

Die Frage bezog sich auf den fokussierten Punkt der Kapelle und dem seltsamsten, was es zu erwähnen galt. Normalerweise befanden sich innerhalb eines Bilderrahmens, wie es der Name auch sagt, ein Bild - Wie auch hier – aber anstatt, dass die Bilder unbeweglich über die hunderten von Zyklen stillstanden, bewegten sich die Bilder, als wäre es ein Theater, doch auf einer zweidimensionalen Fläche, wie halt auf einem Bild, denn von der schrägen Position aus konnte Konstantin erkennen, dass die Wand dahinter nicht durchbrochen war. Was war das für eine Magie?

Bevor der Hüne feststellen konnte, was sich auf dem Bild abspielte, wurde die ganze Fläche schwarz.

„Welch grandiose Vorstellung." Erklang eine weibliche Stimme, die Konstantin, auch wenn er sie nicht sehr oft hörte, doch bekannt vorkam, aber das konnte doch nicht sein?

Gegenüber von dem Bild stand ein gemütlicher Sessel, der gar nicht in die Kapelle dekorativ hineinpasste, von dort aus erhob sich eine schwarzgekleidete zierliche Gestalt. Die Hose, wie auch das Hemd waren aus schwarzem Leder gearbeitet.

„Ich spreche mit euch drei dahinten. Ihr könnt rauskommen. Es bringt nichts sich zu verstecken, denn das Verstecken bringt nur etwas, wenn man einen Überraschungsangriff plant oder man einen belauscht. Das Belauschen ist wenig sinnvoll, da ich alleine bin und nur Verrückte Selbstgespräche führen, stimmt doch? Ja, stimmt, da hast du recht. Gut, danke. Auch der Angriff bringt nichts, weil ich weiß, dass ihr euch hinter der letzten Bank der linken Reihe befindet. Die rechte Seite von eurem Blickwinkel gesehen. Also kommt ihr endlich?"

Konstantin war verwundert darüber, dass sie entdeckt wurden, obwohl die Person ständig nur auf das Bild gestarrt hatte, doch noch verwunderter war Konstantin darüber, wer sie entdeckt hatte. Dort vor dem Altar stand sie, Vires nur ohne das Halstuch, das das verunstaltete Auge verbarg.

„Das ist nicht Vires." Flüsterte Selfius das offensichtliche aus, als sich die Drei hinter der Bank erhoben. Das Trio wusste, dass es sinnlos war sich weiter zu verstecken, aus denen von der falschen Vires formulierten Gründen. Auch Konstantin wusste, dass es sich unmöglich um Vires handeln konnte. Das ganze Benehmen passte nicht zu ihr. Der tänzerische Schritt, die hochnäsige Aussprache und vor allem der herabwürdigende Blick, der Konstantin in den ganzen vier Zyklen niemals in ihrem Gesicht gesehen hatte. Er wusste nicht mal, dass ihr Gesicht überhaupt diese Mimik kannte.

Die falsche Vires begann zu applaudieren, als würden Schauspieler nach Beendigung der Vorstellung noch mal von hinter der Bühne vortreten. „Ich möchte euch gratulieren. Gratulation. Nur wenige schaffen es, dass sie die Vorstellung von alleine beenden können... naja nicht lebend zumindest." Mit diesen Worten schmunzelte die falsche Vires. „Wie ihr es ja gesehen habt, als ihr zu mir gekommen seid."

„Habt Dank." Verbeugte sich Barden demütig.

Weder Konstantin noch Selfius waren derselben Geste zu mute.

„Es hat mich echt bewegt, dass du" dabei deutete die falsche Vires auf Selfius „Dein Leben gegeben hättest, um deine Tochter zu unterstützen." Die flache Hand tätschelte gekünstelt auf Vires Herz „Wirklich herzergreifend. Und als du noch ihr diese Brosche gegeben hast... wirklich, das war... hui... da konnte ich meine rührenden Tränen nicht zurückhalten. Grandios. Fantastisch. Auch die plötzliche Wendung mit Barden, fand ich einfallsreich. Die Stelle, in der du deine Tochter getötet hast, um aus der Traumwelt zu entkommen, da dachte ich mir... Tut er es, tut er es nicht und dann tust du es. Bei Konstantin habe ich mir auch überlegt, ob er der Traumwelt nur entfliehen kann, indem er seine Frau tötet und wenn ja, kann er das, würde er es über das Herz bringen? Aber es wäre doch zu sehr eine Wiederholung, wenn nur der Tod einer geliebten Person einen aus der Traumwelt befreit, oder? Jedoch habe ich eine Frage... Konstantin, hättest du deine Frau, auch wissend, dass sie nur eine Traumgestalt ist, umbringen können?" Erwartungsvoll schaute die falsche Vires auf Konstantin hinüber, denn auch, obwohl sie auf der Stufe des Altars stand immer noch nur gleich hoch war wie der Hüne.

Konstantin dachte nicht mal über die Frage nach, geschweige denn beantwortete sie, stattdessen stellte er selbst die Frage. „Bist du für das hier alles verantwortlich?"

Die falsche Vires riss die Augen schockiert auf. „Nein, wie kommst du denn darauf? Doch nicht etwa, weil ich die einzige Person hier in der Burg bin, die nicht tot oder in einer Traumwelt gefangen ist... ausgenommen von euch versteht sich. Oder weil ich genüsslich mit einer Handvoll Nüsse und einem vornehmlichen Rotwein die Träume in diesem Bild dort hinten angeschaut habe? Natürlich bin ich für das alles hier in der Burg verantwortlich, oh meine Güte." Dabei schlug die falsche Vires die flache Hand theatralisch in ihr Gesicht.

„Ist das hier auch nur eine Traumwelt?" Konstantin stellte weiterhin die Frage. Von Selfius kam keine Reaktion, was er wohl von der Körpersprache der Frau, die sie schon seit so langem kannten, ablesen konnte?

„Nein, das ist real. Das hier ist wirklich der Körper eurer Freundin, den ich in Besitz genommen habe. Ich habe schon gewusst, dass ihr kommen werdet. Ich dachte mir auch ein schönes Szenario aus, wie ihr mich treffen könntet. Ihr Körper würde verhüllt von einem weißen Leinentuch auf einen Opferaltar liegen, während Jünger eines Dämonenkultes... wahrscheinlich mir gewidmet... ihren jungfräulichen Körper mir zu ehren opfern wollen, aber dann ist mir eingefallen, dass sie keine Jungfrau mehr ist, also habe ich es gelassen und die Tatsache, dass sie ja ein Kind eines Dämonen ist und deshalb geopfert würde, kam mir dann doch zu sehr an die Realität nahe… und dann hätte ich ihren Körper übernommen und ihr hättet sie töten müssen, um aus der Traumwelt zu entkommen oder wäret selbst dabei gestorben, weil ihr eurer Freundin kein Leid zufügen wollt. Also dieselbe Situation wie jetzt im echten Leben. Warum sollte ich dafür meine noch beschränkte Kraft verschwenden? Ich habe noch hunderte von Burgbewohner, die ich gefangen halte. Das kostet Energie und ich bin noch nicht lange auf dieser Welt, um meine ganze Kraft entfesseln zu können, außerdem ist dieser Körper auch nur ein begrenztes Gefäß für meine Kräfte, also habt doch etwas Verständnis für mich."

„Also ist Vires in diesem Körper immer noch gefangen" hatte Barden aus dem Wörterschwall heraus verstanden. „Wie auch die anderen Burgbewohner? Nur mit dem Unterschied, dass du den Körper kontrollierst, bis Vires erwacht?"

Die falsche Vires applaudierte respektvoll zu dieser Schlussfolgerung. Konstantin brummte hingegen der Schädel von dem teilweise überheblichen Gelaber.

„Gratuliere. Das habt Ihr richtig verstanden. Und nun, wie soll unser Beisammensein jetzt enden? Ihr müsst nicht unbedingt gegen mich kämpfen. Es wäre auch recht klischeehaft. Wir sind hier um unsere Freundin zu retten! Wobei natürlich so eine Aktion, wenn man nicht weiß, wie man sie rettet, auch dazu führen kann, dass eure Freundin stirbt und zwar durch eure Hand. Ich kann euch versprechen, dass sie nicht sterben wird und in ihrer Traumwelt ihr Glück findet, dass ihr hier bei euch verwehrt blieb, deshalb könnt ihr auch einfach gehen. Ihr habt ja erfolgreich eure Prüfungen bestanden. Gratulation nochmals. Es ist zwar enttäuschend für alle Personen, die ein vollkommen glückliches Ende oder einen epischen Kampf erwarten und die würden ein Buch mit so einem Ende, wohl enttäuschend zuschlagen und den Autor boykottieren, und ein Theater abfackelt, welches so ein Stück spielt… aber für Leute, die ein schockierendes und überraschendes Ende sich wünschen, was nicht der Norm entspricht, wäre dies hier das gelungenste Ende. Also für welches Ende entscheidet ihr euch? Ich habe ja einen Favoriten."

Konstantin brauchte nicht lange zu überlegen und wusste sogleich welches Ende er nehmen musste: „Lass Vires frei und nimm stattdessen mich. Ich habe keine Familie. Selfius hat noch seine Tochter und Vires ist noch jung. Ich hatte schon mein Glück, wenn auch nur kurz. Ich kann zufrieden gehen."

Die falsche Vires musste ordentlich Schlucken, der Klos, der wohl sich durch die Worte von Konstantin in ihrem Hals sich gesammelt hatte, war ein kräftiger Brocken gewesen… oder sie machte sich nur lustig über ihn.

„Welch altruistische und selbstopfernde Äußerung von dir. Verzeihung, ich muss kurz Inne halten." Sie machte sich lustig über Konstantins Vorschlag. „Leider muss ich dich enttäuschen. Dein Ende ist leider keine der Möglichen. Nicht, dass ich es schön finden würde in so einen kräftig gebauten Körper zu stecken, jedoch mindert es meine Kräfte noch mehr. Schlussendlich ist die liebliche Vires eine halbe Dämonin und ihr Körper ist da viel strapazierfähiger als der, eines reinrassigen Menschen. Tut mir Leid. Was wollt ihr jetzt vorschlagen?"

„Können wir uns darüber beraten?" wollte Konstantin etwas Zeit herausschinden.

Die falsche Vires wandte zum Überlegen den Blick kurz zur Seite. Nach einem Seufzen hatte sie sich entschieden: „Also gut. Es fehlt mir zwar dann etwas an der Spontanität für diese Szenario, aber es ist ja der Höhepunkt der Geschichte, da kann man ja auch kurz vor dem Höhepunkt das Tempo rausnehmen und es ist auch eine sehr wichtige Entscheidung und mich würde auch interessieren, wer für welches Ende in dieser Geschichte ist... also besprecht euch. Ich warte." Kurz nach der Aufforderung schob die falsche Vires den Sessel um hundert achtzig Grad und schaute daraufsitzend und erwartungsvoll zu den drei Männern.

Es war zwar schwer, aber Konstantin versuchte seine Stimme so niedrig zu halten, damit die falsche Vires in diesem doch stark hallenden Raum nichts von gesagten Worten mitbekam. „Ich brauch nicht fragen, ob wir Vires von den Dämonen befreien wollen." Dabei schaute er insbesondere Barden an, bei ihm würde er es am ehesten noch erwarten, dass er gehen würde, was wohl der Skalde auch gleich verstand.

„Ich werde bleiben."

„Ich auch." Ergänzte Selfius das Selbstverständliche.

„Gut." Konstantin war erleichtert. „Kannst du sagen, ob sie gelogen hat?"

Selfius schüttelte den Kopf: „Ich konnte keyne Lüge erkennen. Sie wirkte auch zu hochtrabend. Für sie scheynt alles nur eyn Spiel zu seyn. Sogar wenn wir gewinnen, erwartet sie nicht so viel zu verlieren, dass es sie stören würde. Vielleycht glaubt sie auch nur, dass wir niemals eyne Chance hätten, Vires zu retten."

„Verstehe. Habt ihr einen Plan, außer dem Kampf mit ihr. Wir wissen nicht welche Fähigkeiten sie besitzt." Dabei wechselte Konstantin den Blick zwischen Selfius und Barden.

„Neyn."

„Wir können sie nur auf gleiche Art und Weise befreien, wie es ihr zwei geschafft habt. Wir müssen sie dazu bewegen, dass sie sich aus der Traumwelt freiwillig entflieht." Schlug Barden vor. „Aber der Dämon wird es uns nicht leichtmachen. Wir müssten den Körper außer Gefecht setzen, damit jemand von außen in ihren Traum eindringen kann, aber der Körper muss die Möglichkeit besitzen zu sprechen. So war es bei euch beiden ja auch."

„Wer hat dir eygentlich geholfen, um aus deynem Traum zu kommen?" wollte Selfius von Barden wissen. Bisher hatten sie noch nicht Gelegenheit gehabt, um darüber zu sprechen.

„Ich konnte mich selbst befreien, aber ich weiß nicht, ob es Vires es schafft. Der Dämon wird schon einen mächtigen Zauber auf sie gewirkt habe, denn er braucht diesen Körper mehr, als alle anderen Träumer, die ihm wohl mehr zur Unterhaltung dienen."

„Also bleibt uns nichts anderes als der Kampf." Stellte Konstantin niedergeschlagen fest. „Und wir müssen sie schwächen, um in den Traum von Vires zu dringen?"

Konstantins Äußerung war mehr Frage als Vorschlag, da er immer noch nicht wusste, wie man in den Traum einer Person kommen konnte.

„Es ist das sinnvollste." Nickte Barden zustimmend.

Ohne der wartenden falschen Vires die Zeit zu geben, sich vorzubereiten, stürmte Konstantin auf sie zu. Auch wenn er nicht vorhatte mit der Axt den Körper seiner Freundin zu verletzten, hob er die Klinge zum Schlag bereit.

Das dämonische und menschliche Auge rissen sich überrascht in die Höhe, als sie den Angriff bemerkten. Die falsche Vires hüpfte gleich auf die Sitzfläche, um aus der hockenden Position über die Lehne sich zu katapultieren. Mit einem Salto landete der Dämon mit seinem gestohlenen Frauenkörper auf dem Altar.

Bei dem Sessel hatte Konstantin weniger Gewissensbisse. Die Axt machte kurzen Prozess mit dem Sessel, den man nur noch als Brennholz verwenden konnte.

„Dann habt ihr euch wohl entschieden." Stellte die falsche Vires fest. „Möge der Endkampf, der über das Schicksal eurer Freundin und der anderen Burgbewohner entscheidet, beginnen." Mit diesen Worten zog die falsche Vires in dramaturgischer Bewegung ihr mit trockenem Blut beschmutztes Kurzschwert aus dem Gurt.

Surrend flog ein Pfeil zur falschen Vires, dem der Dämon dank dem beweglichen Körper gekonnt auswich. Selfius hatte auch nicht wirklich auf den Körper gezielt gehabt, sonst hätte er getroffen. Der Fernschuss diente Konstantin mehr als Hilfe, indem er den Dämon ablenkte. Noch in der Bewegung, um wieder einen festen Stand zu bekommen, griff Konstantin erneut an. Die Axt hob er zu Verteidigung in die Höhe. Er rechnete mit allem. Schlussendlich wusste der erfahrene Soldat nicht, was für Finten und Abwehrstrategien der Dämon beherrschte. Umso verwunderte war Konstantin, dass die falsche Vires nur ihr Kurzschwert zur Verteidigung dem Hünen entgegen hielte.

Vor vier Zyklen war der Kampf gegen die echte Vires eine echte Herausforderung gewesen. Er kämpfte gegen eine Frau, die wusste, wo ihre Stärken und Schwächen lagen und welche ihr Gegner besaß. Konstantin konnte zwar das Duell damals gewinnen, aber nicht ohne ein paar Schnittwunden abbekommen zu haben, denn Vires war agil und wendig und nutzte die schwerfällige Axt zu ihren Gunsten, wusste sie doch, dass ein Treffer den Tod für sie bedeutet hätte.

Die Person, die nun vor Konstantin stand, sah zwar aus wie die Attentäterin von damals, aber wusste gar nicht, wie sie mit ihren Fähigkeiten umzugehen hatte, um einen Kampf zu gewinnen. Es war so als kämpfte sie zum ersten Mal. So war es für Konstantin ein Leichtes, den Schwertarm von der falschen Vires zu packen und die Frau gegen den Boden zu drücken.

Die falsche Vires wandte sich im Griff des Hünen, wie ein Fisch am Land, doch Vires Körper hatte nicht die Muskelkraft, um sich aus so einem starken Griff zu lösen.

„Und was nun?" giftete die falsche Vires die Frage Konstantin entgegen.

„Wir werden Vires dazu bringen, dass sie wieder ihren Körper übernimmt." Sprach Selfius hinter Konstantin gelassen.

„Oh, dahin entwickelt sich also das große Finale. Gut. Ich war sowieso nie der große Kämpfer, der mit Gewalt alles lösen will." Dabei lächelte die falsche Vires, als hätte sie gerade den Kampf gewonnen. „Dann auf zum nächsten Akt." Das Lachen, was darauf folgte, hinterließ bei Konstantin eine Gänsehaut. Hatten sie wirklich die richtige Lösung gewählt oder gab es immer nur diesen Weg und der Dämon wusste das? Die falsche Vires wirkte zu siegessicher, als das es nur vom Hochmut kam. Sie wusste etwas, dass ihm noch verborgen blieb. Vielleicht mussten sie wirklich noch Vires töten, wenn es keine andere Alternative gab.

„Ein Hoch auf unseren Erfolg!!!" jubelte Konstantin und prostete mit seinem Krug voll Bier in die Runde. Als Antwort erntete der Hüne das Doppelte vom Verlangten „Hoch, hoch" Natürlich mit den obligatorisch erhobenen Krügen.

Der Erfolg, der Konstantin so euphorisch werden ließ, war nicht das Bezwingen eines bösen Feindes auf dem Schlachtfeld oder das Retten einer Jungfrau oder gar die Suche nach einem Schatz, den sie fanden... nein, wahrlich nicht... Es war die Vollendung eines Hauses, das vor kurzen ein Fraß des Feuers geworden war. Es waren nicht nur Konstantin, Selfius und Vires, die das Gebäude von Ruß und Schutt befreit hatten und nun in neuer Pracht erstrahlen ließ. Es halfen alle Bewohner des Dorfes mit. Es war eine richtige Entscheidung, die Zeit des Reisens aufzugeben und sesshaft zu werden, nach all dem, was in Langen sich zugetragen hatte.

Wie es nicht anders zu erwarten war, wurde Konstantin gleich mit offenen Armen empfangen. So ein Muskelberg wurde schnell mit Arbeit überladen, die er auch immer mit seiner Freundlichkeit annahm und zu aller Zufriedenheit beendete. Man brauchte keinen Hellseher, um zu erahnen, dass die Arbeiten des Witwers nicht nur von den Kunden gern gesehen worden waren... vor allem die im Freien mit nacktem Oberkörper – leider war kein Tag so heiß, dass auch der Unterkörper entblößt werden musste -. Schnell kamen die Heiratswilligen oder denen es in den Nächten einfach zu einsam war, zu Vires und wollten zuerst wissen, ob die weibliche Weggefährtin auch Lebensgefährtin von dem kräftigen Hünen war. Vires ging die Fragestellerei komplett auf die Nerven und wollte mit den rolligen Dirnen des Dorfes nichts zu tun haben und vermied den Kontakt mit jenen, vor allem als sie auch noch Interesse an Selfius fanden und seiner exotischen Herkunft.

Vires nervte diese oberflächliche Art der Frauen, wie sie es schon immer getan hatte. Auch die verlogene Freundlichkeit störte Vires. Sie wollten etwas von ihr, da mussten sie nicht tun, als hätten sie freundschaftliches Interesse, sondern sollte gleich auf den Punkt kommen. Um die ganze Falschheit ein Ende zu setzen, sagte sie gleich am Anfang, dass sie und Konstantin, wie auch Selfius, kein Paar waren. Seltsamerweise hörten die Einladungen der Dorfbewohnerinnen nicht auf. Anfangs reagierte Vires immer mit einem

Augenrollen, als die Einladungen ausgesprochen wurden... natürlich nur innerlich, sie wollte ja auch nicht als Zicke angesehen werden. Sie hatte damit gerechnet, dass nur getratscht und gelästert würde, vor allem über die Personen, die nicht eingeladen wurden... was auch geschah, aber nicht ausschließlich. Sogar nur ein kleiner Teil der Abende machte die Lästerei aus. Es wurde an manchen Abenden gelesen, danach wurde über die Ereignisse im Buch diskutiert und philosophiert, doch vor allem gelacht. Gelacht wurde auch beim Stricken. Vires war zwar begabt darin mit zwei Dolchen zu kämpfen, aber der Umgang mit zwei Nadeln stellte sich als ungleich schwieriger heraus. Schnell wollte sie von der Schmach verschwinden, doch als die Dorfbewohnerinnen merkte wie sehr das Lachen sie verletzte, hörten sie auf und hatten ihr geduldig beigebracht, wie man strikt, häkelt und näht. Mit derselben Geduld, wie sie Vires das Schneiderhandwerk lehrten, kamen sie mit den Eigenarten der jungen Frau zurecht. Sie verstanden, dass Vires eine schlechte Vergangenheit hatte, und sie Zeit bräuchte, um Menschen zu vertrauen. Die Zeit gaben sie ihr. Es kamen Vires sogar die Tränen, doch nicht die des Schmerzes, sondern der Rührung, als die Bewohnerinnen eine Strohpuppe zusammen bauten, die Vermon verwechselnd ähnlich sah. Die Frauen hatten ihr zugehört, als Vires ihn beschrieb. Die Strohpuppe wurde gefoltert und ausgeschlachtet, bevor man sie verbrannte. Die Männer des Dorfes hatten sie scherzhaft „Schlächter des Strohes" genannt. Sie hatte endlich ein Zuhause gefunden, obwohl sie nicht mal wusste, dass sie eines gesucht hatte. Vires war in der Gemeinschaft akzeptiert, so wie sie war. Sogar beim Hauswiederaufbau, obwohl sie nicht sonderlich mitgeholfen hatte. Konstantin hatte fast im Alleingang den halben Wald entforstet. Vires hatte lediglich Speis und Trank serviert, bei dem sie mit gekocht hatte... und die Arbeiter behandelten den Neuankömmling, als wäre er Teil ihrer Gesellschaft.

„Euer Kleid steht Euch prächtig." riss ein Kompliment Vires aus den Gedanken. Auch wenn sie nicht damit rechnete, dass das Kompliment an sie gerichtete war, erhob Vires dennoch ihren Blick, um das prächtige Kleid zu sehen. Die Augen erblickten kein Kleid, sondern nur Marius der Sohn des ansässigen Tischlers, der direkt vor ihr stand. Marius zählte dieselben Zyklen wie Vires, dennoch wirkte er jünger. Vires konnte nicht sagen, was den Mann um die Zyklen jünger machte. Am Körperbau lag es nicht. Er war ein stämmiger Bursche – nicht so wie Konstantin – aber ein paar Muskeln pressten auch gegen das rot-grün karierte Baumwollhemd. Die Jugendlichkeit musste am Gesicht und der Mimik liegen. Der offene Blick der braunen Augen, die an Haselnüssen erinnerten, wurde unterstrichen von rundlichen Backen. Die braunen gelockten Haare, die sonst als Pferdeschwanz zusammengebunden waren, um während der Arbeit nicht im Weg herumzufliegen, umrahmten geöffnet das runde Gesicht.

„Hast du mit mir gesprochen?" Vires konnte ihre Überraschung nicht verbergen. Sie hatte bis zu diesem Zeitpunkt noch nie mit dem Tischlersohn auch nur ein Wort gesprochen. Über ihn schon mehr, in den Abenden. Alle Frauen waren überrascht, dass der junge Mann noch kein Weib an seiner Seite besaß. Galt doch der Tischlersohn als guter Fang. Er war zwar nicht so muskulös wie Konstantin und hatte nicht das elegante Auftreten von Selfius, aber er galt als ehrliche Haut, der niemals jemanden belügen und betrügen würde, dazu würde er auch noch in die Fußstapfen seines Vaters treten, weshalb sogar seine Zukunft gefestigt wäre, wie auch die seiner Zukünftigen.

„Ja, ich hoffe, dass ich Euch nicht störe. Mein Name ist Marius Tischler, Sohn von Martin." Mit den vorstellenden Worten verbeugte sich Marius vor der sitzenden Vires.

„Und ich bin Vires."

„Ich weiß. Ich habe schon von Euch und Euren Freunden gehört." Marius wandte kurz seine braunen Augen zur Seite ab, als ob er dort seinen Text finden würde, wie ein Schauspieler, der in den Requisiten seine Zeilen unterbrachte. „Dürfte... dürfte ich..." stammelte Marius. Wahrscheinlich lag es am tröpfelnden Redefluss, dass er noch keine Frau für sich gewinnen konnte, vermutete Vires. „Ihr habt wirklich ein schönes Kleid." Kam es wie herausgeschossen. Es durfte wohl nicht die Ergänzung vom Gestotterten gewesen sein, sondern mehr ein Themenwechsel.

„Danke." Vires fühlte etwas stolz bezüglich des Kompliments. Als würde das blaue Mieder samt weißem Faltenrock noch mehr in Geltung geraten, strichen die Hände unbewusst über den Baumwollstoff.

„Habt Ihr das Kleid selbst geschneidert?"

„Nicht ganz. Rosmarie und Josefine haben mir dabei geholfen."

Wieder suchte Marius seinen Text. Er war es wirklich nicht gewohnt mit Frauen zu reden. Vires wusste selbst auch nicht, wie sie ihm helfen konnte, da sie ja nicht wusste, was er eigentlich reden wollte, weil das Kleid - so stolz Vires darauf war, dass sie es mit eigenen Händen geschaffen hatte – war dennoch recht schlicht, verglichen mit den Kleidern der anderen Frauen. So hatte es eigentlich nicht so sehr die Bedeutung, dass man unbedingt darüber reden musste.

„Ähm..." begann Marius einen weiteren Versuch auf ein bestimmtes Thema zu kommen, das Vires geduldig abwartete. Sie hatte eh nichts Besonderes vor. „Dürfte ich... Vorausgesetzt Ihr wollt... und natürlich nur wenn Ihr Zeit habt... Ihr müsst natürlich nicht. Ihr könnt auch Nein sagen. Also..." Marius atmete nochmal tief durch. Gelassen wartete hingegen Vires ab, wie wohl das Ende des Gestotters sein würde, was wohl die Nervosität im jungen Mann noch mehr intensivierte, aber Vires war selbst auch keine große Redenschwingerin, weshalb sie auch nicht wusste, was sie nun sagen müsste, um die Zunge zu lockern.

„Wollt Ihr mit mir tanzen?" Schweißperlen, als hätte der Satz einen Kampf durch den ganzen Körper bestreiten müssen, um über die Lippen zu kommen, schimmerten auf der Stirn.

Vires fühlte wie ihr Mund sich sogleich öffnete, um eine Antwort zu geben, doch die Akustik blieb aus. Was Marius gleich so interpretierte. „Wenn Ihr nicht wollt, dann... dann ist es nicht schlimm. Es war nur ein Vorschlag."

„Das ist es nicht." Warf Vires gleich ein, bevor Marius noch auf seine Zunge biss. „Ich kann nicht tanzen." Begründete schmallippig Vires ihr Zögern.

„Oh... oh, verzeiht, dass wusste ich nicht. Es tut mir leid." Wieder tanzten die braunen Augen umher, als suchten sie die nächsten Zeilen in diesem Gespräch.

Der Tischlersohn tat Vires etwas Leid, vor allem, weil sie gelogen hatte. Etwas gelogen. Sie konnte nicht einfach zu sehen, wie der junge Mann sich wie eine Schlange herumwandte, um aus dem Gespräch heraus zu lavieren. „Es ist nicht ganz richtig." Gestand Vires ein, wobei das Lavieren zu Ende ging.

„Wie meint Ihr das?"

„Also, ich habe bisher wirklich nie getanzt, jedoch als Rosmarie das hörte, brachte sie mir ein paar Schritte bei, aber ich weiß nicht, ob es ausreicht, um auf einen Fest zu tanzen."

„Würdet Ihr mir die Freude schenken und mit mir tanzen? Wir gehen auch mehr zum Rand, um die anderen nicht niederzuspringen. Ich gebe nämlich auch zu, dass ich kein guter Tänzer bin." Mit diesen Worten lächelte Marius strahlend über die Lippen.

Vires war es schon peinlich. Sie war zwar offener, als noch zur Zeit als sie... aber sie trat weiter ungern in die Öffentlichkeit und liebte es weiterhin etwas abseits zu sein, um - falls es ihr zu viel Trubel wurde – gleich verschwinden zu können. Da waren aber die hoffnungsvollen Augen, die Vires anstarrten, denen sie nicht wehtun wollte. Sie würde ja bei einem Tanz nur auf seine Füße treten und nicht in die Augen. „Also gut, aber ich habe dich gewarnt." Gab Vires nach und reichte dem Tischlersohn ihre Hand, die er sogleich ergriff und auf das Parkett führte... am Rande des Tanzparketts, wie versprochen.

Obwohl die beiden zum Rand des Wirtshauses gingen, fühlte Vires die dutzenden von Augen auf ihrem Körper. Sie senkte den Blick, um jeglichen Augenkontakt zu vermeiden. Die Hoffnung, so dem Gehirn zu vermittelt, dass niemand sie anschaute, starb schneller als das sie ihren Platz erreicht hatten.

Die Musikgruppe spielte auf einer kleinen Bühne eine schwingende Melodie. Vires kannte sich zu wenig mit Musik aus, um zu erkennen, in welcher Tonlage sie spielten oder was für ein Musikstil darin lag. Die junge Frau war genug damit beschäftig auf den Boden zu schauen, um nicht die Füße ihres Tanzpartners zu zertreten. Vires wusste aus der Zeit als Attentäterin, wie gefährlich Absätze von Schuhen sein konnten. Mit der Hand an ihrer Taille und der anderen fest um Vires Hand umschlossen, fühlte es sich an, als würde Marius die junge Frau tragen. Was die Arme auch tun würden, sofern die Füße endlich Erfolg hatten und den aus dem Rhythmus gebrachten Körper zu Sturz brächten.

„Wie kommt es, dass Ihr noch nie getanzt habt?" fragte Marius heraus, wobei gleich ein schmerzverzehrtes Gesicht folgte, weil Vires aus Unkonzentriertheit ihm auf den Fuß trat. Sie war einfach zu überrascht von der plötzlich gestellten Frage.

„Es... es" jetzt fing sie an zu stammeln. Vires hatte nicht mal in den Damenrunden von ihrem früheren Leben erzählt. Es gab da nur ein paar Einblicke, wie die Sache mit Vermon, aber da hat sie nie erwähnt, dass sie in einer Attentätergilde gearbeitet hatte. „Ich war zu selten auf Bälle... und wenn dann habe ich gearbeitet."

„Ihr habt als Kellnerin gearbeitet?"

„Ja, manchmal." Vires wollte nicht zu viel verraten. Die Vergangenheit ist vergangen und hatte nichts mehr mit der Gegenwart und Zukunft zu tun. Nicht erst seit der Verbrennung von Strohvermon, sondern seit der Absolution in Langen. Sie konnte endlich ein neues Leben beginnen und das Alte hinter sich lassen.

„Und es kam in Euch nie die Freude auf, um mitzutanzen?"

„Nein, nie."

„Dann kann ich mich glücklich schätzen, dass Ihr zu meiner Frage Ja geantwortet habt."

„Wie meinst du das?"

„Es gab bestimmt viele Männer, die Euch bei den Bällen aufgefordert haben, denen Ihr aber einen Korb gabt."

„Ich wurde nie aufgefordert." Jedenfalls nicht zum Tanz. Vires unterdrückte den angewiderten Gesichtsausdruck, als sie an die Lüstlinge dachte, die sie begrabschen wollten.

„Die Männer mussten blind gewesen sein oder Eure Schönheit hat sie abgeschreckt und sie trauten sich nicht an Euch heran."

„Können wir das Thema wechseln? Ich möchte nicht darüber reden. Das Vergangene ist vergangen und dort soll es auch sein."

„Natürlich. Es tut mir Leid, falls ich in einer Wunde herumgerührt habe. Ich wollte das nicht."

„Ist schon gut." Beruhigte Vires ihren Tanzpartner. „Außerdem muss ich mich auf die Schritte konzentrieren. Ich möchte nicht, dass noch mehr Blut in deine Schuhe rinnt."

Marius schmunzelte. „Das macht nichts. Der Blick in Eure Augen mildert den Schmerz."

Es gab keinen Spiegel in der Nähe, aber Vires fühlte es wie Blut ihr Gesicht erröten ließ. Ganz zum Widerklang der Worte, senkte sich der Blick und die Lider legten sich über die Augen.

„Gefällt es Euch eigentlich hier?" eröffnete Marius ein neues Gesprächsthema, das nichts mit der Vergangenheit zu tun hatte.

„Ja, es ist wunderbar. Die Menschen sind freundlich und hilfsbereit... es... ist wirklich schön."

„Also werdet Ihr hier bleiben?"

Vires schaute wieder zu Marius hoch. Die junge Frau wusste nicht den Blick einzuschätzen. Er schaute sie mit großen Augen an. Wenn Selfius an ihrer Seite wäre, könnte er ihr gleich sagen, was diese Mimik bedeutete, aber so konnte Vires nur ehrlich antworten. „Ja, ich würde gerne mein Leben hier verbringen."

„Das ist schön." Dabei strahlte Marius von einem Ohr bis zum anderen, warum auch immer. Vires hatte ja kein Kompliment gemacht.

Es herrschte wieder etwas Schweigen und Vires konnte sich wieder darauf konzentrieren, dass sie ihrem Tanzpartner nicht noch mehr offene Wunden zufügen würde.

Dieses Lied. Vires hielt kurz in ihren Bewegungen inne.

„Verzeihung, bin ich Euch nun auf den Fuß getreten?"

„Wie? Nein, nein. Dieses Lied, das jetzt gespielt wird. Ich kenne es."

Die braunen Augen des Tischlersohns pendelten zwischen Vires und gen Bühne hin und her. „Das kommt auf Feiern öfters vor."

„Ja, aber. Ich kenne kaum Lieder vor allem nicht die Titel, weil ich mich nicht dafür interessiere, aber das hier kenne ich. Es heißt Schattentanz."

„Wo habt Ihr dieses Lied schon mal gehört?"

„Es war, als wir einen Musiker nach Langen brachten."

„Wenn Ihr es wünscht, kann ich die Musiker bitten, dass sie ein anderes Lied spielen sollen, wenn es unangenehme Erinnerungen hervorruft."

„Das ist es nicht."

„Was stimmt dann mit dem Lied nicht?"

„Er hat es damals komponiert, während wir in einer Nacht am Lagerfeuer saßen. Woher kennen die Musiker das Lied?" Bevor Vires eine Antwort von Marius erhielt, schaute sie schon hoch zur Bühne und traute ihren Augen nicht. In Mitten der Musiker saß eine Person, die dort nicht sitzen konnte. Der Schlapphut mit der hochgesteckten linken Randseite beschattete zwar ein wenig das Gesicht, aber die Kerzen nutzten all ihrer Leuchtkraft um das schmale Gesicht mit dem Dreitagebart zu erhellen. Der grüne Umhang ummandelte den sitzenden Mann, doch gab ihm genügend Freiraum, sodass die filigranen Finger geschickt über die Lautensaiten zupfen konnten.

„Entschuldigst du mich kurz?"

„Natürlich." Marius ließ seine Hände von Vires, sodass sie zur Bühne gehen konnte.

Das konnte nicht sein. Wie konnte Barden hier sein? Das geht doch nicht. All diese Fragen durchzogen ihre Kreise in Vires Kopf, als sie näher zur Bühne schritt und der tanzenden Gesellschaft auswich.

Als Vires nur mehr wenige Meter von der Bühne entfernt war, hörte Barden zu spielen auf und schaute mit direktem Blick zu Vires hinab. Das Gesicht war starr. Die junge Frau konnte nicht mal ansatzweise erkennen, was in dem Musiker vorging. Normalerweise müsste er Zorn empfinden, doch Vires erkannte nichts in der Mimik. Die anderen Musiker spielten einfach weiter, als hätte Barden nicht aufgehört zu spielen.

„Guten Abend." Begrüßte Barden sie mit gleichgültigem Tonfall.

„Guten Abend." Wiederholte Vires die Begrüßungsfloskel mit einem Zusatz. „Du… lebst?"

Barden riss überrascht seine Augen auf, als hätte er eine ihm unbekannte Neuigkeit erhalten. „Ich bin tot?"

„Ja…? Als wir dich zum König gebracht haben, hat er dein Todesurteil verstreckt. Wie bist du entkommen?"

Barden schien nicht gewillt, um die Frage zu beantworten, stattdessen zog er eine verwunderte Grimasse. „Selfius Wunsch war es seine Tochter noch einmal zu sehen und ihr sein Familienerbstück zu geben. Konstantin wollte noch einmal seine Familie wiedersehen... und du wünschtest dir, dass ich tot bin? Jetzt fühle ich mich gekränkt. Soll ich dich jetzt wirklich noch retten, wenn du mich lieber tot als lebendig sehen willst?"

Vires war von den Worten des Musikers verwirrt, um diese Verwirrtheit auch verbal zu verdeutlichen sprach die junge Frau das Wort „Was?" aus.

„Obwohl, wenn ich dir in deine beiden Augen sehe und dein etwas längeres Haar – übrigens schicke Frisur - , jetzt weiß ich, welche Sehnsucht dir erfüllt wurde, aber musstest du mich dennoch sterben lassen? Das kann man ja wirklich persönlich nehmen... aber ich bin kein nachtragender Mensch." Barden erhob sich von seinem Stuhl und schulterte seine Laute.

Da Vires Verwirrtheit immer noch nicht entwirrt worden war, war es immer noch angemessen die Frage, wie die vorige, zu stellen. „Was? Was redest du da?"

Barden deutete einladend zur Seite, dort wo die Tür stand und hinter dessen Glas die Terrasse samt Waldpanorama sich andeutete. „Lass es mir dir erklären. Kommst du mit?"

„Ja." Vires folgte Barden zur Türe hinaus, wobei der Musiker edelmännisch ihr die Tür aufhielt. Normalerweise hätte sie bei so einer Geste die Augen gerollt, aber Vires war zu sehr abgelenkt, von dem was sie bald erfahren würde, um auf solche Nichtigkeiten acht zu geben.

„Herrlich." Gab Barden von sich, als er tief die frische Abendluft in sich einsaugte und hinaus auf den Laubwald schaute.

„Also, was soll dein ganzes Gerede?" Vires genoss weniger das Ambiente. Die Neugier war einfach größer.

Barden drehte sich um und schaute mit ernstem Gesicht auf Vires. „Kannst du mir sagen, was passierte, als du das Lager verlassen hast?"

„Das weißt du doch, das habe ich euch vor vielen Lunazyklen erzählt, als ihr mich wiedergefunden habt. Ich ging nach Auenacker und dort verwendete die blonde Heilerin den Kristall der Menschen, um" Rein der Gedanke ließ die linke Hand nach oben fahren, als könnte rein schon die Erwähnung das Auge zurück bringen „mich davon zu heilen."

„Verstehe."

„Danach brachten wir dich nach Langen, wo du"

„Ich weiß, zum Tode verurteilt worden bin." Winkte Barden lässig ab.

„Also, wie bist du entkommen? Und was willst du von uns? Rache? Weil wir dich ausgeliefert haben. Vergiss nicht, du hast die Prinzessin in Gefahr gebracht. Du bist selbst die Schuld."

Barden verzog keine Mimik bei der Anschuldigung. In Vires pochte das Herz. Sie hatte Angst. Es war schon lange her, dass sie Angst empfunden hatte. Durch diese Sicherheit und Geborgenheit, die das Dorf Vires jeden Tag schenkte, hatte sich die ehemalige Attentäterin die Angewohnheit abgelegt, immer mit ihren zwei Dolchen unter Menschen zu gehen. Nun bereute sie es. Sie war Barden hoffnungslos ausgeliefert. Der Kampf am Lagerfeuer hatte gezeigt, wie geschickt der Musiker war und wie unterlegen Vires.

„Wie soll ich es sagen?" überlegte Barden und strich sich das Kinn.

„Was sagen?“

„Dass wir noch in der Burg von Auenacker sind, wie kann ich es dir am besten erklären?“

„Wie meinst du das?“

„Was genau ist vorgefallen, als du die Burg von Auenacker betreten hast?“

„Es“ Vires musste kurz nachdenken. Es war schon lange her und sie wollte niemals mehr einen Gedanken an diesen Ort verschwenden. Vergangenes ist vergangen. „Ich bin in die Burg eingedrungen, weil mich die Heilerin in meinem Traum gerufen hat, dass ich ihr den letzten Splitter bringen sollte.“

„Das machte dich nicht stutzig?“

„Sie hat mir versprochen, dass ich…! Dass ich es endlich loswerden kann. Ich wollte… Ich wollte die Blicke nicht mehr sehen. So wie deinen. Ich wollte endlich ein normaler Mensch sein. Ich“

„Sprich weiter.“ Barden ließ keine Emotion ans Äußere seines Körpers dringen. „Was geschah danach.“

Vires hatte mehr Probleme ihre Gefühle im Zaum zu halten, als gedacht. Sie hatte gemeint, dass über die Lunazyklen hinweg auch die Sorgen und Ängste vergangen waren, aber mit dem Auftreten des Musikers sind sie alle wieder zurück gekommen. Die Gefühle hatten sich nur irgendwo in Vires versteckt und hatten nur auf eine Gelegenheit gewartet, um wieder herauszubrechen.

Die Hände ballten sich zu Fäusten und Vires atmete tief ein und aus, um Kontrolle wieder zu finden. „Ich ging in den Kerker und befreite die Heilerin, dann brachte sie mich zu den anderen Splittern, wo wir sie verschmolzen haben.“

„Was geschah dann?“

„Der Kristall flog hoch zu einem Gemälde, durch das dann ein schwarzer Nebel drang und in die Heilerin hineinfuhr. Danach hatte sie die Kraft, um mich zu heilen.“

„Der Schluss entspricht nicht der Realität.“

„Wie meinst du das?“

„Der Dämon oder wie in deiner Fassung der Nebel ist nicht in die Heilerin hineingefahren, sondern in dich. Das hier“ Barden breitete dabei seine Arme aus „Ist nur eine Illusion. Erschafft von dem Dämon, um dich darin gefangen zu halten, damit er deinen Körper benutzen kann, um im Diesseits zu existieren.“

Vires versuchte im Blick von Barden irgendwelche Züge von Falschheit oder einer Lüge zu erkennen, aber die zusammengezogenen Brauen über dem starren Blick, der mit aller Kraft versuchte seine Worte in Vires Verstand noch nachzudrücken, ließ nichts davon erkennen.

Vires konnte nicht länger in diese Augen schauen und wandte den Blick hinein zu den feiernden Personen. Zu Konstantin und Selfius, die die Anbaggerungsversuche der Frauen freundlich entgegen nahmen. Das soll alles nicht echt sein? „Hast du irgendwelche Beweise?“

„Ja, deine Stimme. Du weißt es selbst." Vires schaute nicht zurück, sondern weiter auf die Feiernden. „Wenn jemand so eine abstrusen Behauptung entgegen geworfen bekommt, dann liegt mehr Zynismus in ihr, so wie am Lagerfeuer, als ich dir sagte, dass ich dir helfen könnte. Doch diesmal war der Klang kraftlos. Mehr eine Hoffnung, dass ich keine Beweise habe und du in dieser Scheinwelt bleiben kannst."

Weiß sie es wirklich? Weiß sie, dass das alles nicht real war?

„Lief nicht alles perfekt?" Redete Barden weiter, weil Vires nichts erwiderte „Zu perfekt. Du wurdest dein Auge los, dann kamt ihr in dieses Dorf und wurdet gleich als Teil ihrer Gemeinschaft angenommen. Du hast es doch damals selbst gesagt, dass es auf der Welt nichts Gutes gibt, sondern nur kleinere Übel. Wenn man nur einmal glaubt, dass etwas Gutes einem widerfährt, stellt es sich doch nur als noch größeres Übel heraus. Also, warum sollte es hier anders sein."

Konstantin und Selfius schienen vor Vires zu verschwimmen, doch lag es nicht an der angeblichen Scheinwelt, die sich langsam auflöste, sondern an der Flüssigkeit, die sich in den Augen ansammelte. Sie wusste es. Ja, es war zu schön, um wahr zu sein. Wie konnte sie nur so naiv sein und meinen, dass jemand kommen würde und sie von all ihren Sorgen befreien würde und alles sich zum Guten endet, nach dem ganzen Leid, das ihr widerfahren war. Die Hände krallten sich in den weißen Rock. In ihr herrschte Wut und Verzweiflung, doch wusste sie selbst noch nicht auf was sie wütend sein sollte, auf sich, auf den Dämon oder auf ihn, der Mann, der sie aus der Illusion gerissen hatte.

„Kommst du mit? Konstantin und Selfius erwarten dich."

Vires drehte sich herum und schaute Barden direkt an, so gut es halt ging, wenn Tränen den Blick verschwimmen ließen. „Wo sind sie?"

„Sie warten in der Realität an deinem Körper. Sie haben den Dämon überwältigt und warten bis du ihn aus dem Körper vertreibst, um ihn wieder zurück zu schicken. Sie wären auch gekommen, aber der Dämon wollte, dass ich zu dir komme und nicht einer von ihnen."

„Und wie soll das gehen, das Zurückschicken?"

„Dämonen können nicht im Diesseits existieren, jedenfalls nicht körperlich, außer, wenn man das Dämonentor mit allen sechzehn Kristallen der Macht öffnet. Wobei ich überrascht bin, dass sogar ein Kristall reicht, um ein kleines Tor zu öffnen. Also, wenn man den Kristall vom Gemälde entfernt, gibt es keine Verbindung mehr und der Dämon muss zurückkehren."

„Gut, dann beantworte mir noch eine Frage. Warum sollte ich zurückkehren?"

Wenn Barden von Vires Aussage überrascht oder überwältigt wurde, dann zeigte er es nicht. Er stand wie eine Straßenlaterne da, ohne jegliche Regung, und schaute nur Vires in die Augen. Die Reaktionen kamen von anderswo, hinter Vires.

„Ha, damit hast du nicht gerechnet." Ertönte die Stimme des Bürgermeisters hinter Vires. Er – wie auch alle anderen Personen von der Feier, inklusive Konstantin und Selfius - stand in vorderster Reihe auf der Türschwelle nach draußen. „Ich dachte schon, dass ich eingreifen müsste, als du verraten hast, wie man mich besiegt, aber scheinbar will wohl deine Jungfrau nicht gerettet werden, stolzer Ritter. Also was machst du jetzt?"

Vires ignorierte die Anspielung, dass sie als Jungfrau in Nöten vorstellte, so wie auch Barden den Bürgermeister ignorierte. „Dürfte ich erfahren, warum du bleiben willst, damit ich es Konstantin und Selfius sagen kann?"

„Soll das, ein Scherz sein?" Vires verstand Bardens Frage wirklich nicht. War sie wirklich ernst gemeint? War es nicht offensichtlich? „Nenn mir nur einen Grund, weshalb ich zurück gehen soll?"

„Konstantin und Selfius, deine Freunde." Gab es von Barden, ohne dass er lange nachdachte.

„Sie sind doch dort." Dabei deutete Vires lässig nach hinten zur Versammlung.

„Du weißt, dass es nicht die echten sind."

„Sie sind echt genug."

„Und das soll ich ihnen dann sagen? Vires möchte nicht mehr zu euch, weil sie Ersatz für euch gefunden hat? Die würden mich umbringen."

„Natürlich nicht!" Vires war sauer, doch fand sie schnell ihre Fassung wieder. „Sie sind doch viel glücklicher, wenn ich nicht bei ihnen bin. Wer bin ich schon? Konstantin und Selfius kommen gut ohne mich zurecht. Sie brauchen mich nicht. Ich bin weder humorvoll, noch sehr gesprächig. Ich bin doch für sie nur eine Last. Konstantin hat mich doch nur aus Mitleid verschont, weil er ein gutes Herz hat. Er ist ein wundervoller Mann, wie auch Selfius. Sie haben eine bessere Begleiterin verdient."

Vires konnte nicht verhindern, dass die Tränen aus den Augen mehrere Bahnen über die Wangen zogen und nach einem Fall auf dem Holzboden tropften.

„Selfius hat seine Tochter getötet und Konstantin hat seine Familie erneut verlassen, weil sie dich retten wollten. Sie hätten auch beschließen können, auf immer dort zu leben, aber du warst ihnen wichtiger. Auch wenn du behauptest, dass du eine Last für sie wärst. Sie empfinden nicht so oder meinst du, dass sie alle Probleme auf sich nehmen, wenn du eine Last für sie wärst?"

„Sie machen es doch nur, weil sie sich verpflichtend fühlen?"

„Wie meinst du das?"

„Sie haben beide ein gutes Herz, sobald sie jemanden mit einem Problem sehen, wollen sie der Person helfen. So wie mir. Ich war immer die Außenseiterin. Man hat mich verabscheut. Mich behandelt als hätte ich eine tödliche Krankheit. Konstantin und Selfius geben sich nur mit mir ab, weil ich... ich... von allen ausgegrenzt werde und sie meinen, dass ich Kontakte brauche. Nur aus dem Grund geben sie sich mit mir ab. Sobald ich aus ihren Leben bin, wird für sie sich nichts verändern. Ich hingegen bin nicht mehr den entsetzten Blicken, der Lügen, der Falschheit der realen Welt ausgesetzt. Hier kann ich glücklich sein. Als meine Freunde werden sie es verstehen."

Barden wandte sich von Vires ab. Seine Arme ruhten auf dem Geländer, das die Terrasse von der Wiese und dem Wald trennte.

Vires schaute auf den Rücken des Musikers, dessen Umhang sich versuchte gegen die warme Abendbrise zu wehren, um nicht hochgeweht zu werden.

„Kommst du Vires?" ertönte es zuerst aus Konstantins Mund, worauf auch die anderen Dorfbewohner in die gleiche Aufforderung einstimmten.

„Sag ihnen, dass ich eine schöne Zeit hatte und ich gerne eine bessere Begleiterin gewesen wäre." Vires drehte sich auf dem Absatz um und ging zu den jubelnden Dorfbewohnern.

„Die Welt ist grausam." Sinnierte Barden laut vor sich hin. So laut, dass Vires sich angesprochen fühlte und sich erneut umdrehte.

„Hast du das auch schon kapiert?" Diese zynische Äußerung kam schneller über Vires Lippen, als sie darüber nachdenken konnte. Ob der Ursprung darin lag, dass die Welt wirklich schlecht war oder dass der Musiker endlich es realisiert hatte, weil ihm endlich mal etwas nicht gelang, konnte Vires nicht mal vermuten.

„Ich weiß es schon länger, als du glaubst."

„Jetzt komm Vires, lass ihn doch herumschwafeln." Es war die Stimme des Bürgermeisters, die Vires aufforderte.

„Ach, wirklich?" Vires ignorierte die Stimme des Bürgermeisters oder des Dämonen, denn es gab sowieso nichts mehr, was sie dazu bewegen würde in die grausame Welt zurück zu gehen. „Wenn du weißt, dass die Welt grausam ist, warum bleibst du nicht in dieser Illusion?"

„Er hat es versucht." Dabei schaute Barden an Vires vorbei zum Bürgermeister. „Und ist grandios gescheitert. Stimmt doch?" Gegen das Grinsen des Musikers war der Kontrast das Schnauben des Bürgemeisters.

„Und warum bist du nicht geblieben?"

„Weil er ein Mann ist, der immer auf die Füße fällt." Warf der Dämon ein, bevor Barden antworten konnte. „Ich konnte keine Illusion erschaffen, die ihm so viel Glückseligkeit beschert wie das andere Leben, deshalb solltest du nicht auf ihn hören, was versteht der schon vom Leid, dass dir seit deiner Geburt widerfahren ist. Also komm zu uns und lass ihn in seine perfekte Welt zurückkehren."

Vires konnte dem Bürgermeister nur zustimmen. „Er hat recht, was erdreistest du dich, mir vorzuschlagen, dass ich mit dir mitkommen soll, wobei du nicht mal erahnen kannst, was für ein Leid mir diese Welt beschert hat. Die ganzen Qualen. Du kannst es dir nicht mal erdenken."

Barden senkte sein Haupt und sprach. „Jeder Mensch, jeder Elf, jeder Zwerg, Ork und sogar Dämon weiß wie du dich fühlst, denn sie durchleben tagein und tagaus Qualen. Sie sind nicht dieselben, wie die deinen, aber sie haben alle ihre Sorgen und Kummer. Ist es, weil ein Arbeiter nichts mehr zum Essen bekommt, obwohl man den ganzen Tag schuftet, oder die ständige Angst eines Königs auf dem Thron, dass jemand kommt und ihn von selbigen stößt oder die Trauer auf ein Lebensziel hinzuleben nur damit Nekro einen Strich durch die Rechnung macht, die Angst einen geliebten Menschen nie wieder zu sehen oder die Diskriminierung, weil du die falschen Rasse, Hautfarbe oder Geschlecht hast, du dir jeden Tag über deine Kinder Sorgen machst, ob aus ihnen gute Erwachsene werden und es ihnen immer gut geht oder bis hin zu dem besonderen Abend, an dem du nichts passendes zum Anziehen findest. Jedes Lebewesen hat Kummer und Sorgen, zu jeder Zeit."

Vires zog verwirrt die Augenbrauen zusammen. „Hätte mich das überzeugen sollen, dass ich mit dir kommen soll?"

„Nein, ich wollte dir nur sagen, dass jeder auf der Welt seine Sorgen hat und nicht nur du. So wie der Soldat, der seine gesamte Familie im Krieg verloren hatte und sich schwor, dass niemals wieder ein Leben unter seiner Obhut vor seiner Zeit vergehen würde. Der Elf, der aus seiner Heimat nur mit dem Nötigsten vertrieben wurde. Er landete in einem Land dessen Kultur er nicht kannte, wo er immer, egal was er tat, ein Außenstehender blieb. Dann gab es noch den Assassinen, der zwar in einer Gemeinschaft lebte, doch als ihr ein Auftrag misslang und sie ausstieg, nicht nur verbannt wurde, sondern auch ein Kopfgeld ausgesetzt wurde. Diese drei Außenseiter fanden zueinander. Alle drei hatten in ihrem Leben den großen Kummer der Einsamkeit erlebt und dieses Erlebnis schweißte sie zusammen."

„Was willst damit sagen?"

„Konstantin und Selfius sind nicht bei dir, weil sie sich dazu verpflichtet sehen, sondern weil sie sich in dir ein Teil ihrer selbst sehen. Der Verlust machte sie zu den Personen, die du in dein Herz gewonnen hast, und der Deine machte dich zu der Person, die sie gern gewonnen haben."

Vires konnte und wollte nichts mehr sagen.

„Die beiden Figuren dort hinten sind doch nicht wirklich Konstantin und Selfius, das wirst du doch auch eingestehen. Das sind nur charakterlose Marionetten, von einem Alb erschaffen, der nur von Beobachtungen der Träume die Gefühle von Personen wahrnehmen kann und deshalb den Körper einer Halbdämonin nutzt, um im Diesseits seine Kräfte einzusetzen und so die Träume der Opfer manipuliert. Das Leid und die Sorgen machen uns zu dem, was wir sind. Sie entwickeln uns stetig weiter. Machen uns zu einzigartige Persönlichkeiten. Jedes schlechte Erlebnis macht uns zu einem besseren Menschen."

„Vermon hat mich zyklenlang gequält. Was soll daran gut gewesen sein?" Vires kam gar nicht auf den Gedanken, dass Barden nichts von ihrer Vergangenheit wusste, dass lag wohl daran, dass er sich so benahm, als wüsste er alles über Vires.

„Es hat dich misstrauisch gegenüber fremden Personen gemacht. Du kannst nicht mehr so leicht betrogen werden und einen Freund, den du gewonnen hast, der hat ein gutes Herz, wie es Konstantin und Selfius zeigen. Bei anderen Personen, wären die zwei wohl nur weitere Personen in einem Freundeskreis, aber in deinen Augen sind sie besondere Personen, die nicht einfach austauschbar sind. Für die du dein Leben geben würdest. Diese Scheinwelt kann dir niemals das geben, was das echte Leben dir bietet. Es ist erschaffen von einer Kreatur, die einfach nach ihren Wünschen die Welt verändern kann, ohne jegliche Logik, nur nach eigenen Vorstellungen. Wenn ihm die Lust aufkommt, kann sie dich so sehr quälen, wie Vermon, wenn nicht sogar mehr."

„Ich würde ihr niemals etwas tun." Protestierte der Bürgermeister und das Volk stimmte ein.

„Ja, bis dir eines Tages langweilig wird." Setzte Barden zum Gegenargument an „Wer sagt denn, dass ihm nicht einmal langweilig wird und dann die Welt zu deinen Ungunsten verändert? Und sogar wenn du die Prüfungen überstehst, kannst du nicht gewinnen. Er wird neue Ideen aufkommen lassen, ohne jegliche Logik, nur um dich zu Prüfen."

„In der wahren Welt geschieht das doch auch." Argumentierte Vires.

„Aber dort wird nichts von nur einem Lebewesen bestimmt, der einfach alles verändern kann... und dort leben alle mit den negativen Einflüssen auf der Welt und man hält zusammen. Hier bist nur du allein betroffen. Dort kannst du mit deinen Fähigkeiten und deinen Freunden jedes Problem lösen. Hier kannst du es lösen, aber wenn der Dämon nicht gewillt ist, kannst du es nicht lösen. Es ist seine Welt. Dort draußen ist die Welt von uns allen. Wir bestimmen, wie die Schicksale ausgehen, wie wir die Hindernisse überstehen. Ignoriere die Menschen und die Blicke wegen deinem Auge. Du hast zwei Freunde da draußen, die ihr Leben für dich geben, das ist doch mehr wert als so ein dummes Erbe. Sage mir Vires, welches Problem habt ihr Drei nicht überstanden? Solange man treue Freunde an seiner Seite hat, kann man jedes Problem, egal wie groß es scheinen mag doch meistern, oder?"

Vires ließ die Worte des Musikers in ihrem Kopf rotieren. Irgendwie hatte er recht. Seitdem sie mit Konstantin und Selfius zusammen war, fiel ihr kein Problem ein, dass sie nicht gemeinsam gelöst hatten, war es die Suche nach... ihm oder der fette Adelige auf dem Ball und sogar vergangene Probleme wurden gelöst. Dank ihnen war Vermon nicht mehr hinter ihr her, niemals mehr, was sie sich niemals zu Träumen erlaubt hätte. Alleine hätte sie keine der Sachen geschafft. Wie wäre es dann hier, ohne Selfius und Konstantin? Hier war sie eine Gefangene wie damals bei Vermon. In der Gilde war sie seine Marionette. Sie konnte zwar selbst gehen und reden, doch er konnte mit ihrem Körper machen, was er wollte... sowie doch auch jetzt. Der Dämon konnte die Welt so verändern, dass sie überhaupt keine Kontrolle hatte. Bei Konstantin und Selfius war sie frei. Sie behandelten Vires sogar ganz normal, als hätte sie kein verunstaltetes Auge oder Dämonenauge wie es Barden bezeichnet hatte. Es gab sogar Tage, da hatte sie es ganz vergessen, als wäre es nicht da... ohne Scheinwelt, ohne Zauber. Auch wenn sie sich immer den Abstand suchte, behandelten die beiden sie immer, als wären sie eine Gemeinschaft, als wären sie Freunde. Die beiden würden ihr Leben für sie geben, bestimmt. Die dort hinten würden sich wohl gegen sie stellen, wenn der Dämon es sich wünschte. Er konnte ihr eine Einsamkeit spüren lassen, die stärker war als wie bisher, indem Selfius und Konstantin sie hintergingen. Sie haben Vermon für sie getötet, ohne dass sie wusste, wer er war. Sie wussten nur, dass er sie bedrohte. Sie sprachen auch kein Wort darüber, als wäre es eine

Selbstverständlichkeit. Jedes Lebewesen hat seine Sorgen und Kummer, aber man kann alle Sorgen und Kummer besiegen, wenn man Freunde hat, die einem immer beistehen. Barden hatte recht und Vires hatte solche Freunde. Wer brauchte schon eine große Gemeinschaft, in der man lebte, wenn man zwei gute Freunde hatte?

Vires beugte sich nach unten. Die rechte Hand schob den Rock zur Seite, um an den Stöckelschuh zu kommen, den sie sogleich mit flinken Fingern löste, wie auch auf der anderen Seite. Es war lange her, dass Vires ihr Können als Attentäterin in Verwendung hatte, aber sie war noch lange nicht eingerostet. Mit einer schnellen Drehung wandte sich Vires an die feiernde Gesellschaft und nutzte ihre Schuhe als Dolchersatz. Der Bürgermeister war gar nicht in der Lage zu reagieren, da jagte Vires die Spitzen der Absätze dem Mann durch die Schläfen. Mit starren und zugleich leeren Blick schaute der Bürgermeister Vires an, als konnten sie nicht glauben, was die junge Frau getan hatte. Wie der Körper auf dem Boden zusammenbrach, hörte Vires nur noch durch einen dumpfen Aufprall, denn sie selbst hatte sich wieder Barden zugewandt, der keine Reaktion zeigte, sondern nur dastand, auch noch als die Illusion verschwand und Vires in die Augenpaare ihrer Freunde schaute.

Konstantin drückte Vires fest auf den harten Untergrund, während Selfius sich wegdrehte. Die Pfeilspitze, die noch zuvor Vires als Ziel hatte, schaute nach der Drehung des Elfen nun auf das Bild. Surrend flog der Pfeil auf den Kristall. Die Pfeilspitze traf den Rubin und schoss ihn vom Bild herab. Das helle Klirren des Edelsteines hallte noch durch die Kapelle, als sich ein schwarzer Nebel sich um Vires Körper langsam verformte. Anfangs glitt der Nebel noch um Vires Körper, was Konstantin dazu veranlasste, dass er die junge Frau erschrocken losließ und stattdessen seine Streitaxt packte.

Was passiert jetzt? Vires traute sich nicht, ihren Körper auch nur ein Stück zu bewegen, während der Nebel über den Körper streichelte. Kein Geruch oder Geräusch sonderte das Gas ab. Es wirkte fast so wie ein Abschied, kam es Vires vor. Wie ein Mensch, der noch ein letztes Mal seine geliebte Person in den Arm nehmen wollte. Passend zu dieser These, löste sich der Nebel auf, bis er verschwand.

Mit der Axt in den Händen schaute Konstantin auf Vires hinab. Die Augen waren gefüllt mit Sorge. Ein Ausdruck, den Vires früher noch verabscheut hatte, weil es bedeutete, dass sie diesem lieben Menschen wieder eine Last des Kummers aufgebürdet hatte, aber nicht diesmal. Sie war dankbar diesmal für den Blick, denn es bedeutet, dass Vires ihm am Herzen lag, so wie auch dem Elfen dahinter, der zwar Bogen und Pfeil in den Händen hielt, jedoch nicht auf Vires zielte.

„Geht es dir gut?" fragte Konstantin flüstern mit besorgter Stimme.

„Ja, danke." Ob der Dank nur für die Nachfrage war oder für alles stand, was sie für Vires getan hatten, konnten sie selbst entscheiden.

Langsam versuchte Vires wieder auf ihre Beine zu kommen. Ihr Körper fühlte sich an, als hätte sie die ganze Nacht auf einem Steinboden geschlafen. Dass nicht jeder Knochen knackte, als sie sich erhob, verwunderte sie doch sehr.

Konstantin und Selfius sprangen gleich helfend zu Seite und halfen ihrer Freundin hoch. „Willst du dich setzen?" erkundigten sie sich.

„Nein, danke." Nach kurzem Überlegen, kam Vires gleich eine Frage in den Sinn. „Woher wusstet ihr, dass man den Dämon mit dem Edelstein zurückschickt?"

„Wir konnten euch auf dem Bild verfolgen und euer Gespräch. Wahrscheynlich wollte der Dämon uns unter die Nase reyben, wie du lieber dort bleyben wollen würdest, als zu uns zurückzukommen."

Sie haben also alles mit bekommen. Das ganze Gespräch mit Barden... Barden? „Wo ist Barden?" Vires schaute sich um, doch sah ihn nicht.

Konstantin wollte auf eine der Bänke locker zeigen, doch er war selbst überrascht, dass sich dort nur noch Luft breit machte. „Wahrscheinlich ist er jetzt endlich geflohen, damit wir ihn nicht zum König von Langen bringen."

Sogar Vires verstand, dass Konstantin dies nicht ernst gemeint hatte. Barden würde doch niemals mehr damit rechnen, dass er in Langen vor das Gericht treten noch müsste, oder nicht?

„Wir haben immer noch den Rubin." Ergänzte Selfius weiter. „Vielleycht bekommen wir mit ihm unsere Absolution."

„Wir können es probieren." Stimmte Konstantin zögernd zu. „Was meinst du, Vires?"

Vires nickte. „Zusammen schaffen wir das."

Barden I

Einzelne Schneeflocken rieselten aus den noch vorhandenen Wolken hernieder und vermischten sich mit den Artgenossen auf dem Boden, die jeglichen Stein mit einer weißen Schneeschicht bedeckt hatten. Der Wind riss an den Wolken, um den Menschen im Tal den Anblick des blauen Himmels zu ermöglichen. Die Löcher wurden mit jeder Sekunde, die verstrich, größer und größer. Diese Macht versuchte ebenfalls ihre frostigen Finger durch den grünen Umhang zu bohren, doch sie brachte das Kleidungsstück nur zum Wehen. Auch an der dicken Wollkleidung unter dem Umhang hatte der Wind keinen Erfolg. Die menschliche Haut darunter blieb von der Kälte unberührt. Es war also wie in jedem Solariszyklus. Vielleicht hatte der Wind ja in der nächsten Kalten Zeit mehr Erfolg.

Seit zwei Stunden zupften und strichen die Finger über die Saiten der Laute. Der Wind trug die Melodien über die Felsen und Vorsprünge, als würde er Tribut für sein Erfrierungsscheitern fordern. Dabei machte das Naturereignis keine Unterschiede, ob es sich um eine Ballade mit sanften Tönen oder ein schneller Jubelgesang handelte. Der Wind trug die Noten fort, doch ohne Ziel. Sie würden in der Luft vergehen, wie die einzelnen Schneeflocken auf dem Gesicht des Mannes, der die Töne aus der Laute erschuf. Es gab kein Ohr, in das die Lieder dringen konnten, kein Herz, das trotz der kalten Witterung dahin schmolz, und auch kein Verstand, der seinen Horizont erweitern würde, weil die Texte zum Nachdenken anregten. Dies würde erst im kommenden Solariszyklus passieren, wenn die Lieder, die heute ohne Publikum das Licht der Welt erblickten, in Gasthäusern, Tavernen, Schänken und Sälen akustisch die Luft erfüllten.

Die Gäste würden Lieder hören, die dazu anregten, von einem Bankett wegzugehen, um auf die Tanzfläche zu schreiten, daraufhin mit einer Person Hand in Hand zu tanzen und dabei alles um sich herum zu vergessen. Sie würden nachdenkliche Texte vernehmen, die von Personen handelten, die nicht im Licht schritten, sondern in den Schatten leben mussten. Dazu mischten sich natürlich neue Liebeslieder, wie die Liebe auf den ersten Blick, aber vor allem, die Liebe, die nicht mal starb, auch wenn Nekro eine der Personen mit sich genommen hatte. Natürlich durfte ein Lied an das gemeine Volk und ihren Verdiensten auf der Welt nicht fehlen. Ein Lied für den einfachen Arbeiter ohne den die Welt schon längst untergegangen wäre. Auch für Leute, die nicht gerade verliebt waren, gab es Lieder, die das Herz berührten. Anfangs wären sie traurig, denn sie handeln von der Einsamkeit und der Tatsache, dass nichts im Leben einem gelingen sollte, doch fast fließend kamen die Melodien der Hoffnung, dass man alles schaffen konnte, solange man gute Freunde an seiner Seite hatte. Man musste nur die Augen öffnen, um sie zu sehen.

Als die letzte Note vom Wind fortgetragen wurde, erhob sich der Mann von der dicken Decke, die dazu diente, dass der kalte Stein nicht das schuf, wofür der Wind zu schwach war, und den Mann erfrieren ließ. Er warf die Laute um seine Schulter, schnappte sich seinen Rucksack und schob seinen Hut zurecht, um zu testen, ob auch immer noch die Feder den linken Hutrand nach oben hielt. Die Hände schnappten sich noch schnell die Decke. Nun war der Mann wieder bereit weiterzuziehen. Der kalte Schnee knirschte unter den Sohlen, als der Lautenzupfer Schritt für Schritt sich gen Tal abwärts bewegte. Es würde wieder ein Solariszyklus vergehen, bis der Mann zurückkäme, um seine Erfahrungen als neue Lieder vorzutragen, bis dahin blieb das Grab alleine zurück und wartete auf die neuen Kompositionen.